Engel des Lichts

Joyce Carol Oates

Engel des Lichts

Roman

Deutsch von
Elisabeth Schnack

Deutsche Verlags-Anstalt
Stuttgart

Das amerikanische Original erschien 1981
unter dem Titel »Angel of Light«
bei Dutton, New York.

CIP Kurztitelaufnahme

Oates, Joyce Carol:
Engel des Lichts : Roman / Joyce Carol Oates.
Dt. von Elisabeth Schnack. –
Stuttgart : Deutsche Verlags-Anstalt, 1984
Einheitssacht.: Angel of Light 〈dt.〉
ISBN 3-421-06205-6

Verantwortlicher Lektor: Ursula Locke
Typographische Gestaltung: Marion Winter
Satz: Typobauer Filmsatz GmbH, Scharnhausen
Druck und Bindearbeit: Carl Ueberreuter, Wien
Printed in Austria

Was wir in dieser Welt als das Böse bezeichnen,
das moralische wie auch das naturgegebene,
ist das Große Prinzip,
das uns zu sozialen Lebewesen macht;
es ist die tragfähige Grundlage,
ist ohne Ausnahme Leben und Stütze
allen Handels und Wandels:
Dort müssen wir den wahren Ursprung
aller Kunst und Wissenschaft suchen,
denn im Augenblick, da das Böse verschwindet,
wird die menschliche Gesellschaft unweigerlich zerstört,
wenn nicht gar völlig vernichtet.

Mandeville: *The Fable of the Bees*, 1714

Dieser Roman ist für Robert Fagles bestimmt,
zu Ehren seiner Dienste im Hause des Atreus;
und für unsre »Lost Generation«.

Inhalt

I

Die Verführung

Eyre, New York, März 1980

Die Kinder Maurice J. Hallecks

An einem windigen Morgen zu Anfang März, einem Tag mit hohen, eiligen Wolkenfetzen, etwa neun Monate nach ihres Vaters unrühmlichem Tod, schlossen seine beiden einzigen Kinder, Owen und Kirsten, einen Pakt, seinen Tod zu rächen.

Nicht Rache, sondern Gerechtigkeit, das ist's,
Was wir anstreben wollen.
Aber wie können wir wissen ...?
Wer seine Mörder waren, meinst du? Das wissen wir doch.
Nein. Ob es Gerechtigkeit ist. Nicht bloß Rache.

Ein Morgen voll fallender, stürzender Schatten hoch über dem Fluß. Heiserer und verwirrender Lärm von Vögeln – Schwarzdrosseln, Staren – in den kahlen Bäumen. Owen findet die Rufe der Vögel ausgesprochen unangenehm, und als er sich schließlich unterbricht, um aufzublicken, ist er verblüfft, ja fast ein wenig beunruhigt ob der unabsehbaren Vogelscharen: offensichtlich ist es ein Frühlings-Vogelzug? Hunderte und aberhunderte. Tausende. Ein unaufhörliches Getöse von klatschenden Flügeln, von Rufen und Kreischen, ja von regelrechtem Gekreische. Er kann sich nicht entsinnen, jemals gesehen zu haben, daß sich derartig viele Vögel gleichzeitig zusammenscharten. Überdies liegt sogar etwas Abstoßendes in ihrem entsetzlichen Lärm – etwas unheilvoll Heimtückisches in ihren Hälsen und Köpfen – Träume von Schlangen fallen ihm ein – ein Gleiten und Schleichen im Dunklen außerhalb seines Gesichtsfeldes – eine zusammenhanglose Erinnerung vielleicht an seinen gestörten Schlaf in der voraufgegangenen Nacht.

Tausende und abertausende von Vögeln – und seine Schwester ist sich ihrer kaum bewußt. Sie blinzelt, sie gafft und schaut in die Richtung, in die er mit seiner kaum wahrnehmbar zitternden Hand deutet: ihr abgemagertes, bleichsüchtiges Gesicht und die schiefergrauen Augen mit den verengten Pupillen und dem starren, stum-

pfen Blick scheinen das Getöse – das Ärgernis – das panische Grauen, das Owen empfindet, gar nicht wahrzunehmen.
Einen Augenblick drauf sagt Kirsten langsam und mit leicht vorwurfsvoller Miene: *Die* können uns nicht hindern.

*

Keine zwei Wochen, nachdem Owen einen gewissen, merkwürdig beunruhigenden – und merkwürdig scheußlichen – »Brief« seiner Schwester in einem billigen, an ihn adressierten Umschlag in seinem Internat erhalten – und nicht beantwortet hatte, rief ihn seine Mutter an. Gegen Mitternacht – an einem Werktag. Nicht gerade, als sei etwas nicht ganz in Ordnung – denn natürlich war sehr vieles nicht in Ordnung –, sondern als habe der Kernpunkt, das Problem, das Krankheitsbild in erster Linie mit Kirsten zu tun.
Ist sie wieder krank? fragte Owen und dämpfte die Stimme, obwohl es bestimmt niemand mit anhören konnte – seine Hausgenossen waren, soviel er wußte, noch nicht einmal zurück. (Kirsten war in jenem Winter an einer leichten Form von Lungenentzündung erkrankt. An einer »schleichenden« Lungenentzündung. Sie hatte es niemandem in ihrem Internat erzählt, weil sie annahm, es sei nur eine Influenza oder eine starke Erkältung; sie hatte fast 40 Grad Fieber gehabt, und dann war sie eines Tages auf einer Treppe in Ohnmacht gefallen und hätte sich übel verletzt, wenn nicht ein anderes Mädchen sie aufgefangen hätte. Selbst dann, als sie ans Bett gefesselt war, hatte sie am Telefon ausdrücklich darauf bestanden, daß sie *nicht* krank genug sei, um nach Hause zu fahren.) – Oder ist es – hm – noch mehr – von ihrer eigenartigen –?
Isabel hatte von Nassau angerufen. Aus der hübschen weißen Villa am Meer, die ihrer lieben alten Freundin Mrs. Lleyn gehörte, der Witwe des Botschafters. Seit jetzt etwa sechs oder acht Jahren verwitwet und bestimmt zufrieden mit ihrem veränderten Status – ja bestimmt, bei dem von ihrem Mann ererbten Vermögen. Die allerbeste Gesellschaft, denkt Owen, die heilsamste Gesellschaft für die junge und noch trauernde Witwe des verstorbenen Maurie Halleck.
Isabel begann das verkrampfte Gespräch, indem sie wiederholt auf die Tatsache hinwies, daß Claudia Lleyn die Kinder – Owen und Kirsten – herzlichst eingeladen habe, während der Frühlingsferien zu ihr zu kommen – doch natürlich waren sie auch zu jeder andern

Zeit willkommen. Und wenn Isabel Ende März mit Jack Fair und Martha Degler nach Mexico zu Mrs. Deglers Besitzung in Guadalajara ginge, seien sie auch dort jederzeit willkommen, sehr *herzlich* willkommen. Owen murmelt, ja danke, ich meine, bedanke dich bei ihnen für uns, das heißt, in meinem Namen, aber ich glaube nicht, daß ich es einrichten kann. Ich habe Berge von Arbeit vor mir ... wenn ich das Examen schaffen will ... werde wohl am besten hier im Internat bleiben, wo es dann ganz ruhig sein wird, und ...

Du weißt ja, Owen, daß du immer willkommen bist, sagt Isabel. Ihre Stimme klingt wie von weither, und gleichzeitig außer Atem; Owen kneift die Augen fest zusammen, um sich ihr Gesicht vorzustellen.

Ja, ja, ich weiß, sagt Owen, es ist nett. Aber ich kann es nicht besonders leiden, wenn die Leute mich bedauern. Selbst wenn es sehr taktvoll geschieht.

Kein Mensch bedauert dich, sagt Isabel, und es klingt gereizt; und dann überdenkt sie es und sagt: ich meine im Sinne von »dich bemitleiden«. Keiner von uns wird bemitleidet. Claudia ist eine alte Freundin, und Jack Fair mag dich gern, und du hast ja Fotos von Marthas Besitzung in Guadalajara gesehen, du weißt, wie weitläufig dort alles ist, ein Teil einer alten Klosteranlage; ich sollte meinen, du und Kirsten könntet dankbar sein, dort eine Woche oder zehn Tage in der Sonne zu verbringen. In den vergangenen acht oder neun oder wer weiß wieviel Monaten ist es für keinen von uns ausgesprochen leicht gewesen ...

Owen hustet und legt die Hand über den Hörer. Ich glaube, mehr als neun Monate, Mutter, sagt er, aber so leise, so taktvoll, daß Isabel es nicht hört. Sie fährt fort zu sprechen, ihre Stimme klingt zurückhaltend und bekümmert, dann melodisch und »südländisch«, – denn Isabel Halleck ist schließlich Isabel de Benavente und als halbe Spanierin ganz ausländisch – , und sie tadelt Owen, weil er in diesem Semester noch nicht hinaufgefahren ist, Kirsten zu besuchen, und dabei ist die Akademie Eyre nicht weit entfernt – er ist doch bestimmt nicht *jedes* Wochenende so mit Arbeit überlastet – und hat er nicht eine Bekannte, eine Freundin, im Connecticut College? Er könnte doch, deutet Isabel listig an, beide Besuche verbinden? Vorausgesetzt, daß er und das junge Mädchen – wie hieß sie doch nur? – Sandra? – nicht auseinander sind?

Sie heißt Lynn Fischer, und wir sind nicht »auseinander«, sagt Owen. Wir sind durch keinerlei Bande miteinander verknüpft – wir haben beide eine Menge andre Freunde –, und daher ist es ganz unmöglich, daß wir auseinandergegangen sind.

Also gut, sagt Isabel heiter, aber du verstehst, was ich meine, nicht wahr?

Ich verstehe, sagt Owen.

In Anbetracht der Tatsache nämlich, daß Kirsten sich meine Besuche verbeten hat.

Sie hat sich deine Besuche verbeten? ruft Owen bestürzt. Seit wann?

Das solltest *du* wissen, sagt Isabel. Ich nehme an, daß ihr beide miteinander in Verbindung steht?

Nein, keineswegs, sagt Owen. Nein, wirklich nicht.

Ihr seid euch immer nahe gewesen, sagt Isabel.

Nein. Nicht richtig nahe. Warum sagst du das? fragt Owen verwirrt. Ich meine – erscheint es dir so?

Ihr beide seid euch immer nahe gewesen, sagt Isabel. In gewisser Hinsicht. Aber wir haben keine Zeit, jetzt darauf einzugehen.

Wir stehen uns nicht nahe, protestiert Owen. Ich kann ebensowenig mit ihr sprechen wie du, und außerdem langweilt sie mich, und ich mag nicht hinauffahren und sie besuchen, dann heißt es bloß Daddy und immer wieder Daddy, und zu Weihnachten sah sie verheerend aus, ich habe keine Zeit für ihre aufgeregten Drohungen, ebensowenig wie du, Mutter, ich habe mein eigenes Leben und stecke bis über die Ohren in meiner Arbeit –

Ich habe Zeit für Kirsten, unterbricht ihn Isabel heftig, du hast mich mißverstanden, scheint mir: sie will mich nicht sehen. Das hat sie ganz eindeutig erklärt. Und wenn ich anrufe – und in letzter Zeit habe ich oft, sehr oft angerufen, dann weigert sie sich, ans Telefon zu kommen, und ihre Stubengenossin Hannah spricht mit mir, das arme Ding stammelt buchstäblich vor Verlegenheit, so höflich ist sie – hat das Gespür einer Erwachsenen für Takt, offensichtlich ist Kirsten bei ihr im Zimmer und hört zu, sicher hat sie Hannah gezwungen, mir etwas vorzulügen und zu sagen, alles sei in Ordnung, alles ginge glatt, und dabei habe ich natürlich mit der Heimleiterin und dem Rektor und der Psychologin gesprochen – *die* ist verständnisvoll, Dr. Haslet heißt sie – und auch mit der Präsidentin der verdammten Schule, falls sie mal fünf Minuten Zeit hat – dabei weiß ich ganz genau, daß Kirsten die Hälfte des Unterrichts schwänzt, und manchmal schläft sie den ganzen Tag, und manchmal schläft sie überhaupt nicht, sondern wandert nachts im Heim herum und geht hinaus – und so allerlei. Verstehst du jetzt, was ich meine?

Owen denkt sorgfältig nach, ehe er antwortet. Dann sagt er: Aber Kirsten ist immer sehr selbstbewußt »Kirsten« gewesen, nicht wahr? Und ziemlich *vorsätzlich.* In Picketts hat sie auch Schwierigkeiten gehabt, und es wurde nie ganz aufgeklärt, ob sie in die Sache mit dem Geheimklub in Hays verwickelt war –

Sie war nicht in die Klubgeschichte verwickelt, sagt Isabel. Sie war nie in irgendeinem Geheimklub.

Also gut, sagt Owen rasch, ich wollte nur feststellen, daß all das nicht neu ist, das hat sie schon wiederholt durchgemacht, daß sie nicht für die Schule gearbeitet oder sich für ein einziges Thema zu sehr angestrengt hat – sich geweigert hat, etwas zu essen, tagsüber geschlafen hat und nachts aufgeblieben ist ... Zu Dr. Pritchard ist sie schon lange vor Brean Down gegangen – du kannst Vater nicht für alles die Schuld zuschieben ...

Ich schiebe ihm doch keine Schuld zu, sagt Isabel, warum drückst du es so aus? Seltsam, es so auszudrücken.

Wen beschuldigst du denn dann? Mich?

Ich beschuldige niemanden, sagt Isabel. Ich bin nicht mal in der Art von selbstmitleidigen Stimmung, in der man sich selber die Schuld gibt, es geht nur darum, daß ich nicht mehr mit ihr sprechen kann – ich meine, sie läßt es nicht zu, daß ich mit ihr spreche – sie besuche – sie verhält sich so, als existiere ich nicht – als wäre ich tot: sie weiß es nicht, aber sie verhält sich so, als wäre ich tot. Ich weiß, daß es nicht das erstemal ist, aber früher waren unsre Auseinandersetzungen nicht so maßlos – sie waren nicht so – ich mag das Wort pathologisch nicht, aber doch, ja, *pathologisch* – es waren die üblichen Probleme zwischen Mutter und Tochter – Reibungen – sogar du und ich kamen ja nicht immer glänzend miteinander aus, auch du und Maurie nicht – Mütter und Töchter, Väter und Söhne – es ist ganz normal – ich weiß, daß es in der Pubertätszeit bis zu einem gewissen Grad ganz normal ist. Maurie konnte auch die Beherrschung verlieren, es lag nicht nur an mir, besonders bei Kirsten, sie hat unsre Geduld immer auf die Probe gestellt, du weißt, wie sie gewesen ist, ausgenommen, daß es jetzt – seit Weihnachten – viel schlimmer geworden ist – ich glaube, daß sich ihr Verhalten außerordentlich verschlimmert hat – ich glaube, daß sie ernstlich gestört ist und sogar eine Gefahr für sich selbst bildet, sie scheint so wütend auf mich zu sein – ich verstehe es nicht, ich habe genug Kummer auch ohne ihre Feindseligkeit –

Ich glaube nicht, daß sie unbedingt *wütend* ist, Mutter, sagte Owen vorsichtig, ich meine, wütend auf dich –

– und ich habe genug zu bedenken, auch ohne ihren Haß – keiner von euch schert sich die Spur um *mich* –

Sag das nicht, Mutter, murmelt Owen, bitte, sag das nicht!

Einen Augenblick verstummt die Leitung. Dann beginnt Isabel abermals und mit etwas ruhigerer Stimme: Deshalb rufe ich dich an, um dich zu fragen, ob du mir helfen willst. Ob du dir nicht die Zeit nehmen willst, sie zu besuchen und nachzusehen, wie ernst es wirklich ist, ob sie vielleicht eine Art Behandlung braucht – wirklich gute, fachgemäße Behandlung – Charley Clayton hat mir gesagt, er könne Kirsten die Aufnahme in dem Haus außerhalb von Bethesda verschaffen – Fair Hills oder Far Hills, ich erinnere mich nicht an den Namen – Moultons Sohn war eine Zeitlang dort – nach der schrecklichen Sache in Kalifornien – und Bianca Mareks Tochter, du kennst sie, glaube ich, es ist die, die damals nach einer Art Diät mit Naturreis fast gestorben wäre, Leber und Sehkraft waren schon angegriffen. Es ist keine eigentliche Klinik, Mauern und Zäune und dergleichen springen nicht ins Auge, sie sollen sogar einen ausgezeichneten Tennis-Profi haben, er ist Mexikaner und sehr tüchtig beim Einspielen, ich weiß es, weil er in der Tennisschule in Claudias Klub mitmacht und sie ihn zufällig erwähnte – aber das ist nicht so wichtig: es geht nur darum, daß Kirsten vielleicht Hilfe braucht, damit sie normal aus ihrer Krise herauskommt –

Owen merkt, daß seine Hand den Hörer fest umklammert. Sehr fest. Und seine Stirn ist vor Schweiß unangenehm feucht. Doch es gelingt ihm, gleichmütig zu fragen: Meinst du, auf normale Art aus ihrer Krise kommt – oder »normal« herauskommt, Mutter?

Owen, es ist spät, sagt Isabel ärgerlich, ich habe keine Zeit, mit dir herumzustreiten. Wenn du dich schon nicht die Bohne um *mich* sorgst, solltest du dich wenigstens um deine Schwester sorgen. Bestimmt kannst du ein, zwei Stunden erübrigen ... Nur, um mit ihr zu reden, mal nach dem Rechten sehen. Du könntest sie zum

Lunch in den alten Gasthof einladen, den aus Feldsteinen, kennst ihn ja.
Es sind eher fünf oder sechs Stunden, sagt Owen.
Aber du könntest die kleine Fischer besuchen. Ein ganz reizendes Mädchen – mir gefiel sie.
Deshalb sind's doch fünf oder sechs Stunden, sagt Owen ein wenig aufgebracht. Er weiß nicht mehr so recht, um was sich die Unterhaltung dreht, doch allmählich spürt er die üblichen, beunruhigenden Symptome: ein langsam stärker werdendes Herzklopfen und einen trockenen Mund. Wenn er sich nicht sehr täuscht, möchte Isabel, daß er seine Schwester bespitzelt, und um ihn zu verlocken, bietet sie ihm nicht allzu diskret ein sexuelles Zwischenspiel an. Oder *täuscht* er sich? Isabel irritiert ihn so; nur eins weiß er genau: daß er immer erregter wird ... Eine Verlockung? Eine Bestechung? Mit der unbekannten Lynn Fischer, die so »reizend« sein soll?
Er wird diplomatisch, er spricht ruhiger, er hört sich zu, wie er Isabel fragt, ob sie *geplant* habe, Kirsten zu besuchen. Ob sie tatsächlich vorgehabt habe, nach New York zu fliegen, um dann mit der Bahn nach Eyre zu fahren. In jedem Fall?
Natürlich, sagt Isabel sofort. Was meinst du denn, worüber wir hier gesprochen haben?
Und Kirsten läßt dich nicht kommen? Sie sagt, du *sollst* nicht kommen?
Sie hat Hannah und der Heimleiterin und Dr. Haslet gesagt, wenn ich käme, wolle sie mich nicht sehen, sagt Isabel. Sie läßt mir mitteilen, daß sie mir nicht böse sei – oh nein, *davon* kann nicht die Rede sein – und natürlich haßt sie mich nicht – aber sie möchte mich gerade jetzt lieber nicht sehen, das ist alles. Sie zieht es vor, mich gerade jetzt nicht zu sehen. Ich dachte, du wüßtest das alles?
Ich glaube, sie wird sich anders besinnen, sagt Owen, noch immer diplomatisch, und schluckt mühsam, ich meine, hattest du denn *geplant,* nach New York zu fliegen? – wenn –
Die Silbers hatten mich gebeten, ein paar Tage bei ihnen zu verbringen. Sie haben jetzt das schöne, große Brownstone-Haus, wie du weißt, oder vielleicht hast du es nicht gesehen, auf der Ostseite, an der Achtundsechzigsten, es wäre eine Kleinigkeit, nach New York zu fliegen und bei ihnen zu wohnen, einen Wagen zu mieten, nach Eyre zu fahren und Kirsten abzuholen: dann könnten wir

zusammen ein paar Tage in New York verbringen – ins Theater gehen – in Museen – ich könnte ihr ein paar Sachen kaufen – als ich einmal anrief und Kirsten offenbar nicht im Zimmer war, gab Hannah zu, daß ihr die Kleider nicht mehr gut passen, sie hat so abgenommen – ich vermute – lieber Himmel, ich *weiß* es ja – daß sie ohnehin in einem schandbaren Zustand sind – Kirsten ist einfach *ungepflegt* – noch bevor der Kummer mit deinem Vater begann – seit Jahren war sie ein gestörtes Kind – ich weiß nicht, was ich mit ihr machen soll – vielleicht müßte ich darauf bestehen, daß sie Eyre verläßt und fachkundige Hilfe bekommt – ich muß sie vielleicht in eine Anstalt einweisen –

Sag das nicht, Mutter! bittet Owen. Aber leise. Seine Stimme ist heiser und zittert. Sieh mal, Mutter, ich meine – du erwähntest – eine Psychologin in Eyre – wie hieß sie doch? – Wenn du vielleicht mit der sprechen könntest?

Ich habe mit ihr gesprochen, sagt Isabel etwas ruhiger, und ihre vernünftige Art hat mir Eindruck gemacht – sie ist intelligent und sachlich und kein Unruhestifter wie Pritchard – das erste, was *der* Kerl erwähnte, war Selbstmord – erinnerst du dich? – und in was für einen schlechten Ruf *er* dann käme – aber Dr. Haslet ist intelligent und sympathisch und scheint Kirsten tatsächlich gernzuhaben. Wir unterhielten uns fast eine Stunde am Telefon. Sie sagt, Kirsten sei ein überaus sensibles Mädchen, ihr Intelligenzquotient liege über 140, aber das wußten wir ja, nicht wahr –, und sie übertriebe einfach den Kummer, den jedes Kind unter *diesen* Umständen empfinden müsse – oder vielmehr, in jedem Fall, wenn es so plötzlich seinen Vater verliert – aber – immerhin – du mußt doch wissen, was ich meine, Owen – und das Ergebnis war, daß mir Dr. Haslet riet, mich meiner Tochter jetzt nicht aufzudrängen – eine Weile zu warten – ihr Zeit zu lassen, bis sie nach mir *verlangt*.

Aber vielleicht will sie mich auch nicht sehen, sagt Owen. Er ist jetzt offensichtlich nervös. Der Gedanke an den billigen Briefumschlag und seinen scheußlichen Inhalt, der Gedanke daran, wie erstaunt und angewidert er auf den Brief gestarrt und dabei gemeint hatte, seine Schwester könne sehr leicht wahnsinnig werden – und obendrein den grausamen kleinen Stich, den ihm Isabel mit ihrer Anspielung auf Kirstens Intelligenzquotient versetzt hatte – denn Schwester und Bruder sind natürlich Rivalen, erbitterte

Rivalen, und Owen ist natürlich Kirstens Intelligenzquotient so bekannt, wie ihm sein eigener schmerzlich bekannt ist, der einmal bei einem Test drei Punkte unter dem ihren lag, ja bei einem andern erschreckenden Anlaß sogar ganze zehn Punkte unter dem ihren – und Isabels Persönlichkeit in ihrer einfach unverhohlenen Überlegenheit, mit der er es nie aufnehmen konnte: die Spannung wird zu stark, sein Mund ist so trocken, daß er kaum schlucken kann – Mutter? fragt er, vielleicht möchte sie auch mich nicht sehen – wie willst du das wissen? Zu Weihnachten hat sie mich wie Dreck behandelt –

Das war bloß eine ihrer Albernheiten, erklärt Isabel kurz und bündig. Das hat sie nicht im Ernst gemeint.

Aber –

Einer ihrer Streiche, ihrer Mätzchen. Und dabei hätte sie ein so wundervolles Mädchen sein können, sagt Isabel in einem Anfall von komisch erstickter Rührung.

Hätte sein können! ruft Owen. Oho, es ist ja noch nicht zu spät, was? Ich meine – das arme Ding ist erst siebzehn –

Owen, sagt Isabel und hebt die Stimme, ich habe keine Zeit, mit dir herumzustreiten – auch für *deine* Streiche und deine boshaften Possen habe ich keine Zeit – deine Schwester könnte gemütskrank sein – sie *könnte* Selbstmordgedanken haben – und *meine* Nerven sind dem Zerreißen nahe – ich habe seit dem vergangenen Juni keine einzige Nacht durchschlafen können –

Ja doch, ja, Mutter, sagt Owen rasch und ist jetzt so aufgeregt, daß er zu zittern anfängt, und voller Ängste, daß er mit den Zähnen klappern könnte, ja doch, mein Himmel, entschuldige, *entschuldige,* ich will ja jeden Mist erledigen, den du von mir verlangst, ich will Kirsten eine Zwangsjacke anlegen und sie ins nächste Irrenhaus überweisen – ich will das arme Arschloch in die Stadt fahren, wenn du das von mir verlangst – ins Bellevue –

Er hat die Beherrschung verloren; er spricht mit atemloser, hoher Fistelstimme; seine Zähne haben tatsächlich zu klappern angefangen – doch glücklicherweise – und das ist nun ein ganz besonderer Glücksfall (denn Isabel hätte sich sofort über seine unanständige Redeweise empört: sie verabscheut unanständige, nicht von ihr selbst benutzte Worte) – glücklicherweise scheint am andern Ende der Leitung, in Nassau, etwas vor sich zu gehen, im Hintergrund hört er eine Stimme oder mehrere Stimmen, Isabel ist plötzlich

nicht mehr allein, ihre Aufmerksamkeit wird vom Telefongespräch mit dem Sohn abgelenkt, und der Sohn sitzt zitternd an seinem Schreibtisch und umklammert den Hörer so fest, daß seine Finger taub geworden sind...
Stimmen, unterdrücktes Gelächter.
Mörderische Eifersucht durchzuckt ihn.
Mutter? ruft er. Bist du noch am Apparat?
Isabel spricht, aber ihre Stimme klingt undeutlich. Er kann die Worte nicht verstehen. Und die andere Stimme – ist das eine Frauen- oder eine Männerstimme?
Mutter! brüllt Owen.
Sie lacht, sie bemüht sich nicht, die Hand über den Hörer zu legen. Owen wartet – mit hämmernden Pulsen am ganzen Körper... Das sollst du mir büßen, denkt er. Das sollst du mir büßen. Nebst allem anderen. O ja o ja o ja.
Doch es gelingt ihm, mit ruhiger Stimme zu fragen: Hallo, Mutter? Was ist los? Ist jemand da? Kannst du nicht sprechen?
Sie wendet sich dem Apparat zu, setzt das Gespräch fort. Sie sagt: Liebling, mir ist so viel leichter ums Herz, seit ich mit dir gesprochen habe, du suchst sie also auf? Und rufst sie gleich an? Vielleicht nicht mehr heute abend, mein Gott, es ist so spät geworden, aber morgen in aller Frühe –
Sicher ist jemand bei ihr im Zimmer. Ein Mann. Ganz sicher. Isabels Stimme hat jetzt den melodischen spanischen Tonfall, die dunkle Verlockung, die Owen verabscheut. Doch er verbirgt seine Verzweiflung, er weicht aus, er sagt: Aber weshalb will sie mich sehen, wenn sie sich weigert, *dich* zu sehen?
Ihr seid euch immer so nahe gewesen, du und deine Schwester, sagt Isabel.
Ach was, fang nicht wieder damit an –
Ja, *sehr* nahe, sagt Isabel, und ihre Stimme hebt sich in einer Art übersteigerter Koketterie, es ist so rührend – dein Vater und ich haben uns immer so darüber gefreut – wir fanden im Grunde, daß du eine Beschützerrolle übernommen hattest – Nick ist es auch aufgefallen – und – also – jetzt muß ich aufhören, liebster Owen – unser Gespräch wird Claudia ein Vermögen kosten –
Aber warte doch, Mutter, sagt Owen, ich glaube nicht, daß ich –
Rufe Kirsten morgen früh an, tu's nur, sie wird entzückt sein, von dir zu hören, sagt Isabel, ein Gemurmel im Hintergrund übertö-

nend – Stimmen? – Radiomusik? – ich wäre nämlich selber entzückt, wenn ich mal von dir hörte, sagte sie kokett, du rufst mich *niemals* an, Liebling – es bekümmert mich. Und jetzt – jetzt muß ich aufhängen. Du rufst sie also bestimmt an – und dann rufst du sofort mich an –

Owens Gesicht und die Schläfen sind naß vor Schweiß, er kann nicht gleich antworten. Er steht da, hat die Augen fest geschlossen. Mutter, denkt er, das wirst du mir büßen, das verzeihe ich dir nie. Isabel plappert mit leichter, unschuldiger Stimme weiter. Natürlich ist jemand bei ihr im Zimmer: ihr gegenwärtiger Liebhaber.

Welcher von ihnen? wird Kirsten fragen.

Wie kann ich das wissen? wird Owen grob antworten. *Nick Martens oder Tony Di Piero oder irgendeine neue Eroberung, eine ganz neue, mit der wir noch bekanntgemacht werden müssen.*

Warst du eifersüchtig? wird Kirsten listig fragen.

Ich muß aufhängen, Liebling, sagt Isabel, und vielen herzlichen Dank, ich glaube, alles wird sich wieder einrenken, wahrscheinlich macht sie bloß eine *Phase* durch, diesen Standpunkt nahm Maurie stets ein – es ist so philosophisch, so olympisch – falls es das richtige Wort ist? – so weise. Während ich immer zu empfindsam war.

Ja, sagt Owen ruhig. Ja. Schon recht. Gute Nacht.

Und du rufst mich *bestimmt* an – gleich danach?

Ja. Bestimmt. Gute Nacht.

Vergiß nicht, Liebling – du bist jetzt der Mann in der Familie.

*

Der Mann in der Familie.

Ein treffender Ausdruck, an dem Owen aus irgendeinem Grund seine Schwester nicht teilhaben läßt. Doch als er ihn vernimmt, schneidet es ihm wie mit Messern durchs Herz. Und er denkt – nicht zum erstenmal– daß Isabel und nicht Maurie hätten sterben sollen. Isabel – nicht Maurie.

Wenn es eine Gerechtigkeit in der Welt gäbe.

Der Ur-ur-ur-urgroßvater:
Anmerkungen über John Brown

Dezember 1859. In Charlestown, Virginia (jetzt West-Virginia) die Hinrichtung erwartend. Nach dem Unglück in Harpers Ferry: Seit meiner Inhaftierung habe ich mich ständig einer *bemerkenswerten Heiterkeit und Seelenruhe* erfreut, und ein großer Trost ist mir die Gewißheit, daß es mir *vergönnt* ist, für eine gute Sache zu sterben und nicht bloß wie jedermann des Lebens Zoll zu zahlen.

*

1856: Das blutige Gemetzel in Kansas und am Pottawatomie; fünf Feinde, das heißt, Sklavenhalter, wurden getötet. Keine Zeit für Gewissensbisse oder Erbarmen. Gott der Herr lenkt Old Osawatomies Hand und seinen Grimm. Wie kann es Zaudern geben, wenn »alle Dinge von Gott vorherbestimmt sind«? Flinten, Gewehre, in Stiefelschäften versteckte Jagdmesser. Captain Brown, so wurde er genannt. Einundzwanzig junge Männer waren in seinem Partisanenheer, einschließlich der Schwarzen. Vermutlich waren sie sehr tapfer. Bestimmt waren sie bereit zu sterben. Und zu töten.

*

Gott lenkt den Menschen in allem Tun – in all seinen Taten. Seinem Grimm kann man sich nicht entziehen. Auch nicht dem sehrenden Antlitz seiner Gnade.

*

Old Osawatomie lehrte: es gibt so etwas wie eine Höhere Gerechtigkeit. Auslösen wird sie – und tut es bereits – die Zweite Amerikanische Revolution. (Das heißt, die Freien Staaten gegen die Pro-Sklaverei-Staaten). Man muß sich der Schreie im Schlamm in Pottawatomie, man muß sich der erschrecklichen Gnade des Herrn erinnern. *Denn so jemand das Gesetz hält und sündiget in Einem, der ist dessen ganz und gar schuldig.*

*

Nachdem Captain John Brown am 2. Dezember 1859 in Charlestown gehenkt worden war, wurde er von Hunderten seiner Anhänger als Märtyrer und als Heiliger betrauert. (Denn schließlich hätte er aus Charlestown entweichen können – er und die kleine Schar seiner Soldaten hätte ausbrechen können, bevor Col. Robert E. Lee zum Angriff vorging.) Doch John Brown lehrte: *Du glaubst, daß ein einiger Gott ist, und tust wohl daran: die Teufel glauben es auch und zittern. Weißt du aber, du eitler Mensch, daß der Glaube ohne Werke tot ist?*

*

Alle Dinge sind von Gott vorherbestimmt. Gerechtigkeit ist notwendig auf Erden. *Infolgedessen* wird der Feind (die Klasse der Sklavenhalter) in der Zweiten Amerikanischen Revolution vernichtet werden. Gott spottet nicht.

*

Keine Gewissensbisse? Keine. Nicht einmal im geheimsten Grauen des Körpers.

*

John Brown: In meinem früheren Leben verspürte ich während einer Reihe von Jahren einen stetigen, starken Wunsch zu sterben, doch seit ich eine Möglichkeit sah, ein »Schnitter« bei der großen Ernte zu werden, war ich nicht nur völlig bereit zu leben, sondern ich habe das Leben sehr genossen.

*

Die Freundschaft der Welt ist Gottes Feindschaft. Wer daher der Welt Freund sein will, der wird Gottes Feind sein.

*

John Brown und seine Partisanen bettelten um Essen, Waffen, Geld und Pferde. Den Bezirkssheriffs gingen sie aus dem Wege, denn die waren ermächtigt, Staatsfeinde ohne vorherige Warnung zu erschießen. Doch Brown war ungeheuer mutig: er sprach sogar in jenen Orten, wo Plakate angeschlagen waren, die für seine Gefangennahme eine Belohnung versprachen, und wie es hieß, redete er laut und kühn und mit großer dramatischer Eindringlichkeit. *Die Klasse der Sklavenhalter muß vernichtet werden. Eine neue Ordnung steht nahe bevor. Gott läßt Seiner nicht spotten. Sein Zorn läßt sich nicht beschwichtigen. »Ich bin es, der lebt und der gestorben war; und siehe, ich lebe von Ewigkeit zu Ewigkeit und habe die Schlüssel zu Hölle und Tod.«*

*

Nicht Rache, sondern Gerechtigkeit wird ausgeübt werden auf Erden – durch *irdische Helfer.*

*

Die Geheimen Sechs, kampfbereite Sklaverei-Gegner und aufrechte Bürger, Philanthropen in gesichertem Mittelstand. Der Abschaffung der Sklaverei verpflichtet, dem kalten Krieg zwischen Norden und Süden. Sie brachten Geld auf für den alten John Brown. Für den siechen alten Mann. Geld und Anteilnahme und Unterstützung und junge Soldaten für sein Heer. Junge Männer, bereit, mit ihm zu sterben – durch das Schwert. *Ihr wißt nicht, was morgen sein wird. Denn was ist euer Leben? Es ist nur ein Hauch, der eine kleine Zeit währet, danach aber schwindet er dahin.*

*

Der alte Osawatomie war ein Märtyrer, ein Wahnsinniger, ein Mörder, ein Heiliger, ein Dämon, ein tapferer, unerschrockener Held, der Zorn Gottes, das Werkzeug des Teufels. Was George Washington, der General, für die Erste Amerikanische Revolution war, das war John Brown für die Zweite Amerikanische Revolution. Er wurde gehenkt, aber die gute Sache siegte. Immerhin, er wurde *gehenkt,* er starb einen schändlichen Tod. (Er zeugte jedoch zwanzig ihn überlebende Kinder, sieben von seiner ersten Frau und dreizehn von der zweiten Frau. Im Stammbaum der Hallecks in Washington, D.C., führt eine direkte Linie zurück auf eine gewisse »Judith Brown«, eine Tochter von Browns erster Frau, der unglücklichen Dianthe Lusk. Wodurch Old Osawatomie zum Ur-ur-urgroßvater von Kirsten und Owen Halleck wird, die ihrerseits die Kinder des verstorbenen, entehrten Maurice J. Halleck sind. Der auch ein Märtyrer war. Und ein äußerst mutiger Mann.)

*

Hier folgt Browns offizielle Aussage nach seiner Verhaftung in Harpers Ferry: Ich heiße John Brown; ich bin allgemein als Old John Brown aus Kansas bekannt. Zwei meiner Söhne wurden heute hier getötet, und ich werde auch sterben. Ich kam hierher, um die Sklaven zu befreien, und wollte keinen Lohn dafür empfangen. Ich habe aus Pflichtgefühl gehandelt und bin's zufrieden, mein Los auf mich zu nehmen, aber ich finde, daß mir die Menge übel mitgespielt hat. Ich bin ein alter Mann; gestern hätte ich töten können, wen immer ich wollte, doch ich hatte nicht den Wunsch, irgend jemanden zu töten und hätte auch niemanden getötet, wenn man nicht versucht hätte, mich und meine Leute zu töten. Ich hätte die Stadt zerstören und niederbrennen können, aber ich tat es nicht; ich habe die Leute, die ich als Geiseln nahm, freundlich behandelt, und an sie wende ich mich, für die Wahrheit meiner Worte zu zeugen. Wenn es mir diesmal gelungen wäre, Sklaven herauszuholen, hätte ich für einen ähnlichen Feldzug zwanzigmalsoviel Männer aufstellen können, wie ich sie jetzt gehabt habe, aber es ist mir nicht geglückt.

*

Verhört. Schuldig befunden. Zum Tode verurteilt. Am 2. Dezember 1859 vor einer Menschenansammlung gehenkt.

*

Kein Erbarmen! war sein Schlachtruf. *Kein Erbarmen mit unsern Feinden!*

*

Henry David Thoreau sagte von John Brown: *Er ist ein Engel des Lichts.* Und ferner sagte er: *Ich möchte nicht töten oder getötet werden, aber ich kann mir Situationen vorstellen, wo mir beides unvermeidlich erscheinen würde.*

*

Cholera, Fieber, Schüttelfrost, Hungersnot. Lungenentzündung. Mit Blut und Haaren besudelte Wände. *Ich will mein Leben für einen Sklaven hingeben,* erklärte Brown. Die Schlacht am Black Jack. Das Niederbrennen von Häusern. Gemetzel. Gottes Grimm ist das Niedermetzeln des Menschen. Osawatomie. *Kein Erbarmen* ist Gottes

Schlachtruf. Stellt euch vor: Spieße, Sensen, Musketen, Flinten, Gewehre, Jagdmesser. Überfälle in der Morgendämmerung auf schlafende Menschen. Geschichte, mit Blut geschrieben. Durch Blut gesühnt. Fürchtest du dich? Ich bin entsetzt. Willst du dein Leben hingeben? Wenn ich muß.

*

Genealogie. John Brown, geboren 1800. Verheiratet mit Dianthe Lusk, die (wie man vermutet) von zahlreichen Schwangerschaften sowohl körperlich wie geistig geschwächt war. 1828 (?) kam in Boiling Springs, Ohio, eine Tochter namens Judith zur Welt. Judith heiratete Elias Trubee, einen dort ansässigen Farmer, und 1845 wurde ein Sohn namens William geboren. William Trubee heiratete Hagar Quinn in Rhinelander, Wisconsin, und ihr erstes Kind war eine Tochter, Elizabeth, geboren 1879. Elizabeth heiratete in Rhinelander einen jungen Kaufmann namens Wesley Halleck (der wohlhabend werden sollte und aus Rhinelander wegzog), und ihr einziges Kind war ein Sohn, Joseph, geboren 1909. Joseph heiratete Abigail Rowlandson, die Tochter eines Chicagoer Farbenfabrikanten, und ihr erstes Kind war ein Sohn namens Maurice, geboren 1930 in Washington, D.C. Und Maurice heiratete Isabel de Benavente aus Washington, New York City und Palm Beach. Ihnen wurden drei Kinder geboren: Owen Jay (am 14. Januar 1959), ein Mädchen, das keinen Namen erhielt und nur wenige Tage lebte (es war irgendwann im Jahre 1961, Kirsten kennt das genaue Datum nicht und kann natürlich keine Nachforschungen anstellen, da das Thema zu heikel, zu »ernst« ist, und jedenfalls hat sie stets der schreckliche Gedanke verfolgt, daß der Tod des namenlosen Kindes der einzige Grund für ihre eigene Existenz ist): Kirsten Anne, geboren am 8. Oktober 1962. Die Kinder kamen alle drei im gleichen Krankenhaus in Mount St. Mary's in Washington, D.C. zur Welt.

*

John Brown am Vorabend seines Todes: ...es ist ein großer Trost zu wissen, daß *es mir vergönnt ist,* für eine gute Sache zu sterben und nicht bloß wie jedermann des Lebens Zoll zu zahlen.

Sie spricht. Ernst. Tonlos. Ihre Haut strafft sich über ihr schmales, einst so schönes Gesicht, und ihre Augen sind größer, als Owen sie je gesehen hat, tiefliegend und eiskalt strahlend: einen seltsam harten Glanz der Augäpfel findet er abstoßend. Ihr rotblondes Haar ist vom Wind zerzaust und offensichtlich seit sehr langer Zeit nicht gewaschen worden. Ihre Gesichtshaut ist fahl, vorzeitig müde, und die höhnischen Linien um ihren Mund sehen aus, als seien sie mit vorsätzlicher Grausamkeit ins Fleisch geritzt worden, mit dem Zynismus einer Erwachsenen – mit sich selbst zerstörendem Sarkasmus. Seine Schwester Kirsten soll das sein? *Seine* Schwester? Er starrt sie ein paar Minuten lang an, bevor er genau begreift, was da nicht stimmt: die Idiotin hat sich sämtliche Brauen ausgezupft.

Verstell dich nicht, sagt sie tonlos. *Lüge nicht! Du weißt, was ich will. Du weißt, was wir tun werden. Wir beide – die Beiden. Du weißt es.*

Ich weiß es nicht, widerspricht Owen. *Ich weiß nichts darüber.*

Sie wartet auf ihn. Am Samstagmorgen. Aber nicht in ihrem Internat, wie er angenommen hatte. Er findet sie drei Häuserblocks entfernt vom Gelände der *Akademie Eyre für Mädchen,* wo sie auf der schmutzigen Treppe eines Speiselokals sitzt, dessen Schild GESCHLOSSEN schief im Fenster baumelt. Sie trägt Jeans und eine Schaffelljacke mit verfleckten Manschetten und Jogging-Schuhe (blaue mit gelbem Besatz), die von angetrocknetem Schmutz starren. Ihre Zigarette raucht sie mit der Miene einer Schlafwandlerin. Sie weiß, daß er sich ihr von jenseits der Straße nähert, sie weiß von seiner Bedrängnis, seinem Ärger – oder vielleicht weiß sie es auch nicht, ist gleichgültig, ist gedankenlos, eine unschöne, hingerekelte Gestalt, die ein Junge oder ein Mädchen sein kann, vielleicht vierzehn Jahre alt oder jünger, Isabel de Benaventes Tochter. *Ich mache mich häßlich,* verkündet sie allen Augenzeugen. *Ihr wißt, weshalb.*

Owen drängt es, sie zu fragen, was zum Teufel sie eigentlich zu tun glaubt: warum sie sich so kleidet, verliedert und halb verhungert und lächerlich? Und warum hatte sie nicht ein Minimum an Höflichkeit gehabt, ihm an der Empfangstheke eine Nachricht zu hinterlassen, nachdem er den weiten Weg bis hierher gefahren ist, um sie zu besuchen? Aber dann denkt er: *Ich bin jetzt der Mann in der Familie,* denkt vorsichtshalber: *Ich will sie lieber nicht verärgern.*
Er begrüßt sie, sie reichen sich die Hand; um ihr zu imponieren, tritt er in einem nicht ganz ernst gemeinten College-Stil auf, *seinem* Stil, den er stolz und selbstsicher pflegt: es ist eine Rolle wie jede andere, und eine, die stets gut zu ihm gepaßt hat. Owen Halleck in seinem schmucken Kamelhaar-Blazer und seinem dunklen Rollkragenpulli. Kräftige, derbe Knochen, ein kräftiges Gesicht. Breite Schultern, ein leichter, federnder Gang – die Grazie eines Sportlers – oder doch nicht? (Owens schlaffen Bauch, seine fleischigen Hüften, den »Wulst« aus überschüssigem Fett kann niemand vermuten.) Vielleicht ist er kein hübscher junger Mann, aber mittels eines klugen, gut einstudierten Lächelns und anderer Tricks mit seinen Gesichtsmuskeln und mit seiner rauhen Stimme ist es ihm immer möglich gewesen, eine gewisse Aura von Intelligenz und Zuverlässigkeit, von gutmütiger Gelassenheit und Ruhe auszustrahlen. Auf jeden Fall ist ihm die Trauer nicht anzusehen.
Du bekommst nicht genug Schlaf, sagt er mit brüderlich rascher Zutraulichkeit, du bekommst auch nicht genug zu essen! Wie es heißt, fallen einem die Haare aus, wenn man sich nicht satt ißt. Was zum Teufel soll das also...?
Kirsten starrt ihn an. Antworten kann sie nicht. Ihre aufgesprungenen Lippen bewegen sich kaum wahrnehmbar; ihre bleichen Augenlider flattern. Es ist ein alter Trick Isabels – Owen hat es tatsächlich bemerkt und sich darüber geärgert, weil sie ihn vor Kirsten wiederholt anwandte – nämlich den flinken, unverblümten, groben, unwiderlegbaren Hinweis auf irgendein körperliches Manko (Pickel oder fettiges Haar, ein nicht gewaschener Hals oder Schweißgeruch), um von vorneherein die Oberhand zu behalten. Um von möglichen Beschuldigungen abzulenken.
Sie murmelt eine Entschuldigung. Weicht ein oder zwei Schritte zurück. Läßt die Zigarette auf den Gehsteig fallen – scheußliche Gewohnheit – und zertritt sie ziemlich langsam, fast zu umständlich, mit der Fußspitze.

Du hast was Verrücktes mit deinen Augenbrauen angestellt, sagt er. Er packt sie bei den Schultern und schüttelt sie ein bißchen. Nicht derb. Vielleicht etwas ungeduldig. Aber voller Herzlichkeit – bestimmt voller Herzlichkeit. Hör mal, Schätzchen, bist du high? Schon so früh am Tage? Wenn du's nämlich bist, dann verabschiede ich mich lieber. Deine Dummheiten interessieren mich nicht, und ich habe verflixt viel zu arbeiten.
Kirsten beginnt sofort zu sprechen: sie entschuldigt sich noch einmal, gibt unsichere Erklärungen ab, wegen diesem und jenem, wegen eines Mädchens namens Binkie und ihrer Stubengenossin Hannah, wegen einer »bedrückenden« Atmosphäre im Internat – bis ihre Worte versickern und sie ihn wieder mit den toten, perlmuttgrauen Augen anstarrt. *Du weißt, was ich will,* sagt sie. *Du weißt, was wir tun werden, laß mich nicht im Stich,* sagt sie, fleht sie, *laß ihn nicht im Stich!*

*

Ich bin nicht wegen des Briefs hergekommen, sagt Owen gleichgültig. Sehr gleichgültig. Ich meine den Wisch, den du mir mit der Post geschickt hast.
Den Wisch, den ich in Fetzen gerissen und weggeworfen habe, sagt er.
Einer von deinen Scherzen, deinen Possen. Sie sind nicht besonders witzig.
Einer meiner Zimmergenossen – Rob – hat die Post raufgebracht. Hat sie mir aufs Bett geworfen und gelacht und gesagt, entweder ist er von einem Mädchen, das wirklich scharf auf dich ist, oder von einer Verrückten. Erzähl's mir dann.
Ich hab' kaum einen Blick draufgeworfen. Hab' den Wisch in Fetzen zerrissen und sie weggeworfen, sie weggespült – in der Klo-Schüssel nämlich.
Nachher hab' ich's Rob erzählt: bloß eine Verrückte.

Warum ich wie besessen daran denke, fragst du vielleicht.
Er schmeckt schwärzlich, schlamm-schwarz, geronnen, ekelhaft. Sammelt sich hinten im Mund. Ein Klümpchen. Bitter und brackig, wie stagnierendes Wasser. Auch was Metallisches ist dabei.
Wasser, in das Kloaken entleert wurden. Wasser, in dem organisches Leben verwest – pflanzliches Leben, Algen, winzige Fische, Insekten, Würmer... damit es wieder zu neuem Leben erblühen kann, zu neuem, organischem Leben.
Sollen wir darauf unsre Hoffnung setzen? Unsern Trost finden?
Nein.

*

Der Geschmack ist fade und abgestanden und schwärzlich. Zähschleimig. Sammelt sich hinten im Mund an. Von dem Gift wird die Zunge allmählich gefühllos. Panik rast durch den Körper. Der Körper wird vor Entsetzen schlaff. Es ist das Grauen, weil der Tod naht – aber mehr als das: weil das Leben ausgelöscht sein wird. Daß man verschwindet wie Wasser in einem Rohr. Gurgelndes, schmutziges Wasser, ein Rohr hinunter. Glatt. Unbehindert. So einfach.
Ist das Geschehen widerruflich?
Nein, nie.

*

Aber warum muß ich immer wie besessen daran denken, möchtest du wissen, fragst es ziemlich ungeduldig. Warum bilde ich mir ein, daß mein Zorn, mein Kummer, meine Rachepläne, meine Hoffnung auf Gerechtigkeit einen Unterschied ausmachen werden? Schließlich – bleiben die Toten tot – lange Zeit tot.
Ja, ich bin ins Brean Down County in Virginia hinausgefahren –

genauer gesagt, ich habe mich von einem Freund hinfahren lassen. Ich habe darauf bestanden, aus dem Wagen auszusteigen. Auf der Landstraße entlangzugehen, die Schutzplanke zu untersuchen, die kürzlich ausgebessert wurde (sie ist nur dreißig Zoll hoch – ich habe es gemessen) und den Hang hinabzuklettern, wobei meine Sandalen im Gras ausglitten, so daß ich fast hingefallen wäre. Ich betrachtete die Stelle – sie war nicht zu übersehen – wo sein Wagen aufgeprallt und fünf Fuß tief eingesunken war. Schilf und Schachtelhalme und Baumstümpfe hatten Schaden genommen. Der Schlamm hatte sich natürlich wieder aufgefüllt, der weiche, fette schwarze Schlamm hatte sich aufgefüllt, aber man konnte sehen, daß etwas dort gewesen war.

Ich bin ins Wasser hinausgewatet, habe den brackigen Sumpfgeruch eingeatmet, unbekümmert um den starken Gestank oder die Mücken und Schnaken. Der Moder unter meinen Füßen war weich. Ganz weich. Ich bin fünf bis sechs Zoll eingesunken. Das Wasser ging mir fast an die Knie, und ich sank immer tiefer, aber ich hatte keine Angst. Ich habe mich gebückt, um Wasser auf meine Beine zu spritzen. Ich habe es gekostet: habe meine Augen geschlossen und es gekostet: ja, es war so, wie ich es mir vorgestellt hatte: ich hatte es schon immer gewußt.

Ich schöpfte mir eine Handvoll Schlamm, um auch den zu kosten. Aber es kam mir hoch. Dann begann ich zu lachen.

Mein Freund stand oben an der Landstraße und rief zu mir hinunter.

Ich begann zu lachen, weil ich angenehm high war, und weil alles nicht ganz wirklich war. In dem Moment eben. In *dem* Moment es ernstzunehmen, war nicht nötig, weil er vor langer Zeit gestorben war – vor Wochen – vor Monaten – und sein Tod war eine vollendete Tatsache, und damit hatte sich's. Der Wagen war herausgezogen worden, der Leichnam daraus befreit. All das war vorbei. Ich konnte nichts daran ändern. Es war vorbei. Ich lachte ein Weilchen, dann hörte ich auf zu lachen, aber ich war nicht fassungslos.

Der Brean Down Sumpf. Achtzehn Meilen bis zur Stadt Meckleberg, fünfunddreißig Meilen nördlich von Waynesboro, etwa zwanzig Meilen nordwestlich von Charlottesville. Nicht ganz hundert Meilen von Washington.

So schmeckt der Tod: genau wie ich's mir vorgestellt hatte. Aber für ihn kam auch noch der Blutgeschmack hinzu. Der Geschmack seines eigenen Blutes. Die Überraschung deswegen. Sein warmes, salziges Blut. Er *muß* es geschmeckt haben – er ist nicht sofort gestorben. Wahrscheinlich hat er nicht sofort die Besinnung verloren.

*

Bäume ohne Namen. Ich muß ihre Namen herausbringen. Hohe, schlanke, auf eine Seite hinübergeneigte Bäume; mit einer abblätternden, silbrigen Rinde; übersponnen von zähen Ranken. Die Ranken waren recht gesund, aber die Bäume schienen einzugehen. Sie starben vom Wipfel abwärts. Ausgehöhlte Stämme lagen viele da, viele Stümpfe. Manche sahen sehr alt aus – prähistorisch. Aber das bildete ich mir ein. Man wirft mir vor, daß ich mir zuviel zusammenphantasiere. Mit meiner »ungewöhnlichen« und sogar »beunruhigenden« Phantasie. Mit meinem Intelligenzquotienten, auf den meine Mutter – zeitweilig – stolz gewesen ist.

Eine Psychopathin – so hat sie mich mal genannt. Aber nicht im Ernst – mehr oder weniger gesprächsweise. Ich glaube, sie meinte psychotisch.

Jedenfalls war es nicht wichtig, es war bloß Schwimmbecken-Geplauder mit Freunden – oder ein Mutter-Tochter-Gespräch während des Fahrens, oder beim Einkauf von Wintersachen oder Frühjahrssachen, oder bei einem neuen »Jugend«-Psychiater, weil Dr. Pritchard so kläglich versagt hat. Ich hab's aber Vater erzählt. Hab's Vater erzählt. Sie verfolgt mich – bedeutet es, daß ich was angestellt habe? Er griff den Scherz auf, die humorvolle Seite. Vielleicht versäumte er es, die Verzweiflung zu bemerken. (Kirsten scherzt immer, sie hat so einen unbändigen Humor, was für Einfälle sie hat, wie drollig sie ist ...) Trotzdem sprach er mit Isabel darüber, und Isabel kam zu mir, klopfte an meine Tür, die geschlossen war – ich ließ sie eintreten, obwohl ich kaum von meinem Schreibtisch aufblickte, und sie sagte, es tue ihr leid, es tue ihr wirklich sehr leid, natürlich habe sie nicht beabsichtigt, mich zu beleidigen oder zu verletzen, sie könne sich nicht einmal erinnern, gesagt zu haben, was sie gesagt hatte – psychopathisch, psychotisch – sie wolle sich entschuldigen, sie wolle mir versprechen, daß sie dergleichen nie wieder sagen würde, besonders nicht vor andern Leuten. Dein Vater war ziemlich beunruhigt, sagte sie zu mir und lächelte nicht gerade dabei, trug aber die eisige, huldvolle Beherrschtheit des

Berufsdiplomaten zur Schau, des Beamten im Auswärtigen Amt – obwohl Isabel Halleck natürlich nur Amateur ist. – Dein Vater nimmt alles sehr ernst, sagte sie. Ihre sanfte Stimme überzeugte, ihre schönen Augen mit den blonden Wimpern strahlten – es war eine so perfekte Vorstellung, daß ich, glaube ich, unversehens Beifall klatschte.

Ein Sumpf, ein sterbender Wald. Meilenweit. Die meisten Bäume waren unbelaubt. Ich sah einen Habicht – mein Freund sah ihn, aber vielleicht war es kein Habicht, sondern ein Bussard, ein Geier. Und weiter hinten im Moor ein wunderschöner, weißer Vogel, der auf einem Bein balancierte. Ein kranichartiger Vogel, völlig weiß. Was für ein Vogel ist das, fragte ich, aber er wußte es nicht, er machte irgendeinen Witz und schwatzte weiter, ich gab keine Antwort und hörte nicht zu, weil es nicht die rechte Zeit war, es war nur zwischen meinem Vater und mir, niemand sonst durfte sich einmischen.

(Etwas später sagte ich, daß wir »lieber nicht« – nicht heute – hab' einen juckenden kleinen Eiterpickel – und dann auch wegen meines Mundes innen – hm – *ja* – sollten's lieber nicht.)

Isabel weiß nichts von diesem Besuch, Owen weiß es nicht, ich war erstaunt über den fetten schwarzen Modergestank – ein netter, betäubender Geruch. Man konnte in den Schlamm hinauswaten. Tief einsinken, tief hinein. An meinen Füßen saugte es, als wär's etwas Lebendiges ... Kühler, weicher schwarzer Schlamm. Nett.

Ich hab' mir Wasser auf meine Arme und Beine gespritzt; ich hab's mit beiden Händen geschöpft und meine Stirn damit gekühlt. Die Kehle war mir trocken, deshalb hab' ich versucht, es zu trinken, aber das meiste lief mir am Kinn hinunter. Mein Mund hinten, meine Zunge hinten ausgetrocknet, gefühllos, taub, panischer Geschmack ... Hab' zu trinken versucht, aber das Wasser lief mir am Kinn hinunter. Es war lau. Es schmeckte nach Algen, nach Fäulnis, nach Tod. Meine Kehle sperrte sich dagegen.

Warum ich so morbid bin, fragst du.

Warum so mißtrauisch.

*

Ich beugte mich vor und hob Dr. Pritchards Brieföffner mit dem Nephritgriff auf, eine seiner kitschigen, ausländischen Passionen – und zog ihn aus der Scheide – und jagte dem armen Trottel einen

Mordsschrecken ein. Warum bin ich so mißtrauisch, sagte ich, leckte mir die Lippen, starrte das Messer an, warum bilde ich mir ein, daß gewisse Leute gegen meinen Vater intrigieren, daß eine gewisse Person ihm häufig etwas vorlügt, indem sie nicht genau die Wahrheit sagt – warum bilde ich mir ein, daß Sachen passieren, von denen uns nichts bekannt ist – ich meine, meinem Vater und mir – und meinem Bruder – warum bin ich so mißtrauisch, warum bin ich so morbid –

Dr. Pritchard wagte nicht, mir den Brieföffner wegzunehmen. Eine Tatsache, an die ich mich hinterher amüsiert erinnerte.

*

Warum bin ich so morbid, fragst du.

Schließlich – sterben Väter. Eines Tages. Im Laufe der Zeit.

Alle Väter sterben.

*

11. Juni 1979. Das Datum seines unwiderruflichen Todes.

Weshalb er starb, scheint auf der Hand zu liegen: er hinterließ so viele Mitteilungen, so viele hingekritzelte Notizen, beharrte auf seinem Vergehen, *seinem* Vergehen und sonst niemandes. Ja, er habe Bestechungsgeld genommen. In Teilzahlungen. Ja, er habe seine Stellung benutzt, um Prozesse hinauszuzögern, um Platten, Bandaufnahmen, Dokumente, Aufzeichnungen und Abschriften zu vernichten ... Er bekannte sich zu »allem«, könnte man sagen. Einschließlich des Irrtums seiner Ehe. Einschließlich des Irrtums wegen der Kinder.

Meine Absicht ist es, schrieb er, *meine Absicht ist es, Gerüchten und Vermutungen ein Ende zu machen und ... Vorsätzlich und wohlüberlegt verletzte ich die Heiligkeit der ... der mir anvertrauten Pflichten ... dem beschworenen Eid die Treue zu halten ... das Vertrauen meiner Mitarbeiter ... Den Glauben meiner ...*

Zusammenhangloses Gekritzel. Unleserliche Worte. Die Polizei war begreiflicherweise enttäuscht, denn selbst Vaters Mitarbeiter im Untersuchungsausschuß (allen voran Nick Martens) konnten gewisse Worte nicht entziffern, sogar seine Sekretärin nicht, die achtzehn Jahre lang für ihn gearbeitet hatte; sogar seine Frau Isabel nicht. Sogar seine Kinder nicht.

Durcheinanderpurzelnde, strauchelnde Wörter, trunken sinnloses

Geplapper. Wiederholt gab er es während seines Geständnisses selber auf und schrieb einfach *Ich bin schuldig.*
Ausgenommen den Fall, daß er dergleichen gar nicht selbst geschrieben hatte. Oder es unter Zwang geschrieben hatte, ehe man ihn fortschleppte, um ihn zu töten.

*

Aber wie können wir es wissen, fragte Owen entsetzt. *Wenn die Polizei ... Wenn das F. B. I. ... Wenn ...*
Wir wissen es, sagte ich und beugte mich vor, um ihm ins Ohr zu flüstern, *wir beide wissen es, lüge mir nichts vor, verstell dich nicht, vor mir am allerwenigsten von allen Leuten: wir wissen es. Und wir wissen, was wir tun müssen.*

*

Brean Down ist nicht der Ort, den wir für dich ausgesucht hätten, Vater. Den Sumpf dort. Den Morast dort. Schlammiges Wasser in deiner Lunge, Alkohol in deinem Blut, wir hätten etwas Besseres für dich ausgesucht, Vater, du bist sehr geliebt worden, du wirst unvergessen sein.
Ich habe Owen einen Brief geschickt. Leider habe ich lange gebraucht, ihn abzufassen. Vielleicht ging es mir nicht gut. Ich hatte wilde, verrückte Nächte gehabt. Sehr, sehr lange Tage. *Du weißt, was zu tun ist,* schrieb ich ihm.
Ich habe Wasser auf meine Arme und Beine gespritzt, um mich zu taufen. Der Kuß auf den Mund – auf den Leichenmund, der nach Körperpuder schmeckte, – war nicht ganz das *Richtige*, mir war das Sumpfwasser lieber, ich war schon high, doch ich wurde es noch mehr, als ich Algen und Fäulnis und Tod in mich hineinschlabberte.
Sumpfvögel riefen einander zu. Ich muß sie wohl aufgescheucht haben. Auch Frösche waren da. Und Insekten. Eine kleine Wolke von Moskitos schwärmte mir um Kopf und Schultern. Sie begannen mich zu stechen. Gierig, heißhungrig: man kann es ihnen nicht verübeln, es ist einfach ihre Natur. Moskitos und Schnaken sirrten mir um die Ohren.
Aber du weißt das ja alles, Vater.
Du weißt es, du bist als Erster gegangen. Du hast es eingesogen, das wimmelnde Leben. Hast es eingeatmet. Wimmelndes Leben,

wucherndes Leben, ich liebe das Wort, das ich zum erstenmal in der neunten Klasse benutzte, wuchernd, du warst stolz auf mich, hast mich geliebt, vor deinem Ende habe ich dich enttäuscht, aber du hast mich geliebt, du warst der einzige, der einzige.
Ist das Geschehen widerruflich?
Das werden wir sehen.

Feigling, sagte Kirsten leise. *Lügner.*

Owen spricht über mancherlei Dinge, schlenkert auf brüderliche Manier mit den Armen, wandert durch den Wald, als mache es ihm gar nichts aus, daß seine teuren, neuen Schuhe naßwerden. In den letzten paar Jahren, seit er in Exeter das Examen als Klassenbester bestanden hatte und eingeladen wurde, ins angesehenste Klubhaus des dortigen Colleges einzutreten, hat Owen fabelhafte Manieren entwickelt, das heißt, er weiß, wie man bei Unterhaltungen sprechen, und zwar ausführlich sprechen muß. Er ist bewußt freundlich, obwohl seine Freundlichkeit manchmal leicht ironisch angehaucht ist, wie eben jetzt.

Er findet es zum Beispiel ziemlich töricht, daß er und Kirsten sich aus der Stadt entfernen, dem Fluß entgegen, fort von einem annehmbaren Mittagessen in der »kuriosen« alten Molly-Pitcher-Inn, wohin die Mädchen der Akademie gewöhnlich von ihren Besuchern geführt werden. Er findet es töricht, daß sie in der riskanten Sonne eines hellen, rauhen Märznachmittags am Fluß entlangwandern sollen. Töricht auch, daß Kirsten sich so seltsam benimmt. Als könne ihn das irgendwie beeinflussen. Als könne ihn das einschüchtern.

Doch er will ihr gegenüber nachsichtig sein. Nach ein paar Stunden ist er ja wieder frei.

Als sie sich dem Fluß nähern, hüllt sie ihr Atem in einen leichten Dunst ein: Seelen, die in kleinen Dunstwolken ausgehaucht werden. Owen ärgert sich über die Kälte. Er ärgert sich, weil er so viel und so heiter sprechen muß. (Das Neueste über gemeinsame Freunde und Bekannte. Geplapper über das College – seine Kurse, seine Professoren, seine Examen, seine Prüfungsarbeiten, seine Spezialstudien am Seminar, seine Dissertation für das letzte Studienjahr, die wundervolle Vielseitigkeit seines Lebens, die trotzige

Normalität seines Lebens. Warum äußert sich Kirsten nicht dazu? Er schweift auf andere Themen über, heiklere Themen vielleicht, doch liebenswürdig dargestellt: Neuigkeiten über Nick Martens und sein allerneuestes Problem im Untersuchungsausschuß, eine Morddrohung, die offenbar mit einer Untersuchung über den Mißbrauch von Pensionskassengeldern einer staatlichen Gewerkschaft im Zusammenhang steht; Neuigkeiten – oder vielleicht ist es nur ein Gerücht – über Anthony Di Piero, daß er die junge Frau des Präsidenten vom Verwaltungsrat der *Midatlantic National Bank and Trust* zu heiraten gedenkt, das heißt, wenn ihre Scheidung ausgesprochen ist.)

Absichtlich (weil es Zeit wurde) erwähnt er die wichtige Tatsache, daß in der Schule alle so herzlich zu ihm sind – so mitfühlend warm und besorgt und höflich und rücksichtsvoll sein Eigenleben und seinen Kummer respektierend, jedoch ohne die Situation zu verschleiern. Er und Rob seien zum Beispiel eines Abends ausgegangen, um etwas zu trinken, und sie hätten ganz offen gesprochen: Owen über seinen Vater, und wie er ihn geliebt habe, und Rob über seinen Vater, wie er ihn geliebt, aber auch häufig gehaßt habe ... Die Leute sind sehr nett gewesen, sagt Owen und wirft einen Blick auf Kirsten; wenn man ihnen Gelegenheit gibt, können sie sehr großmütig sein; natürlich nehme ich an, daß sie hinter meinem Rücken über mich sprechen, und wenn ich jetzt einer der unteren Semester wäre, ob sie mich da auch aufforderten, diesem Klub beizutreten, scheint mir gar nicht so sicher – schließlich sind es auch nur Menschen – der Fall hat soviel beschissenes Aufsehen erregt, vermutlich werden wir einfach ein paar Jahre damit leben müssen, was? – und nicht zusammenbrechen oder uns zum Gespött machen – schließlich sind wir jetzt nicht gerade unsichtbar.

Kirsten starrt auf den schmutzigen, mit Spänen bedeckten Waldpfad unter ihren Füßen, als höre sie nicht. Als sei sie allein. Als denke sie ihre eigenen geheimen Gedanken.

Sie blickt ihn nicht an, und bestimmt spricht sie nicht, aber Owen zittert plötzlich und kann ihre Verachtung spüren. *Du Feigling,* denkt sie, *Du falscher, quasselnder Schweinehund.*

*

Bruder und Schwester, Schwester und Bruder. Fast vier Jahre auseinander. Der eine ist sechs Fuß und zwei Zoll groß und wiegt zweihundert Pfund, die andere ist fünf Fuß und sieben Zoll groß und wiegt hundertfünf Pfund oder vielleicht noch weniger – das arme, bleichsüchtige Schäfchen ist nichts als Haut und Knochen, Owen sieht es – trotzdem sollte es wahrscheinlich zugegeben werden, daß sie Zwillinge sind. Sozusagen.

Kinder des verstorbenen, entehrten Maurice J. Halleck. Verbrecher. Selbstmörder. Direktor des Bundesstaatlichen Untersuchungsausschusses im Justizministerium – von 1971 bis zum Februar 1979, als ihm nahegelegt wurde, um Beurlaubung von seinem Posten zu bitten. Einem Posten, der immerhin einer der heikelsten der Bundesregierung ist – und nicht gerade das Richtige für einen völlig verstörten und emotional unzuverlässigen Mann.

Wann genau war es, daß Mutter ihn aufforderte auszuziehen? Owen kann sich nicht erinnern. Natürlich waren er und Kirsten fort von zu Hause. Sie waren fast immer fort, entweder im Internat oder im Camp. Im Hinblick auf nützliche Betriebsamkeit wetteiferte ihr Leben mit dem ihrer Eltern.

Schließlich waren sie Washington-Kinder. »Emporkömmlinge« ist nicht ganz der treffende Ausdruck, denn die Hallecks haben Geld.

(Aber ist er denn – streng genommen – überhaupt ein Krimineller? möchte Owen fragen. Ich meine, wenn er nie eines einzigen Verbrechens überführt wurde, wenn er nie angeklagt und nie vor Gericht gestellt und schuldig befunden wurde... ein *Krimineller*, sagen die Leute – warum nicht ebenso leichthin ein *Opfer* sagen?)

Schwester und Bruder, Bruder und Schwester. Voller Groll. Voller Liebe. Streitend. Zwillinge. Sie ist ein Faxenmacher mit einem ausgefallenen Sinn für Humor – er mit seinen guten Umgangsformen ist rasch peinlich berührt und zuverlässig und intelligent und ehrgeizig und pfiffig, der Allerbeste der Zweitbesten (wie er befürchtet.) Sie ist mager und zappelig wie ein Aal und möglicherweise übergeschnappt. Er ist »gut im Fleisch«, ein beliebter Bursche und Händeschüttler, mit den besten Aussichten auf die Rechtsschule in Harvard und auf eine Laufbahn als Anwalt in Washington, ausgeglichen, langsam in Wut zu bringen und geistig normal. Sehr normal. Tatsächlich kann er sich nicht vorstellen – ausgenommen in den ersten Morgenstunden, wenn er zu früh erwacht ist und seine Gedanken noch rasend durcheinanderwirbeln und er wieder und wieder und immer wieder seines Vaters todesstarren Körper auf dem Aluminiumtisch im halbdunklen, gekühlten Raum hinter dem Amtszimmer des Leichenbeschauers von Brean Down County in Virginia vor sich sieht –, abgesehen von solchen Momenten kann er sich nicht vorstellen, daß er jemals aufhören könne, geistig normal zu sein. Sein Geist ist wie eine kahle elektrische Birne, die erbarmungslos in einem kleinen, weißgetünchten Raum brennt. Keine Schatten, keine Zwischentöne. Nirgends eine Möglichkeit, etwas zu verstecken.

Er plappert also weiter und schreit gegen den Wind an. Manchmal unterbricht er sich, weil er so lachen muß. Kirsten gönnt ihm kaum einen Blick aus zusammengekniffenen Augen. *Ich kenne dich,* denkt sie. *Ich weiß genau, wer du bist.*

Aber muß Kirsten Halleck ernstgenommen werden? Halb bewundernd sprach Isabel einmal von ihr als dem »verschlagenen kleinen Clown«. Und ihr Hang zu ungemütlichen Späßen ist bekannt. (Owen erinnert sich plötzlich an ein viele Jahre zurückliegendes Ereignis am Schwimmbecken der Familie Martens in Chevy Chase. Als Nick und June noch verheiratet – und sogar »glücklich« verheiratet waren – soweit ein Außenstehender das beurteilen konnte. Im Grunde ein unwichtiger Zwischenfall: Owen wollte gerade vom Rand des Beckens springen, um zu tauchen, und Kirsten war von irgendwoher aufgeschossen und hatte ihn ins weiche Fleisch über seinem Magen gekniffen, es nicht losgelassen und dabei gequietscht: Dickerchen! Dickerchen! Schaut euch mal alle das Dikkerchen an!, und Owen hatte die Beherrschung verloren und sie gekniffen – ja, er hatte sie in die Brust gekniffen, in ihre winzigen Brüste – sie trug ein leuchtend gelbes Oberteil, sie konnte höchstens elf oder zwölf Jahre alt gewesen sein. Du gemeines kleines Biest! hatte Owen gestammelt. Wie gefällt dir das?)

Sie hängen so zusammen, die Halleckschen Kinder. Die Überlebenden.

Owen hatte in der Bibliothek über Kinder von Selbstmördern nachgelesen. Offenbar ist es eine ganze Pathologie. Weiß es Kirsten? Hat sie auch Nachforschungen darüber angestellt? – Er hat nicht Selbstmord begangen, sagt Kirsten. Das weißt du. Du weißt es.

Die Ängste der Kindheit! Durch eine Spiegeltür hat er sie belauscht, die den bodenlangen, feucht beschlagenen Badezimmerspiegel widergespiegelt hat, blinkend die weißen Fliesen, blendend das Fleisch, der Busen mit seinen honigfarbenen Brustwarzen, der kleine rotblonde Bausch ihrer Schamhaare.
Kann sie sich an die übermütigen, verrückten Planschbäder im großen Badebecken erinnern, an die in den Boden versenkte Wanne, blau geriefelt wie eine Blüte, mit blauen Fliesen ausgelegt? Das Badebecken von Mutter und Daddy in deren Badezimmer – als Mutter und Daddy eines Abends ausgegangen waren und eins der Mädchen – Nellie mußte es gewesen sein – ihnen etwas Gutes antun wollte. Und wie bitter muß sie es hinterher bereut haben, als sie das ganze Durcheinander aufwischte – Wasser, Seifenschaum, Mutters champagnerhelles Badeöl, eine Büchse mit grünem Shampoon. Ihr greulichen, ekelhaften Ferkel, seht euch mal das an, hatte Nellie gerufen, gibt's denn so was wie euch, zum Teufel!
Herumstöbern in der Wäschekammer. Im Korb mit der schmutzigen Wäsche. Kirstens weiße Baumwollhöschen mit dem gelblich verfleckten Zwickel. Beinah wie seine eigene, was? Er glotzte. Er schnupperte daran. Ja. Eklig. Von *ihr*. Später waren Blutflecken dran, bräunliche Flecke. Und zufällig hörte er mit an (konnte es nicht vermeiden), wie Isabel Kirsten vorwarf, sie sei ungepflegt und habe schmutzige, liederliche Gewohnheiten. Sie bade nicht oft genug und trage keine Monatsbinden, was sei denn nur los mit ihr, um Himmelswillen? – Ihr Höschen naß, ihre Sporthose und der Rock und die Leintücher auf ihrem Bett voller Flecke, sogar die Matratze! Machst du das, um mich zu ärgern? hatte Isabel gefragt. Machst du es, um mich zu verhöhnen?
(Eines Abends hörte Owen mit an, wie Isabel und ihre Freunde – Claudia und Tony Di Piero und eine junge schwedische Schönheit mit einem reizenden Akzent – über Kinder sprachen, über Kinder, die zu schnell heranwuchsen, oder über Kinder, die überhaupt nicht erwachsen werden. Isabel beklagte sich mit ihrer schläfrigen, erstaunten Stimme, daß sie jetzt zur Großmutter qualifiziert sei ... Isabel Halleck, eine *Großmutter!* Da hatte die arme, unglückliche Kirsten gerade ihre erste Periode gehabt.
Natürlich folgten Ausrufe und teilnahmsvolles Geraune und ein oder zwei amüsierte Fragen. Doch dann wies Claudia Lleyn darauf

hin, daß Isabel die Lage falsch darstelle, nicht wahr? – denn ihr Sohn Owen könne ein Kind zeugen, er müsse doch mindestens vierzehn oder fünfzehn sein. Du hast nicht an deinen Sohn gedacht, sagte Claudia. Warum?
Isabel lachte überrascht. Und sagte: ich weiß es nicht. Wirklich, ich weiß es nicht. Ich habe nie an so etwas gedacht – bei ihm. Es war nur Kirstens Periode, die mir plötzlich zu Bewußtsein brachte, daß ...)
Habe ich dir je von einer Unterhaltung erzählt, fragte Owen impulsiv, die ich mal mitangehört habe? Zwischen Mutter und Mrs. Lleyn und Tony Di Piero ... Vor ein paar Jahren war's ... du mußt etwa zwölf gewesen sein?

*

Streiche, Späße, fixe Ideen: Kirsten Halleck im Alter von vier Jahren, ihr hübsches kleines Gesicht dick mit Make-up von Isabels Toilettentisch beschmiert: was für ein Anblick! Ein süßer kleiner Clown! Goldbraune Gipsmaske, rote Schminke, grauenhaft hellroter Lippenstift so dick aufgetragen, daß es wie eine Fastnachtsmaske wirkt. Und wie ihr die Augen vor Übermut strahlten! Sie hatte sich silbergrünen Augenschatten auf die Lider geschmiert – aber ungleichmäßig –, und sich mit Isabels Mascara-Bürste die Wimpern verkleistert – so *frühreif!* Das Zimmer mit den Erwachsenen tat sich vor ihr auf, sie zu begrüßen, und sie rannte dreist und blindlings in ihre Mitte: der eine Träger ihres weißen Nachthemds rutschte ihr von der Schulter. Ein großer Mann mit einem Turban und olivbrauner Haut blückte sich, spähte ihr ins erhitzte kleine Gesicht und erklärte sie für eine Schönheit, genau wie ihre Mutter. Und General Kempe – der damals noch nicht der berüchtigte Trunkenbold war, von dem es aber hieß, er sei einer der wertvollsten geheimen Berater des Präsidenten –, der liebe General Kempe versuchte, sich die erhitzte kleine Kirsten auf seine Knie zu setzen – aber sie quietschte und wand sich frei. (Denn jemand aus einem anderen Teil des Hauses war hinter ihr her. Es könnte Nellie gewesen sein, oder Sara, Sara von den Barbados-Inseln, die an Vudu und Vampire und Zombies glaubte und die Kirsten und auch Owen drohte, sie kenne »Geheimnisse«, unartige Kinder zu bestrafen). Seht euch das hier an! Was für eine kleine Schönheit! Wer ist denn das? Miss Baby Amerika? Esther Jackson, die Redakteurin vom

Journal, Madame LaPorte, die junge Frau des französischen Botschafters, Anthony Di Piero in einem weißen Leinenanzug und einem blaßblauen, fast durchsichtigen Hemd, Senator Parr, der mit weit offenem Munde begeistert lacht und angesäuselt kichert: was für ein süßer kleiner Aff! Aber ist es nicht längst Schlafenszeit? Jemand versucht, den Träger von Kirstens Nachthemd wieder hinaufzuschieben, jemand anders versucht, sie einzufangen (denn sie sauste wie eine Verrückte umher, kicherte, stolperte über Beine, riß Getränke und Tabletts mit Appetithappen herunter), jemand rief gereizt: was zum Teufel – als Kirsten ihm die Zigarre aus den fetten Fingern stieß und dabei schrie: 'zeih mir! 'zeih mir!, was jedermann stets zum Lachen brachte. Sie hatte sich nicht nur mehrere Schichten honigfarbenen Lehm ins Gesicht geschmiert und beim Anmalen ihrer Lippen die Spitze von Isabels scharlachrotem Lippenstift abgebrochen und ihre Augen grauenhaft entstellt, sondern sie hatte sich auch mit Parfüm aus der schweren Kristallflasche begossen, das jemand Isabel aus Marrakesh mitgebracht hatte, und sie hatte sich mehrere von Isabels Ketten umgehängt. Was für ein Jux! Was für ein phantasievolles Kind! Ist sie nicht *bezaubernd?* Aber die Frau des Justizministers Frazer stieß Kirsten mit steinerner Miene von ihren dicken Beinen weg, da sie vielleicht nichts Bezauberndes an dem Kind entdecken konnte, ja, sie hatte Kirsten vielleicht sogar verstohlen – und kräftig – gekniffen. Und der Architekt Jack Fair näselte etwas gezwungen: eine kecke kleine Schönheit, wie? Die reinste Schauspielerin! Der Kleiderkünstler Mr. Max mit seinem langen Schnauzbart – eine sonnengebräunte junge Schönheit von einer der Nah-Ost-Botschaften – Mrs. Degler in weinroter Samthose und mit schwerem indischem Schmuck: ist sie nicht ein Darling! Das ist ja Kirsten! Aber Obacht, daß sie sich nicht wehtut, das arme Kind ist ja außer Rand und Band – fangt sie ein! Wo ist ihre Mutter? Wo ist Daddy? Maurie ist nicht in der Stadt, er ist sogar in Amtsgeschäften außer Landes, aber Isabel ist ihrem Kind dicht auf den Fersen, Isabel voller Gelächter, das aber nur ein ziemlich hilfloses Vergnügen zu sein scheint – Kirsten, Kirsten, Liebes – *Kirsten!* – warte! – Komm her! Was hast du bloß mit dir angestellt? Isabel in einem flatternden marokkanischen Kaftan, der aussieht, als sei er mit Gold durchwirkt, ja tatsächlich, er ist mit echtem Gold durchwirkt, und goldene Ohrringe schaukeln an ihren Ohren und goldene Ketten um ihren Hals, schöne Isabel Halleck, die viel zu jung aussieht, um die Mutter eines wenn auch noch so jungen Kindes zu sein, lachend, rufend: O bitte, fangt sie ab! sie sollte im Bett sein, ich kann mir nicht vorstellen, wieso die Mädchen das geduldet haben – Kirsten wird abgefangen, Kirsten zappelt sich frei, die kleine Schlaue weiß, daß die Gäste ihrer Mutter sich nicht von einem hysterischen Kind schubsen und treten lassen werden, sie weiß, daß sie von den Erwachsenen nichts zu befürchten hat – erst später, erst morgen, wenn ihre Mutter sie bestrafen wird: aber nicht heute, nicht heut! Deshalb windet Kirsten sich los, rennt und kreischt und lacht, sie ist wie im Fieber, sie ist dreist, und ihr jähes Ausweichen und Sich-Ducken ist so unvorhersehbar wie das einer Hornisse, das Nachthemd fällt ihr fast von der Schulter – und im Herrenzimmer am Kamin drehen sich mehrere Männer um und starren sie erstaunt an, ohne zu lächeln, offenbar nicht entzückt – und plötzlich ist Nick da, Nick Martens, Onkel Nick, der auf sie zugeht, der sie mit einem Wuppdich hochhebt und das stoßende und kreischende Kind festhält – Wen haben wir denn da? Wer ist das *unartige Mädchen* – noch unten nach ihrer Zubettgehzeit, was? So, so! Aber jetzt ist's vorbei mit dem Spaß –

Sie zappelt und tritt zu und kreischt vor Gelächter, als Onkel Nick sie aus dem Zimmer und die Treppe hinaufträgt, sie auszankt und auf die Stirn küßt, Zubettgehzeit, Liebling, Zubettgehzeit, vorbei mit dem Spiel, genug gespielt – *laß* das Treten! Zubettgehzeit und Gutenacht und Teddybär und Einschlafen und alles ist gut. – Oben auf dem Treppenabsatz gibt er vor, verärgert zu sein – die kleine Kirsten hat ihn in den Bauch getreten, die kleine Kirsten hat seine weiße Hemdbrust mit Lippenstift beschmiert – er schüttelt sie ungestüm und setzt sie ab und spricht offenbar mit jemand anders – mit Isabel – Isabel, die hinter ihm her lautlos die Treppe heraufgerannt kommt: Gott im Himmel, kannst du deine Kinder nicht überwachen – kannst du rein gar nichts überwachen –

Natürlich meint er es nicht im Ernst, er ist nicht ernstlich verärgert. Nick hat die Zähne zusammengebissen, sein Gesicht ist puterrot, seine braunen Augen sind so klein geworden, daß die Iris wie ein winziger Fisch zwinkert: er kann nicht ernstlich böse sein mit Kirsten, die er abgöttisch liebt. – Sieh dir mal mein Hemd an, sagt Nick, verdammtnochmal, Isabel, wie ist sie bloß nach unten geraten? Sie ist wie eine Verrückte umhergesaust, sie hätte sich verletzen können –

Isabel schimpft und schlägt zu, Isabel weint beinah, doch dann kommt Sara mit ihrem schwarzen, verschrumpelten Gesicht aus dem Hintergrund und ächzt: Was für ein böses kleines Mädchen, was für ein kleiner Teufel, ich nehm' sie jetzt, Mrs. Halleck, ich weiß nicht, wie sie weglaufen konnte, als ich nachgesehen hab', schlief sie, ich schwör's Ihnen, daß sie schlief, als ich nachgesehen hab', Mrs. Halleck –

Plötzlich ist Kirsten zu erschöpft, um Widerstand zu leisten, sie verliert den Halt, die dicke, schwitzende schwarze Sara nimmt sie in die Arme; der Abend ist zu Ende, alles ist zu Ende. Das ganze wunderschöne Make-up wird abgeputzt, die Ketten werden ihr weggenommen, sie muß ein zweites Bad über sich ergehen lassen und noch mehr Schelte, immer noch mehr Schelte, und dann ins Bett – während unten im ganzen Haus die Party weitergeht.

Kirsten blickt über Saras Schulter, als sie weggetragen wird. Mutter und Onkel Nick stehen oben am Treppenabsatz, sie haben sie schon vergessen. Nick sagt etwas zu Mutter, während Mutter den einen ihrer goldenen Schaukelohrringe zurechtrückt, ihr schöner bräunlichroter Mund schiebt eine dicke Schmoll-Lippe vor, und dann unterbricht sie Onkel Nick und sagt: Geh in Mauries Ankleidezimmer und nimm dir bitte eins von Mauries Hemden, ich bin überzeugt, daß du etwas Ordentliches finden kannst, ich bin *überzeugt,* daß man dich unten nicht auslachen wird –

Plötzlich schreit Kirsten los: Ich will nicht zu Bett gehen! Kommt zu mir, Gutenacht sagen! Gebt mir einen Gutenacht-Kuß. *Einen Gutenacht-Kuß!*

Aber Nick und Isabel hören sie nicht. Sara trägt Kirsten ins Kinderzimmer, schüttelt sie derb und brummig und sagt: Hör auf mit dem Plärren! Halt deine verdammte Klappe, du wilder kleiner Teufel! Für heute haben wir alle genug von dir.

*

Streiche und Possen und Späße. Deine kleine Tochter ist einfach ungewöhnlich energisch und voller Phantasie, wird Isabel beruhigt, ich finde sogar, du solltest froh sein und sie in eine moderne Tanzklasse für das vorschulpflichtige Alter stecken, – doch andrerseits wird ihr gesagt: deine kleine Tochter ist unentwickelt und aggressiv und vielleicht sogar psychisch gestört: mit Kindern, die jünger sind als sie, hat sie keine Geduld, sie wird nervös, wenn sich die Aufmerksamkeit nicht ganz besonders auf sie richtet; wenn sie nicht die Hauptperson sein kann, will sie nicht mitmachen, sie tyrannisiert sogar ältere Kinder, bis die sich gegen sie wenden und *ihr* wehtun ... so geht es schon das ganze Jahr hindurch.

Sich aufspielen, herumalbern, glänzender Laune, dumme Streiche aushecken. Ungewöhnlich bei einem Mädchen? Fratzenschneiden, lächerliche Posen annehmen. Tollkühn auf dem Spielplatz: auf der Schaukel, auf der Rutschbahn, auf der Wippe. Prahlt, sie könne schwimmen, und schwimmt auf den tiefen Teil des Schwimmbeckens zu.

Vierte Klasse, fünfte Klasse, siebente Klasse, neunte ...

Eine Introvertierte, ein Einzelgänger, passiv-aggressiv, aufgeweckt, flink, erfinderisch, ungesellig, erstaunlich redegewandt, Unruhestifter, Rädelsführer, sarkastisch, von Natur gutmütig, geistreich, komisch, Komödiantin, Clown, in Hays sogar zum Klassen-Clown ernannt, ihr zweites und letztes Jahr in jener angesehenen Schule, abwechselnd manisch-depressiv, Hang zum Phantasieren, hoher Intelligenz-Quotient, vielseitige Interessen, ungewöhnliche Reife, Anteilnahme an Waisenkindern in Übersee, Interesse für die Vietnam-Kinder, Interesse an John Brown, Perfektionistin, ungeduldig, unreif, schlampige Arbeitsmethode, unfähig, Unterweisungen zuzuhören, feindselig gegenüber der Autorität, ihr Sinn für Humor ist alles andre als drollig, wenn nicht gar potentiell gefährlich; (sie rief von einer Telefonzelle aus bei uns in der Schule an und meldete, daß innerhalb von einer Stunde eine Zeitbombe auf dem Schulgrundstück explodieren würde; sie beschrieb in allen Einzelheiten einen Mann, der sie mit Gewalt zu sich in ein Auto zerren wollte, und dann stellte es sich heraus, daß er haargenau dem Präsidenten der Vereinigten Staaten glich; über dem Kopf der meistgehaßten und besten Spielerin der gegnerischen Hockeymannschaft zerschlitzte sie einen mit roter Pflanzenfarbe gefüllten Plastikbeutel, so daß es während einiger grausiger Minuten aussah, als verblute das Mädchen an einer Kopfwunde; in der Hays-Schule und dann in Miss Picketts Internat erzählte sie zu Besuch kommenden, auswärts lebenden Schülerinnen, daß zwischen Lehrerinnen und Zöglingen lesbische Beziehungen gang und gäbe seien, und wenn ein Mädchen nicht mitmachen wolle – wie Kirsten zum Beispiel – dann würde sie grausam »geächtet«.)

Sie schleicht durch die Zimmer der andern Mädchen, wühlt in

Schubfächern und Wandschränken und Koffern, eignet sich gelegentlich Sachen an (Füllfederhalter, Flaschen mit Nagellack, Liebesbriefe, Fotos, Zigaretten, Bonbons, Pillen und Marihuana), als suche sie in dem unordentlichen, aber durchaus normalen Leben der andern nach Zeichen oder Sprüchen oder Trostworten – nach *Dingen,* sich zu belehren. Manchmal wird sie erwischt, nie gesteht sie es ein. Nie erklären, nie sich rechtfertigen, erklärt sie lustig, es sei ein Ausdruck, den sie zum erstenmal bei einem Familien-Lunch gehört habe – von Nick Martens, von Nick, dem Schulfreund ihres Vaters, von Nick, dem lieben Freund ihrer Mutter, von Nick, dem Patenonkel ihres Bruders Owen, viele Jahre hindurch auch *ihr* Onkel Nick, bis sie plötzlich aufhörte, ihn mit dieser sinnlosen Bezeichnung anzureden: er war nicht ihr *Onkel,* oder? Sie hatte mehr als einen richtigen, mit ihr verwandten Onkel. Eines Tages schickte sie eine effektvolle Aufnahme Isabel Hallecks, die sie in einem Schubfach gefunden hatte, an den Schönheitswettbewerb der Midatlantic Photo-Journalists, wo das Foto zum größten Entsetzen Isabels und zur hellsten Begeisterung der Washingtoner Zeitungen als zweitbestes im aktuellen Teil die tägliche Spalte »Geschichten von drollig-menschlichem Interesse« schmückte: Isabel de Benavente Halleck, Erste Dame der Gesellschaft und Gastgeberin, Gattin des Direktors des Untersuchungsausschusses im Justizministerium, Tochter des, Debütantin, in führender Rolle auf allen Gesellschaften – und nun hier in einem schwarzen Bikini posierend, mit einem lächerlichen, über das eine Auge wippenden, blumenüberladenen Strohhut, mit – für jenes Jahrzehnt – viel zu dunklen Lippen und eulenartig geschminkten Augen – doch offenbar schön genug, um bei den Schiedsrichtern der Midatlantic-Photo-Journalists eine hohe Punktzahl errungen zu haben.
Sie mogelt bei den Prüfungen, aber schließlich – tut das nicht jeder? Manchmal ist sie zu faul, um zu arbeiten – oder sie ist geradezu versessen auf ein einzelnes Thema (ein solches Thema war zum Beispiel John Brown, entfernter Verwandter der Hallecks, in der neunten Klasse geschrieben, fünfunddreißig Seiten lang, gründlich nachgeforscht und sorgfältig aufgebaut und sogar sorgfältig getippt: es brachte ihr eine A I von ihrem begeisterten Geschichtsprofessor ein, trug aber in jenem Semester bestimmt zum Versagen im Französischen und zu einer C III in Geometrie bei), oder sie ist plötzlich, wie sie es nennt, »desillusioniert« von

einem Thema oder von einer Lehrerin oder einer ganzen Klasse von Zöglingen ... Sie ist eine streitlustige Idealistin: sie hält jeden, den sie kennt, für selbstsüchtig und »verwöhnt« und durch »Reichtum verdorben«. Doch ihr Taschengeld will sie erhöht haben. Sie verlangt ein Paar neue Kalbslederstiefel für 210 $ aus dem Hyde Shoppe. Sie verlangt ihr eigenes Pferd, sie weiß genau, was für ein Pferd ihre Eltern ihr kaufen sollen (einer Freundin ist es unerklärlicherweise verleidet, und dabei ist es die schönste Fuchsstute mit drei weißen Füßen und einem weißen »Stirnfleck«). Sie verlangt einen der herrlich großen, groben Makramee-Beutel aus Guatemala (einen echten – keine amerikanische oder Taiwan Imitation). Einmal hat sie jemanden beschwatzt, ihr einen Schlüssel für Di Pieros Wohnung zu geben, und drang ein und schlich durch die Zimmer, und obwohl sie nichts stahl, nein, nicht das geringste bißchen, stellte sie etwas ziemlich Unartiges und Schmutziges an und fragte sich seither mit gruseliger Spannung, wann Tony, der Freund ihrer Mutter, Vergeltung üben wird ... Aber es ist schon ein paar Jahre her. Drei oder vier Jahre. Eine Ewigkeit.

*

Ihr neuester Streich, ihre neueste Marotte, rührt von ihrem krankhaften Selbstgefühl als *trauernde, unversöhnliche Tochter* her.

Sie kann's gar nicht noch schlimmer treiben, denkt Owen verdrießlich. Daddys Liebling. Hängt sich bei ihm ein, stürmisch Beachtung verlangend. Liebe mich liebe mich liebe mich siehst du nicht wie unglücklich ich bin siehst du nicht echte Tränen in meinen großen grauen Augen.

An Schlaflosigkeit und Appetitlosigkeit leidend, aufgekratzt und ohne Punkt und Komma plappernd, dann tagelang stumm, weder duschend noch die Wäsche wechselnd, grob zu ihrer Zimmergenossin, sich ihrer Zimmergenossin weinend in die Arme werfend und Owen jenen widerlichen Brief schickend.

Owen überlegt, ob er zu ihr sagen soll: es geschähe dir ganz recht, wenn ich Isabel berichten würde, daß du wirklich krank bist, daß die Lungenentzündung deine vorderen Lungenlappen angegriffen habe und daß sie vielleicht entfernt werden müßten.

Es ist schlimmer als wir dachten, sagt Owen mit gepreßter Stimme am Telefon, es wäre besser, du fliegst sofort nach New York und nimmst das Kind aus der Schule.

Wirklich, Owen? Ist sie krank?

Ja, sie ist krank, Mutter. Wie du vermutet hast. Sehr krank!

Kirsten ist krank?

Sehr krank, Mutter.

Was sagst du da, Owen?

Er fängt an, ins Telefon zu brüllen: das Kind ist krank, sag ich dir doch, Isabel, die Kleine sollte lieber mit Thorazin vollgepumpt werden, zu ihrem eigenen Besten in eine Zwangsjacke gesteckt werden, ich würde dir nichts vorschwindeln, Isabel, es ist ernst, jetzt ist es wirklich ernst, du willst doch wohl nicht noch mehr Aufsehen, was? Um Himmels willen: zuviel Marihuana, zu viel Aufputscher, schwebt dauernd auf LSD, nimmt auch Quaaludes, planscht in Brean Down im Sumpf herum, soll ich dich mit ihr verbinden, Mutter, dann kannst du's selber hören, wie sie quasselt und jammert – ihre verrückten, empörenden Anschuldigungen...

Anschuldigungen? Isabel würde natürlich unterbrechen. Anschuldigungen? Aber gegen wen –?

*

Und hier der einfallsreichste ihrer Streiche – nach Owens Ansicht ein »Weltbester«: eines Morgens meldete sie sich in Eyre mit einer umständlichen Erklärung ab, sie sei in Manhattan bei einem Zahnorthopäden angemeldet, und nahm ein Taxi, jedoch nicht zum Bahnhof, sondern zur Einfahrt in die große Expreßstraße ein paar Meilen außerhalb des Städtchens, wo sie, weil jung und hübsch und offenbar allein, nicht länger als fünf Minuten zu warten brauchte, bis ein gefälliger Autofahrer (männlich) sie mitnahm. Er setzte sie in Purchase ab, so daß sie, heimlich mit einem Rasiermesser bewaffnet, einige Stunden mit dem Durchstöbern von Regalen der Bibliothek in der Staatsuniversität New York verbringen konnte – auf der Suche nach Zeitungen mit Fotografien der *Verräter* und *Mörder* ihres Vaters: später würde sie sie auf einen Bogen steifes weißes Zeichenpapier kleben und sie mit einem passenden Begleitbrief an ihren Bruder Owen schicken. (Wußte Owen halbwegs? Ahnte er? Nein. Ja. Nicht richtig, aber als er den geschmacklos verschmierten, billigen Briefumschlag öffnete, zitterten ihm die Hände, denn noch nie war der Fall eingetreten, daß seine Schwester sich bemüht hätte, ihm zu schreiben, oh, sehr selten, eine Postkarte vielleicht, einen lustigen Valentinsgruß, und einmal zu

seinem Geburtstag eine Karte mit einem Teddybären: Herzliche Glückwünsche, Hätscheltier! Und seit Mauries Tod nichts mehr.)
Bilder aus Zeitungen mit Unterschriften: *Isabel de Benavente Halleck, Frau des ... Tochter des ... Finanzmann und Philanthrop ... Hier fotografiert in einem Dior-Kleid aus fuchsienroter Seide ... Blaßrosa Perlen, passende Ohrringe ... Eine von Washingtons beliebtesten Gastgeberinnen ... Mitpräsidentin im Ausschuß des Frauenhilfsdienstes im Smithson-Institut ...* Der Anlaß war ein Wohltätigkeitsball für das Smithson-Institut. In Washington ein Gala-Abend mit lauter Berühmtheiten. Politiker, Fernseh-Schauspieler, hochstehende Beamte, ein paar Politiker, Leute vom Weißen Haus einschließlich des Präsidenten und der First Lady, Verbindungsleute, Parteimitläufer, Spione, Film-Stars, Public Relations-Spezialisten, ausländische Botschafter und ihre Damen, ältliche Washingtoner Witwen ... die übliche »Crowd«. Und Isabel Halleck für die Gesellschaftsspalte der *Washington Post* in ihrem eleganten Dior-Kleid. (Die Fotografie war bis zu einem gewissen Grade vorteilhaft, da sie ein maskenhaft schönes, leise lächelndes, triumphierendes Gesicht zeigte. Doch konnte sie keinen Begriff von ihrer porzellanweißen Haut vermitteln, die so unermüdlich gesalbt und geölt und für den Augenschein präpariert wurde; ihre Adlernase, ihre makellosen Zähne, ihre einschüchternde Haltung. Die kleinen Fältchen unter ihren Augen waren vor ein paar Jahren von einem Experten weggeschnippelt worden – ein ziemlich verfrühtes Unterfangen, fanden ihre Freunde. Owen war die faltige Haut eigentlich nicht aufgefallen, auch daß sie fehlte, hatte er nicht bemerkt. Während einiger Jahre hatte er gewisse Schwierigkeiten, seine Mutter schlechthin zu »sehen« – sie direkt anzuschauen.

*

Ehebrecherin, schweinische. Luder. Mörderin. Das hatte Kirsten mit rotem Filzstift rings um die Fotografie gekritzelt. *Sie ist für dich,* hatte sie neben einen Pfeil geschmiert, der auf Isabel zuschwirrte. *Du weißt, was du zu tun hast.*
Und Blutflecke. Waren es Blutflecke, oder war das Geklecks bloß rote Farbe. Owen starrte angewidert darauf. Fasziniert. Es war eins der denkwürdigsten Ereignisse seines Lebens: nicht, weil der Brief seiner Schwester ihn überraschte, sondern weil er ihn nicht sehr überraschte.

Die andere Fotografie, auch ein Zeitungsbild, zeigte Nick Martens. Natürlich. Nick gab dem Präsidenten der Vereinigten Staaten die Hand. Der Anlaß mußte die Vereidigungs-Feier im vorigen Herbst gewesen sein, beide Männer sahen älter aus als in Wirklichkeit, um ihren lachenden Mund war etwas Nörglerisches und Aufgeblasenes. Owen betrachtete das Bild aufmerksam und fragte sich, ob er seinen schönen Patenonkel darauf erkannt haben würde: es war nicht sehr ähnlich. Nick gibt dem Präsidenten die Hand. Endlich. Im Kreis, zu dem Nick und die Hallecks gehörten, hieß es, Nick sei »grauenhaft ehrgeizig« – doch der Ausdruck wurde stets mit einer Art von amüsiertem Respekt geäußert, und heimlich; und in jedem Fall hatte Owen gefunden, daß Ehrgeiz – ob grauenhaft oder nicht – schwerlich einen Mann entstellen könne, der so deutlich für Erfolge geschaffen war. Owens Vater hatte Nick unermeßlich bei seiner Karriere geholfen, indem er ihn nach Washington und ins Justizministerium holte, aber andrerseits stimmte es auch, daß Nick Mr. Halleck unermeßlich geholfen hatte. Doch es war auch kein Geheimnis, daß Nick Mr. Halleck mehr oder weniger verdrängt hatte und nach dessen Tod über seine Leiche hinweggeschritten war, um die Stellung des Toten für sich zu beanspruchen. *Nick Martens bei der Vereidigungs-Feier am letzten Dienstag ... Direktor des Untersuchungsausschusses im Justizministerium ... Ehemaliger Mitarbeiter des ...* Blutflecke, rote Farbe. *Der Mörder gehört MIR:* Pfeile deuten auf Nicks Kopf, *ICH WEISS WAS ICH ZU TUN HABE ICH WERDE ES TUN!*

Owen zerriß es natürlich. Sofort.

Und hinterher erzählte er seinem Freund (und brachte dabei sein übliches Lächeln zustande): Bloß eine Verrückte.

*

Aber was weißt du, was kannst du beweisen, fragt Owen, bettelt förmlich, bitte, Kirsten ... Sie gehen einen schmalen Pfad entlang, hintereinander, hoch über dem blatternarbigen, wogenden, wundervollen Hudson, meilenweit von der Stadt entfernt. Kirsten geht vorneweg. Kirsten geht schnell, unbekümmert um den Schlamm, der unter ihren Schuhen schmatzt. Unbekümmert um den grellen, spätwinterlichen Himmel, den Wind, den nahen Wald, in dem es von dunklen, flügelklatschenden Lebewesen wimmelt: von Staren, Stärlingen, sich versammelnden Vögeln, die einander zurufen, ihre

Rufe verlassen und böse klingend, aber nichts weiter, folgert Owen, muß Owen folgern – nichts weiter als gewöhnliche Vogelrufe.
Ein lautes, wütendes, schnatterndes Getöse. Doch Kirsten beachtet es nicht, Kirsten geht schnell vorneweg, sieht nichts, hört Owen nicht zu, bemerkt ihn kaum.
Dir geht's nicht gut, sagt Owen, du ziehst mich in etwas hinein, das krankhaft und verrückt und unsinnig und aussichtslos ist, bei dem Unfall waren keine Zeugen zugegen, die offizielle Todesursache lautete auf Herzversagen, glaubst du, jemand hätte ihn gewaltsam von der Straße abgedrängt, glaubst du, jemand hätte ihn gezwungen, sich umzubringen... ihn gezwungen, sich jeden Abend zu betrinken...! Owen möchte Kirstens Schulter packen, damit sie stehenbleibt, aber eine Hand scheint sich hart und schwer auf seine eigene Brust zu legen, und sein Atem geht mühsam. *Heuchler, Feigling, Lügner,* du in deinem Kamelhaar-Blazer mit dem Abzeichen der Universität, du in deinem Rollkragen-Pulli, Owen Halleck, der Allerbeste unter den Zweitbesten, Owen Halleck, der Mann in der Familie, *Lügner, Heuchler, dicker, verlogener Dreckskerl,* seine Geldtasche ist vollgestopft mit Banknoten von jeder Höhe, in aprikosenfarbenen Umschlägen ihm zugeschickt vom hübschen kleinen Queen-Anne-Schreibtisch seiner Mutter, meistens ohne ein hinzugefügtes Wort, aber es ist ja natürlich nur »Kleingeld« oder ein »Extragroschen« zu seinen monatlichen Schecks. (Einer dieser Schecks kommt von Isabels Buchhalter, der andre kommt direkt von der Bank, von einem Trust, den sein Großvater Halleck gegründet hatte.) Owen mit seinen verheimlichten fleischigen Hüften, seinen erbärmlichen akademischen Triumphen, mit Examen, die er zu bestehen hat und mit Kontakten, die er machen muß, das heißt, Kontakte mit »Freunden«, die ihm später – das heißt, wenn er erwachsen ist, helfen sollen. Owen, der seinen Vater geliebt hat (sozusagen), der jedoch durch all die... all die unerwünschte Beanspruchung in eine schreckliche Klemme gerät.
Keiner weiß, wo wir sind, denkt Owen. Wir beide. Meilenweit außerhalb der Stadt. Hoch über dem Fluß. Keiner ist in der Nähe, keine Zeugen sind da.
Ich verstehe dich nicht, schreit er. *Ich verstehe dich nicht und ich mache mir einen Dreck aus dir und ich verwerfe alles – alles – an dir!*

Am Fluß

Der vom Wasser aufgeschwemmte Leichnam, der eingesunkene Wagen. Nacht. Weicher schwarzer Schlamm. Der Mondschein würde über die Wasserfläche und die zersplitterte Windschutzscheibe gezittert haben. War überhaupt Mondschein gewesen?
Sie grübelt, sie stellt sich alles vor. Die Phantasie, von der ihre Lehrerinnen als »beachtlich« und sogar als »unheimlich« gesprochen haben, kreist jetzt einzig um die Tatsache vom Tode ihres Vaters. Um die *Tatsache* und deren Folgen. Die mutmaßlich vorausgegangenen Ereignisse.
Sie wandert über den Rasen des Schulgeländes, streift durch den Wald, über den Wanderweg, den dornigen Fußpfad hoch über dem Fluß. Grübelnd, nachvollziehend, mit sich selber sprechend. Und manchmal mit Owen, der ihr Zwilling ist – gewissermaßen …
Mit Owen, der nicht Widerstand leisten wird, es schließlich nicht kann. Owen, der ihre Rettung sein wird.
Denn sie *müssen* bestraft werden – alle beide – das ehebrecherische Paar.
Denn natürlich ist ihr Vater ermordet worden.
Nichts kann einleuchtender sein!
Sie grübelt, stellt sich vor, erinnert sich mit erschreckender Deutlichkeit an gewisse Szenen aus ihrer Kindheit, an mit halbem Blick erspähte Begegnungen von Isabel und Nick, an halb mitangehörte Gespräche. (Eine Zeitlang war es Tony Di Piero – auch einer von Mauries »Freunden«. Sogar ein Schulfreund, genau wie Nick. Und noch andre Männer müssen dagewesen sein, vermutet Kirsten, denn schließlich ist ihre Mutter eine schöne Frau, eine schöne tatkräftige ruhelose ehrgeizige Frau, schließlich wuchs sie ja in Washington auf und kennt jedermann, und jedermann kennt sie … Aber Nick Martens ist der, welcher …)

*

Die arme Kirsten Halleck, für die keins der andern Mädchen etwas übrig hat, nur ihre Zimmergenossin kann sie ertragen (und jeder in der Schule weiß, wie *nett* Hannah ist – wie lieb, wie herzlich! Wie geduldig, wie langmütig!), arme Kirsten Halleck, wandert wie eine Geistererscheinung durch den Wald, knochig und blutarm: ist sie krank? ist sie ein bißchen verrückt? Will sie, daß wir sie bedauern? will sie, daß wir uns schuldbewußt fühlen? ist es bloß wieder eins ihrer Komödienspiele? Im vergangenen Jahr war sie sarkastisch, redete unaufhörlich, unterbrach andre Leute, wußte jede Antwort im voraus, barsch und gelangweilt und aufreizend mit ihrem Genäsel, das ein nachgeäffter Südstaaten-Akzent sein sollte; in diesem Jahr ist sie stumm – spricht nicht einmal in der Klasse, wenn ihre Lehrer sie aufrufen. (Ja, alle sind sehr freundlich zu ihr. Ja, alle sind teilnahmsvoll. Natürlich wird hinter ihrem Rücken geredet, besonders im vergangenen Herbst, als sehr viel geklatscht wurde, aber nichts sehr Bösartiges, nichts ungewöhnlich Grausames. Hin und wieder Hänseleien. Anspielungen. Anzüglichkeiten. Aber nie direkt ins Gesicht, nur hinter ihrem Rücken oder außer Hörweite. Vielleicht ein oder zweimal ein Briefchen in ihrem Fach. Nichts ungewöhnlich Grausames.)

Die arme Kirsten in ihrer schmuddeligen Windjacke und den Turnschuhen. Volle fünfzehn Minuten konnte sie auf die rassige Maillol-Statue vor der Eyre-Aula starren. Im Schnee – an einem Januarmorgen. Mit großen Augen, abgemagertem Gesicht, ein Profil wie ein hungriger Vogel. Ohne Freundinnen – Hannah ausgenommen – und Hannah ist an der Akademie dafür bekannt, daß sie außergewöhnlich nett ist. (Aber Hannah hat ja vor ein paar Jahren ihre Mutter verloren. »Ihre Mutter verloren« – so sagt man ja wohl. Deshalb haben sie wahrscheinlich viel Gemeinsames, vieles, worüber sie sprechen). Mit den Händen in der Tasche hat sie die Statue umkreist. Gegrübelt. Sich die Unterlippe zerbissen. Dann ist sie langsam übers Hockeyfeld gegangen, trotz des Windes ohne Mütze. Hat allein im Speisesaal gesessen und angeblich ein Buch gelesen. Das kleine blasse affektierte unausstehliche Gesicht. Sich aushungernd. In der Turnstunde und auf der Treppe in Ohnmacht gefallen. In der Stunde schweigsam, die Arme fest unter der Brust verschränkt. Gaffend. Hämisch grinsend. Mit feinen Falten auf der Stirn. Geruch von untröstlichem Kummer, schal wie ungewaschene Kleider. Allein und widerborstig und

wirr. Wollte nicht ans Telefon kommen, wenn Mrs. Halleck anrief. Vier- oder fünfmal. Und alle wundern sich. Was ist denn *jetzt* mit Kirsten los? Hat fast vierzig Grad Fieber, als sie endlich überredet werden konnte, in die Krankenabteilung zu gehen. Trockene und aufgesprungene Lippen, die Augen verdreht, so wird sie von Han und Phyllis Dorsey, der jungen Turnlehrerin, aus dem Wohntrakt getragen.
Also hör mal, Kirsten, sagte Phyllis Dorsey, du willst wohl gern von der Schule geworfen werden? Oder versuchst du nur, dich umzubringen?

*

Ein Witzbold der Schule – sogar eine ehemalige Busenfreundin – machte eine Bemerkung, daß – falls sich der Vater von einer von ihnen umbringen müsse –, die neunmalkluge Kirsten Halleck die beste Kandidatin sei. Der boshafte Witz (der ein erschrockenes, kurzes Gelächter auslöste), kam vielleicht – oder auch nicht – Kirsten Halleck zu Ohren.

*

Sie ignoriert ihre Feindinnen. Sieht sie nicht. Hallo, Kirsten, guten Morgen, Kirsten, wie steht's, Kirsten? Doch sie hört nicht.
Eilt stürmisch die Treppe hinunter.
Läßt sich von der Geschichtsstunde befreien, die Schmerzen in ihrem Magen seien so heftig, daß sie nur zusammengekrümmt gehen könne. Nein, mir fehlt nichts weiter, nein, *bitte,* ich sagte doch, mir fehlt nichts, ich brauche keine Hilfe, danke. *(Ich hatte also gefrühstückt, und es schien mir zu schmecken,* erklärte sie befriedigt in ihrem Tagebuch, *aber mein Magen weigerte sich, und ich mußte zur Toilette gehen und mich übergeben,* das Wort *übergeben* hatte sie ein paarmal unterstrichen).
Überlegen. Grübeln. Ausdenken. Träumen. Den Kopf mit Phantasiegestalten bevölkern, die im Grunde »richtige« Lebewesen sind. Isabel und Maurie und Nick Martens. Oder sind es Isabel und Nick – – und Maurie Halleck? Oder (sie waren ja Schulfreunde) Maurice Halleck und Nick Martens – – und Isabel.
Grübeln, blicklos stieren, auf der Unterlippe herumkauen, mit den Händen derb im Haar wühlen (Und was hat sie mit ihren Augenbrauen gemacht? Fast alle ausgezupft? Aber warum? Nicht einmal

Hannah kann das beantworten). Sie weicht vor der teilnahmsvollen Berührung ihrer Französisch-Lehrerin zurück – zuckt sogar (mit etwas übertriebener Verachtung) zurück, als die Frau ihr die Hand auf die Schulter legt. Schleppt sich allein über das kalte Hockeyfeld, sitzt allein in der Glaskabine einer Bibliothek, kauert allein, sehr, sehr allein im Speisesaal über ihrem kalt gewordenen Essen, obwohl es in diesem Jahr eine ganze Anzahl »andrer« trauriger Fälle gibt, Mädchen, die in die Krankenabteilung müssen oder herauskommen, Mädchen, deren Vater unerwartet kommt, um sie zu besuchen und sie zum Frühstück zu Molly Pitchers Tea-room oder in die Holiday Inn an der großen Express-Straße einlädt und sie dann vielleicht nicht zurückbringt: Mädchen, die dauernd weinen oder Mädchen, die grundsätzlich nicht weinen und, wenn sie Marihuana rauchen, es nur tun, um ertappt und geschaßt und nach Hause geschickt zu werden – zu noch mehr Tränen oder was sonst noch; sind sie einmal verschwunden, dauert es immer ein paar Wochen, bis ihre Zimmergenossinnen erfahren, was geschehen ist.

Diesen Mädchen geht Kirsten jedoch aus dem Wege, und *sie* machen ganz den Eindruck, daß sie ihr aus dem Wege gehen. Obwohl vielleicht keins von ihnen die andern wirklich »sieht«.

Kirsten verbringt den größten Teil ihrer Zeit allein. Aber heute – wie es jedermann überrascht und beifällig und interessiert bemerkt hat – heute ist ihr hübscher Bruder zu ihr zu Besuch gekommen – aus Princeton, ja? Oder vielleicht aus Yale. Ja, er sieht *sehr* gut aus.

*

Kirsten erinnert sich nicht an die übertrieben sorgfältig zurechtgemachte Leiche in dem mit Seide gefütterten, messingbeschlagenen Mahagoni-Sarg – den »Mann« mit den leicht geschminkten Wangen, den entschlossenen, nicht überraschten Augen, dem zugenähten und sanften Mund – sondern an den lebendigen Menschen: sie erinnert sich mit hellsichtiger Deutlichkeit an den warmen, noch lebenden, noch kämpfenden, entsetzten Körper im Auto, hinter dem Lenkrad eingeklemmt, in der Falle – während das Sumpfwasser hereinstürzt und die Windschutzscheibe ins Innere hinein zerbirst. Der Schmerz in der Brust, ist ihr gesagt worden, der Schmerz bei Angina pectoris ist wie der Schlag eines Pferdehufs – derartig jäh, derartig schrecklich, derartig überwältigend! Erstickend und

nach Atem ringend. Sein zweiter Anfall – oder vielleicht war es auch ein verschwiegener dritter Anfall ... Dazu der hohe Alkoholgehalt im Blut ...
(Seit wann war Maurie Halleck ein Trinker, fragten die Leute erstaunt. Maurie Halleck ein Trinker ...?)
Das Entsetzen. Die Hilflosigkeit.
Und man kann sich einen Wagen hinter ihm vorstellen, einen Wagen, der ihm dicht auf den Fersen war, stundenlang, tagelang, sogar wochenlang ihn verfolgte; jetzt an der zertrümmerten Schutzplanke vorbeisaust, in die Kurve einbiegt, die Landstraße nach Meckleberg hinauf ... völlig schuldlos.
(Denn es wurde gemunkelt, daß sein Leben in Gefahr sein könne. Natürlich nicht zum erstenmal in seiner Karriere. Gerüchte, Klatsch, nebelhafte Vermutungen: niemand war bereit, offen zu sprechen – aus einleuchtenden Gründen. *Den Halleck haben sie also erwischt,* hatte möglicherweise jemand gesagt, als er in der Morgenzeitung über den »Selbstmord« las, *es war nur eine Frage der Zeit.* Kirsten kann die Worte hören, Kirsten kann sich den Gesichtsausdruck vorstellen, die Mischung aus Mitleid und Besorgnis und Interesse, alles kurzlebig, vielleicht nur eine Minute lang beibehalten. Ehe die Seite umgeblättert wird.

*

Ich glaube es nicht, sagt Isabel ruhig, nein, es kann nicht sein, es kann nicht sein, ihre Stimme beginnt lauter zu werden, das Blut weicht aus ihrem Gesicht, euer Vater gehört nicht zu den Menschen, die ...
Später kommt das erbitterte Weinen, der Zusammenbruch. Sie verdreht die Augen, ihre Gesichtsfarbe ist wirklich totenbleich und auf einmal häßlich. Ich kann es nicht glauben, ich will es nicht glauben, ruft sie, er hat mich geliebt und er hat seine Kinder geliebt, nie würde er so etwas absichtlich tun, kreischt sie, ihr »spanisches« Blut gerät in Wallung, etwas Zorniges, Gereiztes spricht aus ihrem Kummer, so daß ihre Kinder sich erschrocken abwenden. *Er hat mich geliebt – nie würde er so etwas tun.*
(Ihre Überraschung ist ziemlich überzeugend, muß Kirsten zugeben. Ihre Bestürzung, ihr Kummer. Sogar ihr Zorn. Ziemlich überzeugend ... Aber ihr Vater, der berüchtigte Luis de Benavente, war ein so talentierter Lügner, daß er den Verhören von drei allgewalti-

gen Ausschüssen – zwei von der *Securities and Exchange Commission,* das dritte vom Senat – über äußerst verzwickte Probleme, ausländische Anlagen betreffend, standgehalten hatte.)
Die Wochen vergehen, Isabels Gefühl wird eingleisiger, vertieft sich aber auch, bis es zu einem starken, stetigen Strom von Bitternis wird, den weder Kirsten noch Owen ertragen können: euer Vater hat unser Leben ruiniert, jammert sie, euer Vater hat mich hintergangen, er hätte sich nie in die häßliche Sache hineinziehen lassen, sie nie in dem Maße übernehmen sollen … Immer heißt es *euer Vater,* notiert Kirsten. *Euer Vater* war ein sehr kranker Mann … *euer Vater* war ein Dummkopf … *euer Vater* hat es absichtlich getan, um mich zu bestrafen … *euer Vater* hätte nie Geld von irgendwem annehmen sollen: was mag er sich dabei gedacht haben!
Euer Vater, euer Vater! Kirsten zuckt bei den Worten zusammen. Sie und Owen sind auch irgendwie tadelnswert: der entehrte Mann ist schließlich *euer Vater.*

*

Hast du ihn geliebt, Mutter? möchte Kirsten fragen.
Aber sie wird es nicht tun. Sie kann nicht. Vor Jahren hat sie ein Telefongespräch Isabels mit angehört, die mit einem Freund (oder mit einer Freundin, das weiß Kirsten nicht) plauderte: Was hat *mir* die Liebe jemals genützt? fragte sie mit einer komischen, faden, langweiligen Stimme.

*

Vater in seinem alten, grünkarierten Bademantel, einem Geburtstags- oder Weihnachtsgeschenk von Kirsten. Beschmutzte Manschetten, ein verhedderter Gürtel. Die Schlafzimmerpantoffeln baumelten lose an seinen bleichen, knochigen Füßen. Maurie Halleck, traurig, mit fahler Gesichtshaut und entzündeten Augen (vom Weinen? Trinken? schlaflosen Nächten, seine Bibel lesend?), affenähnlichem Gesicht, schütter werdendem Haar. Vater in seiner Junggesellenwohnung im fünften Stock des Potomac Towers, weit draußen an der lärmigen Wisconsin Avenue, meilenfern von dem schönen Haus auf Röcken 18. Sie sind sich entfremdet, sie leben vorübergehend getrennt, Isabel hatte ihn höflich gebeten, seine Sachen zu packen und wegzuziehen, und er ist Gentleman genug, sich gutmütig zu fügen, verblüfft, gescheitert, verdammt.

Kirsten wird ihn sechsmal besuchen. Sie rechnet nach: ja, sechsmal. Und jedesmal ein Krampf.
Vater, der allein im Apartment lebt, nach Whisky und ungepflegten Kleidern riecht, in denen er übernachtet hat. Ein Sterbender! Sie bemerkt es sofort, sie ist immer ein scharfsichtiges Kind gewesen, spürt rasch den Stachel im Herzen. Doch ihr erstes Gefühl ist Groll: Wie konnte Vater sich das von Isabel antun lassen? Wie konnte er sich von einer *solchen* Frau so beeinflussen lassen?
Wie schwach die Männer sind! Verächtlich schwach! *Liebe* nennen sie es. Aber vielleicht gibt es noch andre Ausdrücke.
Er wandert durchs Wohnzimmer, durch die kleine Küche, das Schlafzimmer. Windet sich zwischen verbilligten Warenhausmöbeln hindurch. (Kirsten hat noch nie eine so schreiend häßliche Stehlampe gesehen! Aus Messing, mit geschweiftem Arm!) Er trinkt schwarzen Kaffee, er gießt Whisky in seine Tasse – glaubt er, seine Tochter täuschen zu können? Sie sieht alles, riecht alles, weiß alles. Und ist tief beschämt. Und will es ihm nie verzeihen.
Vom Wohnzimmerfenster aus erblickt man gerade gegenüber auf der andern Straßenseite den Turm eines Holiday Inn Motor Hotels. Maurie denkt nie daran, die Stores herunterzuziehen.
In der Nacht liegt er meistens wach, liest in der Bibel, versucht, Sophokles, Äschylus und Euripides zu lesen... zuerst auf Griechisch (denn er hatte einst Griechisch studiert, vor langer Zeit in der Bauer-Schule, und hat es zu bescheidenen Lesekenntnissen gebracht) und danach in der Übersetzung; aber es ist sehr schwierig, sich zu konzentrieren. Die Griechen klingen manchmal zu zeitgenössisch, er fragt sich, ob er den Text falsch versteht. Deshalb betäubt er sich mit Alkohol und sinkt in einen Schlaf, den er in den halben Vormittag hinein zu verlängern sucht. Denn schließlich (wie er seiner Tochter erklärt, die sich vor Verlegenheit kaum zu helfen weiß) hat er doch tatsächlich vom Ausschuß seinen Urlaub erhalten. In ein oder zwei Wochen, wenn er sich besser eingerichtet hat und besser organisiert ist, will er anfangen, sich mit eigenen, ihn interessierenden Arbeiten zu beschäftigen, sich alten, lange bestehenden Interessen zuwenden, zum Beispiel der Reform der amerikanischen Gerichtsverfahren in den untersten Instanzen – Stadt und Bezirk; Menschenrechte von internationalem Ausmaß und andere Dinge – andre sehr wichtige Dinge, die er viele Jahre hindurch hatte hintansetzen müssen.

Er benutzt die Anwesenheit seiner Tochter nicht, um sich nach seiner Frau zu erkundigen – wofür sie dankbar ist. Er fragt auch nicht nach Nick Martens (über den Kirsten nichts weiß. Meidet Nick, Onkel Nick, in letzter Zeit das Hallecksche Haus – und zwar ziemlich auffällig?) Er erkundigt sich nach ihrer neuen Schule, ihren Freundinnen, ihrer Zimmergenossin, wird sie aufs College gehen, ist sie glücklich, was beabsichtigt sie zu studieren... Ein Sterbender, denkt Kirsten erschrocken und zornig.

Auf den Augäpfeln kleine, geplatzte Äderchen. Faltige, gelbliche Haut. Erzählt nervös vom Potomac Tower und der Warteliste und was für ein Glück er gehabt hatte, das Apartment zu bekommen, obwohl die Trennung nur vorübergehend ist und nach ein oder zwei Monaten eine Regelung gefunden sein sollte; Isabel würde vielleicht sogar wünschen, daß er das Haus verkaufe und ein kleineres Haus kauft, ein Stadthaus, einen Anteil.

Kirsten möchte am liebsten laut herauslachen. Mein Gott! Isabel wird nie ihr Prestige-Haus verkaufen. Kennst du Isabel so schlecht?

Seine Worte zerflattern, er verstummt.

Kirstens Augen füllen sich mit Tränen. *Warum zum Teufel nimmst du nicht den Kampf auf,* möchte sie ihn anschreien.

Sie besucht ihn sechsmal, pflichtschuldigst, widerstrebend, aus Liebe, und jeder Besuch wird schwieriger, er trinkt maßloser, er wiederholt seine Fragen (über ihre neue Schule im Hinterland von New York, um welches College sie sich bewirbt), er spricht unzusammenhängend von Dingen, die sie nicht versteht oder über die sie erst noch hören wird (vertrauliche Informationen, die zur Presse durchgesickert sind, unfreundliche Vermutungen über Maurice Hallecks Zukunft und die seiner nächsten Mitarbeiter in Washington), er verliert sich in Themen über Gott, Gebete, Sünde und »Erlösung«...

Er fragt Kirsten, ob sie mit ihm zusammen beten will. Nur ein paar Minuten zusammen. Im Gebet. Zu Gott sprechen. Denn was sonst bedeutet »zu Gott sprechen« als völlige Stille des Geistes, wenn Geist und Herz eins werden... zur Ruhe kommen. Keine Sehnsüchte, kein Kampf, kein Begehren.

Verzeih, murmelt Kirsten mit heißen Wangen. Ich versteh dich nicht.

Maurie rezitiert mit halb geschlossenen Augen: *Es ist dir gesagt worden, o Mensch, was rechtschaffen ist, und was sonst verlangt der*

Herr von dir, als daß du Gerechtigkeit übst und Gütigkeit liebst und demütiglich wandelst mit deinem Gott ...
Er fordert sie noch einmal auf, mit ihm zusammen zu beten. Sie kann nicht antworten. Ihr Vater. Vom Untergang bedroht. Ich liebe dich, aber ... Ich liebe dich ...
Willst du mit mir zusammen beten, Kirsten? Wenige Minuten? Wir können schweigend beten.
Es gelingt ihr, mit glühendem Gesicht Nein herauszustoßen.

*

Das habe ich ihm geantwortet, sagt sie. Ich habe Nein gesagt.
Owen neigt seinen Kopf zu ihr hinüber. Sein Ausdruck ist zurückhaltend – man könnte ihn fast berufsmäßig nennen.
Er bat mich, mit ihm zu beten, er brauchte mich, und ich habe Nein geantwortet, berichtet Kirsten gewissenhaft. Ich habe ihm erzählt, ich hätte eine Tennis-Verabredung.
Eine Tennis-Verabredung? wiederholt Owen langsam. Aha. Dann ist es ja in Ordnung.
Nein, das ist es nicht.
Du konntest doch nicht wissen ...
Nein, es ist nicht in Ordnung. Nein, nein.
Du konntest nicht wissen, was geschehen würde.
Ich wußte es.
Du hast es *nicht* gewußt.
Ich sagte, ich hätte eine Tennis-Verabredung.
Hattest du denn eine Tennis-Verabredung?
Ich konnte nicht atmen in der Wohnung dort.
Begreiflich.
Er trank. Es war kurz nach zwölf, und er hatte schon lange getrunken.
Es war nicht deine Schuld.
Ich habe Nein zu ihm gesagt. Habe einfach Nein gesagt. Genau so: *Nein.*
Er konnte dich nicht tadeln.
Er hat mich *nicht* getadelt.
Er hat auch mich nicht getadelt, als ich ihm sagte, ich könne ihn nicht in New York treffen.
Ich hatte keine Tennis-Verabredung, ich wollte bloß in den Klub. Ich wußte nicht, wer zum Teufel dort war.

Das konnte er nicht wissen.
Es war ihm egal, er hat mir keine Vorwürfe gemacht. Weder mir noch sonst jemandem. Er war betrunken.
Du bist nicht schuld an dem, was geschah – es hatte nichts mit dir zu tun.
Auch mit dir nicht.
Es hatte *nichts* mit uns zu tun.
Ich hätte es aber aufhalten können. Und du auch.
Wir hätten ihn nicht retten könne. Ich meine – wir wußten es nicht.
Ich wußte es. Ich hätte etwas tun können.
Nein.
Doch.
Nein. Sei nicht kindisch.
Ich habe *doch* gesagt.
Ich habe *Nein* gesagt. Früher wollte er mal nach Afrika, als kleiner Junge, verstehst du, er wollte Missionar werden oder so etwas wie Albert Schweitzer.
Was hat das damit zu tun?
Mit dem Gebet – die Sache mit Gott.
Was hat *das* damit zu tun?...
...Du bist ein gieriges kleines Ferkel, sagt Owen plötzlich, lächelt und grinst. Du willst es alles für dich allein schlucken, nicht wahr? Liebestoll, immer Daddys Liebling, immer Daddys Schätzchen...
Was?
Willst den ganzen Kummer für dich allein haben, was? *Seht mich mal an, seht mich mal an,* die großartige Kirsten, Daddys kleinen Liebling, nimmt es alles so elend schwer...
Was? Was sagst du da?
Du weißt schon, was ich meine.
Tu ich nicht.
Du verstehst genau, was ich meine.
Nein.
Owen legt ihr die Hände auf die Schultern – ziemlich nachdrücklich. Wie um sie festzunageln. Er sagt: du bist krank, du bist wirklich krank, ich werde dich ins Internat zurückbringen und einen Doktor suchen. Einen richtigen Doktor – einen privaten – jemanden in der Stadt.
Nimm deine Hände gefälligst weg, murrt Kirsten.

Du solltest überhaupt nicht hier im Wald sitzen, in einer so lächerlichen Gegend, sagt Owen.
Hier ist es nicht lächerlich – es ist herrlich. Ich gehe dauernd hierher.
Was du nicht sagst.
Ich tu's wirklich.
Ich glaub's ja, ich glaub's, ich bestreite die Tatsache keineswegs.
Laß mich los, nimm deine Hände gefälligst weg, sagt Kirsten, und Tränen glänzen in ihren Augen. Du großer, verlogener Scheißkerl, du Lügner, du Heuchler –
Siehst du wohl? Es geht dir nicht gut, du bist krank. Ich bring' dich zurück.
Geh selber.
Ich laß' dich nicht hier.
Feigling – aufgeblasener Bengel...
Du bist verrückt, du übertreibst alles.
Du übertreibst nichts, was? Du nicht! Doch nicht der Owen Jay Halleck!
Du hättest ihn nicht retten können, und ich hätte ihn nicht retten können, und das ist eine Tatsache, mit der wir leben müssen –
Oh, du aufgeblasener Dreckskerl, du solltest dich bloß mal hören, wie vor dem Richter. Du solltest auf Band sprechen –
– ebenso mit der Tatsache seines Todes und wie er starb und was über ihn geredet wurde und weiterhin über ihn geredet werden wird –
Er hat *dich* angerufen, sagst du? Er hat dich in der Schule angerufen?
Also meinetwegen, gut, ich werde darüber reden, sagt Owen, packt sie noch immer fest bei den Schultern, hebt die Stimme wegen des Lärms der Vögel aus nächster Nähe, ich bin nicht besonders stolz darauf, aber immerhin: Vater war Anfang Mai in New York und rief mich an und fragte, ob ich zu ihm kommen könne, einen Zug nehmen, wir könnten zusammen das Mittag- oder das Abendessen einnehmen und über ein paar wichtige Dinge sprechen, wir hätten in letzter Zeit nicht viel Verbindung miteinander gehabt, wofür er sich entschuldigte – er entschuldigte sich *wirklich* und zwar qualvoll lange, – und ich habe mit Nein geantwortet. Ich habe noch viel mehr als das gesagt, es ist nicht meine Art, bloß Nein zu sagen, aber es kam auf das Nein heraus, Nein, danke, *nein,* danke, Vater,

ich kann das jetzt nicht brauchen. Ich komme zur Zeit mit dir nicht klar.
Ja, sagte Kirsten und lächelte seltsam. Weiter!
Weiter ist nichts dazu zu sagen.
Doch! Was hast du ihm genau gesagt? – Ich nehme an, daß es dein letztes Gespräch mit ihm war.
Ja, es war mein letztes Gespräch mit ihm. Ich habe ihm erklärt, daß ich mitten in der Arbeit für ein Examen sei.
Welches Examen?
Volkswirtschaft 331. Wirtschaftspolitik.
Und wie hast du abgeschnitten?
A minus.
Nicht schlecht.
Ich hatte ein A erwartet. Bin dem Sauhund während des ganzen Semesters um den Bart gegangen.
Es hätte schlechter sein können.
Es wäre schlechter geworden, wenn ich nach New York gefahren wäre.
So hast du wenigstens das gerettet. AB plus oder sogar ein B auf deinem Gesamtzeugnis.
Damit wäre ich kaum in Harvard Law school zugelassen worden.
Stimmt, ja. Wo Vater studiert hat.
Und Nick. Und eigentlich jeder.
Aber was hast du ihm genau gesagt?
Ich hab' herumgedruckst und ihm gesagt, ich schliefe in der letzten Zeit nicht gut, da sei der Druck wegen der Arbeiten und der Examen und das Übliche – Examensangst der ersten Semester, er hätte wahrscheinlich dasselbe durchgemacht, und natürlich sei ich besorgt wegen der Situation zu Hause...
Natürlich.
...da Mutter niemals anrief und er niemals anrief und ich so verdammt viel zu tun hätte, daß *ich* auch niemals anrief – und so weiter. Ich hätte Angstzustände.
Das muß sehenswert sein – wo du so groß bist!
Große Leute werden viel leichter von Angstzuständen überwältigt als die kleinen. Pieke in einen Ochsen, und er verblutet – wenn du verstehst, was ich meine.
Ich verstehe die Anspielung.
Du verstehst also meinen Gedankengang?

Ja. Tu ich. Du hast Nein zu ihm gesagt.
Ich habe Nein zu ihm gesagt. Mit fünftausend Worten oder noch mehr. Genau wie du.
Eigentlich brauchte ich keine fünftausend Worte. Ich hab' gestottert und zu Boden geblickt und konnte an nichts anderes denken als an die Tennis-Verabredung. Ich bin nicht sehr wortgewandt. Hab' ich dir gesagt, daß ich in meinem Tenniskostüm zu ihm gegangen bin? Hab' den Akt vorbereitet.
Ich bin aber tatsächlich in die Rechtsschule Harvard aufgenommen worden.
Vater wäre stolz, wenn er's wüßte.
Glaubst du nicht, daß er's – irgendwie – weiß?
Ich glaube, daß er's vielleicht nicht weiß. Ich glaube, daß es das ist, worüber wir hier sprechen. Der Grundgedanke, finde ich.
Der Grundgedanke bewegt sich doch ziemlich in dieser Richtung.
Aber du mußt fragen, wie...
Wie...?
Wie wir vorgehen sollen.
Vorgehen?
Waffen, Taktik – all das.
Ich werde lieber nicht fragen, scheint mir. Ich werde lieber durch den Dreck zu meinem Wagen zurückstiefeln und ins Conn College fahren. Zu meinem Weekend. Meinem »richtigen« Weekend.
Dann geh und fick dich selbst.
Brauch' ich nicht. Das ist auch ein Gesichtspunkt.
Meinetwegen, geh! Ich bleib' noch ein Weilchen hier.
Lieber nicht!
Doch, zum Teufel! Geh und erzähle Mutter alles, was du willst.
Ich lasse dich nicht allein hier – das könnte unvorsichtig sein.
Oh, um Himmelswillen!
Laß uns zusammen durch den Dreck zurückstiefeln und in der Stadt ein Sandwich essen, und dann fahre ich los, und du kannst in dein Zimmer zurück und dich ausruhen. Dich beruhigen. Recht so? Oder vielleicht bring' ich dich in die Krankenabteilung. Deine Temperatur messen lassen.
Vorher hat er nie getrunken, nicht wahr? Wein zum Abendessen. Sonst Grapefruitsaft, V-8 Gemüsesaft in den kleinen Büchsen, eine ganze Reihe stand immer innen auf der Kühlschranktür.

Ich konnte die Eiswürfel klimpern hören, als er mich anrief. Vielleicht hat seine Hand gezittert.
Er hat nicht *vor mir* getrunken. Ich glaube, er hatte sich sogar die Zähne geputzt, ehe ich kam.
Er war immer so rücksichtsvoll andern gegenüber.
Er war sehr rücksichtsvoll.
Deine Bemerkung wegen der Waffen...
...und der Taktik. Die Taktik kommt zuerst.
Ich glaube, daß ich diese Bemerkung weglassen werde.
Ja. Ich verstehe.
Wenn's dir recht ist?
Wie gut dokumentiert muß der Bericht für Mutter sein?
Ein allgemeiner Überblick, vielleicht ein impressionistisches Durcheinander.
Willst du es weglassen?
Ich glaube. Ja. Deine Stirn glüht aber. Ich kann mir genau vorstellen, wie sich dein Mund innen anfühlt.
Nämlich wie?
Trocken. Sehr trocken. Richtig ausgedörrt.
Ja, ausgedörrt. Und deiner?
Beim Schlucken tut's weh, ich muß es zugeben...
Und das alles annulliert also meine...?
Dein einstudiertes Theater? Ja. vielleicht.
Das kann ich nicht finden.
Ich weiß nicht recht. Aber ich sage Nein.
Einfach Nein?
Nein.
Weil ich erhöhte Temperatur habe? Und du keine hast?
Ich habe nicht gesagt, daß ich keine hätte. Mir scheint, ich habe sogar das Gegenteil gesagt. Aber laß das sein. Nein.
Einfach so? Klipp und klar? Nein?
Nein.
Kirsten löst seine Finger, stößt seine Hände weg, nicht derb, nicht zornig, aber mit einer seltsam schwerfälligen Nachdenklichkeit. Ihr Gesicht ist weiß und verzerrt, ihre Augen sind bis an den Lidrand voll Feuchtigkeit, möglicherweise vom Wind. Es ist ein Vorfrühlingswind, der in launischen Stößen über den großen Fluß weht.
Nein bedeutet...?

Nein bedeutet *Nein.*
Sie stößt seine Hände von sich und geht weg und sagt über ihre Schulter hinweg nach rückwärts: Dann meinetwegen, leb wohl, ich kehre nicht sofort um, mir fehlt nichts, ich will bloß ein Weilchen laufen. Ich gehe jeden Tag hier draußen spazieren.
Owen folgt ihr. Kirsten wirft ihm einen verärgerten Blick über die Schulter zu.
Es ist gefährlich hier draußen, sagt Owen.
Blödsinn. Kehr um!
Ich kann nicht so von dir weggehen, scheint mir. Ich meine, nicht so.
Doch, du kannst. Du sollst.
Ich weiß nicht recht.
Du sollst.
Ich kann nicht finden, daß es schon in Ordnung ist.
Doch. Es ist erledigt. Geh los, kehr um.
Nein. Ich weiß wirklich nicht –
Deine Schuhe werden naß.
Meine Schuhe *sind* naß.
Himmel nochmal, du hast Nein gesagt, wir beide waren uns einig deswegen, wir beide waren uns einig, daß du ein verlogener Scheißkerl und ein Feigling bist und – stimmt doch? – wir sind uns beide einig. Es ist also Nein. Und überhaupt: wartet sie denn nicht?
Wer soll warten? fragt Owen.
Geh zum Teufel! Geh zu *ihr!*
Es ist noch nicht alles in Ordnung.
Es ist in Ordnung. Du hast Nein zu mir gesagt.
Ich hab' gesagt – *Ich weiß nicht.*
Es ist erledigt, es ist in Ordnung. Mach deinen Bericht.
Nein.
Ich kann es selber tun. Ich weiß, was getan werden muß.
Nein, das kannst du nicht.
Ich will.
Nicht allein.
Allein.
Nein, nicht allein. Das kannst du nicht.
Stell mich auf die Probe!
Du kannst es *nicht!*

Berichte ihr nur! Erzähl ihr alles!
Nein.
...von den Waffen – der Taktik...
Du kannst es nicht allein tun.
Ich will.
Wir müssen noch...
»Wir« –?
Wir können nicht...
»Wir« –?

*

Viel Zeit ist verstrichen, und Owen steht noch immer da: ausdruckslos, verwirrt, benommen, wie gelähmt, und als Kirsten leise sagt: es ist schon gut, du kannst mich alleinlassen, du wirst dich verspäten, wartet sie nicht auf dich? – fragt er mit einem Ausdruck kindlicher Verwirrung, die zu unverstellt, ja irgendwie zu schuldlos ist, um dem Entsetzen Raum zu geben: *Wer wartet –?*

II

Der Wilde Loughrea

Loughrea, Ontario, August 1947

Der Unfall

Der Unfall wird sich schließlich ereignen, das Kanu wird kentern, eigentlich ist niemand schuld daran. Warum von Schuld sprechen, von Vorwürfen? Einer der Jungen wird gegen einen Fels geschleudert werden, wird von der Strömung vorwärtsgezerrt, sein Körper überschlägt sich ein paarmal, schwerelos, ohne Widerstand wie ein Zeltsack. Seine Haut wird tatsächlich zu einer Art Sack, der Knochen und Fleisch und Blut enthält – Knochen, Fleisch, Blut, Geist, Leben, *Existenz.*

Helft mir! Rettet mich!

Nein, doch nicht. Kein Wort. Der Unfall wird sich so schnell ereignen, der Körper wird so jählings aus dem Kanu geschleudert, daß Worte nicht möglich sind. Nicht einmal Entsetzen. Nicht einmal Erstaunen.

(Was hast du empfunden, als es geschah? Hast du gedacht, du müßtest sterben? Hast du gedacht, du seiest schon gestorben?)

Der Sprühregen der letzten drei Tage hat widerstrebend nachgelassen. Streifen kornblumenblauen Himmels erscheinen – zu strahlend blau. Die Augen der Kanu-Paddler schmerzen. Etwas stimmt nicht. Maurie, Nick, Tony, Kim. Etwas wird passieren. Ist es Nicks Schuld, weil er zu sehr weiterdrängt, wo sie doch übereingekommen sind, nach sechs Stunden auszusetzen? Nick, der Herrschsüchtige, Nick, der Ungeduldige. Mach *zu,* murrt Nick und gibt seinem Freund Maurie einen Rippenstoß, dein blödes Gesicht ist mir verleidet, der verflixte Fluß ist mir verleidet, mach *zu!* Fichten, Kiefern, Balsamtannen, grelle Scherben Sonnenscheins auf dem Wasser, das muntere Jagen und Zischen des Wildwassers, das jähe Entsetzen vor Felsblöcken, die zu groß sind, zu nah beisammen. Wo ist die Durchfahrt? Ist denn keine Durchfahrt da? Die vom Naturschutzpark herausgegebene Karte stellt eine Fahrrinne in Aussicht, jede Logik läßt eine Fahrrinne erhoffen, es ist undenkbar, daß sie es nicht schaffen könnten. Seit dreieinhalb Tagen sind sie auf dem Loughrea, und sie haben noch zwei Tage vor sich und sind übersättigt von der Schönheit des Flusses, des Waldes und des undurchdringlichen Himmels.

Als sie sich der Drei-Meilen-Strecke mit den Stromschnellen nähern – langen, weißgischtenden Stromschnellen – vor denen sie humorvoll gewarnt wurden (ihr werdet euch nasse Füße holen, vielleicht steht euch eine Spitzenleistung bevor), dreißig Meilen östlich von Lac Seule, hören die Jungen das leise Brummeln des Wildwassers, den Warnruf, den fernen Wasserschwall. Sie sollten zu einem der beiden Ufer hinüberpaddeln und von dort aus die Stromschnellen studieren. Sie sollten ihre Landkarte gründlicher studieren. Aber Nick will weiter. Die Unrast treibt ihn weiter, er ist so ermattet, daß er nicht pausieren will. Der Tag ist lang gewesen, es ist sechs Uhr vorbei, ihre Kleider sind völlig durchnäßt, sie sind gereizt und ungeduldig. Tony wischt sich das Gesicht ab und deutet mit apathischem Achselzucken an, daß es ihm einerlei sei, er ist bereit. Kim lacht und schreit: ach verdammich und schmatzt einen Kuß in Nicks Richtung. Ach verdammich, macht zu! In zwei Minuten sind wir durch und auf der andern Seite!

Nur Maurie sitzt da und stiert und ist unfähig, etwas zu unternehmen. Nick fordert ihn zum zweitenmal auf, er hört es nicht, er starrt voraus auf die rasch dahinschießende Strömung, auf die feuchte, aufgewühlte Luft. Er ist bestürzt und wie gelähmt von der Überzeugung, daß er schon einmal hiergewesen ist und daß es hier gefährlich ist.

Hier auf einem schmalen, dahinwirbelnden Fluß, zwischen hohen Forsten, in der menschenleeren und herrlichen Wildnis der westlichen Provinz Ontario, im Bug eines flotten grünen Presalex-Kanus, und mit dem ungeduldigen Nick Martens im Heck. Nick ruft: Maurie? Maurie? Einverstanden? (Vielleicht hat auch er das unheimliche Gefühl eines Déjà-vu-Erlebnisses, denn er und Maurie haben meistens dasselbe Gespür – für Nick eine Quelle nicht zu enträtselnden Ärgers. Hat er ein Vorgefühl, daß etwas schiefgehen wird? Daß sie nach einer Minute wie entsetzte Kinder aufschreien werden, während beide Kanus kentern? Aber immerhin haben die Jungen die letzten drei Tage in ihren feuchten Zelten zugebracht, haben dem Regen zugehört und über Themen wie Mut und Anstand in bedrängten Situationen gesprochen, und über die

Bereitschaft, im rechten Augenblick zu sterben – vielleicht haben sie sich eingebildet, daß so tapfere, düstere Erwachsenen-Themen sie vor wirklichem Unglück bewahren würden.)

Maurie? Einverstanden? Laß uns fahren!

Kim und Tony starten schon, Kim ist im Heck. Maurie sitzt träge da, die mageren Schultern zusammengekrümmt. Seine schwachen Augen hinter den dunkelgrünen Brillengläsern schmerzen, die Sonne prallt nieder und zersplittert auf allen Seiten aus tausend Gesichtswinkeln wie Glasscherben im wilden Widerschein, und auch das kommt ihm bekannt vor. Mach *zu*, verdammich, murmelt Nick, sein bester Freund Nick, der ungestüme Nick, von den meisten Jungen in der Bauer-Schule bewundert und nicht gemocht, aber von Maurie Halleck geliebt. Dein blödes Gesicht ist mir verleidet, dein blöder *Hinterkopf* – um Himmelswillen, mach *zu!* Worauf wartest du noch? Nicks Stimme, im allgemeinen tief und sympathisch, klingt vor Übermüdung rauh.

Bleibt Maurie etwas anderes übrig? Seine Schultern und sein Rückgrat hämmern vor Schmerzen, er weiß, daß er darauf beharren sollte, zum Ufer hinüberzupaddeln, aber Kim und Tony stürmen schon voraus, Nick ist drauf und dran, ihm von hinten in den Rücken zu stoßen, es bleibt ihm wirklich nichts anderes übrig. Er nickt, willigt ein. Das Kanu fährt los. Plötzlich wird er vorwärts geschleudert, auf eine Stelle zu, wo etwas Unwiderrufliches, eine Aufhebung physikalischer Gesetze, sich ereignen *könnte* – sich bereits ereignet *hat*.

Ein einziger anarchistischer Augenblick – und alles, was er weiß, alles, was gewußt werden kann, wird zunichte.

Aufgepaßt! ruft Nick.

Felsblöcke jeder Größe und Form – Klötze und Riffe – weiß schäumendes Wasser – quirlend – rasend – ohrenbetäubend. Die Luft ist zu Wasser geworden, muß unter raschem, entsetztem Keuchen eingeatmet werden. Schwarzes Wasser, bläulichgrünes Wasser, weißer Gischt, sprudelnd und brausend. Ein Felsblock fliegt vorbei, noch ein Felsblock, linker Hand, rechter Hand, Nick brüllt, entsetzt und begeistert, das Kanu bockt, Mauries Eingeweide rebellieren, er hat ein jähes, schmerzhaftes Bedürfnis zu urinieren und vergißt es im nächsten Augenblick. Sie stürmen voran, fliegen, jagen, wie es scheint, *über* dem Wasserspiegel dahin – und nichts kann sie berühren, nichts sie verletzen. Maurie Halleck und Nick Martens, siebzehn Jahre alt; an steilen Ufern und an Mauern von Kiefernwäldern, die sie nicht mehr sehen können, werden sie vorbeigeschleudert.

Sie werden ewig leben! *Nichts* kann sie berühren!

Und jetzt nach links, der Strudel gleich unterhalb der nächsten Stufe –

Eine gestürzte Kiefer, morsch – ein ungeheurer weißer Felsklotz mit gespenstigen Einkerbungen, die Nase, Mund und Augen andeuten – Blöcke, auf Blöcke getürmt – Wasserfälle, so aalglatt wie Rutschbahnen auf einem Spielplatz – im Mund ein Nachgeschmack panischer Angst – ein prahlerischer Freudenschrei. Nur ein paar Sekunden, bevor das Kanu auf einen versteckten Felsklotz kracht, denkt Maurie noch deutlich: *Es ist nicht wahr, daß wir allein leben und sterben, seht doch, wie wir zusammen sind, seht, wie wir immer zusammen sind –*

Das ohrenbetäubende Gebrüll. Die fast unsichtbaren, über ihrem Kopf tanzenden Regenbögen. Tief im Eingeweide die Angstschauer. Hundert Yards voraus in einem Aluminium-Kanu zwei geduckte Gestalten, die soeben in Dunstschleiern außer Sicht geraten. Das Kanu nimmt gehörig Wasser über, Maurie versucht Atem zu holen, saugt aber Gischt ein, sein Körper ist taub geworden, zornige Adern pochen in seinen Augäpfeln. Er führt die gebrüllten Befehle seines Freundes aus. Er gehorcht, ohne nachzudenken. *Es ist nicht wahr, daß wir allein leben und sterben, seht doch, wie wir in diesem Augenblick zusammen sind, in diesem schrecklichen Augenblick, seht doch, wie wir zusammen sind, wie wir immer zusammen sind –*

Freunde

Maurie mit seinem gnomenhaften, affenähnlichen Gesicht, die Gesichtszüge unter Normalgröße und eng beisammenstehend, blaßblaue, wässerige Augen, Stupsnase, aufgeworfene Lippen, ein schmaler Unterkiefer. Seine Haut war fleckig und vernarbt. Pickel wie winzige rote Beeren brachen nicht nur in seinem Gesicht, sondern auch am Hals und überall am Rücken hervor. Der arme Maurie! So häßlich. So zuversichtlich. Mit seinen spinnedünnen Armen und Beinen, seinen kurzsichtigen Augen, seinem leichten Gestammel, seinem ernsten, herzzerreißenden Lächeln. Maurie, der Sohn Joseph Hallecks. Mit siebzehn Jahren, in den oberen Klassen der Bauer-Schule, maß er nur fünfeinhalb Fuß, wog nur hundertfünfundzwanzig Pfund, der arme Maurie, der gutherzige Maurie, der seine Freunde mit seinem Gerede von »Gott« und »Christus« und dem »Vorrecht, am Leben zu sein«, in Verlegenheit brachte.

Maurie nannte sich Christ ohne Konfession. Christus in seinen Mitmenschen zu ehren – Möglichkeiten zu suchen, damit Christus in einem selber lebendig wurde – schien ihm die höchste Forderung zu sein. Er sprach unbekümmert, ernst, manchmal vor Erregung stammelnd und ohne zu bemerken, wenn andere die Augen himmelwärts wandten oder vor Langeweile Grimassen schnitten. Er war gescheit, er war flink, trotz seiner geringen Körpergröße war er ein ziemlich guter Sportler – beim Tennis, beim Turnen, beim Dauerlauf –, und fast die ganze Zeit war er durchaus verständig, so kam er – nach dem ersten unglücklichen Semester in der Bauer-Schule – ziemlich gut voran. Es entging seinen Klassenkameraden nicht, daß er Maurie Halleck und daß sein Vater *der* Joseph Halleck (von Halleck, Copper and Aluminium) war, doch es war die Bauer-Schule in Krampton, Massachusetts, und wahrscheinlich kam etwa ein Drittel der zweihundert Jungen in Mauries

Klasse aus Familien, die ebenso oder beinah so wohlhabend wie die Hallecks waren; und in jeder Klasse gab es ein halbes Dutzend »berühmter« Namen. In Bauer kam es nicht sehr darauf an – es sollte nicht sehr darauf ankommen –, aus welcher Familie man kam, mit wem die Familie verkehrte und wie hoch ein Junge seinen Wert spaßeshalber eintaxierte.

Maurie Halleck, der Nick Martens bezauberte und beeindruckte und zur Verzweiflung brachte. Maurie, das Baby (der sich noch als Siebzehnjähriger nicht schämte, in Tränen auszubrechen), Maurie, der Stoiker, der Rätselhafte, die Zielscheibe unzähliger grober Scherze, Maurie, der vor sich hinsummte, um sechs Uhr morgens aufwachte, heiter, rasch zum Lächeln und rasch zum Verzeihen bereit. (Und er hatte eine Menge zu verzeihen. Denn – leider muß es gesagt sein – mißhandelten ihn selbst seine Freunde in der Bauer-Schule.) Er war belästigend, er war freundlich und freigebig, er war recht beliebt oder er wurde bloß geduldet oder ausgelacht oder wegen seiner ziemlich weltfremden Kühnheit bewundert, mit der er die arrogantesten und autoritärsten Lehrer vor einer ganzen Klasse in Frage stellte. An manchen Tagen wußte er alle Antworten und konnte es selbst mit den gescheitesten Jungen aufnehmen (*beinah* wenigstens). An andern Tagen konnte er nichts richtigmachen, verpatzte die Klassenarbeiten, wurde rot, biß sich auf die Knöchel und entschlüpfte, um allein zu sein. (Was tut er nur – so allein? Betet er? Sinkt er in die Knie und betet?) Er paßte einfach nicht in seine Haut, wie es bei andern Jungen der Fall war, nicht mit seinen kurzen, spinnedünnen Beinen, seinem häufigen Mangel an körperlicher Anpassung und seinen schwachen Augen (auf dem linken Auge sah er besonders schlecht. Eines Tages legte er die Hand über das rechte Auge, fixierte Nick, blinzelte und behauptete, daß er jetzt so gut wie blind sei – »gesetzlich« sei er wahrscheinlich blind. Und das stürzte Nick in Verlegenheit und ärgerte ihn, denn was zum Teufel sollte *er* dazu sagen? Seine eigene Sehkraft war beinah einwandfrei.)

Beim Sport war Maurie manchmal sehr gut und ließ sich von einer fast verzweifelten Energie mitreißen: er gehörte nicht zu den schlauen, verkümmerten Brillenträgern, die auf ihren Mangel an körperlicher »Gewandtheit« angeblich stolz waren. Er war ein guter Schwimmer und Läufer, bei den Turnübungen war er exakt und graziös, er probierte es, in einer Rudermannschaft mitzumachen, er probierte Basketball, er versuchte sich sogar während eines kurzen, ulkigen Monats (mit Nick) im Boxsport. Er konnte recht gut Tennis spielen – aber nur drei Partien, und bei der vierten machte er einen Fehler nach dem andern und war plötzlich ungeschickt, mit schlecht beherrschten Gliedmaßen stolperte er über seine eigenen Füße, bis ihm Gesicht und Hals rot anliefen. Dann murrte er vor sich hin und entschuldigte sich, er wisse nicht, »was mit ihm los sei«. Bei derartigen Spielen beherrschte Nick kein Siegergefühl, denn was bedeutete ein Sieg beim Tennis mit einem Gegner wie Maurie Halleck? Der Dummkopf, der Clown. Es wäre lächerlich gewesen, wenn Nick noch mehr Zeit an ihn verschwendet hätte. Je reumütiger Maurie wurde, desto wütender wurde Nick, so daß es immer schien, Nick ärgere sich über Maurie, weil er Fehler machte. Halt! Hör auf! *Laß das!* (Sogar schon als Junge hatte Nick es zu seinem Grundsatz gemacht, sich nie zu rechtfertigen und nie zu entschuldigen – ausgenommen natürlich vor Erwachsenen – wichtigen Erwachsenen.)

Genug! konnte Nick plötzlich rufen und den Tennisplatz verlassen.

Genug! Hau ab! Gib's auf!

Doch sie waren Freunde. Mit Unterbrechungen. Sie *waren* Freunde – Nick gestand Maurie einmal, er sei der beste Freund, den er je gehabt habe, und vielleicht der einzige: der Grund dafür sei, daß er Maurie vertrauen könne.

Nick war so beliebt – Nick, der so viele Freunde hatte. Drei Jahre hintereinander Klassensprecher – (allerdings bekam er jedes Jahr eine kleinere Stimmzahl, was ihn heimlich empörte, denn bedeutete es nicht, daß ehemalige Anhänger ihn im Stich gelassen hatten?) Der hübsche Nick Martens mit seinem Witz, seinem Sarkasmus, seinem Eifer beim Wettbewerb, seinem Ränkeschmieden, seiner Berechnung, seinen nervösen Gewohnheiten (mit der Schreibfeder spielen, seine Uhr aufziehen, auf seinem Platz hin und herzappeln) und seinem unermüdlichen Eigenlob. Höflich zu Erwachsenen – zu jenen Erwachsenen, die »wichtig« waren. Doch er war zum Totlachen, wenn er sie hinter ihrem Rücken nachäffte. Als Bauer-Stipendiat wäre es taktlos von ihm gewesen, weniger als dankbar zu sein, und bestimmt war er dankbar, wenigstens, soweit sich das beurteilen ließ. Sein dunkelblondes Haar war stark und gesund, die Nase war gerade, die Lippen klar umrissen; er sprach gewandt und schwungvoll, jedermann mochte ihn gern, oder beinah jedermann, obwohl erwähnt werden muß, daß er seine Feinde hatte, und er machte es sich zur Regel, genau zu wissen, wer sie waren.

Was findest du an Halleck? wurde Nick oft gefragt – an dem miesen Knochen?

Maurie war natürlich der Sohn von Joseph Halleck. Und Mr. Halleck entwickelte rasch eine Zuneigung für den energischen Freund seines Sohnes aus Philadelphia.

Doch es war mehr als das. Es war bestimmt mehr als das. Obwohl Maurie häufig mit Nick und dessen Freunden nur »mitzockelte« und gutmütig von ihnen geduldet wurde, traf es tatsächlich zu, daß Nick seinen Freund Maurie gern hatte – und das war irgendwie rätselhaft. Nick, der so unausweichlich beliebt war, Nick, der so viele Freunde hatte ... (Obwohl sein Sarkasmus ihm einige Feinde verschaffte. Und auch seine nervöse Überschwenglichkeit. Seine Gewohnheit, einen Jungen gegen den andern auszuspielen. Sein reizbares, hämisches Selbstgefühl.)

Was findest du an Halleck? fragte Tony Di Piero – eher aus Neugierde als aus Bosheit. Hängt dir soviel *Gutsein* nicht zum Halse heraus?

Der arme Maurie: unermüdlich treu, nicht bei der gröbsten Zurückweisung beleidigt, bereit, Nick Geld zu leihen und hinterher eisern darauf zu bestehen, daß er es nicht zurückhaben wolle, daß er es nicht *brauche.*

Was Nick natürlich ärgerte. Wer hat gesagt, ich könnt's dir nicht zurückgeben? Ich könnt's mir nicht leisten, es dir zurückzugeben?

Worauf Maurie sich schließlich entschuldigte und seine blassen Augen voller Tränen standen.

Du weißt doch, Nick, daß ich's nicht so gemeint habe, stotterte er.

Ich möchte verdammtnochmal wissen, *was* du gemeint hast.

Ach, Nick, hör auf, sagte Maurie. Du weißt, daß ich's nicht so gemeint habe.

Er flehte und bat und entschuldigte sich. Sein Gesicht und der Hals wurden von einem leuchtenden, peinlichen Rot überzogen.

Nick, der Boxer (150 Pfund schwer, fast sechs Fuß groß), leicht und gewandt und mit den Füßen sehr geschickt, mit schlanken Hüften

und kräftigen, sehnigen, behaarten Beinen. Nick, der Schwimmer, Star beim Rennsport, Basketballspieler (Co-Captain in der Schulmannschaft), Nick, der Musterschüler, der auf ein Stipendiat für Harvard hoffte. Nick, der Champion beim Schultennis, Nick, der Schauspieler (er spielte im *Julius Cäsar* den Marc Anton, und in einer komischen Aufführung von *The Importance of Being Earnest* war er der Jack. Er hatte, wie er Maurie anvertraute, sogar ziemlich lange Klavier studiert, obwohl er in der Bauer-Schule angeblich nichts für Musik übrig hatte. (Maurie entdeckte sehr interessante – sehr schöne – Kritzeleien von Nick, die auf seinem Schreibtisch herumlagen. Notenschrift, Notenbalken, Violinschlüssel in kunstvoller Schönschrift, mit einer Füllfeder gezeichnet und doch ganz mutwillig. Maurie musterte die Kritzeleien, konnte sie aber nicht lesen und wußte nicht, ob es wirklich Notenschrift war und ob sein Freund versucht hatte, etwas zu komponieren, oder ob er nur gekritzelt hatte; er hütete sich wohlweislich, Nick danach zu fragen – nicht, weil Nick über seine Unwissenheit spotten würde, sondern weil Nick vielleicht verlegen war, wenn er erfuhr, daß Maurie die Noten gesehen hatte. Doch die Notenschrift war wirklich schön, und Maurie konnte es sich nicht verkneifen, ein einzelnes Blatt zu entwenden – das Nick anscheinend nie vermißte.)
Und dann Nick als Präsident des Debattierklubs! Und Nick als dritt- oder viertbester Schachspieler der Schule. Nick, der Schulpolitiker. Unermüdlich, zuversichtlich. Manchmal ein wenig rachsüchtig – doch das schien verständlich, da er sich so ganz in der Schulpolitik verausgabt hatte: er schien sich wirklich zu *sorgen*, wie die Wahlen ausgingen und wie die Komitees entschieden.
Nick! Nick? Manchmal hallte die Luft von seinem Namen wider – wenigstens schien es Maurie so.
(Maurie Halleck mit seiner törichten »Selbstdiziplin« und seinen Pickeln und seinem Geschwätz über Christus. Maurie, der offenbar von Nick bemitleidet wurde, als sei er ein jüngerer Bruder, dem Nick Box-Unterricht zu geben versuchte und dem er tatsächlich beibrachte, eine anständige Partie Tennis zu spielen.)

*

Was findest du nur an Halleck? fragte Tony. Überall lungert er herum.
Ich mag ihn gern, sagte Nick. Er ist all right.

Natürlich ist er all right, entgegnete Tony und gähnte. Er ist zu gut, um wahr zu sein. Aber was findest *du* an ihm?
Nick dachte einen Augenblick nach. Er war es nicht gewöhnt, so zudringlich befragt zu werden, und gegenüber einem andern als Tony hätte er sich nicht zu antworten bemüht. Schließlich schnitt er eine Grimasse und sagte: Was ich an ihm finde? Ich weiß es nicht. Ich habe keine Ahnung.
Tony Di Piero war ein großer, schlanker, träg verdrossener Junge mit olivbrauner Hautfarbe und sehr dunklen Augen. Sein Lächeln war verstohlen und hinterhältig; seine schwarzen Haare waren fettig. Wenn er im Schwimmbecken der Schule nach einem Kopfsprung aus dem Wasser auftauchte, glich er einem Seehund – so glatt und dunkel und gewandt und kraftvoll. Er war in Brüssel geboren und als Dreijähriger nach Amerika gekommen. Sein Vater war tot – in der Schule ging ein Gerücht, er sei vor Jahren in Rom umgebracht worden, aber ob es ein politischer Mord oder einfach eine Folge seines ausschweifenden Privatlebens war, wußte man nicht genau, und man konnte natürlich nicht danach fragen. Seine Mutter war Amerikanerin, die Erbin eines Vermögens – in Tabak oder Alkohol oder Erdöl – darüber waren verschiedene Gerüchte im Umlauf. Es wurde gemunkelt, sie habe Selbstmord begangen ... oder sie sei wegen Trunksucht in einer Klinik gelandet – oder wegen Drogen – oder einer Geisteskrankheit. Natürlich konnte man niemanden nach so etwas fragen. Jedenfalls schien es Tony nie an Geld zu fehlen, doch er war nicht besonders freigebig. Er kleidete sich in teure Sachen nach europäischem Schnitt, er besaß einen Jaguar – was in der Bauer-Schule natürlich verboten war –, er hatte eine Menge Freundinnen, vor allem in New York City; er war auf seine wortkarge Art intelligent, seine Zensuren waren stets gut. Kein Mensch kam jemals, ihn in Bauer zu besuchen, allerdings erhielt er manchmal Anrufe, über die er nie sprach. Während der Ferien blieb er entweder in der Schule, oder er ging nach New York (sein Hotel war das Pierce) oder er nahm Einladungen seiner Freunde an. Er und Nick waren befreundet, weil sie sich als einander ebenbürtig empfanden und weil Tony der einzige war, den Nick nicht beeinflussen konnte.
Du willst ihn bloß kränken, sagte Tony einmal mit einer Lebhaftigkeit, die nicht bezeichnend für ihn war. Du willst *weiter nichts* als ihn kränken.

Du bist komplett verrückt, sagte Nick. Du kennst mich überhaupt nicht.

Maurie war vielleicht sein gutes Gewissen. Sein jüngerer Bruder. (Doch eigentlich war Maurie mehrere Monate älter als Nick.) Maurie war jemand, mit dem man spät abends im Gemeinschaftsraum oder nach einer Partie Tennis oder während eines langen Spaziergangs zur Stadt wirklich reden konnte. Über Pläne für die Zukunft, und ob es einen Gott gebe, ob er Rechtswissenschaft oder Politik als zukünftigen Beruf wählen solle, und was er wegen seines Vaters tun könne (obwohl ein sechzehnjähriger Junge wohl kaum etwas wegen Bernard Martens tun konnte); wie ernst man das Leben auffassen müsse; was Treue und Freundschaft bedeuteten; könne man überhaupt jemandem richtig trauen; war die Welt beschissen – oder barg sie – barg sie vielleicht Möglichkeiten . . .!

Der zu kurz geratete Maurie Halleck mit seinem Gestammel, seinen entstellenden Pickeln, seinem jungenhaften Gekicher – seiner ewigen *Hoffnung,* die Nick erbittern konnte. Er war kein Dummkopf, auch wenn er sich manchmal wie ein Dummkopf benahm, sowie er sich in Streitfragen mit Jungen verstrickte, die seine religiösen Sorgen bezweifelten; oder mit seiner mädchenhaften Zimperlichkeit (bei unanständigen Witzen und Geschichten wurde er buchstäblich rot), oder mit seinen Phasen von »Selbstzucht«, die er manchmal durchmachte. (Im dritten Studienjahr stand er eine Zeitlang jeden Morgen bei Tagesanbruch auf und lief in den Wald, um zu meditieren. Während mehrerer Monate war er Vegetarier und nahm nicht einmal Fleischbrühe oder Eier zu sich; während eines Semesters oder noch länger legte er sich in jeder Woche einen Fastentag auf. Er übte sich im Schweigen, er übte sich in christlicher Demut. Manchmal schien es, wie Nick höhnisch bemerkte, als übe er sich, ein Mensch zu sein.

Und die ängstliche Besorgnis, mit der er darauf achtete, daß er sich *nicht* für einen besseren Menschen als seine Klassenkameraden hielt, erbitterte sie ganz besonders.

Der arme Maurie – der arme Blödmann Maurie!

Er versuchte, Wittgenstein zu lesen, von dem kein Mensch je gehört hatte. Er versuchte, Cassirer zu lesen. Er sprach in der Klasse über die »heidnischen Wurzeln des Nazismus«. Mit zitternder Stimme las er für die Englisch-Stunde seinen Aufsatz über »die Unsterblichkeit der Seele« vor. Er verteidigte die Amtsführung

Andrew Jacksons – des sogenannten »Königs Andrew I.« Er diskutierte über die Durchführbarkeit einer Weltregierung, über Euthanasie, über die Reise zu andern Planeten und ihre Kolonisierung. Er nahm Flötenstunden. (Wie es sich herausstellte, hatte er keine natürliche Begabung – Nick prüfte ihn unerbittlich und erklärte ihn für einen musikalischen Analphabeten.) Er las Dostojewskij, Tolstoj, Kierkegaard und Nietzsche. Spät abends argumentierte er leidenschaftlich über Religion und was es bedeute, religiös zu sein: eine Art *Christus* zu sein. Es machte ihm nichts aus, wie sehr ihn die andern Jungen verspotteten oder wie sie ihn unhöflich übersahen, ja, er bemerkte nicht einmal ihre amüsierte Gleichgültigkeit. (Auf Nick, der das Lippen-Luthertum seiner Familie sehr leicht nahm – wie es auch sein Vater tat –, machte Mauries eigenartige Leidenschaft einen unbequem starken Eindruck. Wie sollte man sie bewerten? Wie mit ihr fertigwerden? Als Maurie im Alter von vierzehn Jahren nach Bauer kam, hatte er bereits den Heiligen Augustinus und Tolstojs Auferstehung gelesen, er hatte schon für sich allein die neuesten päpstlichen Enzykliken studiert sowie Barths *Die Auferstehung der Toten* und James' *The Varieties of Religious Experience.* Er war vertraut mit Morris Cohens *The Dark Side of Religion,* und er konnte von William Cliffords Lehre *The Ethics of Belief* zitieren. Er gab zu, Albert Schweitzer mehr als alle andern Menschen zu verehren. Er hatte viel aus Tolstojs Buch *Meine Religion* auswendig gelernt und liebte es, mit geschlossenen Augen eine bestimmte Stelle von William James zu zitieren: *Selbst mit der Wahrheit im Griff hat der Verstand unter Umständen kein untrügliches Zeichen, um zu erkennen, ob es Wahrheit ist oder nicht.* Aber als Nick ihn frei heraus fragte, ob er eine eigene echte religiöse Erfahrung gehabt habe, lächelte er traurig und sagte: Nein. Ich warte).

Wie lange beabsichtigst du zu warten? wollte Nick wissen.

Armer Maurie Halleck, der seine Lästerer mit seinem schieren, arglosen Optimismus zermürbte!

*

Sie begegneten sich in der ersten Septemberwoche 1944.

Nick sollte sich stets mit besonderer Deutlichkeit der Begleitumstände jener Begegnung erinnern. Als habe er sofort gewußt, daß er und der albern lächelnde Junge mit der Stahlbrille und den zu kurzen Beinen vom Schicksal auserkoren waren, Brüder zu sein.

Das heißt – Freunde zu sein.
Sehr nahe Freunde.
Einander verbunden – durch Blut? – durch Gewalt?
Da war Maurie nun in Khakihosen und einem Unterhemd und räumte Bücher in die Regale – Maurie, mager und verschwitzt, vor sich hinbrummelnd. (Aber vielleicht sang er auch. In jenem ersten Semester sollte er die Geduld seiner Kameraden mit schaurig unangebrachten Liedern plagen: »White Christmas«, »It's only a Paper Moon«, »Stormy Weather«.) Als er sich umwandte und Nick und Mrs. Martens in der Tür stehen sah, starrte er sie lange an, dann stürzte er vor, streckte die Hand aus und stotterte eine Begrüßung. Oh, es tut mir so leid – ich hatte nicht erwartet – ich – ich bin Maurie Halleck – mir wurde dieses Zimmer zugeteilt –
Ehe Mrs. Martens ihm seine Hand drücken konnte, hatte er sie bereits wieder zurückgezogen und an seiner Hose abgewischt.
Sein entstelltes, verpickeltes Gesicht wurde dunkelrot, seine kleinen, ängstlichen Augen blinzelten hinter den starken Linsen seiner Brille hervor.
Nick gelang es, zu lächeln und sich vorzustellen – sich und seine Mutter, die ein wenig abseits stand. Maurie wiederholte seinen Namen und entschuldigte sich, wobei sich das dunkle Rot noch verstärkte. Er habe heute niemanden erwartet, sagte er, ihm sei gesagt worden, seine Zimmergenossen kämen alle am nächsten Morgen. Dann bat er um Erlaubnis, sich entfernen zu dürfen, und eilte ins Zimmer nebenan. Nick und seine Mutter tauschten Blicke aus: *Der* Junge? Der komische kleine Junge – Nick als Zimmernachbar zugeteilt? Er konnte bestimmt noch keine vierzehn Jahre alt sein. Als er eine Minute danach wieder auftauchte, stieß er mit den Armen in ein weißes Hemd und entschuldigte sich nochmals:
Mir wurde gesagt, sie kämen alle erst morgen.
Nick blickte ihn gelassen an. Und sagte kein Wort.
Maurie entschuldigte sich wegen des Zustands, in dem sich das Zimmer befand. Wegen seiner Bücher, der Koffer, des Staubes, des Abfalls im Kamin (den der ehemalige Besitzer des Zimmers dort hinterlassen haben mußte) und der schmutzigen Fenster. Er habe vorgehabt, ein bißchen sauberzumachen, ehe alle einträfen. Er erklärte, daß er das Schlafzimmer linker Hand genommen habe,

weil es auf den Hof blickte und morgens am geräuschvollsten sein könne. Er habe das kleinste Bücherregal genommen (aber wenn die andern Regale nicht restlos ausgefüllt würden, hoffe er, daß er sie mitbenutzen dürfe. Wie Nick feststellte, hatte er mehrere Kartons voller Bücher mitgebracht.)

Ein krampfhaftes Lächeln verzerrte Mauries Gesicht. Nervös fuhr er sich mit der Zunge über die Lippen. Jetzt war es nötig, daß Nick etwas sagte: es wäre an der Zeit gewesen, daß er etwas Scherzhaftes oder Tröstendes oder Witziges oder Begeistertes sagte: daß er fragte, wo Maurie Halleck herkomme, und ob seine Eltern ihn herbegleitet hätten. Einfach, um herauszufinden, wo er herstammte. Aber Nick starrte nur den aufgeregten Jungen an, als habe er noch nie einen derartigen Blödmann gesehen.

Mrs. Martens stand abseits und betupfte sich das Gesicht mit einem Taschentuch. Sie trug ein schönes Seidenkostüm in sehr heller Sandfarbe, und ihr Gesicht war angenehm hübsch, nur unter den Augen etwas aufgedunsen. Nicks Vater hatte einen Frühzug genommen, um am heutigen Abend mit einem befreundeten Cellisten wegen eines Konzerts in der Juilliard-Musikhochschule zu sprechen.

Nick vermutete, daß seine Eltern sich gezankt hatten, aber natürlich würde er sich nicht danach erkundigen. (Er hätte sich ebensowenig nach den seelischen Beziehungen seiner Eltern zueinander wie nach ihrer sexuellen Beziehung erkundigt. Er befürchtete, daß seine Mutter, wenn er sie danach fragte, ihm wahrscheinlich alles berichten würde.) Jetzt betrachtete sich Mrs. Martens in einem kleinen Puderspiegel und kümmerte sich nicht um Nick und um den wunderlichen Jungen. Falls sie einen von beiden bemitleidete, ließ sie es sich nicht anmerken.

Nick fragte schließlich: Das Zimmer, das auf den Hof blickt – das hast du wohl gewählt, weil es das beste Licht hat, nicht wahr?

Maurie starrte ihn an. Zuerst war er zu erschrocken, um überhaupt sprechen zu können.

Es blickt nach Süden – hat große Fenster – deshalb hast du's gewählt, nicht wahr?

Mauries Augenlider flatterten. Er sagte: Ich – ich – nein – ich dachte – ich meinte – ich –

Nick trat ins Zimmer und schaute sich prüfend um. Es ist das größte Zimmer, nicht wahr?

Maurie stand unsicher an der Tür. Sie sind alle gleich groß. Bestimmt sind sie alle von derselben Größe.
Nein, das hier ist größer. Die Fenster sind nett, sagte Nick. Er öffnete den einen Flügel noch weiter, lehnte sich hinaus und schöpfte tief Atem. Eine schöne Aussicht hast du hier auch.
Aber ich wollte nicht –
Du bist als Erster hergekommen – du hast die Wahl –
Aber ich wollte wirklich nicht –
Ist schon gut, Maurie. So heißt du doch – Maurie? Ist schon gut, sagte Nick und grinste vergnügt. Du warst als Erster hier.
Aber mir ist's einerlei, welches Zimmer ich habe, sagte Maurie ängstlich. Weißt du was? Nimm du es!
Nein, es ist deins! Du hast die Wahl gehabt!
Ich habe noch nicht viel ausgepackt – ich kann den Kram hier rausnehmen –
Nein, zum Teufel! Beruhige dich!
Aber ich habe es genommen, weil ich dachte – mit dem Hof da unten, verstehst du, vorhin war es mächtig laut – ein paar Jungen haben einander was zugerufen – ich wollte nicht – ich dachte nicht – hör bitte: Ich nehme meine Sachen raus, und du kannst das Zimmer haben.
Nick lehnte sich aus dem Fenster und atmete tief. Sein Blick umfaßte die steilen Dächer der Bauer-Schule, die hohen Schornsteine, den Glockenturm, die Hügel in der Ferne. Seine Familie konnte es sich nicht leisten, ihren Sohn hierher zu schicken, aber Bernard hatte darauf bestanden: Lawrenceville oder Exeter oder Andover oder Bauer – oder zum Teufel mit all der Sucherei. Der Musik-Akademie in Philadelphia – deren Direktor er war – ging es finanziell nicht schlecht, aber seinem eigenen Konto offenbar doch, obwohl er natürlich nicht geruhte, solche Fragen mit seiner Frau oder seinem Sohn zu erörtern. Ich gehöre nicht hierher, dachte Nick mit einem merkwürdig hämischen Glücksgefühl. Unten auf dem mit Fliesen belegten Hof erschienen ein Junge und seine Eltern und ihr schwarzer Fahrer, der Koffer und Bücherschachteln trug. Und hinter Nick stand Maurie Halleck und flehte ihn an, dieses Zimmer hier zu nehmen: *bitte,* nimm es doch! Ich gehöre nicht hierher, dachte Nick triumphierend, und hier bin ich!
Obwohl sich alles sehr rasch abgespielt hatte, war Nick Zeit geblie-

ben, sich den Namen seines Zimmernachbarn zu merken. Halleck? Also Kupfer! Und war der Alte nicht ein Freund oder Berater von F. D. R gewesen?

Maurie bat und erklärte und entschuldigte sich. Fast hätte er seine Hand auf Nicks Arm gelegt. Nick leistete noch ein paar Minuten Widerstand, dann gab er plötzlich nach, und ein knabenhaftes Lächeln erhellte sein Gesicht. Meinetwegen. Wenn es Maurie einerlei sei – wenn es ihm *wirklich* einerlei sei, das Zimmer aufzugeben –

Sie reichten sich wieder die Hand, als besiegelten sie einen Handel. Mauries schmutzige kleine Pfote war mit kaltem Schweiß bedeckt, und Nick – der heikle Nick – mußte sich zurückhalten, um seinen Ekel nicht offen zu zeigen.

Wilder Loughrea

Es ist nicht der erste Fluß, auf dem sie gemeinsame Kanufahrten gemacht haben – Mr. Halleck hatte schon im vorausgegangenen Sommer die Freunde seines Sohnes nach Bitterfeld Lake in den Adirondacks eingeladen – aber der Loughrea ist der am weitesten entfernte Fluß, eine Herausforderung. Er ist gefährlich.

Teuer? Aber der Kostenpunkt hat nichts zu bedeuten – nicht für Mr. Halleck.

Die Woche im Naturschutzpark Loughrea ist ein Examensgeschenk für die Vier: für Maurie und seine Freunde Nick, Tony und Kim. Mit einem Wasserflugzeug wurden sie von Sault Ste. Marie nach Whiteclay Lake befördert. Die Mietvorkehrungen – für die Kanus, die Zelte, die Futterkörbe, den größten Teil der Angelgeräte, die Kochausrüstung und so weiter – wurden beizeiten von Mr. Hallecks Sekretär getroffen. Die Jungen brachten ihre eigene Schlechtwetterkleidung, Wollsocken und Sweater, Handschuhe, Gummistiefel, Schlafsäcke, Toilettensachen, Taschenmesser, broschierte Bücher, Spielkarten und verschiedene andere Dinge mit; im Laden in Whiteclay Lake kauften sie Plastikgabeln und -löffel, Papierteller und Becher, Insektenvertilger, eine Reiseapotheke und eine beträchtliche Menge Lebensmittel (in Büchsen oder getrocknet und in Zellophan verpackt: Hühner, Thunfisch, Büchsenfleisch, Eier, Erdnußbutter, Himbeermarmelade, Traubengelee, Speck, Brot, Salzkeks, Streichschokolade, Suppenpulver, Kaffeepulver, Rosinen, Dörrpflaumen, getrocknete Aprikosen, Biskuit- und Pfannkuchen-Mischung, Tafelschokolade, Pfefferminzbonbons und mehrere Sorten Kaugummi). Tony kaufte drei Stangen Camels. Und obwohl die Vier zu jung waren, um Bier oder Wein zu trinken, wurde doch beides für sie besorgt.

Vor dreißig Jahren hatten Mr. Halleck und fünf seiner Freunde eine Kanufahrt den Loughrea hinab unternommen, und sie wurde zu einem der ungewöhnlichsten Erlebnisse seiner Jugendjahre. Er erinnert sich genau an jene Woche und spricht oft und mit großer Rührung darüber. Diese Millionen Quadratmeilen unberührter Wildnis, die ungeheure Stille, die frische, reine Luft – und dann der große Fluß selbst, ohne Deiche, völlig natürlich. Drei Kanus und sechs junge Leute. Gute Freunde. Eins der Glanzlichter ihres Lebens. Ja, es hatte geregnet. Ja, sie hatten sich gestritten. Es gab Kriebelmücken und Holzböcke. Sie hatten einen oder zwei kleinere Unfälle – nichts Ernstliches. Ein paar Kratzer. Einen verstauchten Knöchel. Ja, nach den ersten paar Tagen waren sie erschöpft, ihr Körper schmerzte, die Kleider waren feucht, sie waren dankbar für die letzten fünf oder sechs Meilen des breiten, flachen, freundlichen Flusses, der in den Lac Seule mündete... dankbar, von der zu engen Verbundenheit befreit zu sein. Doch der Ausflug war eins der denkwürdigsten Erlebnisse ihres Lebens.

Mr. Halleck mit seinen traurigen Augen über den Augensäcken, mit dem trüben, ins Leere gewandten Blick. Sich die Nase reibend. Die Stirne runzelnd. Lächelnd. Er hatte seinen ersten Herzanfall im Frühling vor Mauries erstem Studienjahr in Bauer, und in den folgenden Monaten hatte er mehr als zwanzig Pfund von seinem Übergewicht abgenommen. Er schien in ziemlich gutem Zustand zu sein. Aus einiger Entfernung sah er recht jugendlich aus.

Eins der Glanzlichter unsres Lebens, wiederholte er lächelnd.

*

Die unheimliche Ruhe der Tage: prasselnder Regen, graues Getröpfel, die plötzliche Attacke der August-Sonne. Der Fluß wird breiter, wird groß und flach und leutselig; dann verengt er sich wieder, Felsen stoßen durch den Wasserspiegel, weißes Wasser gischtet, Kiefern recken sich hoch und steil auf beiden Ufern. Maurie und Nick und Tony und Kim durchqueren ohne besondere Schwierigkeiten ihre erste Stromschnelle – Whiteclay Rapids. Maurie erspäht hoch über ihnen einen rotschwänzigen Falken, der sich hinabfallen läßt und sich wieder aufschwingt, als folge er ihnen. Vor Aufregung macht er sich Notizen in sein kleines rotes Buch. *Nie im Leben so glücklich gewesen,* schreibt er.

Whiteclay Rapids, Little Rapids, Long White Rapids, Whistling Swan Rapids, Lower Loughrea Rapids – im Lower Loughrea werden die Jungen am vierten Ausflugstag ihren Unfall haben – im

Lower Loughrea (so wird ihnen erzählt, als sie zur Notfallstation in Whiteclay zurückgeflogen werden) verunglückte im vorigen Jahr ein Kanufahrer. Ein fünfundzwanzigjähriger Biologe von der Universität West-Ontario, ein geschickter Kanufahrer, kein naiver Anfänger. Er und ein Freund begingen den Fehler, den Fluß zu unterschätzen und zu Anfang Mai, fast bei Hochwasser, die Stromschnellen hinabzuschießen. Der junge Mann wurde aus seinem gekenterten Kanu geschleudert, mehr als eine Meile mit fortgerissen und gegen die Felsen geschmettert. Sein Gesicht war übel verstümmelt. Der andere Kanufahrer hatte mehr Glück gehabt: er wurde auf eine Sandbank gespült und brach sich nur ein paar Rippen.

Die unheimliche Ruhe. Das Gleichmaß der Tage. Dunkles Wasser. Flink dahinschießendes Wasser. Ein leichter, ein federleichter Regen, ein jäher Durchbruch der Sonne, als der Himmel sich spaltet, und schwitzend und unter der Hitze leidend reißen sich die Jungen die Regenjacken vom Leibe.

Maurie und Kim notieren: über der Wasseroberfläche sich nähernde Enten, Stock-Enten, schwarze Wildenten, Spitzschwanzhühner. (Kims Augen sind schärfer als Mauries Augen. Aber er sieht auch Vögel, die er nicht benennen kann, Vögel, die sie in ihrem Buch nicht finden können. Eine Pfeif-Ente? Mit geschweiftem weißem Kamm? Sie kommen nicht nahe genug heran, um sie genau zu erkennen.)

Sie nehmen eine Biegung, und der Ausblick ist atemraubend großartig: meilenweit nichts als Fluß, eine breite, geriffelte Bläue, so breit wie ein städtischer Boulevard.

Noch nie so glücklich, flüstert Maurie.

Schönheit. Eintönigkeit. Der quälende Schmerz in den Armen, den Schultern, im Rücken, in den Hüften. Ein Schwall Sonnenschein. Eine sich schälende Nase. Mücken, Moskitos, kleine Fliegen. (Keine Kriebelmücken, zum Glück! Deren »hohe Zeit« war im vergangenen Monat.) Während sie paddeln, essen sie Schokoladestangen, Bonbonstangen, Mars-Stangen. Und Rosinen, Erdnüsse und Salzkekse. Nick und Kim streiten sich über die ganze Weite des Wassers hinweg. Nick ist komisch, klug, scharfsinnig, vielleicht etwas zu rechthaberisch. (Sie stellen Vermutungen über die Kosten eines Presalex-Kanus von dieser Größe an, das Nick zu kaufen beschließt, sobald er wieder zu Hause ist.) Kim sagt geradeheraus, daß Nick sich das Kanu nicht leisten könne, er rede bloß drauflos. Nick widerspricht sofort. Maurie, der im Bug ihres Kanus sitzt, kann Nicks Erregung spüren – die Anspannung in seinen Beinen und Hüften. Streitet euch nicht, bittet Maurie sanft. Sonst verderbt ihr alles.

Sonnenschein, Hitze, Eintönigkeit, Schönheit. Die trägen Stimmen der Jungen. Gelächter. Mürrisches Schweigen. Nebenflüsse strömen dem Loughrea ständig zu, machen ihn breiter, dicht mit Inseln besetzt. (Die Jungen halten, um eine der größeren Inseln zu erforschen. Sie finden die üblichen Reste von alten Camps. Maurie entdeckt ein halb verbranntes Taschenbuch und blättert neugierig darin herum. Ist das ein Zeichen? Ist im Paradies nicht alles ein Zeichen? Aber das Buch ist offenbar ein Krimi; Maurie ertappt sich dabei, wie er eine Stelle liest, wo ein Mann namens Rolk, mit einem Maschinengewehr bewaffnet, mehrere Männer abknallt, als sie entsetzt aus einem im Stich gelassenen Cadillac entfliehen. Dem einen, der auf allen Vieren kriecht, glückt es, in eine morastige Wiese, einen Sumpf zu entfliehen, doch der Mörder mit dem Maschinengewehr folgt ihm ...)

Die Sonne rückt schnell und mühelos über ihren Köpfen weiter, aber die Tage sind lang. Nichts ereignet sich. Es kommt Maurie (ihm, dem sonnengebräunten, der mit dem Ruder umzugehen versteht und der kräftiger geworden ist) allmählich hirnverbrannt vor, daß er vor ein paar Monaten noch ein Schuljunge war und in vier Wochen ein College besuchen soll. Und daß er *Halleck* heißt, daß er die Bürde eines bestimmten Gesichts und einer bestimmten Persönlichkeit zu tragen hat. (Kann er sich denn nicht mehr ändern? Ist nicht alles möglich? Hier draußen – auf dem Loughrea – ist da nicht jedes Wunder möglich? Von der sportlichen Betätigung und der sauerstoffhaltigen Luft und der hypnotisierenden Weite der Wasserfläche ist ihm so leicht im Kopf, daß er sich zu fragen beginnt, ob er sich nicht gegen Nick Martens austauschen könne, sich hineinschmuggeln könne in Nicks unverwundbares Leben – in Nicks schönen Körper.)

Glück, denkt Maurie; seine Augen füllen sich mit törichten Tränen. Und *Schmerz*.

*

Die Gespräche stocken, das Lachen schwindet, Worte verwehen.

Ein kleiner Vogelzug – Kanadagänse – fliegt über sie hinweg. Mitten in einer langen, lustigen Geschichte über einen Freund seines Vaters, einen weltberühmten Geiger mit einem Hang für sehr junge Mädchen, verstummt Nick, als habe er plötzlich allen Spaß an seinen eigenen Worten verloren.

Maurie trägt einen baumwollenen Sporthut, um sein Gesicht vor der Sonne zu schützen. Den dumpfen Schmerz in seinen Schultermuskeln empfindet er als tröstend.

Er denkt nicht an sein Zuhause: nicht an das Stadthaus in der East Seventy-fifth und nicht an das Sommerhaus in den Adirondacks. Er denkt nicht an die Hochschule. (Sein Vater möchte, daß er am Ende Rechtswissenschaft studiert. Aber insgeheim erwägt er, Theologie zu studieren. Er hat seine Hoffnung – seine wunderliche Hoffnung – auf eine »religiöse« Laufbahn noch nicht aufgegeben.)

Die Jahre in Bauer, die Jahre seiner Knabenzeit entschwinden ihm rasch, und er kann sie ohne die leiseste Gemütsbewegung aufgeben. Selbst wenn es bedeutete, auf Nick zu verzichten.

Halb dösend. Sonnenschein, wiegende Wellen.

Dann, ohne Warnung, überfällt ihn der Hunger.

Ein jäher, wütender Heißhunger. Und nun beginnen sie alle wieder zu essen, stopfen sich den Mund mit Erdnüssen voll, mit Rosinen und Schokolade.

Ausgehungert. Mit zitternden Fingern, mit feuchten Augen. Speichel überschwemmt die Mundhöhle.

(Maurie hatte nicht geahnt, daß es so beschämend oder so komisch ist, auf die Stufe eines Tiers zu sinken, so häufig Hunger zu haben. Sie fressen alle Vier wie Ferkel, bei jeder Mahlzeit, vielleicht mit Ausnahme des Frühstücks, weil sie da noch zu schlaftrunken sind, um hungrig zu sein. Das Essen hinunterschlingend, besorgt, es könne nicht genug vorhanden sein, zu einer Maschine erniedrigt, die Kalorien verbrennt, um weiter paddeln, weiter existieren zu können. Als Nick am ersten Abend das Feuer aufbaute, sagte er, es ist wie wir – wir sind ebenso –, jemand muß uns mit Brennstoff versorgen, oder wir sinken zusammen. Maurie sah, wie sein Freund den Mund grimmig scherzend verzog, doch er war zu erschöpft, um an eine Erwiderung zu denken. Seine Schultern und Arme zitterten vor Schmerz, sein Kopf fühlte sich sonderbar an. Eine trübe Wahrheit, eine schreckliche Wahrheit. Sie waren Maschinen, die Kalorien verschlangen, Hitze und Leben verbrauchten. Protoplasma, das Protoplasma verschlang. Gefräßig, bis sie sich den Bauch vollstopften – und dann beinah Ekel empfanden. Oder Durchfall bekamen. Zum erstenmal schoß Maurie der Gedanke durch den Kopf, es könne vielleicht nicht genug Essen für sie alle Vier dasein, nicht für noch sechs weitere Tage.)

Sie fischen sich Forellen, sie trinken warmes Bier, bis sie Blähungen bekommen. Im Grunde sind sie stolz auf sich, weil sie schon so weit gekommen sind: Jeder Junge bedankte sich wieder bei Maurie für seines Vaters Freigebigkeit. Kim wird auf seinem fleischigen Unterarm von einer Wespe gestochen, und sofort rötet sich die Stelle und beginnt anzuschwellen, in der Mitte ist sie völlig weiß. Maurie schmiert Salbe drauf, so dick wie Kitt. Die Stelle schwillt zur Größe einer Weintraube, einer Pflaume, eines kleinen Apfels an. Die Jungen betrachten sie kritisch, noch nie haben sie gesehen, daß ein Wespenstich so anschwillt.

Sie fischen, sie erforschen Inseln, lassen sich Zeit, um einen geeigneten Lagerplatz auszusuchen, strolchen allein davon. Auf einem Felsenriff hoch über dem Fluß steht eine Gruppe grell-weißer Birkenstämme, und Maurie sitzt da und schaut zu, wie die Sonne am Horizont sich wie ein zerbrochenes Eigelb in den Himmel verblutet. Er schaut und schaut und vergißt sich selbst. Tief unter ihm brüllt einer seiner Freunde dem andern etwas zu. Die Stimme ist wesenlos, ohne Bedeutung. Nichts als ein Geräusch. Einer antwortet, einer lacht. Eine Zigarette hat die unheimliche Macht, weite Strecken reiner Luft zu verpesten, aber auch das ist ohne Bedeutung: der Wind führt schließlich den Rauch von dannen, die Wildnis nähert sich wieder von allen Seiten. Ein Haubentaucher ruft, die Sonne plustert sich zu merkwürdigen und bedrohlichen Schattierungen rötlichen Bernsteins auf, Maurie ist allein, er zittert und kann sich nicht erinnern, weshalb er in diese Fahrt eingewilligt hat – weshalb er seines Vaters Vorschlag mit Begeisterung begrüßt hat. Er weiß ganz genau, daß Nick und Tony und Kim ihn eigentlich nicht mögen: hinter seinem Rücken verspotten sie ihn, in seiner Gegenwart wechseln sie ironische Blicke. Nick und Tony und Kim …

Ihre wesenlosen Stimmen, ihr bedeutungsloses Dasein. Das Schweigen der sich nähernden, sie einschließenden Wildnis ist so ungeheuer, daß Maurie sich in einem Anflug von Panik fragt, wie sie auch nur diese Nacht überleben werden.

Da ist das Beispiel von Albert Schweitzer. Das Beispiel von Kardinal de Monnier. Der heilige Franziskus von Assisi – den Maurie als Seelenfreund insgeheim selbst Christus vorzieht. Und George Whitefield, der geschrieben hat: *Alles, was mir begegnet, scheint von einer Stimme getragen: »Geh und predige das Evangelium, sei ein Pilger auf dieser Erde, habe keinen Anhang und festen Wohnsitz!« Und mein Herz antwortet: »Herr Jesus, hilf mir, deinen Willen zu tun oder zu erdulden! Wenn du mich in Gefahr siehst, mich irgendwo einzunisten – aus zärtlichem Mitgefühl einzunisten –, dann stecke Dornen in das Nest, um mich daran zu hindern.«*

Mitgefühl? denkt Maurie erstaunt und betroffen. Wie kann man dem Mitgefühl widerstehen? Es ist ein Impuls, ein Instinkt, der mächtiger in ihm wirkt als geschlechtliches Begehren.

*

Schweitzer, de Monnier, der heilige Franziskus, George Whitefield und andere. Legendäre, mythische. Aber wie war es mit John Brown? Mit Captain John Brown? Mit dem Alten Osawatomie, der um 1850 herum half, Kansas mit Blut zu verschmieren und der sein irregeleitetes kleines Heer nach Harpers Ferry brachte.

Nick Martens fand es faszinierend, daß der kleine Maurie Halleck ein Nachkomme John Browns war. Vielleicht war es ein dummer Denkfehler Mauries gewesen, daß er es je erwähnt hatte: an einem sehr späten Abend hatten sie wohl über ihre Familien und ihre Herkunft gesprochen, denn seither spielte Nick von Zeit zu Zeit auf John Brown an und nannte ihn Mauries »Ur-ur-ur-ur-großvater«, was Maurie aus der Fassung brachte, denn er spürte überhaupt keine Beziehung zu John Brown, nicht die geringste. Nick neckte ihn, du hast sein Blut in den Adern, dein Herz pumpt sein Blut, doch das konnte Maurie durchaus nicht einsehen, er lachte verlegen und suchte das Thema zu wechseln. (Nick war – gleich mehreren andern in der Bauer-Schule – außergewöhnlich wißbegierig auf jedermanns Familienherkunft. Als ein abgekürztes Verfahren, die Gegenwart zu erklären und zu »fixieren«. Übrigens war es eine Tatsache – und Nick wagte es in Bauer nicht zu verschweigen –, daß seine eigene Familie und die Familien seiner Eltern »historisch unbekannt« waren.

Er forschte Maurie nach Dokumenten, Briefen und anderem Material über John Brown aus – gab es nicht noch einiges in der Familie – irgendwo versteckt?

Ich glaube nicht, sagte Maurie. Ich habe nie etwas darüber gehört.

Er fand das Interesse seines wunderlich lächelnden Freundes beunruhigend.

Solche Sachen sind Gold wert, sagte Nick. Aber auch ... also gut, sie sind Gold wert.

Brown hatte zwanzig Kinder, sagte Maurie unsicher, und Dutzende von Enkeln ... und Urenkeln ... Er bedeutet uns nichts, mein Vater erwähnt ihn nie.

Als Freund Roosevelts und Kamerad des Gesandten Kennedy würde dein Vater das wohl kaum tun, sagte Nick weise. Er weiß Bescheid.

Mauries Haut begann zu prickeln, und sein Gesicht und seine Kehle zeigten ungleichmäßige rote Flecke. Mein Vater ist nicht – ist nicht so, protestierte er. Ich meine er war kein *naher* Freund von Roosevelt, sie vertrugen sich nicht immer, und Kennedy sieht er nie mehr.

Ist aber vorangekommen im Leben, bemerkte Nick vergnügt. Tun wir doch alle.

Du übertreibst ja, sagte Maurie.

Nick lachte, gab ihm einen Rippenstoß. *Tun wir doch alle,* sagte er.

*

Maurie Halleck, asthmatisch, schwach auf der Brust, voller Hoffnungen, Maurie, der nie in seine Haut paßt. (Wie es andre tun? Seine Klassenkameraden, seine Freunde? Die fühlen sich wohl in ihrer Haut – so wohl wie Katzen und Fische und Eidechsen.) Er beneidet sie alle. Bewundert sie. Fühlt keine Bitterkeit. Nur ein tiefes Mitgefühl, ein hypnotisierendes *Interesse.*

Doch häufig betrachtet er die Fotografien von Athleten und männlichen Modellen, bedeckt ihre Beine mit der Hand, überlegt, ob man die mutmaßliche Länge der Beine nach dem Rumpf beurteilen könne. (Maurie hat kurze Beine. Nicht bloß dünne, sondern kurze Beine – *beinah* verkümmerte.) Wie andere jugendliche Gewohnheiten wird auch diese allmählich verschwinden – eine Folge ihrer Vergeblichkeit.

Nick Martens, Kim Ryan, Harry Anders, Tony Di Piero und andere, mehrere andere: er beneidet sie nicht, nicht richtig. Es stimmt, daß er sie heimlich beobachtet: im Schwimmbecken, auf dem Basketball-Platz, auf dem Spielplatz, sogar im Speisesaal und im Klassenzimmer. Er bewundert sie, ist einverstanden mit ihnen. Obwohl er ihre häufige Flegelhaftigkeit mißbilligt. (Ihre Gewohnheit, ganz alltägliche Gespräche mit vulgären und unanständigen Ausdrücken zu verzieren: *Ficken, Zitze, Lutscher, Arschlecker, Scheiße. Abspritzer. Hundesohn, Bastard, Schwanz, Hinternkriecher.* Maurie schreibt die verbotenen Wörter in sein kleines Notizbuch mit dem roten Ledereinband, verdeckt sie mit der Hand, grübelt, sinniert, zuckt die Achseln. Verboten? Magie? Geheimsprache von Jungen? Doch er kann und will sie nicht aussprechen, sie würden ihm einfach in der Kehle steckenbleiben. Und weshalb sollte er sie auch in den Mund nehmen, da er sich – insgeheim – seinen Freunden Nick und Kim und Harry und Tony und all den übrigen überlegen weiß?)

Maurie, Zielscheibe ihrer Witze. Maurie, von dem es – ganz wahrheitsgetreu – hieß, er habe eine krankhafte, gelbliche Haut bekommen, was einem Symptom für Gelbsucht ähnlich sei – weil er zu viele Mohrrüben esse. (Sein Hausarzt entdeckte das Problem, verständigte seine Eltern und schalt ihn aus. Wozu sollte das Mohrrüben-Essen guttun? Kein *Fleisch* essen? Sich auf eigentümlich verdächtige Art in »Selbstzucht« üben?) Maurie mit seiner seltsamen Hoffnung, ein »frommer Zeuge« wie Kardinal de Monnier zu werden?

Ein Zeuge wovon? fragte Nick Martens.

Ein Zeuge vom ... vom Leid. Vom Leid der Welt, sagte Maurie.

Ja, ja, rief Nick ungeduldig. *Aber wo? Wo?*

Mauries Lippen bewegen sich kaum. Er ist verwirrt und beschämt. Er will gar nicht, daß Nick es hört ... Von der Welt, sagte er leise.

Nick denkt darüber nach. Und schließlich sagt er langsam, als habe er es gerade zum erstenmal begriffen: Aber – sind das nicht wir alle?

*

Maurie, bei dem man sich darauf verlassen kann, daß er seine Freunde und manchmal die Freunde seiner Freunde für die Ferien zu sich nach Hause einlädt. Ins Stadthaus in Manhattan, oder ins »Camp« in Bitterfeld Lake – in den Bergen.
Bald hatte er begriffen, daß um X zu verlocken, eine Einladung anzunehmen, es geratener sei, zuerst Y einzuladen oder wenigstens eine Einladung von Y zu erwähnen (oder zu versprechen?)
Aber die Jungen der Bauer-Schule mögen ihn doch. Er wird zum hervorragendsten Schüler der Oberstufe gewählt.
Nick entschuldigt sich bei Maurie, weil er ihn nicht zu sich nach Philadelphia einlädt.
Vielleicht im nächsten Herbst, sagt Nick. Zum Erntedankfest.
All right, sagt Maurie. Fein.
Gerade jetzt ist bei uns so allerhand los, sagt Nick.
Ich versteh's, sagt Maurie.
Bitterfeld Lake, das Jagdhaus der Hallecks, die Berge, die Forellenbäche: das imponiert auch den wohlhabendsten Jungen. (Skifahren zu Weinachten und während der Januarferien und, wenn Schnee da ist, während der Frühlingsferien im März. Im Sommer buchstäblich alles: Schwimmen, Rudern, Kanufahren, Tennis, Fischen, Wandern, Bergsteigen. Der arme Maurie hat keine Brüder, sagen seine Eltern, aber er hat eine Menge sehr guter Freunde.)

*

Da ist das Beispiel, das lebende Beispiel des Kardinals de Monnier.
Er war Erzbischof von Quebec. Ein geliebter Prälat, so »liberal«, wie man es in dieser Umgebung nur sein konnte. Im Alter von siebenundfünfzig Jahren verließ er seinen Palast in Quebec City und ging nach Kamerun in West-Afrika, um bei den Kranken, den Behinderten und den Sterbenden zu arbeiten. Ganz plötzlich verließ er Quebec – legte sein Amt nieder – und löste einen wahren Sturm von Gerüchten aus.
Aber warum verließ er Quebec und sein Amt? Seinen irdischen Ruhm?

Eine Stimme
Genau wie er vor fünfundvierzig Jahren einer Stimme gehorcht hatte, als er, ein zwölfjähriger Knabe, nach der Kommunion in der kleinen Pfarrkirche St. Gabriel De Valacritier allein meditiert hatte. Da sagte die Stimme einfach: *Du wirst ein Priester werden!* Nur das: *Du wirst ein Priester werden!*
Jetzt ist Father de Monnier achtundsiebzig Jahre alt und denkt über das Ende seines Lebens nach, das nahe bevorsteht, wie er spürt. Er spricht von dem unmißverständlichen Ruf, von dem schlichten Anspruch auf seine Berufung, von der seltsam unpersönlichen Art seines späteren Lebens. Bis zum Alter von zwölf Jahren war er kränklich – er war sogar schwindsüchtig – aber danach besserte sich seine Gesundheit, und als Erwachsener war er überhaupt nie krank. Nicht einmal in Afrika, wo er von Krankheiten scheußlichster Art umgeben war, Krankheiten nicht nur bei den Weißen (hauptsächlich Europäern), sondern bei den schwarzen Einwohnern Afrikas. Wie soll man sich das erklären? Wie ist es möglich, daß er mehr als zwanzig Jahre verschont blieb, selbst von Dysenterie und den üblichen Fieberkrankheiten? – und von den häufigsten Parasiten?
Maurie liest von Kardinal de Monnier, sammelt Zeitungsausschnitte, Interviews, die lange Lebensgeschichte im *Life*. Maurie liest und liest es immer wieder, als müsse er ein Rätsel lösen. Der achtundsiebzigjährige Priester, jetzt Direktor des Wiederherstellungs-Zentrums der Behinderten in Yaoundé. Der alte Mann, der zwar zufrieden ist, »in ein paar Jahren« zu sterben, aber so kräftig aussieht, so jugendlich. De Monniers Worte werden zitiert, wenn er von der Berufung der Treue zum Leiden spricht; von der Berufung zum tätigen Bemühen um Schmerz und Grauen; von der Berufung, ein »frommer Zeuge« zu sein, selbst wenn man das Leiden in seiner äußersten Form nicht mehr lindern kann. Die Nachfolge Christi. Christus – in der Welt. Ein Beobachter, ein Zeuge der Sterbenden, wenn sie noch Anspruch aufs Leben erheben, oder der fürchterlich Behinderten (der Aussätzigen vor allem) jeder Altersstufe.
Nick Martens starrt auf die leuchtenden Farbfotografien im *Life*.
Ich glaube, ich würde ... so etwas nicht können, sagt er unsicher.
Und betrachtet mit kaum verhehltem Ekel die Aussätzigen mit ihren Stummeln, mit den ausdruckslosen, zerfressenen Gesichtern.

Dem öligen Glanz ihrer schwarzen Haut. Den strahlenden Augen. Kardinal de Monnier: seine Haut von einem eigenartig weißlichen Grau, zerfurcht und zerklüftet und mit schlaffen Säcken. Sein Haar ist schlohweiß und steht ihm in kurzen, erstaunten Büscheln vom Kopf ab. Ein alter Mann. Bald ein Sterbender. Aber königlich. Ein Heiliger?

Maurie liest die Worte des Kardinals über die rätselhafte »Lebensfreude«, die den Afrikanern eigen zu sein scheint, eine Gelassenheit, eine Kraft, wie sie die Weißen nicht haben. Europäer, Nordamerikaner ... Er sagt, die schwarzen Afrikaner wüßten zu sterben, liest Maurie vor und versucht, seine Aufregung zu verbergen. Zwanzig Jahre ist er dort gewesen, hat mit ihnen im Spital und in ihren Dörfern gearbeitet, und doch sagt er, er verstehe sie nicht, es sei ihm nicht gegeben, sie zu verstehen.

Nick reibt sich die Augen. Es ist spät, nach zwei Uhr nachts. Um sieben müssen sie aufstehen. Langsam sagt er: Immerhin, es ist gut für ihn. Ich meine, es ist gut, daß er es durchhalten kann. Daß jemand es kann.

Könntest du es nicht? fragt Maurie.

Nick zuckt mit der Schulter. Er trägt eine schmutzige Khakihose und ein weißes Unterhemd, das einen trocknen, beißenden Schweißgeruch ausströmt. Vor Übermüdung sieht seine Haut narbig aus. Dunkel, gerötet, wie versengt von ständigem Wind. Schlaue, mandelförmige Augen, in denen (so bildet es sich Maurie ein, der ihn heimlich anstarrt) die dunkle, bräunlich-schwarze Iris wie ein winziger Fisch zappelt. Nick mit dem Ruf, grausam zu sein. Höhnisch, spöttisch zu sein. Um Mitternacht, als Maurie schon beinah schlief, klopfte Nick – blaß vor Ärger und Kummer und mit roten Augen – leise an seine Tür. Maurie? Bist du wach? Kannst du mit mir reden, Maurie?

Maurie wendet die Seiten im Heft um und verbirgt seine Besorgnis. Er will nicht, daß der kostbare Gesprächsstoff über Kardinal de Monnier verblaßt.

Könntest du es nicht, Nick? Wärst du nicht stark genug?

Könntest du es?

Maurie zieht den Atem ein, lacht. *Ich?* Nie.

Er klappt das Heft zu. Betrachtet das Bild des Kardinals auf dem Umschlag – eine nüchterne Nahaufnahme vom Kopf des alten Mannes.

Vielleicht ist das alles, was er ist? Ein alter Mann?
Auch Maurie möchte ein »frommer Zeuge« sein. Er *weiß*, daß es seine »Berufung« ist – doch was ist das genau? Aber in Nicks Gegenwart widerstrebt es ihm, einen erregten Eindruck zu machen. Gefühle sind Nick unangenehm und bringen ihn in Verlegenheit – an verstiegene Begeisterungsausbrüche kann er sich – irgendwann später, und in Anwesenheit anderer – erinnern und sie ins Lächerliche ziehen. (So hatte Nick einmal – liebevoll und doch spöttisch – auf Mauries Freude am Flötenspiel hingewiesen, hatte über sein nur einen Monat währendes, aber riesiges Interesse für Ameisen gelacht und scherzend über seine »Fortschritte« als Boxer berichtet.
Ich? Nie! Ich bin nicht kräftig genug, sagt Maurie. Er zaudert, fährt sich mit der Zunge über die Lippen. Ich bin noch nicht kräftig genug.
Immerhin, sagt Nick, seufzt und gähnt. Immerhin. Es ist gut, daß es diesen – wie heißt er doch gleich? – diesen Monnier in der Welt gibt.
Nick reckt sich; seine kleinen Muskelpakete zeichnen sich ab.
Offenbar nähert sich ihr Gespräch – eins ihrer nächtlichen, geheimen Gespräche, bei denen sie mit der Hartnäckigkeit von Schuljungen so wunderbare Themen erörtern – dem Ende zu. Maurie kann es nicht in die Länge ziehen; Nick ist unruhig und will gehen: er ist wirklich erschöpft. (Nick mit seinen nie verratenen Problemen, seinen quälenden Sorgen, die anscheinend etwas mit seiner Familie zu tun haben. Wegen des Vaters? Maurie hat ihn – Bernard Martens – nie kennengelernt. Er ist Direktor der Musik-Akademie in Philadelphia, ein von Privatpersonen gefördertes Institut, nicht groß und – wie Maurie vermutet – zur Zeit nicht sehr erfolgreich. Er ist ein ehemaliger Konzertpianist, kann jedoch kaum ein großer Treffer gewesen sein, denn keiner, den Maurie fragt, erinnert sich seines Namens als Künstler. Auch Nicks Mutter ist eine Art Problem. Maurie schließt aus halb mitangehörten Telefongesprächen, daß sie irgendwelche Sorgen hat – die Ehe geht wahrscheinlich auseinander –, und Maurie kann natürlich nicht fragen. Er würde es nicht wagen. Er muß geduldig warten und Gesprächsfetzen aufschnappen, die Nick wie Brosamen oder wie Edelsteine fallen läßt – in seinem Unglück noch unbekümmert wie ein König.)
Maurie kann sich mit seinen Gedanken noch nicht von Kardinal de

Monnier und dem Missions-Hospital in Yaoundé trennen, obwohl er nicht hoffen darf, es seinem Freund klarzumachen, und er ihn sichtlich anödet. (Zu später Nachtstunde diskutieren Maurie und Nick während ihrer drei Jahre in Bauer häufig bis in alle Einzelheiten und mit all dem kurzlebigen Feuer der Jugend Themen wie zum Beispiel den Sinn des Todes, gibt es einen unsterblichen Geist, gibt es nur eine biologische und motorische Existenz, was ist Liebe, warum ist es so schwierig, seinen Eltern die Wahrheit zu sagen, ist der Ehrenkodex eine ausgezeichnete Idee oder ein weltfremdes Ideal, nichts weniger als eine *Verlockung* zur Unehrlichkeit – und andere Themen, wie etwa ihre Lehrer, ihre Freunde, den Rektor der Schule, die Vor- und Nachteile der Bauer-Schule, welches College zu besuchen sei und welche Rechtsfakultät – als könne es *darüber* auch nur einen Zweifel geben. Sie diskutieren über Gott: ob er existiert oder nicht – ob er nur ein ES, eine Kraft sei. Sie sprechen über Willensfreiheit und den Determinismus – über Dualismus (ob Geist und Stoff getrennte Substanzen sind) – was »geisteskrank« bedeutet – ob Selbstmord gerechtfertigt sei – zum Beispiel, wenn man gefoltert werden soll und seine Freunde oder Kameraden verraten könnte. Und das Problem – denn es ist wahrhaftig ein Problem – wie man leben soll. Wie man seine Kräfte einsetzen soll: für das Recht, die Politik, die Erziehung, die Kunst? Für Geschäftsunternehmen? Die Medizin? Was bedeutet es genau, einer *Berufung* zu folgen? Wenn nicht im religiösen Sinn des Wortes, dann im weltlichen Sinn?)

Maurie spricht über das Trachten des Kardinals nach Schmerz und Leid, seine Wahl, ein frommer Zeuge zu sein, selbst wenn er eine große Veränderung *nicht* bewirken kann – und häufig kann er es nicht. Der Priester trage in sich Christi Gestalt, Seinen Geist, sei *Zeuge* durch Mitleid und Demut und Liebe und Armut und unermüdliches Bewußt-Sein: aber was für ein Rätsel, was für ein Puzzle! Maurie *weiß*, kann aber nicht verstehen; er *weiß*, kann aber nicht erklären.

Nick hat allem Anschein nach nicht zugehört. Er zupft an einem Schorf auf seinem Knöchel. Aber mit plötzlich aufgescheuchter Stimme sagt er und blickt dabei zu Maurie auf: Sag mir: wenn man die Macht hat, Gutes zu tun, wie kann man da gut *sein?* Ich meine, mit all dem (er macht eine unbestimmte, angewiderte Handbewegung, die vermutlich nicht nur Bauer und die Umgebung, sondern auch die ganze Nation umfaßt) mit all diesem Scheißdreck?

*

Die Macht haben, Gutes zu tun – wie kann man da gut *sein?*
Maurie denkt nach, grübelt, zupft an seinem eigenen Schorf (den Pickeln im Gesicht und am Hals), fragt sich, ob da wirklich ein Unterschied besteht oder ob Nick einfach, wie er es oft tut, ohne zu denken, drauflos redete. Gut sein, Gutes tun. Gut *sein,* und doch Macht besitzen. Denn ohne die Macht, was nützt einem da die Güte? Wenn man es aber fertigbringt, Macht zu erlangen, wie kann da Güte möglich sein?
Jugendliche Leidenschaft.
Schmerzlich. Jedoch kurzlebig.
Sie *muß* kurzlebig sein – wie könnten wir sonst überleben?
Gott und die Liebe und die Unsterblichkeit der Seele – Leben und Tod – auf welches College gehen – ob einen Klassenkameraden anzeigen, der ständig bei den französischen Prüfungsarbeiten mogelt?

*

Maurie entdeckt, daß er im Verlauf der Monate an Kardinal de Monnier nicht als eine Person denkt, nicht als einen älteren Mann, der im Sterben liegt – sondern als eine Wesenheit, einen Geist. Auf dem Loughrea Fluß, während die Stunden in einem wirbelnden Traum verstreichen, in seinem feuchten und etwas naßkalten Schlafsack, am Rande des Camps auf einem hohen Felsenriff, wo er abends steht und zu einem erstaunlichen Himmel aufblickt: zu der durchbohrenden Klarheit der zahllosen Sterne und dem Dreiviertel-Mond, der so hell leuchtet, daß er das Auge unsicher macht. Es ist erschreckend kalt für den August-Monat. Maurie, der zwei Sweater und dicke Wollsocken trägt, zittert. (Die andern Jungen, vor allem Kim, scheinen die Kälte nicht zu spüren. Der stämmige, sonnengebräunte Kim, dessen Oberlippe ein Schnurrbart verdunkelt, streift in Shorts und einem dünnen Baumwoll-Pulli umher, pfeift und richtet das Camp ein.) Maurie wandert weg, dankbar, allein zu sein. Er denkt ... er wartet ...
Regen fast den ganzen Tag, der sich erst in der Dämmerstunde aufhellt, und jetzt eine wundervolle Frische, ein grüner Duft, der

Geruch nach schnell fließendem Wasser, nassem Gras und Kiefernwald, bei einer Kälte, die von der Erde ausgehaucht wird und als Atem aufsteigt. Maurie atmet tief ein. Vor Kälte oder vor Aufregung oder vor Hunger schlagen seine Zähne aufeinander.

Hundert Yards weiter weg brät Kim ein Dutzend kleiner Forellen, die sie etwas früher am Tag gefangen hatten. Maurie schämt sich seines Appetits und ist erschrocken, aber das Wasser läuft ihm unaufhaltsam im Munde zusammen.

Er denkt an ...? Er wartet auf ...? Kardinal de Monnier verstand im erstaunlichen Alter von zwölf Jahren die Bedingungen seines Vertrags. Maurie aber wartet noch. Das heißt, bis in die Jünglingsjahre, bis in die Mannesjahre hinein. In die Zukunft hinein. In diesem Augenblick, wo seine Muskeln von der Arbeit auf dem Fluß schmerzen, der Magen sich vor Hunger umdreht und der Speichel seine Mundhöhle überschwemmt, hat er keine Ahnung, worauf er wartet.

Maurie? Wo ist Maurie, zum Teufel? ruft jemand.

Die Stimme klingt rauh und jung und ungeduldig. Sie kann jedermann gehören, doch Maurie erkennt sie als Nicks Stimme.

Das heilige Gelübde

Am dritten Abend ihrer Kanufahrt erzählt Nick Martens, der angenehm beschwipst ist, seinen Freunden eine schwedische Volkssage.

(Maurie hört zum erstenmal, daß Nick eine schwedische Großmutter hat. Mütterlicherseits. Sie ist erst vor ein paar Jahren gestorben. Sie bestand stets darauf, daß Nick auch als sehr kleines Kind – als Zwei- oder Dreijähriger – Kaffee zum Frühstück erhielt, Kaffee, der reichlich mit Sahne und Zucker abgeschwächt worden war. Hat es geschmeckt? Oh, köstlich.)

Es waren einmal zwei Freunde, die tauschten ein heiliges Gelübde miteinander aus. Es waren junge Männer in den zwanziger Jahren. Jeder versprach, er würde beim Hochzeitsfest des andern zugegen sein, einerlei, wo er gerade war (selbst wenn er auf dem fernsten Meer oder am Ende der Welt sein sollte). Einer der beiden jungen Männer verließ das Dorf, um in der Welt sein Glück zu suchen, und verschwand, niemand wußte, wohin er ging. Der andere blieb in seiner Heimat.

Wo war es? Ach, in irgendeinem Dorf in Schweden; Nick weiß es nicht.

Der junge Mann, der in seinem Dorf blieb, verlobte sich mit einem Mädchen und heiratete sie, und er war sehr traurig, sehr enttäuscht war er, weil sein Freund nicht zur Hochzeit kommen würde, denn er war schon seit vielen Jahren fort, und niemand wußte, wo er war.

Aber spät abends ...

Spät abends, am Hochzeitstag, erschien der Freund dann *doch* im Hause der Braut. Die Gäste waren schon aufgebrochen, nur die Braut und der Bräutigam waren noch da. Sie boten ihm Essen und Trinken an, aber er lehnte alles ab. Er nahm nichts weiter an als einen Becher mit Wasser und eine Handvoll Erde.

Eine Handvoll – was?
Eine Handvoll Erde, sagt Nick ungeduldig. *Erde!*
Er scharrt über den Boden, um Erde aufzuheben, aber es gelingt ihm nur, Grashalme herauszuziehen. Die läßt er ins Feuer fallen.
Der Freund war also zurückgekehrt, war ins Haus der Braut gekommen und tanzte dreimal mit der Braut. Und bevor er das Haus verließ, sagte er: jetzt mußt du mit mir kommen und dein Versprechen halten, denn auch ich feiere heut nacht meine Hochzeit.
Der Bräutigam ging also mit ihm, obwohl er nicht mitgehen wollte.
Immerhin war es ja seine Hochzeitsnacht!
Aber er begleitete seinen Freund – wegen des Gelübdes. Sie gingen eine weite Strecke. Es war sehr dunkel, und der Weg war seltsam, aber schließlich gelangten sie zu einer Art Haus, und auch dort waren Hochzeitsgäste – und eine Braut in einem langen weißen Gewand, mit einem Schleier und Maiglöckchen im Haar. Der Bräutigam tanzte also nun mit der Braut seines Freundes – er tanzte dreimal mit ihr –, und beurlaubte sich und sagte Lebwohl. Denn es war spät, und er wollte zu seiner eigenen Braut zurückkehren.
Er war nicht ganz sicher wegen des Rückwegs. Er brauchte fast die ganze Nacht dafür.
Er brauchte sehr lange.
Als er wieder bei seinem eigenen Haus anlangte, stimmte etwas nicht: das Haus war verändert, ja, es war ein anderes Haus, das an *der* Stelle stand, wo sein Haus gewesen war. Es war viel größer und hatte rote Fensterläden. Im Garten war eine Frau mit einem Baby – eine Frau, die er noch nie gesehen hatte.
Es stellte sich heraus, daß die Leute, die in dem Haus wohnten, Fremde waren. Er kannte sie nicht, und sie kannten ihn nicht. Seinen Namen hatten sie nie vernommen.
Im ganzen Dorf wohnten nur Fremde.
Alles hatte sich verändert.
Er war sehr erschrocken. Er glaubte, er habe den Verstand verloren. Deshalb ging er zum Dorfpriester, der ebenfalls ein Fremder war, aber der Priester schlug im Kirchenbuch nach und entdeckte, daß der Mann seine Hochzeit vor dreihundert Jahren gefeiert hatte.
Dreihundert Jahre waren also über Nacht vergangen! Während er mit der Braut seines Freundes tanzte! Wegen ihres heiligen Gelüb-

des, das er nicht brechen konnte! Dreihundert Jahre – und seine Frau und jeder, den er kannte, war fort, und er wußte nicht, wohin sich wenden, ausgenommen, zurück zu seinem Freund im Lande der Toten.
Er ging also zurück? Ist das der Schluß der Geschichte?
Er ging zurück, das ist der Schluß der Geschichte.
Zum Land der Toten?
Zum Land der Toten.

*

Tony Di Piero zündete sich eine Zigarette an und sagte, daß er selbst eine ganze Reihe Volkssagen kenne, italienische. Die ihm *seine* Großmutter erzählt hatte, vor langer Zeit. (Vor *sehr* langer Zeit. Tony hat jetzt keine Angehörigen mehr.) Aber es würde ihm nicht im Traum einfallen, andre Leute mit solchem Dreck zu langweilen.
Die Jungen zucken zusammen, lachen. Sogar Nick lacht. Sogar Maurie.
Tony ist befriedigt, daß sie lachen, aber sein Gesicht bleibt ausdruckslos. Er stößt eine Rauchwolke aus und sagt: Und überhaupt – das Land der Toten – wo ist das?

Schweppenheiser

Anfang der vierziger Jahre kam ein Geschichtslehrer mit dem Namen Hans Klaus Schweppenheiser an die Bauer-Schule. Er war gebürtiger Deutscher und betonter Anti-Nazi (manchmal erklärte er sich auch in zornigem Überschwang für einen Anti-Deutschen.) Sohn von Emigranten, die mit kargem Erfolg in der Gegend von Halberstadt in Deutschland Landwirtschaft betrieben hatten. Hans Klaus' Akzent war ausgesprochen deutsch, aber wenn er unterrichtete, und besonders, wenn er eine seiner langatmigen, verschnörkelten Vorlesungen hielt, strengte er sich aufs äußerste an, bedeutungsschwere Worte auf »englische« Manier auszusprechen. Seine Studenten konnten nicht beurteilen, was dabei ernst und was schelmisch war. Seine Aussprache-Fehler und die falsch betonten Wörter und Sätze strahlten eine prahlerische, verächtliche Energie aus: die *Gettysburg Address,* Woodrow Wilsons Appelle für den Völkerbund, Winston Churchills Reden an die britische Nation, Stellen, dem vorgeschriebenen Text entnommen und mit unermüdlicher Fröhlichkeit laut vorgelesen: alle wurden wunderbar *schweppenheiserisch.*

Er war Mitte der Dreißig, als Maurie und Nick in Bauer waren, doch sah er mit seinem bleichen Kahlkopf, seinem fast unbehaarten Gesicht und seinem stämmigen, faßförmigen Brustkasten ein Jahrzehnt älter aus. Ein Gerücht besagte, er habe während der Kriegsjahre »geringfügige« Belästigungen erdulden müssen, zum Beispiel Hakenkreuze auf der Tür seiner Wohnung in Cambridge, und gelegentlich Steinwürfe auf der Straße, oder Beleidigungen in Geschäften und Restaurants, und da war auch die rätselhafte Sache in Harvard gewesen, wo es ihm nicht gelungen war, seinen Doktor der Philosophie zu erhalten, obwohl er (so hieß es) seine siebenhundert Seiten lange Dissertation zwei – oder dreimal eingereicht hatte, um die Grillen seiner Studienberater zu befriedigen. Man war allgemein der Ansicht, daß Schweppenheiser trotz seiner clownhaften Erscheinung und seiner drolligen Lehrmethoden, die manchmal zu regelrechten Possen ausarteten, der glänzendste und bestimmt der anregendste Lehrer der Bauer-Schule war. Höchstwahrscheinlich ein Genie. Mit einem »tragischen« Herzleiden (das ihn natürlich während des Krieges vom Dienst befreite – zu seiner peinlichen Enttäuschung.) Der Rektor und das Kuratorium erkannten scharfsinnig, daß sie mit Schweppenheiser eine vorteilhafte Wahl getroffen hatten, denn er hätte an einer Universität lehren müssen. Er war ein genialer Gelehrter, natürlich überspannt, aber das war nicht anders zu erwarten, obendrein energisch, seinen Studenten und seinen Studien treu ergeben, bei Tees und Empfängen und Mittagessen sehr witzig, selbst mit der unansehnlichsten Collegefrau galant flirtend (was natürlich seiner Karriere an der Schule nicht schadete), warmherzig, unterhaltsam, ein »Original«, ein »Charakter«, in der Öffentlichkeit nicht eigentlich verletzend (obwohl einige Berichte von Jungen in seiner Klasse tatsächlich etwas besorgniserregend waren), ohne irgendein Steckenpferd oder Hobby oder Laster, unverheiratet, alleinstehend, seltsam konservativ unter seiner satirischen Maske (er ergriff stets die Partei des Rektors und der älteren Fakultätsmitglieder der Bauer-Schule und lehnte Reformvorschläge als »momentan unklug« ab), auf seine Art »bezaubernd«, »rührend«, »ein Ehrenmann«, stets darauf bedacht, es rechtzumachen, zu unterhalten, eine wahre Parodie teutonischer Selbstsucht – und bereit, klaglos für ein bescheidenes Gehalt zu arbeiten. Ich bin Ihnen ewig dankbar für Ihre Güte, soll Schweppenheiser – die Hacken zusammenschlagend und mit einem knappen, aber ehrerbietigen Neigen des Kopfes – gesagt haben, als der Rektor ihn anstellte, und er muß wohl die Wahrheit gesagt haben.

Schweppenheiser mit seinem ewigen braunkarierten Hemd, seiner an den Ellbogen abgetragenen und an den Manschetten verfleckten Tweedjacke, seiner engen braunen Gabardine-Hose. Eine gelbe, gleichgültig vorgesteckte Fliege, ein Regenhut, Lederstiefel mit Gummisohlen, ein wasserabstoßender Tragbeutel – alles von L.L. Bean. Im Klassenzimmer war er wortwörtlich eine hypnotisierende Erscheinung: selbst die am wenigsten lernbeflissenen Jungen, selbst die geradezu systematisch uninteressierten Jungen konnten den Blick nicht von ihm abwenden. Er sträubte all seine Stacheln, er glättete sie wieder, er marschierte auf und ab, er kritzelte etwas auf die Wandtafel, wischte Kreidereste mit seinem Jackenärmel weg, machte Witze und Wortspiele, die für die meisten zu hoch waren (es sollte mehrere Jahre dauern, bis Nick, inzwischen erstes Semester in Harvard, endlich den Sinn eines seinerzeit von Schweppenheiser gebrummelten Scherzes kapierte: erbarmungslos hatte er der Klasse den Aufsatz eines Schülers über den Bürgerkrieg vorgelesen, sich mit Gelächter unterbrechend, die Faust schüttelnd und endlich zu dem gelangend, was, in seinen Worten, die Furzgewalt des Unternehmens war.) Er war tyrannisch, er war ein Clown, er war obszön, sarkastisch, höhnisch und dann ganz plötzlich gütig: in der Abgeschiedenheit seines Büros hörte er sich voll unendlicher Anteilnahme Berichte von familiären Sorgen oder persönlichen Ängsten an: Schweppenheiser allein, das merkten die Jungen rasch, war ein ganz andrer Mann als Schweppenheiser in der Öffentlichkeit.

Bestimmt war er ein »Original«. Und zweifellos ein Genie. Bauer bildete sich etwas darauf ein, daß Bauer ihn duldete, und freute sich bereits im voraus auf den Tag, wenn sein umfangreiches Werk (»Der Wahnsinn der Größe« lautete der Arbeitstitel) unter dem Beifall der Gelehrten und vielleicht sogar des Publikums veröffentlicht würde. Im Klassenzimmer ist er ein Dynamo, sagten die Leute. So gut für die Jungen! Rüttelt sie auf! Veranlaßt sie zum Nachdenken! Verblüfft sie ein wenig! Und er ist – unter all dem theatralischen Gepolter – wirklich ganz reizend.

Schweppenheiser unterteilte die Sechs-Tage-Woche (denn in Bauer wurde auch am sechsten Tag unterrichtet) in drei Vorlesungen und ein »Kolloquium«, eine Fragestunde und eine Diskussionsstunde. Die Vorlesungen waren erschreckend formell und wurden mit rascher, hoher Stimme gehalten, mit wenig Unterbrechungen für Wortspiele, Witze oder andere lustige Randbemerkungen. Es war die Stunde, wo er gewichtig auf- und abmarschierte, ein Stück Kreide in den Fingern herumzwirbelnd, zur Decke aufblickend, blinzelnd, die Augäpfel verdrehend, tief atmend, seufzend, sich unter den Armen kratzend und sich unterbrechend, um seine Worte mit einer geringen, aber bedeutungsvollen Änderung in Tonfall und Stimme zu wiederholen. (Seine »Vorträge« waren seine besonders »englischen« Auftritte. Selbst die Witze – und er brachte Witze, tiefsinnige und ironische und versteckte – hatten einen englischen und nicht einen teutonischen Beigeschmack.) Die Studenten notierten alles verbissen und in fieberhafter Eile, als wären sie im ersten Semester. Obwohl Schweppenheiser sich rühmte, daß kein Schüler *seinen* Kurs absolviere, indem er einfach Lektionen »wiederkäue«, verhielt es sich doch so, daß man jede von ihm erwähnte Tatsache, jeden Namen, jedes Datum und jedes Ereignis als Mindest-Leistung wissen mußte. Bauer-Schüler behaupteten später – selbst jene, die Schweppenheiser verabscheuten – *ganz besonders* jene, die Schweppenheiser verabscheuten – daß er sie auf die schwierigsten ihrer späteren College-Professoren vorbereitet habe: er habe ihnen einen Vorgeschmack von einem »echten« akademischen Wettbewerb gegeben.

Das »Kolloquium« dagegen war weniger formell. Die Fragestunde war noch weniger formell. Am lautesten und am aufregendsten war die Samstags-Diskussion, wenn Schweppenheiser einige Jungen auswählte, die vornean im Klassenzimmer auf einer Art Tritt sitzen und über Themen diskutieren mußten, die er ihnen stellte, wobei er sie nach Belieben unterbrach, ihnen widersprach, ihnen zurief, den Mund zu halten, falls sie nicht mit mehr Intelligenz, Nachdruck oder Überzeugung sprechen könnten. Er stieß barsche Fragen aus, er stolzierte vor, packte eine Schulter und schüttelte sie kräftig, er zog das Gesagte ins Lächerliche, machte Gesten, die seinen Unglauben und Widerwillen ausdrückten und versetzte die Klasse in wahre Lachkrämpfe. Von Schweppenheiser übertrumpft zu werden, war keine schwere Kränkung, denn selbst die glänzendsten Schüler, sogar Schweppenheisers Günstlinge, wurden durch seinen unbarmherzigen Witz und sein unendliches Wissen niedergetrampelt: der Test bestand darin, ob man in Tränen ausbrach und aus dem Klassenzimmer eilte.

Schweppenheiser in vollem Glanz: er verspottete den Dünkel der Bauer-Schule, des oberen Mittelstands, der Vereinigten Staaten, des Westens, der »zivilisierten« Welt, der Weltgeschichte insgesamt. Der Speichel troff ihm förmlich aus den Mundwinkeln, wenn er über das anmaßende und eitle Getue der sogenannten »Großen Männer« herfiel. Keine berühmte Persönlichkeit entging seiner ätzenden Zunge. Mit schwindelerregender Eile und einem Arsenal an Einzelheiten, das die Folge eines photographischen Gedächtnisses sein mußte, skizzierte er politische Händel, Treue und Verrat in den Parteien, unehrenhafte Rivalität, geheime Abmachungen, unsaubere Geschäfte, Schmiergelder und Gelegenheits-Erpressungen und offene Drohungen, um zu zeigen, *warum* gewisse Männer von ihren Parteien für das Präsidentenamt vorgeschlagen wurden. »Ihr glaubt, es sei um seiner Verdienste willen! Wegen seiner moralischen und geistigen Überlegenheit! Ideale des Old Jefferson!« Schweppenheiser wieherte: »In der Volksschule wird euch solch Gewäsch vielleicht beigebracht, aber jetzt nicht mehr, nicht hier, nicht in *meinem* Unterricht!«

Schweppenheiser bewies überlegen, daß an der Weltgeschichte nichts Göttliches sei, vor allem nicht an der politischen Geschichte der Vereinigten Staaten. Die primitivste Art von Balgerei und Opportunismus behalte die Oberhand. Oder pures Glück: das Pech des einen sei das Glück eines andern. Und das Pack, das mutmaßlich zur öffentlichen Anerkennung »aufstieg«. Wie Jonathan Swift (zu dem sich Schweppenheiser voller Stolz als seinem Mentor bekannte) ordnete er den überwiegenden Teil der Menschheit den Narren und Lumpen zu. Die Narren waren ein ergötzliches Thema für ihn, die Lumpen riß er herunter. Sehr häufig waren natürlich Narr und Lump ein und dasselbe – bedenkt den heuchlerischen, unfähigen James A. Garfield, der *beinahe* (beinahe: Schweppenheiser zwinkerte seinen Günstlingen verschwörerisch zu) die zehn Wochen ungelinderter Schmerzen verdient hatte, die er aushalten mußte, nachdem ihm ein typisch amerikanischer, wahnsinniger Mörder in den Rücken geschossen hatte. Und Ulysses (vielmehr: Useless, der Unnütze) S. Grant mit seiner erstaunlichen Unfähigkeit (und seiner häßlichen, schielenden Frau), der aus einer wahren Kloake von Korruption heraus das höchste Amt im Land verwaltete! Und wie stand es um den schamlosen Säufer Franklin Pierce, dessen Wahl zum Präsidenten (nachdem seine eigene Partei, die Demokraten, fast fünfzig Wahlgänge gebraucht hatte, bloß, um ihn als Kandidaten aufzustellen) in Schweppenheisers fröhlichen Augen der Glanz-Beweis für die »tragische Dummheit« der Demokratie war?

Er brüstete sich, er krähte, er verdrosch die Luft. Sein kahler Schädel glitzerte unter einem Schweißschimmer, der eine eigentümliche graugrüne Schattierung annahm. Selbst die schüchternsten und sogar die nettesten Jungen mußten Tränen lachen, wenn er mit schwungvollen Gebärden, mit grotesken Grimassen und mit einer durch seinen eigenen Aussprache-Mischmasch noch gesteigerten,

rednerischen Vollkommenheit die Narren, Lumpen und unglücklichen Opfer des amerikanischen Wahlkampf-Prozesses verkörperte. – Hier ist William Henry Harrison, der in Vergessenheit geratene neunte Präsident der Vereinigten Staaten, der darauf beharrte, an einem bitterkalten Tag im Freien die längste, je in Washington verzeichnete Wahlrede von einer Stunde und fünfundvierzig Minuten Dauer zu halten: mit dem Ergebnis, daß er sofort erkrankte, sich zu Bett legte und genau einen Monat danach an Lungenentzündung starb. Wurde menschliche Eitelkeit je so reichlich belohnt? – Hier ist der zähe alte Geier, General Zachary Taylor – der zwölfte Präsident –, der darauf bestand, während der Vierten-Juli-Feier ohne Kopfbedeckung in der unbarmherzigen Washingtoner Sonne zu stehen, sofort erkrankte und am neunten Juli starb. Genug über den »Alten Grobsack«!
Schweppenheiser verstand es, seine jugendlichen Zuhörer zu schockieren und angenehm zu erregen, indem er ganz frei über das Privatleben – das Sex-Leben – gewisser Präsidenten redete. Grover Cleveland, berüchtigt, weil er einen außerehelichen Sohn gezeugt hatte, den er nicht zu verleugnen wagte; der ergötzliche Rutherford Hayes mit seiner blutschänderischen Liebe zu seiner Schwester, was, wie Schweppenheiser mit einer witzigen Nebenbemerkung vermutete, wahrscheinlich nicht lohnender als überhaupt die Liebe zu einer Schwester war, ob nun körperlich oder anders. Der Ulkigste von allen war Warren G. Harding mit seinem Stall voll Mätressen, Freudenmädchen und Dirnen. Er litt an einer äußerst amüsanten Störung, Satyriasis genannt (welche zu erklären Schweppenheiser mit olympischem Hochmut ablehnte: die Neugierigen könnten sich, sobald die Stunde aus war, auf Wörterbücher stürzen), die ihn *ziemlich* erschöpfte und die ihn, zusammen mit zahllosen andern Krankheiten, geistigen wie körperlichen, keine Minute zu früh (in Schweppenheisers eigenen Worten) ins Jenseits beförderte.
Der »Old Hickory« – Andrew Jackson – war körperlich der unseligste Mann, der je zum Präsidenten gewählt wurde, trotz seines volkstümlichen Idealbildes von Mut und Beharrlichkeit: er litt an so vielen Krankheiten, daß schon ihr bloßes Herunterbeten (in Schweppenheisers drolligster »englischer« Stimme) Lachstürme erregte. Fieber und Schüttelfrost, Ruhr, Erkrankungen der Atemwege, Brustschmerzen, Geschwüre in der Lunge, Blutungen, An-

steckungen mancherlei Art, chronische Erschöpfung, Depressionen, heftige Stimmungswechsel, eine »Bronchiektase« genannte Krankheit, die ekelhafte Mengen eitrigen Schleims erzeugte, morsche Zähne, heftige Kopfschmerzen, behinderte Sehkraft, und – besonders beschämend – eine altmodische Krankheit, »Kribbelsucht« genannt, die den Unseligen zwang, sich fast ständig vom Kopf bis zu den Füßen zu jucken. (Doch war es gerade dieser Präsident, staunte Schweppenheiser, der die Macht des Präsidenten-Amtes so festigte wie nie zuvor.) Man hätte annehmen können, daß George Washington, den Schweppenheiser beinah widerwillig bewunderte, gegen Schweppenheisers Witzeleien gefeit war, doch eine seiner lustigsten Routine-Komödien dramatisierte die ärztliche Selbstbehandlung dieses erstaunlichen Hypochonders. (Er konnte sich sehr geschickt und ohne Hilfe von Ärzten selber zur Ader lassen, und es hieß, daß er noch im Sterben seinen Puls zählte.) Ein anderes, grausam-komisches Intermezzo beschäftigte sich mit Präsident William McKinley und seiner halb wahnsinnigen, an Epilepsie leidenden Frau Ida. Der Präsident, statt sich seiner Frau zu schämen und die Verlegenheit zu begreifen, die sie bei Gästen und Besuchern auslöste, bestand darauf, daß sie ihn bei feierlichen Anlässen begleitete und ihm sogar bei Staatsbanketts mit den Honneurs half. Wie rasend komisch Schweppenheiser mit seinem faßförmigen Brustkasten war, wenn er die Rollen von McKinley und Ida an der Galatafel nachmachte! McKinley kannte die Symptome, die den leichteren epileptischen Anfällen seiner Frau vorausgingen, und warf ihr rasch und geschickt eine Serviette über den Kopf, während seine Gäste – darunter Könige und Kaiser – verblüfft dreinblickten. Die arme Frau verfiel bei Tisch in Krämpfe, und unter der wogenden Serviette ächzte und stöhnte sie, gurgelte und kreischte sie und schmatzte mit den Lippen, und wenn der Anfall vorüber war, riß McKinley die Serviette wieder weg, und das Mahl nahm seinen Fortgang, als sei nichts geschehen.

Das war *nicht* passiert! Das konnte nicht passiert sein, riefen die wohlerzogenen Bauer-Studenten laut.

Oh doch, versicherte Schweppenheiser und zerrte zwinkernd und schwitzend an seinem Querbinder. (Wenn sich in späteren Jahren, bei Versammlungen, Konferenzen, Gesellschaften – in Richterzimmern, in Verwaltungsräumen, im Kongreß oder in privaten Speisesälen an der Wall Street, ja im Grunde überall ein paar Bauer-Absolventen begegneten, die Schweppenheisers ruhmreiche Regierungszeit miterlebt hatten, dann wetteiferten sie miteinander, seine »Mr. und Mrs. McKinley-Komödie« wieder aufzuführen. Natürlich war Schweppenheiser unschlagbar, aber selbst primitive Versuche wirkten urkomisch. Erwachsene Männer krümmten sich vor Lachen wie in heftigstem Schmerz, und die Tränen liefen ihnen über die Wange. Die Serviette, liebste Ida! Höchste Zeit für die Serviette! Ach ja!)

Jefferson, den Schweppenheiser uneingeschränkt bewundern mußte, entkam seinem Spott, aber Lincoln, der arme Lincoln, den Schweppenheiser bis zu einem gewissen Grade über alles bewunderte, entlockte ihm einige seiner geistreichsten Nachahmungen. Lincolns Grausen und Flucht an seinem Hochzeitstag – seine manisch-depressiven Anfälle – seine häufigen Attacken, die vorbehaltlos nur als geistige Umnachtung bezeichnet werden können – sie alle waren Mahlgut für Schweppenheisers Mühle. (Es war nicht allgemein bekannt, daß Lincoln als kleiner Knabe von einem Pferd einen Hufschlag gegen den Kopf erhalten und bestimmt einen Gehirnschaden davongetragen hatte.) Aber ganz erstaunlich war das Verhalten von Lincolns Frau Mary, die ohne Frage wahnsinnig, hysterisch, von Zwangsvorstellungen verfolgt und oft gewalttätig war – höchstwahrscheinlich (wie Schweppenheiser glaubte) als Folge von Syphilis. (Das Wort mit seinen Zischlauten hallte wunderlich durchs Klassenzimmer und wirkte um so seltsamer wegen Schweppenheisers vielleicht absichtlich falscher Aussprache »Ziff – e – liss«.) Der arme Vater hatte sogar ein geistesgestörtes Kind gezeugt, den »Wirbelwind« Tad, der im Weißen Haus herumflitzte, Porzellan und Möbel zerbrach, die Wände besudelte, sich weigerte, zur Sauberkeit erzogen zu werden, und idiotisch lachte und schrie und kreischte: er schoß aus den Fenstern des Weißen Hauses ins Freie, und er trieb eine Ziegenherde durch die Räume im Erdgeschoß. Ein bösartiger kleiner Dämon! Aber sein Daddy liebte ihn abgöttisch und weigerte sich, ihm Zügel anzulegen.

Und »die große Masse« (wie Schweppenheiser ihnen erzählte und bei dem Wort »Masse« komisch den Mund verzog) wisse auch nicht, daß Abraham Lincoln im Norden keineswegs überall beliebt war, sondern daß man ihn allgemein verachtete und daß mancher Bürger ob seiner Ermordung frohlockte! Denn der tyrannische Präsident hatte während des Bürgerkriegs die Bürgerrechte aufgehoben und sich nicht viel um den Aufstand der Sklaven gekümmert, ausgenommen als *politische Waffe* (die hochgeschätzte Proklamation betraf schließlich nur die Sezessions-Staaten – und nicht die Grenzländer, um deren Treue er schamlos warb), er war unbarmherzig und oft nicht bei klarem Verstand, und in jedem Fall war er ein todgeweihter Mann (denn er litt an dem unheilbaren Marfanschen Syndrom), als der Dummkopf John Wilkes Booth ihn am vierzehnten April 1865 auf so theatralische Art zum Märtyrer machte.

Ein Dummkopf, und kein Schwerverbrecher, sagte Schweppenheiser, denn Booth erlag wie alle Mörder dem Irrtum, sich einzubilden, sein Opfer sei es wert, umgebracht zu werden...!

Dann war da Teddy Roosevelt, der damit prahlte, daß seine »Rough Riders« im Krieg gegen Spanien siebenmal soviel Todesopfer wie andre Freiwilligen-Heere zu verzeichnen hatten und der den Berichterstattern nach seinem gut publik gemachten Angriff auf irgendeinen Hügel in Kuba erzählte: »Ich winkte mit meinem Hut, und schon erstürmten wir den Berg. Der Angriff machte mir Spaß. Es war ein toller Moment und ein toller Kampf. Ich fühlte mich so stark wie ein ausgewachsener Elch-Bulle.« (Was Schweppenheiser mit einer so grotesken Fistelstimme vorlas, daß sogar jene Jungen, die im allgemeinen seinem Humor widerstanden, lauthals lachten. Der vielgeliebte Teddy! Er haßte und fürchtete die Indianer, aber anläßlich seiner Amtseinsetzung im Jahre 1904 entließ er den alten Geronimo aus einem Militärgefängnis, damit der alte Apache in einer offenen Kutsche die Pennsylvania Avenue entlangfahren konnte, wobei er unter anderem einen schwarzen Zylinderhut trug. Teddy erhob Anspruch auf die Tierschutzbestrebungen andrer Leute, während er selber so viele Büffel, Grislybären, Antilopen und Hirsche hinmordete, daß kein Museum die unzähligen, von ihm gestifteten »Trophäen« unterbringen konnte. Als er im Jahre 1908 von seinem Amt zurücktrat, sagte Mark Twain von ihm (auch das wurde in Schweppenheisers leiser und näselnder Stimme vorgetragen): »Er ist noch immer vierzehn Jahre alt.«

Auch über das Thema des hochverehrten Woodrow Wilson, dessen verhängnisvoller Völkerbund, wie Schweppenheiser einräumte, eine *ganz nette*, obwohl nicht brauchbare Idee sei, ließ er sich ebenso erstaunlich kühn aus, und es war ein Maßstab für sein

Komiker-Genie, daß Jungen, deren Angehörige Wilson verehrten, und selbst Jungen (in Mauries und Nicks Klasse), die mit der Familie Wilson entfernt verwandt waren, sich nicht beherrschen konnten und in hilfloses Gelächter ausbrachen, als Schweppenheiser schwitzend den achtundzwanzigsten Präsidenten der Vereinigten Staaten in seinen geheimen, manisch-paranoiden Zuständen imitierte: denn der Verrückte glaubte überall Spione zu sehen, er glaubte, daß Gott ihn als seinen Sonderbeauftragten auf Erden erwählt hatte, er konnte sich hochtrabend ereifern und zusammenhanglos und infantil und größenwahnsinnig daherreden! Schweppenheiser war sogar noch drolliger, wenn er Wilsons zweite Frau nachäffte, das »Rhinozeros« Edith Bolling Galt, die achtzehn schimpfliche Monate hindurch das Land regierte, während sich der Präsident von einem Schlaganfall »erholte« – dem er schließlich erlag.

Die Jungen krümmten sich also vor Lachen. Denn es war sehr komisch – *sehr* amüsant. Wer hätte das gedacht – der »intelligente« Wodrow Wilson! So verrückt wie die meisten der andern auch!

Ach, sagte Schweppenheiser gleichgültig, nicht *dauernd* verrückt! Der alte Narr hatte auch seine lichten Momente und war scheinbar normal – wie wir alle.

Beim Thema Franklin D. Roosevelt war Schweppenheiser erheblich zurückhaltender, denn in der Schule waren mehrere Jungen, deren Väter in einer oder der andern Funktion unter ihm gearbeitet hatten: der Sohn von Roosevelts Zweitem Sekretär war in Mauries Klasse: er hatte sich als »Honor-Student« auf ein bestimmtes Fach spezialisiert und war einer von Bauers beliebtesten Jungen. Und außerdem hatte der Mann etwas unleugbar Mystisches an sich, mit dem Schweppenheisers Humor nicht gänzlich zurechtkam. (Doch er konnte es sich nicht verkneifen, *nach* der Stunde ein paar interessierten Jungen anzudeuten, daß er von einem interessanten »psychopathologischen Vorfall« in Roosevelts Leben wisse, der eines Tages – erst gegen Ende des Jahrhunderts – von »objektiven« Biographen enthüllt werden würde.) Was den gegenwärtigen Präsidenten betraf – den *präsenten* Präsidenten – na, da sei es wohl zu riskant, das Skelett aus dem Wandschrank ans erbarmungslose Tageslicht zu holen. Man könnte in Schwierigkeiten geraten, sagte Schweppenheiser mit weiser Miene, man könnte ein beträchtliches Gezeter sowohl von den Hähnen wie auch von den Hennen heraufbeschwören – deshalb, wie er schon bemerkt habe, sei es am besten, *er bewahre ein weises Schweigen.*

Natürlich protestierten die Jungen dann und wann. Sie hatten ihre Favoriten unter den Präsidenten und anderen »großen Männern« der Geschichte. Robert E. Lee war ein Held, Captain John E. Brown war (manchmal) ein Held, ebenso Alexander Hamilton, Washington und Jackson und Lincoln und einige andere. Aber Schweppenheiser hätte vielleicht *der Größe selbst* den Nimbus geraubt, wenn er sich über seine breite, kahle Stirn fuhr und an seiner gelben Krawatte zupfte, die immer schlampig verrutscht war. *Aut Cäsar, aut nihil!* kläffte er gelegentlich. (Einmal erschreckte er seine Samstagsklasse, zu der sowohl Maurie wie Nick gehörten, indem er über gerade dieses Thema eine Überraschungs-Klausurarbeit von ihnen verlangte. Innerhalb von einer Stunde sollten sie einen »feurigen« Essay darüber schreiben. Und den Jungen, die das Latein nicht entschlüsseln konnten, wurde nicht geholfen!) Torheit – Vergeblichkeit – Egoismus – Eitelkeit: das war Weltgeschichte!

Nick Martens mit seinem herben, hübschen Profil, den listig zwinkernden Augen und der gut modulierten Unaufrichtigkeit seiner Stimme war natürlich einer der ersten unter Schweppenheisers Günstlingen. Es war selten, daß ein Wortspiel oder eine boshafte Stichelei oder eine gemurmelte Randbemerkung über Nicks Kopf *hinwegsegelte.* Er machte sich Notizen, pflichtbewußt, wie jeder junge Student im College, und legte die Stirn in Falten, als schwimme er bereits (was er ja auch tat) erbittert stromauf und dränge seine Kameraden beiseite, um den Platz in Harvard zu erringen (Harvard Law School, bei den Bauer-Schülern schon H.L.S. genannt). Sein Lachen klang manchmal schockiert, doch oft platzte es frei heraus: folglich ungemein wohltuend für Schweppenheiser, der seine Zuhörer genau im Auge behielt. Nick hatte einen Verstand von der Art, in den man Daten und Namen und unzusammenhängende Tatsachen wie in einen leichten Weidenkorb hineinwerfen und dann mühelos mit sich herumtragen kann; andererseits konnte er Motive und Themen in Zusammenhang bringen, auf die sein Lehrer vor Wochen oder sogar Monaten hingewiesen hatte, und überdies äußerst scharfsinnige Essays abstrakter Natur schreiben. Wenn er mit Schweppenheiser nicht einer Meinung war – wenn er im Grunde einer der Jungen war, die das krötenhäßliche, schwitzende Geschöpf am meisten verabscheuten

–, so gab er jedenfalls mit seinem aufgeweckten Wesen und seinem ständigen, stirnrunzelnden leisen Lächeln keinerlei Hinweis auf derartige Gefühle – auch nicht mit seinem Fleiß (seinen zusätzlichen Arbeiten, seiner Gier auf »Heimlektüre«) und auch nicht mit seinen gleichbleibend guten Zensuren. Wie sehr viele Bauer-Schüler lieferte auch Nick vor seinen Freunden und Klassenkameraden bereitwillig Imitationen Schweppenheisers – falls kein Erwachsener in der Nähe war. Er konnte sein Gesicht verziehen und die Wangen aufblasen, er konnte die Augen verdrehen, mit einem imaginären Dickbauch, der sich unter seinem Gürtel strammte, auf- und abstolzieren, er konnte schreien und wiehern und vor Lachen brüllen, Worte falsch aussprechen, selbstgefällig lächeln, sich aufspielen und Speichel (sichtbar) absondern, doch das Merkwürdige war, daß er Schweppenheiser nicht richtig lächerlich machen konnte: in seinem eigensten Wesen blieb Schweppenheiser unangetastet.

Maurie Halleck wagte es von Zeit zu Zeit, Schweppenheiser in Frage zu stellen. Er verteidigte so verschiedenartige Präsidenten wie Martin Van Buren, Andrew Jackson und Lincoln, und natürlich Woodrow Wilson, den Mr. Halleck bewunderte. Schweppenheiser war entzückt über Mauries hartnäckige, wenn auch leise vorgebrachte Einwände und überrannte sie einfach alle mit der Anmut eines Bulldozers, wobei er dem Jungen manchmal in die Wange kniff oder ihm wohlwollend den Kopf tätschelte. So, so! Ist das so? Aber die Tatsachen sprechen dagegen! Wenn Maurie qualvoll rot wurde und stammelnd darauf beharrte, daß Woodrow Wilson nicht gerecht behandelt würde, dann brummelte Schweppenheiser überraschend seine Zustimmung, ja, er fügte sogar freiwillig hinzu, daß er einige Schriften des Präsidenten ohne Entgelt ins Deutsche übersetzt habe, einfach, weil er sie für beachtliche Leistungen hielt.

Was nichts an der Tatsache ändert, mein sentimentaler kleiner Freund, daß Woodrow Wilson – wie die meisten andern auch – *völlig* verrückt war.

Und er blickte Maurie mit strahlendem Lächeln an und rieb sich forsch die Hände. Während die Klasse entgegenkommend lachte.

Hinterher sollten sie nicht mehr darüber sprechen. Nie mehr. Ausgenommen in rein sachlichen Ausdrücken.
Besten Dank, daß du mir das Leben gerettet hast. Besten Dank. In rein sachlichen Ausdrücken.
Denn über etwas so Hohes in ihrem Leben zu sprechen – etwas so Gewaltiges, so Unerwartetes – so Intimes und doch so Unpersönliches – wäre eine Entweihung gewesen. Und andere konnten auch nicht darüber sprechen, ausgenommen in den sachlichsten Ausdrücken, denn natürlich wußte es sonst niemand.
Besten Dank, daß Sie meinem Sohn das Leben gerettet haben! Wie kann ich es Ihnen jemals vergelten?
Keine Zeugen. Niemand, der es wußte.

*

Der Arm eines Jungen, der wild um sich drosch, die Finger gespreizt – vor Entsetzen – vor Hilflosigkeit – das ohrenbetäubende Brausen des Wassers – Gischt, der wie Eisnadeln sticht – ein andrer Junge, der zu ihm kraxelt, ausrutscht, beinah fällt – sich auf Händen und Knien über die Felsen zieht. *Hilf mir* – der ertrinkende Junge kann nicht rufen. Blut strömt über seine Stirn, sehr rot, sehr leuchtend, und wird sofort wieder weggespült. *Hilf mir,* brüllt er. Doch das Brausen des Wassers ist wie Donner. Das tolle, schäumende, fröhliche Wildwasser will nur alles wegtragen – weg und an den Felsen zerschmettern.
Die Finger greifen entsetzt in die Luft.
Des Körpers weise Panik. Des Körpers unumstößliches Wissen, ein Lebenlang verborgen gehalten.
Hier bin ich. Hier. Hier. Verzweifeltes Umklammern von Händen, von Fingern, die sich fest über Fingern schließen.
Ja. Hier. Hier. Ich hab' dich.

Die Stromschnellen am Unteren Loughrea

Dreißig Meilen östlich vom Ort ihrer Bestimmung in Lac Seule, am vierten Tag ihrer Fahrt, tauchen sie in die Stromschnellen am Unteren Loughrea, eine Dreißig-Meilen-Strecke schäumenden Wildwassers, das sich zwischen Felsen, Blöcke, gestürzte Bäume und Weidengestrüpp wirft. An dieser Stelle verengt sich der Fluß plötzlich. Er krümmt und windet sich. Die Sicht ist schlecht. Die Luft ist zu Dunst geworden. Man kann nicht nur das heftige Drängen des Wassers und der vielen Nebenflüsse spüren, sondern auch das Sinken, die Schwerkraft, die Anziehungskraft der Erde. Der Fluß fällt – die Eingeweide melden den Schock.

Jemand ruft. Aber das Brausen des Wassers ist wie Donner und Getrommel, ein so lautes Getöse, daß die Ohren die Lautstärke nicht mehr abschätzen können. Die Nieren überfluten den Körper mit Adrenalin, das Herz rast in panischer Angst. Ein Felsklotz fliegt vorbei, ein Riff, ein verkrüppeltes Birkengebüsch auf der einen – und schon auf der andern Seite, Wasser beschwert das Kanu, die Luft selber hat sich in Wasser verwandelt, wird eingeatmet: erschrocken keuchend. Fliegen, Eintauchen, Hinjagen, den Wasserspiegel nur eben streifend, dann zu tief einsinkend, Wasser übernehmend – falsch! – die Eingeweide ziehen sich zusammen, wissen um den Fehler, doch das Kanu ist schon weitergestürmt. Bockend und hochschnellend und aufprallend. Wie Kinder sind sie, die sich zu einer tollkühnen Vergnügungsrunde verleiten ließen. Kim und Tony haben die Führung, dann folgen Maurie und Nick. Abgekämpft und in Hochstimmung, mit pochenden Pulsen. Jemand schreit auf, und der Aufschrei wird zu einem Kreischen.

Es ist spät am Tage – sechs Uhr vorbei – aber die Sonne steht noch ziemlich hoch. Seit fünf Stunden sind sie auf dem Fluß. Das Trägheitsmoment der Erschöpfung treibt sie weiter: sich der Mündung des Loughrea zu nähern! Ans Ende der Fahrt zu gelangen!

Ihre Augen sind geblendet von soviel Schönheit. Einer stummen, unerklärlichen Schönheit. Balsamtannen, Kiefern, Fichten, Grasinseln, der grelle, schnelle, hypnotisierende Fluß, der Abendhimmel, die tiefe, wohltuende Stille, in der ihr Geplapper, ihre Witze, sogar ihre scheuen, ernsten Gespräche aufgeschluckt werden und sich verlieren. Nachts schlafen sie, als hätte man sie bewußtlos geknüppelt. Niemals weniger als acht Stunden Schlaf, manchmal neun Stunden, und selbst dann erwachen sie benommen und können sich kaum an ihre Namen erinnern. Sie verschlingen ihr Essen mit der Gier ausgehungerter Tiere – warten nicht immer, bis die Forelle gar gebraten oder der Pfannkuchenteig völlig durchgebacken ist. Die Stunden werden abgemessen nach verschwitzten Handmuscheln voller Rosinen, Erdnüsse, Salzkeks und Schokoladestangen. Gebräunte Gesichter und Arme, gestählte Muskeln, eine neue Geschicklichkeit mit den Kanus, schwielige und sehr kräftige Hände. Jeder Junge hat abgenommen und hat sich neue Löcher in den Gürtel schlagen müssen. Kim schätzt verwundert und ein wenig besorgt, daß er ganze fünfzehn Pfund abgenommen haben könne – ist so etwas möglich? Er ist berauscht vom Sauerstoff, ist fröhlich und angeregt und darauf versessen, weiter, immer weiter zu fahren. Wie gut und einfach und klar ist alles auf dem Loughrea! Die übrige Welt, sogar das kleine Dorf am Whiteclay Lake, scheint so unwirklich wie ein Traum – und ebenso bedeutungslos. Wie klar, wie wundervoll! Nichts kann ihnen etwas anhaben! Sie werden ewig leben. Wie herrlich! Die Stille, die Abgeschiedenheit. Mauries Geist schweift befreit dahin. Das Eintauchen des Ruders, die mechanische Betätigung seiner Arme, die schnelle Strömung des Wassers hypnotisieren ihn. Gut und klar, einfach und genau – wissen, was man zu tun hat, eine Minute nach der andern, ohne darüber nachdenken zu müssen, der Geist befreit sich vom Körper, ist leicht wie der Nebelschleier. Wenn er sich auf seine Gedanken konzentriert, entdeckt er zu seiner Verwunderung, daß sie beunruhigend sind: einerseits, daß er schon früher einmal in dieser Gegend war, und andererseits, daß es kein Ort ist, ein Nirgendwo, eine Leere, die selbst die herausgebrüllten Gespräche seiner Freunde nicht stören können. Das ungeheure Loughrea-Gebiet hat kein Grundmuster, keine Ordnung, keinen Mittelpunkt.

Seine Bäche und Wanderpfade – seine eingezeichneten Wege führen eigentlich nirgends hin. Sie sind Nebensache, sind Irrtümer.

Man kann in den Wald eindringen und einen neuen Pfad entdecken, einen neuen Pfad *erzwingen,* aber auch der führt nirgends hin, war einen Augenblick vorher noch nicht vorhanden, wird aufhören, sowie man weitergeht. Die Stille verspottet nicht eigentlich, aber sie ist deutlich hörbar mit ihrem eigenen Ton, der eigentümlichen Beschaffenheit ihrer Stimme. Sie ist ein weiter, nahtloser Ozean, in den Maurie und seine Freunde wie Eindringlinge vorstoßen, die ihrerseits auch Opfer sind. Wenn das große Maul sich öffnete! Wenn sie plötzlich hineinglitten! Im Schlaf muß er laut gestöhnt haben, denn Nick hatte ärgerlich Maurie! gerufen. Er glaubte, er sei wach, weil er sehen konnte – er konnte durch die Augenlider hindurchsehen – doch dann knirschte er mit den Zähnen, und Nick rief wieder Maurie, wach auf! Halt die Klappe! Und hinterher beim Frühstück war Nick gereizt und ungeduldig, verfiel in seinen Schweppenheiser-Stil, verspottete alles, was Maurie sagte, verspottete sogar Kim und Tony. Unrasiert, heiser, kindisch, den Regenhut tief in die Stirn gezogen, die farbenprächtigen Federfliegen hinters Hutband gesteckt. Wenn er vor dem Lagerfeuer kauerte, strammten sich seine Schenkel mit den harten Muskeln in der Khakihose. Zwischen dem glänzenden Haargekräusel auf seinen Beinen breitete sich der Schmutz in ungleichmäßigen Flecken aus – wie Schatten. Er fluchte über das Feuer, die Bratpfanne, den Speck. Bohrte sich in der Nase. Schnaufte verächtlich wegen einer von Kims Bemerkungen. In einer echten Schweppenheiser-Stimme erging er sich über die köstlich »regenfeuchte« Luft, und Maurie, noch schlaftrunken, kehrte sich zu ihm um und sagte mit der tapferen, dreisten, schmollend trotzigen Stimme, die ihm manchmal gelang: Und *du!* Warum hältst *du* nicht die Klappe!

Jetzt stößt Nick ihn, knufft ihn und höhnt: Mach zu, worauf wartest du, zum Teufel? Mach zu! Dein häßliches Pickelgesicht hab' ich satt, den verdammten Fluß hab' ich satt, euch alle hab' ich satt, also mach bloß zu!

Tony ist in sich gekehrt und mürrisch und teilnahmslos gewesen. Er ißt mit den Fingern, wischt sich seinen fetten Mund an der Schulter ab. Sein Bart ist am dunkelsten von allen: sein Gesicht sieht schmuddelig aus. Der makellose Tony mit seinen europäischen Tischmanieren, der allabendlichen Untersuchung seiner Leinenserviette neben seinem Platz im Speisesaal. (Seine Servietten sind manchmal leicht angesengt. Oder nicht tadellos gefaltet.

Eines Tages schüttelte ein Junge seine Serviette auseinander, und die vertrockneten, geldstückgroßen Überreste eines schwarzen Käfers flogen auf den Tisch – zu jedermanns Ergötzen.) An den ersten beiden Abenden des Ausflugs erzählte Tony Geschichten, die von den andern Jungen nicht recht geglaubt wurden – Geschichten über seine Sex-Abenteuer in Italien, Griechenland, Spanien, Deutschland und Schweden und über eine frühreife, »schweinische« Dreizehnjährige, die an einem schläfrigen Augustnachmittag auf einer vor Kreta verankerten Jacht, während die andern Bridge spielten und tranken, nicht nur einverstanden war, gewisse Sachen mit Tony und für Tony zu machen, sondern sie sogar selber vorgeschlagen hatte. Tony mit seinen schwerlidrigen Augen, seiner olivbraunen Haut, seinem Kopf, der so glatt und schön wie der eines Seehundes war. Maurie verachtete ihn und zog es vor, seine Geschichten nicht zu glauben; Kim stieß ein überraschtes, anerkennendes Gejohle aus; Nick brummte und blickte weg. Doch während die Tage verstrichen, redete Tony immer weniger und zog sich in ein Schweigen zurück, das irgendwie ganz anders als sein übliches, hochmütiges Schweigen war. (Aber hinterher wird Tony natürlich – genau wie die andern – bestätigen –, und nicht nur vor Mr. Halleck, der alles bezahlt hatte –, daß die Kanufahrt eines der wichtigsten Erlebnisse in seinem Leben gewesen sei.)

Mach zu! brüllt Nick. Worauf wartest du denn noch?

Tony wischt sich das feuchte Gesicht an der Schulter ab und zuckt gleichgültig die Achseln. Kim macht mit dem Griff seines Ruders ein lutschendes Geräusch und winkt Nick. Ja, zum Teufel, laß uns losziehen! Wir kommen in zwei Minuten auf der andern Seite raus!

Mauries Eingeweide ziehen sich zusammen, wittern Gefahr. Er ist früher schon mal hiergewesen, hat früher schon mal auf dieses Gesamtbild von Baum und Wolken und porzellanblauem Himmel gestarrt – doch die Trägheit des Flusses hält ihn in Bann.

Meinetwegen. Also gut. Was soll's.

Ja, gut. Was soll's.

Sie fahren. Maurie im Bug, Nick im Heck. Vielleicht möchte Maurie dadurch Nick entkommen, sich befreien von Nicks Sticheleien, seinem Drangsalieren, seiner Schweppenheiser-Stimme. (Doch es ist mehr als nur die Stimme. Es ist unheimlich, wie der hübsche, siebzehnjährige Nick Martens sein Gesicht beinah umwandeln kann in Hans Klaus Schweppenheisers aufgedunsenes, aschfahles Gesicht. Und falls seine Zuhörer klug genug sind und seinen Witz zu würdigen wissen, dann kann er seinen schlanken Körper fast in Schweppenheisers Dickbauch umwandeln. Was für ein talentierter Schauspieler Nick Martens sein kann! Selbst in seiner Bosheit steckt eine Art Genialität.) Meinetwegen, flüstert Maurie, ich bin bereit. Was soll's. Macht, was ihr Lust habt. Während der Weihnachtsferien vor zwei Jahren in Bitterfeld Lake gingen die Jungen auf den Mount Kisthene skilaufen (ein sanfter Hang, nicht sehr schwierig: Maurie und Nick sind nicht mehr als leidlich gute Skifahrer), und Nick trug Mauries grobgestrickten Sweater mit dem Zopfmuster. Hinterher roch er nach Schweiß, und Nick sagte verlegen, er wolle ihn reinigen lassen, und Maurie sagte: bemüh dich nicht, und nahm ihn und stopfte ihn achtlos in ein Schubfach, und das war ganz in Ordnung, aber ein oder zwei Tage später, als sie mit Mr. Halleck und dessen Freunden (die für ein paar Tage von Washington heraufgekommen waren) im Jagdhaus beim Frühstück saßen, und Maurie zufällig den Sweater trug – doch, es war der sandfarbene Sweater – sah er, daß Nick ihn merkwürdig anstarrte. Und kein Wort sagte. Natürlich verhielt es sich so (wie sich's Maurie immer wieder erklärte), daß er erstens die Sache mit dem Sweater völlig vergessen und ihn einfach aus dem Schubfach gezerrt hatte, und zweitens, daß der Sweater gar nicht richtig schmutzig war.

Glaubst du mir nicht?

Ich werd's dir beibringen!

Hundert Yards in die Stromschnellen des Unteren Loughrea hinein – und schon kentert das Aluminium-Kanu, das Tony und Kim trägt. Keiner von beiden kann hinterher sagen, wie es passierte – ein überfluteter Felsen, ein vorspringender Baumstamm, ungeschicktes Rudern in einem Kanu, das wegen des übergenommenen Wassers beinah am Sinken war. Das Kanu kentert, beide sind im Wasser, können keine Luft bekommen, keuchen, sprachlos vor Schreck, und grapschen instinktiv nach den Seitenwänden des Kanus. In ihrer Verzweiflung tun sie rein zufällig das Richtige und schwingen sich rechts und links auf das stromaufzeigende Ende des Kanus. Sie werden gegen Felsblöcke gestoßen und sind voll blutender Schrammen und wie gelähmt, doch vor lauter Verblüffung spüren sie keine Schmerzen und lassen sich, auf dem Kanu reitend, einfach stromab tragen.

Aber der hübsche grüne Presalex wird auf die Seite geworfen und breitseits gegen einen Felsen geschmettert. Maurie wird sofort kreischend vornüber geschleudert. Nick versucht, sich ans Kanu zu klammern, aber seine Finger rutschen ab. Er sinkt und schluckt Wasser, taucht auf und sieht sich plötzlich auf der stromabwärts weisenden Seite des Kanus. Ohne zu überlegen, läßt er es über seinen Kopf hinweggleiten. Trotz der Verwirrung des Augenblicks begreift er, daß er dem Tode sehr nahe war.

Wenn er zwischen Kanu und Felsen festgeklemmt wäre –

Wenn das Kanu mit seinem Gewicht von zwölfhundert Pfund in ihn hineingekracht wäre –

Er klammert sich an einen teilweise eingesunkenen Stamm. In kurzen, abgerissenen Stößen kann er atmen – er ertrinkt nicht.

Maurie?

Das Wasser ist nicht tief – vielleicht nicht tiefer als vier Fuß. Aber es ist wild und tost und ist sehr kalt. Dauernd reißt es ihm die Füße unter dem Leibe weg. Er kann sich nicht erklären, was passiert ist, er weiß nicht weiter, er ist zu verblüfft, um auch nur den Schmerz zu spüren, obwohl er sich die rechte Schulter übel angeschlagen hat. Ruft ihn nicht jemand? Ruft einer um Hilfe?

Maurie? Er richtet sich am Stamm auf. Versucht aufrecht zu stehen. Er ertrinkt nicht, er wird nicht ertrinken, er kann atmen, er kann sich gegen die Strömung behaupten.

Maurie? Wo bist du?

Dann sieht er weiter vorne jemanden, der mit fortgerissen wird, sich im Wildwasser überschlägt, so leicht und schlaff wie ein Lappen – ist das Maurie? Ist das ein Mensch?

Er ruft ungläubig. Fast zornig.

Maurie?

Er folgt ihm stromabwärts, rutscht aus und kraxelt weiter, die Finger aufgeschürft, blutend. Seine Rufe sind heiser und ungläubig.

Maurie verschwindet. Und kommt wieder an die Oberfläche – weiter stromabwärts. Ein Lappen oder ein Stück Stoff? Nichts Menschliches. Hilflos, ertrinkend, anscheinend ohne Gewicht, die ihn einhüllende Haut nur zarte Membrane, in der Fleisch, Blut und Knochen enthalten sind.

Maurie?

Nick klettert ihm nach, reißt die Augen auf, ungläubig zwinkernd. Seine Beine sind von der Kälte wie abgestorben. Er ist dem Zusammenbrechen nahe – die Stromschnellen werden ihn wegfegen.
Er kann nicht glauben, was da vor sich geht.
Dann wird Maurie gegen ein Riff geschleudert. Und Nick arbeitet sich zu ihm vor. Langsam, sorgsam. Er fühlt sich ganz verlassen. Keiner kann ihm helfen. Maurie? Keiner kann ihm helfen. Nur ein paar Yards entfernt. Nur ein paar Fuß. Quirlendes Wildwasser zwischen ihnen, eine tosende, schäumende Rinne. Überaus gefährlich. Maurie? Ein Arm winkt hilflos. Drischt entsetzt um sich. Blut fließt über Mauries Stirn, helles rotes Blut, wird sofort vom Wasser abgespült, quillt wieder neu hervor, ein leuchtendes Rot, Schwindel erregend, Übelkeit erregend. Maurie hat die Augen verdreht. Er stirbt. Ertrinkt. Seine Arme dreschen wild umher. Die Finger gespreizt. In panischer Angst. In krassem Entsetzen. O Gott!
Nick streckt den Arm aus, und es gelingt ihm, Mauries Hand zu packen.
Hier! Hier bin ich!
Maurie – pack zu! schreit er.
Finger schließen sich hart um Finger. Ein fester, verzweifelter, zuverlässiger Händedruck.

III

Die Verabredung

New York City, April 1980

Sie könnten ein Liebespaar sein, das sich erbittert gestritten oder das einander eine unwiderrufliche Kränkung zugefügt hat. Kirsten nähert sich ihm so langsam, so schüchtern. Noch hat er sie nicht gesehen. Sie noch nicht erkannt. Ihr Herz hat schon angefangen, beschämend schnell zu klopfen, obwohl sie überzeugt ist, keine Angst vor ihm zu haben. Doch nicht vor *ihm.*

Aber vor etwas, das er ihr sagen wird?

Am Telefon hatte sie leise gesagt: Ich möchte bloß mit Ihnen sprechen, Mr. Di Piero. Über meinen Vater. Ich werde nicht weinen. Mich nicht aufregen.

Er sagt nachlässig: *Mr. Di Piero?*

Seine Frage sollte Überraschung ausdrücken – sie klang nur spöttelnd.

Kirstens Stimme war leise und zaudernd und verlegen gewesen: Tony.

Tony.

Ich möchte bloß mit Ihnen sprechen. Ich will Ihre Zeit nicht lange in Anspruch nehmen. Ich weiß, daß Sie viel zu tun haben. Ich weiß, daß Sie mich nicht sehen wollen. Ich weiß, daß Sie zu Isabel halten. – Daß Sie ihr Freund sind.

Ich bin nicht sicher, ob ich es verstanden habe, hatte Di Piero gesagt. Könntest du nicht lauter sprechen?

Einerlei, *was* Sie mir darüber sagen können –

Ja? Was? Ich kann dich nicht hören, Kirsten.

Ich möchte bloß mit Ihnen über ihn sprechen. Über das, was passiert ist. Sie brauchen nicht mal zu sagen, ob Sie glauben, daß er unschuldig ist – ich weiß, daß er unschuldig ist – ich weiß, daß Sie zu Denen halten und daß Sie nicht mit mir sprechen wollen – aber für alles, was Sie mir sagen könnten – auch für ein bißchen – wäre ich dankbar – ich wäre dankbar – dankbar –

Ihre Nägel hatten sich in ihre Handmuscheln vergraben. Auf ihrer Stirn standen Schweißtropfen. Sie hatte vergessen, *wie* sehr sie Di Piero verabscheute.
Ich weiß, daß Sie auf ihrer Seite stehen – ich weiß, daß Sie zu *Denen* halten. Aber wenn ich Sie eine Stunde sehen dürfte – wenn ich mit Ihnen sprechen könnte –.
Bitte, Mr. Di Piero –.
Ich wäre Ihnen so dankbar. Dankbar.
Er zauderte natürlich, mit ihr zu sprechen. Sie konnte es ihm nicht verdenken: es war nicht nur deshalb, weil sie Maurie Hallecks Tochter war und weil alles, was mit Maurie zusammenhing, peinlich war – aber sie beide, Kirsten und Di Piero, hatten ja auch ein gemeinsames Geheimnis. Sie hatten vor mehreren Jahren ein kurzes Abenteuer erlebt, woran Kirsten von Zeit zu Zeit ohne besondere Gefühle zurückdenkt. (Ihre Gefühle – ihren Haß – muß sie unvermindert für ihres Vaters Mörder aufsparen. Sie hat keine Zeit, über Anthony Di Piero zu grübeln, sie ärgert sich über jedes Gefühl, das sie vielleicht für ihn empfinden könnte. Sie hatte mitangehört, wie ein paar Damen ihn »Ferkel« genannt hatten – ein attraktives Ferkel – sie hatte auf Röcken 18 im Salon und auf der Terrasse ihr Gelächter mitangehört, sogar Isabel hatte einmal fröhlich erklärt, daß er die Frauen wie Kleenex benutze, daß sie aber das Erlebnis vielleicht als Auszeichnung betrachteten ... Immerhin, hatte Isabel mit einem etwas ans Spanisch erinnernden Akzent gesagt, während ihre Miene wahrscheinlich verächtlich gewesen war, immerhin ist Tony kein alltäglicher Mann: selbst seine Feinde werden euch das sagen.)
Ich wäre so dankbar ...
Daher wartet er jetzt an diesem windigen Aprilnachmittag auf sie – im Central Park. Nicht weit nördlich vom Kinder-Zoo. Er blickt auf seine Uhr, er geht mit langsam bedächtigen Schritten, er bleibt stehen, um sich eine Zigarette anzuzünden. Er steht da – den einen Fuß auf eine Bank und den Ellbogen aufs Knie gestützt –, ganz in der Haltung geduldigen Wartens – aber bei seinem Warten ist er in sich selbst versunken, er schaut sich nicht um, mustert auch nicht die Gesichter der Vorübergehenden. (Er benutzt einen Zigarettenhalter, stellt Kirsten jetzt fest. Eine neue Affektiertheit. Sie hat ihn seit zwei oder drei Jahren nicht mehr gesehen.)
Anthony Di Piero mit der olivbraunen Haut, schlank, das glatte

dunkle Haar hautnah über den Schädel gekämmt, die Sonnenbrille zu einem sehr dunklen Grün abschattiert. Wie immer mit untadeligem Geschmack gekleidet: er trägt eine sportliche Tweedjacke mit leicht übertriebenen Ausmaßen (an Schultern und Aufschlägen!), nach neuester europäischer Mode, von heller Kamelhaarfarbe, dazu eine graulila Krawatte, die vermutlich aus Seide ist, und ein Hemd aus Baumwoll-Voile mit goldenen Manschettenknöpfen und blitzblanke schwarze Schuhe, die übertrieben spitz zulaufen. Sein Kinn ist ein bißchen schmal, seine Haut ein bißchen blaß, aber er ist bestimmt ein attraktiver Mann – sogar ein schöner Mann – obwohl Kirsten ihn nie so bezeichnen würde. Ein Ferkel, vielleicht. Der liebe Tony, würde Isabel sagen. Ihn mit höflichem Händedruck begrüßen und sich dann auf die Zehen stellen, um ihn erst auf die eine, dann auf die andere Wange zu küssen. Auf die Lippen auch, ganz sicher – falls sie allein waren. Lieber Tony! Wie gut du aussiehst!

Kirsten ist ein paar Schritte entfernt auf dem Weg stehengeblieben. Ein junger Vater macht Aufnahmen von seiner Frau und seiner kleinen Tochter, die auf einer Parkbank sitzen. Ohne sich geradezu hinter ihnen zu verstecken, bleibt Kirsten stehen. Sie lächelt, ihre Lider flattern, das Haar fliegt ihr ins Gesicht, auf einmal ist ihr sehr merkwürdig zumute. In Jeans und einem zottelhaarigen roten Sweater, ihre selbstgekaufte, bernsteinfarbene Sonnenbrille auf der Nase: Kirsten, keck und bange und außer Atem, weil sie gerannt ist. (Der Zug hatte Verspätung gehabt, ihr Zug den Hudson hinab bis zur Grand Central Station.) Ein Hochgefühl, das man hat, wenn man die Schule schwänzt. Tony? Erinnern Sie sich an mich?

Natürlich erinnere ich mich an dich, Kirsten: Hallecks Tochter. (*Isabels Tochter* hätte er sagen können. Zweifelhaft, ob er *Mauries* Tochter gesagt haben würde.)

Am Telefon hatte sie nervös mit ihm gescherzt. Es ist sehr schwierig, Sie telefonisch zu erreichen. Ihr Telefon-Beantworter ist nicht freundlich, und anscheinend ist es nicht Ihre Gewohnheit, auf Anrufe zu reagieren; und das Empfangsfräulein in Ihrem Büro (nämlich dem in der Wall Street: Kirsten hatte die Nummer gefunden, als sie damals im Dezember den Schreibtisch ihrer Mutter durchstöberte) beschützt Sie wie eine Königliche Hoheit. (Was soll ich sagen, wer Mr. Di Piero zu sprechen wünscht? Kirsten Halleck? Können Sie mir bitte ausführlichere Angaben machen?)

Eine Woche ihres Lebens hatte sie geopfert, um ihn zu erreichen. Hatte telefoniert, Bestellungen hinterlassen, Gespräche eingeübt. (Mr. Di Piero war ursprünglich ihres Vaters Freund gewesen. Zusammen in der Privatschule. Der Bauer-Schule. Ein Weilchen in Harvard.) Aber dann wurde er – eine Zeitlang – ein Freund ihrer Mutter – einer der intimsten Freunde ihrer Mutter. Auch ein Freund von Nick Martens – aber wie nahe, das wußte Kirsten nicht.

Mr. Di Piero? Ich möchte Ihnen nur ein paar Fragen stellen.

Ich breche bestimmt nicht zusammen. Ich rege mich nicht auf. Ich brauche nicht einmal Ihr Taschentuch zu benutzen.

Ich will Sie bestimmt nichts fragen, was Sie und Isabel betrifft. Das wäre, wie die Dinge jetzt liegen, bestimmt geschmacklos. Und es hat nichts mit dem gegenwärtigen Problem zu tun.

(Seltsam, daß sie nicht gleich an Di Piero gedacht hatte, als Owen bei ihr gewesen war. An jenem Samstag. Als sie am Fluß entlangwanderten. Der Wind damals! Die hohen, eilenden Wolken – die kreischenden Vögel – Owens Zweifel – Owens Ärger. Und endlich – ihre Umarmung. *Als sie zusammen weinten.* Endlich! Denn er wußte es natürlich. Wußte es. Er wußte, wer die Mörder waren und was getan werden mußte. Aber Kirsten hatte erst im Verlauf des Tages, als Owen schon wieder weg war, an Di Piero gedacht. Er könnte derjenige sein, er könnte all ihre Heimlichkeiten wissen, begriff sie plötzlich. Der Gedanke durchzuckte sie wie eine rasiermesserscharfe Klinge. Anthony Di Piero! Natürlich! *Lieber Tony* – Freund ihrer Mutter. Der Ex-Freund ihrer Mutter.)

War er denn eine Königliche Hoheit? Di Piero? Er war einmal mit einer *principessa* verlobt gewesen, mit der Tochter eines Abkömmlings der Langobarden-Könige. Aber etwas war schiefgegangen – vielleicht hatte es sich herausgestellt, daß die Dame nicht reich genug war. Oder Di Piero war nicht schön genug.

Du Sauhund! Du Ferkel!

(Er hat keinen einzigen ihrer Anrufe erwidert. Keinen von acht oder zehn Anrufen. Und sie wußte genau – sie vermutete es – weshalb.)

Doch schließlich willigte er ein. Bemühte sich nicht, die Abneigung in seiner Stimme zu verbergen. Denn natürlich – natürlich hat er sehr viel zu tun: er fliegt nämlich übermorgen nach Frankfurt. Trotzdem willigte er ein, ihr eine Stunde seiner Zeit zu gön-

nen. Für eine Art Verabredung. Ein heimliches Zusammentreffen.
Versprechen Sie mir, daß Sie es nicht Isabel verraten werden? bettelte Kirsten. Ich meine, daß Sie ihr nicht gleich telefonieren, sobald wir aufgehängt haben?
Er verstummte einen Augenblick. Sie fürchtete schon, ihn verloren zu haben.
Kirsten Halleck mit dem dreisten Mundwerk.
Kirsten, das idiotische kleine Luder, das alles verdirbt.
Di Piero sagte leise: Aber weshalb sollte ich Isabel anrufen? Was bedeutet mir Isabel? Was hat Isabel mit dem allem zu tun?
Kirsten lachte begeistert. O ja ja ja. Nein.
Jetzt also steht Kirsten in ihren Jeans und einem beschmutzten roten Sweater auf dem Weg, hat den schweren Lederbeutel über die Schulter gehängt, starrt geradeaus, leckt sich die Lippen und blinzelt, wie von der Sonne geblendet. Selbst der gleichgültigste aller Vorübergehenden müßte, wenn er sie sähe, auf den Gedanken kommen, daß etwas mit ihr los ist, ganz ernstlich nicht in Ordnung ist, denn warum sollte sich ein Mädchen ihres Alters so geradehalten. Ihr junger Rücken ist durchgedrückt und so straff wie ein Bogen. Sie ist tatsächlich ein Bogen, der sehr straff gespannt worden ist. (Was trägt sie in ihrem Lederbeutel? Was für ein Gewicht zieht ihn nach unten? Eine Waffe? Ein Revolver?) Ihre Stirn wäre rein und glatt, nur ist sie jetzt zerknittert; ihr Mund wäre hübsch, nur ist er jetzt wie erstarrt in grotesker Gefallsucht – teils aus Freude, teils aus schrecklicher Angst.
Mr. Di Piero –
Tony.
Die Kirschbäume, die den Weg säumen, sind mit ihrer weißen Blütenfülle schwer beladen. Zierliche Zweige bewegen sich in einem leichten Lufthauch; die grünen, vom Sonnenlicht umspielten Knospen wirken golden. Und das Kind, das, gehalten vom Arm der Mutter, auf der Parkbank steht, plappert glücklich, als wäre es der erste Schöpfungstag. Doch Kirsten sieht und hört nichts von alledem. Sie ist blind für alles andere und starrt nur auf den Mann in der kamelhaarfarbenen Tweedjacke, der in einiger Entfernung wartet.
Ihr Herz klopft wie verrückt. Obwohl er nicht einer der Mörder ist – so wichtig ist er auch wieder nicht in ihrem Leben.

(Aber wo willst du dir einen Revolver beschaffen? hatte Owen scharfsinnig gefragt. Trotz all seiner Aufregung, trotz seiner Abneigung gegen sie hatte er die richtigen Fragen gewußt. *Du* – einen Revolver? Und wie kannst du Nick alleine erwischen? Er ist nicht mehr »unser Onkel Nick« – wandte er sich weiter zurück, starrte Kirsten an und begann zu lachen. In seinen Augen standen randvoll die Tränen. Er schwankte wie betrunken. Der Wind mußte daran schuld sein, der Wellenschlag des grauen Wassers, das Gekreisch der Vögel. Du kannst es nicht, hatte er gesagt. Wir können es nicht. Es ist unmöglich.)

Am Telefon hatte Anthony Di Piero scheinbar verlegen hervorgestoßen: dein Vater – wie schade! Er hätte nicht verzweifeln müssen wegen so einer Sache...

Verzweifeln...! hatte Kirsten geflüstert.

Bezeichnend war es – oder etwa nicht? –, daß Di Piero abgelehnt hatte, sie in seine Wohnung oder in sein Büro an der Wall Street einzuladen; er hatte nicht einmal vorgeschlagen, sie in einer Hotel-Halle oder in einem Restaurant zu treffen. Nein, sie trafen sich im Park, auf neutralem Gebiet. Eine Verabredung, dachte Kirsten höhnisch. Ein geheimes Stelldichein... Andrerseits konnte sie dem armen Mann keine Vorwürfe machen: es war drei Jahre her, seit er sie zuletzt gesehen hatte. (Im vergangenen Juni war er in Übersee gewesen und hatte an der Trauerfeier für Maurie in Washington nicht teilgenommen.) Sicher hatte er Gerüchte über die Hallecks gehört: wie gut Isabel es hinnahm, den Schock und das scheußliche Aufsehen bei seinem Tod, die demütigenden Enthüllungen... Und wie stand es mit den Kindern... dem Sohn Owen und dem Mädchen, wie hieß sie doch... Die seltsame, die labile Kirsten.

Ich möchte Sie gern sprechen, hatte Kirsten gesagt.

So? hatte Di Piero erwidert.

Einerlei, was Sie mir sagen können, alles, was Sie mir sagen können, flüsterte Kirsten, ich wäre so dankbar... ich verspreche, nicht zu weinen.

Jetzt wartet er auf sie – in einiger Entfernung. Hat den Fuß auf eine Parkbank gestellt, den Ellbogen aufs Knie gestützt. Wartet. Eine riesige Felsengruppe hinter ihm ist mit weißer Sprayer-Farbe besudelt worden. Der Mann und die Frau mit dem kleinen Mädchen gehen weg. Kirsten zaudert, starrt immer noch geradeaus. Sie ist jetzt traurig, ist linkisch und verläßt sich nicht auf ihre äußere

Erscheinung. Im Laufe der Monate ist ihr Körper unschön geworden, ihre kleinen Brüste sind beinah verschwunden, sie hat ihre Regel nicht mehr, sie liegt wach und sieht wieder und immer wieder das Auto, das im Sumpf einsinkt, während das Sumpfwasser steigt und ihres Vaters bleiche, glatte Haare auf dem Wasser zu schwimmen beginnen: so fasziniert ist sie, daß sie sich nicht darum kümmern kann, fraulich zu sein.
Bitte empfangen Sie mich, hatte sie gebettelt. Nur eine Stunde.
Meinetwegen, hatte Di Piero zurückhaltend gesagt. Aber ich verstehe nicht, was du willst.
Jetzt geht sie auf ihn zu, benimmt sich so sorglos wie möglich. Sie beeilt sich nicht, zögert aber auch nicht. Vielleicht bemerkt er ihre ungewöhnlich aufrechte Haltung. Die Verkrampftheit in ihrem schlanken Hals. Die Art, wie sie den Riemen ihres Lederbeutels umklammert. (Was trägt sie da nur? Der Beutel scheint so schwer zu sein.)
Ich verstehe nicht, was du willst, hatte Di Piero gesagt, und nun konnte sie seine Gereiztheit spüren. Die Augen hatte sie zugekniffen, den Hörer fest ans Gesicht gepreßt. Während der Weihnachtsfeiertage hatte sie im Schreibtisch ihrer Mutter herumgekramt, in einer hellen, luftigen Nische im Schlafzimmer ihrer Mutter stand er, und dabei hatte sie drei Telefonnummern Di Pieros entdeckt und sie alle drei notiert. So hatte sie sein »Lager« aufgespürt, er konnte ihr nicht entrinnen. Ein unmittelbar bevorstehender Flug nach Frankfurt, ein andrer Mitte Mai nach Tokio ... Er konnte ihr nicht entrinnen, er konnte unmöglich *nein* sagen. Ich versprech's, daß ich nicht weinen werde, ich werde Ihnen keine Fragen stellen, die Sie nicht beantworten mögen, es ist nur – es ist nur – ich muß die ganze Zeit an ihn denken – ich – ich möchte verhindern, daß er stirbt, – ertrinkt – wenn jemand gesehen hätte, wie der Wagen von der Straße abkam und ihm geholfen hätte – wenn sie einen Krankenwagen geholt hätten – nachdem er den Herzanfall hatte – hätte er vielleicht gerettet werden können – ich glaube nicht, daß er gestorben wäre – wenn ihn jemand gesehen hätte – dann lebte er jetzt – dann könnte er alles erklären – glauben Sie nicht auch? Mr. Di Piero? Die Sachen, die er zurückgelassen hat – die Notizen, die Dokumente – das waren vielleicht überhaupt nicht seine – sie können gefälscht worden sein – niemand hat bewiesen, daß sie nicht gefälscht waren – er war ganz allein – er hatte vielleicht

versucht, sich von ihnen zu trennen – ich meine, von den Leuten, die seine Feinde waren – seine Mörder – ich glaube, sie hatten einen Killer bezahlt, der ihm in jener Nacht gefolgt ist – doch deswegen will ich Sie nicht fragen – selbst wenn Sie wüßten, wer es veranlaßt hat – will ich Sie nicht danach fragen – ich werde mich nicht aufregen – ich weiß, daß Sie Ihren Freunden die Treue halten – auch wenn Sie Isabel nicht mehr sehen, halten Sie doch zu ihr. Sie und Isabel schätzen einander – vielleicht fürchten Sie einander – und Sie sind auch Nicks Freund – Sie alle schätzen einander – ich will Sie nicht bitten, mir irgendwas zu erzählen, das Ihre Freundschaft trüben könnte – ich versprech's, daß ich nicht weinen werde – ich wäre Ihnen so dankbar, Mr. Di Piero – so dankbar – Sie erinnern sich doch an mich, nicht wahr? – an Kirsten Halleck?
Die Worte waren nur so aus ihr hervorgesprudelt, natürlich hatte er nicht zugehört. Nur das allerletzte hatte er gehört. Daher antwortete er verlegen und gereizt, und jetzt offenbar in Eile, das Gespräch abzubrechen. Natürlich erinnere ich mich an dich, Kirsten. Die Kleine mit dem rotweißen Badeanzug. Mit kleinen Seepferdchen, nicht? In Weiß, auf den Stoff gestickt.

*

17. April 1980. Ein Donnerstag.
Gestern – lieber Himmel, war's erst gestern? – rief Kirsten bei Owen an, um ihm über Di Piero zu erzählen. Über die geplante Verabredung mit Di Piero. Aber Owen wich ihr aus: viermal hatte sie angerufen, und nie war er da, und dann rief sie in seinem Klub an und konnte hören, wie sein Name ausgerufen wurde. *Halleck! Halleck!* – und eine Anwandlung von Schwäche überfiel sie, und Freude und Zuversicht wie eine Welle: *Halleck* war der Name, *Halleck* war sein Name, er hatte eingewilligt, ihr zu helfen, er hatte eingewilligt, »sich um sie zu kümmern«, er konnte ihr nicht entschlüpfen, er konnte sie nicht verraten, *Halleck* war der Name, hör dir das an, wie er ausgerufen wurde!
Aber Owen war nicht in seinem Klub. Jedenfalls kam er nicht ans Telefon.
Deshalb rief Kirsten nochmals in seinem Zimmer an, und einer seiner Zimmergenossen hob den Hörer auf und versprach überaus höflich, eine Bestellung auszurichten, aber Kirsten unterbrach ihn, es sei ein dringender Fall, ein Fall, der die Familie anginge, sie

müsse *sofort* mit ihrem Bruder sprechen, er müsse sie *sofort* anrufen, und auf einmal, sie wußte nicht, wieso, war sie sehr ärgerlich und schluchzte, sie schrie Worte in den Hörer, die sie nicht hatte sagen wollen, Feigling, Lügner, Saukerl, sagte sie, ich weiß, daß er da ist, ich weiß, daß er dort steht, der Feigling, das Arschloch, sagen Sie ihm, seine Schwester kenne ihn genau, sagen Sie ihm, sie würde es alleine machen, sagen Sie ihm, es ist schon eingeleitet, es kann nicht mehr abgebrochen werden, sagen Sie ihm –

Und dann brüllte jemand sie an, und der Jemand war Owen, und sie verstummte sofort und fürchtete sich schrecklich.

Er brüllte sie eine Zeitlang an. Sehr lange dauerte es, sie konnte nicht abschätzen, wie lange. Eine Stunde, eine Minute, eine aufregend lange Minute, während der ihr Zeit genug blieb, mit erstaunlicher Verstandesschärfe zu denken: *Halleck, er ist ein Halleck, er kann mir nicht entschlüpfen.*

Als Owen ruhiger wurde, sagte sie sanft und mit verschmitztem, nicht sichtbarem, herausforderndem Lächeln: ich dachte, du hättest dich anders besonnen, weiter nichts. Ich dachte, du wolltest mir vielleicht alle beide überlassen.

Noch so ein Anruf von dir, sagte Owen mit jetzt ruhiger Stimme, dann werde ich's dir auch besorgen. Dann dreh' ich dir den Hals um.

Noch so ein Anruf, sagte Owen mit ruhiger Stimme, dann werde ich's dir auch besorgen.

*

Di Piero! Di Piero.

Ein wonniger Name, mit dem ihre Zunge tändeln konnte.

Sie bemerkt den strahlenden Himmel nicht, sie bemerkt die Blüten nicht, so schön, so makellos sind sie, Isabel würde vor ihnen in Verzückung geraten, aber sind es natürliche Blüten? – sie achtet auch nicht weiter auf Leute, die in der Nähe sind, die beobachten könnten, wie sie auf Anthony Di Piero zugeht und sich dabei zwingt, nicht hastig zu gehen, sich keine Hast anmerken zu lassen, aber andererseits auch keine mädchenhafte Scheu zu zeigen, denn das würde ihn bestimmt anöden.

Sie sagt noch einmal Hallo!, denn er hat es nicht gehört.

Er dreht sich um und schaut sie an, ohne ein Anzeichen, daß er sie wiedererkennt.

(Aber ist *dieser* Mann überhaupt Anthony Di Piero? Mein Gott, denkt Kirsten, er ist ja älter, viel älter geworden. Furchen rahmen seinen Mund ein. Feine helle Fältchen um die Augen. Geh aus der hellen Sonne, hatte Isabel sie gewarnt, ist es erst mal zu spät, dann wirst du wissen, warum: du wirst nicht ewig das hübsche kleine Ding mit der glatten Haut sein!)

Sehr seltsam, sehr interessant. Wie sich Di Piero verändert hat.

Hallo, sagt Kirsten abermals, lächelt und hebt die Stimme: hallo, Mr. Di Piero.

Schließlich ist es ihr freier Tag. Sie schwänzt die Schule. Drückt sich um den Donnerstags-Unterricht – erzählt Hannah, sie habe »eine Verabredung in der Stadt« – Röntgen-Aufnahmen beim Zahnarzt – der Weisheitszahn. Ausnahmsweise diesmal so höflich zu schwindeln: denn die Schule, die Mitleid mit ihr hat, scheut keine Mühe, sie *nicht* zu schassen.

Die Tochter des verstorbenen, entehrten Maurice Halleck.

Hallo, Kirsten, sagt Di Piero.

Er hat sich nicht von der Bank gerührt, er hat gewartet, damit *sie* auf ihn zukommt: eine Geste, die Kirsten nicht verborgen blieb. Sie beginnt also zu plappern, ein nervöses Geplapper mit errötend hervorgesprudelten Worten: Zugverspätung und Taxi und eine Verkehrsstauung in der Fifty-seventh Street ...

Di Pieros Sonnenbrille ist elegant und schwarz eingefaßt. Die Gläser sind von einem so dunklen Grün, daß Kirsten nur die Bewegung seiner Augen, nicht aber die Blickrichtung sieht.

Sie reichen sich formell die Hand – wie Gäste auf Röcken 18. Fremde, die einander soeben vorgestellt wurden, jedoch allen Grund zu der Vermutung haben, daß sie einander kennen.

Vielen Dank, sagt Kirsten, nervös plappernd, ich weiß, daß Sie sehr beschäftigt sind – ich weiß, daß Sie – an einem Wochentag – an einem Nachmittag – Es ist so nett von Ihnen –

Sein Lächeln ist gemessen, er ist kein großzügiger Mann. Er läßt sie weiterschnattern – die Dumme, die Gans – weshalb ist sie so außer Atem, warum diese linkische Gefallsucht! – während er sie anblickt, in der Hand den Zigarettenhalter. Dann streicht er mit einer Gebärde, die sowohl gleichgültig wie entschieden ist, ihre Haare aus der Stirn.

So ist's schon besser, sagt er.

Der Selbstmörder-Klub

Als im Dezember 1977 die vierzehnjährige Tochter eines prominenten Mitglieds im *Council of Economic Advisers* des Präsidenten an einer Überdosis Barbiturat gestorben war, wurde in der Presse angedeutet, ein Selbstmörder-Klub existiere in der Hays-Schule.
Wie es hieß, hatte der Klub eine genau durchdachte Einweihungszeremonie, geheime Losungsworte und einen geheimen Händedruck. Er war einfach unter dem Namen »der Klub« bekannt. Ein Reporter, der behauptete, ein Mitglied ausgehorcht zu haben, versicherte in seiner Zeitung, daß der Klub nicht weniger als zwanzig bis fünfundzwanzig Mädchen umfasse.
Gemeinsam war den Mädchen nicht etwa die Erfahrung, daß sie ein- oder zweimal oder gar mehrmals versucht hätten, Selbstmord zu begehen (darin galt als unbestrittener Champion die zu dicke, rothaarige Tochter eines Washingtoner Anwalts, deren Name häufig in der Zeitung stand), und auch nicht die Absicht, irgendwann einmal Selbstmord zu begehen, sondern sie hatten einfach (wie es hieß) ein ungeheures, quälendes und allbeherrschendes *Interesse* am Selbstmord.
Sie sammelten Zeitungsausschnitte und Artikel aus Zeitschriften. Sie verglichen die Methoden (eine Überdosis an Drogen war bei weitem die beliebteste Methode. Doch auch Vergiften durch Kohlenmonoxyd hatte seine Reize. Aufschlitzen von Pulsadern, Kopfschüsse oder Sprünge aus hochgelegenen Fenstern – und natürlich Erhängen – galten als viel zu gewaltsam und entstellend.). Sie verbrachten Stunden über Stunden in ihren Zimmern, erzählten sich Geschichten von Selbstmordfällen in ihren Familien sowie von Todesfällen, die in den Zeitungen hingestellt wurden, als handle es sich um natürliche Todesursachen, die aber im Grunde nicht auf einem Zufall beruhten. Sie lasen biographische Studien über berühmte Selbstmorde, um genau herauszufinden, *wie* sie began-

gen wurden. Für Simone Weil interessierten sich ein paar Asketen in der Gruppe, für Hemingway schwärmten andere, und dann selbstverständlich für Sylvia Plath. In Marilyn Monroes Fall war beides, das *Wie* und das *Warum*, bedeutsam. (Im allgemeinen war das *Warum* nicht bedeutsam. Scheidung – Trunksucht – Berufsversagen – finanzielle Schwierigkeiten – Ehrverlust – Krankheiten – chronische Depressionen – Drogensucht – charakterliche Haltlosigkeit: diese Ursachen waren austauschbar, fanden die Mädchen, und nicht sehr wichtig.)

Daß Marilyn Monroe vorzog, sich umzubringen, hielten die »häßlichen« Mädchen für wunderbar tröstlich. Auch die schönen Mädchen hielten es für tröstlich.

Die Hays-Schule stritt diese Gerüchte natürlich ab. Und veröffentlichte höfliche und unantastbare Berichte ohne jegliche Erklärung auf weitere Fragen.

Der Klub, der sich nun so ans Licht der Öffentlichkeit gezerrt und durchgehechelt sah, löste sich auf: nur die am wenigsten beliebten Mädchen, Mädchen, die gar nicht dazugehört hatten, behaupteten, alles darüber zu wissen, und äußerten gewisse Code-Wörter, die herausfordern und reizen sollten.

Doch dann, im Vorfrühling des Jahres 1978, schnitt sich ein Mädchen in Kirstens Klasse – eine Internatsschülerin – sehr spät nachts in einer Gerätekammer hinter dem Turnsaal die Pulsadern auf und starb fast daran; und eine Woche drauf schnitt sich ein anderes Mädchen – eine Absolventin der Oberstufe, sehr hübsch und für das Gefolge der »Cherry Blossom Queen« vorgesehen – beide Pulsadern auf und starb daran.

Es wurde allgemein als »sinnloser Tod« bezeichnet. Und ob die Mädchen dem Klub angehört hatten, das schien niemand zu wissen.

*

Infolgedessen nahmen die Hallecks ihre Tochter Kirsten aus der Hays-Schule – trotz Isabels geliebter Erinnerungen an die Schule. (Einige der glücklichsten – der allerglücklichsten – Tage meines Lebens habe ich dort zugebracht, behauptete Isabel, und ihre Augen füllten sich mit kummervollen oder zornigen oder einfach verärgerten Tränen. Jetzt hat man mir sogar meine Erinnerungen verdorben!) Sie wollten St. Timothys versuchen – vielleicht –, oder

die Potomac-Schule oder Miss Picketts Schule oder Exeter: irgendeine, die entgegenkommend und bereit war, Kirsten Halleck aufzunehmen.
Sie mußten sich dann für Miss Picketts Schule entscheiden: die andern lehnten das Gesuch mit aufrichtigem Bedauern ab.

*

Ehe diese praktischen Vorkehrungen getroffen wurden, hielt Maurie es für diplomatisch und weise, seine Tochter zum Lunch ins Shoreham einzuladen – nur Vater und Tochter. Ohne die Mama. Es war ohnehin sehr lange her, seit sich die Beiden unterhalten hatten.
Als er Kirsten – behutsam genug – fragte, ob sie etwas über den Selbstmörder-Klub wisse (er nannte ihn »den Klub da«, weil er sich nicht dazu überwinden konnte, die Bezeichnung in den Mund zu nehmen), war Kirstens Reaktion verwirrend: sie fuhr fort, in ihrem Krabbensalat herumzustochern, zeigte keinerlei Überraschung und sagte gleichgültig: Die blöden Arschlöcher? Da weiß ich nichts drüber.
Maurie mag bei der Redeweise seiner Tochter leicht zusammengezuckt sein. Aber er rückte näher an den Tisch heran und streckte den Arm aus, um ihre Hand zu drücken.
Kirsten blickte auf ihre und seine Hand.
Du weißt also gar nichts darüber, über den Klub, über die Gruppe junger Mädchen ...? fragte Maurie.
Nein, sagte Kirsten sofort.
Kirstens Eßgewohnheiten waren seit ihrer frühesten Kindheit – »unkonventionell« gewesen, und wie von einer fixen Idee bestimmt. Sie beschäftigte sich damit, das Essen auf ihrem Teller zu unterteilen, und arbeitete rasch und geschickt und, wie es schien, mit halb geschlossenen Augen: einige Sachen sollten gegessen werden, andere nicht. Im Krabbensalat fanden sich verdächtige Zutaten – zerschnittene schwarze Oliven, zerhackter Pimento –, die nicht verspeist werden konnten. Jetzt saß sie ernsthaft überlegend vor ihrem Teller, pickte herum und sortierte aus. Ihre Gabel bewegte sich flink.
In jenen Tagen hatte Maurie gewisse Schwierigkeiten im Untersuchungsausschuß durchzustehen. Einige waren nicht weiter überraschend, weil sie mit der Struktur derartiger Verfahren verknüpft

waren: das Gesetz rückt mit sehr kleinen Schritten voran, um einen Riesenschritt zu machen, doch ist es meistens notwendig, daß die kleinen Schritte insgeheim vorgenommen werden. Sie hatten mit der Anhäufung von Beweismaterial gegen zwei Aktiengesellschaften zu tun – die eine gänzlich in amerikanischem Besitz, die andre teils amerikanisch, teils japanisch –, die während der siebziger Jahre in Südamerika in illegale Tätigkeiten verstrickt waren. Diplomatische »Schenkungen«, Bestechungen verschiedener Art, Einmischungen in Wahlkampagnen – in Bolivien, Honduras und Chile. Sechsfache Anklage sollte demnächst gegen drei Männer erhoben werden – einer von ihnen war Direktor der Public Relations für den südamerikanischen Zweig der *GBT-Copper* – wegen »geheimer Bestrebungen, die Wahl Allendes für 1970 als Präsident Chiles zu verhindern«. Die Ermittlungen hatten Jahre beansprucht – hatten eine Gruppe von acht Männern und zahllose Assistenten beschäftigt, denn es war schwer gewesen, an Beweismaterial und Zeugen heranzukommen, und Maurie und seine Kollegen sahen voller Erbitterung die Anträge der Verteidigung auf *nolo contendere* voraus sowie die üblichen Geldstrafen (50000 $ waren unter dem Sherman-Gesetz das satzungsgemäße Höchstmaß), und vielleicht Urteile auf Bewährung von sechs Monaten, dreißig Tagen ...

Eine Verschwörung, Morde zu begehen, war auch eine Möglichkeit. Aber eine zunehmend überholte. Nach der Verstaatlichung von *Chile-Copper* im Jahre 1971 erfolgten – ganz selbstverständlich – eine Anzahl unerklärlicher Todesfälle, und zwar eine ganz beträchtliche Anzahl unerklärlicher Todesfälle. Aber an Beweismaterial und Zeugen war äußerst schwer heranzukommen.

Maurie gelang es immerhin, sich für den Nachmittag freizumachen. Er war um halb sieben in seinem Büro eingetroffen, und bis halb eins war alles soweit glatt, soweit routinemäßig abgelaufen, so daß er sich erlauben konnte, sich für den Lunch mit seiner Tochter freizumachen.

Sie waren so selten allein zusammen.

Sie unterhielten sich so selten allein.

Ins Shoreham für den Lunch, für einen eleganten Lunch. Wie würde dir das gefallen?

Kirsten blickte ihren Vater mit zusammengezogenen Brauen an, sagte aber nicht Nein.

Eine Flasche Perrier, eine Limonenscheibe am Rand des hübschen

Kristallglases. Zwiebelsuppe mit Käse-Croutons. Krabbensalat auf einem riesigen, goldgerandeten Teller. Weißbrot und Butter. Und Salz. (Warum mußte sie alles salzen? Und so unmäßig?)
Kirsten, sagte Maurie mit seiner sanften, verwunderten Stimme, weshalb siehst du mich nicht an? Stimmt etwas nicht? Ich hatte gehofft, wir könnten ...
Sie schlug langsam die Augen auf und sah ihn an. Ein grau verschleierter Blick, der nichts verriet.
Ich bin nicht eine deiner Zeuginnen, die verhört werden muß, sagte sie.
Es kam ungeschickt heraus, deshalb versuchte sie es noch einmal: nun klang die Bemerkung witzig.
Maurie entgegnete sanft, daß er sie nicht verhören wolle. Er habe nur gehofft – habe nur gewollt ...
Kirsten zuckte die Schulter. Sie trug etwas, das ein baumwollnes T-Shirt zu sein schien – leuchtend gelb, mit einem verrückt grinsenden Gesicht auf der Vorderseite –, allerdings vermutete Maurie, daß es ein »richtiges Hemd« aus einem teuren Geschäft an der Fifth Avenue war. Natürlich trug sie, wie gewohnt, ihre eng anliegenden, verschossenen Jeans. Doch für das Shoreham, für den festlichen Anlaß, hatte sie ihr Haar nett frisiert – es war *sehr* schönes, rotblondes Haar – und einen Lippenstift benutzt: sie sah hübsch aus, trotz ihrem wunderlichen Gehabe und ihrer Gewohnheit, stirnrunzelnd auf ihren Teller zu starren.
Die hübsche Kirsten. Fünfzehn Jahre alt. Übellaunig, unzuverlässig, klug, aufgeweckt, drollig. Ihr Sinn für Humor, ihre Streiche! Maurie konnte sich nicht erklären, von wem sie diesen Zug, diese teuflische Energie hatte: zu sehr später Nachtstunde Isabels Freunde anzurufen, um ihnen zu sagen, Isabel sei bei einem Auto-Unfall verwundet worden und brauche sofort Blut, und ob sie ins Krankenhaus kommen und einen halben Liter Blut spenden könnten: kein sehr lustiger Streich, wie jedermann fand.
Wenn es in deiner Schule wirklich einen Selbstmörder-Klub gab, sagte Maurie, möchte ich, daß du mir darüber erzählst.
Kirsten wischte sich mit der Leinen-Serviette den Mund, blickte ihrem Vater voll ins Gesicht und sagte: Nein. Nein, ich mag nicht.
Du magst nicht?
Ich weiß *nichts* darüber.

Du weißt nichts darüber? Wirklich nicht?
Nur das, was ich in den Zeitungen gelesen habe. Von Isabels Freund Bobbie Tern – aber vielleicht sind sie jetzt nicht mehr befreundet.
Aber du weißt nichts darüber? Es gab keinen derartigen Klub, deine Freundinnen waren nicht im Klub, du kennst niemanden, der im Klub war – *du* warst also nicht drin? fragte Maurie.
Kirsten starrte kalt über seinen Kopf hinweg. Kratzte sich an der Kehle, seufzte, schniefte, benutzte ihre Serviette als Taschentuch. Erklärte, sie wolle eine Schokolade-Mousse als Nachspeise haben – aber sie müsse unbedingt gut sein. Sie sei eine Art Sachverständige für Schokolade-Mousse.
Du warst also nicht drin? forschte Maurie beharrlich.
Natürlich nicht, Vater, erwiderte Kirsten leichthin.
Und du kennst niemanden, der drin war? Kein einziges Mädchen?
Kein einziges Mädchen. Ich habe nicht viele Freundinnen, das weißt du doch.
Du hast Freundinnen, behauptete Maurie.
Ich habe nicht viele Freundinnen, erwiderte Kirsten und kicherte. Sie werden mit der Zeit wütend auf mich. Sie können keinen Spaß verstehen.
Keine aus deiner Klasse? Keine, die du kennst?
Keine, Vater. Soll ich einen Eid ablegen? Es vor deinem Untersuchungsausschuß beschwören?
Es ist eine sehr ernste Angelegenheit, Kirsten. Deine Mutter und ich . . .
Ach, alles ist ernst, sagte Kirsten schroff. Sie winkte ihrem Kellner. Schokolade-Mousse ist eine ernste Angelegenheit.
Wenn du irgend etwas darüber weißt, wünschte ich, daß du es mir erzählst, sagte Maurie. Seine leise, höfliche Stimme behagte ihr: er bat sie. Gleich würde er wieder über den Tisch langen und ihre Hand drücken. Ihre kalte, schlaffe, magere, teilnahmslose Hand. Das würde ihr zusagen. Sie machte sich schon darauf gefaßt. Kirsten? *Mir* würdest du es doch sagen? Wenn du es wüßtest? bat er.
Seine Lider flatterten. Armer Mann, armer Daddy! Affenähnlich und häßlich, aber jetzt beinah hübsch in seinem Kummer: und er trug den grauen Sommeranzug, *tailor-made*, Isabel hatte darauf bestanden. Eine scheußliche, gestreifte Krawatte – doch darauf

kam es nicht weiter an. (Isabel war übers Wochenende in New York. Wäre sie zu Hause gewesen, dann hätte sie nie geduldet, daß Maurie mit dieser Krawatte aus der Tür ginge.) Kirsten hätte vielleicht Mitleid mit ihm haben können, sie hätte andeuten können, daß sie natürlich etwas wisse – nur sehr wenig wisse –, aber die Mädchen der obersten Klasse blieben unter sich – und im Klub waren vor allem Absolventinnen – nur drei oder vier oder fünf jüngere Mädchen – *nicht* Kirsten Halleck, natürlich nicht: sie käme nie als Kandidatin für einen geheimen Klub in Betracht, einerlei, wie sehr sie sich sehnte, aufgenommen zu werden.

Maurie streckte seine Hand aus, stieß beinah das Wasserglas um und drückte Kirstens Hand. Es erschreckte sie, daß seine eigene Hand kalt und unangenehm feucht war.

Du würdest es mir doch *sagen,* Schätzchen? Kirsten? Du würdest mir *erzählen,* falls ...?

Natürlich, Vater, sagte Kirsten. Sie bemühte sich nicht, ihre Hand zurückzuziehen, aber auch den Druck seiner Hand erwiderte sie nicht. – Dir oder Mutter. Owen und ich erzählen dir doch alles, nicht?

Als er starb, ging ich mit ihm ins Grab, schrieb Kirsten in ihr Tagebuch, *aber es war nicht auf dem Georgetown Memorial-Friedhof, sondern es war im Sumpf von Brean Down in Virginia: Moskitos und stehendes, stinkendes Wasser und schwarzer Schlamm, so dick wie Scheiße.*
Sie überlegte, ob sie noch ein weiteres Telegramm an Audrey Martens schicken solle. Aber hatte sie das erste überhaupt abgeschickt? Sie konnte sich nicht erinnern, aber irgendwo mußte es aufgeschrieben stehen. Diesmal sollte das Telegramm anonym sein: *So schwierig hier zu atmen, aber ich warte geduldig. Wo ist Nick?*
Sie stellte das Radio an und freute sich, daß ihr Herzschlag sich im Takt zu der lauten, wuchtigen Musik beschleunigte: so laut schmetterte es durch ihren Körper, so fiebrig raste es ihre Adern entlang, daß sie leise vor sich hinlachen mußte. In einem derartigen Wasserfall grellen Lärms konnte niemand ihre heimlichen Gedanken erraten, *würde niemand wissen*...
Doch dann mußte sie die Musik leiser stellen.
Han – die arme, verängstigte Han – viele Wochen lang so – Kirsten barfuß im Zimmer herumtanzend, sich etwas vorsummend, etwas vor sich hin brummelnd, für ein Mädchen, das jetzt nur siebenundneunzig Pfund wog, war sie merkwürdig schwer. Plötzlich aufgeschlossen und bei klarem Verstand, durchaus ihr altes Selbst, und nicht einmal sarkastisch: hör mal, ich glaube, ich sollte allein sein, weshalb ziehst du nicht aus? Bei Marnie und Barbara ist doch ein Bett frei, du wärst lieber bei ihnen, das *weißt* du, und glaub mir, Han, ich wäre nicht gekränkt, ich wäre nicht gekränkt, wenn du ausziehst...
Sie konnte nicht länger als fünf Minuten an ihrem Schreibtisch sitzen, dann sprang sie wieder hoch, stelzte im Zimmer auf und ab, summte, sang leise ein Lied, das niemand in der Schule kannte,

Frankie und Johnny, zwei Sweethearts, oh, wie die sich lieben konnten, und tanzte im Zimmer umher, weil sie ohne irgendeine Droge *high* war und ihr das pochende Herz wie ein Pferdefuß in der Brust hämmerte und pochte und sie ihre geschmeidigen Adern in voller Ausdehnung in ihrem erstaunlichen, pulsierenden Körper spüren konnte, *und Frankie war Johnny von Herzen treu, so treu wie die Sterne am Himmel,* die Hallecks hatten eine Platte mit dem Song, ein alter Blues-Sänger, Neger in New Orleans vielleicht, Kirsten wußte es nicht, Isabel hatte es früher einmal bei einer *Musical Review* in der Schule gesungen, *doch sie schoß ihm ins Herz, weil er untreu war,* aber was danach geschah, erfuhr man nicht, ob Frankie verhaftet und eingesperrt wurde, oder ob es recht war, was sie getan, weil Johnny es verdient hatte, zu sterben.
Das Telegramm an Audrey Martens sollte lauten: *Mr. Halleck hat es nicht verdient zu sterben, wohl aber Mr. Martens.*
Nein, rief Kirsten laut und ärgerlich, nein, das ist ein Fehler, gib nichts Schriftliches von dir, nichts, das nicht verschlüsselt ist.

*

Isabels äußerst erfolgreiche und sichtlich auffallende Jungmädchenzeit wurde in ihrem Boudoir auf Röcken 18 in Sammel-Alben und Schreibtischschubladen aufbewahrt, Souvenirs an alte Eroberungen waren dabei, eingerahmte Fotografien und Liebesbriefe, getrocknete und platt gepreßte Ansteckblumen, Schnappschüsse, Zeitungsausschnitte von »Isabel de Benavente, Tochter des Finanziers Luis de Benavente«, prächtig aussehend, strahlend und sicherlich – sicherlich! – für einen außergewöhnlichen Erfolg bestimmt. Zwischen alledem fand Kirsten (fand Kirsten häufig –, denn es war tatsächlich während ihrer Kindheit ihre Lieblingsbeschäftigung –, an verregneten Tagen, wenn sie nicht draußen spielen konnte, oder an den wundervollen Tagen, wenn sie wegen leichten Fiebers oder Halsschmerzen oder, von »einem komischen Gefühl in ihrem Kopf« berichtend, nicht in die Schule gehen, sondern zu Hause bleiben durfte – das einzige Kind im Haus – ehrfürchtig und voller Respekt – noch nicht voller Groll – die Sachen ihrer Mutter durchsehend), fand Kirsten also häufig Beweise für Isabels Jungmädchen-Triumphe, überwältigende Triumphe. Keine Triumphe der Mrs. Maurice Halleck, sondern der Miss Isabel de Benavente, einer jungen Dame der Washingtoner Gesellschaft.

Sie entschied sich gegen ein zweites Telegramm. Denn es könnte die Aufmerksamkeit auf ihre Pläne, Nick betreffend, lenken. Und würde das Telegrafenamt *Western Union* das Wort »Scheiße« akzeptieren? Kirsten bezweifelte es. »Sch...« würde nicht ganz die gleiche dramatische Wirkung haben.

Du kannst hier ausziehen, wenn du möchtest, sagte Kirsten, ohne Hannah anzusehen. Es ist mir hundewurst. Ich brauch' dich nicht – dich mit deinem Herumschnüffeln und Nachspionieren und deinem verdammt blöden *Bemitleiden.*

Die Notizen in ihrem Tagebuch trug sie in einem Geheimcode ein. Denn schließlich verlangte die Kühnheit ihrer Pläne strikte Verschwiegenheit.

Owen wird an Mutter Gerechtigkeit ausüben, und mir bleibt Nick Martens vorbehalten. Bald muß eine Wahl wegen der Waffen getroffen werden. (Mutter hat einen Revolver, vermute ich. Irgendwo in ihrem Schlafzimmer. Oder im Safe eingesperrt? Ich habe ihn nie gesehen, und Owen findet die Idee lächerlich: Vater würde nie eine Waffe im Haus dulden. Und doch scheine ich zu wissen, daß sie einen Revolver hat. Ich scheine es zu wissen. Ich weiß es.)

Die hübsche Hannah Weil, die in Stanford als Hauptfach Archäologie und Spanisch nehmen will – Hannah, die in Eyres Jahrgang 1980 das Examen als Zweite bestehen wird – Hannah, deren Vater seit 1955 in diplomatischen Diensten (Athen, Rom, Damaskus) gestanden hat und deren Mutter an Krebs starb, als Hannah zwölf Jahre alt war (nach sechs Operationen innerhalb von zwei Jahren) – Hannah, ein ernstes, dunkelhaariges Mädchen mit einer hohen Stirn und leicht vorstehenden Zähnen und einer leisen, fragenden Stimme: Hannah ist Kirstens einzige Freundin in Eyre.

Was du machst, ist mir hundewurst, brummelte Kirsten. Sie saß im Indianersitz auf ihrem zerwühlten, muffigen Bett, saß barfuß und mit nackten Beinen in ihrem weißen Baumwollhöschen da (im Zwickel war es etwas schmutzig, seit einer Woche hatte sie sich die Mühe gespart, es zu waschen) und in einem Flanellhemd, dem ein Knopf fehlte.

Ich weiß, daß mich alle hassen, sagte Kirsten.

Sie wappnete sich, auf Widerspruch gefaßt.

Und wenn ihr nicht widersprochen wurde?

Sei nicht albern, Kirsten, sagte Hannah sofort. Du weißt, daß es nicht stimmt.

Aber es ist mir hundewurst, ob es stimmt oder nicht, sagte Kirsten.

Sie saß sehr still da und starrte ihre Zehen an. Schmutzige Zehen, schmutzige Zehennägel. Sie würde sich für ihre Fahrt nach New York zurechtmachen müssen. Für Anthony Di Piero.

Nachlässig schnupperte sie in ihre Achselhöhlen. Nicht sehr lieblich. Nein, allerdings nicht. Und er würde es bemerken – *der* bestimmt – und auf eine Entfernung von mehreren Schritten. Sie würde sich auch rasieren müssen – unter den Armen und auf den Beinen. Es war schon eine Weile her.

Im Herbst hatten sie Nacht für Nacht miteinander gesprochen. Hannah in ihrem Bett auf der andern Seite des Zimmers und Kirsten in dem ihren, dankbar für das Dunkel und für die Tatsache, daß Hannah, die sie liebte, nicht sehen konnte, wie häßlich sie war: vor lauter Bemühen, nicht zu weinen, war ihr Gesicht verzerrt. (Der Mund war's, der ganz besonders häßlich wurde, wie sie bemerkt hatte. Verzerrt und komisch. Wie bei Großvater Benavente nach seinem Schlaganfall. Aber auch die Augen: plötzlich von Falten eingerahmt und rotgeädert und hilflos – entsetzt. Von lauter feinen, hellen Fältchen umgeben – von der Art, die Isabel sich rechtzeitig aus *ihrem* Gesicht hatte entfernen lassen.) Ich weiß einfach nicht, was ich tun soll, flüsterte sie, ich weiß nicht, wie ich jetzt leben soll, ich muß jedesmal überlegen, wie man einen Fuß vor den andern setzt oder wie man sich die Zähne putzt oder wie man ißt ... warum ich essen soll ... wieso manche Dinge wichtig sind. Alles ist bloß ein Traum. Es ist unwirklich. Ich kann keinen Zusammenhang hineinbringen. Ich erinnere mich nicht, wie es gemacht wird. Er dürfte nicht tot sein. Wenn es ein Herzanfall gewesen wäre und jemand hinter ihm die Straße entlangfuhr, hätten sie eine Ambulanz rufen können, sie hätten ihn vielleicht aus dem Wagen ziehen können und ihn so vor dem Ertrinken bewahrt, dann wäre er jetzt nicht tot, er wäre am Leben, ich weiß nicht, was das bedeutet, *tot sein,* ich weiß nicht, wo er ist, ich sehe ihn im Sumpf, im Wagen, dauernd schmecke ich das Wasser und den Schlamm, ich träume, daß ich ihn herausziehe ... ich kann sein Haar so deutlich sehen ... es treibt auf dem Wasser ... ich kann es *sehen* ... ich muß dortgewesen sein.

Hannah sprach vom Sterben ihrer Mutter. Das lange anhaltende Leiden. Die Operationen, die Hoffnung, die Angst. Kirsten hörte aufmerksam zu. Sie biß sich auf die Unterlippe und hörte zu. Die erste Diagnose ... und die Röntgenstrahlen ... und die Biopsie ... die Operation ... die Chemotherapie ... die zweite Operation ... die dritte Operation ... Hannah sprach leise, nicht erregt. Man mußte sich unwillkürlich ihre weit offenen Augen vorstellen, wie sie, ohne zu flackern, in eine Ecke an der Decke starrten. (Wo die Schatten am dunkelsten waren. Auch Kirsten starrte in jene Ecke – Trost suchend.) Mit dem Tod ist es so, sagte Hannah, und ihre Stimme fing jetzt an zu schwanken, daß man nichts darüber sagen kann, was richtig klingt. Man kann keine Worte finden, die angemessen sind. Bloß, daß ich sie geliebt habe und daß sie mir die ganze Zeit fehlt, jeden Tag fehlt sie mir, ich spreche sogar mit ihr, aber ich kann es nicht erklären, und ich weiß nicht, wie ich zu dir sprechen soll – das beschämt mich so.

Er hatte gewünscht, daß sie neben ihm niederknie, um zu beten. Sein Atem roch nach Whisky. So stinkend, so scheußlich wie der Atem General Kempes. *Ihr wisset nicht, was morgen sein wird. Denn was ist euer Leben? Es ist nur ein Rauch, der eine kleine Zeit währet, danach aber verschwindet er.*

Sie begann, wieder an John Brown zu denken, über ihn nachzugrübeln. Eine Begeisterung, die – wie vor ihr auch bei Owen – ein paar Jahre angehalten hatte, das heißt, während der Pubertät, ein halbes Leben her. Aber zu Hannah sprach sie nicht darüber, sie würde es nicht verstanden haben.

Hannah umklammerte ihre Hand, blinzelte die Tränen weg. Kirsten – wenn du sprechen willst – jederzeit! Jederzeit, wenn du *darüber* sprechen willst ...

Ich kann über nichts anderes sprechen, sagte Kirsten und versuchte zu lachen. Ich meine – einerlei, was ich sage – sogar in der Stunde – sogar, wenn ich eine Frage beantworte – spreche ich *darüber.*

John Brown, Old Osawatomie. Einem höheren Gebot gehorchend, hatte er nicht gezaudert zu töten. *Ich habe mein Leben als Pfand gegeben.* Gerechtigkeit. Die hohe Anforderung der Gerechtigkeit. *Ich will mein Leben hingeben,* hatte er gesagt. Ein ruhiger, unnachgiebiger, unerschrockener Mann.

Kein Erbarmen sein Schlachtruf.

Kein Erbarmen ...!

(Sie begann zu lachen. Preßte die Knöchel auf den Mund. Es war *unsinnig,* es war ein völliges *Hirngespinst.* Weder sie noch ihr Bruder konnten auch nur einen Finger gegen ihres Vaters Feinde heben; sie waren doch nur versnobte Teenager, vielleicht verwöhnter als die meisten andern, mit einem echten Widerwillen gegen Gewöhnlichkeit und schlechte Manieren, die sie nicht hatten. Selbst der aufgedunsene Owen hatte Stil: er war *Ivy League*, er war in Ordnung, das bezweifelte niemand. Und Kirsten – trotz all ihrer Hänselei, trotz ihrer schmutzigen Unterwäsche und der fettigen Haare und der ausgezupften Augenbrauen – sie hatte sie eines Abends wutentbrannt ausgezupft, weil sie verkehrt wuchsen, quer über den Nasenrücken, und sie all die Jahre voraussah, in denen sie ihr Gesicht zurechtmachen und ihre »Schönheit« pflegen mußte – selbst Kirsten mit dem klassischen Profil ihrer Mutter, der langen, eleganten Nase und dem leicht eckigen, trotzigen Kinn – selbst Kirsten war in Ordnung. Einen Finger heben? Ihre Stimme heben? Unmöglich.)

Kein Erbarmen! schrieb Kirsten in ihr geheimes Tagebuch. Die Worte räkelten sich träge, als stellten sie sich selber in Frage.

Owen meinte, sie sei verrückt. Doch dann – hatte er seine Tränen weggeblinzelt, sein großes Gesicht wie eine geballte Faust verkniffen und zugegeben, daß sie recht hatte: natürlich hatte sie recht. Noch ehe er den Brief von ihr erhalten hatte, wußte er schon, daß sie recht hatte ...

Seine Mörder verdienten es, bestraft zu werden. Aber wer soll es tun! hatte Owen gefragt und sich leicht von ihr abgewandt.

Sie hatte ihn derb in den Arm gekniffen. Nein, nicht derb, bloß im Scherz. Schwesterchen und großer Bruder. Keck. Mutwillig. Unbekümmert. Und dann hatte sie ihn angeschrien: du großer, falscher Hund! Du College-Scheißkerl! Warum bist du hergekommen? Warum zum Teufel bist du hergekommen? Du weißt, wer es tun muß!

*

Es war komisch, es war ein bißchen verrückt gewesen. Sie hatten sich die Tränen aus den Augen gewischt und einander angegrinst. Die Luft war erfüllt von aufgeregten Vögeln.

Jedenfalls war John Brown, ihr Ur-ur-ur-ur-großvater, ein bißchen verrückt. Und doch hatte Henry David Thoreau (der gebürtige David Henry Thoreau – eine Einzelheit, die Kirsten bedeutsam fand) voller Inbrunst von Brown erklärt: *Er ist ein Engel des Lichts.*

Kirsten trug auch das in ihr Tagebuch ein, immer mit derselben trägen, ungewissen Handschrift. Ihr Herz schlug spürbar schneller.

Ich will mein Leben hingeben, flüsterte sie laut. Und zu Owen sagte sie leise: will ich mein Leben hingeben? Wollen *wir* es?

Auf dem Rückweg zur Stadt waren sie den verschlammten Pfad entlanggestapft und hatten sehr wenig miteinander gesprochen. In Kirstens Kopf drehte sich alles vor Müdigkeit; Owen ging schwerfällig weiter und hatte die Hände in die Taschen gestopft. Dadurch beulte sich der Stoff seiner teuren Sportjacke aus, doch er merkte es nicht. Haben wir uns entschieden? wollte Kirsten fragen. Wird es geschehen?

Aber es war natürlich Spielerei. Komödie. Vor Spiegeln herumscharwenzeln, die Zunge herausstrecken, die Brüste im Profil mustern, sich finster anstarren. Die hübsche Kirsten? Ihres Vaters Tochter? Die häßliche Kirsten? Die unschöne Kirsten? Es schien so wichtig zu sein – ihre Zukunft hing davon ab –, aber während sie sich betrachtete, musterte und abschätzte, konnte sie sich kein endgültiges Urteil bilden.

Isabel hatte natürlich etwas an ihr auszusetzen: schlechte Haltung, Haar bis über die Augen, Pickel auf der Stirn. Hör auf mit dem Fratzenschneiden! sagte Isabel und war ehrlich entsetzt. Willst du dein Gesicht zugrunde richten?

Isabel hatte an Kirstens Aussehen etwas auszusetzen, Maurie dagegen nie. Es kam daher (dachte Kirsten bei sich), weil Isabel sie *sah* – und Maurie nicht.

Die panische Angst, die ich habe, die Übelkeit! Spät nachts versuchte Kirsten es Hannah zu erklären. Ich weiß, daß es egoistisch ist: mein Vater war der einzige Mensch in der Welt, der mich wirklich geliebt hat ... und auf die Art kann ich für niemanden sonst Kirsten sein. Es ist so, als wäre ich mit ihm gestorben ... als jemand, den er kannte ... den aber niemand sonst kennt ... Verstehst du's? ... Es ist so egoistisch ... Ich verabscheue mich!

Sag das nicht, Kirsten, flüsterte Hannah. Versuch zu schlafen!

Versuch zu schlafen! Versuch zu schlafen, wiederholte Kirsten. Ihre Augen standen weit offen. Ihr Eigenhaß strahlte hellsichtig klar wie ein Leitstern. In der Nacht war es das *eine* zutreffende Gefühl.

Nach einer Weile sagte sie: ich wünschte, ich könnte wie du sein,

Hannah. Ich wünschte, ich könnte du sein. Du bist so stark. Du machst andere Leute nicht unglücklich.
Meine Mutter ist vor fünf Jahren gestorben, sagte Hannah. Das ist ein Unterschied.
Das ist doch *schlimmer*, sagte Kirsten erschrocken. Ich meine, daß soviel Zeit verstreichen kann. Daß man anfangen könnte, es zu vergessen. Andere Dinge – andere Leute – beginnen wichtig zu werden – und im nächsten Jahr gehst du fort, aufs College – dann wird es undeutlich werden – deine Liebe zu ihr...
Einige Minuten schwieg sie. Dann sagte sie weniger erregt: und natürlich war deine Mutter bei ihrem Tode nicht entehrt. Sie bekannte sich nicht dazu, Bestechungsgelder angenommen zu haben, sie betrank sich nicht und fuhr nicht über Land und brachte sich um.

*

Allmählich hörte sie auf zu sprechen. Sogar zu Hannah. Ihre unaufhörlichen Selbstgespräche – ihre schroffen, schlauen und gelegentlich ordinären Fragen an ihre Feinde (Nick Martens und andere vom Untersuchungsausschuß – und natürlich Isabel – und häufig Owen) verbrauchten ihre ganze Energie, ihre heftigste Konzentration.
Wo der Schatten am dunkelsten ist – es hatte etwas mit der dunklen Zimmerecke zu tun. Neben dem Fenster, über dem Bücherregal aus Kiefernholz. Dorthin konnte man starren und starren – die ganze Nacht hindurch.
An einem Novembermorgen während des Französisch-Unterrichts hatte die Lehrerin eine Fläche der Wandtafel rasch ausgewischt – und hatte dabei Französisch gezwitschert, gescheit und heiter, ihre beinah elegante Mademoiselle Shefner. Ein halbes Dutzend unregelmäßiger Verben, die Kirsten hatte abschreiben wollen, doch sie hatte es nicht geschafft, war nach einer beinah schlaflosen Nacht halb betäubt gewesen. *Und alles auf der Wandtafel war ausgelöscht. Jedes Wort war ausgelöscht.*
Jedes Wort ausgelöscht. So einfach war das.
Sie erinnerte sich mit schmerzender Deutlichkeit, als wäre es erst in der vergangenen Woche passiert, an ein unvorhergesehenes Abendessen zu Hause... vor Jahren... Nick Martens war gerade aus dem Mittleren Osten zurückgekehrt und hatte eine grauen-

erregende Geschichte zu berichten ... Owen war zu der Zeit im Internat, June Martens schien fortgegangen zu sein, deshalb waren nur Isabel und Maurie und Kirsten da, die zehnjährige Kirsten. Ein Abendessen in kleinem Kreis. Etwas Unausgesprochenes hatte es an sich gehabt. Etwas Unvergeßliches.

Weniger als eine Woche davor war Nick einer von einem Dutzend Amerikanern gewesen, die in der saudiarabischen Botschaft in Khartum im Sudan einem verhängnisvollen diplomatischen Empfang beigewohnt hatten. Nick war dem Tode nahegewesen. Oder etwa nicht? Es stand in allen Zeitungen, das Fernsehen brachte es in den Nachrichten ... Er war einem Terroristen-Überfall entronnen. Einem Überfall von Arabern und Palästinensern. Eine teuflische Gegend.

Jetzt war er wieder zu Hause. Wohlbehalten in Washington, wohlbehalten bei seinen Freunden, im kleineren der beiden Eßzimmer auf Röcken 18, wo das Auge nicht unnötig abgelenkt wurde – weder von den stilisierten Pfauen auf den Lévy-Dhurmer-Wandfüllungen noch von den Balustraden im chinesischen Geschmack, die hinter dem Bogendurchgang zum Salon zu sehen waren. Wohlbehalten in Luxus und Zivilisation. Washington, D.C.

Ein zwangloses Abendessen, nur die Vier. Isabel hatte den Nachmittag in atemloser, fast krankhafter Begeisterung mit Kochen zugebracht; sie war mit ihrer Küche nicht allzu vertraut. (O Himmel, hat sie den Safran ausgehen lassen, rief Isabel. Und was zum Teufel hat sie mit dem Schneebesen gemacht?), und Kirsten hatte freiwillig ihre Hilfe angeboten. Es war eine Art Tradition geworden, daß Isabel bei besonderen Anlässen eine Paella für Nick zubereitete, die mit all den Delikatessen – Hummer, Muscheln und Tintenfisch – angefüllt war, welche von Kindern als widerlich empfunden werden. Aber die Mahlzeit war natürlich nicht mit der Absicht zubereitet worden, einem Kind Freude zu machen.

Ist er wirklich beinah erschossen worden, Mutter? fragte Kirsten immer wieder. Haben sie auf ihn geschossen? Fehlt ihm nichts?

Du weißt doch, daß ihm nichts fehlt, antwortete Isabel gereizt. Hast ja mit ihm telefoniert, nicht?

Ist er – ist er jetzt anders? fragte Kirsten. Haben sie ihm was angetan?

In einer Stunde ist er hier, sagte Isabel verzweifelt und kniff die Augen zusammen. Bitte, laß mich in Ruhe!

Haben sie ihm was angetan? forschte Kirsten beharrlich weiter.
Wieso Nick Martens in den Sudan geraten war – ob er nur durch jenen Teil der Welt durchgereist oder direkt nach Khartum geflogen war, um ein paar Tage als Gast des amerikanischen *Chargé d'Affaires* Curt Moore zu verbringen – ob er für die Kultur-Abteilung des Auswärtigen Amts über amerikanische Politik und Rechtsordnung sprechen sollte oder als privater Reisender und Tourist dort war – daran konnte sich Kirsten nach sieben Jahren nicht mehr erinnern. Sicher war es einfach Pech gewesen, das ihn nach Khartum und in eine Abschiedsgesellschaft geführt hatte – und Pech war so gar nicht charakteristisch für Nick Martens' berufliche Laufbahn.
Die natürlich im März 1973 ein jähes Ende hätte finden können.
Kirsten verstand sehr wenig von dem, was wirklich geschehen war, und natürlich war es ihr gleichgültig. Ihr genügte es, daß Nick wieder in Washington war und lebte; ihr genügte es, daß er neben ihr saß und ihr von Zeit zu Zeit zuzwinkerte. Oder ihr verstohlen die Finger quetschte, wenn sie herumgealbert und ihm dabei an die Knöchel oder ans Knie gestoßen hatte.
Der Nick, den sie vergötterte. Der Nick, den sie alle vergötterten. Jedoch verändert – leicht verändert. Zum mindesten sah er älter aus.
Acht Terroristen der Gruppe Schwarzer September hatten die Saudi-Botschaft überfallen. Sie überrumpelten die Garten-Party zu Ehren von Curt Moore und dem neuen amerikanischen Gesandten Cleo Noel. Es gab nicht das leiseste Anzeichen einer Gefahr. In der einen Minute befand sich Nick in angeregter Unterhaltung mit einem von *Le Monde* ernannten Journalisten, der das politische und finanzielle Netz erforschen sollte, welches die transnationalen Terroristengruppen unterstützte – und in der nächsten Minute: Gewehrschüsse und Rufe und Schreie –, und die Terroristen waren über sie hergefallen. Es war alles so schnell wie in einem Traum und mit so gräßlicher Unvermeidbarkeit vor sich gegangen, daß Nick hinterher kein klares Bild von dem hatte, was vorgefallen war: innerhalb von wenigen Minuten war er zusammen mit den meisten Gästen mit vorgehaltener Pistole aus der Botschaft getrieben worden: zuerst durch die palastartige Saudi-Botschaft und dann durch den eingezäunten Garten auf die Straße hinaus, wo sich schon eine kleine Menschenmenge angesammelt hatte.

Mein Gott, sagte Isabel leise. Und wir haben nicht mal gewußt, daß du im Sudan warst, bis wir in den Zeitungen darüber lasen...

Doch Nick war den Palästinensern nicht als wichtig genug erschienen, um ihn als Geisel zu behalten. Nick war mit den andern zusammen hinausgetrieben worden. Nick war in Sicherheit. Erschüttert, aber in Sicherheit. In der Zeit von wenigen Minuten um ein paar Jahre gealtert – aber in Sicherheit. Er sprach langsam, blickte von Maurie zu Isabel und wieder zu Maurie, versuchte zu lächeln, versuchte zu erklären... die ekelhafte Überraschung, als er die Gewehrschüsse und die Rufe und Schreie hörte, Befehle in einer Sprache, die er nicht verstehen konnte, von Arabern herausgebrüllt, die durchaus – er übertrieb nicht – den Eindruck machten, völlig verrückt zu sein. Als die Schießerei begann, hatte er – wie gelähmt – im Garten gestanden. Ich kann nicht sterben, hatte er gedacht, ich kann noch nicht sterben, ich habe noch so viel bei uns zu Hause zu erledigen.

Aber er war nicht wichtig genug, um ihn gefangenzunehmen. Ein hochgestellter Beamter, gewiß, aber den Palästinensern nicht bekannt, die nur fünf Geiseln haben wollten: Curt Moore und Cleo Noel und den belgischen Chargé d'Affaires und den Saudi-Botschafter und den japanischen Chargé. Wie jeder Überfall der Schwarzen-September-Bande war er mit einer solchen Präzision durchgeführt worden, als hätten sie ihn eingeübt. Und niemand hatte Widerstand geleistet. Man kann tatsächlich von Mitschuld sprechen, sagte Nick und rieb sich das Gesicht, von einer Art geistiger Mitschuld. Ich meine, man will einfach... am Leben bleiben.

Die Forderungen der Terroristen erwiesen sich als unerfüllbar und in ihrer Ungereimtheit als Herausforderung: Jordanien müsse sofort siebzehn Schwarze-September-Leute freilassen, die dort in Haft saßen, die Vereinigten Staaten müßten sofort Sirhan Sirhan freigeben, die verhaßten Israelis müßten alle Fedajin-Gefangenen freilassen, soweit es arabische Frauen waren, und Westdeutschland müsse seine Baader-Meinhof-Gefangenen freilassen.

Keine einzige Regierung gab nach. Nixon verkündete in einer wakkeren Rede, daß sich die Vereinigten Staaten nicht erpressen ließen, und drei Geiseln wurden kurzerhand ermordet: Moore, Noel und der belgische Chargé d'Affaires. Ohne weiteres. Und dann ergaben sich die Terroristen und wurden von der sudanesischen Polizei in Gewahrsam genommen.

Es war ein Szenarium, es verlief alles planmäßig, sagte Nick langsam. Es war nicht überraschend – ich meine, für Leute, die Bescheid wußten, was im Gange war.
Kirsten sollte sich noch lange an Nicks verwirrte Miene erinnern, die so gar nicht charakteristisch für ihn war: sie erschreckte sie mehr als der Bericht selbst. Sie sollte sich an die sonderbare Art erinnern, wie er Maurie und Isabel zuzwinkerte und blinzelte – als habe er Mühe, sie zu sehen. Und dann die Art, wie er seine Stimme verlor – und die Logik seiner eigenen Worte... die Art, wie sein zusammenhangloser Bericht in Schweigen versickerte. Warum seine Frau an jenem Abend bei den Hallecks nicht bei ihm war, wäre für eine Zehnjährige keine geziemende Frage gewesen.
Was ich nicht begreifen kann, sagte Nick langsam, ist die Art, wie sie umkamen. Die Art, wie ihr Leben endete. Ich habe die Schüsse selber gehört, ich weiß, was sie bedeuteten. Curt Moore – einfach ausgelöscht. Einfach so.
Einige Jahre später sollte sich Kirsten an ihres Vaters langes Schweigen erinnern; an die Art, wie Isabel sich, auf die Ellbogen gestützt, vorbeugte, unbekümmert um ihre weiten Ärmel, die so unordentlich zurückrutschten, unbekümmert um die Male, die ihre Fingernägel in ihren Wangen hinterließen. Kirsten sollte sich an Nicks jähen Wutausbruch erinnern. *Die Art, wie ihr Leben endete. Ausgelöscht, einfach so. Die dreckigen, verrückten Palästinenser! »Revolutionäre«! Tiere! Ich wünschte, sie wären alle tot – wir sollten Vergeltungsmaßnahmen ergreifen, wie es Israel tut.*
Maurie erschrak. Maurie war anderer Meinung. Das kann nicht dein Ernst sein, sagte er, du bist noch ganz aufgewühlt.
Doch, es ist mir ernst, sagte Nick.
Die Palästinenser sind verzweifelte Menschen...
Du warst nicht dabei, du hast ihre Gesichter nicht gesehen, entgegnete Nick.
Terrorismus kommt auf beiden Seiten vor, sagte Maurie, aber...
Du warst nicht dabei, erklärte Nick kategorisch und plötzlich mit gelangweilter Verachtung.
Er fuhr fort – und behielt recht, wie es sich dann zeigte, obwohl Maurie und Isabel ihm beide widersprachen, er sei zu zynisch – vorauszusagen, daß die Sudanesen die Terroristen gar nicht bestrafen würden, sie seien zu feige. Wir werden's schon eines Tages hören, daß sie aus dem Land geflogen und freigelassen wurden...

und so wird's auch kommen. Bis zum nächsten Überfall, den nächsten Ermordungen.
Curt Moore war allgemein beliebt, sagte er. Er preßte die Lippen zusammen. Und dann die Gewehrschüsse zu hören...
Nein. Man wird vergessen müssen.
Himmel, man muß so vieles vergessen, sagte Nick und blickte Maurie über den Tisch hinweg an. Hast du dir das jemals... klargemacht? Ich meine... je älter wir werden...
Kirsten wird sich daran erinnern. Die Hallecks eins in ihrer Liebe zu Nick Martens. In entsetzter, erschrockener Liebe. Denn hatten sie ihn nicht beinah verloren, ihren Nick?... Maurie und Isabel und Kirsten mit ihrem ausgetrockneten Mund! Und sein Patensohn Owen, der ihn auch liebte.
Ausgelöscht, einfach ausgelöscht. Was ich nicht begreifen kann, ist... die Art, wie sie umgebracht wurden. Wie ihr Leben endete.

*

Sie nahm das Wandtafel-Erlebnis aufmerksam zur Kenntnis, und um zu verhindern, daß es zu einem ihrer Alpträume wurde – sie hatte kurze, undeutliche, nicht völlig unbewußte Alpträume –, trug sie es in ihr geheimes Tagebuch ein. Dem es bestimmt war (wie sie halbwegs ahnte), nicht ewig Geheimnis zu bleiben, sondern mit Nick Martens' Patensohn geteilt zu werden.
Owens genaues Prüfen, Owens kritisches Urteilsvermögen: der Gedanke daran war heilsam und machte ihren Stil dunkel und kompakt und weniger zügellos.
Ausgelöscht, einfach ausgelöscht. Was ich nicht begreifen kann. Die Art, wie sie umgebracht wurden. Wie ihr Leben endete.

*

Kirsten, was fehlt dir? fragte Hannah. Warum sprichst du nicht mit mir? Warum siehst du mich nicht an? Kirsten?
Brummeln, Achselzucken, Gleichgültigkeit. Sie benötigte Hannah nicht dauernd. Geh zum Teufel, Hannah! Kümmere dich um deinen eigenen Kram!
Manchmal waren die Eintragungen in ihrem geheimen Tagebuch verschlüsselt. Für die allergeheimsten Geheimpläne.
Kirsten, ist es wegen etwas, was ich gesagt habe? Bist du mir böse? Was fehlt dir? Willst du mir nicht mal ins Gesicht schauen?

Hannah, ihre beste Freundin. Tatsächlich ihre einzige Freundin. Hannah würde immer dasein, sie konnte auf Hannah zurückgreifen, wann immer sie es wünschte. Wenn alles in ihrem Leben geregelt war. Wenn alles klar war.

Isabel telefonierte. Hannah nahm ab. Kirsten lag, von Kissen gestützt, auf ihrem zerwühlten Bett und schrieb in ihr Tagebuch. Anscheinend hatte sie das Läuten des Telefons nicht gehört; mit einem ungeduldigen Achselzucken wies sie Hannahs Ansage und dann ihren verblüfften Herbeiruf ab.

Es machte ihr Spaß, eine Unterhaltung zwischen Hannah und Isabel mitanzuhören. Eine Unterhaltung über ein sehr besonderes Thema: über Kirsten selbst!

Mrs. Halleck – leider kann ich Kirsten gerade jetzt nicht finden – sie ist wahrscheinlich in der Bibliothek – ja – gut – o nein, es ist keine Mühe – ja, es geht ihr gut – ich meine, es fehlt ihr nichts – es geht ihr *gut* – ja, ich werd's ihr ausrichten – nein, ich glaube nicht, daß sie im Sinn hat, für das Wochenende nach Hause zu fahren – sie hat nichts davon erwähnt – nein – sie hat nichts davon erwähnt – ach, ich weiß nicht – ich meine, sie sagt mir nicht *alles* – o nein – nein – nein, Mrs. Halleck – nein – wirklich – es ist keine Mühe – natürlich will ich's ihr ausrichten – ja, es geht mir gut – wir haben viel zu tun, aber es läßt sich ziemlich gut an – ja, ich werd's ihr ausrichten – oh, ich könnte es ja versuchen, aber ich glaube, sie ist nicht mehr im Haus – wahrscheinlich in der Bibliothek – ja – am Montag haben wir beide ein großes Geschichtsexamen – oh, das weiß ich nicht, Kirsten erzählt es mir nicht immer – ich bin sicher, daß sie gut vorankommt – ich meine, ich glaube nicht, daß sie etwas verpatzt – natürlich werde ich's ihr ausrichten – sie soll sie im Verlauf des Abends anrufen, oder morgen früh – ich werde ihr ausrichten, daß es wichtig ist – ja – gut – fein, Mrs. Halleck – *fein*!

Kirsten schrieb in ihr Tagebuch: *Er hat eine tägliche Schönheit in seinem Leben, die mich verhäßlicht*. Und dann wieder aus einem andern Gespräch Jagos: *Was denn? Wie denn? Was soll ich sagen? Wo ist hier Überzeugung?*

Eines Tages fiel sie fast in Ohnmacht, als sie eine Treppe hinuntereilte. Die Kraft in ihren Beinen verließ sie, eine Bewußtseinsstörung schien zu drohen. Sie sah noch die Treppenstufen, die sich ihr entgegenhoben. Sah den fliesenbelegten Fußboden. Die schwarze

Wandtafel, auf der die mit Kreide geschriebenen Worte zu Unrecht ausgelöscht waren.
Mehrere Mädchen schrien laut, als sie sie fallen sahen. Eine fing sie auf.
Sie prägte sich ein Telefongespräch ein, das sie mit Audrey Martens führen wollte. Sag mir alles, was du über deinen Vater und meine Mutter weißt! Alles! Vom ersten Anfang an. Von Mount Dunvegan Island, Bitterfeld Lake, Washington, Chevy Chase, den Gesellschaften, den Abendessen, den Bootfahrten, den Ausflügen, den Ballspielen, den Tennispartien, vom Schwimmen, von den Besuchen in New York und den Telefongesprächen! Lüge nicht! Verstell dich nicht! Du mußt es wissen. Wir wissen es alle.
Aber vielleicht wäre es besser, Audrey in Exeter zu besuchen. Am nächsten Wochenende. Sehr bald. Audrey würde sie wahrscheinlich einladen, in ihrem Zimmer zu wohnen, – Audrey hatte Kirsten immer gern gehabt, – sie vielleicht bewundert – sich vor ihr gefürchtet – war vor ihrer flinken, komischen, rasiermesserscharfen Zunge zurückgeschreckt – vor ihrer gutmütigen Tyrannei. Erstens war Audrey die Tochter des Mannes, dem Kirstens Vater geholfen hatte, in Washington voranzukommen, der Mann, den Kirstens Vater in den Untersuchungsausschuß eingeführt hatte; dann aber war Audrey – ein Jahr jünger als Kirsten – die Tochter des Mannes, der Kirstens Vater ausgestochen hatte. *Ausgestochen* war ein seltsamer Ausdruck! Noch bevor der Kummer begann (Mauries Trinken, Mauries Anfälle von Lethargie und Niedergeschlagenheit), war es allgemein bekannt, daß Nick Martens seinen Freund Maurie Halleck ausgestochen hatte und ihm sogar bei der Arbeit *helfen* mochte. All das waren natürlich müßige Vermutungen, da die Art der Arbeit aufgeteilt war. Doch trotzdem wurden sehr viele Vermutungen angestellt, und einige sogar gedruckt.
Ausgestochen!
Klatschspalten! sagte Owen verächtlich. Von beschissenen Spaltenkritzlern.
Vater sollte sie verklagen.
Maurie sollte sie wirklich verklagen. Doch das würde natürlich nur die – die Aufmerksamkeit auf die – die Situation lenken.
Nick rief an, in heller Aufregung. Er hatte bereits die Zeitung angerufen und einen empörten Brief geschrieben. (Der nie gedruckt wurde. Doch Maurie erhielt eine Kopie, und wahrscheinlich

befindet sie sich gegenwärtig zwischen »seinen Sachen«, Schachteln und Ordnern, Mappen und gelben Umschlägen, vollgestopft mit Briefen, Papieren, Dokumenten, Zetteln – in einem ziemlichen Durcheinander in seiner Wohnung im Potomac Tower zurückgelassen.)

Wann genau glaubst du, hat dein Vater meinen Vater *ausgestochen*, wollte Kirsten sich bei Audrey erkundigen, vielleicht die Hand des Mädchens in ihre Hand nehmen oder das Handgelenk des Mädchens mit ihren starken Fingern umklammern. (Kirstens Finger waren sehr stark, trotz ihrer gegenwärtigen Magerkeit.) Habt ihr am Eßtisch darüber gesprochen? Habt ihr deswegen triumphiert? Erzähl mir alles, was du weißt, und lüge mir nichts vor!

Dein Vater und meine Mutter. Gevögelt. Insgeheim. Auch deswegen triumphiert. Insgeheim. Viele, viele Jahre lang.

Lüge nicht!

Sie besann sich anders und bereitete eine Klageschrift vor, ein Dokument, das sie Owen schicken wollte. Die Tage verstrichen, während es im dunklen Winkel über dem Bücherregal Gestalt annahm, in einem Winkel ihres Kopfes, wo die Schatten sich überlappen und infolgedessen sehr dunkel waren. Ein Blatt steifes weißes Papier, Isabels und Nicks Fotografien (es mußten natürlich Zeitungsbilder sein, aus alten Nummern der *Washington Post* herausgerissen, die Kirsten in der Bibliothek der State University of New York in Purchase aufgestöbert hatte – andernfalls hätte das Ganze nicht den rechten Stil gehabt), blutige Flecke (nicht so leicht zu beschaffen, denn seit sie so abgemagert war, hatte ihr Unwohlsein aufgehört, und sie mußte sich mit einer Rasierklinge in den Finger schneiden), eine mysteriöse Mitteilung. Mit dem Filzstift. Knallrote Farbe. Vergnügt und mädchenhaft albern malte sie Owens Anschrift auf den Briefumschlag und freute sich, daß sich dank dem Filzstift Schnörkel und Verzierungen in ihrer Handschrift zeigten, von deren Existenz sie nichts gewußt hatte.

Sie ist für dich, hatte Kirsten geschrieben. Du weißt, was du zu tun hast.

Hinterher bedauerte sie es, ihn abgeschickt zu haben. Beinah wenigstens. Überlegte, ob sie Owen anrufen und es ihm erklären solle. Ach, zerreiß ihn! Ich weiß nicht, was für ein Teufel mich geritten hat! Bitte, beachte ihn nicht! Vergiß ihn, wollte sie sagen. Du kennst mich ja. Vergiß es, okay?

Das Telefon läutete, aber niemals war es Owen. Es war Isabel. Sie rief von Washington an, dann von New York. Dann von Nassau.
Kirsten ist nicht hier, Kirsten kann nicht ans Telefon kommen, Kirsten ist in der Bibliothek, in der Krankenabteilung, im Freien, am Fluß herumvagabundierend, planlos durch die Stadt schlendernd. Kirsten hat Fieber, über 39 Grad. Kirsten ißt nicht genug. Kirsten ist stumm. (Ihr neuester Trick! Sie ist nicht unterzukriegen.)
Es tut mir so leid, Mrs. Halleck, sagte die arme Hannah und kämpfte gegen die Tränen an, ich weiß es wirklich nicht, ich versteh's nicht, sie spricht überhaupt nicht mehr mit mir, ich weiß es nicht, ich glaube, Sie sollten lieber mit unserer Zimmer-Aufsicht sprechen, vielleicht kann sie Ihnen weiterhelfen, nein, ich nicht, nein, es tut mir so leid, nein, ich weiß wirklich nicht, was ich Ihnen sagen soll, Mrs. Halleck, nein, ja, das stimmt, ja, ach, ich weiß nicht – sie spricht jetzt nicht mit mir. Ach, das möchte ich lieber nicht. Ich meine, sie ist reizbar. Manchmal kann sie furchtbar wütend werden, das wissen Sie ja.
Die arme Hannah. Die sanfte, unendlich geduldige, langweilige Hannah.
Ich verachte »gute« Menschen, kritzelte Kirsten in ihr Tagebuch. (Immerhin war auch Maurie Hallecks Freigebigkeit ein guter Witz gewesen. Sein gleichmäßiges Temperament, seine Gutmütigkeit, seine Abneigung, von irgendeinem Menschen etwas Schlechtes zu glauben, nicht einmal von seinen ränkesüchtigen Mitarbeitern. Maurie Halleck, der im *Gutsein* alle andern überflügeln wollte.)
Sie brachte es einfach nicht über sich, Owen anzurufen und es ihm zu erklären. Sie gab ihren Plan auf, nach Exeter zu fahren. Vielleicht statt dessen ein Telegramm? *Schwarzer Schlamm, so dick wie Scheiße. Schwer zu atmen. Ich warte. Alles Liebe und Gute. M.J.H.*
Doch dann kam es ihr in den Sinn: warum ein Telegramm schikken? Warum ihre Pläne verkünden? Ihre Feinde warnen?
Bitte sprich mit mir, Kirsten, bat Hannah. Sag mir, was ist. Habe ich etwas gesagt, das dich ...
Kirsten summte vor sich hin, schnippte mit den Fingern, tänzelte im Zimmer umher, im Mund eine Zigarette. Riß ein paar ihrer Sachen an sich, um zu entkommen. Die Schaflederjacke, die Schaftstiefel. Kalbsleder. Von Bonvito Kostspielig, aber Isabel hatte gefunden, daß es sich lohnte: so schlank, so elegant – so elegant

wie ihre eigenen. (Es »brach ihr das Herz«, als sie bemerkte, wie sie jetzt aussahen: voller Salzwasserflecken, abgescheuert und verdorben. Kirsten dagegen fand, es seien eben die Stiefel vom vorigen Jahr, wozu also die Aufregung?) Sie floh aus dem Zimmer, mied die andern Mädchen und ging so selten wie möglich in den Speisesaal. Das Frühstück war kein Problem: das ließ sie stets ausfallen. Lunch aß sie vielleicht im kleinen Restaurant an der Main Street, wo es erstaunlich guten Chili gab, und dort konnte sie sich vier oder fünf Salz-Cracker in ihren Napf zerbröseln. (Manchmal ließ sie sich in ein Gespräch mit jemandem ein, der im Städtchen wohnte. Häufig mit Jungens von der High School. *Eyre Consolidated Junior-Senior High School.* Gelegentlich waren es auch ältere Jungens. Ein Vermittler aus White Plains, der ihr zu einem viel billigeren Preis Dope verkaufte, als sie in Baltimore gezahlt hatte.)

Kirsten, was ist? Bitte, sag mir, was los ist!

Kirsten, geht's dir nicht gut?

Kannst du denn nicht *sprechen?*

Ach, sieh mich doch wenigstens mal an!

Und eines Tages dann: ich nehme nicht wieder das Telefon für dich ab, ich spreche nicht wieder mit deiner Mutter, ich hab's jetzt satt, hol dich der Kuckuck!

Du kannst mich mal, brummelte Kirsten.

Knallte die Zimmertür zu. Stampfte in ihren zwei-zoll-hohen Absätzen die Treppe hinunter.

Quer über den verschneiten Spielplatz, den Wanderweg entlang, am Fluß entlang. Keine Handschuhe. *Was nun? Wie nun? Was soll ich sagen? Wo bleibt die Genugtuung?* Sie wußte, wer die Mörder waren, aber sie hatte keine Beweise. Sie hatte keine Beweise. Ein paar Wochen später Owens ungeschickte, schluchzende Umarmung – war eine Bestätigung dessen, was sie *wußte*: aber einen Beweis hatte sie deshalb doch nicht.

Eines Nachts erwachte sie aus einem erstickenden Traum, einem Traum von Schlamm, und sofort hatte sie einen Einfall: Anthony Di Piero.

Di Piero! Das Ferkel! Ja, der! Er würde es natürlich wissen.

Anatomische Studien

Im Juni 1977 nahm Kirsten an einem sonnigen Nachmittag mitten in der Woche ein Taxi und fuhr zum Fox Run Apartmenthaus, wo Anthony Di Piero damals wohnte. Als Kirsten dort erschien, lag die Frau des Hausverwalters, eine dunkelhäutige Griechin, auf den Knien und jätete ein Beet mit Zinnien und Löwenmäulchen. Kirsten erklärte sofort: Mr. Di Piero hat sich selbst aus seinem Apartment ausgesperrt, er muß sich Ihren Schlüssel leihen, damit er hinein kann. Die Frau blinzelte Kirsten an, lächelte und war sichtlich verwirrt. Wir müssen uns Ihren Schlüssel leihen. Wir warten darauf, sagte Kirsten. In ihrem weißen Tenniskostüm muß sie wohl aufrichtig und selbstsicher ausgesehen haben, eins von den reichen jungen Dingern, vielleicht wirkte sie älter. Sie war erst vierzehn, aber sie war schon größer als ihre Mutter.

Kirsten räusperte sich und sagte laut: Mr. Di Piero, den kennen Sie doch, nicht wahr? – Apartment 11 E – er hat's eilig – er hat keine Zeit – er hat sich selbst ausgesperrt und erwartet eine Menge Freunde – wir brauchen den Schlüssel – *den Schlüssel*, verstehn Sie?

Die Frau stand auf und wischte sich die Knie ab. Sie lächelte noch immer und sagte etwas von ihrem Mann, eine Art Entschuldigung, aber Kirsten konnte sie nicht verstehen – Ausländern gegenüber war sie nie geduldig – und deshalb unterbrach sie die Frau: Mr. Di Piero wartet darauf! Er braucht seinen Schlüssel. Er hat sich selbst ausgesperrt. Verstehn Sie? Wir haben's eilig – wir brauchen den Schlüssel. Apartment 11 E. Mr. Di Piero.

Kirstens Stimme klang hell und glockenrein und gebieterisch. Als spüre sie keinerlei Aufregung, so gelassen war ihr Auftreten. Der Schlüssel! Verstehn Sie?

Daher gab die Frau des Hausverwalters nach und reichte Kirsten den Schlüssel. Fox Run Apartmenthaus 11 E, ein Messingschlüssel

mit einem ovalen Plastikschild. Danke, sagte Kirsten obenhin, als gäbe sie der Frau ein Trinkgeld.
Ohne sich umzublicken, steuerte sie auf Di Pieros Apartment zu, das auf der andern Seite eines Innenhofs hinter dem schimmernden türkisblauen Pool lag.
Fox Run war ein vornehmer Apartment-Block mit Eigentumswohnungen. Er grenzte im Norden an Little Falls Park. Eine halbe Stunde Fahrt zum Haus Röcken 18, fünfundvierzig Minuten vom Weißen Haus. Di Piero war erst vor einem Jahr hier eingezogen, und Kirsten hatte das Apartment zweimal gesehen – in Begleitung ihrer Mutter. Sie argwöhnte jedoch, daß ihre Mutter das Apartment öfter als zweimal gesehen hatte.
Im Fox Run waren Kinder nicht erlaubt. Auch keine Haustiere. Gruppen von Blautannen waren malerisch angeordnet, auch Stein- und Kiesgärtchen in japanischem Stil. Kirsten ging an dem riesengroßen Pool vorbei, auf dessen spanischen Terrakotta-Fliesen schöne Frauen lagen, ihre gebräunten, vor Badeöl glänzenden Körper sonnten und die Augen geschlossen hatten. Kirsten bemühte sich, nicht hinzuschauen. Sie haßte es, von Fremden angestarrt zu werden. Doch die Frauen bemerkten sie gar nicht. Schwer wie makellose Statuen lagen ihre Körper da – etwas zutiefst Beunruhigendes umgab sie. Schenkel, Hüften, blinkende Beine, gemalte Zehennägel, Bäuche, schwellende Brüste... Sie hätten alterslos sein können. Mehrere von ihnen waren sogar noch schöner als Isabel Halleck – wenigstens kam es Kirstens vorüberhuschendem Blick so vor. Aber sie waren auch jünger.
Kirsten fragte sich, ob Di Piero einige von ihnen kannte. Er kannte so viele Frauen.
(Sprichst du von Tony? hatte Isabel einmal am Telefon gesagt, als Kirsten nicht ganz unabsichtlich zugehört hatte. Aber er kann nichts dafür! Er ist nicht wie Nick. Ich meine, er kann einfach nichts dafür – deshalb wirkt er ja gerade so anziehend.)
Backstein und Stuck. In Blei gefaßte Fensterscheiben. Ein üppiger und fast überzeugender Kolonialstil. Apfelgrüne Türen mit eleganten, schweren Türklopfern. Sehr hübsch, sehr kostspielig. Di Piero besaß außerdem ein Sommerhaus auf Nantucket und eine Villa bei Grasse, die Kirsten natürlich nicht gesehen hatte.
In ihrem weißen Tenniskostüm und mit den langen, offen über den Rücken fallenden Haaren sprang Kirsten die Treppe zu 11 E hinauf

und steckte den Schlüssel ins Schloß. Den Türklopfer oder die Glocke benutzte sie nicht, blickte auch nicht über die Schulter zurück, um zu sehen, ob sie beobachtet würde. (Von der Griechin? Von einer der Frauen am Pool?) Sie öffnete die Tür, trat ohne Hast ein, schloß dann sofort die Tür zu und schob den Riegel vor. So! In Sicherheit!

Ihr Herz klopfte stürmisch, aber sie glaubte nicht, Angst zu haben. Sie hatte selten Angst: über das Thema hatten sie und Owen ausführlich gesprochen. (Bin ich normal? Stimmt etwas nicht mit mir? Anstatt es mit der Angst zu bekommen, möchte ich loslachen, hatte Kirsten sich bei Owen erkundigt. Owen sagte, oh, du bist normal genug – normal genug für unsere Zeit und Umwelt.) Im Taxi war ihr der Gedanke gekommen, eine Putzfrau könne im Apartment sein; und obwohl es ein Werktag war und Di Piero in der Stadt, in der Bank hätte sein müssen, war es immerhin *möglich*, daß er zu Hause war. (Auf Röcken 18 war er nicht. Isabel war den ganzen Tag abwesend; der jährliche Rheuma-Wohltätigkeitsball wurde vorbereitet, und Isabel war im Hauptkomitee: die Frau des Unterstaatssekretärs hatte sie abgeholt, eine neue, aber herzliche Bekanntschaft, und zusammen waren sie zum Metropolitan Club zu einer Lunch-Zusammenkunft gefahren.) Di Piero verreiste oft geschäftlich für die Bank, vor allem nach Tokio und Hongkong, und um eine dieser unvorhergesehenen Reisen vorzubereiten, könnte er sehr leicht im Apartment sein und packen ... Kirsten ist hier! rief sie fröhlich, um sicher zu sein. Heda! Hallo! Tony? Ist jemand zu Hause?

Niemand antwortete. Sie spürte, wie verlassen das Apartment war – eine sowohl herbe wie melancholische Atmosphäre –, aber noch immer traute sie dem Frieden nicht.

Links am Hals rann ihr etwas Schweiß hinab. Ihr vergnügtes Lächeln war zur Maske erstarrt. Obwohl sie wußte, daß Isabel in der Stadt, im Metropolitan Club, war, daß sie von Freundinnen und Bekannten und »Beziehungen« umgeben war, beherrschte sie gleichzeitig der Gedanke, Isabel könne hier sein, hier im Apartment. Mit Di Piero im Schlafzimmer.

Einmal war sie unversehens zwischen die Beiden geraten. Isabel in ihrem weißen, französischen Bikini, den kimonoartigen Bademantel nicht zugebunden; Di Piero in einem grünen Jersey-Hemd und einer weißen Leinenhose. Am Schwimmbecken. Neben dem weißen, gußeisernen Tisch auf der Terrasse, wohin der Telefonapparat oft getragen wurde. Sie küßten sich nicht, berührten sich auch nicht – sie unterhielten sich nur mit leisen, ernsten, amüsierten Stimmen. Isabel hatte den Hörer in der Hand, während Di Piero entweder die Nummer einstellte oder Isabels Anruf verhinderte. Im Halbschatten standen sie ganz nah beieinander, so nah, wie es Isabel und Maurie niemals taten... Oder hatte Kirsten, die eifersüchtige Kirsten, sich das eingebildet? Sie blinzelte, und sie traten einen Schritt zurück, und ihre Unterhaltung war ganz normal. Ob sie die Silbers anrufen und sie bitten sollten, Claudia Lleyn mitzubringen, oder ob es für Charles Clayton bequemer wäre, wenn er den Umweg mache und sie abhole. Oder zankten sich Claudia und Charles noch immer?

Ich bin's bloß – Kirsten! rief Kirsten.

Das Wohnzimmer überraschte sie – fast hätte sie es nicht wiedererkannt. Ein langer, hoher weißer Raum mit weißen Wänden und weißen Möbeln, mit Tischen aus blankem Kunststoff, einer Art Plastik, abgerundet und schwungvoll in makellosem Weiß gestaltet. Alles stand an seinem Platz, und alles war auserlesen schön. Chinesische Rollbilder an zwei Wänden, eine stilisierte orientalische Figur aus Jade, Kristallvasen und Krüge, ein lackierter und vergoldeter Tisch, riesige Lampen mit langen, röhrenförmigen Schirmen. Wie ein Ausstellungsraum: alles Glas und Chromstahl und Weiß, Weiß auf Weiß, überall weißes Material.

Auf dem langen, niedrigen Tisch mit der Glasplatte und den blinkenden Chromstahlfüßen eine Nummer *Architektur in Amerika*, ordentlich hingelegt. Und ein großer Aschenbecher aus Jade. Der Aschenbecher war sauber, die Glasplatte auf dem Tisch glänzte.

Alles war harmonisch und eindrucksvoll. Angesichts von soviel Vollkommenheit fliegt der Blick hilflos hierhin und dorthin und prallt wie ein Ball von einer Farbe, einer Form, einer Struktur zur nächsten.

Kirsten schloß rasch die Jalousien. Es war eine Erleichterung, daß der sonnendurchflutete Raum plötzlich in Bänder dämmerigen Lichts aufgeteilt wurde und daß sich die Bänder, von ihren Fingern an der Schnur geregelt, wunschgemäß verdunkelten oder aufhellten.

Sie hatte das Apartment nur gesehen, als es voller Licht war. Im vorausgegangenen Frühling, als Di Piero gerade eingezogen war, hatte ein Sonntags-Brunch stattgefunden, und um Weihnachten eine Cocktail-Party, zu der Kirsten unter der Voraussetzung eingeladen worden war, daß sie und die dreizehnjährige Tochter der derzeitigen »Fiancée« Di Pieros sich zu zweien unterhielten. (Was sie *nicht* taten. Das Mädchen war viel zu dick und hatte ein vierschrötiges, verdrießliches Gesicht. Sie hoffte, Kirsten mit Geschwätz über ihre Freundinnen zu imponieren – Töchtern berühmter Washingtoner Persönlichkeiten –, und mit Verabredungen mit saudi-arabischen und syrischen Bekannten, die in ihren italienischen Sportwagen draufgängerisch durch Georgetown sausten.) Daß Isabel und Di Piero damals ein Verhältnis miteinander hatten, war im Grunde unwahrscheinlich, obwohl es natürlich möglich gewesen wäre.

Später fragte sich Kirsten, ob es irgendwie von Bedeutung war, daß sowohl ihr Vater wie auch Nick Martens es fertigbrachten, bei diesen Parties nicht mitzumachen ...?

Di Piero hatte natürlich Bedienung gehabt. Ein Neger-Ehepaar, hellhäutig, sehr begehrt wegen ihrer Begabung, für Essen und Getränke zu sorgen, wurde von Freund zu Freund weitergereicht, weil zuverlässig und ruhig und nicht allzu wahrnehmbar. Trotzdem hatte Isabel darauf bestanden, ihren eigenen Avocado-Dip zuzubereiten; sie hatte auch als Geschenk der Familie Halleck für die Hauseinweihung eine Flasche französischen Champagner mitgebracht – offensichtlich Di Pieros Lieblingsmarke. Sie war lebhaft, heiter, freudig erregt und wunderschön. Kirsten erinnerte sich an das Kleid aus bronzefarbener Seide mit sehr tiefem Halsausschnitt, dazu die zartrosa Perlen, die Großvater Halleck ihr zur Hochzeit geschenkt hatte. Di Pieros Verlobte war an jenem Sonntags-Brunch nicht in Erscheinung getreten – vermutlich waren sie noch gar nicht miteinander bekannt –, deshalb hatte Isabel mit ihrer gewohnten Tatkraft und mit ihrem berühmten Charme die Hausfrauenrolle übernommen.

Kirsten steckte den Kopf in die Küche. Alles ganz unberührt und sauber: die Herdplatte, die Linolfliesen, der Aluminium-Spülstein. Nicht einmal Toastkrümel lagen auf der Anrichte. Keine schmierigen Fingerabdrücke auf der Kühlschranktür. Auf dem langen Fensterbrett standen glockenförmige Glasbüchsen mit Gewürzen und Nüssen und Pfefferkörnern und verschieden geformten Teigwaren – alle standen in gleichmäßiger Entfernung voneinander.

Kirsten öffnete die Geschirrspülmaschine und sah, daß Di Piero – oder sonst jemand – sein Frühstücksgeschirr säuberlich hineingestellt hatte. Ein kleiner Teller, eine Tasse, ein einzelnes Messer. So reinlich!

Wahrscheinlich saß er immer in der Frühstücksnische. Mit einem Blick auf die Blautannen auf ihrem künstlich aufgeschütteten Hügel, der den dahinterliegenden Asphalt-Parkplatz verdeckte. Anthony Di Piero, allein. Zeitung lesend. Die Zeitungen: die *Post*, die *New York Times*, das *Wall Street Journal*. Nippte an seinem schwarzen Kaffee, aß ein einziges Stück Toast. Mit Butter? Oder Marmelade? Di Piero blätterte ungeduldig die Seiten um. Ihn interessierte sehr wenig, ausgenommen der finanzielle Teil, aber selbst dabei veränderte sich sein Ausdruck nur selten.

Allein. Ein Junggeselle. »Einer von Washingtons begehrtesten Junggesellen.« Über den Gerüchte im Umlauf waren – Klatsch und Skandalgeschichten. In der Schule war Kirsten von mehr als einem Mädchen nach ihm ausgefragt worden: Über Di Piero, der plötzlich in ihrem Leben aufgetaucht war, der plötzlich in ihrem Leben eine wichtige Rolle gespielt hatte (das heißt, im Leben ihrer Mütter oder Schwestern), und der dann verschwunden war. Wo ist er jetzt? Was tut er jetzt? fragten sie, meistens ohne Groll. (Kirsten widerstand der Versuchung, damit zu prahlen, daß Di Piero tatsächlich schon sehr lange ein Freund der Familie Halleck gewesen war – sogar ein Schulfreund ihres Vaters. Er hatte vor langer Zeit dazu beigetragen, ihrem Vater das Leben zu retten. Jedenfalls hatte er etwas getan, um mitzuhelfen, ihn zu retten. In Kanada, in Ontario, bei einer Kanu-Fahrt. Vor langer Zeit.)

Bei der Weihnachts-Party hatte sich Kirsten inmitten des Stimmengewirrs und Gelächters nahe genug an Di Piero herangemacht, um mit anzuhören, wie er zur Tochter seiner Verlobten sagte: Du hast wie ein Ferkel gegessen. Nimm dich zusammen.

In Kirstens Gegenwart hatte er einmal zu Isabel gesagt, eine Strähne ihres Haars – ihres herrlichen silberblonden Haars – sei ihr auf unkleidsame Art in die Stirn gefallen. Sofort hatte Isabel das Haar aus der Stirn gestrichen. Und ihren Kopf anmutig kühl zurückgebogen, um zu zeigen, daß die Handbewegung – und Di Pieros Bemerkung – ihr sehr wenig zu bedeuten hatten.

Denkst du, daß Mutter und Tony was miteinander haben? hatte Kirsten ihren Bruder Owen gefragt. Aber Owen lehnte es ab, dar-

auf einzugehen. Ich denke überhaupt nicht über einen von denen nach, sagte er verächtlich.
Den größten Teil des Jahres war er in New Hampshire in der Schule. Während der Ferien besuchte er oft seine Freunde: auf einer Ranch in Montana oder einer Art »Compound« in der Dominikanischen Republik, wo dem Onkel eines Freundes sehr viel Grund und Boden gehörte. Er lehnte es ab, sich zu den Vermutungen seiner Schwester zu äußern, er lehnte es ab, die Meinungsverschiedenheiten seiner Eltern – oder was sich wie Meinungsverschiedenheiten anhörte –, zu belauschen. (Nur Isabel hob die Stimme. Mauries Stimme, falls sie überhaupt vernehmbar wurde, war leise und ernst und bittend.) Was den Washington-Klatsch betraf, hielt Owen es für unter seiner Würde, darauf einzugehen.
In Di Pieros Arbeitszimmer waren die weißen Lamellen-Storen teilweise zugezogen. Keine Vorhänge, sehr wenig Möbel. Ein schwarzbrauner, türkischer Teppich auf dem Hartholzfußboden, ein Schreibtisch, aus grauem Kunststoff modelliert, der dicker und offenbar härter als gewöhnliches Plastik war; ein Zeichenbrett, mit einem Blatt weißen Papiers bespannt; durchsichtige Bücherregale, in denen nicht übermäßig viele Bücher ordentlich aufgestellt waren (man erzählte sich von Di Piero, daß er die meisten Bücher wegwarf, nachdem er sie gelesen hatte, sogar gebundene Bücher. Einen Kollegen in der Bank hatte er einmal schockiert, als er eine kostspielige, von der *Bank of Tokyo* herausgegebene Broschüre in zwei Teile riß – die musterhaft gedruckten Seiten wechselten mit eleganten, blanken Fotografien von Bergen, buddhistischen Tempeln und alten japanischen Kunstgegenständen ab –, weil der Mann ein Interesse geäußert hatte, den Band zu lesen, nachdem Di Piero ihn beendet hatte. Di Piero riß daher einfach die schon gelesenen Seiten heraus und gab sie ihm).
Kirsten überflog die Bücherregale. Die Titel sagten ihr wenig. *Bouvard et Pécuchet. Gargantua.* Churchills Bände über Marlborough. Studien von Le Corbusier und Gropius. Eine Wirtschaftsgeschichte des Orients. Taschenbücher über Archäologie, Bergsteigen, deutsche Grammatik und Wörterbücher. Sie wußte, daß Di Piero eine Zeitlang Architektur studiert hatte und daß er an der Londoner Universität einen akademischen Grad über internationale Finanzwirtschaft erworben hatte. Er konnte mehrere Sprachen fließend sprechen, einschließlich des Japanischen. In Harvard hatte er

gleichzeitig mit Maurie und Nick in der Rechtsfakultät studiert. Und vor langer Zeit hatten sie zu dritt die Bauer-Schule besucht, aber wie nahe sie sich eigentlich gekommen waren, wußte niemand. (Maurie und Nick standen sich natürlich nahe, sehr nahe. Wie Blutsbrüder, hatte Isabel gesagt und dabei merkwürdig hämisch gelächelt.) Di Pieros Vater, ein Bankier, war in Rom umgekommen, als Di Piero noch ein Knabe war – aber ob durch Unfall oder Mord, wußte Kirsten nicht. Was Di Pieros Mutter betraf, vermutete Isabel, daß die Frau, eine Amerikanerin, irgendwo in Amerika in einem Sanatorium untergebracht war.
Von Di Piero wurde gemunkelt, daß er eine Menge Geld erben würde oder bereits geerbt habe – doch behauptete sich auch ein boshaftes gegenteiliges Gerücht, daß er fast mittellos sei (abgesehen natürlich von seinem Gehalt an der Bank, das beachtlich sein mußte) und daß er seine Karriere den Familien der Wohlhabenden verdanke, deren Gast er war. Und daß er gewisse Leute zusammenbringe. Seine gesellschaftlichen Erfolge waren so groß, daß er es nicht einmal nötig hatte, »nach Geld« zu heiraten. Einstweilen nicht. Er würde auf Jahre hinaus nicht gezwungen sein, seine Freiheit ernstlich zu gefährden.
Er hatte keine Freunde – er war jedermanns Freund. Man könnte annehmen, daß er Isabels Freund – ihr engster Begleiter – sei, aber Monate konnten vergehen, in denen er sie nicht anrief, obwohl er in der Stadt war. Und dann konnte er plötzlich wieder auftauchen und hintereinander drei oder vier von Isabels eleganten Parties besuchen ... Der neueste Begleiter von Senator M.'s unversöhnlich entfremdeter Ehefrau. Der einzige Mann in Washington, der mit A. und mit B. und mit C. gut auskam, die nie an demselben Tisch gesessen hatten, bis Di Piero es durchsetzte. Er war ein Freund D.'s von der Öl- und Gas-Lobby und von G. vom Innenministerium; ein Poker-Freund von F. vom Amt für Gesundheit, Wohlfahrt und Erziehung und von E. vom Finanzkomitee des Repräsentantenhauses; ein Freund hübscher junger Frauen – einige waren »Assistentinnen«, »Empfangsdamen« und »Forschungsgehilfinnen« –, die ihrerseits mit Senatoren, einflußreichen Kongreßmännern und wissenschaftlichen Beratern des Präsidenten auf gutem Fuß standen. Im Weißen Haus war er nicht zu Gast – nicht während dieser Amtsperiode –, aber ein Gast im Heim von Leuten, die das Weiße Haus verachteten. Zeitweise schien es Di Pieros wahre Berufung zu

sein – eine riskante, möglicherweise gefährliche und zweifellos finanziell lohnende Berufung –, einfach bestimmte Männer im gleichen Salon zusammenzuführen. Natürlich mit Unterstützung von Washingtoner Gastgeberinnen, wie Isabel Halleck eine war. (Di Pieros Pech – oder gar ein Glücksfall? war es, daß er stets zu heiraten versäumte und dadurch für jede Saison mit einer Gastgeberin versorgt wäre.) – Männer also wie Anwälte des Präsidenten, japanische Geschäftsleute, ein Mitglied des Bundes-Handelsministeriums, Lobbyisten, Wahlkampf-Organisatoren, Experten für Finanzfragen, für Volksgesundheit, Verbrauchssteuern und Narkotika; Männer wie Nick Martens, Reid Silber, Charles Clayton; Vizeadmiral William Watkins; Tom Gast; Phillip Moulton vom Staatsdepartment; Hal Seawright, Claudia Lleyn, Morton Kempe, den Gerichtspräsidenten Hamilton Frazer; Eve Neilson, die Gefährtin von Senator Parr; Esther Jackson, die Feuilletonistin; Bobbie Tern, den Feuilletonisten; Jack Fair, Architekt und guter Freund von Martha Degler, der Witwe des Admirals. Zeitungsredakteure, Fernsehproduzenten, Gesandtschaftsleute, gescheite junge Modelle, die eigentlich hofften, Schriftstellerinnen zu werden; politische Analytiker; Ärzte der feinen Gesellschaft; hochgestellte Staatsbeamte, die bei einem oder auch zwei oder drei Wechseln der Amtsperiode ihren Posten beibehalten hatten; Militärs; Leute vom Gesundheitsamt; Beamte vom Pentagon; den neuen Vize-Sonderbeauftragten für Handelsabkommen (der, wie es sich herausstellte, ein Klassenkamerad Di Pieros in der Bauer-Schule gewesen war). Das schöne Sandsteinhaus der Hallecks auf Röcken 18 – einen Häuserblock von der Connecticut Avenue entfernt –, öffnete sich für Gartenfeste und Nachmittagstees, für Dinner-Parties und späte Soupers nach der Oper oder dem Theater und ebenso für die langen, eleganten Lunch-Parties, die erst nach vier Uhr endeten, um gewisse Freunde Di Pieros willkommen zu heißen. Oder auch das Sammelsurium von Leuten, die ganz allgemein als seine Freunde galten. Und zu ihnen gesellten sich, meistens mit vorteilhaften Folgen, die zahllosen Washingtoner und wichtigen Auslandsgäste und Gesandtschaftsleute, die Isabel Halleck kannte, also fast jeden in Washington, der einigermaßen wichtig war.

Kirsten war nicht eifersüchtig auf Isabel: sie war nicht auf Isabels Freunde eifersüchtig und auch nicht auf die Männer, die in ihrem Leben auftauchten und verschwanden und wieder erschienen. Isa-

bel war immerhin eine von den drei oder vier angesehensten Washingtoner Gastgeberinnen jener Zeit – was konnte ihre Tochter da groß erwarten? Was konnte ihr Sohn erwarten? Die Aufmerksamkeit und Fürsorge einer amerikanischen Durchschnittsmutter?
Kirsten analysierte ihre Gefühle und erörterte sie manchmal – obwohl nur andeutungsweise – mit ihrem Bruder oder einem oder zwei Mädchen in Hays, von denen sie billigerweise Verständnis erwarten konnte, weil sie die Töchter ähnlicher Mütter waren. Sie war nicht eifersüchtig, sie war auch nicht verbittert. Bestimmt keine »Rivalin«, wie es Dr. Pritchard unterstellt hatte. Sie wünschte ihrer Mutter nichts Böses, im Gegenteil, sie wünschte ihr weitere Erfolge, denn Isabels Glück wirkte so warm und freigebig wie der Sonnenschein in einem öffentlichen Park und floß stets auf ihre Kinder und auf ihren Mann über: es mochte vielleicht gar das Mittel sein – mochte es seit Jahren gewesen sein –, das die Hallecks als eine Familie zusammenhielt. Daher wünschte Kirsten ihrer Mutter Glück und war ziemlich sicher, daß sie über kindische Anwandlungen von Neid hinausgewachsen war. War sie denn nicht stolz, wenn die Mädchen in der Schule von Isabels Schönheit sprachen (ein Foto auf der ersten Seite der Sonntagsausgabe der *Post*, unter den Nachrichten aus der Gesellschaft – oder ein Fernseh-Interview auf WWBT mit Jamie Inger im Zusammenhang mit der in jedem Frühjahr stattfindenden Spenden-Kampagne der Nationalen Zentral-Organisation der Gesellschaft für Multiple Sklerose), und sie äußerten den Wunsch, ihr eines Tages zu begegnen; oder behagte es ihr etwa nicht, daß das Telefon zu Hause stets läutete und daß Nellie mit ihrer schokoladewarmen Stimme »Haus Halleck« antwortete und ihren Worten einen Tonfall verlieh, der sowohl die Genugtuung ihrer Herrin wegen des Anrufs wie auch ihre notwendige Vorsicht ausdrückte –, denn Isabel konnte natürlich nicht allzuviele Einladungen annehmen, sie mußte weise sein. Kirsten war weder eifersüchtig noch gehässig, und selbst ihre tollsten Streiche konnten nicht als bösartig bezeichnet werden. Sie hatte nur ein gewisses *Interesse* am Tun und Treiben ihrer Mutter. Das war es – ein gewisses harmloses *Interesse*.
Sie spürte Tatbestände auf und interpretierte sie wie eine Art Übersetzer. Sie spitzte die Ohren, sie beobachtete, sie nahm von allem Notiz und bemerkte es. Aber sie urteilte nicht.
Jetzt starrte sie verständnislos auf Zeichnungen, die in Reihen auf

den Wänden des Arbeitszimmers angeordnet waren. Anatomische Studien: genau ins Einzelne gehende Darstellungen von Schultern, Oberkörpern, Armen, Beinen, sogar vom Inneren einer Kehle. Es waren alles Teile von Körpern, und nur ein einziges Bild zeigte eine vollständige menschliche Figur, aber das war eine Leiche.
Häßlich! dachte Kirsten.
Doch die Zeichnungen hatten etwas Faszinierendes an sich. Trotz der Genauigkeit der Einzelheiten, trotz der getreuen Wiedergabe vom Gewebe, von den Knochen, von der Struktur der Haut und der winzigen Haare hatten die Zeichnungen etwas Traumhaftes an sich: irgendwie waren sie sehr schön.
Leonardo da Vinci. Aus den Studienheften. Doch Kirsten hatte die sonderbare Idee, daß sie von Di Piero stammten.
Sie prüfte die Zeichnungen von nahem und tippte mit dem Fingernagel auf das Glas. Eine teilweise sezierte Leiche – eines Mannes Leiche – die anmutige Kurve eines vom Körper getrennten Beins mit sorgfältig bloßgelegten Muskeln und Sehnen – das erstaunlich komplizierte Innere eines Brustkorbs.
Sehr merkwürdig. Aber eigentlich schön.
Sie fragte sich, weshalb Di Piero wohl die Drucke gekauft hatte. Was sie ihm bedeuteten, was er in ihnen sah, wenn er sie betrachtete. Natürlich wäre es unmöglich, ihn danach zu fragen – Di Piero antwortete nicht auf »persönliche« Fragen.
(Sie hatte gehört, wie er offen und amüsant aus seinem Leben erzählt hatte, doch immer in der Form von Anekdoten, immer in der Form von kleinen Geschichten mit ironischem Abschluß. So wurde das »Persönliche« bei ihm – und bei andern Erwachsenen aus Kirstens Bekanntenkreis – raffiniert unpersönlich und für eine allgemeine Unterhaltung geeignet. Die Kanu-Fahrt auf dem Loughrea und der Unfall in den Stromschnellen, bei dem Maurie fast umgekommen wäre, war zum Beispiel Gegenstand mehrerer Anekdoten, von Di Piero, Nick und Maurie geschildert, aber jede Version war eine andre Geschichte, und weder Kirsten noch Owen konnten genau ausmachen, was eigentlich geschehen war. Ihr Vater war als siebzehnjähriger Junge beinah ertrunken – soviel stand fest. Aber *wie* sein Kanu denn eigentlich gekentert war, was ihm zugestoßen war und wie es Nick gelang, ihn in Sicherheit zu bringen (mit Hilfe von Di Piero? oder einem andern Jungen? oder allein?), das wußten die Kinder nicht. Di Piero sprach von der

Kanu-Fahrt als einem »profunden« Ereignis in seinem Leben, aber man konnte unmöglich erraten, was er damit meinte – oder ob er überhaupt etwas damit meinte. Seine erste Reise nach Japan als junger, dreiundzwanzigjähriger Mann war auch »profund« gewesen, und ebenso ein Erlebnis, als er einen Berg in Frankreich, »Dru« genannt, zu besteigen versuchte (er und ein junger Franzose waren drei Tage lang von der Außenwelt abgeschnitten, bis eine Rettungsmannschaft kam). Doch er berichtete es so wortkarg, als beschriebe er ein Ereignis aus einer Vergangenheit, die nicht seine eigene war. Ja, auch er war mit dem Kanu auf dem Loughrea gekentert und hätte ertrinken können, ja, er hatte Angst gehabt, auf dem Dru zu erfrieren – sein Gefährte hatte übrigens alle Zehen am rechten Fuß eingebüßt. Doch diese Erlebnisse blieben in Dunkel gehüllt. Diese Erlebnisse waren unpersönlich.
Eines Tages fragte Kirsten Di Piero, ob er beabsichtige, nach Frankreich zu gehen und wieder zu klettern. Er wandte sich ihr zu und starrte sie an. Klettern? Wie denn?
Es war ein sehr unbehaglicher Augenblick. Di Piero klopfte seine Zigarettenasche in einem kleinen Zinnteller aus und starrte Kirsten an. Seine vorspringende Nase verlieh seinem Gesicht einen stillen, gemeißelten Ausdruck; seine dunklen Augen trafen Kirsten, ohne sie in sich einzulassen. Er war nicht gemein, nicht einmal unfreundlich.
Ich meine – Sie wissen doch – sprachen Sie nicht mal vom Bergsteigen, stammelte Kirsten äußerst verlegen.
Isabel mischte sich ein. Bergsteigen, Tony. In den Alpen. Sie fragt, ob Sie diesen Sommer wieder hingehen wollen.
Di Piero schien einen Augenblick nachzudenken, bevor er sagte: Nein, natürlich nicht. Ich bin seit Jahren nicht mehr auf Berge gestiegen. Mit einer Miene bedauernder Genugtuung sagte er: die Zeiten sind vorbei!
Am nächsten Morgen trat Isabel ohne anzuklopfen in Kirstens Zimmer und sagte: Er mag es nicht, wenn jemand persönlich wird. Einerlei, wer. Das hättest du wissen sollen.
Er? fragte Kirsten und wurde rot. Wer zum Kuckuck ist *er?*
Sie versuchte, die Schubfächer an dem grauen Plastikschreibtisch aufzuziehen. Abgesperrt. Und noch eins abgesperrt. (Hatte er Schnüffler erwartet? Was verbarg er?) Eins der unteren Schubfächer war nicht abgesperrt, aber es enthielt nur einen Vorrat an

Schreibwaren: Papier, Marken, Gummibänder, Schreibstifte ... Mist, sagte Kirsten. Sie probierte es noch einmal mit den oberen Schubfächern und zerrte daran. Briefe, Fotos, gekritzelte Notizen, vielleicht ein Tagebuch, die Unterlagen für Di Pieros geheimes Dasein: dergleichen *mußte* in diesem Schreibtisch stecken.

Eine Stimme, irgendwo in der Nähe. Stimmen.

Kirsten erstarrte, unbeweglich über den Schreibtisch gebeugt ...

Laute Absätze auf den Steinen; schrilles Gelächter einer Frau. Eines Mannes Stimme, die Worte kaum hörbar.

Heftig und heiß hämmerte der Puls in Kirstens Schlagader. Doch sie war sicher. Die Leute gingen nur den Steinpfad vor dem Fenster draußen entlang.

Ganz heiß war es ihr geworden.

Sie betrat das Schlafzimmer. Hier hing sein Geruch. Plötzlich erkennbar. Haarwasser oder Eau de Cologne. Sie erkannte es sofort, obwohl sie es nicht hätte beschreiben können.

Das Schlafzimmer war groß und so aufgeräumt wie das andere Zimmer. Aber auf dem lackierten Tisch neben seinem Bett hatte Di Piero einen Stoß Bücher und Zeitschriften liegengelassen. Offenbar las er nachts? Mit einem Kissen hinter dem Kopf?

Einen Augenblick sah sie ihn vor sich. Deutlich. Die schläfrig niedergesunkenen Lider, seinen Mund mit den leicht abwärts gezogenen Mundwinkeln ... Er lag allein in dem viel zu großen Bett, und das behagte Kirsten und enttäuschte sie gleichzeitig.

Ihre Blicke flitzten hierhin und dorthin. Weiße Wände ... ein japanischer Lacktisch ... ein schwarzer Ledersessel mit verchromten Füßen ... Fotografien mit Ansichten aus den Bergen: blendendes Weiß und tiefe schwarze Schluchten ... aus der Entfernung von nur ein paar Metern wirkten sie wie abstrakte Zeichnungen.

Dinge, die Isabel sicher genauestens kannte.

Obwohl er auch andre Frauen hierherbringen mußte. Bei dieser Einsicht wurde Kirsten etwas schwindlig. Wenn sie Zeit hätte, sorgfältig zu suchen, würde sie Beweise für die Anwesenheit fremder Menschen finden: einen Lippenstift, der unter eine Kommode gerollt war, einen vermißten Ohrring, Perlen aus einer zerrissenen Halskette, vielleicht sogar Kleidungsstücke. Haare auf seinem Kopfkissen. In seinem Bett ... Ihr wurde etwas schwindlig, das Gesicht begann zu glühen.

Der Liebhaber ihrer Mutter. Einer von ihren Liebhabern.

Und da stand der eine seiner Telefonapparate – auf dem Nachttisch. Aus weißem Plastik. Klein und modern. Ein Stoß Zeitungen und Zeitschriften; ein altmodischer Füllfederhalter, Ebenholz mit silbernen Verzierungen; noch ein makellos sauberer Aschenbecher, eine Digital-Uhr, die hirnlos die Zeit funkte. Sekunde um Sekunde. Herzschlag um Herzschlag.
Kirsten hob eine Zeitschrift auf und sah, daß jemand eine Anzahl Seiten angekreuzt hatte. Gedruckte Spalten waren durch Kreuzchen hervorgehoben; sorgfältige Unterstreichungen. Seltsam war nur, daß es eine sehr bekannte Frauenzeitschrift war.
Eine Zeitschrift, die Isabel regelmäßig kaufte. Aber sie kaufte ja so viele Zeitschriften. (Die zu lesen sie nie Zeit fand. Sie blätterte sie flüchtig durch, während sie ihren Kaffee trank, und legte sie dann beiseite; schließlich fanden sie den Weg zu Kirstens Zimmer hinauf, wo sie sie manchmal noch spät nachts mit gieriger Verachtung studierte.)
Ein Artikel trug einen Titel mit zweizollhohen Buchstaben. Über Sex-Techniken.
Kirsten begann ihn zu überfliegen. Eine Spalte war ganz speziell angestrichen ... *während des Geschlechtsverkehrs besteht die Möglichkeit, daß der Penis Bakterien in die Harnröhre stößt. Frauen, die ein Pessar benutzen, sollten nach dem Akt urinieren, um Bakterien, die sich dort eingenistet haben sollten, wegzuschwemmen.* Und weiter: *Wenn der Akt während einer Zeitspanne von sechs Stunden mehr als einmal wiederholt wird, muß noch zusätzlich Jelly oder Schaum eingeführt werden, ohne das Pessar zu entfernen. Obwohl ein gut sitzendes Pessar nicht abrutschen sollte, kann es verschoben werden, besonders bei bestimmten Stellungen; deshalb sollte es während des Akts von der Frau oder ihrem Partner geprüft werden. Zwei Finger sollten in die Scheide eingeführt werden, um zu fühlen, ob der Gebärmutterhals völlig bedeckt ist von der Kuppe des* ... Kirsten blinzelte verwirrt. Ihr wurde furchtbar heiß. Mit seiner spitzen Füllfeder hatte Di Piero so merkwürdige Stellen angestrichen. *Rasch kontrollieren ... Sehr wichtig ... wenn es verschoben wurde ... Sicher über den Gebärmutterhals gestülpt ... sollte sich nicht verschieben, wenn der Penis vorstößt ... Nebenwirkung: Cystitis, das heißt Blasenkatarrh nicht ausgeschlossen ...*
Die Zeitschrift entglitt Kirstens Fingern und fiel zu Boden.
Ihr war eigentümlich zumute. Ein Gefühl in der Magengrube, als habe ihre Periode eingesetzt. Übelkeit, Entsetzen. Eine Angst, die

so tief, so abgrundtief war, daß sie keine Ursache haben konnte. Schweine, flüsterte sie.
Zornig stieß sie gegen einen Haufen Zeitschriften und Zeitungen und schleuderte sie zu Boden. Packte die Digital-Uhr und warf sie darauf. Schweine. Alle. Samt und sonders, sagte sie laut. Halbblind öffnete sie ein Schubfach im Nachttisch und durchwühlte den Inhalt: ein Notizblock, Fotos, eine fast leere Tube Vaselin. Schweine. Ich hasse euch. *Schweine,* sagte sie. Sie streute die Sachen umher – versetzte ihnen Fußtritte – zerrte ein Kissen vom Bett und schleuderte es auf den Fußboden.
Keuchend hielt sie inne und fischte die Fotos heraus. Sie steckte sie in die Tasche ihrer Bluse, um sie ein andermal zu mustern.
Schweinehund, sagte sie. Ich weiß alles über dich.
Sie riß die schwere Seidendecke vom Bett und zerrte an den Laken. (Blaßgrünes Leinen. Nicht zerknittert.) Sie schleuderte das zweite Kissen weg. Trotz ihrer tiefen Empörung – trotz des furchtbaren Hämmerns ihrer Schlagader – hielt sie sich für bemerkenswert ruhig. Sie nahm sich Zeit, um die Laken zu mustern – ja, sie waren sauber – frisch – oder beinah frisch. Kein wahrnehmbarer Geruch, ausgenommen der von Di Piero. Aftershave Lotion, sein Toilettenwasser oder sonstwas.
Die folgenden Minuten vergingen in einer Art Delirium. Doch irgendwie war sie noch immer von einer aufsässigen Ruhe beherrscht. Sie plünderte einen Wandschrank, fand eine Büchse mit Kristallen zur Reinigung des Klosetts, nahm sie mit ins Schlafzimmer und schüttete die kleinen blauen Kristalle ins Bett. (Waren sie giftig? Brannten sie bei der Berührung?) Sie zerrte die Kommodenfächer auf und holte Socken, Unterwäsche und Schlafanzüge hervor. Dann ging sie an den Kleiderschrank. Anzüge, Sportjacken, Hosen, die ordentlich gefaltet von ihren Bügeln herunterhingen, Hemden, noch in Zellophan-Hülle... Krawatten... Schuhe... Kirsten riß und zerrte und schleuderte Sachen herunter, und endlich brach sie in Schluchzen aus, wobei ihr Herz schmerzhaft pochte und das Haar ins Gesicht fiel.
Schwein, flüsterte sie.
Schweine.
Mit den Füßen trat sie Di Pieros Sachen zu einem Haufen zusammen. Eine blaue Leinenkrawatte, ein einzelner Schuh, ein seidenes Sommerhemd, das 150 $ gekostet haben mochte. Eine graue

Sportjacke aus Tweed, eine gerippte Strickweste. Sie hielt den Atem an und lauschte. Wurde die Haustür aufgeschlossen? War er nach Hause gekommen?
Nichts. Stille.
Niemand.
Allmählich klopfte ihr Herz langsamer. Sie leerte die Büchse mit dem Klosettreiniger über die Sachen aus, warf sie weg und wandte sich zum Gehen. Der Druck in Kopf und Lenden hatte etwas nachgelassen, aber ein heftiges Hämmern in ihrer Brust hielt weiter an.
Ich weiß alles über dich, sagte sie triumphierend.

*

Sie saß an einer Bus-Haltestelle und sah die Fotos durch, als jemand sagte ... Uhr es ist, Miss? Und sie begriff, daß die Frau ihre Frage wiederholte und daß sie bis zu diesem Augenblick keine Ahnung gehabt hatte, wieviel Uhr es sein könne. Sie blickte auf ihre Uhr. Es war erst viertel nach drei. Um zwei Uhr zehn hatte sie Di Pieros Apartment betreten, und nur etwas über eine Stunde war seither vergangen. Doch jetzt war sie so erschöpft, als habe sie einen ganzen Tag lang Tennis gespielt.
Ich hab' bloß gefragt, wieviel Uhr es ist, Miss.
Eine Frau in einem hellen, geblümten Kleid, die eine viel zu große Stroh-Handtasche trug. Ein flüchtiger Blick hätte vielleicht vorspiegeln können, daß sie wohlhabend war, daß sie okay war –, aber Kirstens Blick war geschärft. Sie verbarg die Fotos und sagte schroff: Tut mir leid. Ich spreche nicht mit Fremden.

*

Eins von den Fotos zeigte Di Piero mit Sonnenbrille und Badehose an einem Strand. Vielleicht im Ausland (Palmen, weißer Sonnenglas). Ein andres zeigte Di Piero mit einem kleinen, schmalen Schnurrbart, wie er neben einem dunkelhäutigen Mann in Weiß stand. Beide blinzelten in die Kamera hinein, beide waren recht hübsch. Di Piero in einem Kamelhaarmantel, Di Piero mit einem Tennisschläger, Di Piero dicht neben einer schlanken Frau mit langem, geradem Blondhaar. (Natürlich nicht Isabel. Eine viel jüngere Frau.) Eins von den Fotos war säuberlich in zwei Teile geschnitten worden, und nur Di Piero in einem eleganten dreiteiligen Anzug war übriggeblieben und lächelte ruhig in die Kamera. (Im Hinter-

grund ein Minarett? Silhouetten von exotischen Bäumen?) Und hier saß ein stark sonnengebräunter Di Piero mit zwei Frauen an einem Tisch – beides Japanerinnen – und mit einem Mann, vermutlich Amerikaner. (Nick Martens? Kirsten betrachtete das Foto forschend, war aber nicht überzeugt. Der Mann war im Profil zu sehen, sein Haar glich dem von Nick, aber seine Schultern waren leicht gekrümmt, was bei Nick nicht der Fall war.) Das letzte Foto zeigte Di Piero mit seiner »Fiancée« und deren Tochter vor einem Hintergrund von grellroten Azaleen. Di Pieros Gesicht war ausdruckslos, die Frau und ihre Tochter lächelten übers ganze Gesicht. Ohne zu überlegen, riß Kirsten das Foto entzwei.
Aber warum hatte sie sich die Mühe gemacht? Dem Gerücht zufolge hatte er diese »Fiancée« – eine wohlhabende geschiedene Frau aus Washington mit Bildungsbeflissenheit –, bereits wieder fallengelassen. *Sie* hatte nicht einmal ein ganzes Jahr überdauert.

*

Erst zwei Tage später und erst gegen Ende des Nachmittags hatte Di Piero sie zur Strecke gebracht.
Es war ein Freitag, diesig und warm. Isabels Freundin Claudia Lleyn hatte gegen vier Uhr vorgesprochen, und die zwei Damen saßen am Pool, tranken ihre *Bloody Mary* und plauderten über gemeinsame Bekannte: über Krisen, Schicksalsschläge, Überraschungen, hysterisches Benehmen, Glücksfälle, Pech und andre Ereignisse, die erstaunlich oder beunruhigend oder komisch waren. Der Präsident und seine Mitarbeiter hatten törichterweise am vorausgegangenen Tag eine Pressekonferenz für das Fernsehen bewilligt, und die Damen erörterten es in allen Einzelheiten. Während sie sprachen, beobachteten sie die im Pool schwimmende Kirsten. Sie schwamm vierzig Längen, ohne innezuhalten, und obwohl sie sich bestimmt nicht bemühte, etwas von der Unterhaltung der beiden Damen aufzuschnappen, fing sie doch von Zeit zu Zeit etwas auf. Der Name Di Piero kam häufig vor.
. . .ja?
Ich *glaube* es wenigstens.
Das habe ich nicht gehört.
Ich *glaube* es nur.
Kirsten kletterte aus dem Pool und sah unbeholfen und befangen aus. Im Wasser war sie wendig und so behende wie ein Fisch – eine

Zeitlang hatte sie davon geträumt, bei den Olympischen Spielen mitzumachen –, aber als sie jetzt herauskletterte, während das Wasser an ihrem Körper herabfloß und sie die flüchtigen Blicke der andern auf sich lenkte, empfand sie sich plötzlich als reizlos. Schaut nicht her, bat sie im stillen. Ich bin unsichtbar.
Sie war groß und mager; die Brüste wie Pflaumen; das Schlüsselbein ragte hervor. In einem hübschen zweiteiligen Badeanzug, den Isabel für sie ausgesucht hatte: rot, mit kleinen weißen Seepferdchen. Sie wollte die Aufmerksamkeit der Damen nicht auf sich lenken, aber sie mußte fragen: kommt er heute her?
Isabels Miene war sowohl kritisch wie freundlich. Sie starrte Kirsten an, ohne sie zu sehen.
Tony, meine ich! Mr. Di Piero.
Aber Isabel wußte es nicht. Auch Mrs. Lleyn wußte es nicht.
Ich *glaube*, er wollte vorbeikommen, sagte Isabel. Ich habe ihn seit ein paar Tagen nicht mehr gesprochen. Dann lächelte sie. Weshalb fragst du, Kirsten?
Kirsten murmelte etwas Unverständliches und rannte ins Haus. Sie fürchtete, hinter ihrem Rücken das Gelächter der Damen zu hören – ohne es eigentlich zu hören.
Oben warf sie sich aufs Bett, wie sie war, im nassen Badeanzug. Mit groben Griffen öffnete sie ihr Haar.
Im Laufe des Nachmittags, als sie wieder hinunterging, um sich im Tauchen zu üben, war Claudia Lleyn weg. Doch jetzt war Eve Neilson da, und Charlotte Moulton und ein französisches Ehepaar waren zu Besuch gekommen, die irgendwie – war der Mann Schriftsteller? oder Dichter? – mit einem Kulturaustausch-Programm zu tun hatten, das vom Kultusministerium angeregt worden war, und außerdem eine neue Bekannte Isabels mit dünnen braunen Beinen und einem verbindlichen Lachen. Die Frau war so hausbacken und gleichzeitig so selbstsicher, daß Kirsten daraus schloß, sie müsse Geld haben.
Kurz nach sechs Uhr erschien Di Piero.
Er reichte allen etwas förmlich die Hand. Seine Sportjacke war sahneweiß, die Hose ein helles Grau. Trotz der nachmittäglichen Hitze sah er nicht erhitzt aus. Da Kirsten im Pool war, konnten sie einander nicht begrüßen – Di Piero winkte ihr flüchtig zu, wie er es Kindern gegenüber immer tat. (»Kinder« interessierten ihn nicht.)
Kirsten spürte, wie ihr das Herz stehenblieb.

Sie hatte tauchen wollen, aber jetzt konnte sie nicht. Erschrocken hielt sie inne. Niemand blickte sie an, und niemand nahm sie zur Kenntnis – sie aber stand gelähmt auf dem Ende des Sprungbretts. Sah er unauffällig zu ihr hin? Wußte er Bescheid? Isabel fragte ihn, ob er schwimmen wolle oder lieber zuerst einen Drink nähme. Kirsten konnte seine Antwort nicht verstehen.

Di Pieros Badezeug wurde im Badehaus der Familie Halleck aufbewahrt. Er kam hier vorbei, wann immer er Lust hatte; Isabel hatte befohlen, daß er sich nicht bemühen solle, vorher zu telefonieren. Er sei ein guter Freund, ein alter Freund, ein »Freund der Familie«. Im Grunde kam Di Piero weit seltener nach Röcken 18, als Isabel es gewünscht hätte, und wenn er kam, verhielt er sich sehr formell. Wenigstens hatte Kirsten das beobachtet.

Aber er wollte gern schwimmen. Deshalb nahm er seinen Drink ins Badehaus mit und zog sich dort um und war fünf Minuten drauf wieder da. Er sprang vom Brett, wie er es immer tat: mit einem schlichten, unauffälligen Kopfsprung, der Kirsten immer an ein Tier denken ließ – an eine Robbe oder einen Otter – tauchte er ungekünstelt ins Wasser ein. Am andern Ende des Pools tauchte er wieder auf; das Wasser rann über sein dunkles Gesicht.

Kirsten hoffte, daß weder einer der Gäste noch Isabel eine sinnlose Bemerkung machen oder Beifall klatschen würde.

Sie war im Pool und trat Wasser, dann schwamm sie an den Rand, um sich zu beruhigen. Er schien sie nicht zu bemerken: er machte sich nicht die Mühe, in ihre Richtung zu blicken. Aber diese Gleichgültigkeit und diese Kälte waren nicht untypisch für ihn. Weiß er es?

Di Piero schwamm ohne Hast, er ignorierte sie. Sein Ausdruck war gesammelt. Er sah nachdenklich, sogar friedvoll aus. Trotz des lauteren Stimmengewirrs am Rande des Pools – inzwischen waren noch mehrere Gäste gekommen –, schwamm er so unbekümmert, als wäre er allein. Mit offensichtlicher Freude an der Bewegung, an der instinktiven Geschicklichkeit durchschnitt sein Körper das Wasser.

Kirsten wollte sich verdrücken, aber er schwamm an ihr vorbei und hangelte sich aus dem Pool. Triefend naß, den Kopf schüttelnd, ein großer, kräftig gebauter Mann mit dichtem schwarzem Haar auf der Brust, an den Armen, den Hüften, den Beinen. War er in seiner eleganten Kleidung, dann erweckte er den Eindruck, schlank zu

sein; in der Badehose sah er aus, als könne er eines Tages dick werden. Kirsten konnte ihn sich mit einer Fettrolle um die Leibesmitte vorstellen, und das magere Gesicht dicklich werdend.
Er kehrte ans Sprungbrett zurück, tauchte wieder, geschickt und unbekümmert.
Er weiß es, dachte Kirsten. Plötzlich fühlte sie sich matt und erschöpft. Weiß er es?
Die Frau des Hausverwalters mußte ihm Kirsten beschrieben haben. Falls sie nicht – und das war durchaus möglich – behauptet hatte, nichts zu wissen, nichts, rein gar nichts.
Vom Chlor brannten Kirstens Augen, als hätte sie geweint.
Nelly brachte ein riesiges Party-Tablett an den Pool. Scotch, Bourbon, Weißwein, Import-Bier. Kaviar. Schalen mit gesalzenen Nüssen. Dicke dänische Salzkeks, die zerbröckelten, wenn man sie durchbrach.
Tony? rief Isabel. Hattest du Scotch? Und ein bißchen Wasser?
Di Piero schwamm an Kirsten vorbei, und als er aus dem Pool kletterte, streifte er sie zufällig: sein Ellbogen stieß gegen ihre Brust.
Jedoch nicht derb. Nicht eigentlich derb. Sie verzog das Gesicht, aber eher vor Schreck, als weil es schmerzte.
Isabel trug einen hellen orangefarbenen Hänger, und ihr silbrigblondes, geflochtenes Haar war in einem Chignon angeordnet. Sie sah wunderschön aus. Aber vielleicht zu lebhaft. Ihre Armreifen aus Elfenbein und Jade klirrten unablässig, und ihr Lachen übertönte das Gelächter der andern. Sie rief Kirsten zu: du bist schon den ganzen Tag im Wasser! Komm lieber heraus – doch Kirsten beachtete sie nicht und schwamm langsam zurück, die ganze Länge des Pools.
Di Piero hatte sie gestoßen – zufällig. Es schien wirklich ein Zufall gewesen zu sein.
Nellie erschien mit einem Tablett voller Käse. Kirsten wässerte der Mund, sie war plötzlich hungrig. Aber in die Nähe mochte sie nicht gehen.
Kirsten, hast du nicht gehört? rief Isabel.
Sie sprach liebevoll, sie sprach ärgerlich: daß sie Kirsten gelegentlich vor andern Leuten herumkommandierte, kam daher, weil sie ihre Tochter so liebte (wie Maurie erklärte).
Nellie stellte die lange Käseplatte auf einen der gußeisernen

Tische. Käsesorten, ein Messer mit silbernem Griff, Schnitten knusprigen Weißbrots. Kirsten mochte nicht essen. Ihr war ganz seltsam im Magen zumute.

Sie kletterte heraus, und Nellie brachte ihr ein dickes Badelaken, in das sie sich zitternd einhüllte. Isabel tätschelte Kirstens Schulter, während sie der Französin über Kirsten berichtete – ihr Alter, ihre Schule, die Pläne für den Sommer –, und Kirsten stand reglos daneben. Alles war wie im Traum – sehr seltsam. Er hatte sie zufällig gestoßen, aber nicht eigentlich derb; trotzdem schmerzte es; über ihrer linken Brust.

Ihre Brust war so knochig, die Rippen zeichneten sich ab. So häßlich.

Die Französin trug einen hübschen Strohhut, der unter dem Kinn mit einem roten Band festgehalten wurde. Sie war viel jünger als ihr Mann und sehr schön: ein Gesicht von der Art, die Kirsten zu oft sah. Aber Isabel machte es anscheinend nichts aus. Sie schien Gefallen an der jungen Frau zu finden, die sie offenbar erst vor ein paar Abenden kennengelernt hatte.

So viele Leute. So vielerlei zu besprechen. Geplapper, Neuigkeiten, begeistertes Gelächter.

Isabel bat Kirsten, eine Nummer der *Newsweek* aufzutreiben. Die mit dem Interview, das Nick Martens gehabt hatte.

(Das Interview sei »ein Meisterstück an Diplomatie«, hatte jemand gesagt. Martens war es gelungen, sehr viel zu sagen, es war ihm gelungen, mit offensichtlicher Aufrichtigkeit zu sprechen, doch es war überhaupt nichts Bedeutsames – nichts Unangenehmes – gesagt worden.)

Schau mal im Badehaus nach, sagte Isabel. Geh *los!*

Das Badehaus bestand aus weiß angestrichenem Stuck mit einem grünen Dach und grünen Läden. Es war ein reizendes kleines Haus, aber ständig herrschte ein besonderer Geruch vor – nach feuchten Badeanzügen, feuchten Handtüchern, Chlor und Tabakrauch. Kirsten steckte den Kopf hinein. Auf einem Schemel lag ein Stoß Zeitschriften, und sie ging darauf zu, doch als sie sich umdrehte, sah sie, daß ihr jemand folgte. Er ging in eine der Ankleidekabinen. Nein, er kam auf sie zu.

Sie blickte erschrocken auf. Es war Di Piero.

Sie stammelte eine Begrüßung hervor – sagte hallo, wie wenn er gerade erst eingetroffen wäre.

Er sagte nichts. Sein Ausdruck war zurückhaltend. Seine Lippen waren beinah schlaff.
Ich suche die *Newsweek*-Nummer, sagte Kirsten leise, die mit dem Interview nämlich, mit Nick …
Er sagte nichts. Mit dem Zeigefinger berührte er ihren Arm. Berührte ihn nur. Kirsten verzog das Gesicht. Sie wich zurück und stieß irgendwo mit dem Kopf an.
Ich – ich bin –, sagte sie. Bitte, ich …
Sein Verhalten war ernst, sogar höflich. Sein Finger strich so sachte wie möglich ihren Arm hinab.
Kirsten ließ die Zeitschrift fallen. Sie kicherte.
Er hatte keine Eile; es kümmerte ihn nicht, ob jemand sich einmischen könnte. Er stand über ihr, atmete gleichmäßig, betrachtete sie; sein Mund war noch immer ohne Ausdruck. Kein Ärger war ihm anzumerken, nicht einmal ein besonderes Interesse.
Dann ergriff er ihr linkes Handgelenk. Seine Finger waren trocken und stark. Als er ihren Arm zu verrenken begann, gaben Kirstens Knie nach und sie sank unbeholfen zu Boden. Als sie etwas murmelte, klang es überrascht und entschuldigend. Sie schrie nicht auf. Der Knochen wird brechen, großer Gott, der Knochen wird brechen, dachte sie; aber sie schrie nicht auf.
Ihr Gesicht verzerrte sich vor Schmerz; sie kniff die Augen zusammen und war darauf gefaßt, den Knochen brechen zu hören – ein widerliches Geräusch … Doch dann gab Di Piero sie frei.
Sie kniete auf dem feuchten Betonboden. Schluchzend rieb sie ihr Handgelenk. Ich wollte es nicht, flüsterte sie. Mr. Di Piero, ich …
Seine Bewegungen waren nicht überstürzt, nicht einmal neugierig schien er zu sein. Er wollte ihr wehtun, noch immer mehr, doch sein Atem ging gleichmäßig, sein Verhalten war beherrscht; die kleinen Falten um den Mund vertieften sich, als wollte er lächeln. Aber natürlich lächelte er nicht.
Jetzt packte er sie beim Nacken. Sie zuckte zurück, sie schluchzte, sie stotterte, er solle sie freilassen, er tue ihr weh.
Er sagte nichts.
Seine Augen waren sehr dunkel, das Weiße war ungewöhnlich hell. Zum erstenmal sah er wie ein Ausländer aus.
Mr. Di Piero – bitte – sagte sie.
Ja, er glich einem Ausländer, wie aus einem andern Weltteil sah er aus. Das sah sie plötzlich. Sie begann zu lachen.

Ich wollte nicht – ich habe nicht – sagte sie lachend.
Er umkrallte ihren Hals unterhalb der feuchten Haare. Hielt sie auf Armes Länge von sich – beiseitestehend. Sie hatte Angst, daß sie losschreien könne. Und dann würden alle herbeigerannt kommen. Alle würden es erfahren.
Dann ließ er rasch und mit weniger beherrschten Atemzügen seine beiden Hände über ihren Körper gleiten: über die Schultern, die Brüste, den Bauch, die Hüften, die Schenkel. Es geschah ohne Zorn, ohne unachtsame Hast. Eine Empfindung konnte sie ihm nicht anmerken. Ebensogut hätte er einen Hund streicheln können – nicht, um ihm Freude zu machen, sondern einfach, um ihn auf seinen Platz zu verweisen: um sich als sein Herrchen zu erweisen.
Ihr Entsetzen ließ sich daran ermessen – hinterher würde es ihr in den Sinn kommen –, daß sie sich nicht zu befreien versuchte. Jetzt kniff er sie kräftig. In die eine Schulter, eine Brust. Derb. Als wolle er sie zerquetschen, zerstören. Und es schmerzte sehr. Es schmerzte sehr. Aber sie schrie nicht. Sie kauerte unter ihm und starrte ihn an. War da ein Ausdruck seiner Wut, seiner Genugtuung? Ein Ausdruck seiner Anerkennung?
Nichts.
Nur sein etwas schnelleres Atmen. Ein Zusammenkneifen der Augen.
Und dann war es vorbei ... Er gab sie frei und ging weg.

*

Hinterher und während der folgenden Tage noch hätte Kirsten denken können, daß es nie geschehen war – bis auf die Quetschungen.
Sie hätte denken können – Nein, Dummheit! *Der* nicht, nicht so – nicht mit Leuten in der Nähe – nicht mit *mir*.
Bis auf die Quetschungen. Die waren sehr echt. Dunkelblaue Flecke, unheimliche gelbe Streifen dazwischen. Ihre Haut? Ihre Schmerzen? Wie hatte er es getan? und dabei so stumm ...
Natürlich ging sie nicht in die Nähe des Pools. Wenn Isabel sie gefragt hätte, was denn los sei, hatte sie sich zu antworten vorgenommen, das Schwimmen sei ihr verleidet. Aber Isabel merkte nichts, Isabel fragte nicht.
Weder Maurie noch Owen waren zu Hause. Maurie und mehrere

seiner Mitarbeiter waren nach Mexico City geflogen, um in einem Rechtsfall der Regierung gegen eine amerikanische Aktiengesellschaft Zeugen zu befragen. (Die Einzelheiten waren geheim, aber in großen Umrissen waren die Tätigkeiten des Untersuchungsausschusses allgemein bekannt. Mexico City? fragte Kirsten. Wer ist dort? Ist Vater in Gefahr?) Owen verbrachte die letzten zwei Juniwochen im Haus eines Freundes von Exeter. (Die Familie des Jungen besaß in Kentucky eine große Pferde-Ranch. Aus der melodischen Art, mit der Isabel den Familiennamen – Tidwell – aussprach, schloß Kirsten, daß sie sowohl reich wie außerordentlich angesehen waren.)

Und wenn Nellie sich wunderte, weshalb Kirsten nie mehr in den Pool ging – wenn Nellie sogar zufällig eine oder zwei blaue Stellen auf Kirstens Arm sah –, so war sie klug genug, nichts darüber zu sagen.

*

Bei gut verschlossener Tür betrachtete sie sich im hohen Schlafzimmerspiegel und war fasziniert, war hingerissen. Quetschungen, Striemen. Unscharfe Blüten. Wie Fruchtfleisch, das auf ihrem Fleisch zerquetscht worden war.

Eine Stelle auf ihrer linken Schulter war besonders auffallend. Waren Quetschungen – blaue und violette und häßlich orangefarbene – vielleicht verschwommene Blutbilder, die sich unter der Haut verfangen hatten? Kirsten grübelte, überlegte, zog langsam den Atem ein. Es war unbequem, sich den Hals zu verrenken, wenn sie eine dreieckige Stelle auf dem Rücken oben betrachten wollte, die sie besonders bewunderte.

Stundenlang. Tagelang. Allmählich verblassten sie.

*

Als Di Piero sie freigegeben hatte, ging er einfach weg – ohne ein Wort. Trat in eine der Umkleidekabinen und zog die Tür mit den Lüftungslamellen hinter sich ins Schloß.

Kirsten riß keuchend die *Newsweek*-Nummer an sich und rannte damit hinaus. Es hatte so lange gedauert – Isabel mochte ungeduldig sein – Isabel käme ihr vielleicht nach.

Aber sie bemerkten es kaum, als Kirsten sich näherte.

Den heißen Betonboden überquerte sie mit aller Vorsicht eines

Betrunkenen oder Genesenden. Nur Isabel blickte auf. Oh, danke, Kirsten – ich wußte nicht genau, ob sie dort lag, sagte sie. Sie nahm Kirsten die Zeitschrift aus den Fingern, ohne Kirstens erhitztes Gesicht oder ihre unnatürlich blanken Augen zu bemerken.

Isabels Gäste rückten zusammen. Sie interessierten sich für die Zeitschrift, für Nick Martens' Interview; sie interessierten sich bestimmt nicht für Kirsten. Isabel hatte angefangen, mit ihrer hellen, hohen Stimme einige Antworten Nicks vorzulesen, und verlieh dabei ihren Worten einen leicht spanischen Tonfall, wie sie es immer tat, wenn sie theatralisch oder listig war. Kirsten wäre gern ausgerissen, aber ihre Knie zitterten noch.

Kurz darauf kam Di Piero aus dem Badehaus und zündete sich eine Zigarette an. Obwohl Isabel aus der Zeitschrift vorlas, bemerkte sie ihn sofort und rief lachend und winkend: oh, Tony, komm her und hör zu!

Sprich von jetzt an nicht mehr! Sage kein Wort!
Sie öffnete den Mund, um zu protestieren – oder um einzuwilligen.
Sage kein Wort, befiehlt er. Leiseste Gereiztheit in seiner Stimme.
Er entkleidet sie systematisch. Ohne Hast. Ohne Überstürzung. Sein Verhalten ist reserviert, sogar sachlich. Beschämung und selbst Verlegenheit bleiben ihr erspart. Sie ist jetzt nicht mehr Kirsten: braucht auf diesen Namen nicht zu reagieren.
Sein volles schwarzes Haar, sorgfältig von der Stirn zurückgekämmt, mit grauen Fäden. Aber sehr wenigen. Haar-Lotion, Haar-Öl. Einzelne Strähnen, die sich allmählich lockern und lösen.
Eine senkrechte Falte zwischen seinen Brauen, die ihr vorher nicht aufgefallen ist. Scharf, vorteilhaft. »Distinguiert.« Während er sie entkleidet und mustert, drängen ein oder zwei horizontale Falten durch die senkrechte Falte. Er denkt sich also sein Teil. Zu mager. Zu wachsbleich. Ihr Kummer zu offensichtlich …
Aber er zaudert nicht. Das Badewasser ist eingelaufen, die feuchte Luft duftet nach Badekristallen, Dunst und Dampf und naives Entzücken: hat er ihr nicht versprochen – sie informiert –, daß er, wenn sie ihn aufzuhören bittet, *aufhören* wird? – sofort.
Und im übrigen: Sei still! Sage kein Wort!
Ich warne dich: *Sage kein Wort!*

*

Ich möchte Sie sehen, hatte Kirsten am Telefon gebeten. Ich möchte mit Ihnen sprechen. Darüber. Über ihn. Ich verspreche, nicht zu weinen!
Versprichst du, nicht zu weinen? hatte Di Piero gefragt.
Ich habe zuviel geweint. Ich bin leergeweint. Ich meine, ich bin

müde. – Dann, mit einem spöttischen kleinen Gekicher: vielleicht ist mir alles Weinen verleidet.

*

17. April 1980, und seit zehn Monaten ist er tot, und nichts ist beschlossen worden, und sie hat *wirklich* zuviel geweint – eine andre Taktik ist erforderlich. Sie schlenkert ihren Lederbeutel und geht munter neben dem schönen Mann mit der eleganten Sportjacke und der dunklen Sonnenbrille einher. Man könnte vermeinen, ein sinnliches Erschlaffen der Lippen und ein zur Gewohnheit gewordenes, belustigtes Abtaxieren der Augen zu sehen – doch Anthony Di Piero sieht adrett und korrekt und nachdenklich aus. Ein Nazi, hatte Owen einst gesagt (wegen welcher Tatsachen? auch nur einer einzigen?), aber jene Art Nazi, die an Disziplin und Selbstbeherrschung glaubt. Bis zu einem gewissen Grad.
Ich habe ein Geschenk für Sie mitgebracht, sagt Kirsten kokett und streicht sich, wie es Mädchen tun, das Haar aus der Stirn. Geschenke.
Sie gibt ihm die Fotografien.
Ach, die Fotografien! Nach so langer – Aber er sagt kein Wort.
Verstohlen mustert sie Di Pieros Gesichtsausdruck und sieht, daß er überrascht ist – ja, es ist ihr gelungen, ihn zu überraschen –, und obwohl er die Fotos einfach an sich nimmt und sie schnell durchblättert und sie ohne ein weiteres Wort in eine Innentasche seiner Jacke steckt, kann sie sehen, daß er wirklich überrascht ist, und sie ist so keck und vergnügt wie ein sehr kleines Mädchen.
Sie haben nicht geglaubt, daß Sie sie jemals zurückbekämen, nicht wahr? sagt sie kühn.
Di Piero murmelt eine kaum hörbare Antwort.
Nie haben Sie geglaubt, daß Sie sie zurückbekämen, sagt sie.
Sie gehen um den Teich mit den Booten herum, sie lassen sich nicht durch die Rufe und Schreie der Kinder beirren; sie lassen sich nicht durch die ständigen Blicke der Vorübergehenden beirren, die wohl Touristen sind. (Ein Mann in diesem Alter mit einem jungen Mädchen? Und das Mädchen so aufdringlich kokett, wie sie sich zu ihm neigt und ihn mit ihrem Arm streift? Und in sein Gesicht hinaufspäht? Man kann auch nicht annehmen, daß sie Vater und Tochter sind, denn nicht die geringste Ähnlichkeit besteht zwischen ihnen.)

Erzählen Sie mir von Ihrer Verlobten, sagt Kirsten. Mutter behauptet, sie sei sehr hübsch. Die Frau des Vorsitzender der...
Di Piero unterbricht sie mit amüsiertem Auflachen: frag doch Isabel, wenn du so wißbegierig bist!
Kirsten sagt leichthin und mit einem verschmitzten Lächeln: sie scheint es gut hinzunehmen – Isabel, meine ich. Keine Eifersuchts-Ausbrüche, soviel ich weiß. Keine Schwermut.
Di Piero beißt nicht auf den Köder an.
Er streckt den Arm aus und blickt auf seine Uhr – doch mit einer Geste, deren Eleganz von Höflichkeit weit entfernt ist.
Kirsten wird rot. Mit einer schmollenden Klein-Mädchen-Stimme fragt sie: Haben Sie es eilig? Kommen Sie zu spät zu einer Verabredung? – Ich bin hungrig, ich habe heute noch nichts zu essen gehabt. Führen Sie mich zu Rumpelmayers!
Wachsam und skeptisch und doch amüsiert – beginnend, sich zu amüsieren, beginnend, sich zu interessieren.
(Hatte sie nicht an jenem Nachmittag im Badehaus gesehen, wie es in seiner Leistengegend anschwoll? Gesehen und sich eingebildet, es zu fühlen – obwohl er sich ja eigentlich nicht an sie herangedrängt hatte. Mr. Di Piero, tun Sie mir nicht weh, Mr. Di Piero, ich wollte es nicht, o bitte... Damals hatte sie nichts gesehen. Ihre Augen waren doch vom Schmerz tränenverschleiert gewesen. Ihre Angst hing damals auch mit der Möglichkeit zusammen, daß ihr Darm nicht dichthalten würde – und was für eine Demütigung wäre das gewesen! Nein, damals hatte sie nichts gesehen und war zu erschrocken, um irgend etwas zu denken, aber hinterher, o ja, bestimmt, hinterher hatte sie sehr viel gesehen und gedacht. Und wieder die stumme Wildheit seines Atems gehört, die doch stets beherrscht blieb.)
Im kühlen Dunkel der polierten Möbel eines französischen Restaurants an der Seventy-first Street East nimmt Di Piero seine Sonnenbrille ab und steckt sie sorgfältig weg. Kirsten – voller Eifer, voller Hoffnung – schluckt und sieht, daß sich Di Piero wie jedermann seinen Nasenrücken reibt.
Es gibt nichts zu erzählen, erklärt er ihr rundheraus. Dein Vater war ein guter Mensch – ein sehr großzügiger Mensch –, aber er geriet in eine unselige Lage und verlor den Überblick.
Das ist ein Ausdruck, der mich von jeher interessiert hat, entgegnet Kirsten mit heller, spöttischer Stimme. »Verlor den Überblick!«

Di Piero drückt eine neue Zigarette in seinen Halter. Er sieht sie nicht an, aber sein Lächeln ist knapp und unangenehm.
Es bedeutet, keinen festen Standpunkt, keinen Ausgangspunkt zu haben. Einen Punkt, von dem man Ausschau halten kann. Von dem aus man die Welt abschätzen und einordnen kann, sagt Di Piero. Es gehört zu seiner Taktik, sowohl ihren Spott wie auch die Verzweiflung zu ignorieren, die sich dahinter verbergen. Er sagt, als belehre er sie: all die alten Redewendungen in jedweder Sprache haben ihren bestimmten Sinn. »Den Überblick verlieren« »den Glauben verlieren«, »der Verzweiflung anheimfallen«.
»Oder der Liebe«, sagt Kirsten.
Ja, da ist viel Gemeinsames, sagt Di Piero.
Ist sie verliebt – in Nick? fragt Kirsten und hebt das Kinn. Über den kleinen Tisch mit der runden Marmorplatte blicken sie einander im Dunkeln an. Lieben sie sich?
Di Piero zuckt die Achseln.
Werden sie sich heiraten? fragt Kirsten.
Hat jemand behauptet, daß sie sich heiraten wollen? fragt Di Piero sachlich.
Isabel würde nicht über so etwas sprechen. Isabel ist in Trauer, eine gramgebeugte Witwe, sagt Kirsten. Ihre Freunde helfen ihr, darüber hinwegzukommen. Abends holen sie sie aus dem Haus und überreden sie, bunte Kleider anzuziehen, kaufen ihr Geschenke und nehmen sie zu Nightclubs und zu Discos mit ...
Aus Nassau ist sie zurückgekehrt, nicht wahr? fragt Di Piero.
Stehen Sie nicht mit ihr in Verbindung? Bis zum ersten Mai ist sie mit Mrs. Degler und Jack Fair und ein paar anderen in Mexico.
In Acapulco?
Guadalajara. Dort hat Mrs. Degler eine große Besitzung.
Kirsten hat angefangen, nervös mit einer kleinen Zündholzschachtel zu spielen. Sie beobachtet Di Piero hinter gesenkten Wimpern und sagt verstellt schüchtern: Ich hab' gedacht, Sie und Isabel stehen in enger Verbindung miteinander. Ich hab' gedacht, Sie rufen sie tagtäglich an.
Wohl kaum, sagt Di Piero.
Aber früher haben Sie's getan.
Nein.
Vor ein paar Jahren.
Nein.

Wirklich nicht? Vor ein paar Jahren! Als sie in Washington wohnten.
Doch kaum tagtäglich.
Aber jetzt stehen Sie einander nicht mehr so nahe? Sie telefonieren ihr nicht jeden Tag?
Di Piero winkt einem Kellner und bestellt zwei Glas Weißwein.
Der Kellner zaudert und erkundigt sich nach Kirstens Alter. Er ist Mitte der Dreißig, aber dunkel wie Di Piero, mit einem dichten, hängenden Schnauz. Di Piero sagt schroff: sie ist alt genug.
Erzählen Sie mir von ihnen, sagt Kirsten.
Von ihnen?
Von meiner Mutter. Und Nick.
Di Piero reibt sich wieder den Nasenrücken. Doch diesmal fällt Kirsten seine Geste als absichtlich auf: er gibt vor, beunruhigt zu sein, besorgt zu sein.
Von meiner Mutter und Nick und Maurie, sagt Kirsten sanft.
Er starrt auf die Marmorplatte, sein Ausdruck ist nicht länger zurückhaltend – der Mund ist eigensinnig zusammengepreßt.
Erzählen Sie mir von ihnen, bittet Kirsten, und ich werde Sie nie wieder plagen, nie wieder werde ich Sie plagen.
Di Piero sagt nichts.
Kirsten beugt sich vor und sagt: ich weiß, daß sie ein Verhältnis miteinander hatten, Isabel und Nick – jeder hat es mehr oder weniger gewußt – aber ich muß wissen, ob Maurie es herausgefunden hat. Und wer es ihm gesagt hat. Und wann.
Das sind sehr komplizierte Dinge, sagt Di Piero. Du kannst nicht erwarten...
Seine Worte verlieren sich. Kirsten beugt sich weiter vor.
Ja?
Du bist sehr jung, sagt Di Piero langsam. Du kannst es nicht verstehen.
Ich brauche es nicht sofort zu verstehen, aber ich muß es wissen.
Es geht auf Dinge zurück, ehe du geboren wurdest...
Die »Dinge«, die ich wissen will, haben mit der Gegenwart zu tun, sagt Kirsten. Mit dem Juni vorigen Jahres und dem Winter davor, ehe er aus unserm Haus auszog. Haben Sie überhaupt seine Wohnung gesehen? Nicht? Eine traurige Sache, diese Potomac Towers, draußen in Wisconsin. Weit draußen. Sie waren also niemals dort? Im Dezember ist er ausgezogen, ich glaube, sie hat ihn aufgefor-

dert auszuziehen. Es sollte angeblich auf gegenseitigen Wunsch geschehen – eine beiderseitige Abmachung – eine freundschaftliche Trennung –, aber ich glaube, sie hat ihn aufgefordert auszuziehen, und ich glaube, sie hat ihn um eine Scheidung gebeten, und ich glaube – ich *glaube* – sie muß ihm gesagt haben, daß sie jemanden heiraten wollte.

Das ist möglich, sagt Di Piero. Er zaudert, dann drückt er ihr die Hand. Er besänftigt, beruhigt sie, nimmt ihr die Zündholzschachtel aus den nervösen Fingern. – Aber du weißt es nicht wirklich, wenn's dir niemand gesagt hat.

Kirstens Herz pocht heftig. Sie weiß, daß es unsinnig ist, was sie sagen will, zügellos und verrückt und unverzeihlich, und bestimmt unwiderruflich, aber sie sagt es dennoch: Ich muß wissen, Mr. Di Piero, ob sie ihn umgebracht haben.

Er zieht seine Hand zurück. Der Kellner nähert sich und stellt die beiden Gläser hin.

Di Piero hebt sein Glas auf und macht ein merkwürdig schmatzendes Geräusch mit den Lippen. Vielleicht soll es seine Verwunderung ausdrücken, oder er amüsiert sich über sie, oder es ist einfach Verspottung. Jetzt blickt er ihr offen ins Gesicht. Du solltest mich Tony nennen, sagt er.

Ja, Verzeihung, Tony.

Ihr Herz klopft schmerzhaft. Sie tastet blindlings nach dem Glas. Hebt es auf. Ein Toast? Ein heimlicher Toast im Dunkel eines kellerartigen Restaurants? Denn schließlich ist es ein Stelldichein.

Also gut, sagt Di Piero verlegen. Ein Toast auf …

… ein Wiedersehen, sagt Kirsten und grinst. Auf Ihre Güte! Auf Ihre Nachsicht!

Di Piero zieht die Brauen in die Höhe.

Nachsicht?

Damals – Sie wissen doch.

Das war weiter nichts, sagt er. Nichts als dein Übermut. Fehlgeleitete Aufregung.

Sie waren sehr gütig, es nicht meinen Eltern zu erzählen, sagt Kirsten.

Listig und nervös beobachtet sie die Wirkung des Wortes »gütig« auf diesen Mann. Sie hat gelesen, daß die Menschen besonders empfänglich für Schmeicheleien sind, wenn ihnen das Gegenteil der Wahrheit versichert wird. Und sie hat von Zeit zu Zeit Gelegenheit gehabt, geschickte Schmeichler zu beobachten. (Isabel de Benavente ist eine hingebungsvolle Frau und Mutter, Nick Martens ist ein häuslicher Mensch, Maurie Halleck hat einen »Kopf« für Logik. Owen Halleck ist ein tüchtiger Sportler. Kirsten Halleck ist reizend.)

Fehlgeleitete Leidenschaft, sagt Di Piero, als höre er ihr Kompliment nicht.

Kirsten lacht, nimmt einen kräftigen Schluck vom Wein. Er ist sehr trocken, sehr herb. Oh, ich weiß nicht, sagt sie. Das war vor drei Jahren. Ich war erst vierzehn.

Vor drei Jahren? So lange her? Er scheint ehrlich überrascht zu sein.

Drei Jahre.

Jetzt bist du also siebzehn. Und, wie Isabel sagte, im letzten Studienjahr in dem Internat in Baltimore?

In Eyre, im Staat New York.

Di Piero runzelt die Stirn und zieht an seiner Zigarette. Als wären solche Einzelheiten von Bedeutung.

Aber vielleicht sind sie doch von Bedeutung. Ein merkwürdig befriedigter, hämischer Ausdruck fliegt über sein Gesicht. Ja. O ja. Die Eyre-Akademie. Für Mädchen. Ich kannte dort ein paar Mädchen, als ich in Bauer in der Schule war. Wir waren nicht weit auseinander. Trafen uns zum tanzen, zum Wochenende und so weiter.

Ja, sagt Kirsten und beobachtet ihn scharf, Bauer! Dort haben sie jetzt Koedukation – aber die Jungens – kommen doch manchmal – mal sie – mal wir. Manchmal besuchen wir uns.

Du *auch*? Du hast Boyfriends?

Nein, sagt Kirsten. Ich nicht. Ich persönlich nicht.

Doch – bestimmt.

Nein.

Ich glaube doch. Boyfriends, Verehrer – einerlei, wie ihr es nennt.

Keine richtigen, sagt Kirsten.

Du lügst.

Oh, keine richtigen, sagt sie, lacht und läßt beinah ihr Weinglas hinfallen. Ich meine: *ich* nicht – ich habe keine Zeit.

Ist das nicht ziemlich seltsam? sagt Di Piero.

Ich weiß nicht – *finden* Sie? sagt Kirsten leichtsinnig. Ich meine – ich – ich bin nicht sehr – ich habe eigentlich – so etwas interessiert mich eigentlich nicht.
Ich bin nicht dein Vater, sagt Di Piero. Du brauchst mir nichts vorzulügen.
Ich habe meinen Vater nicht belogen, flüstert Kirsten.
Kinder belügen ihre Väter immer.
Kirsten drückt das kühle Glas gegen ihre Stirn, dann auf ihre Wange. Sie betrachtet Di Piero mit leisem Lächeln. Sie sagt: Sie hatten ihn gern, nicht wahr? Meinen Vater? Sie waren Freunde ...
Ich hatte ihn gern, sagt Di Piero langsam, als wäre er nicht ganz überzeugt. Aber wir waren nicht richtig befreundet.
Ja, sagt Kirsten. Nein, meine ich. Nicht auf die Art, wie er und Nick befreundet waren.
Nick hat ihm das Leben gerettet, wie du weißt, sagt Di Piero. Geschickt wechselt er das Thema; er blickt an Kirstens Kopf vorbei in die Ecke des Restaurants. Einen Augenblick wird er beinah mitteilsam. Den Unfall hat natürlich Nick verursacht, er war so ungeduldig und unbekümmert, ließ uns in die Stromschnellen hineinfahren, ohne sich vorher zu orientieren. Wahrscheinlich hätten wir die Kanus über Land tragen sollen. Es war sein Fehler. Selbst damals schon war er so ein verrückter Draufgänger. Doch als der Unfall passierte – als das Kanu kenterte – klomm er hinter Maurie her und zog ihn raus. Hat keine Sekunde gezaudert.
Ich habe die Geschichte so oft gehört, sagt Kirsten. Sie hält es für notwendig, so zu tun, als liege ihr nichts dran, sie noch einmal zu hören. – Von Maurie, der mir sagte, Nick habe ihm das Leben gerettet, und von Nick, der immer sagte, Maurie übertreibe, er sei gar nicht dem Ertrinken nahe gewesen.
Doch, das war er, sagt Di Piero rasch. Maurie war dem Tod nahe.
... sogar von Isabel, fährt Kirsten fort, als sei sie nicht unterbrochen worden. Von Isabel, die nicht dabei war. Die auch ihre Version vorbringen mußte.
Und was sagt Isabel, fragt Di Piero neugierig.
Sie sagt – sie sagte es immer, wenn sie Owen und mir die Geschichte erzählte –, sie sagte, Sie wären eben Jungens gewesen, die es bloß als Spiel auffaßten, Gefahr spielten, Sie hätten deshalb übertreiben müssen. Sich in eine Geschichte hineinsteigern müssen.

Nein, so etwas! staunt Di Piero. Ist das Isabels Ansicht?
Sie kennen doch Isabel.
Vielleicht, sagt Di Piero achselzuckend.
Isabels Version klingt beinah wie die von Nick. Daß Maurie nicht wirklich in Lebensgefahr war und daß Nick ihm gar nicht das Leben gerettet hat …
Nick hat ihm das Leben gerettet, sagt Di Piero schroff.
Tatsächlich? sagt Kirsten. Aber wieso?
Er stieg in die Stromschnellen, um ihn zu erwischen – stromabwärts – verlor fast den Halt – packte Maurie und zog ihn ans Ufer – er hat schlimm geblutet, von einer Kopfwunde – und Nick hat auch geblutet, besonders an den Händen – und Nick – ja, Nick hat ihn also ans Ufer gezogen und ihm das Leben gerettet …
Hat ihn beatmet?
Ja, Mund-zu-Mund-Beatmung. Hat sein Leben gerettet.
Was haben *Sie* getan? Sie und der andre Junge?
Wir waren selber fast wie ertrunken. Haben überhaupt nichts getan.
Wer war der andre Junge?
Ich kann mich nicht erinnern – jedenfalls niemand, dessen Name dir bekannt wäre.
Ist er nicht wichtig?
Wichtig? Was meinst du mit wichtig?
Niemand hat später Kontakt mit ihm aufrechterhalten?
Di Piero schüttelt ärgerlich den Kopf. Das weiß ich nicht. Ich glaub's kaum. Wichtig ist nur …
… daß Nick meinem Vater das Leben gerettet hat.
Ja, bestimmt.
Würden Sie das wirklich beschwören?
Warum sollte ich's beschwören? Es gehört nicht zu meinen Gewohnheiten, etwas zu beschwören, sagt Di Piero freundlich. Es sei denn – vor Gericht. Oder vor gewissen Komitees, die zu Vorladungen ermächtigt sind und Anklage erheben und Strafurteile fällen …
Sie waren ein Zeuge, sagt Kirsten langsam.
Ein Zeuge, ja.
War es schrecklich? Furchterregend?
Daß einer von uns dem Tode nahe war? Nein, es war ein zu großes Durcheinander – es geschah alles zu schnell. Die Wunde auf sei-

nem Kopf, die war furchterregend. Zwölf Stiche. Aber alles geschah zu schnell. Unser Kanu kenterte, und wir wurden hinausgeschleudert und ertranken beinah ... Di Piero machte eine rasche, heftige Bewegung, sein Zeigefinger fliegt unter die Nase. Woran ich mich erinnere, steht mir klar vor Augen: Nick über Maurie geduckt, schluchzend. Zuerst hat er geglaubt, Maurie sei tot, deshalb verlor er die Beherrschung und schluchzte wirklich – und lallte – er war fast von Sinnen. Er *glaubte*, Maurie sei tot.

Das wußte ich nicht, sagt Kirsten behutsam. Niemand hat mir das je erzählt.

Ja, sagt Di Piero. Das war's, was uns erschreckt hat: daß Nick sich so aufführte. Nick war fast von Sinnen.

Ist das normal, sagt Kirsten.

Weil er glaubte, es sei zu spät; er glaubte, Maurie sei tot.

Sie müssen sehr eng befreundet gewesen sein, sagt Kirsten. Wenn er sich so benommen hat.

Di Piero zaudert und zieht die Brauen zusammen. Ich nehm's an, sagt er. Ich versteh nicht viel von Freundschaft. Und es ist lange her.

Kirsten nimmt noch einen Schluck von ihrem Wein. Sie nimmt sich vor, high zu werden: sofort high zu werden. Wenn sie einen Joint hätte und ihn ganz ungezwungen anzünden könnte, nicht bloß wegen des Vergnügens daran, sondern als Trost, das Ding zwischen den Fingern zu spüren ...

Aber Nick war derjenige, der den Unfall verursacht hatte, nicht wahr? sagt sie.

Di Piero beendet das Thema mit schroffem Achselzucken. All das ist vor sehr langer Zeit passiert, sagt er. Ich war damals *siebzehn.*

Er lächelt kurz, aber seine Zähne blitzen auf. Seine Stimme wackelt förmlich vor Verachtung.

Siebzehn ...! Vor hundert Jahren!

*

Während sie auf der Seventy-fourth Street ostwärts spazieren, sagt Kirsten mit einer Stimme, die nicht zittert: Aber sie haben ihn umgebracht! Sie sind verantwortlich.

Di Piero hat die Finger leicht auf ihren Ellbogen gelegt und geleitet sie über die erste Breite der Park Avenue. Zerstreut fragt er: verantwortlich? Was soll das heißen?

Ob sie jemanden beauftragt haben.
Di Piero schnauft höhnisch.
Jemanden beauftragt...!
Kirsten sagt mit derselben gleichmäßigen Stimme: Ja! Über solche Sachen wissen Sie doch alle Bescheid. Ja. Jemand beauftragen, ihn umzubringen. Ihn zu beseitigen. Wie auch die Zeugen in Chile umgebracht wurden...
Di Piero packt ihren Ellbogen etwas fester. Sie stehen auf der Verkehrsinsel und warten, daß die Ampel wechselt.
Du hörst auf zuviel Geschwätz, sagt Di Piero amüsiert. Du liest zuviel Blättchen von Radikalen. Bei euch in Eyre, treiben sie dort auch solchen Unfug? Vielleicht jemand in der Fakultät? Der sich als Linker aufspielt? Sich revolutionär gebärdet?
Ich bin nicht verblödet, sagt Kirsten und wird rot. Ich weiß, daß mein Vater und Nick an einer Anklageschrift gegen GBT arbeiteten – wegen dessen, was die in Chile versucht hatten – gegen Allende...
Allende, wiederholt Di Piero und verbessert ihre Aussprache. *Salvador Allende.*
Haben Sie ihn gekannt? fragt Kirsten dümmlich. Haben Sie ihn kennengelernt?
Natürlich nicht, sagt Di Piero. Was geht mich Chile an?
Ich bin nicht verblödet, sagt Kirsten, während Di Piero sie über den Fahrdamm und zur Menschenmenge auf der Bordschwelle geleitet. Ein Gedanke, ein rascher, verrückter Gedanke, fliegt ihr durch den Kopf: daß die Menschenmenge dem, was sie jetzt tut, eine gewisse Ermächtigung gibt. Es sind Fremde, Namenlose – doch während sie und Di Piero sich hindurchschieben, werden sie zu Zeugen.
Ich weiß, wovon das Geständnis meines Vaters handeln soll, ich meine, die Einzelheiten; ich weiß, was er »gestand«, sagt Kirsten hitzig, selbst wenn es ein Geheimnis ist – selbst wenn es unter geheimem Verschluß ist. Ich weiß es.
Du *weißt* doch gar nichts, was? sagt Di Piero.
Ich – ich...
Du weißt im Grunde *gar nichts,* liebes Kind.
Jetzt erschrickt sie wirklich: das Wort *liebes Kind* bringt sie aus der Fassung.
Aber es bleibt ihr keine Wahl, sie muß ihn begleiten. Zu einem Apartment-Block, der auf den East River blickt.

Ich werde nicht weinen, hat sie versprochen und sich wie ein Kind auf die Unterlippe gebissen.
Ich tu's bestimmt nicht.
Laut sagt sie, während sie ihren Arm befreit: Salvador Allende. Und der andere –, der Mann, dem sie das Geld gaben – der hieß Tomic – der andre Mann, meine ich.
Also so etwas, sagt Di Piero. Wer hat dir denn das erzählt?
Es ist kein Geheimnis mehr, es ist bekannt, alle wissen es...
So, so, wirklich? sagt Di Piero und lacht vor sich hin.
Ohne Hast gehen sie die Seventy-fourth Street entlang. Kirsten nimmt sogar Di Pieros Arm. Zwei gut aussehende Menschen: der Herr Ende Vierzig, eine dunkle Sonnenbrille tragend, das Mädchen noch keine Zwanzig mit einer etwas helleren Sonnenbrille. Elegante Leute, trotz der wilden Frisur des Mädchens. Ganz offensichtlich ein Paar – trotz des großen Altersunterschiedes.
Haben sie ihn umgebracht, sagt Kirsten. Haben sie jemanden gedungen, ihn umzubringen.
Sei nicht komisch, sagt Di Piero.
Damit sie sein Geld erben kann. Und Großvaters Geld. Nicht bloß die Abfindung nach der Scheidung...
Beruhige dich, sagt Di Piero.
Ich *bin* ruhig, sagt Kirsten und unterdrückt eine Anwandlung, zu lachen, ich bin nicht aufgeregt... was meinen Sie denn um Himmelswillen?
Deine Frage ist lächerlich.
Er wurde von der Straße heruntergehetzt, nicht wahr? Jemand ist ihm gefolgt. Vielleicht wurde er seit langem verfolgt, schon seit Wochen. Wurde aufgespürt. Zur Strecke gebracht. Wegen des Geldes. Weil die Abfindung nach der Scheidung nicht genug für sie war. Ich meine, für Isabel und Nick. Die andere Sache, der Schwindel mit dem Annehmen von Bestechungsgeldern – darauf pfeife ich, sagt Kirsten wütend – *deswegen* hat er sich nicht umgebracht.
Beruhige dich, sagt Di Piero. Die Leute werden aufmerksam auf dich.
Dieser Quatsch wegen angenommener Bestechungsgelder, die Verbindung mit Gast oder wer es sonst war – mein Vater hat nie Bestechungsgelder angenommen, nie im Leben hat er sich bestechen lassen, das weiß jeder, das Geständnis war gefälscht, die Poli-

zei könnte es gefälscht haben, die F. B. I. oder die C. I. A., vielleicht hat Nick die Wohnung durchsucht, Nick könnte seine Unterschrift gefälscht haben, jeder im Untersuchungsausschuß könnte seine Unterschrift gefälscht haben, – Isabel könnte es getan haben, *Sie* könnten es getan haben, sagt Kirsten ungestüm. *Deswegen* hat er sich nicht umgebracht. Nicht wegen so einer Kleinigkeit.
Sei ruhig, sagt Di Piero. Er drückt ihren Arm, und sie erschrickt und schweigt einen Augenblick.
Dann sagt sie leise: er hat sich überhaupt nicht umgebracht! Doch nicht mein Vater! Er hätte mich nicht alleingelassen. Er hat mich geliebt. *Mich* hat er geliebt. Nicht bloß sie – in seinem Leben gab es mehr als nur das – er machte sich einen Dreck aus ihr – ich weiß es! Er hat's mir selbst gesagt. Als ich ihn besucht habe. Er ließ mich neben sich auf dem Teppich niederknien, und wir haben gebetet. Zuerst war ich verlegen – ich wollte um jeden Preis weg – oh, irgendwie, irgendwie! Ich hatte eine Tennisstunde, aber dann habe ich nachgegeben und mich hingekniet, und er fing an zu beten, und es war recht so ... es war recht so. Er war ernst, er hat Gott geliebt. Er hätte sich nie selber umgebracht. Er liebte Gott und er liebte mich und Owen ... Er hat seine Kinder geliebt. *Ihretwegen* hätte er sich nicht umgebracht. Sowie er mit Beten anfing, war alles gut. Wenn man betet, vergißt man, wo man ist und wer bei einem ist. Da braucht man nicht verlegen zu sein. Mir hat's nichts ausgemacht. Ich blieb auf den Knien – zehn Minuten, fünfzehn Minuten – ach, ich weiß nicht, wie lange, die Knie taten mir allmählich weh, sagt sie lachend, ich bin nicht ans Knien gewöhnt, darin hatte ich noch keine richtige Übung gehabt ...
Wisch dir dein Gesicht ab, sagt Di Piero. Hast du ein Taschentuch?
Sie kramt in ihrem Beutel. Zieht ein zerknülltes rosa Kleenex heraus.
Er hat sich nicht umgebracht. Nie hätte er sowas getan, sagt Kirsten. Jemand hat ihn umgebracht.
Di Piero führt sie schweigend weiter. Er bemüht sich nicht, sie zu widerlegen.
Jemand hat ihn umgebracht – stimmt das etwa nicht? Es passiert immer wieder. Ich bin nicht verblödet, sagt Kirsten.
Anthony Di Piero mit seinem glatten, ziemlich stark pomadisierten Haar, Anthony Di Piero in seiner wunderschönen Sportjacke

aus Wildleder und mit seiner seidenen lila Krawatte. Bemüht sich nicht zu antworten. Schleppt sie immer weiter.
(Natürlich erinnere ich mich an dich. Die Tochter der Hallecks. Kirsten.)
Sagen Sie mir nur *eins:* haben sie es *getan?* flüstert sie.
Di Piero geht mit ihr zur Treppe eines Apartmenthauses am äußersten Ende der Straße. Eine gefällige Granitfront, buntes Glas in den Fenstern der Halle, ein reich verzierter Säulenvorbau, der südländisch wirkt. Ein Portier in Uniform, ein ältlicher Weißer, lungert in der Halle herum.
Als sie die Straße verlassen, wirft Di Piero über die Schulter – über ihren Kopf hinweg – einen Blick zurück. Sein Blick ist flink und gründlich. Aber nicht beunruhigt: offenbar sieht er nichts, das ungewöhnlich sein könnte.
H'lo, Mr. Di Piero, grüßt der Portier.
Hallo, Henry, grüßt Di Piero.
Der Portier drückt auf einen Knopf am Fahrstuhl, tritt dann beiseite und hält die Türen für Di Piero und seine Begleiterin auf.
Danke, Henry, sagt Di Piero. Er atmet etwas rascher, und auf seiner dunklen Gesichtshaut ist ein sehr schwacher Schimmer von Feuchtigkeit.
Kirsten gräbt ihre Nägel in seinen Handrücken. Die Fahrstuhltüren schließen sich geräuschlos.
Sagen Sie's mir: haben sie es *getan?* flüstert sie.
Di Piero rückt seine Krawatte zurecht und streicht mit einer geübten Bewegung beider Hände sein Haar zurück. Er hat in einem matten goldenen Spiegel, einem antiken Spiegel, auf der Rückwand des Fahrstuhls sein Gesicht gemustert.
Es ist nicht ausgeschlossen, liebes Kind, sagt er leichthin.

IV

Der Sturm

Mount Dunvegan Island, Maine, Juli 1955

Sie kämpfen, ja? Oder paaren sie sich – oder (weil ihre seltsamen, kalt-königlichen Reptilienköpfe abgewandt sind) nehmen sie einander gar nicht wahr?
Was *tun* sie bloß? ruft Mauries Braut, schreit leise auf und tritt zurück, als befürchte sie, daß die Schildkröten nach ihren nackten Zehen schnappen könnten. Sie blickt Nick verschmitzt an. Es amüsiert sie, sie ist verblüfft, ist zimperlich »besorgt«, wie es eine junge Dame sein mag, wenn sie sich plötzlich zwei so sehr seltsamen Geschöpfen gegenübersieht. Und wenn die Schildkröten sich paaren (vor aller Augen, direkt auf dem Strand), dürfte sie auch verlegen sein. Langsam sollte eine warme, rosenfarbene Röte durch ihre zarte Haut schimmern.
Box-Schildkröten, sagt Nick.
Was?
Box-Schildkröten. Eine besondere Art von Schildkröten.
Wie Stein oder Erde, träge zum Leben erwachend, mit unbeweglichen Augen, starrem Schwanz. Prähistorische Geschöpfe. Ungetüme. Ihr Rückenschild ist etwas gebuckelt und von hübscher Farbe (gelbe Streifen ziehen sich über den dunklen, schlammgrünen Schild); ihre Beine sind ungeschickt gespreizt. Männchen und Weibchen sehen offenbar gleich aus. Falls sie überhaupt versuchen, sich in Paarungsstellung zu bringen – falls sie einander nicht bekämpfen (zwei Männchen?) – oder einfach versuchen, sich einen Weg durch einen Haufen Kiesel und Treibholz und anderes Strandgut zu bahnen, wäre es natürlich gar keine Mühe, um den Haufen herumzukriechen.
Was *tun* sie bloß? ruft das junge Mädchen und bemüht sich, ihr windgepeitschtes Haar festzuhalten. Die armen Dinger, sie sehen so *ernst* aus!
Der leicht spanische Akzent des Mädchens verleiht ihrer Dreistig-

keit eine mädchenhafte Schärfe. Nick hört sich lachen – ein nicht unsensibles Mannsbild. Die Schildkröten mit ihren gespannten, aber ausdruckslosen Gesichtern – obwohl es schwierig ist, bei ihnen an »Gesichter« zu denken –, die Schildkröten mit ihren kleinen, kalten, erbsenartigen Augen, die blind scheinen –, sind genau der Anblick, genau die Art oberflächlicher gesellschaftlicher Zerstreuung, über welche junge Frauen, die wie Isabel de Benavente aussehen, in Anwesenheit junger Männer, die wie Nick Martens aussehen, aus dem Häuschen geraten. Deshalb lacht er also und ist bereit, sich als *entzückt* zu präsentieren.

Ein Teil ihrer blaßgoldenen Haare ist geflochten und auf dem Scheitel mit einer goldenen – fast zu großen – Spange in Gestalt einer Taube befestigt. Ein Anhauch von Romantik, typisch südländisch. Das übrige Haar fliegt unbehindert im Seewind, und sie hat ständig damit zu tun, es festzuhalten oder es mit flinken, hübschen Gesten aus den Augen zu streichen. Mit gerunzelter Stirn beugt sie sich über die Schildkröten. Daß sie trotz ihrer erregten Anteilnahme an ihnen (was für eine Art Schildkröten, sagten Sie, Nick? Box? Boxer?) mit ihrem eigentümlichen Kampf fortfahren, gegen die Brocken und gegeneinander stoßen, die häßlichen Köpfe starr erhoben, die Füße langsam die Luft abtastend, daß sie vorwärtskrabbeln und auf die Seite oder hintenüber fast auf ihre gewölbten Schilde fallen, kommt Isabel als wirklich sonderbar vor – jedenfalls deutet ihre Haltung dergleichen an.

Ihre Köpfe sind häßlich, sagt Isabel, aber ihre Schilde sind sehr schön. Einen Augenblick ist sie fast im Begriff, eine der Schildkröten mit ihrem Zeigefinger zu berühren. Es ist doch merkwürdig, daß sie sich nicht sehen, nicht wahr? Sie können ihren eigenen Schild nicht sehen. Sie sind wirklich wunderschön. Wenn man sie lange genug anschaut.

Ja, murmelt Nick, sie sind schön.

Isabel hört es nicht, sie ist noch über die Schildkröten gebeugt. Ihrem Verhalten könnte man entnehmen, daß sie sich wirklich für die Schildkröten interessiert – vielleicht aus höflicher Achtung vor diesem rauhen Stück Strand nördlich vom Landhaus der Familie Martens.

Aus Achtung vor dem besten Freund ihres Verlobten, über den sie (wie Nick unbehaglich argwöhnt) fast zuviel gehört hat.

Isabel de Benavente mit ihren lächerlich gemalten Fingernägeln

und Zehennägeln, ihren dreist bis zu den Knien hinaufgekrempelten Jeans, ihrer roten Hemdbluse, die sie so unter der Brust verknotet hat, daß ihre sonnengebräunte Mitte zu sehen ist: Isabel mit ihrem Schmollmund, ihren silbrig grauen Augen, ihrer römischen Nase: ein Spiel der Natur, das Nick als verhängnisvoll erscheint. (Er denkt natürlich an Maurie. Der so hoffnungslos verliebt ist. Und versessen darauf, sie zu heiraten.)
Isabel mit einem Halleckschen Verlobungsring (einem viereckig geschliffenen Brillanten, ringsherum von kleinen Rubinen eingefaßt) hatte Nick ihre Hand gereicht – für einen Handkuß? oder einen Händedruck? –, als wäre sie eine Königliche Hoheit. Ich habe so viel über Sie gehört, sagt sie scheu. Ja, soviel über Sie.
Und ich habe soviel über *Sie* gehört!
Isabel de Benavente, Tochter und einziges Kind von Luis de Benavente, aus New York City, Washington, Palm Beach und Madrid. Ein Finanzmann, einer, der Geld anlegt. (Ganz kürzlich in den Ölbohrungen an der Küste von Mexico.) Die Mutter lebt auch noch, sagte Maurie, aber leider ist sie mit ihrem Mann und ihrer Tochter verfeindet – Isabel sagt, sie lebt bei Verwandten in St. Paul und kommt selten in den Osten. Aber ich denke, daß ich sie bald kennenlernen werde.
Bei der Hochzeit? fragte Nick.
Oh – sicher lange vor der Hochzeit, sagte Maurie.
(Doch die Hochzeit ist auf den ersten Samstag im Oktober angesetzt. Was Nick – der erst vor zwei Monaten von der schönen Isabel gehört hat –, als reichlich voreilig erscheint.)
Silbrig blondes Haar, Fransen quer über der Stirn, bis dicht an die Augenbrauen geschnitten. Makellose Haut. Ohne Poren? Blaßgraue Augen, wie gewaschenes Glas ... Nick starrte sie an, als er ihr vorgestellt wurde und der nervös plappernde Maurie sie zusammenführte, und sofort fielen ihm diese Augen auf: etwas Hartes und Wissendes und Listiges in ihnen – genau wie seine eigenen Augen. (Seine Eifersucht auf die Verlobte seines besten Freundes? War das der Grund? Ein so simples, ein so verächtliches Gefühl? Jedenfalls lieber Eifersucht als Neid.)
Hallo, Nick, reizend, Sie kennenzulernen, ich habe viel über Sie gehört.
Ich bin entzückt, Sie kennenzulernen, Isabel, ich habe soviel über *Sie* gehört!

Strahlend freundliches Lachen, das unsicher wird. Ein Händedruck, der mitten im Zugriff ungeschickt wird.
Isabel de Benavente, deren Schönheit Nicks Auge verletzte und später sein Gefühl für Proportion beleidigte ... Sie schien erst achtzehn oder neunzehn Jahre alt zu sein. Aber eindeutig weltgewandt. (Sie hatte das Schluß-Examen an der Hays-Schule bestanden, und drei Semester im Mount Vernon College studiert: trotz des »heiklen« Rufs, den ihr Vater in Washington genoß, war sie in der letzten Wintersaison eine Junior-Kotillon-Debütantin gewesen.) Ihr »spanisches« Blut trat nicht sofort in Erscheinung, bis man genauer hinsah und aufmerksamer hinhörte, dann zeigte es sich: etwas Ausländisches, auf intelligente Art abgeschwächt, kaum mehr als eine Nuance, ein Anklang. Denn Isabel de Benavente war überaus selbstbewußt, und dieses Selbstbewußtsein erweckte den Eindruck nobler Gelassenheit. (Du wirst sie nicht sehr »spanisch« finden, hatte Maurie seinem Freund Nick angekündigt, wie um ihn vor einer Enttäuschung zu warnen. Sie sagt, sie verabscheut Spanien, sie habe nie richtig Spanisch erlernt, offensichtlich aus Widerstand gegen ihren Vater – einen schwierigen Mann. Er ist gegen die Kommunisten, ein Royalist, und auf Seiten McCarthys – in dieser Richtung also. Seine Frau soll er, wie Isabel sagt, sehr schlecht behandelt haben.)
Nick, der die Verlobte seines Freundes beobachtet, denkt erbarmungslos an ein gewisses *aperçu* Nietzsches ... Die Frauen besäßen nicht das Talent, sich zu schmücken, wenn sie sich nicht instinktmäßig ihrer *untergeordneten Rolle* bewußt wären.
Ihr seid die beiden Menschen, die mir die liebsten von der Welt sind, sagte Maurie, und die Augen wurden ihm feucht. Wie typisch für Halleck, dergleichen zu sagen, mit Geheimnissen herauszuplatzen und jedermann in Verlegenheit zu bringen – sich selbst inbegriffen. Aber deshalb lieben wir ihn, vermutet Nick. Und ertragen ihn.
Der arme Maurie: von der Liebe betört, verwirrt, verblendet.
Ich bin noch nie jemandem wie ihr begegnet, sagte Maurie sanft. Und hob scheu die Augen zu Nick auf, wie um zu sehen: hat Nick seine Lüge durchschaut.

*

Die schöne Isabel spielt mit dem Verlobungsring an ihrem schlanken Finger und fummelt an ihrem blaßgoldenen Haar herum. Die Ohrläppchen sind von kleinen goldenen Ringen durchbohrt. Ihr Parfum ist kühl und etwas herbe, wie Lilienduft. Scharfsinnig denkt Nick, daß der Besuch im Landhaus der Martens' unmöglich der Vorstellung der jungen Dame von »Sich-Amüsieren« entsprechen könne, aber natürlich will sie sich den Launen ihres Verlobten anpassen – sie ist überzeugt, daß er deren nur sehr wenige hat.
Wann willst du Maurie endlich einladen, zu uns zu kommen? hatte Mr. Martens dauernd seinen Sohn gefragt. Hatte ihn von Boston angerufen. (Nick hat eine Stellung bei der Rechtsanwaltsfirma Bell, Janeway, Prescher + Prescher. Maurie ist bereits in Washington, im neu geschaffenen Amt für Bürgerrechte.) Lade sie beide ein, ihn und seinen Vater, warum denn nicht? In dieser Jahreszeit ist Maine doch so schön.
Ich glaube nicht, daß Mr. Halleck kommen kann, hatte Nick erwidert. Er ist sehr beschäftigt.
Hast du's versucht? Hast du mit ihm gesprochen?
Er ist sehr beschäftigt, erwiderte Nick und schloß die Augen. Er muß auf seine Gesundheit achten.
Er ist so großzügig zu uns, sagte Mr. Martens.
Er ist ein großzügiger Mann, sagte Nick.
... Hat uns derartig mit Harvard geholfen, fuhr Mr. Martens mit seiner leisen, vieldeutigen Stimme fort. (Man wußte nie – Nick wußte es nie –, ob im Tonfall dieser Stimme tiefe Ehrerbietung oder milder Spott lag. Was die Großzügigkeit Joseph Hallecks gegenüber Nick Martens betraf – weil Nick bei der Kanufahrt in Ontario angeblich Mauries Leben gerettet hatte –, war Mr. Martens anscheinend noch unentschlossen: da er finanziell in einer Klemme saß, wie er es nannte, und zwar seit Jahren, war er bestimmt dankbar für eine geldliche Unterstützung – für Darlehen vielmehr –, doch gleichzeitig hatte er auch seinen Stolz. Schließlich war er *der* Bernard Martens. Er hatte seinen Stolz.)
Stehst du in Verbindung mit ihm? fragte Mr. Martens hartnäkkig.
In Verbindung? Mit Maurie? Oder mit seinem Vater? fragte Nick.
Mit dem Vater, entgegnete Mr. Martens. Daß du mit dem Sohn in Verbindung stehst, weiß ich.

Nein! sagte Nick.
Nicht?
Mein Leben ist schon kompliziert genug, sagte Nick gekränkt.
(Er hatte sich auch eine Freundin zugelegt. June Penrick, die an einer Quäker-Schule in Boston unterrichtete. Und mit der er beinah öffentlich verlobt war.)
Ihr steht also jetzt nicht mehr in Verbindung, du und der Alte Joe, sagte Mr. Martens mit seiner leisen, sonderbaren Stimme, die in ein Kichern überging ... Glaubst du, daß er das Geld wiederhaben will? Fünf- oder sechstausend Dollar waren 's, nicht wahr?
Er würde es nicht annehmen, sagte Nick, und sein Gesicht glühte.
Bist du sicher?
Nicht im Traume würde er es annehmen, sagte Nick.
Mr. Martens lachte. Du sprichst wie ein Mädchen, das ein unanständiges Wort gehört hat, sagte er. Es war bloß eine harmlose Frage.
Natürlich, sagte Nick.
Aber wenigstens Maurie: willst du den einladen? Und seine Verlobte? Du hast doch gesagt, er habe eine Verlobte? Lade sie beide ein, versuch's für das Wochenende vom *Vierten Juli!* Deine Mutter hat nichts dagegen. Und vielleicht kommt der Alte in letzter Minute doch noch angezockelt. Hat ja ein oder zwei Herzanfälle gehabt, nicht wahr? Da würde er sich vielleicht gern in Maine entspannen.
Die Hallecks haben ihr eigenes Haus in den Bergen, sagte Nick ruhig. Bis nach Maine hinauf ist es eine weite Reise.
Können sie nicht fliegen?
Das *weiß* ich nicht, erwiderte Nick gereizt, aber ich werde Maurie bitten, nach Maine zu kommen. Am Vierten Juli. Mit seiner Verlobten.
Ein reiches Mädchen, was?
Wie soll ich das wissen?
Hübsch?
Wie soll ich das wissen – ich habe sie noch nicht kennengelernt.
Na, dann wirst du's vielleicht herausfinden, sagte Mr. Martens, der plötzlich von seinem Sohn genug hatte.

*

Und dann fuhren sie also die ganze Strecke bis nach Mount Dunvegan Island hinauf, zuletzt über die Fünf-Meilen-Brücke: Maurie und Isabel in Mauries neuem Wagen, einem apfelgrünen Alfa Romeo, der Isabels Idee gewesen sein mußte, wie Nick von vornherein annahm, ehe er es indirekt erfuhr.
Ein hübscher Wagen, sagte Nick und streichelte den Kotflügel. Wie fährt er sich?
Maurie gewöhnt sich daran, sagte Isabel mit ihrem blendend weißen Lächeln.
Er ist recht, sagte Maurie und wurde rot. Er ist gut.
Nick blickte Maurie an. Es war ein paar Monate her, seit sie einander gesehen hatten. (Ein kurzer Lunch in Cambridge, im deutschen Restaurant gleich hinter dem Square. Ein paar Tage nach Mauries fünfundzwanzigstem Geburtstag. Eifrig und ein wenig scheu verglichen sie ihre Neuigkeiten, Stellung und Mitarbeiter betreffend, neue Freunde, ihre Wohnungen, Pläne für die Zukunft, Freundinnen... und was gab's Neues von den Klassenkameraden? Nick fürchtete eine jähe Überraschung wegen der Erfolge seines alten Rivalen. Und Maurie war naiv genug, ihn nicht zu verschonen.)
Maurie sieht sonnenbraun, jungenhaft und kräftig aus. In einem sahnefarbenen Sporthemd mit modisch heruntergeknöpftem Kragen und Khaki-Shorts, die zu dem Rock seiner Verlobten passen. Rotblonde Haare glänzen auf seinen Unterarmen und Beinen. Sein drollig-weißes Affengesicht in Lachfalten gelegt. (Nick fragte sich, ob Maurie ebenso dachte wie er, als sie sich nach einer beträchtlich langen Abwesenheit wiedersahen. – *Hat er es vergessen?*)
Wie herrlich es hier ist...
Die schöne lange Brücke...
Der Geruch der See, die Brise...
Die Vögel dort – sind das Möwen? Ihre Flügel sind so weiß...
Das Mädchen, die Verlobte endlich, über die Nick so sehr viel gehört hatte: in ihrer Schönheit keck und selbstbewußt, während sie auf Nick zugeht und ihm wie eine Königliche Hoheit die Hand bietet – für einen Handkuß? für einen Händedruck?
Das Mädchen Isabel, Mauries Zukünftige. Tatsächlich aus einer »edlen« spanischen Familie stammend. Sagt man jedenfalls. Barcelona? Royalisten? Der Vater verließ Spanien als Siebzehnjähriger und gelangte schließlich in die Neue Welt (kam in Montreal an, zog südwärts nach Boston und dann nach New York, wo er für eine

Importfirma arbeitete), die Mutter stammte oder stammt aus dem Mittelwesten, ihre Familie war nicht mit Luis de Benavente einverstanden. (Hast du ihn schon gesehen? erkundigte sich Nick bei Maurie, und Maurie sagte erstaunt: natürlich habe ich ihn gesehen, drei- oder viermal, er ist ein vielbeschäftigter Mann. Erwarten sie von dir, daß du katholisch wirst? fragte Nick. Das Thema kam zur Sprache, erwiderte Maurie, und ich weiß, daß Isabel es gern sähe, wenn ich mich unterweisen ließe... aber ich kann es natürlich nicht tun, ich kann es nicht einmal in Erwägung ziehen. Für mich ist der Glaube keine gesellschaftliche Geste.)

Isabel de Benavente, die Nick im feuchten, zitternden Sonnenschein anlächelt. Hallo! Guten Tag!

Nick war ein zu versierter, ein zu geschickter Spieler, um dem Mädchen die Genugtuung zu geben, sich seine Überraschung anmerken zu lassen. Ohne weiteres schüttelte er ihr die Hand. Sogar mit einem gewissen ungeschickten Eifer. Und lächelte, wie man etwa lächeln mochte, wenn man irgendwen begrüßte, irgendeinen x-beliebigen Gast der Familie Martens in ihrem Sommerhaus willkommen hieß. Der Nebel hat sich den ganzen Morgen mehr und mehr gelichtet, wie war die Fahrt, kann ich Ihnen mit Ihren Sachen behilflich sein...? Nick mit seiner ziegelrot verbrannten Haut errötet noch tiefer, sein weißer Baumwoll-Pulli strammt sich über den Schultern und Oberarmen, er bemüht sich, seines Freundes Verlobte nicht anzublicken. (Obwohl er bei sich denkt – und sich deswegen insgeheim verachtet –, daß Isabel viel anziehender als June ist.)

Sie stehen in der kiesbestreuten Zufahrt neben dem niedrigen kleinen Wagen und reden aufgeregt. Ein festlicher Wind weht vom Ozean her, auf Isabels Rock zeichnet sich die elegante Kurve ihrer Hüften ab. Sie trägt eine rotseidene Hemdbluse (die sie noch nicht herausgezogen und unter der Brust verknotet hat – das kommt erst im Laufe des Nachmittags an die Reihe) und einen Khakirock, der bis zu den Knien aufgeschlitzt ist. Goldene Ohrringe, goldene Ketten um den Hals geschlungen, eine Armbanduhr mit winzigem Zifferblatt, Ringe an beiden Händen, die Tauben-Haarspange auf dem Kopf, wo sie sowohl lächerlich wie luxuriös wirkt. Nick spürt den anhaltenden Vorstoß ihrer Augen – ihre ruhigen, gleichmäßigen, amüsierten Blicke – ihr anmaßendes Lächeln. O ja, Nick Martens! Ja. Ich kenne Sie. Sie sind der junge Mann, den Maurie zu vergöttern pflegte, bevor er mich kennenlernte. Sie sind der junge Mann, der beinah seinen Tod verschuldet hätte und ihm beinah das Leben gerettet hat. Ja? Ich habe alles über Sie gehört, ich kenne Mauries Geheimnisse, ich weiß, daß es zwischen Ihnen ein »Abkommen«, ein »geheimes Bündnis« gibt, worüber Sie niemals sprechen. Ja? Wie *wunderbar,* daß ich Sie endlich kennenlerne... So fixieren ihn ihre Blicke, das Schweigen hinter ihrem Geplapper.

Das Hochzeitsfest wird schließlich doch recht groß werden. Weil Isabel soviel Freunde hat und die Hallecks soviel Leute kennen. In der St. Anthony-of-Padua-Kirche in Georgetown. Ein besonderer Plan wird noch ausgearbeitet werden – weil der Bräutigam ja nicht katholisch ist... die Einzelheiten sind noch nicht besprochen worden... aber Maurie und Isabel sind beide entzückt, daß Nick der Brautführer sein wird.

Es ist mir eine Ehre, sagt Nick verlegen.

Sie sind ein Paar – Maurie und Isabel! Wie überraschend, wie gänzlich *unerwartet!* Denn Nick hat seinen Freund natürlich im Laufe der Jahre in Gesellschaft anderer Mädchen gesehen – Mädchen, mit denen *er* Maurie vielleicht bekanntgemacht hat; Mädchen, die (wie es taktvoll angedeutet werden mag), ziemlich viel für Nick übrig hatten. Doch Isabel ist eine Unbekannte, recht ausländisch, eine Washingtoner Debütantin: ungezwungen steht sie neben Maurie und läßt sich überhaupt nicht durch Nicks abwägende Blicke einschüchtern.

*

Am Nachmittag um halb drei stoßen Nick und Isabel auf die Schildkröten.

Sie sind zusammen losgebummelt, sind in der Richtung zum »Tower Rock« den Strand entlanggewandert – obwohl das Vorgebirge wahrscheinlich zu weit für sie ist. (Nick würde der Spaziergang Spaß machen – das Mittagessen hatte viel zu lange gedauert –, aber er hegt Zweifel, ob Isabel de Benavente so weit laufen kann.) Maurie wünscht, daß sie miteinander bekannt werden, Maurie ist ganz offensichtlich mit Mr. Martens zurückgeblieben, doch aus ihren Bemühungen, ein Gespräch zu beginnen, ist noch nicht viel geworden, und Nick findet, daß sie umkehren sollten. Sie sind seit fünfzehn oder zwanzig Minuten unterwegs.

Die Box-Schildkröten sind eine willkommene Unterbrechung. Etwas, das man bestaunen und beobachten und worüber man Fragen stellen kann.
Und es stimmt schließlich doch, daß sie sich paaren wollen. Langsame, dumme, sture Dinger, die einander halb unbewußt betatzen und immer noch versuchen, auf den Haufen Strandgut zu klettern. (Die eine nimmt plötzlich einen Anlauf, verliert das Gleichgewicht und fällt auf den Rücken; die andre tastet herum und stolpert über ihren Kopf.) Die armen Dinger, sagt Isabel und streicht sich das Haar aus dem warmen Gesicht. Sollten wir ihnen vielleicht helfen?
Nick lacht zuvorkommend.
Obwohl es nicht amüsant ist, denn Schildkrötenliebe ist ebenso ziellos und mitleidlos und ohne Zärtlichkeit – ohne Zuvorkommenheit – wie die großen, auf den Strand niederschlagenden Wogen.
Die Reptilköpfe ragen starr aus den gebuckelten Schilden, die Augen sind wie Knöpfe – glanzlos –, und sie blinzeln nicht. Feld oder Erde, träge zum Leben erwachend – Traumgeschöpfe, beharrlich in ihrem Kampf, blind, herumstümpernd... Während Nick und Isabel weiterwandern, erzählt er ihr von einem Vorfall aus seiner Kindheit, an den er sich erst jetzt wieder erinnert hat: wie ein paar Jungen eine Schildkröte gegen einen Felsblock schleudern, und von seinem grauenhaften Entsetzen, dem stummen Ekel – obwohl (und das erzählt er Isabel natürlich nicht) er vielleicht selbst einer der Jungens war, der die Schildkröte zerschmetterte –, und der über das unbeholfene Bemühen des Tiers, ihnen zu entfliehen, grölte und jubelte: möglicherweise hat er sich Entsetzen und Ekel erst hinterher eingebildet.
Ja, Jungen sind grausam, sagt Isabel.
Sie wandern weiter, auch wenn der Lärm der Brandung die Hälfte ihrer Worte verschluckt. Maurie dies und Maurie das – Pläne für das nächste Jahr –, ein Buch, das Maurie über die Geschichte der Menschenrechts-Lobby im Kongreß schreiben möchte, ein Gesuch um ein Fulbright-Studienjahr im Ausland, das er eingereicht hat (in Norwegen? – Nick kann es nicht richtig hören und will Isabel nicht bitten, es zu wiederholen), obwohl irgend jemand (offenbar Mauries Chef) über diese Pläne »unglücklich« sein soll... Verstohlen beobachtet Nick Isabels nackte Füße. Schmale, blasse, hübsche

Zehen sinken in den Sand; korallrot lackiert; schlanke Knöchel. Nick trägt Schuhe und kann ohne Mühe ausschreiten.
Glauben Sie, daß Sie glücklich mit ihm werden – Nick fragt es nicht, glauben Sie, daß er der Mann ist, *Sie* glücklich zu machen?
Wehender Sand, kreischende Möwen und die Notwendigkeit, das Gespräch aufrechtzuerhalten, weil Maurie natürlich so besorgt, so hoffnungsvoll, so wohlmeinend ist. Isabel wird ihm nicht sagen, daß sein Freund Nick ein anmaßendes, einschüchterndes Ekel ist, und Nick wird ihm nicht sagen, daß seine Verlobte eitel und oberflächlich ist und daß sie ihren betörenden Akzent wahrscheinlich einstudiert hat. – Es ist so schön hier, sagt Isabel und hebt die Stimme, um trotz des Windes gehört zu werden. Der Nebel zwischen den Felsen – es ist doch Nebel, nicht? – und dort, sehen Sie, ein Regenbogen, *fast* ein Regenbogen ...
Nick blinzelt und legt die Hand über die Augen. Obwohl er nichts als einen großen Haufen Blöcke vor den Klippen sieht, bejaht er brummelnd.
Im nachgebenden Sand geht Isabel mühsam am Rand der Brandung entlang. Wie eine betrunkene, fröhliche Schlafwandlerin schwenkt sie die Arme.
Fünf vor drei, stellt Nick fest. Wahrscheinlich sollten sie umkehren. Der Tower Rock – einer von Nicks heimlichen Lieblingsplätzen, als er ein Junge war –, ist noch über eine Meile weit weg; bis zum Sommerhaus der Martens erfordert es mindestens eine Meile Rückweg. Obwohl Isabel heiter und energisch genug erscheint, weiß Nick, wie erschöpft eine junge Frau ihres Typs plötzlich sein kann.
Die Sonne strahlt, die Luft ist kühl. Algen, Tang, kleine tote Fische, Treibholz, Gischt, der hochfliegt und in sich zusammensinkt. Das wiegende Hin und Her der See. Wind und Brandung und Sprühnebel. Ein pulsierendes Drängen, das nicht etwa Nicks Herz, sondern der große Ozean selber ist, der sich am Horizont in Wolkendunst auflöst ... Werden Sie müde? fragt Nick. Sollen wir umkehren? ... Aber Isabel, die ihm jetzt ein paar Schritte voraus ist, begeistert sich über etwas vor ihren Füßen (ein Seestern? eine Muschel?) und hört ihn nicht.
Sie gehen weiter. Weit voraus trabt etwas den Strand entlang, ein Hund. Aber an der Biegung wendet er sich ab, und als Nick ihn Isabel zeigen will, sieht sie nichts. Meistens ist es hier ganz einsam,

sagt Nick. Man kann meilenweit wandern, ohne jemandem zu begegnen. Und Isabel sagt: ja, es ist wirklich einsam.
Möwen schwingen sich mit klatschenden Flügeln vom Kadaver eines großen Fisches auf. Isabel blickt absichtlich weg. Nick schaut sich um und sieht mit einem seltsamen Hüpfen seines Herzens ihre Fußspuren im festen, feuchten Sand: die seinen riesengroß, die ihren klein, mit deutlich sichtbaren Zehenabdrücken. Schwankende Fußspuren, die dem Saum der Brandung wie Girlanden folgen. Zurückführend. Entlang der Bucht und außer Sicht. Die Krümmung des Ufers ist so stark, daß von dieser Stelle aus das Anwesen der Martens' nicht mehr zu sehen ist.
Isabel sagt etwas. Nick dreht sich um, entschuldigt sich, die Hand an der Ohrmuschel. Er hat es nicht gehört. Hat nicht zugehört.
Ich weiß, daß Sie nicht einverstanden sind mit mir, sagt Isabel. Weder Sie noch die übrigen Freunde Mauries.
Nick ist zu betroffen, um sprechen zu können. Er spürt, wie ihm die Hitze ins Gesicht steigt: er fühlt sich schuldbewußt, als hätte sie seine Gedanken gelesen.
Isabels Stimme ist herausfordernd sicher: vielleicht hat sie ihre tapfere kleine Rede einstudiert. Ich weiß, daß Sie mich nicht mögen, sagt sie. Ich weiß es, ich verstehe es. Weil er wirklich ein außergewöhnlicher Mensch ist. Sie finden – alle finden es –, daß er ein Dutzend von meiner Sorte wert ist – und ich streite es nicht ab –, ich verstehe es – ich weiß, wieso jeder ihn liebt. Aber ich liebe ihn auch.
Als Nick zu widersprechen beginnt, bringt Isabel ihn mit zuversichtlicher Geste zum Schweigen: sie greift nach seinem Handgelenk. Rasch sagt sie: Nein, ich verstehe es. Ich mache Ihnen keinen Vorwurf. Sie kennen ihn seit zehn Jahren. Aber ich möchte es erklären: bitte lassen Sie es mich erklären! Maurie wendet sich an eine Frau, die an meiner Stelle steht und die mir überlegen ist. Er liebt sie, er vergöttert sie. Ich glaube, daß ich ihn wegen dieser Frau liebe ... ich möchte zu ihr emporwachsen. Verstehen Sie es? Ich liebe ihn wegen jener Frau ...
Nick ist furchtbar verlegen; er kann sich nicht einmal von ihr lösen.
Doch ich liebe ihn, ruft Isabel so leidenschaftlich, als wäre es bezweifelt worden. Ich liebe Maurie so sehr ... so sehr, wie ich überhaupt jemanden lieben kann.

Ein schönes Mädchen, sagt Mr. Martens, schöne blitzende Augen und Zähne, die Zähne fielen mir gleich auf, wie blendende, feuchte und leuchtende Perlen. Ein Raubtier. Ich gratuliere Ihnen.

Drei Uhr dreißig. Sogar drei Uhr zweiunddreißig. Maurie atmet mühsam, mit trocknem Mund, und blickt auf die Uhr, ohne es gleich zu begreifen.

Laute Stimmen, Gelächter, Feuerwerk. Kinder rennen umher – Nichten oder Neffen der Martens' oder Freunde von Nichten und Neffen. Zum Strand hinunter, vom Strand herauf. Rufe. Gekreische. Die Erwachsenen sitzen auf einer verkrauteten Fliesenterrasse, haben ihre Drinks vor sich und sprechen von der Kreisaufsichtsbehörde (die korrupt ist, wie Maurie heraushört) und der Notwendigkeit, Überbauungs-Einschränkungen durchzusetzen. Von einem drohenden Wechsel bei *Socony Oil.* Von der Krankheit – vermutlich Krebs – einer gemeinsamen Bekannten, deren Namen Maurie noch nie gehört hat.

Maurie schlendert an den Strand hinunter, in der Hand seinen Drink. Die Eiswürfel sind fast geschmolzen.

Ein Vogel mit herrlichem Gefieder, mit goldenen Federn, die so blond sind, so hell, daß sie silbern scheinen. Er fliegt auf Maurie zu. Auf seinen Arm ... Ein Traumwesen. Und was für Augen! So durchdringend, daß ihm schwach wird.

Ein Raubtier, hatte Mr. Martens mit seinem robusten, fröhlichen Gelächter zu ihm gesagt. Und dem armen Maurie auf die Schulter geklopft.

Mr. Martens hat zwanzig Pfund zugenommen, seit Maurie ihn zuletzt gesehen hat. Er trinkt zuviel, er ißt zuviel, und er strahlt eine sonderbar unzufriedene Hitze aus, wenn er spricht: man kann es fast sehen, wie die Schweißperlen auf seinem schlaffen Gesicht hervortreten.

Ein schönes Mädchen, allen Ernstes, sagt Mr. Martens. Wann soll die Hochzeit sein? Ich gratuliere Ihnen!
Er bringt ein Zwinkern zustande, das ebenso scheu wie gewagt ist. Als wäre Schönheit etwas leicht Unanständiges, und als müsse man darüber witzeln – von Mann zu Mann.
Wenn doch Nick bloß ... aber er fliegt gleichzeitig in alle Richtungen ... Amanda ... Haben Sie die gekannt? ... In Saltonstalls Büro, in Boston. Dann die kleine Sherman, meine Frau und ich hatten sie gern und hatten Mitleid mit ihr – Sie kennen ja Nick. Und jetzt hat er June ... Hat er Sie mit June bekanntgemacht?
Ja, sagt Maurie.
Unterrichtet an einer Quäker-Schule, ein nettes Mädchen, auch aus einer guten Familie, sagt Mr. Martens freimütig und stopft sich eine Handvoll Kaschu-Nüsse in den Mund. Aber wissen Sie, ich glaube nicht, daß sie für Nick stark genug ist. Ich meine, stark genug, ihn zu leiten. Gegen ihn aufzutreten. Er braucht eine ...
Wolkenschichten am Horizont – sie werden dicker. Undurchdringlich und violett wie eine Prellung. Die Sonne glotzt winterlich finster; jemand auf der Terrasse juchzt auf – wegen eines Regentropfens.
Nein, das kann nicht sein!
Es kann doch nicht *regnen!*
Im Radio hieß es ...
Regen? Gewitterschauer? Warnungssignale für kleine Boote?
Mr. Martens zerrt Maurie weiter, offenbar, um ihm etwas zu zeigen. Maurie widerstrebt nicht. Er fühlt sich schwindlig und schwach. Der schöne, silbrig-goldene Vogel, die schillernden Federn, das anmutige Auf und Ab seines Fluges ... Und an ihrem Finger *sein* Ring, das heißt, der von Großmutter Halleck (er ist sehr schön, hatte Isabel leise gesagt. Und sich vorgebeugt, um ihn zu küssen. Ihr Haar flog vor und streifte sein Gesicht, der Augenblick war feierlich und harmonisch und etwas unwirklich, obwohl es sich tatsächlich so abspielte: und Isabel de Benavente wurde Mauries *Braut.* Seine Augen füllten sich mit Tränen, seine Finger zitterten. Er würde heiraten. Er war verliebt, und seine Liebe wurde erwidert, und er würde heiraten. Er empfand es als unwirklich, doch schien es sich tatsächlich ereignet zu haben – vor einigen Monaten.).
Er braucht eine, die ihm gewachsen ist, sagte Mr. Martens.
Maurie, der June Penrick sehr gern hat, widerspricht: Ich finde

aber, daß June ziemlich stark ist ... Ich finde, Nick und June geben ein gutes Paar ab.
Finden Sie, sagt Mr. Martens.
Er führt ihn weiter, um ihm Instandsetzungsarbeiten zu zeigen, die auf der Rückseite des Hauses vorgenommen werden. (Maurie beschattet die Augen wegen der jähen, grellen Lichtflut und sieht zum Strand hinab. Kinder, ein paar Leute, die ein Sonnenbad nehmen. Ein trabender Hund. Von ihnen keine Spur. Und wieviel Uhr? Zehn vor vier.)
Er schluckt, und es schmerzt. Sein Mund fühlt sich hinten wie Sand an, wie Kies. Wo ist sein Drink? Er muß ihn irgendwo abgestellt haben ...
Hat Nick sich Ihnen anvertraut – wegen June? fragt Mr. Martens.
Was meinen Sie mit anvertrauen? entgegnet Maurie.
Ich meine – also ob – ob er offen über seine Pläne gesprochen hat, oder ihre – ob sie beabsichtigen – ob sie ernstmachen wollen, sagt Mr. Martens. Ich meine, ob sie nicht einfach – hm – Sie wissen schon ...
Seine Stimme versickert. Vielleicht ist er etwas verlegen.
Nick schätzt June sehr, sagt Maurie. Noch ein letzter Blick über die Schulter. Auf den Strand, die Klippen, die niederprallenden graugrünen Wogen – Lichtgefunkel wie von tausend Messern, schmerzhaft für seine Augen. Nach dem Lunch sind sie linker Hand fortgeschlendert, in nördlicher Richtung, auf Mauries Vorschlag hin. Nicht laut geäußert. (Während der Herfahrt hatte er zu Isabel gesagt: bitte, laß dich nicht durch Nicks Eigenart einschüchtern, er ist manchmal ein bißchen zu selbstbewußt, ziemlich frei heraus. In der Schule hatte er sich damit Feinde gemacht. Aber er hat auch Freunde – er hat treue Freunde. Und du weißt, ein wie guter Freund er mir gewesen ist. Beachte seinen Sarkasmus einfach nicht, wenn er sarkastisch wird, mach dir nichts aus seiner Launenhaftigkeit, und suche nach einer Gelegenheit, mit ihm allein zu sprechen. Er ist anders, wenn er allein ist. Wenn er nicht versucht, einer Zuhörerschaft zu imponieren.)
Er »schätzt« sie, wiederholte Mr. Martens steif – na, das will ich schwer hoffen. Die Penricks sind schließlich ... Und June selber ... sie wird gegen Abend kommen, hat's Nick Ihnen erzählt? Ihr Vier solltet ... Es wäre nett, wenn ...
Mr. Martens verstummt. Er wischt mit seinem nackten Arm grob

über sein verschwitztes Gesicht, als sei ihm plötzlich der Gedanke gekommen … oder bildet sich der arme Maurie das nur ein? … daß sein Sohn und Mauries Braut ihren Spaziergang schon sehr lange ausgedehnt haben.
Zum Glück kommt es zu einer Ablenkung: eine Schnur mit Feuerwerkskörpern explodiert vor Mr. Martens' in Sandalen steckenden Füßen, und Kinder stürzen laut lachend durch das struppige Gras davon, während Mr. Martens ihnen empört nachruft: Schert euch hier fort, zum Teufel! Was untersteht ihr euch, ihr kleinen Rangen? Was bildet ihr euch bloß ein?
Zu Maurie sagt er mit resigniertem Lächeln: heutzutage sind sie gräßlich verzogen. Die Kinder meiner Schwester. Schlimmer, als es Nick in dem Alter je in den Sinn gekommen wäre! Und dort ist eine ganze Bande, in dem Haus drüben auf Cape Cod, sehen Sie's? – Am Strand wird es von Jahr zu Jahr unerträglicher.
Ja, sagt Maurie gedankenlos.
Also nun – wegen Nick und June, sagt Mr. Martens, hat er nichts gesagt? – Ich meine, zu Ihnen? Ich meine – verstehen Sie – hat Mr. Penrick überhaupt mit ihm gesprochen? Ich finde, sie könnten dankbar sein, jemanden wie Nick bei der Western Electric zu bekommen – natürlich ist Firmenrecht nicht gerade seine Spezialität – und ich weiß, daß sein Ehrgeiz auf andre Gebiete gerichtet ist – glaub's wenigstens – aber gewisse Lebensumstände sollten einen beruhigenden Einfluß auf ihn ausüben – was meinen Sie?
Maurie zuckt zusammen und blickt auf. Was meint er …?
Den einen Monat war's mal Politik, und er konnte Saltonstall dafür interessieren, der ihn gefördert hätte; dann wieder ist's Bürgerrecht, und er will nach Washington gehen, um sich Ihnen anzuschließen; ein andermal ist es Strafrecht – er hat ein paar eigene Ideen, sicher hat er's Ihnen erzählt, über Reformen der Gerichtshöfe … dann wieder will er ein Jahr aussetzen – in seinem Alter! an diesem kritischen Punkt seines Lebens! – um in Genf oder anderswo für die U.N. zu arbeiten, vielleicht in Afrika. Oder Südostasien. Englisch unterrichten, Sprachen lernen, einheimische Religionen und Bräuche studieren und derlei Sachen … Als ob die Welt auf ihn wartet, bis er zurückkommt und seine Karriere fortsetzt … Und natürlich hat Nick auch einen guten Blick für Geschäftsunternehmen: er könnte uns eines Tages alle überraschen.

Geschäftsunternehmen? sagte Maurie zweiflerisch.
Geschäftsunternehmen, Immobilienmarkt, Effektenbörse. Kann gut sein. Er arbeitet gern mit Geldern, mit den Geldern andrer Leute, er ist sehr fürs Spekulieren und Geldanlegen ... aber das ist augenblicklich nicht sein Arbeitsgebiet. Deshalb dachte ich, Junes Vater hätte Fühlung mit ihm aufgenommen. Doch Sie haben nichts darüber gehört? Wie?
Ich habe nichts gehört, sagt Maurie.
Er blickt prüfend gen Himmel. Sieht nichts. Blickt nicht mehr auf seine Uhr.
Das einzige, was Nick überhaupt nicht interessiert, ist der Beruf seines Alten, sagt Mr. Martens mit einem derben, nicht überzeugenden Lachen. Musik ausüben oder verhökern.
Maurie murmelt eine unhörbare Antwort. Seine Haut juckt ihn an einem Dutzend verschiedener Stellen, aber er wagt es nicht, sich zu kratzen: fängt er erst einmal damit an, dann kann er nicht wieder aufhören.
Der Kummer mit meinem Sohn, sagt Mr. Martens, legt Maurie seine warme Hand auf die Schulter und haucht ihm seinen süßlichen Whisky-Atem ins Gesicht, ist der, daß sein Kopf zu schnell arbeitet. Es ist ein Dämon drin, schlimmer als ein Computer. Er erledigt Menschen und Möglichkeiten, ohne sie je genau zu begreifen, verstehn Sie? Im College und später in der Rechtsfakultät hat er einen Professor nach dem andern verehrt, und dann ging was schief, und er konnte sie nicht mehr ausstehen, brauchte sie aber noch. Natürlich wissen Sie das? Nick ist der geborene Protégé, nicht wahr? Er sollte am Obersten Gerichtshof arbeiten ... und daher gab ich's auf, für sie zu sprechen. Aber natürlich wissen Sie all das, Sie kennen Nick besser als ich.
Ich finde, es stimmt nicht ganz, Mr. Martens, sagt Maurie.
Nennen Sie mich Bernard, um Himmelswillen! Ich bin doch noch kein alter Knacker! Also Bernard, ja?
Ja, gut ... ich bedaure ...
Nick nennt mich Bernard, haben Sie's mitangehört? Und nicht immer mit Respekt. Fing schon damit an, als er ins Internat kam, als Vierzehnjähriger.
Ja, sagt Maurie leise.
War immer ein dreister kleiner Scheißkerl. Hab' *gewußt*, daß er Jus studieren und gut abschneiden würde ...

Maurie möchte am liebsten weinend vor dem geschwätzigen alten Esel ausreißen. Nick in einer vergröberten, schlappen, kraftlosen Ausgabe. Sein Bauch schwappt über den schmucken Ledergürtel, seine Unterarme sind wie Schinken, und behaart. Er ist fast so groß wie Nick, hat dieselben, schlau zwinkernden, gescheiten Augen und die gut geschnittenen Lippen: früher mal ein hübscher Mann, das hätte Maurie gewußt, auch wenn er Bernard Martens nicht auf alten Fotografien gesehen hätte. (Am Flügel posierend, mit einem teils engelhaften, teils selbstversunkenen Ausdruck. Das Kinn leicht erhoben. Das Profil »edel«.) Selbst die Stimme ist – beinah – Nicks Stimme. Sie hebt sich und senkt sich und schweift von einem schön modulierten Bariton zu einem rauhen, kratzenden, mürrischen Baß. Wo Nicks Schultern und Arme muskulös sind – bei Mr. Martens sind sie schlaff und matt. Er ist ein dick gewordener Aristokrat, der sich nicht wohlfühlt in seiner Haut, ein Hedonist, der seiner Freuden beraubt wurde, ein Intellektueller, der versauerte. Ein Künstler, dessen Versagen in der Kunst (und im Geschäft) ihn zu einem plumpen Zyniker machte.

Hören Sie, mein Junge, lassen Sie sich nicht von ihm übervorteilen, sagt Mr. Martens mit leiser, verschwörerischer Stimme. Ich meine – ich weiß, Sie sind ihm dankbar für gewisse Dinge – zum Beispiel für die Sache da oben in Ontario –, ich weiß, daß Sie sich sehr nahestehen – daß Sie ihm vertrauen – aber...

Maurie fährt erschrocken zurück, als habe der Vater seines Freundes ihn geschlagen – oder geliebkost.

Ich habe keinen wirklichen Grund, so etwas zu sagen – ich weiß nicht, was ich da rede, lacht Mr. Martens, und doch – und doch – verstehn Sie...

Die mandelförmigen Augen mit ihrem blinzelnden, intelligenten Zwinkern in dem dicken Gesicht beunruhigen Maurie: das sind doch Nicks Augen – oder nicht?

Maurie wird rot und wendet sich ab. Seine Haut brennt und juckt: die Stirn, der Hals, das Kreuz, das Gesäß. Ihm wird schwindlig: während eines kurzen Moments sieht er Nick und Isabel, die in einem versteckten Schlupfwinkel im Grase liegen, die vom feuchten Sand gestreiften Körper einander umklammernd... zupackend in panischer Angst, weil sie sich beeilen müssen. Denn natürlich haben sie nicht viel Zeit.

Mr. Martens führt ihn weiter, als sei alles in Ordnung. Ein

geschwätziger älterer Mann, seinen Drink in der Hand, mit Riemensandalen – einem Gast »den neuen Anbau« zeigend. Es ist ein langer Raum, der auf die Klippen hinausblickt, Glastüren am andern Ende, ein teilweise fertiger Kaminplatz aus Stein. Der Fußboden soll aus Kiefernholz bestehen, aber Mr. Martens ist bereits unzufrieden. Wie es scheint, hat ihm jemand – der Architekt oder der Unternehmer – etwas vorgelogen.

Beschäftigen Sie niemals einen Architekten, sagt er, Sie und – wie heißt sie doch gleich? – Isabel – ja, Isabel, Sie und Isabel. Fahren Sie einfach in Washington umher und halten Sie Ausschau nach Schildern »Zu Verkaufen« und wählen Sie das Haus, das Sie haben möchten, kaufen Sie es fix und fertig und nachdem es schon bewohnt war, je älter, je besser –, aber das brauche ich Ihnen – oder ihr – wohl nicht zu sagen. Geben Sie den Gedanken an Ihr »Traumhaus« auf – zum Teufel mit solchen Ideen! Man kann niemandem trauen...

Maurie stolpert umher und gibt vor, das Zimmer zu betrachten. Es ist wenig zu sehen: unfertige Wände, flatternde Isolierungsstreifen, Abfall ihm zu Füßen. Jemand hat einen zerknüllten Lunchbeutel dagelassen, eine Bananenschale, eine Coca-Cola-Flasche, Zigarettenstummel. Was kann er sagen? Was gibt's da für ihn zu bewundern? Der Kamin ist wirklich hübsch... und die Glastüren, die Aussicht...

Was mach' ich hier? denkt Maurie verzweifelt. Wo ist Isabel?

Mr. Martens zeigt ihm etwas, offensichtlich eine fehlerhafte Stelle, und ergeht sich in einem nörgelnden Monolog. Die Einbildung der Architekten... die steigenden Preise der Baumaterialien... die Stundenlöhne der Tischler, Elektriker, Klempner und einfachen Arbeiter. Er ist so ärgerlich, daß er geifernd zu lachen beginnt.

Es wird ein sehr schöner Raum werden, sagt Maurie matt. Die Aussicht...

Mr. Martens fährt fort, sich zu beklagen. Maurie geht vorsichtig umher, berührt freiliegende Balken, klopft mit den Knöcheln auf eine Fensterscheibe. Er kann es nicht unterlassen, dauernd zum Strand zu blicken, obwohl er sehr gut weiß, daß Nick und Isabel in die andre Richtung weggegangen sind.

Verirrt? Haben sie sich verirrt? Aber das ist natürlich ein Witz – an einem Strand kann man sich nicht verirren. Und Nick war sein Leben lang immer wieder auf Mount Dunvegan Island.

Ein Regentropfen – wie ein Stern auseinandergespritzt. Auf der schmierigen Kristallglasscheibe.
Der Himmel bezieht sich, den Horizont hat der Nebel verschluckt, die Luft riecht feucht und etwas kalt. Ein heraufziehender Sturm. Böen, noch mehr Böen. Von Osten, vom Ozean herwehend, winselnd, irgendwie erheiternd. Aber Maurie hat natürlich anderes im Sinn.
(Ob es jeder weiß? Ob sie darüber reden? *Ihn* bedauern?)
(Ihn auslachen? Der arme Bursche. Noch nicht mal verheiratet, und seht euch bloß diese Dreistigkeit an!)
Wieviel Uhr? Ein paar Minuten nach vier.
Isabel wollte eigentlich gar nicht zum Mount Dunvegan Island hinauffahren. Obwohl sie natürlich – wie sie sagte – gespannt war, Nick kennenzulernen. Aber sie und Maurie waren zu einer Party auf der Pferde-Ranch der Mazurs in Brean Down in Virginia eingeladen, und einige Schulfreundinnen Isabels würden auch dort sein, einschließlich der Tochter des französischen Gesandten, die Isabel so gern hatte. Und es sei nicht höflich, nicht zu der Party zu gehen, wie Isabel mit ihrem reizenden Akzent und dem halb bestürzten kleinen Zucken ihrer Nase erklärte – und das bedeutete, daß es ihr gräßlich war, über so etwas Bescheid zu wissen, und erst recht, darüber zu sprechen; es sei durchaus nicht diplomatisch, denn einer von Mauries Kollegen (also einer seiner Rivalen) sei auch eingeladen und würde bestimmt hingehen. Und ...
Trotzdem sagten sie ab. Und fuhren statt dessen nach Mount Dunvegan Island, um den Vierten Juli mit den Martens' und deren Gästen zu verbringen.
Und falls Isabel mehr als vorübergehend enttäuscht war, so ließ sie es sich jedenfalls nicht anmerken.
Denn natürlich wollte sie unbedingt Nick Martens kennenlernen, wie sie sagte. Sie wollte Mauries sämtliche Freunde kennenlernen.

*

Mr. Martens seufzt und haut für Mauries Geschmack etwas zu kräftig gegen einen Balken, der einen Teil der Decke trägt. Er hat in einer Fensterscheibe sein Spiegelbild gesehen und sagt zu Maurie: die Antwort auf das zunehmende Alter, mein Junge, besteht darin, mit dem häßlichen Kerl im Spiegel fertigzuwerden, ohne sich von Mitleid oder Widerwillen unterkriegen zu lassen. Es hilft, wenn man in der dritten Person Einzahl von ihm denken kann. Es *hilft!*

Maurie, der nicht weiß, was für eine Antwort von ihm erwartet wird, beginnt zu lachen. Seine Kehle zieht sich plötzlich zusammen, und es hört sich wie ein Schluchzen an.

Aber nein doch, nein! Unmöglich!

Sie sind nur spazierengegangen, sie sind nur den Strand entlanggeschlendert. Und war es nicht auf seinen Wunsch hin – damit sie sich kennenlernen sollten?

Ihr bedeutet mir mehr als irgend jemand in der Welt, hat er scheu geflüstert. Ihr beide.

Ihr beide.

O Liebe!

Er blinzelt und zwinkert und sieht sie plötzlich, ein Pärchen, eine schlanke junge Frau und einen großen jungen Mann, die zum Haus zurückkehren. Natürlich nicht »Händchen haltend«. Nicht sich berührend. Zurückeilend, weil der Himmel so bedrohlich aussieht und die ersten Regentropfen gefallen sind.

Er blinzelt, er sieht sie. Sie gehen an den verlassenen Sandburgen und Gräben der Kinder vorbei. Ein Mädchen in einer scharlachroten Hemdbluse, ein junger Mann in weißen Shorts...

Aber natürlich sind es nicht Isabel und Nick.

Mauries Mund ist trocken geworden. Ausgedörrt. Er versucht zu schlucken, aber er kann nicht. In beiden Schläfen klopfen die Adern. Wie aus einiger Entfernung hört er Nicks Vater sprechen. Worte und Worte und Worte, eine Strähne von Worten, Klage eines Liebenden, unaufhörlich. Was anders ist des Lebens Kummer als der durch die Liebe verursachte, in ewig wechselnden Worten ausgedrückt?

Der Architekt, der Unternehmer, ein bißchen Betrug, aber was kann man schon erwarten heutzutage...?

Mr. Martens' Klagelied versickert. Er blickt Maurie an, und sein Ausdruck ist ausnahmsweise weder fröhlich noch zynisch.

Plötzlich sagt er: Übrigens glaube ich, Maurie, daß Nick – Sie kennen ihn ja – ihr – Isabel – alles hat zeigen wollen, und deshalb glaube ich, daß Nick wahrscheinlich zum Tower Rock aufgebrochen ist – wissen Sie, wo der ist? Zwei Meilen den Strand entlang, vielleicht noch ein bißchen weiter – ich glaube, daß er Isabel wahrscheinlich den Felsen hat zeigen wollen, er ist eine Art Wahrzeichen unsrer Insel, er hat dort als Kind gespielt – und es ist weiter, als er gedacht hat – und sie haben nicht mehr auf die Zeit geachtet – und jetzt schlägt das Wetter um, und vielleicht ...

Maurie kann Mr. Martens nicht ins Gesicht blicken. Er streift mit dem Zeigefinger über ein Brett und zuckt zurück, weil die Oberfläche splittert.

Wissen Sie, wie der Tower Rock aussieht, fragt Mr. Martens. Er ist plötzlich so begeistert, als spräche er zu einem bekümmerten Kind. Es ist ein Wahrzeichen unsrer Insel, ein echtes Spiel der Natur ... ein riesiger Felsen hoch über den Klippen, eiförmig, abseits der North Shore Road, etwa acht Meilen von der Brücke entfernt ...

Maurie senkt die Lider. Ihn schwindelt einen Augenblick, aber der Augenblick vergeht natürlich. Er schluckt, wendet sich zu Mr. Martens um und bringt es fertig, ihm höflich zu erwidern, daß ihm der Tower Rock bekannt ist – er hat ihn gesehen – Nick hat ihn mal hingeführt, als sie am Strand entlangwanderten.

Ach so, sagt Mr. Martens unsicher, lächelt aber, dann wissen Sie ja, wo er ist –, ich meine, daß es ein gutes Stück Wegs ist. Eine lange Strecke.

Ja, eine lange Strecke, sagt Maurie.

Vier Uhr fünfzehn. Aber er wird nicht wieder auf seine Uhr sehen.

Immer, wenn sie sich nach längerer Zeit wiedersehen, blicken sie einander besorgt an – sogar, während sie sich kräftig die Hand schütteln, wie Gentlemen – um festzustellen, ob sich zwischen ihnen etwas geändert hat.
Um festzustellen, ob der andere es vergessen hat.
Oder beschlossen hat, sich gegen Gefühle zu verhärten.
Oder jemanden gefunden hat, der wichtiger, wesentlicher für sein Leben ist.
Maurie ist meistens scheu, wenn sie sich das erstemal wiedersehen, und wird rot vor Freude und stottert seine Begrüßung hervor; Nick ist überschwenglich und energisch und sogar etwas herrschsüchtig. (Es ist seine mutwillige Schuljungen-Manier, mit originellen Anklängen an Hans Schweppenheiser.)
Wenn Nick seiner alten Gewohnheit zur Prahlerei nachgibt, sogar, wenn er und Maurie allein sind, sich für einen Drink, für einen Schnell-Imbiß treffen, ist es doch immer so (wie Maurie sich sagt), daß Nick wirklich Grund zum Prahlen hat; sein Leben ist wunderbar kompliziert. Und Maurie ist immer eifrig, sogar begierig darauf aus, ihm zuzuhören.
Die Monate im Beamtenstab des Senators Saltonstall, von dem er sehr viel gelernt hat – sehr viel mehr, als es dem Senator erwünscht sein mochte; ein seltsames Interview mit dem Justizminister von Massachusetts, der von Nick sehr angetan war, ihn sich aber momentan nicht leisten konnte; ein wildes, aber kurzlebiges Liebesverhältnis mit einer Rechtsanwältin in den Dreißigern; ein unbändiges Interesse am Tennisspiel; eine geplante Reise um die Welt und – ganz kürzlich – die hochbezahlte Anstellung bei Bell, Janeway, Prescher + Prescher. Natürlich möchte Nick zu guter Letzt doch nach Washington. Aber unter seinen eigenen Bedingungen. Er bewundert Maurie, weil er einen Posten beim Bürgerrechts-

Ausschuß angenommen hat, aber das Gehalt ... ach ja, das Gehalt! Nick brummelt mit spöttischem Lächeln, daß er sich einen so offensichtlichen Idealismus noch nicht leisten könne.

Und – da er eben Nick ist und dazu neigt, das fast Verletzende, fast Beleidigende auszusprechen –, kann er es sich nicht versagen, hinzuzufügen, daß seine Herkunft ihn nicht genügend für Idealismus ausstaffiert hat: er würde es sich selbst verdienen müssen.

Ja, beruhigt ihn Maurie und errötet noch heftiger und schuldbewußt wegen seines eigenen Glücks als Erbe der Halleck-Copper + Aluminium Firma, ja, natürlich, obwohl Nick doch wissen sollte, daß Maurie seit seinem achtzehnten Lebensjahr sehr wenig Geld von seinem Vater angenommen hat ... Nick weiß es tatsächlich, hält diese Tatsache jedoch für belanglos.

Ja, beruhigt ihn Maurie, du hast natürlich recht. Idealismus sollte nicht zu billig erworben werden.

Schuljungen, heranwachsende junge Männer. Die gewisse Erinnerungen teilen. Besorgt und nicht willens, sie zu vergessen. Wenn sie sich die Hand reichen, verrät der trockene, starke, energische Händedruck nichts von den Gefühlen, die jeder hineinlegt. Bin ich ersetzt worden? Hast du vergessen? Bin ich nicht länger wesentlich für dein Leben?

Noch eine andre Möglichkeit gäbe es, eine sehr häßliche Möglichkeit: daß einer von ihnen beschlossen haben könnte, nicht nur die Gefühlsbetontheit ihres Bundes zu vergessen, sondern die Tatsache des Bundes überhaupt. Denn vielleicht hatte sich wirklich nichts Bedeutsames an jenem Nachmittag am Loughrea River ereignet ...

(Wie es Isabel eines Tages andeuten würde. Mit dem schlauen »gesunden Menschenverstand«, der selbst den nettesten und »weiblichsten« ihrer Affektiertheiten zugrunde liegt. Schließlich hätte doch *jeder* ihn aus dem Fluß ziehen können. Wer waren die andern Jungen? Einer namens Kim, einer namens Tony? Überhaupt hätte jeder Beobachter, der zufällig in der Nähe war, ebensoviel für Maurie getan. Und vielleicht wäre Maurie gar nicht ertrunken. Vielleicht war er gar nicht so ernstlich verwundet und hätte sich selber retten können?)

Noch eine andre Möglichkeit ist die, daß einer von ihnen sich verliebt. Nicht so, wie Nick sich zu verlieben gewöhnt ist – rasch, über ein Wochenende –, jedenfalls nicht so, wie er jetzt verliebt ist.

Sondern allen Ernstes jemanden liebt, innig liebt. Die Schuljungen wachsen schließlich heran. Es sind keine Jungen mehr, sie sind nicht mehr in der Schule.

*

Es war kurz nach Mauries fünfundzwanzigstem Geburtstag, als er und Nick sich in Cambridge bei einem Schnell-Imbiß trafen, daß er Nick von Isabel de Benavente erzählte.
Sandwiches und Bierkrüge in dem beliebten deutschen Restaurant, das sie häufig im ersten Semester beehrt hatten. Begeisterung über ihr Wiedersehen, das gewohnte, nicht endende Händeschütteln, auf beiden Seiten ein befangener Austausch lächelnden Begrüßens. Maurie und Nick, Nick und Maurie – so wenig verändert. So wenig, daß es kaum ins Auge fällt.
Klatsch über ehemalige Klassenkameraden, auf den sie stets beide erpicht sind, vor allem Nick. Was für Glück manche gehabt haben, was für Pech andere, Rückschläge, Rätselhaftes – wer hätte gedacht, daß Kim Ryan für CBS in Hollywood als Direktor für Propaganda und Presse arbeiten würde, wer hätte gedacht, daß ein magerer, furchtsamer Junge – in der Bauer-Schule war er eine Klasse über ihnen –, jetzt Testpilot bei der Air Force war, und dann Tony Di Piero: die neueste Nachricht über Tony lautete einfach, daß er verschwunden ist, seit Monaten hat niemand von ihm gehört, er ist von London zurückgekehrt, hat ein paar Freunde aufgesucht und ist dann verschwunden, ohne einem furchtbar unglücklichen Mädchen, das Nick flüchtig kannte, auch nur ein Wort zu hinterlassen … eine New Yorker Debütantin, ihr Vater ist an der Börse. Man vermutet, daß sie sich selber zu helfen wissen wird.
Die aufregendste Nachricht ist jedoch die von Hans Schweppenheisers Selbstmord.
Nick kennt nur ganz wenig Einzelheiten. Der Bericht ist verworren und möglicherweise unzuverlässig. Wie es scheint, hatte Bauer einen neuen Direktor angestellt, einen jüngeren, aber konservativen Mann, dem Schweppenheisers Schulzimmer-Auftritte nicht behagten und der sein Mißfallen nicht nur im kleinen Kreis, sondern bei den Fakultätssitzungen äußerte. Aus Rache wurde Schweppenheiser immer sarkastischer und verstiegener; er befleißigte sich eines zunehmend anstößigen öffentlichen Auftretens,

wozu liederliche Kleidung (eine schmutzige, wollene Pudelmütze, Pantoffeln, verfleckte Jacken und schmutzstarrende Socken) und widerliche Tischmanieren gehörten (er erkundigte sich bei andern während des Mittag-oder Abendessens, in welchem Alter sie mit der »sogenannten Selbstbefriedigung« begonnen hätten), sowie das Verbreiten von ausführlichen, aber völlig frei erfundenen Geschichten über den Direktor und gewisse Anti-Schweppenheiser-Mitglieder im Kuratorium. Er war unverschämt, er war rücksichtslos, er war vielleicht schrecklich besorgt und fürchtete, von der Bauer-Schule entlassen zu werden – und wohin konnte er dann gehen, wer wollte ihn nehmen, er hatte in Harvard nie mit dem Ph. D. abgeschlossen, und sein umfangreiches Buch, das auf über tausend Seiten angewachsen sein sollte, wie es hieß, würde noch Jahre bis zur Veröffentlichung erfordern. Die erstaunlichste Neuigkeit aber war (nach Nicks Ansicht), daß Schweppenheiser nicht mehr amüsant war. Seine Schulzimmerwitze verpufften wirkungslos, die Jungen starrten stumm vor sich hin und weigerten sich, auch nur zu lächeln. Andre Mitglieder der Fakultät gingen ihm klugerweise aus dem Wege. Die Frauen seiner Kollegen waren nicht länger von ihm begeistert. Schweppenheiser bewarb sich bei der Stadtverwaltung – bestimmt, um einen Streich zu spielen –, um das Amt eines Koordinators der »Einsammler von totem Wild« – und wurde natürlich abgewiesen; und bei den Examensfeiern erhob er sich, strahlend schlampig in seinem akademischen Talar und Barett, von seinem Platz auf dem Podium, um des Direktors Aussprache eines lateinischen Zitats zu verbessern. Seine Kühnheit stieß auf entsetztes Schweigen. Er nahm den dramatischen Anlaß wahr, um die Versammlung mit soviel Würde zu verlassen, wie er sie bei seinem Leibesumfang und den Schweißtropfen, die ihm über sein Schweinsgesicht rannten, nur aufbringen konnte. *Und ward in Bauer nie mehr gesehen.*

Er kehrte in seine Pension zurück, packte einige seiner Sachen ein und ging weg, ohne seiner Zimmerwirtin eine Nachsende-Anschrift zu geben. Die Schule schickte seinen letzten Gehaltsscheck an sein Zuhause in Boston, aber er wurde nie eingelöst: inzwischen hatte sich der arme Mann (wie es hieß) umgebracht. Er habe sich erhängt oder sich in die Schläfe geschossen, er habe einen ganzen Liter Whisky auf einmal getrunken und sei auf der Stelle einem Herzschlag erlegen. Oder er habe sich die Kehle mit dem Brotmes-

ser aufgeschlitzt ... Die Gerüchte waren unterschiedlich, aber alle stimmten darin überein, daß Hans Schweppenheiser »von eigener Hand« umgekommen war.
Wenn aber Bauer-Absolventen die Schule anrufen, wird ihnen von einem barschen Verwaltungsbeamten nur gesagt, Schweppenheiser gehöre nicht mehr zum Lehrkörper. Und niemand in Bauer habe eine Ahnung, wie man ihn erreichen könne.
Maurie nimmt die Nachricht schweigend auf. Sie überrascht ihn nicht, sie beunruhigt ihn bestimmt nicht so, wie sie Nick beunruhigt.
Ist das nicht eine verdammte Geschichte, sagt Nick immer wieder. Schweppenheiser mit seinem verdrehten Sinn für Humor ... seinem Witz, seiner Intelligenz ... ist es nicht eine *Schande* ...!
Nach wenigen Augenblicken sagt Maurie gelassen und ohne besonderen Nachdruck, es sei eine erhebliche Überraschung, ja, es sei eine *Schande*.
So ein Mann wie Schweppenheiser! sagt Nick.
Jedenfalls war er ein furchtbar unglücklicher Mann, fährt Maurie fort.
Unglücklich? Schweppenheiser? War er das? ruft Nick und blickt erstaunt drein.
Maurie fällt keine passende Antwort ein. Er sieht nicht mehr auf seines Freundes ungläubig gerunzelte Stirn.
War er das? staunt Nick. Es ist mir nie aufgefallen.

*

Schuljungen-Rivalität, Gefühle Heranwachsender. Gewisse schmerzliche Erinnerungen. Besteht ein Band zwischen ihnen, ist es »geheiligt«? oder ist es vielleicht die Folge einer tiefen Furcht, einer Angst vor körperlicher Auslöschung, die einfach erklärt werden kann? Oder reicht das Einverständnis zwischen Nick Martens und Maurie Halleck sogar noch tiefer als das Erlebnis einer solchen Angst?
Nick versucht, nicht darüber nachzudenken. Denkt wirklich nicht darüber nach – er hat keine Zeit.
Maurie denkt oft darüber nach. Merkwürdig, daß seine Liebe zu Isabel de Benavente gewisse alte Erinnerungen weckt, statt sie zu verdrängen.
Es ist nicht wahr, daß wir allein leben und sterben, sieh doch, wie wir

zusammen sind, wie wir immer zusammen sind ... Er versucht, Isabel seine Freundschaft mit Nick zu erklären – ganz abgesehen von dem Beinah-Ertrinken, aber es gelingt ihm nicht. Nicht, weil Isabel unaufmerksam wäre – sie ist eine wundervoll reizende »Zuhörerin« –, sondern weil ihm nicht die richtigen Worte einfallen. Maurie hört sich Banalitäten hervorstammeln.

Freundschaften zwischen Männern sind äußerst wichtig, versichert ihm Isabel. Ich beurteile einen Mann immer nach seinen Freunden. Dagegen bei Frauen – bei Frauen ist es anders – ich traue Frauen eigentlich nicht.

Es ist ebenso schwierig, Nick seine Gefühle für Isabel zu erklären, obwohl Nick – dieses eine Mal fügsam – allen oder fast allen Anzeichen nach teilnehmend zuhört.

Wie drollig, wie reizend und wie rührend! Und natürlich ist es auch wundervoll: Maurie Halleck liebt zum erstenmal in seinem Leben! Er errötet und stammelt und ist stolz und erschrocken – denn ist er nicht noch ein Junge, ein Schuljunge? Wie kann er mit seinen vierundzwanzig Jahren sich einbilden, daß eine junge Frau überhaupt soviel für ihn übrig hat, um ihn zu heiraten? Ganz zu schweigen eine Frau wie Isabel de Benavente?

Sei nicht lächerlich, sagt Nick ungeduldig. Das ist eine deiner schlechten Gewohnheiten – dich selbst zu niedrig einzuschätzen!

Liebe, Ehe, Kinder, Familienleben.

Und sie hofft auf ein schönes Haus in Washington (erwartet es, wird darauf beharren). Und eine gesellschaftliche »Stellung« – eine noch glänzendere Stellung in Washingtons gesellschaftlichem Leben, als die kleine de Benavente sie bisher gehabt hat.

*

Ich bin noch nie jemandem wie ihr begegnet, sagt Maurie leise. Mit der gleichen ernsten Miene, mit der Nick von Schweppenheisers unseligem Tod gesprochen hat.

Tower Rock

Da ist er endlich. Ein natürlicher, felsiger »Turm« hoch über dem Strand, vielleicht fünfundsiebzig Fuß vom Boden. Eiförmig, gewaltig, ein beunruhigender Anblick, als sei er verzaubert (hatte Nick als Kind immer gedacht).

Allerhand, nicht wahr? Wollen wir hinaufklettern?

Aber es wird regnen, es hat schon zu regnen angefangen.

Ein undurchdringlicher, zusammengeballter Himmel. Ein schwacher Blitz, ein sekundenlang beleuchteter Baumknorren vor den schweren, aufgetürmten Wolken. Wie herrlich!

Herrlich.

Aber wieviel Uhr ist es? Nicht spät. Erst kurz nach drei.

Herrlich ...

Isabel in ihren engen, ausgeblichenen, bis zu den Knien aufgekrempelten Jeans und der unter den Brüsten zusammengeknoteten Hemdbluse, ihre schmale Taille freilassend, wie wenn ... wie wenn ihre nackte Haut nicht mehr bedeutete als die nackte Haut von irgendwem.

Sie streicht sich ihr blaßgoldenes Haar aus den Augen. Eine Strähne verfängt sich für einen kurzen Moment in ihrem Mundwinkel.

Die milchweißen, feuchten, perlenschimmernden Zähne. Zu einer Grimasse entblößt, die irrtümlich für ein Lächeln gehalten werden könnte.

(Ob Maurie mit ihr schläft, fragt sich Nick. Ob sie ihn an sich heranläßt? Zuläßt, daß er sich in sie vergräbt, an ihrer Schulter schluchzt, mein Liebstes, mein Liebstes, ich will alles für dich tun, ich bin noch nie jemandem wie dir begegnet. Öffnet sie ihre Schenkel vor ihm? denkt Nick, und sein Herz zieht sich vor Qual und Neid zusammen.)

Der lüsterne Nick, der ihre Schritte betrachtet, die hinter ihnen

wegführen. Außer Sicht führen. In den Nebel hinein. Niemand ist in der Nähe. Niemand, es zu beobachten.
Wieviel Uhr ist es? flüstert Isabel und wagt es, leicht nach Nicks Arm zu greifen, um auf seine Uhr zu blicken. – Oh, ich dachte, es wäre später.
Fünf Minuten nach drei. Sollen wir auf den Turm klettern, fragt Nick.
Noch ein Gabelblitz, weit weg, hinten im Land. So weit entfernt, daß sich der Donner wie ein anmutiges, kaum vernehmbares Grummeln anhört.
Wie schön der Himmel ist. Wolkenbänke über dem Atlantik.
Der Felsen ist wirklich wie ein Turm, sagt Isabel verwundert. Er sieht aus, als habe ihn jemand so hingestellt. Ein Riese, der ihn vor Jahrhunderten hingestellt hat.
Sollen wir hinaufklettern, oder sind Sie zu müde? Sagen Sie's mir nur!
Müde? sagt Isabel mit stockender Stimme.
(Isabel de Benavente, die eine ganze Nacht durchtanzen kann. Die in den Jahren vor ihrer öffentlichen Verlobung ganze Nächte durchtanzt hat.)
Isabel und Nick gehen den Strand entlang, außer Atem, etwas schwindlig, ohne den Wetterumschlag zu bemerken. Der feuchte, kühle Wind hat sie berauscht, sie können sich nicht erinnern, wie weit sie gelaufen sind – wen sie auf der Terrasse des Sommerhauses zurückgelassen haben.
Ist Maine im Juli immer so kalt? fragt Isabel und zittert. Bei der Kälte kann man doch nicht schwimmen!
Geruch von Seetang, ein köstlich brackiger, salziger Geruch. Nick holt tief Atem, und gleich noch tiefer.
Berauscht.
Sollen wir hinaufklettern? Hier ist der Pfad – nein, dort – dort drüben!
Er nimmt sie bei der Hand. Es muß stets eine Überraschung für Maurie sein, denkt Nick (und ist selbst überrascht), wenn er entdeckt, daß diese Hand so schlank ist, die Knochen so fein sind. Zart wie bei einem Spatz. Und sie ist für einen kurzen Moment etwas bedrückt, während sie – fast hörbar – überlegt, ob die Kletterei gefährlich sein könne, ob ihre nackten Füße auf dem Felsen ausrutschen oder vom Felsen zerschnitten werden könnten.

Wenn Sie zu fallen befürchten, sagt Nick ritterlich, wollen wir es nicht versuchen. Nicht heute.
Ein andermal? Morgen? Wenn das Wetter sich aufklärt? Maurie kann mitmachen ... sagt Nick unaufrichtig.
Er nimmt ihre Hand, umklammert sie fest. Wie drollig, wie amüsant, eine junge Frau, die ihre Fingernägel und ihre Zehennägel lackiert hat, bereitet sich auf dem Nordost-Strand von Mount Dunvegan Island auf einen langen, windumtosten, gischtbespritzten Anstieg vor! Modisch geflochtenes Haar, eine alberne goldene Taubenspange, fünf oder sechs dünne Ketten um den Hals! Aber sie lächelt. Langsam öffnen sich ihre Lippen und zeigen ihre prachtvollen, feuchten Zähne.
Ein Raubtier! denkt Nick. Aber natürlich nicht im Ernst.
Hier habe ich als Junge gespielt, sagt Nick laut und mit herzhaft fröhlicher Stimme, der jede Intrige fremd ist. Viele hundertmal bin ich den Pfad hinaufgeklettert, er ist nicht so schwierig, wie er erscheint.
Ihre Augen leuchten, sie ist außer Atem und etwas schwindlig. Sie ist ihm fast ebenbürtig im Klettern. Aber natürlich hilft er ihr. Wenn ihre Füsse auf dem nassen Felsen rutschen, hält er sie fest. Nein, sie wird schon nicht rutschen!
Achtung! warnt Nick.
Sie lächelt nervös. Vielleicht ist sie außer Atem, vielleicht ist sie etwas benommen. Beim Lunch hat sie an ihrem Essen bloß gepickt. (Er hat sie beobachtet. Ein so kläglicher Appetit – man könnte auf Verliebtheit schließen.) Ein jäher Windstoß. Doch es besteht keine Gefahr, man kann sich immer platt an die Felswand drücken.
Hier haben Sie als Junge gespielt? fragt Isabel. Sind Sie oft auf der Insel gewesen?
Zwanzig Fuß über ihnen ragt der merkwürdig mißgestaltete Ei-Felsen direkt über die Klippe hinaus und glänzt vor Feuchtigkeit. Oder vielleicht regnet es? Immer noch funkeln einzelne besonnte Stellen, und in der Luft schimmert es regenbogenfeucht wie Opal.
So schön! flüstert Isabel ehrfürchtig.
Die Insel Mount Dunvegan mißt weniger als zwanzig Meilen im Umkreis. Sie ist bucklig und so aufgewölbt wie ein Schildkrötenschild. Ihre Schönheit ist so herbe, so ohne Farben, daß es fast abstoßend wirkt.

Ich kann nichts sehen, sagt Isabel und hält Ausschau. In welcher Richtung liegt das Haus? Das Sommerhaus Ihrer Eltern?
Nick deutet mit der Hand. Aber da ist nichts: verkrüppelte Bäume, Felsen und Blöcke und wildes Berggras. Der Nebel schleicht sich vom Meer heran.
Haben wir uns verirrt, fragt Isabel – verdutzt wie ein Kind.
Natürlich nicht, sagt Nick ungeduldig. Das Haus liegt etwa zwei Meilen weit in dieser Richtung.
Isabel reckt den Hals. Ihre Zähigkeit und ihre Widerstandskraft machen sich bemerkbar. Aber sie sagt nichts.
Vermutlich hätten wir nicht so weit gehen sollen, sagt Nick. Möglicherweise sorgen sie sich um uns.
Isabel keucht. Sie spricht nicht – vielleicht, um sparsam mit ihrem Atem umzugehen.
Häßliche Steinhaufen, Geröll. Eine Gegend, die niemand bewohnt. Die niemand erforscht. Tower Rock war (wie Nick mit stolzer Miene erklärt) zu Beginn des vorigen Jahrhunderts als Leuchtturm benutzt worden. Auf weite Entfernung hin sichtbar, falls die Luft klar war. Bei Nebel konnte er natürlich nicht viel genützt haben.
Ein Leuchtturm? Hier? sagt Isabel. Aber wo?
Weiter oben, sagt Nick. Können Sie es schaffen?
Sie klettert, die rechte Hand in seiner Linken. Finger schließen sich fest um Finger. Feucht. Eine unpersönliche Kraft, die auf Nicks Ritterlichkeit anspricht.
Ein dummer Einfall, mit bloßen Füßen hier hinaufzuklettern. Und warum zum Teufel hat sie den Spaziergang überhaupt barfuß unternommen? würde Nick gern fragen. Niemand sonst würde so selbstbewußt leichtsinnig sein.
Oh, haben Sie sich verletzt? fragt Nick.
Nein, sagt Isabel matt, es ist nichts.
Sie starrt auf die zerbröckelnde Basis des Leuchtturms. Es ist nicht mehr viel davon übrig geblieben – jetzt, im Jahre 1955.
Haben Sie sich in den Fuß geschnitten? fragt Nick gereizt.
Auf den Felsen liegen Scherben von Bierflaschen. Dunkel schimmernde Glasbrocken. Und Vogelkot. Überall Vogelkot. Er sieht wie zierliche Steinmetzarbeit aus und scheint in dieser Beleuchtung zu glühen.
Mir fehlt nichts, sagt Isabel und zittert. Mir geht's sehr gut.
Mehrere Seeschwalben umkreisen sie und kreischen. Nick fragt

sich, ob die Vögel schon die ganze Zeit dagewesen waren, ohne daß er sie bemerkt hat.
Wo ist Ihr Haus? fragt Isabel und reckt wieder ihren schönen langen Hals. Ich kann nichts sehen...
Nick deutet die Richtung an. Aber es ist nichts zu sehen. Der Nebel hat angefangen, zu ihnen vorzudringen.
Wir sind schon lange unterwegs, sagt Isabel matt.
Nick sieht jedoch auf seiner Uhr nach: hält sie ans Ohr. Sie scheint zu gehen.
Eigentlich nicht, sagt er. Es ist erst zehn nach drei.
Zehn nach drei, sagt Isabel langsam. Und stockt. Als wollte sie fragen: an welchem Tag? In welchem Monat?
Nick entdeckt, daß er sich den Knöchel aufgescheuert hat. Daß es blutet. Aber er spürt keine Schmerzen. Scheu und verlegen versucht er, das Blut abzuwischen – benutzt eine Handvoll Gras. Falls Isabel es sieht, läßt sie sich's jedenfalls nicht anmerken. Sie steht auf einem Fuß, gleicht plötzlich selbst einem Vogel und hält den andern Fuß in der Hand: ein schönes, linkisches Mädchen, das Haar in die Augen geweht, die goldene Taube verrutscht. Ihre Fußsohle ist sehr, sehr schmutzig.
Warum sind die Vögel so zornig? fragt sie.
Sie tun uns nichts, sagt Nick sofort.
Haben sie hier oben ihre Nester? Warum sind sie so zornig?
Noch mehr Vögel erscheinen und schießen elegant auf den Felsen zu. Ein Dutzend, zwei Dutzend sind es jetzt. Sehr aufgeregt, sehr laut. Als hätten sie noch nie Menschen gesehen. So groß wie Falken; die graziösen, kräftigen Schwingen klatschen, die gelben Schnäbel sind grausam gekrümmt. Sie haben schlanke, rötliche Beine und plumpe, wie mit Schwimmhäuten versehene Füsse. Es sind bloß Seeschwalben, sagt Nick und schleudert einen Stein in das Gewimmel hinein. Sie tun uns nichts. Sie sind bloß ein bißchen aufgeregt.
Isabel duckt sich unter dem Gewicht ihrer wütenden Schreie. Wie ein Kind hält sie sich die Ohren zu.
Sie sind harmlos, sagt Nick, das machen sie immer, wenn jemand auf den Felsen klettert.
Er kann sich nicht erinnern, ob es wirklich wahr ist.
Wie geht's? fragt er Isabel.
Mir geht's gut, sagt sie mit hohler Stimme.

Sie bleibt leicht geduckt und blinzelt rasch, als stünden ihre Augen voller Tränen. Ja, ihre Wangen sind tatsächlich naß, aber es ist vom Regen, es sind Regentropfen. Nick starrt gen Himmel. Wann hat es zu regnen begonnen? Er hatte es nicht bemerkt.

Und es ist kalt. Die Temperatur ist beträchtlich gesunken.

Nick schleudert noch einen Stein zwischen die Schwalben und schnauzt sie an. Die Vögel ziehen sich ein kleines Stück zurück und schweben kreischend in der Luft. Geht weg, ihr albernes Gesindel, ruft Nick, schert euch hier fort, zum Teufel! Der Zorn in seiner Stimme verrät nichts von der Begeisterung, die er spürt. Seine Stimme überschlägt sich fast vor Freude.

Schert euch zum Teufel! schreit er und verscheucht sie mit beiden Armen.

Isabel wendet sich ab. Sie tastet nach einem festen Halt für ihren Fuß, wagt es dann aber nicht, den Fuß niederzusetzen.

Geben Sie acht! sagt Nick gereizt. Warten Sie auf mich!

Ich glaube nicht, daß ich je von hier wegkomme, sagt sie. Es ist so steil …

Es ist nicht steil, sagt Nick. Es ist eine leichte Kletterei.

Isabel blickt auf den Ozean hinunter. Kleine Hügel, bucklige und spitze, zu beiden Seiten des Pfades. Der Regen peitscht den Strand wie mit Maschinengewehrkugeln. Der Ozean ist bleigrau geworden, und seine Wogen sind aufgewühlt und fett und beängstigend hoch.

Isabel tastet um sich, wagt einen zaudernden Schritt und fällt beinah hin.

Ich habe doch gesagt, geben Sie acht, zum Teufel, brüllt Nick. (Schließlich ist er ja für sie verantwortlich – für die zukünftige Frau seines besten Freundes.)

Die Schwalben haben sich zurückgezogen und sind verschwunden, und der Wind hat zugenommen, und der Tower Rock ist teilweise in Nebel gehüllt. Die Sicht beträgt in allen Richtungen weniger als hundert Meter.

Nicks Gesicht brennt trotz des feuchten Windes, und er muß sich Zwang anlegen, um nicht Isabels Schulter zu packen und sie tüchtig zu schütteln. Die Dumme, die alberne Gans, warum muß sie auch versuchen, ohne seine Hilfe den Felsen hinabzuklettern – es riskieren, daß sie sich verletzt, zu Tode stürzt?

Geben Sie mir Ihre Hand, verdammt nochmal! sagt Nick. Und

warum, zum Teufel, mußten Sie so was anziehen – Sie sind zu leicht gekleidet – wir sind hier nicht in Washington, sondern in Maine – los! Weiter!

Verzeihung, murmelt Isabel. Warum sind Sie so ärgerlich?

Obwohl es Sommer war, als sie vor sehr langer Zeit ihren Spaziergang begannen, ist es jetzt ganz eindeutig kein Sommer mehr: die Luft ist herbstlich, sogar winterlich, und der Wind weht mit bissiger Wucht.

Riesengroße Regentropfen klatschen plötzlich auf sie nieder, fast mit der Wildheit eines Hagelwetters.

Ach herrjeh! brüllt Nick.

Isabels langes, nasses Haar peitscht ihr in die Augen. Nick steht dicht neben ihr, um sie zu stützen. Beide keuchen; ihre Kleider sind aufgeweicht – und doch liegt eine jähe, seltsame Schönheit über dem Felsen und dem Strand und dem pockennarbigen Ozean. – Als Isabel wieder Atem schöpfen kann, sagt sie: es sieht ganz so aus, als hätte ich meine erste Dummheit begangen.

»Ich«

Ein Stimmengewirr. Mißtönend, aber freundlich. Mr. Martens, Mrs. Martens und andere, denen er vorgestellt wurde und an deren Namen er sich nicht erinnern kann, sind alle seinetwegen sehr besorgt, weil er so verlegen, so schweigsam ist.
Der Regen klatscht gegen die Fenster und hämmert auf das Dach. Und trotzdem Feuerwerk: ob die Kinder es hinter dem Haus loslassen?
Maurie scheint nicht auf Isabels und Nicks Rückkehr zu warten; er lächelt und ist freundlich, und trotz seines zutiefst bekümmerten Schweigens plaudert er doch, wie Feriengäste – die sich fremd sind – miteinander plaudern können.
Ja, ich glaube. Ja, das stimmt.
Nein, danke. Es ist recht so.
Ja, sicher.
Ja.
Wie einfach es ist, in der Welt Theater zu spielen, in der sichtbaren Welt. Man lächelt, man nickt, man murmelt zustimmend oder höflich widersprechend, man sagt von Zeit zu Zeit ein paar Worte und bringt es fertig, nicht zu stammeln: *das* ist ein Triumph!
Dann und wann blickt Mrs. Martens zur Tür, schlendert zum Fenster, sagt unnötigerweise: sie werden den Sturm abwarten. Die arme Isabel!
Maurie blickt nicht zur Tür, er steht nicht am Fenster, er sitzt auf einem Korbsofa neben dem lebhaft schwitzenden Mr. Martens, der die Verdienste des Warren-Gerichts erörtert ... darüber »debattiert«. Ein silberhaariger Herr von »weiter unten an der Bucht« hat seine eigene Meinung (die neun Richter sollten verklagt werden), eine lebenslustige, kraushaarige Dame unbestimmten Alters, die Maurie als »Schauspielerin« vorgestellt wurde, ist andrer Meinung (der Kongreß wird Gesetzesänderungen durchboxen, um die

Macht des Komitees des Repräsentantenhauses gegen unamerikanische Aktivitäten wiederherzustellen – nur keine Bange), Mr. Martens vertritt, was nach Mauries Vermutung als eine hierzulande beleidigende Meinung gilt: die Entscheidung im Falle Brown war notwendig und erforderte von seiten des Gerichtshofs sehr viel Mut.
Mut! sagt die Schauspielerin. Aber es betrifft nicht *ihr* Leben!
Maurie muß natürlich als Vertreter seiner Generation (die »die Dinge in anderm Licht« sieht) und als junger Anwalt, der sich mit Bürgerrechts-Prozessen befaßt, auch etwas sagen. Er spricht offen und ruhig und ohne die geringste Erwartung, seine Zuhörer überzeugen zu können; hinter seinen Worten, tief vergraben, breitet sich das Schweigen wie Tinte aus, und er fragt sich, ob er jemals wieder in seinem Leben jemandem etwas zu sagen haben wird.
Doch das ist übertrieben: seine Verlobte und sein bester Freund warten einfach das Ende des Unwetters ab. Ein Blitz zuckt nieder, ein Donnerschlag, und dann ein andrer, tieferer, ein beunruhigendes Krachen, wie bei einem Bergsturz: mißtönend und auf die Nerven gehend. Das arme Mädchen, sagt Mrs. Martens, ich muß Nick Vorwürfe machen, daß er sie so weit wegschleppt. Natürlich mußte er sie bis zu seinem Felsen führen. Zu dem alten Leuchtturm …
»Das Ende des Sturms abwarten.« Es klingt einleuchtend.
Vier Uhr dreißig, fünf Minuten nach halb fünf …
Ein Tag ohne Sonne, die Luft gespenstisch grün, der Himmel senkt sich erstickend auf die Erde. Maurie findet es schwierig zu atmen. Und sein Knie, das vor langer Zeit bei dem Kanu-Unfall verletzt wurde, hat wieder zu schmerzen begonnen, wie es das bei feuchtem Wetter häufig tut.
Isabel de Benavente beim Gabelfrühstück im Gartenklub, wie sie ihren Kopf an die Schulter ihres Begleiters lehnte und sich vor Gelächter nicht zu helfen wußte. Ein schön gefiederter Vogel, stellte Maurie fest, ein Wesen, bei dem man sich damit begnügen muß, es aus der Ferne zu bewundern. Und dann wieder bei einer Debütantinnen-Party im Shoreham, zu der Maurie äußerst widerstrebend ging (seine Eltern bestanden darauf, sein Vater war beinah ebenso unnachgiebig wie seine Mutter): Isabel in einem langen Seidenkleid mit einem Muster roter und grüner Blumen, ihre schwellenden Brüste diskret im weiten, tiefen Ausschnitt angedeu-

tet, ihr reiches, helles Haar in einem Chignon, ihre schönen Hände lebhaft gestikulierend, während sie sprach. Leicht beschwipst. Reizend »high«, wie der Ausdruck lautete. Sie tanzte mit jungen Männern, die Maurie mehr oder weniger kannte und im allgemeinen nicht mochte, obwohl sie zu ihm als einem Halleck höflich genug waren –, tanzte und lachte ihr einstudiertes, blendendes Lächeln, als ein junger Mann ihren Begleiter beim Tanz abklatschte – bewegte ihren Kopf auf eine ihr eigene Art – Isabel, die er unhöflich anstarrte, ohne zu wissen, daß er unhöflich war. (Isabel de Benavente war ein Mädchen, das Maurie nur flüchtig kannte. Und obwohl ihres Vaters eigentlicher Beruf etwas mysteriös war – er war Finanzmann, er war »Philanthrop«, er hatte vielleicht etwas mit Geldanleihen im Ausland zu tun – war er in der Stadt ziemlich gut als Persönlichkeit bekannt.) Maurie verliebt sich auf einer geräuschvollen Party in einem palastartigen Chevy-Chase-Haus in sie, als sie mit zwei andern hübschen jungen Mädchen in Strümpfen auf einem langen Eßzimmertisch tanzte und dazu sang »Happy Days are here again« und »Frankie and Johnny« und »I got Rhythm« –, ein reizend törichtes und zusammenhangloses Stück, das die Mädchen offenbar vor ein paar Jahren in der Hays-Schule aufgeführt hatten. Seine verzweifelte Liebe zu einem derartigen Mädchen fachte eine merkwürdig heitere Sorglosigkeit in ihm an: sogar sein Gestammel strömte eine Zeitlang Selbstsicherheit aus.

Maurie denkt an Wittgenstein, den er seit Jahren nicht mehr gelesen hat: er hatte keine Zeit, das »Ich« ist nicht wahrnehmbar, vielleicht existiert es nicht; in der Welt gibt es Dinge – Farben und Formen und Strukturen –, aber keinen »Ich«-Zeugen.

(Ist das wahr? Ist es ein einsichtiger Gedanke? Maurie Halleck ist für sich selbst die Grenze der Welt – und nicht ein Teil der Welt.)

Mit trockenem Mund, mühsam atmend; mit beschlagenen Brillengläsern. Dort ist die lachende Isabel, lehnt ihren Kopf an Nicks Schulter: die Ringe glitzern an ihren Fingern, als sie ihm widerspricht. Sie trägt weißseidene Hosen, die an den Knöcheln weit werden, dazu eine japanische Bluse oder Jacke aus Brokat mit etwas betonten Schultern. Warum lacht sie, wogegen protestiert sie? Maurie pocht das Herz in der Kehle. Er kann nicht schlucken – sein Mund schmeckt wie Sand.

Der Herr von »weiter unten an der Bucht« – vom hübschen Cape-

Cod-Haus mit den dunklen Schindeln, »Windy Acres« genannt – erkundigt sich bei Maurie nach der Zeit in der Bauer-Schule. Er ist doch mit Nick dort gewesen, nicht wahr? War ein Klassenkamerad von Nick?

Mrs. Martens kehrt aus der Küche zurück, wo sie einen Anruf beantwortet hat. Sie wechselt erschrockene Blicke mit einer anwesenden Dame – zieht Mr. Martens am Arm – flüstert etwas von June, die anruft und mit Nick sprechen will.

Was soll ich ihr sagen? kann Maurie aufschnappen.

Was denkst du denn, was du ihr sagen kannst? Sag ihr, Nick sei nicht hier, das genügt, sagt Mr. Martens hörbar laut.

Er lehnt sich zurück, um Mrs. Martens anzustarren, als habe sie etwas Erstaunliches gesagt.

Aber ich finde – ich dachte – weil June sich verspätet hat, verstehst du? Sie ist aufgehalten worden – ich meine, Nick wäre doch hier, wenn alles so abgelaufen wäre, wie es geplant war …

Um Himmelswillen, dann sag ihr doch, Nick ist rausgegangen – ist in den Ort gefahren – irgendwas holen – sag, was du ihm ausrichten sollst – sag, er ruft wieder an – was ist denn das für ein Problem? Mr. Martens schüttelt den Kopf. Sein Gesicht ist breit und brutal und noch ziemlich hübsch – eine vergröberte Ausgabe von Nick. Aber er ist nicht so unhöflich, zu Maurie hinüberzublicken. – June ist nicht hysterisch, sagt er ruhig, sie wird's begreifen.

Zwanzig Minuten vor fünf. Aber natürlich – bei *dem* Wind, den Regengüssen, den Blitzen – in der vorzeitigen Dämmerung – bestimmt haben die beiden irgendwo einen Unterschlupf gefunden.

June ist wegen des Regens aufgehalten worden. Die Landstraße sei zum Teil überflutet, sagt sie.

June Penrick: Nicks Freundin: sie unterrichtet an einer Quaker-Schule in Boston.

Ja, ich glaube, sie fährt allein her.

»Irgendwo Unterschlupf gefunden« – eine einleuchtende Erklärung.

In einem Antiquitätengeschäft in New York hatte Maurie die hübsche kleine Taube gesehen, eine »goldene« Taube, ein wenig angestoßen. Eine Haarspange, englisch, wahrscheinlich aus den neunziger Jahren. Töricht und reizend und nicht furchtbar teuer.

Wie sich Isabel über Geschenke freut! – Über teure und über weniger teure.

Gierig leckt sie die Lippen, lächelt ihr breites, feuchtes, blendendes Lächeln, genau wie ein Kind. Wie lieb von dir, wie aufmerksam – sie ist bezaubernd, zu schwer für das Haar – oh, vielleicht doch nicht, also hab vielen, vielen Dank – du bist immer so gut!
Es ist eine Zeit schematisch ablaufender Romanzen, eine Zeit von Heiraten zwischen Fremden. Maurie und die andern jungen Männer, die zu der Serie von Debütantinnen-Parties eingeladen werden, brauchen sich nicht zu fragen, ob ihre zukünftigen Frauen noch Jungfrauen sind – was bliebe dann als Alternative?
Geklatscht wird über Mary Anne Forster und über das andere Mädchen, den Rotfuchs, deren Familie – sie sind gerade von Houston heraufgekommen – soviel Geld zu haben scheint... Selbst Maurie, der auf solchen Unsinn keine Zeit verschwendet und den meisten seiner Harvard-Studienfreunde aus dem Wege geht, obwohl er ihnen in Washington nur zu oft begegnet –, selbst er weiß von gewißen skandalösen Vermutungen und weiß – ohne sich je danach erkundigt zu haben –, daß Isabel de Benavente »in Ordnung« ist.
(Ist sie... ein braves Mädchen? fragt Mauries Familie. Aber stets taktvoll. Andre Ausdrücke benutzend. Niemand fragt: ist sie noch Jungfrau – schläfst du mit ihr – ist sie in andern Umständen?)
Sie ist *nicht* in andern Umständen, sie ist bestimmt noch Jungfrau. Das schlaue, schlaue Mädchen. Die Tochter (immerhin) von Luis de Benavente, und der ist kein Dummkopf.
Ich liebe dich, hat Maurie geflüstert und sein Gesicht an ihrem Hals, in ihrem Haar vergraben. Ich liebe dich, hat er geflüstert, wenn er allein in seinem Bett lag, von ihrem Bild gelähmt, gedemütigt von seinem sinnlichen Begehren. (Bis vor kurzem hatte er geglaubt, daß ihm die Kraft sinnlichen Begehrens versagt sei. Als Junge waren seine körperlichen Bedürfnisse, seine physiologischen Bedürfnisse vielleicht weniger heftig und weniger quälend als die seiner Schulkameraden gewesen, aber doch ganz normal, wie er annimmt. Aber das Begehren war so unmittelbar, so körperlich, so ohne Anmut oder Schönheit oder Klugheit oder Ziel – so diffus wie der Durst, und ebenso »romantisch«. Jetzt richtet sich Mauries sinnliches Verlangen auf eine bestimmte Person, ein bestimmtes junges Mädchen, und er ist abwechselnd geblendet vor Glück oder verzweifelt, sie zu verlieren – ja, er kann es sich nicht vorstellen, sie zu »verlieren«. Und sie versichert ihm, versichert ihm

täglich, selbst während sie ihm verbietet, sie – wie man es bezeichnen mag – intim zu berühren, daß sie ihn ebenso liebt wie er sie. Hirnverbrannt, zu glauben, daß er sie verliere!)

Können wir uns lieben, flüstert Maurie, ich tu dir nicht weh ... ich tu's nicht ... tu dir nicht weh. Er kann es nicht über sich bringen, ihr zu sagen, ich mache dich nicht schwanger. Er kann es nicht über sich bringen, Worte zu sagen, die durch den allgemeinen Gebrauch so abgegriffen, so häßlich geworden sind: ich werde mich vorsehen.

Ebensowenig kann er die Worte äußern, die er sich kaum zu denken gestattet (denn Maurie Halleck ist schließlich trotz all seiner »Überlegenheit« und der Größe seiner Liebe doch sehr ein Kind seines Zeitalters): Ich achte dich deshalb nicht weniger.

Können wir uns lieben, Isabel, flüstert er und knirscht in seiner Qual mit den Zähnen, in einer Qual, die ebenso aus dem Gefühl wie aus dem Körper kommt, unfähig, den Blick seiner Verlobten zu ertragen (die manchmal verstört und manchmal mitfühlend ist und manchmal vor Liebe und – kann es sein? – vor Verlangen nach *ihm* vergeht; und die manchmal verletzt ist, beleidigt, schockiert ist, daß er dergleichen vorschlagen kann, da er doch die Lehren der katholischen Kirche kennt und die eigenartige, südländische Empfindsamkeit, die sie geerbt hat): Ich liebe dich so sehr.

Ich liebe dich, ich liebe dich so sehr.

So sehr.

Ich liebe *dich.* Und nur dich.

So sehr, daß ich es nicht ertragen kann. Nicht verstehen kann.

Ärgerst du dich manchmal über ein Gefühl, hatte Nick ihn einst gefragt, ich meine ein Gefühl wie Liebe, Sehnsucht, Verlangen ... spürst du manchmal einen heftigen Widerwillen *ihnen* gegenüber ...

Mein schönes Mädchen, meine schöne Isabel, da tanzt sie oben auf einem Tisch, töricht und unbekümmert, zeigt ihre Beine, zeigt in aller Unschuld ihre Brüste, lächelt ihr breites, blendendes, feuchtes Lächeln, während jeder sie anstarrt. Selbstsicher in ihrem Fleisch, den Formen ihres Körpers. Ich möchte, daß ihr euch beide kennenlernt, damit ihr frei miteinander sprechen könnt, sagte Maurie – aufgeregt, jungenhaft errötend: ihr beide bedeutet mir so viel ...

Fünf Minuten vor sechs.

Isabel in einem weitgekrausten, schulterfreien Kleid mit Tupfen.

Mit talergroßen roten Tupfen. Übertrieben großer Sommerschmuck, weiße Ohrringe, Reihen unechter Perlen. Blumen – Maiglöckchen – ins Haar geflochten. Mit dem Rücken an ein Geländer gelehnt, die Arme lässig ausgebreitet. Eine Terrasse, ein Cocktail-Empfang. Mit einem Mann von einer der Gesandtschaften unterhält sie sich mit ihrem charmanten, englisch betonten Akzent. Doch die Unterhaltung interessiert sie nicht sehr. Ihre Blicke wandern umher, schweifen suchend umher. Am Finger Mauries Brillantring.

Ärgerst du dich manchmal, daß wir *ihnen* gegenüber so fühlen, hatte ihn Nick einst gefragt. Als sechzehnjähriger Junge. Und mit den Fingern auf ein doppelseitiges Bild in einer Krimi-Zeitschrift geklopft. –

Nick – über einer Frau kauernd, sein warmes Gesicht auf ihren Bauch, zwischen ihre Lenden gepreßt. Seine Zunge dringt in sie ein. Bis sie aufschreit, um sich schlägt. Bis sie kreischt.

Nick – mit aller Kraft ihre Gesäßbacken knetend. Die rotgetupften Röcke, die weißen Unterröcke – naß vom Sand.

Schweiß wie ein Rinnsal auf Nicks bloßem Rücken. Fleisch und Muskeln zittern.

Mr. Martens spricht über das Konservatorium Juilliard, das überschätzt werde. Die Schüler dort betrieben den wildesten Wettbewerb, sie kannten nichts anderes als ihr Instrument, sie verachteten schließlich ihre Instrumente und die ganze Musik, dann wieder wollen sie das Juilliard nie verlassen – solange jemand für ihre Ausbildung zahlt. Oh, man hört immer wieder von ihnen, wirft ein Gast unsicher ein, vom Juilliard und auch vom – wie heißt es? – dem Curtis. Immer scheint man etwas von diesen Musikschulen zu hören.

Das Curtis wird überschätzt, erklärt Mr. Martens offen heraus.

Maurie versucht an sein Büro zu denken, an seinen Schreibtisch: Papierkram! Die ersten Entwürfe für Prozesse in gewissen Bezirken von Georgia: Fälschungen von Wahllisten. Jahr um Jahr und Jahrzehnt um Jahrzehnt, und ob er vielleicht das Gespräch auf ein wichtiges Buch lenken könne, das er gerade über den Wiederaufbau liest... die Rolle der Neger beim Wiederaufbau, vier Millionen ehemaliger Sklaven, man stelle sich das einmal vor!... Vier Millionen menschlicher Lebewesen! *Der Neger drang so tief in den Weißen ein wie der Weiße in den Neger!* Wenn er das Thema auf

Bürgerrechte umschalten könnte, auf Gerechtigkeit, auf etwas, das eines Gesprächs würdig ist ... Aber er spricht nicht. Die Worte der andern plätschern um ihn herum. Sein Mund ist trocken, er verspürt Schmerzen in der Brust, ja, dort, wo sein Herz ist, Schmerzen, sein Herz ist ja schwach ... nein, sein Herz ist nicht »schwach« ... ein Arzt müßte ein äußerst feines Instrument benutzen, um irgend etwas herauszufinden, und vielleicht ist inzwischen alles in Ordnung. Nick hat ihm in Bauer beigebracht, wie man tadellos Tennis spielt. Und er war auch ein guter Läufer; wenn er daran dachte, richtig zu atmen, lief er sehr gut.

Das Moskitonetz der Veranda, mit Regentropfen betupft; unermüdlich wogender Ozean; der menschenleere Strand. Ein meilenlanger Strand. Maurie steht auf der Veranda, die Hände in den Taschen, die Schultern leicht zusammengezogen: er weiß, daß die beiden Martens und ihre Gäste ihn beobachten. Er steht mit der Nase wenige Zentimeter vom Drahtnetz entfernt und schaut hinaus. Wartet. Ohne Verstellung. Sollte er sich etwa beschämt fühlen – oder einfach verlegen sein? Demütigung empfinden? Ärger?

Nicks ältester Freund. Sein bester Freund. Ja, er ist der Junge, ich meine, der junge Mann, dessen Vater Joe Halleck ist, richtig, der, Halleck, nein, ich glaube, er hat sich vom Geschäft zurückgezogen oder hat eine Gesandtschaft ...

Ich liebe dich so sehr.

So sehr, daß ich es nicht ertragen kann, es nicht verstehen kann.

Aber das hier ist keine kritische Situation, kein Grund zur Beunruhigung oder Panik. *So* lange sind sie ja noch nicht weg. Sie gingen nicht kahnfahren, sie gingen nicht schwimmen – auf dem Strand kann einem nichts passieren ...

Ich möchte lieber nicht die ganze Strecke bis nach Maine hinauffahren, hatte Isabel gesagt, falls es dir nichts ausmacht, Maurie, ich weiß, du möchtest gern, daß ich Nick kennenlerne, aber dafür ist immer noch Zeit, schließlich ist die Party wichtig für deine Laufbahn, und Agnes geht auch hin, Agnes und Mack, weshalb wollen wir nicht gemeinsam hinfahren, Vater könnte uns für den einen Tag seinen Wagen und Carlos überlassen ...

Ein ödes Stück Strand. Regen, Nebel. Belebt durch zwei Gestalten: eine junge Frau, einen jungen Mann. Die Frau ist schlank und blond, der Mann ist groß, mit kräftigen Beinen, ziemlich schroff in seinen Bewegungen, wenn er sich beobachtet glaubt ...

Maurie blinzelt und starrt hinaus. Aber niemand ist da. Nichts.
Was kann sich Nick bloß denken, um Himmelswillen, sagt Mrs. Martens außer Hörweite in der Küche. Aber nicht gänzlich außer Hörweite. – Wie kann er sich nur so benehmen!
Wieso denn benehmen? fragt Mr. Martens gereizt.
Das weißt du doch.
Mit *Benehmen* hat das gar nichts zu tun, sie kommen bloß spät zurück, warum kümmerst du dich nicht um deinen eigenen Kram? Lege mehr Bier aufs Eis! Was hast du mit den Käsestangen gemacht? Aus einer Mücke einen Elefanten zu machen!
Ich denke an Maurie. Ich *verstehe* nicht, wie Nick sich so benehmen kann...
Es ist eine völlig unschuldige Sache, sie werden es erklären, sagt Mr. Martens seufzend. Mach dir keine Sorgen.
Ich denke an Maurie. Und ich denke an June.
Maurie faßt es ganz richtig auf, er ist ein Gentleman, und was June betrifft – die weiß von gar nichts.
Nick hat noch nie so etwas gemacht, sagt Mrs. Martens und weint fast.
Bist du da so sicher? fragt Mr. Martens.

*

Bei ihrem dritten oder vierten Zusammentreffen war Isabel de Benavente den größten Teil des Abends sehr still. Oder sie antwortete mit bedrückter Stimme auf Mauries Fragen. Ja, nein, ja, das habe ich immer gedacht, ja, vermutlich hast du recht, nein, ich glaube nicht, daß ich einen Posten als Journalistin haben möchte, Journalismus ist nichts für Frauen, da sind Frauen unbeliebt, sie sind gegen Frauen, ich habe mehr als einmal Kränkungen eingesteckt, wahrscheinlich bin ich nicht robust genug, nicht hart genug für Rivalität.
Und dann, kurz bevor Maurie sie nach Hause fahren sollte, brach sie in Tränen aus und murmelte etwas Zusammenhangloses über ihren Vater – daß ihr Vater sie drangsaliere – weil er ihre Mutter nicht leiden könnne – weil er Frauen nicht leiden könne und ihnen mißtraue – weil er sie auszunutzen hoffe. Maurie war erstaunt über Isabels Stimmungsumschlag: zuerst war ihre Gesichtshaut gespannt, die Miene verkrampft – und gleich darauf war sie in kindlich vertrauensvolle Tränen aufgelöst! Und stieß ihn nicht weg,

als er sie zu trösten versuchte. (Er hatte sich, ohne zu überlegen, ihr zugeneigt, um sie zu umarmen – wie er jeden umarmt hätte, der in seiner Gegenwart zusammengebrochen wäre.)
Ausnutzen? Was meinst du damit? Dich ausnutzen?
Ich hasse ihn!
Was meinst du, Isabel? Was ist denn?
O Gott, wie ich ihn hasse, ich wünschte, er wäre tot, ich wünschte, er würde mich in Ruhe lassen ...
Isabel! Was ist denn? Was will dein Vater von dir?
Er umarmte sie, sein Gesicht glühte. Er tröstete sie. Oh, wie sein Herz klopfte! Es war einer der erstaunlichsten Augenblicke seines Lebens – immer sollte er sich daran erinnern – er sollte sich daran erinnern, als sein Wagen die schmale Straße in Virginia entlangpreschte – ein Mädchen, ein Mädchen, das er mit ungeheuer leidenschaftlicher Liebe und Furcht geliebt hatte – ein Mädchen von so anerkannter Schönheit – das in seiner Gegenwart in Tränen ausbrach, sich von ihm berühren, sich trösten ließ und ihm ihren Kummer anvertraute.
Was will dein Vater? fragte er zitternd. Kannst du es mir erzählen?
Sie weinte. Ihre Worte waren zusammenhanglos. Mit einem stark spanischen Akzent. Ihre Schultern bebten, ihr schönes Gesicht war tränennaß. Geld, ihr Taschengeld, ein mexikanischer Geschäftsmann, sie wurde bespitzelt, wurde belauscht, wenn sie telefonierte, wurde wegen Maurie ausgefragt, auf ihre Briefe an ihre Mutter war er eifersüchtig und bestand darauf, die Briefe zu lesen, die ihre Mutter *ihr* geschickt hatte. Aber auch wegen andrer Dinge war sie unglücklich. Wegen der Freunde und Bekannten. Wegen der Oberflächlichkeit der Washingtoner Gesellschaft. Junge Mädchen hatten sie hintergangen, junge Männer waren eine Enttäuschung gewesen, waren nur an ihrer eigenen Laufbahn interessiert und gingen nur mit reichen Mädchen aus oder waren sonstwie unmanierlich – Maurie könne sich wohl vorstellen, wie ...
Die schöne Isabel de Benavente schluchzte in Mauries Armen. Ich bin so unglücklich, sagte sie. Ich bin so enttäuscht ...
Maurie hielt sie also umschlungen, streichelte ihr Haar und küßte ihr erhitztes Gesicht. Und nach einer Weile wurde sie ruhig. Und er war klug genug, sie nicht aufzuregen: wegen Mr. de Benavente würde er sie ein andermal fragen, und er würde sich bestimmt ein

andermal nach dem »mexikanischen Geschäftsmann« erkundigen – jetzt mußte er sie nur im Arm halten, festhalten, wie man ein tieftrauriges Kind hält.

Aber er wußte selbst dann, daß er sie nicht verdiente. Nicht ihre Schönheit verdiente, nicht ihren Arm um seine Schultern, nicht ihre Offenheit, ihren Kummer, ihre Tränen. Auch nicht das zitternde und völlig unvermutete Geschenk ihrer »Enttäuschung«.

Nach dem Sturm

Zwanzig vor sechs. Das verlorengegangene Paar taucht auf. Endlich. Eilends. Ihre Kleider sind durchnäßt, das Haar hängt ihnen ins Gesicht, geräuschvolle Entschuldigungen. Nick wollte eine Abkürzung zur Bucht einschlagen, deshalb gingen sie landeinwärts, verirrten sich aber im Sumpf ... mußten außen herumgehen ... den ganzen Weg außen herum bis zur Straße.

Isabels Hemdbluse ist jetzt dezent in ihre Jeans gestopft. Nick ist so erstaunt über die vergangene Zeit, daß er einfach lange auf Mauries Uhr starrt: er hat mit einer verlegen ulkigen Geste nach Mauries Handgelenk gelangt. Zwanzig vor sechs? Das kann nicht stimmen! Oh, zum Teufel!

Nick niest, er hat kein Taschentuch, für den Bruchteil einer Sekunde ist etwas Nasses, Grünes in seinem linken Nasenloch.

Auch Isabel ist erstaunt. Aber etwas bedrückter. Wie kann es denn so spät sein, sagt sie mit schwankender Stimme, wir dachten ... wir dachten nicht ... Es kann doch nicht *so* spät sein, sagt sie.

Meine Uhr ist stehengeblieben, sagt Nick. Um halb vier stehengeblieben!

Er niest wieder. Geht weg, um sich umzukleiden, bevor June kommt. Und Isabel, die arme Isabel – sie zittert, ihr langes Haar hat sich geöffnet, auch sie muß sich beeilen und sich trockne Sachen anziehen. Sie drückt Mauries Finger. Hast du dich gesorgt? Hast du geglaubt, uns wäre etwas zugestoßen?

Mrs. Martens hat Isabel ein Handtuch für ihre Haare gebracht. Maurie nimmt es und wickelt es ihr liebevoll um den Kopf, wie einen Turban; zu seiner eigenen Überraschung benimmt er sich wie ein Ehemann. Er küßt seine Braut auf die naßkalte Stirn.

Es tut mir so leid – seine Uhr ist stehengeblieben – ich hatte doch *gedacht*, es müsse später sein – es war eine verrückte Idee, die ganze Strecke bis zu dem Felsen zu laufen – es wäre besser gewesen, wenn

du mitgekommen wärst – *du* bist viel vernünftiger – wir wären nicht so weit weg gewesen, als der Sturm ausbrach.
Sie beißt sich auf die Lippe, sie ärgert sich, ist den Tränen nahe. Plötzlich sagt sie und tastet auf ihrem Kopf herum: oh, sie ist weg – die Taube – ist sie weg? – Hab ich sie verloren? Oder habe ich sie nicht getragen? Ich kann mich nicht erinnern! O je!

*

Der Abend sinkt, aus dem Sand steigt eine bedrohliche Kälte auf, der Regen hat aufgehört, aber die Luft ist von Feuchtigkeit gesättigt. Maurie schnuppert und riecht Herbstluft. Obwohl jetzt jedermann im Haus ist, wohlbehalten im Haus ist, und in der Mitte des Tisches eine große Schüssel voll Hummer in der Schale steht, schlüpft Maurie unauffällig hinaus (er hat eine besondere Gabe, unauffällig zu sein), und streift draußen herum. Nick und Isabel sind von der Landstraße her zurückgekehrt, sie sind nicht vom Strand hergekommen. Doch es war der Strand gewesen, die Uferlinie, die niederklatschende Brandung, die sich ihm eingeprägt hatte. Von *dorther* sollten sie auftauchen... wenn sie zu ihm zurückkehrten. Das Mädchen in der roten Hemdbluse, barfuß in blauen Jeans; sehr langes Haar um ihr Gesicht flatternd. Der junge Mann neben ihr, um einen Kopf größer, seine Haut ein dunkles Ziegelrot, wie in ständiger Verlegenheit. Nick, Isabel, Liebste! O Liebe! Aber sie waren trotz alledem zu ihm zurückgekehrt.

V

Der Bekehrte

Washington, D.C., Mai 1980

Ziehen Sie Ihre Schuhe aus, das Gefühl ist interessant, sagt Owens neuer Freund.
Owen blickt auf den Fußboden. Auf den Teppich.
Es ist der seltsamste Teppich, den er je gesehen hat.
Er sieht wie synthetisches Haar aus, sagt Owen, blinzelt und lächelt verträumt, mit Federn durchflochten? Aber sind es Federn?
Echte Makaw-Federn, sagt Ulrich May und bückt sich, um einen heruntergetretenen Bausch orangeroter Federn aufzuplustern. Die Bewegung erfordert einige Anstrengung – May verzieht das Gesicht, als schmerze ihn der Rücken. Federn von Vögeln aus dem Dschungel, bestimmt echte Ware. Und das Haar?
Owen mustert den Teppich, der fast den ganzen Fußboden von Ulrich Mays großem Schlafzimmer bedeckt. Schwarzes Haar, schwarz wie Rabenflügel, mit einem kräftigen, harten Glanz. Durchflochten mit Federn in außerordentlich schönen Farbabstufungen: Rot, Orangerot, Gelb, Grün, ein irisierendes Türkis, ein sahniges Weiß. Noch nie habe ich so etwas gesehen, sagt Owen.
Er ist aus Uruguay. Ein Geschenk. Von einem lieben Freund. Vor ein paar Jahren leider – seither habe ich ihn nicht mehr gesehen. Warum ziehen Sie sich nicht Ihre Schuhe aus, mein Junge, es ist wirklich ein interessantes Gefühl, ich gehe hier dauernd barfuß herum. Und sind Ihnen die Fotografien an den Wänden aufgefallen? ...
Owen blickt sich um, ist erfreut und verwirrt. Er fühlt sich angeheitert – nicht ausgesprochen *high* – nicht *so* high, daß er gegen sein Gefühl für Schicklichkeit verstoßen könnte. Wer sind Sie? Kennen wir uns nicht? hatte Ulrich May Owen gefragt, als Owen bei den Moultons etwas abseits von ihrer geräuschvollen Party herumwanderte, ich glaube, wir kennen einander? May streckte die Hand aus, Owen starrte sie unhöflich an, ohne sie zu ergreifen, doch diese

Pose konnte er nicht lange beibehalten – Owens gute Manieren kommen aus dem Instinkt und laufen gesetzmäßig ab, und schließlich nimmt er Mays Hand und ist überrascht über dessen festen Zugriff. Mancher Händedruck ist nur eine Begrüßung, andere sind schicksalsschwanger.

Ich bin Ulrich May – und Sie?

Sie sagten doch, daß Sie mich kennen, murmelt Owen.

Schütteres Haar, das sorgfältig über einen leicht mißgestalteten, aber eleganten Kopf gekämmt wurde; gewellte zimtbraune Strähnen, die gefärbt aussehen. Ulrich May war vielleicht Mitte der Fünfzig, aber jugendlich und ziemlich nach der New Yorker Mode gekleidet: ein besticktes Seidenhemd, das – nicht zugeknöpft – auf der Brust krause Haare sehen ließ, und eine eng anliegende weiße Leinenhose. Sein Verhalten war gelassen, aber aufmerksam, sein Blick warm, schokoladebraun und ungewöhnlich schmeichelhaft.

Owen dachte: Schwuler, wandte sich aber nicht ab. Der Mann war vielleicht ein Freund von Phil Moulton oder ein Freund von Freunden – vielleicht war er sogar ein Freund Isabels. Das waren viele Leute.

Tun Sie nicht spröde, seien Sie nicht langweilig, sagte May. Wenn ich frage: *Kennen wir uns nicht – sind wir einander nicht begegnet?*, dann sollten Sie klug genug sein, um zu wissen, daß ich in allgemeinen Ausdrücken spreche, in archetypischen Ausdrücken. Unser Typus erkennt einander, unsre Familiengeschichte deckt sich vielleicht irgendwo. Sie sehen nach alter Washingtoner Familie aus, und ich – ach, es ist kein Geheimnis – unser Stammbaum geht zurück auf Alexander Hamilton, eine Tatsache, die mich weder beschämt noch daß ich besonders stolz darauf wäre! Jedenfalls – Sie sind –?

Owen Halleck, erwiderte Owen. Und schluckte – die Reaktion des andern erwartend.

Ach so, Halleck!

Halleck, ja. Halleck, sagte Owen und wurde rot vor Ärger. Vielleicht kennen Sie Isabel, meine Mutter. Sie könnten Maurie gekannt haben.

Sie sind also der Sohn von – Maurice?

Ja, der Sohn von Maurice.

Maurice Halleck... sagt May langsam. Der Sohn von Maurice Halleck...

Ja, genau. Weshalb starren Sie mich an, fragte Owen, ist es wirklich so bizarr? Mein Vater ist nicht der einzige Mann, der ... er ist kaum allein – ich meine – wir leben schließlich im Jahr 1980.
Das ist es nicht, was mich überrascht, sagte May und beugte sich vor. Sein Gesicht war nur ein paar Zoll von Owens Gesicht entfernt: er roch angenehm nach Alkohol und einem tannenduftenden Rasierwasser. Hätte man von der überfüllten Terrasse auf die beiden geblickt – auf den leicht zerzausten College-Jungen mit seinem seit einer Woche gewachsenen Backenbart und auf den modisch gekleideten Mann in mittleren Jahren mit dem römischen Profil und den zimtbraunen Locken –, so hätte man glauben können, daß die Gebärde freundlich, ja sogar herzlich war. Doch Ulrich Mays Gesicht mit dem feinen Knochenbau erstarrte vor Verachtung. *Das* ist's, was mich überrascht, sagte er und kniff heftig in das schlaffe Fleisch über Owens Gürtel. *Das!* Bei *Ihnen! Bei jemand wie Ihnen!*

*

Wir müssen sie *zusammen* überraschen, hat Kirsten gesagt. Im Bett.
Das wird schwierig sein, hat Owen vorsichtig erwidert.
Alle beide – zusammen. Sonst taugt es nichts. Sonst funktioniert es nicht.
Ihre heißen, zornigen Tränen, ihr Gelächter, die unverhüllte Freude in ihrem kindlichen Grinsen. Owen bringt ein halbes Dutzend in Papiertaschentücher eingewickelte *Quaaludes* mit, die in seinem komischen Tragbeutel stecken – eigentlich ist es eine rotgelbe Plastiktasche, wie sie »für Einkäufe über die Straße« im College-Lokal *That's some Chicken* benutzt wird; als Firmenzeichen zeigt sie ein lachendes Hühnchen mit langen Wimpern, einem spitzen Karnevals-Hut und schmatzender Zunge. Owen bringt die Quaaludes mit, um seine Schwester zu beruhigen: über viele Meilen von Telefondraht läßt sie eine exaltierte Ausstrahlung los, und die Verbindung mit jemandem auf ihrer Wellenlänge ist ziemlich schwierig. Seine Studienkollegen haben in letzter Zeit ihre Mißbilligung ausgedrückt und stecken nur noch selten den Kopf zur Tür herein, um zu fragen, *Wie geht's voran, Owen?*, womit sie seine Abschluß-Dissertation meinen und auf die Tatsache anspielen, daß er nicht daran arbeitet und nicht am Unterricht teilnimmt und überhaupt nicht mehr sehr viel tut, obwohl er verschwitzt und aufgeregt aus-

sieht. Sie mißbilligen es: sie warnen ihn vor gewissen neuen Bekanntschaften, die er pflegt. Ein Gerücht geht um, daß am ersten Freitag der Lesewoche eine Rauschgift-Razzia stattfinden soll, sagen sie. Gerüchte gibt's immer, sagt Owen gelangweilt, immer soll eine Rauschgift-Razzia stattfinden.

Wir müssen sie zusammen im Bett überraschen, sagt Kirsten und schlägt mit der Faust in ihre Handmuschel. Ich habe mein Leben verpfändet.

Nein, bitte – nicht diese John-Brown-Arie, fleht Owen und wehrt mit beiden Händen ab, ich möchte nicht gern denken, daß ich was von *ihm* geerbt habe.

Du möchtest nicht gern denken, daß du überhaupt irgendwas geerbt hast, sagt Kirsten.

Was zum Teufel soll das bedeuten?

Du weißt, was es bedeutet.

Was bedeutet's denn?

Das weißt du doch, Dummkopf!

Es ist erstaunlich, was für eine Erregung zwischen ihnen aufquirlt; plötzlich sind sie wieder Kinder: Owen ist dreizehn und Kirsten ist zehn, sie necken sich, sie spotten, sie schneiden Grimassen, sie zittern vor Wut, sie würden einander gern in Stücke reißen, wenn sie könnten, und sich verprügeln und treten und beschimpfen und umbringen. Es geschieht ganz plötzlich, ein Schalter wird angeknipst, ein Knopf gedrückt. Schwester und Bruder. Kinderzeit. Sich gleichzeitig durch eine Tür quetschen, sich auf der Treppe mit dem Ellbogen stoßen, sich die Zunge herausstrecken und sich sogar in Gegenwart von Vater und Mutter *Arschloch* und *Schwanzlutscher* und *Scheißkerl* zutuscheln. Owens Herz hämmert wie eine geballte Faust. Eine feine blaue Ader zittert auf Kirstens Schläfe. Nein, laß uns nicht umkippen, laß es nicht wieder passieren, sagt Owen leise, denn er ist schließlich einundzwanzig Jahre alt. Und natürlich willigt Kirsten ein, denn sie haben wichtige Dinge zu besprechen. Sehr wichtige Dinge.

Aber der Waffenstillstand, die Ruhe hält nie lange an. Kirsten wird ihn einen Feigling schimpfen – überall sieht er Schwierigkeiten – und Owen wird sie beschimpfen, weil sie zu seinen Kameraden so beleidigend ist, wenn sie das Telefon abnehmen und erklären, Owen sei nicht da (was durchaus der Wahrheit entspricht – meistens).

Wenn du mit solchen Schimpfworten um dich wirfst, lenkst du

nur die Aufmerksamkeit auf dich, sagt Owen. Tu das *niemals* wieder!
Was soll ich niemals wieder tun?
Drauflos quatschen. Mir Schimpfworten an den Kopf werfen, so daß sie es hören. Weißt du nicht, daß sie Zeugen sein werden?
Ach was, *Zeugen!*
Hinterher, sagt Owen, und seine Stimme bebt leise, du weißt doch – du weißt, was ich meine.
Es kommt gar nicht zu einem »Hinterher«, keiner von uns hat den Mut, sagt Kirsten mürrisch.
Hinterher – wenn ihr was zustößt – du weißt, wen ich meine – ihr und *ihm* – dann wird die Polizei Fragen stellen, sie wird Nachforschungen über uns anstellen, darauf kannst du dich verlassen, sagt Owen. Und meine Kameraden – da weiß ich wirklich nicht, was die sagen werden. Ich traue den Kerls nicht.
Und ich traue Hannah nicht, erklärt Kirsten affektiert. Deshalb sage ich ihr auch nichts.
Ich erzähle meinen Kameraden auch nichts. Es handelt sich um dich. Um dich und dein hysterisches Getue. Neulich, letzten Monat, als du mich anriefst und ich zufällig nicht da war und...
Ich habe vier- oder fünfmal angerufen, sagt Kirsten. Du hast Angst gehabt, ans Telefon zu kommen. Du wolltest nicht. Du hattest dich versteckt.
Ach, Blödsinn!
Du hattest dich *versteckt,* sagt Kirsten, und ihre Wangen blähen sich wie bei einer Achtjährigen auf, so rechthaberisch siegessicher, du wolltest meine Anrufe nicht erwidern, du warst genau das, was ich schon immer gesagt habe: ein gottverdammter Feigling, ein heuchlerisches, falsches Arschloch...
Halt den Mund, sagte Owen giftig. Und nach einem kurzen, zitternden Augenblick: Was ist denn damals passiert – mit ihm? Über das Thema bist du ziemlich verschwiegen.
Ich habe dir alles erzählt, sagt Kirsten und blickt ihm offen ins Gesicht. Wir trafen uns im Park und gingen um das Bootsbecken herum, er tat sehr schuldbewußt, der Schweinehund – und schließlich gab er alles zu. Mutter und Nick, die beiden, viele, viele Jahre hatten sie's miteinander, und jeder hat's gewußt, ausgenommen Vater, was mich nicht weiter überrascht. Ich meine, ich *wußte* es. Jeder in Washington wußte es.

Hast du ihn gefragt, ob – du weißt schon – ob er und Mutter jemals …
Ob sie stets nach einer regelmäßigen – Art Zeitplan gevögelt haben, sagt Kirsten gleichmütig, doch, das habe ich ihn gefragt, wenn auch nicht mit genau denselben Worten, und du kannst dir denken, was er gesagt hat – du kennst ja Di Piero …
Eigentlich kenne ich ihn nicht, sagt Owen. Du kennst ihn.
Ich kenne ihn nicht, er ist bloß einer von Mutters Freunden, sagt Kirsten.
Natürlich haben auch *die* es miteinander getrieben, das ist klar, sagt Owen. Er lungerte ja immer herum. Blieb praktisch die ganze Nacht. Es war eine nicht endende Party – Maurie brauchte bloß geschäftlich die Stadt zu verlassen – und schon kamen sie angeschwärmt – General Kempe war der schlimmste – ich meine: wie der TOD, der ins Wohnzimmer einmarschiert …
Er hat Kehlkopfkrebs, sagt Kirsten.
Wieso weißt du's?
Mutter hat es in einem Brief erwähnt. Sie schreibt immer noch. Auf ihrem parfümierten Briefpapier. Jetzt regt sie sich bei mir über *dich* auf – sie glaubt, du hättest dich auch von ihr abgewandt – sie bekommt's mit der Angst. Ich denke, sie weiß es. Ich meine, sie muß doch wissen, was wir empfinden.
O nein, nein, nein, sagt Owen und pfeift durch die Zähne. O nein, sie weiß es nicht.
Jedenfalls hat er Kehlkopfkrebs, hat eine Operation gehabt, und seine Stimmbänder sind futsch, sagt Kirsten. Er kann nie wieder sprechen.
Der arme alte Knacker.
Ach, zum Teufel mit *dem,* was *der* mich kümmert! Die sind mir doch alle egal, sagt Kirsten kichernd. Ihre Augen sind groß und leuchtend. Die hübsche blaue Ader auf ihrer Schläfe pulsiert. – Ist dir auch manchmal so, Owen, daß dir alles *egal* ist – ich meine, jeder und alles?
Er ist mir nicht egal, sagt Owen gepreßt.
Kirsten bläst wieder die Wangen auf. Ihre Augen werden größer, Tränen beginnen hervorzustürzen. Natürlich, sagt sie rasch und still. *Er!*
Es ist mir nicht egal, wie sie ihn beschissen haben, wie sie ihn ausgewrungen und weggeschmissen haben, sagt Owen.

Natürlich, klar, das habe ich nicht gemeint, sagt Kirsten und wiegt sich hin und her. Hab' nicht dran gedacht.
Neulich abends habe ich Blake gelesen – denk dir, wie jetzt alles zusammentrifft! – Ich meine – herrje! – ein Taschenbuch, das ich in meinem ersten Collegejahr benutzt habe: war ans Bücherregal gegangen und schlug es auf – ich konnte nicht schlafen – irgendein Esel auf der andern Flurseite spielte Rock-Musik – ich nahm also das Buch und schlug es auf und sagte mir: einerlei, was ich lese, es hat was zu bedeuten – es muß etwas Wichtiges zu bedeuten haben, daher schlug ich das Buch auf, Kleines, und stell dir vor, was da stand: ich schlug's auf bei *The Marriage of Heaven and Hell,* wo er sagt: *Ein Toter rächt keine Kränkungen.*
O Gott, sagt Kirsten und zieht heftig den Atem ein. Sie starrt Owen einen Augenblick an: sie ist nicht aufgeputscht, sie ist nicht einmal high: ihr Blick ist klar. Dann fällt das Starre von ihr ab, sie wird weich, der Blick akkomodiert sich. *Ein Toter rächt keine Kränkungen.* Was bedeutet das?
Mir fallen mindestens zwei Bedeutungen ein, sagt Owen. Er freut sich, daß seine Schwester so von seinen Worten beeindruckt ist. Aber die eine ist nicht sehr tröstlich.
Ein Toter rächt keine Kränkungen, sagt Kirsten langsam.
Blake lieben wir alle, fährt Owen fort, er sagt uns so schlaue, schrullige, unverzeihliche Sachen ... *Wer begehrt, aber nicht handelt, erzeugt Pest.* Nett, nicht wahr? *Lieber einen Säugling in der Wiege ermorden, als unbefriedigte Wünsche nähren.*
Erwürgen – heißt es nicht so?
Was?
Lieber einen Säugling erwürgen ...
Was hab ich denn gesagt?
Du hast ermorden gesagt.
Lieber einen Säugling in der Wiege ermorden als ...
Nein! Ich glaube, es heißt erwürgen.
Erwürgen, ermorden, hör auf, mich zu unterbrechen, sagt Owen plötzlich. Du mußt immer an deiner billigen Weisheit festhalten, was? Am Eßtisch loslegen – oder im Auto – alles, um die Aufmerksamkeit deines Daddy zu erregen – und die meiste Zeit bist du im Unrecht ...
Um Gotteswillen, Owen, sagt Kirsten mit ihrer »vernünftigen« Schulmädchenstimme, die ihn so rasend machen kann, *es tut mir*

leid! Hast du's gehört? Es tut mir *leid!* Laß uns nicht streiten, wir haben nicht viel Zeit.

Zieh deinen Karren und deinen Pflug über die Gebeine der Toten, sagt Owen. Wie gefällt dir das Gefühl? Gefällt's dir?

Nein.

Das haben *sie* getan. Ihm angetan. Was sie tun wollen.

Glaubst du, daß sie heiraten? Ich meine, nachdem genug Zeit verstrichen ist?

Wie kann ich wissen, was sie tun werden? Ich bin nicht ihr Vertrauter, sagt Owen. Und hier ist noch was – ich konnt's kaum glauben, was ich da für Sachen in dem Buch gelesen habe – alles traf zusammen, wie eine Erleuchtung – hier – *was jetzt bewiesen ist, war einst nur ersonnen.*

Oh, das gefällt mir. Das mag ich, sagt Kirsten.

Was jetzt bewiesen ist ...

– war einst nur ersonnen.

Ja, sagt Owen, das werden wir sagen können. Hinterher. Wenn es vorbei ist. Wenn sie beide tot sind.

Was jetzt bewiesen ist, war einst nur ersonnen ...

Ihre Stimme zittert vor Dankbarkeit.

Plötzlich läuft ihr die Nase, sie fummelt in der Tasche nach einem Taschentuch herum. Natürlich hat sie keins – ihr Bruder muß ihr eins geben. Dumme Kirsten! Wann wird sie endlich erwachsen sein. Sie lacht unbändig, ihre Augen fließen über vor lauter Lachtränen, ihre mageren Schultern zucken. Keine Droge ist stark genug, sie zu beruhigen.

Owen ragt über ihr auf, grinst und schwankt. Auch von ihm geht plötzlich eine wunderbar exaltierte Ausstrahlung aus. Stell dir vor, Baby, wenn alles vorbei ist, sagt er – wenn's eine Angelegenheit von zwei Zoll hohen Schlagzeilen ist – wenn die Mörder bestraft sind! *Was jetzt bewiesen ist ...* Das wollen wir dann gemeinsam sagen, nicht wahr? Nicht wahr?

O ja, flüstert Kirsten.

Wir zwingen sie, es zu bekennen. Zuerst. Wir zwingen sie, die Wahrheit zu sagen, ein schriftliches Geständnis, ein gemeinsames Geständnis, vielleicht auch ein auf Band aufgenommenes Gespräch? An ihrem Bettrand? Ja? Gut? Wollen wir das tun?

O ja, flüstert Kirsten und kichert und erstickt fast, o ja ja ja ja ja.

*

Am dreizehnten Mai, dem zweiten Dienstag der Lesewoche in der Schule, liest Owen weder für seine Examen noch arbeitet er an seiner Dissertation, sondern er ist im warmen, feuchten, hypnotisierenden Washington D.C., seiner Geburtsstadt, der Stadt, die er abgöttisch liebt.
Nach Karthago kam ich dann, summt er vor sich hin, berauscht, begeistert, kampfbereit.
Er ist auf einer Party, zu der er im Grunde nicht eingeladen wurde. Aber die Moultons sind natürlich ganz, ganz alte Freunde von Isabel und Maurie, natürlich ist er willkommen: wer vom Freundeskreis der Hallecks wäre ungastlich zu den Halleckschen Kindern, so greulich sie auch sein mögen...? »Verstört«, »störend«, »unglücklich«, »aufgeregt«. Mit einem Wort: Washington-Kinder!
Obwohl Owen für den Kampf gewappnet ist, sieht er sich am äußersten Rand der großen Moultonschen Fliesen-Terrasse – in ein eifriges, aber höfliches Gespräch mit einem Fremden verstrickt, der zu der Sorte Menschen gehört, die man bei den Moultons trifft – und dann auch wieder nicht. Sie sprechen nicht über Politik, was gewöhnlich wäre – sie sprechen nicht einmal über Persönlichkeiten, was interessant sein könnte –, sondern statt dessen sprechen sie über philosophische Grundsätze ziemlich abstrakter und pedantischer Art.
Falls ein Freund Isabels näherkäme, es mit anzuhören...
Falls einer von Moultons Sicherheitsbeamten vorbeischleichen sollte...
Owen ist natürlich trotz seiner methodischen Pläne unvorsichtig gewesen. Vielleicht hat er sogar einen dummen Schnitzer gemacht... gewissermaßen... Sein Besuch neulich bei Claudia Lleyn ist irgendwie schiefgegangen. Doch wenn Charlotte Moulton im Verlauf des Abends bei Isabel über ihn berichten sollte, wird sie wenig Anlaß haben, sich zu beschweren. Owen unterhält sich einfach mit einem von Moultons Gästen. Er spricht ruhig, intelligent. Wie ein »Intellektueller«. Ulrich May gibt zu, sich über die Neon-Anlage zu amüsieren, die die Moultons auf der Terrasse angebracht haben, um Insekten zu töten, und Owen amüsiert sich ebenfalls, und daher stehen sie beide da und beobachten, wie die Insekten in die gekrümmte blaue Röhre fliegen, wo sie hörbar zu Tode verzischen. Eins nach dem andern, und immer wieder. Erstaunlich!

Wunderbare Pop-Art! sagt May lachend und betupft seine Lippen. Es soll doch ein Kunstwerk sein, nehme ich an?

Sie sprechen über das vulgäre Spießbürgertum, den »unergründlich« schlechten Geschmack der Amerikaner. Sie sprechen über Hinrichtung durch elektrischen Strom als ein Mittel politischer Hinrichtung. May sagt gelassen, daß er furchtbar beeindruckt, furchtbar aufgewühlt und entsetzt über die Hinrichtung der Rosenbergs war ... vor Owens Zeit natürlich. (Ich las Beschreibungen darüber, wo ich sie nur finden konnte, sagt er. Mir wurde physisch übel davon. Nie, nie, nie werde ich es vergessen.) Sie gelangen zum Selbstmord aus philosophischer Sicht. Begehen die Insekten hier, die dummen Insekten, nicht auch Selbstmord? Owen behandelt das Thema mit beachtlicher Kultiviertheit und Zurückhaltung, als erörtere er ein völlig unpersönliches Problem. Doch er ist etwas verärgert, weil sein neuer Freund nicht soviel Takt hat, das Thema zu wechseln.

Licht ist ein Element, das die Insekten anzieht, sagt er langsam, als wäre er in einem Seminar, und bemüht sich vorsichtig, Eindruck zu machen. Sie glauben, es sei Wärme, es sei Leben. Aber es ist Tod. Ihr Tod ist ein ironischer Unfall.

Durchaus nicht, sagt May und widerspricht höflich. Das Angezogenwerden von Licht, von Wärme, von Tod kann unmöglich ein Zufall sein. Sie sind dafür programmiert, es ist ein Instinkt. Womit ich meine, daß der Selbstmord ein Instinkt in ihnen ist.

Das ist unwahrscheinlich, entgegnet Owen. In der Natur kann Selbstmord nicht »instinktiv« sein.

Doch, unbestreitbar! Geben Sie nur acht! sagt May.

Und noch ein Insekt, ein Nachtfalter mit Schmelz auf den zwei Zoll breiten Flügeln, fliegt gegen die Neon-Röhre und wird getötet: im Gerät entsteht ein häßlich zischendes und brutzelndes Geräusch.

Das beweist gar nichts, sagt Owen und lacht nervös.

Es beweist alles, sagt May. Die Tatsache des *Tuns* triumphiert über die Hypothese des *Worts*.

Sie wechseln zum Thema der Donatisten über, von denen Owen einiges bekannt ist (ein Freund im College hatte einst eine lange Studie über das Ketzertum der Donatisten geschrieben), und May weiß anscheinend sehr viel über sie. Er sagt: es war eine natürliche Entwicklung. Die Christen nahmen einfach so viele der edlen römischen Ideen auf – aber ohne sie zu verstehen. Ohne Grazie, ohne Feinheit. Was sie wollten, war nicht der wirkliche Tod, sondern ihr törichter christlicher Himmel: Selbstmord war nicht ein Ziel, sondern ein Mittel. Sie ersehnten das Märtyrertum und machten sich zu einem öffentlichen Ärgernis, weil sie baten, getötet zu werden – sie wollten der Sünde ausweichen und unmittelbar zu Gott gehen. Gibbon schrieb über sie, nicht wahr, und auch Augustinus. Viele tausend Märtyrer. Männer, Frauen und Kinder. Sie beharrten auf dem Tod. Wurden geköpft, lebendig verbrannt, auf dem Rost gebraten, von Klippen hinuntergestürzt, von Tieren zerrissen, in Stücke zerhackt... Was für eine lästige Gesellschaft! Tertullian verbot ihnen sogar, den Verfolgern zu entfliehen, er liebte Blutvergießen und lehrte, daß Gott die Märtyrer belohnen und ihre Peiniger in der Hölle schmoren lassen würde, und natürlich könnten sie von oben zuschauen. Ein erstaunliches Zeitalter! Und doch habe ich oft gedacht, daß die Donatisten einem tiefen, menschlichen Instinkt gehorchten, dem unmittelbarsten und primitivsten Instinkt... Ich könnte Mitgefühl mit ihnen empfinden, wenn ihrer nicht so *viele* gewesen wären. Ich verabscheue die Masse!

Sie sprachen vom instinktiven Selbstmord, sagt Owen langsam und ohne die Stimme zu heben, aber gibt es nicht auch einen instinktiven Mord? Und würde der Instinkt für den Mord nicht den andern Instinkt zufriedenstellen? Ist das nicht eigentlich der *primäre* Instinkt? Die Donatisten, wie ich sie verstehe, begingen eigentlich keinen *Selbstmord:* sie wollten der Sünde entfliehen, in den Himmel gelangen und sich an ihren Verfolgern rächen: diese Rache war ihre Art Mord. Und wenn sie sie unmittelbar hätten befriedigen können...

May tritt zurück, nickt und lächelt. Um seinen Hals trägt er mehrere dünne Goldkettchen; ein kleines Medaillon, das sich im krausen Haar auf seiner Brust fast versteckt, flimmert im Licht. Ein Priester ohne Talar, denkt Owen. Aber May sagt ziemlich dreist: für den Sohn eines Selbstmörders haben Sie einen erstaunlich subtilen Verstand.

Owen verzieht das Gesicht. Aber sein Schuljungen-Stolz ist gekränkt. Ehe ich der Sohn eines Selbstmörders wurde, hatte ich schon längere Zeit gelebt, entgegnet er. Ich bin nicht als ein solcher auf die Welt gekommen.

Haben Sie noch Brüder oder Schwestern? fragt May.

Eine Schwester.
Älter? Oder jünger?
Jünger. Aber möglicherweise subtiler.
May läßt seine Hand leise auf Owens Schulter sinken ... und nimmt sie mit derselben Geste sofort wieder zurück. Das zu glauben, fällt mir schwer, sagt er.
Sie ist – ernster.
Ernster?
Sie nimmt es ernster, eines Selbstmörders Kind zu sein. *Sein* Kind zu sein.
Sie beabsichtigen beide, dem lästigen Verhängnis auszuweichen, nicht wahr? Jeder Psychologe mit einem M.A. weiß, daß die Kinder von Selbstmördern zum Selbstmord hingezogen werden. Ich meine, es ist wirklich langweilig. Eine allgemeine Wahrheit wird so langweilig, daß man halbwegs vermutet, sie könne falsch sein.
Owen spürt, wie sich sein Herz zusammenzieht und hämmert. Hinter May, auf der Terrasse neben dem tragbaren Büfett des Lieferanten, blicken eine Anzahl Leute – alte Freunde Isabels – in Owens Richtung. Mrs. Degler und ihr Liebhaber, Jack Fair; Eve Neilson in einem roten Pyjama-Kostüm; Charles Clayton, der vorgeladen war, vor dem Sitten-Komitee des Repräsentantenhauses auszusagen. Und ist Isabel auch unter ihnen? In der Nähe? Oder im Haus? Späht sie durch ein Fenster zu Owen hin? Ist sie mit Nick gekommen – der in Begleitung eines andern Freundes – als bewährtes Ablenkungsmanöver?
Was fehlt Ihnen? Was suchen Sie? fragt May und ist ein wenig verärgert. Ich glaubte, wir hätten eine interessante Unterhaltung. Warten Sie auf einen ganz bestimmten Gast, der noch kommen soll?
Sie wird nicht kommen, solange ich hier bin, sie haben sie gewarnt, sagt Owen und lacht still. Sie haben mich beobachtet.
Sie ...?
Mit auserlesenem Taktgefühl gelingt es Ulrich May, sich nicht umzudrehen und über seine Schulter zu blicken. Er zieht mit Daumen und Zeigefinger seine unter der Manschette versteckte Uhr auf und seufzt leise. *Wer* ist es? fragte er leise. Eine Freundin? Eine Freundin, mit der sie sich gestritten haben?
Die Witwe des Selbstmörders, sagt Owen. Eine stadtbekannte Washingtoner Hure.

Er trinkt sein Glas aus. Die schmelzenden Eiswürfel fallen gegen seine Zähne; Flüssigkeit tröpfelt über sein Kinn. Aber es ist ihm einerlei. Der Backenbart verbirgt es. Er hatte sich zwanzig Milligramm Dexedrin gespritzt, bevor er die Party der Moultons stürmte; daß er in der Schule bloß Marihuana geraucht hat, machte ihn zu liebenswürdig und unaufrichtig; er will die Leute jetzt ein bißchen erschrecken. *Der Zorn des Löwen ist die Weisheit Gottes,* murmelt er leise.

Aber May bleibt beim Thema Isabel. Isabel als Tatsache, sagt er glücklich. Man stellt sich unter Isabel de Benavente nie eine Witwe vor, weil man sie sich eigentlich nie als Ehefrau vorgestellt hat... Verzeihung! Und jetzt muß ich die erstaunliche Tatsache verdauen, daß sie auch eine Mutter ist, die Mutter eines jungen Mannes von Ihrem Alter. Was das andere betrifft – ob sie eine Hure ist – darüber will ich mich nicht auslassen.

Ja, sagt Owen und seine Schultern zucken vor stillem Gelächter. Das ist das Peinliche! Daß sie einen Sohn meines Alters und meiner Größe hat.

Ihr Umfang überrascht mich, sagt May.

Ach, ich bin in Trauer. Ich möchte noch einen Drink. Es macht mich nervös, wenn die Leute mich beobachten, obwohl ich's gernhabe, ich mag es – deshalb bin ich im Grunde hergekommen. Ich stelle meine eigene Untersuchung des Falles an – alles ganz informell natürlich – eine Art Studenten-Methode – ich glaubte, ich würde auf mehr Sympathie stoßen, wenn ich offen und aufrichtig bin, aber der Backenbart – gefällt er Ihnen? Er ist neu – meiner Schwester gefällt er nicht –, der Backenbart soll auch einschüchtern – ich will eben beides. Ich glaube, ich hole mir noch einen Drink. Gerade ist Gene Parr gekommen, der geschätzte Senator, der Fettwanst in den roten Bermuda-Shorts – *den* würde ich gern einschüchtern!

Ihre Untersuchung, sagt May, bezieht sich vermutlich auf die Umstände, die mit Ihres Vaters Tod verknüpft sind?

Selbstmord, Mord, ob wirklich jemand gedungen wurde, ob es Gründe für eine Vergeltung gibt. Owen schnieft, wischt sich die Augen und bemerkt, daß Eve Neil bestimmt Parr etwas über ihn erzählt, denn der alte Knabe blickt schwerfällig über die Schulter zu Owen hinüber. (Hat er sie belästigt? Hat er angerufen? Haben Sie einen seiner Briefe erhalten? Glauben Sie, daß Isabel es weiß?

Sollen wir es ihr sagen? Aber natürlich muß sie es wissen – sie und Nick müssen es beide wissen – jemand muß es ihnen inzwischen erzählt haben – aber vielleicht geht es uns nichts an. Doch er hat sich verändert, hat ein Unterkinn und schwummerige Augen und läßt sich einen Bart wachsen. Sein eigener Vater würde ihn nicht wiedererkennen.)

Vergeltung, sagt May leichthin, so leichthin, daß er mit dem Wort fragt, ohne daß es eine richtige Frage ist, und wieder zieht er seine unsichtbare Uhr auf, obwohl sein Ausdruck nichts als höfliche Geduld aufweist. Ach ja, ich verstehe – Vergeltung. Sie haben kein Zutrauen zu der polizeilichen Untersuchung oder zum Komitee des Repräsentantenhauses – Sie nehmen Ihres Vaters Geständnis nicht als bare Münze hin?

Owen bemüht sich nicht zu antworten. Er fühlt sich versöhnlich gestimmt und gleichzeitig gereizt: die Gereiztheit steckt in der Abgeklärtheit – ein gehörig harter, bitterer Kern in der zuckersüßen Frucht seines Körpers. Anfangs war er in der Schule – das heißt, nach dem großen Umschwung in seinem Leben, also im März nach seinem Besuch in Eyre – einfach wie ein Schlafwandler herumgelaufen, und obwohl er sich zu Bekannten und sogar zu Fremden hingezogen fühlte, die gegen ihr eigenes Unglück angingen, indem sie so regelmäßig und so gründlich wie nur möglich *high* wurden (aber hauptsächlich durch Marihuana-Rauchen, denn Owens Universität ist an sich konservativ), unternahm er erst, nachdem jemand in Owens Gegenwart verächtlich von Owen gesagt hatte: »der zapft immer den Stoff von jemand anderm an«, den notwendigen Schritt und begann, sich seinen eigenen Stoff zu kaufen. Die zeremonielle Art der Sache ödete ihn an, die körperlichen Einwirkungen – Schläfrigkeit, Besoffenheit, eine gewisse Biertisch-Leutseligkeit – fielen ihm als ungehörig auf, als eine Verletzung seines wahren Trance-Zustandes, den er ziemlich kühl als eine natürliche und vorläufige Folge des Schlages beurteilte, den ihm seine Schwester versetzt hatte; und der Wunde, die er absorbiert hatte. Ein Toter rächt keine Kränkungen: nur der Lebende rächt Kränkungen, doch der Ausblick auf ihr Vorhaben war so überwältigend, so grotesk und unwahrscheinlich und notwendig und aufregend... *Lüge mir nichts vor, heuchle nicht, du weißt, was ich will, du weißt, was wir tun werden,* flüsterte seine schöne Schwester und streichelte seinen Arm, obwohl die Worte unhörbar waren, obwohl sie durch einige Entfernung von ihm getrennt war und er sie nur in einem Spiegel erspähte, wie in einem Traum: in einem Spiegel, der von ihrem heißen Badewasser zart überhaucht war. *Du weißt, was wir tun werden,* flüsterte sie. *Wir beide – die beiden. Du weißt es. Du weißt es.*

Plötzlich zittert er. Das Dexedrin zerrt stärker an seinen Nerven, als er aushalten kann. Er stellt sein Glas auf einen Tisch – und bemerkt nicht, daß das Glas umkippt und wegrollt und nur Mays Behendigkeit es daran hindert, auf dem Fußboden zu zerschellen. Er weicht zitternd zurück, denn sie *blicken ihn an* – immerhin *sind* es Isabels Freunde und Mitverschworene – auch sie haben profitiert von Mauries Tod, der ihnen gelegen kam – bestimmt sind F.B.I. Agenten bei den Moultons, als unauffällige Gäste – er und Kirsten haben keinen einzigen Freund in Washington – es war verrückt von ihm, hierherzukommen – natürlich beobachtet ihn Isabel vom Innern des Hauses aus – Isabel und Nick – fest umklammert sie seine Hand und sagt: o Gott, jetzt ist's auch Owen – ein Psychopath – er ist psychopathisch – meine beiden Kinder – was kann ich nur tun – wie kann ich sie in Gewahrsam geben, wie kann ich ihnen die *Hilfe* verschaffen, die sie brauchen ...

Aber Ulrich May, sein neuer Freund, nimmt ihn fest bei der Hand. Sagt mit gütig väterlicher, freundlicher und gebieterischer Stimme: Sie besitzen die Logik des Revolutionärs, mein Freund, aber nicht viel mehr. Sind Sie je auf einem fliegenden Teppich gewesen?

*

In Mays Hochhaus-Apartment, wo das riesige Spiegelglasfenster das funkelnde Washington einrahmt – die Lichter des Capitol-Hills, die Lichter des Washington-Monuments –, fliegt Owen, benommen von der Höhe, benommen von dem merkwürdigen, undefinierbaren Gewebe des Teppichs unter seinen bloßen Füßen und von den rätselhaften Fotografien auf Mays mit weißer Seide ausgeschlagenen Wänden, Fotografien, die er nicht ganz enträtseln kann, auch wenn er sie stirnrunzelnd und blinzelnd anstarrt – fliegt nicht gerade, sondern ist ganz einfach in der Schwebe – auf dem sagenhaften Haar-und-Feder-Teppich ein paar Fuß über dem Boden schwebend. Doch schließlich befinden er und May sich etwa fünfzig Stockwerke über dem Erdboden. Es ist ein Raum für das Übernatürliche, ein Raum für gemeinsam erlebte Geheimnisse. Zu allererst muß das da weg, sagt May und kneift wieder in das schlaffe Fleisch über Owens Gürtel, und Owen wundert sich, weshalb er diesen Schweinehund von einem Schwulen nicht wegschubst – weshalb ihm das Kneifen so vertraut ist – und so willkommen.

Beweismaterial, zusammengetragene Zettelchen, Bruchstücke, Fetzen. Notizen, von ihm selbst hingekritzelt, die sich als unleserlich erweisen – Handschrift eines Fremden? Er reißt »Neuigkeiten« vom vergangenen Sommer aus der *Post* und dem *Star* und der *New York Times,* duckt sich tief zwischen die Stapel in der Bibliothek, jedermann Trotz bietend, der ihn beschuldigen könnte. Manchmal schmuggelt er eine Zeitung am Aufsichtspult vorbei und nimmt sie mit in die Herren-Toilette, wo er ungestört ist.

Alles Bedeutsame stopft er in seinen Nachforschungs-Beutel – den starken Plastikbeutel aus dem *That's some Chicken*-Lokal.

Seiner Schwester – die sein einziger Freund ist – erklärt Owen: ich werde meine Begabung für studentische Erfolge im ersten Semester, mein Talent für Genauigkeit und Gründlichkeit und meine unermüdliche *Geduld* bei Forschungsarbeiten in der Bibliothek einsetzen, – denn es fehlt mir an Genie, ich brauche Stoff –, alles, was auf die Untersuchung des Mordes an unserm Vater Bezug nimmt. Da ja die Polizei bestochen wurde. Und da das Komitee in Washington hoffnungslos korrupt ist.

Darfst du so reden? Von wo rufst du an? fragt Kirsten nervös. Spät abends ist ihre Stimme manchmal so leise und zerbrechlich, daß Owen sie wie ein ganz junges Kind vor sich zu sehen glaubt.

Seine Schwester – seine Mitverschworene?

Von meinem Zimmer, sagt er. Die Tür ist zu!

Aber sein Sarkasmus kommt nicht an. *Jeder* Anruf, verstehst du? Ich meine, sie haben doch *sein* Telefon angezapft – sie brauchen nur bei euch da unten zu einem Richter zu gehen und bekommen eine Verfügung, glaube ich – oder vielleicht auch nicht, wenn's die F.B.I. ist – oder das Pentagon – aber sie tun es auf jeden Fall – können jederzeit das Gesetz überschreiten, wenn sie wollen – wir sollten nicht so sprechen – du wirst alles verderben...

Hast du gehört, daß Giallella in Chicago ermordet wurde, sagt Owen, es war bloß ein paar Wochen her, seit er zum Mord-Komitee gesprochen hatte – zum Senat – Kennedy, King – das ist der dritte – oder ist es gar der vierte – natürlich ist es lange her – Jahre her.
Wer? fragt Kirsten. Worüber sprichst du?
Über Luigi Giallella, er hat Zeugnis abgelegt, natürlich hat er im Grunde nichts gesagt, aber ...
Wer? Was für ein Luigi?
Giallella! schreit Owen ins Telefon. Liest du denn um Himmelswillen da oben bei euch keine Zeitungen? Der Senat untersucht die Ermordungen von Kennedy und King – ich meine, ein Komitee – ich weiß, daß es nicht dasselbe ist, aber es ist lehrreich, – wir müssen auf der Hut sein – wenn jemand gedungen wurde, war's vermutlich ein Mann vom Syndikat ...
Aber Kirsten schweigt. Er kann sich ihre hochgezogenen Schultern vorstellen, ihr blasses, trotziges Gesicht. Die Augen hat sie – wahrscheinlich – fest geschlossen. Zuviel Information verwirrt sie, ihre Aufnahmefähigkeit für Theoretisches enttäuscht ihn, vielleicht muß er schlußendlich alles allein machen. Wenn sie zusammenbricht wird er alles allein machen.
Ach, geh zum Teufel, sagt er plötzlich und hängt auf.

*

Den rotgelben Plastikbeutel hat Owen Halleck überall auf dem Universitätsgelände bei sich. Meine Forschungsarbeit, sagt er. Er läßt sich offenbar einen Bart stehen – oder hat vergessen, sich zu rasieren –, eines Tages dann rasiert er sich sehr sorgfältig und zieht eine Sportjacke mit Krawatte und eine gebügelte Hose an: Mein Interviewer-Kostüm.
Das Beweismaterial sammelt sich langsam an, sehr langsam. Das Wissen um das voraussichtliche Ergebnis seiner Nachforschungen sollte das Vorrücken beschleunigen, tut es aber nicht.
Ein stundenlanges Gespräch mit einem Professor der Staatswissenschaft, dessen Ruf an der Universität waghalsig linksgerichtet ist: aber der Mann ist vor Owen auf der Hut, beantwortet seine Fragen mit langsamer, stockender Stimme und gibt vor, sehr wenig über die Sache mit Chile, die GBT-Untersuchung, den Komitee-Bericht und die Anklage in der Halleckschen Bestechungs-Affäre ... und den Selbstmord zu wissen. Seine Spezialität sei der Ferne Osten,

erklärt er Owen. Wenn Sie über die Lockheed-Bestechungsaffäre sprechen wollen, sagt er und lächelt nervös, dabei kann ich Ihnen behilflich sein, aber – die südamerikanische Angelegenheit – Kupfer – die C.I.A. – all das – da weiß ich wahrscheinlich nicht mehr als Sie, wenn Sie regelmäßig die Zeitungen gelesen haben. Er hält inne. Mehrere Sekunden. Owen fummelt ärgerlich an seinem Panasonic Aufnahmegerät herum, (ein Geschenk von Isabel für sein Anfänger-Jahr an der Universität: er konnte damit Vorlesungen aufnehmen und sich das mühselige Mitschreiben ersparen). Er weiß, daß der verklemmte Schweinehund mit sich darüber zu Rate geht, ob er sagen soll: *Ich verstehe Ihre Sorge und Ihren Kummer, es war eine furchtbare Geschichte, ich wünschte, ich könnte Ihnen helfen …*, aber schließlich sagt er nichts weiter als *Tut mir leid.*
Ein mißlungener Versuch, ein Telefongespräch mit einem der alten Komitee-Leute in Washington, einem angeblichen Freund Mauries aufzunehmen: jedesmal, wenn Mr. Carlyle im Begriff war, ans Telefon zu kommen, drückt Owen auf den »An«-Knopf, aber jedesmal sprach eine andre Sekretärin oder ein andrer Assistent. Owens Taktik bestand darin, sich nicht mit seinem richtigen Namen auszuweisen: er wußte, daß sich in den Kreisen Nicks und seiner Mutter jede Nachricht rasch verbreiten würde … doch seine falschen Namen stießen nicht auf Beachtung. Und als er Carlyle endlich in seinem Heim erreichte, ergab das Gespräch nichts. Rein gar nichts. Leerlauf.
Owen, leider kann ich Ihnen nicht helfen, ich habe meine Auffassung so oft dargelegt, Sie müssen mich verstehen, es ist alles im öffentlichen Protokoll festgehalten, ich habe nichts verfälscht oder unterdrückt, ich bin noch immer unglücklich wegen Maurie und begreife Ihre Besorgnis, aber ich kann Ihnen nicht helfen, es gibt einfach nichts Weiteres, das ich wüßte … Owen?
Scheißkerl, flüstert Owen. Und hängt auf.
Ebenfalls in den Nachforschungsbeutel hineingestopft: ein Artikel in der *New York Times* über einen dreiunddreißigjährigen Chemiker an der West Virginia University in Morgentown, West Virginia, der sich ein koagulationverhinderndes Mittel namens Warfarin eingespritzt hatte, weil er damit sein Leben zu verlängern glaubte – zweihundert Jahre alt zu werden hoffte. (Er hatte auch BTH genommen, die in Lebensmittelpackungen benutzt wurde, um Fäulnis zu verzögern.) Owen hatte Mühe, den Artikel in allen Einzelheiten zu

lesen, weil der Schluß traurig war, aber er überflog ihn mehrmals und empfand ein herzliches Mitgefühl mit dem jungen Forscher, der offenbar die Wirksamkeit seiner Droge unterschätzt hatte, denn er wurde blutend im Bett seiner Wohnung aufgefunden: Blut auf den Kleidern, Blut auf der durchnäßten Matratze und in der Küche und im Badezimmer auf dem Fußboden. Es müsse ein qualvoller Tod gewesen sein, schrieb der Assistent des staatlichen medizinischen Sachverständigen.

Und dann ein langer Artikel in der Studentenzeitung, als Ergebnis eines Untersuchungsberichts von Studenten des ersten Semesters über von der C.I.A. finanziell unterstützte Forschungen an der Universität zwischen den Jahren 1950 und 1973. Das ist das Richtige, denkt Owen, jetzt haben sie die Sauhunde erwischt, jetzt haben sie sie beim Kanthaken! Ein Fünfundzwanzig-Millionen Dollar-Projekt von Forschungen über »geheime Gedankenkontrolle«. Unter dem Decknamen MK-ULTRA, Projekt Blaubart und Projekt Artischocke. Zwei Privat-Institutionen übernahmen die Haftung für das C.I.A.-Programm: die Geschikter Foundation für Medizinische Forschungen und die Society for the Investigation of Human Ecology. In New Yorker Bordellen wurden »ahnungslosen Versuchspersonen« gedankenbeeinflussende Drogen gegeben, und ihr Verhalten wurde mit Hilfe von einseitig durchsichtigen Scheiben beobachtet. Auch Insassen des Bordentown-Gefängnisses in New Jersey waren Versuchsobjekte, ebenso »sexuelle Psychopathen« im Winona State Hospital in Michigan. Fünf Professoren an der Universität waren bezahlte – und recht gut bezahlte – Berater, und der Präsident der Universität erklärte, daß es »keine Angelegenheit der Universität« sei. Aha, sagt Owen, jetzt haben wir sie, ihre Namen schwarz auf weiß, ganz vorne, für jedermann sichtbar.

Aber nichts geschah.

Nichts geschah.

Er bringt das Thema in dem Klub, in dem er seine Mahlzeiten einnimmt, zur Sprache. Aber seine Freunde interessieren sich nicht besonders dafür. Ihr wißt doch etwas von der Nürnberger Konvention, sagt er, wir sollen sie befolgen, betreffs medizinischer Untersuchungen und dergleichen ... ihr wißt doch, nachdem die Nazi-Ärzte – die Nazi-Ärzte ... Doch niemand interessiert sich sehr dafür, nur ein junger Mann mit strähnigen blonden Haaren und einem ewig unzufriedenen Stirnrunzeln (von ihm heißt es, daß er schon zwei Thesen verpatzt habe): Diesen Kerls wird es heimgezahlt werden, sagt er, wo sie es verdient haben, hoffentlich kommt es in die *New York Times,* hoffentlich wird es über die UPI verbreitet. Einer von ihnen meint, daß jede Universität hierzulande dem Fünfundzwanzig-Millionen-Dollar-Forschungsprojekt nicht widerstanden hätte – und die Russen machen Schlimmeres – wenn wir's nur genau wüßten. Und auf jeden Fall ist es vor sehr langer Zeit passiert – einer dieser Professoren ist jetzt nicht mal mehr an der Fakultät.

Wir haben die Nürnberger Konvention unterzeichnet, sagt Owen und achtet darauf, daß seine Stimme so leise und ruhig und beherrscht wie in einem Gerichtssaal klingt, warum haben wir sie unterzeichnet, wenn wir uns nicht daran halten?

Wie lautet die Nürnberger Konvention, fragt einer.

O Gott, laß ihn bloß nicht damit anfangen, murmelt ein andrer – laut genug, daß Owens Ohren es auffangen.

*

Owen hinterläßt dem Berater bei seiner Dissertation, dem er aus dem Weg gegangen ist, eine Mitteilung. Das Universitätsgelände ist klein genug, und es ist leicht, zwei- oder dreimal täglich mit den falschen Leuten zusammenzustoßen. Und Owen *muß* die Bibliothek benutzen. *Ich möchte meine Diss. zurückstellen,* tippt er sorgfältig auf ein sauberes Blatt Papier. *Ich verlege den Schwerpunkt meiner Forschung auf ein anderes Gebiet. Das bedeutet, daß ich nicht promovieren werde. Ich werde nicht in die School of Laws von Harvard eintreten. Hoffentlich sind Sie nicht enttäuscht.* Er lacht leise vor sich hin und sieht im Geiste einen dickbäuchigen, schwitzenden, unrasierten Owen Halleck mit seinem Plastikbeutel herumwanken. *That's some Chicken!* Er findet es komisch, daß seit seines Vaters Tod – oder, um ganz genau zu sein, seit seiner Begegnung mit Kirsten in Eyre derselbe alte Korpus durch dieselbe Gegend trudelt, obwohl *alles anders geworden ist.*

Für ein flüchtiges Auge ist er einfach Owen Halleck, Owen Jay Halleck, der gutartige Sohn von Maurie und Isabel. Doch sein Geheimnis lautet: *Alles ist anders geworden.*

*

Ein Junge, den er in Exeter nur oberflächlich gekannt hatte und der sich jetzt in lustig-groteske College-Sachen kleidet – enge Jeans, L.L. Bean-Stiefel, ein LaCoste-Hemd, das unordentlich offensteht und eine etwas eingesunkene Brust zeigt –, verkauft ihm Dexedrin-Kapseln, wenn auch weniger, als er braucht. Ich kann alles nehmen, was du hast, sagt Owen. Ich bin dein einziger Kunde, los, gib sie her! Aber der Junge geht bereits weiter, er hat andere Kunden, andere Verpflichtungen. Sei nicht so gierig, Halleck, sagt er mit reizendem Lächeln – und ist schon zur Tür hinaus.

Alle Dinge wirken zusammen, alle Dinge drängen zu einem Brennpunkt hin. Seine Nachforschungsprobleme zum Beispiel: sie sind so schwierig geworden, daß er rastlos durch die Bibliothek wandert, während sein Einkaufsbeutel ihm gegen die Schenkel schlägt und seine Lippen sich stumm bewegen, und plötzlich stößt er mit einem in der Bibliothek arbeitenden Studenten zusammen, und plötzlich fällt ein schwerer Band auf den Boden, und plötzlich starrt Owen Halleck, in der Hocke sitzend, auf eine Fotografie in dem geöffneten Buch: Männer, die allmählich als Soldaten der amerikanischen Armee des Jahres 1899 zum Vorschein kommen, Männer, die, für die Kamera posierend, auf einem seltsamen kleinen Hügel stehen, der sich allmählich, während Owen starrt und starrt und den ungeduldigen jungen Studenten nicht beachtet, als ein – kann es wirklich sein? – ja, nein, doch, bestimmt – als ein Hügel aus Gebeinen des Feindes entpuppt.

Owen zeigt auf das Bild und beginnt zu lachen: er blickt grinsend zu dem auf, der gerade neben ihm steht, und sagt: Sehen Sie bloß, oh, sehen Sie bloß, die Gebeine von Filipinos, wir sind alle in Uniform, sehen Sie den Schuft, der mit dem Schädel herumspielt? Oh, es wird bestimmt alles geschehen, sagt er, reibt sich die Augen, kichert leise, es läßt sich nicht mehr aufhalten, es hätte schon längst anfangen sollen.

*

Er reißt Isabels Brief auf und entnimmt ihm den Scheck. Seine Finger zittern. Sie will ihn bestechen, es ist ein Scheck über 250 $, er kann sich nicht erinnern, wieviel er erbeten hatte, aber soviel war es nicht, sie hat ihn seit Jahren bestochen, er muß sich zu einer geistigen Situation aufschwingen, in der die Annahme ihres Geldes nicht ein Kollaborieren mit ihrer Schlechtigkeit ist, sondern

eine Taktik, um jene Schlechtigkeit zu vernichten. Ich nehme deinen Scheck, Isabel, sagt er, aber deinen verächtlichen, verlogenen Brief will ich nicht lesen.
Etwas später durchstöbert er seinen Papierkorb nach Isabels Brief, meistens ist es nicht mehr als ein einzelnes, steifes Blatt Papier, einmal zusammengekniffen – aber er kann nur den zerrissenen Umschlag finden.
Entweder hat Isabel vorgezogen, ihm diesmal keinen Brief zu schreiben, oder einer seiner Kameraden hat ihn aus dem Papierkorb gefischt.
Ersteres, denkt er. Ja, ersteres. (Denn das Letztere ist nicht sehr wahrscheinlich, nicht? Einstweilen.)
Sie hat also zu schreiben aufgehört, denkt er mit einem Schauder der Verzweiflung. O du Luder, du weißt Bescheid, was? Du weißt, was kommen wird.

*

Alle Dinge wirken zusammen, alle Dinge drängen einem Brennpunkt zu.
Es ist zum Beispiel möglich, daß Owen seine Nachforschungen fortsetzt, selbst während er sich an fünf Abenden hintereinander Bunuel-Filme ansieht. Von *l'age d'or* lernt er sehr viel. Sogar noch mehr von *viridiana* und *the exterminating angel. Belle de jour* erregt ihn mächtig, die Bilder von Deneuves Füßen, Beinen, Händen, Schuhen, Strümpfen und der Unterwäsche sind einfach hinreißend. Deneuve, das heißt, Séverine, das heißt, Belle de Jour – ist nicht Isabel de Benavente, ausgenommen die Kaskaden blonder Haare, der gelassene Blick, die Leere, die Abwesenheit. Durch Vorhänge, Fenster und Gucklöcher erspäht. Wenn der Film nicht mit ihrem gewaltsamen Tod endet, dann nur deshalb, weil er von ihr verführt wurde, von ihr infiziert wurde. Es ist so schamlos ihr eigener Traum ...!
Aber Owen wird das alles ändern.

Ja, wird Ulrich May ein paar Wochen später zu Owen sagen, alle Dinge wirken zusammen. Du hast ganz recht. Es gibt Momente, die wie eine Messerschneide eindringen – Augenblicke, in denen dir der Ablauf deines Lebens plötzlich klar ist.
Und danach? fragt Owen mit unsicherem Grinsen.
Danach? Widersetzt man sich weniger häufig.

*

Mehr Beweismaterial: eine Erinnerung an Isabel, die ihn erschreckt, weil sie so klar, so offensichtlich voller *Bedeutung* ist (wie idiotisch von ihm, sieht Owen jetzt ein, daß er die Bedeutung damals nicht erkannt hat).
Isabel – zurückgelehnt auf ihrer Couch. Das Telefon träge über die Schulter geschmiegt. (Owen hatte das Telefon unten abgenommen, es war Nick Martens, ob Maurie ans Telefon kommen könne? – aber Maurie war natürlich nicht zu Hause. Maurie würde um diese Tageszeit niemals zu Hause sein, am späten Nachmittag, noch nicht sechs Uhr. – Kann ich dann mit deiner Mutter sprechen, fragt Nick logischerweise, und Owen brüllt nach oben hinauf *Telefon!* und Isabel nimmt den Anruf ab, und alles ist vollkommen normal.
Isabel in ihrem weißseidenen Morgenrock liegt auf der Couch in dem Zimmer, das jetzt als »ihr« Zimmer gilt, obwohl es ein Gästezimmer sein soll, und jedenfalls schläft sie wie bisher im Elternschlafzimmer neben ihrem Ehemann. Isabel verdrießlich und träge; ohne Make-up ist ihr Gesicht nackt, die Stirn trotzig, das Kinn ziemlich kantig. Mit leiser Stimme sagt sie: Natürlich war es in Ordnung ... sie sind mit dem Abschlepper gekommen ... sie waren erstaunlich tüchtig ... ja, ja, ist gut, ich weiß ... ja, vermutlich war's das ... Ich habe doch ... habe ich's nicht gezeigt? ... ach

was ... was willst du damit sagen? ... ja, fein, ich *weiß* es ... du hast recht ... wenn wir einen richtigen Unfall gehabt hätten, wenn einer von uns verletzt oder der Wagen beschädigt worden wäre ... Aber vielleicht übertreiben wir bloß beide ... was? Ich glaube, es ist bald sechs, ich bin kurz nach fünf nach Hause gekommen, ein Mann von der Garage hat mich nach Hause gefahren, der Wagen wird in Ordnung sein, am ... Ja, ich *weiß*, du hast *recht* ...

Eigentlich ist es nicht Isabel, die er sieht, sondern nur ihr Spiegelbild. In einem Spiegel, der vom Boden bis zur Decke reicht – gleich hinter der halb geöffneten Tür ihres Zimmers. Owen ist zwölf Jahre alt und tolpatschig und kann sich nicht vorstellen, wie es ihm gelungen ist, so rasch und so leise nach oben zu schlüpfen.

Natürlich bin ich nicht böse, sagt Isabel, warum sollte ich denn böse sein, ihre Stimme ist leise und resigniert, und eine seltsam intime Lässigkeit drückt sich in ihrer ganzen Haltung aus: das Haar ist unordentlich, wie vom Wind zerzaust, der Morgenrock ist achtlos zugebunden, Beine ohne Strümpfe, barfuß. Sie seufzt, sie lacht, sie sagt mit rätselhaft lustiger Bitterkeit: *warum* sollte ich denn böse sein ...!

Und dann blickt sie auf und entdeckt zufällig Owen, der sie beobachtet. Im Spiegel.

*

Genauso, wie Owen sich nicht erinnern kann, wie er damals hinaufgeschlüpft war – er hatte das Telefon in der Küche abgenommen –, genauso kann er sich jetzt nicht *richtig* erinnern, wie ihn Isabel damals angeblickt hat. Vor allem scheint er sich an ihr Schweigen zu erinnern: wie sie plötzlich starr und stumm wurde. Auf der hübschen, pfirsichfarbenen Couch liegt sie so unbeweglich und fehlerlos wie ein Edelstein in seiner Fassung. Eine Frau in einem Spiegel, schräg in einem Spiegel widergespiegelt. Er sieht ihr Spiegelbild, und sie sieht sein Spiegelbild, und in der nächsten Sekunde geht Owen an der Tür vorbei – er wollte ja eigentlich in sein Zimmer, er ist gerade von irgendwoher nach Hause gekommen, in einer Jacke, vielleicht sogar in Stiefeln, er kann sich nicht an die genaue Jahreszeit erinnern, aber er glaubt, es könne im Winter gewesen sein, jedenfalls interessiert er sich nicht für die Telefongespräche seiner Mutter, denn in jedem Falle findet er Erwachsene schrecklich langweilig.

Isabels betroffener Blick. Ein merkwürdiges und ganz uncharakteristisches Erstarren ihrer Gesichtszüge... Oder bedeutet der Ausdruck ganz einfach Nervosität (denn beide Kinder irritieren sie mit ihren Wünschen, ihrer Unruhe, ihren Stimmen und ihrer Gegenwart), oder ist es ein Ausdruck... ganz einfacher Überraschung? Aber Owen, der an der Tür vorbeigeht, interessiert sich nicht dafür.

Kann ich nicht mitkommen, bettelt Kirsten, aber Owen ist unnachgiebig. Auf keinen Fall!
Er will unbehindert bleiben. Er will keine Aufregung.
Rufst du mich an? fragt Kirsten.
Versprechen kann ich's nicht, sagt Owen. Ich will Bewegungsfreiheit haben.
Du wirst es doch nicht... jetzt schon tun? fragt Kirsten. Ihre Stimme klingt so leise, so fern, er kann sie wirklich nicht gut hören. Aber er weiß genau, was sie gesagt hat.
Warum denn nicht? sagt er.
Sie erwidert nichts. Das Telefon ist gänzlich verstummt.
Feigling, denkt Owen und grinst. Wer ist jetzt der Feigling? Wer ist *jetzt* im Führerstand?
Aber laut sagt er – mit einer tadelnden Ungeduld, die ihm halbwegs ernst ist: *Natürlich nicht. Es ist noch nicht an der Zeit.*

*

Die Schuld ist eine ausgemachte Sache, sagt sich Owen. Aber die Schritte – das gerichtliche Verfahren – die systematische Untersuchung – (wie ungezwungen sie sein mag) – die Gewohnheit, vernünftig zu sein: sie alle verlangen Vorsicht.
Sonntag, den 11. Mai. Er nimmt die Stadtbahn nach Washington. Ist ausgerüstet mit seinem Diktiergerät, seinem Journal (es hat einen blauen Kartondeckel und zeigt in eindrucksvollen Blattgoldbuchstaben das aufgeprägte Wort PROTOKOLL, die Seiten sind liniiert) und einer mit Banknoten vollgestopfte Brieftasche. Den Plastikbeutel hatte er in seinem Zimmer im Internat gelassen. Sein Beweismaterial hat er sorgfältig in eine lederne Reisetasche zu ein paar Toiletten-Sachen und einem andern Anzug gepackt. Nichts Ausgefallenes.

Claudia Lleyn, hakt er seine Liste ab, Charles Clayton, Bobbie Tern, Reid Silber, Hal Seawright, Phillip Moulton, Journalist Preston Kroll, Morton Kempe, »Tom Gast« ... falls der Spion Tom Gast überhaupt existiert ... und andere. Es soll kein Interview sein, will er mit aufrichtigem, offenem Lächeln sagen, und bestimmt kein Verhör, ich möchte bloß mit Ihnen über meinen Vater sprechen. Über meinen Vater und seine Freunde. Sie haben hoffentlich nichts gegen das Aufnahmegerät?

Während er durch Baltimore fährt, kommt es ihm in den Sinn, daß Morton Kempe jetzt ein alter, an Krebs sterbender Mann ist. Ein alter, verbrauchter, sterbender Säufer. Einst ein berühmter General. General Kempe durchstreichen, denkt Owen, er war auch mal in Isabel verliebt, aber er kann mir überhaupt nichts mehr dabei nützen.

Auch Charles Clayton durchstreichen! Ein heimlicher Anhänger von Nick Martens, der schnell in die Öffentlichkeit trat, als der Halleck-Skandal ausbrach. Eifrig bereit, den Hallecks den Rücken zu kehren, konnte sich nicht schnell genug von ihnen distanzieren ... Natürlich wußte ich, daß Maurie Halleck eine schwierige Zeit durchmachte, aber ich glaubte, es wäre eine persönliche Krise, ich wußte, daß seine Arbeit im Untersuchungsausschuß davon berührt wurde, aber ich glaubte, es sei die Überforderung wegen der Trennung ... der Eheprobleme ... von Tom Gast hatte ich nie gehört ... hatte nie gehört, daß der Untersuchungsausschuß nicht alles Erdenkliche einsetzte, den vermeintlichen Mörder von »X« außer Landes zu verweisen ... Ich bin zutiefst entsetzt und bekümmert und ... *Viele verdienen eine Bestrafung,* notierte Owen mit kräftigen, dunklen Schriftzügen in seinem Journal, *aber wenige werden sie erhalten. Es fehlt an Zeit.*

*

Er gibt vor, ein herumliegendes *Wall Street Journal* zu lesen, aber eigentlich beobachtet er die Gesichter der Mitreisenden in der Stadtbahn. Männer mit Aktenmappen, Männer in dreiteiligem Anzug. Eine Handvoll Frauen. Eine junge Mutter mit quengelndem Baby. Owen hat sich einen strategisch günstigen Platz ausgesucht, einen Platz am äußersten Ende des Wagens, wo niemand hinter ihm sitzt.

Isabels Freunde, die dümmeren, pflegten sich immer darüber lustig zu machen, wenn jemand in der Öffentlichkeit gern mit dem Rükken zur Wand sitzen wollte. Aber der höfliche portugiesische Gesandte, der mit seiner jungen Frau zum Abendessen in Röcken 18 war, wünschte ausdrücklich auf dem »sichersten« Platz im Speisezimmer zu sitzen.

Anthony Di Piero, der Mitte der siebziger Jahre mit der Swissair von Rom nach London flog, war dabeigewesen, als Angehörige der italienischen *Brigata Rossa* einen Überfall versuchten; doch Owen wußte keine Einzelheiten. (Tony spricht nicht über solche Dinge, warnte Isabel ihre Freunde. Erwähnt nur ja nicht, daß ihr es in der Zeitung gelesen habt!) Und dann war da noch Nick Martens – der arme Nick! für diesmal auch ein Sterblicher! –, der von Palästinenser Terroristen in Khartum fast als Geisel festgehalten worden wäre.

Und Mauries Leben war mehrmals in Gefahr gewesen. Oder vielleicht auch viel häufiger – Owen konnte es nicht so genau wissen. Das erste Ereignis war schon lange her, vor Owens Geburt, und hatte etwas mit den Ku-Klux-Klan-Mördern in Georgia zu tun. Und später einmal, als Owen sechs Jahre alt gewesen sein mochte, sagte Maurie zu ihm: Das ist Mr. Carpelan, er fährt uns heute ans Meer ... und Owen hatte den großen, lächelnden Mann angestarrt, der plötzlich in ihrem Leben aufgetaucht war: von der Regierung geschickt, um »ihnen das Leben zu erleichtern«. Und dann wieder, als er dreizehn war und ein Mr. Boyers kam und zwei Wochen auf Röcken 18 verbrachte, ein Mann mit rotem Gesicht und einem weichen Mississippi-Akzent. (Daddy stellt Ermittlungen über die Mafia an, erzählt Owen seiner Schwester, drauflos phantasierend ... wir können jeden Moment in die Luft fliegen ... mit einer Bombe im Wagen oder einer Briefbombe ... eine besondere Bombe kann mit einem Telefon verbunden werden, und dann wird eine Radiowelle ausgestrahlt und läßt sie detonieren ... lauter so Sachen ... nimm dich lieber in acht.)

Der ehemalige chilenische Gesandte in USA, Orlando Letelier und eine Mitarbeiterin, wurden – drei Jahre vor Mauries Tod – in einem Wagen ermordet, in dem sie über den Sheridan Circle fuhren, und in Washington war es ein offenes Geheimnis, daß die Verwaltung – aus den üblichen »diplomatischen« Gründen – sich weigerte, die chilenische Regierung zur Auslieferung der Männer zu zwingen, die die Mörder gedungen hatten; ein anderes, weniger eindeutiges

Gerücht besagte, daß ein junges amerikanisches Ehepaar, ehemalige Friedens-Corps-Mitglieder und vermeintliche Linke, unter ungewöhnlich geheimnisvollen Umständen in Mexiko zu Tode geprügelt aufgefunden wurde... und wieder scheint die Regierung – in diesem Falle wahrscheinlich das Justizministerium – nur langsam an die Untersuchung heranzugehen.
Zusammenhänge? Natürlich sind Zusammenhänge da. Aber Owen muß seine Gedanken zusammennehmen. Er darf sie nicht abschweifen lassen.
Er blättert in seinen Notizen, er liest noch einmal die Zeitungsausschnitte und zerbricht sich den Kopf über ihre Bedeutung – ihre Beziehung zu seinen eigenen Nachforschungen. Die C.I.A. unterstützte vor zehn Jahren eine Verschwörung, die zur Ermordung René Schneiders führte, des obersten Befehlshabers der chilenischen Armee... die schändliche Ermordung Senator Allendes... multinationale Kupfer-Firmen, GBT, Kennecott, Anaconda... Streiks der Lastwagenfahrer, Ausschreitungen der Gewerkschaften, Nixons und Kissingers getarnte Politik der »Destabilisierung« in Chile... *Mörder,* denkt Owen hilflos, *aber was können wir tun? Es fehlt an der Zeit.*

*

Wenn sie befahlen, ihn zu töten, überlegt Owen, dann waren es politische Gründe. Wenn er sich selbst das Leben nahm, war »Liebe« dahinter.

*

Claudia Lleyn ist nicht sichtlich verärgert über seine Fragen oder sein Aussehen. (Wie sehe ich denn aus, fragt sich Owen – zu spät. Hatte er sich nicht rasiert? Seine Finger spürten Stoppeln, Borsten.) Sie ist so friedfertig, so gütig, parfumduftend, sogar mütterlich – eine hübsche Frau in Isabels Alter, doch beträchtlich älter aussehend, was Owen beruhigt. Denn in letzter Zeit sind seine Sex-Phantasien ziemlich merkwürdig geworden. Das Aufnahmegerät bereitet ihm einige Mühe. Aber das ist wenigstens ein Thema, über das man sprechen kann: Ich verstehe eben selber nicht viel von technischen Dingen, lacht Claudia. Sie ist hilfsbereit. Ihm fällt der hohe Spann ihrer hübschen, karamelfarbenen Schuhe auf – auch ihre schlanken Fesseln.

Haben Sie und Isabel sich je – hm – je in Tony Di Piero geteilt? möchte Owen fragen. Ein langes Gelächter droht auszubrechen.
Kann ich dir helfen? fragt Claudia und beugt sich näher über ihn.
Claudia ist eine von Isabels ältesten Freundinnen in Washington. Im College Mount Vernon waren sie Klassenkameradinnen, obwohl Isabel nach dem ersten oder zweiten Jahr ausschied. Claudia weiß natürlich *alles* über Isabel, und Isabel weiß *alles* über Claudia. – War Nick Martens *Ihr* Liebhaber? möchte Owen fragen. Seine Finger zittern so, er kann die verflixte Kassette nicht hineinschieben.
Sie sprechen »offen«. Owen ermutigt sie, ihm »alles« über Maurie zu sagen. Er starrt auf den Fußboden, nickt, brummelt zustimmend. (Maurie war einer der sanftesten ... Maurie war immer so ... Als wir uns das erstemal sahen, es war, glaube ich, 1955, hatte Isabel mich angerufen und es mir erzählt ... so verliebt war sie, er war ihr Ideal, ich war natürlich erstaunt ... als wir uns dann sahen, konnte ich es begreifen ... ich war so glücklich für sie ... Er war der liebste, gütigste, sanfteste ...)
Ja, ja, sagt Owen unvermittelt, und jetzt: wie war's mit Nick?
Mit Nick?
Mit Nick Martens. Nick.
Was ist denn mit Nick? fragt Claudia.
Owen unterdrückt ein Lächeln und starrt noch immer auf den Fußboden. Die Frau hat ihre Beine übereinandergeschlagen, der eine schlanke Fuß wippt ein wenig, ein ganz klein wenig. Vielleicht kommt es daher, weil ihr Herz klopft.
Meinst du die Freundschaft zwischen Nick und deinem Vater? fragt Claudia.
Ich meine die Freundschaft zwischen Nick und meiner Mutter.
Claudia schweigt einen Augenblick. Owen hebt verstohlen die Augen und sieht, daß sie eine völlig unschuldige Ausdruckslosigkeit heuchelt. Die eine Hand spielt mit einem Schildpattkamm in ihrem kurzgeschnittenen Haar mit dem künstlichen *Coup de soleil,* die andre liegt auf ihrem Knie. Sie trägt eine schwarze Seidenbluse, eine gelbe Leinenhose, einen viereckigen Brillanten, der ebenso groß wie der in Isabels Ring ist. Reiche Frauen, denkt Owen, eine reiche Fotze, denkt Owen und will sein Gesicht zwischen ihren Brüsten vergraben, seinen großen, schmachtenden, zitternden Körper gegen den ihren pressen.
Die Freundschaft zwischen Nick und meiner Mutter! schreit er fast.

Claudia blickt ihn an. Zieht die Brauen zusammen, versucht zu lächeln, umklammert ihre beiden Hände und sagt zaudernd, daß sie nichts von einer besonderen Freundschaft zwischen Isabel und Nick wisse ... Immer waren sie zu dreien, verstehst du, Maurie und Isabel und Nick ... die arme June hat eigentlich nie zu ihnen gepaßt ...
Isabel und Nick, sagt Owen grob. Ich bin heute hier, um über Isabel und Nick zu sprechen.
In einem andern Teil des Hauses tapst jemand herum: wahrscheinlich eine Putzfrau. Draußen im terrassierten Garten singt eine Spottdrossel. Claudia schweigt, aber er spürt, o ja, er spürt ihre verworrenen Gedanken.
Was soll's da zu erzählen geben ... wegen Isabel und Nick.
Nichts?
Ich wüßte nicht ...
Meine Mutter und mein Pate waren befreundet, nicht wahr? Eng befreundet. Sind Freunde. Sind sie's etwa nicht? Seit Jahren.
Claudia sagt steif: wir sind alle miteinander befreundet.
Ach, hören Sie auf, lacht Owen, Sie wissen doch, was ich meine. Sie hat mit Di Piero herumgevögelt, und sie hat mit einem Doktor herumgevögelt, ich erinnere mich noch an einen flotten, kleinen grünen Triumph, den er immer vor Röcken parkte, ein Spezialist für plastische Chirurgie, und dann kam die Zeit, als Charlotte Moulton zusammenbrach und Sie sie alle getröstet haben, sogar Isabel, die vermutlich mit Charlottes Mann gevögelt hat – oder vielleicht haben Sie das alle getan – ich erinnere mich an ein Gespräch, das ich zufällig mit angehört hatte, als Sie und Eve Neilson mit Isabel über einen guten Schützen gewitzelt haben – einen F.B.I.-Mann vielleicht, jemanden vom Pentagon, meine Schwester und ich waren in all den Jahren nicht gänzlich taub und stumm.
Er unterbricht sich und atmet schwer.
Das ist – lächerlich, sagt Claudia.
So, so, lächerlich! Ja?
Völlig lächerlich.
Meine Mutter war meinem Vater immer treu? – Immer treu?
Claudias Zaudern ist meisterhaft knapp. Ja, sagt sie, soviel ich weiß.
Immer treu? All die Jahre?
Soviel ich weiß – ja.

Aber Sie wissen doch sehr viel über sie. Sie haben sich immer sehr nahegestanden.
So nahe auch wieder nicht.
Ach, nicht so nahe?
Isabel ist sehr zurückhaltend, sie ist nicht so leicht zugänglich.
Wirklich nicht?
Wir führen jeder unser eigenes Leben, sagt Claudia.
Und das bedeutet...?
Das bedeutet, daß ich nicht alles über Isabel weiß, wir haben immer die Gefühle des andern respektiert.
Aber Sie sagten doch, sie sei meinem Vater treu gewesen?
Sicher. Soviel ich weiß.
Soviel Sie wissen...
Ich mag es wirklich nicht, mich ausfragen zu lassen, Owen, sagt Claudia. Es ist äußerst unangenehm.
Es ist äußerst unangenehm, sagt Owen keuchend und nickt mit dem Kopf. Sie respektieren also Ihre gegenseitigen Gefühle, Sie erzählen sich keine Geheimnisse, Sie und Isabel?
Ich glaube, Sie sollten jetzt lieber gehen, Owen.
Falls sie Geheimnisse hat – kennen Sie die nicht?
Isabel ist eine vielbeschäftigte Frau, sie lebt mancherlei Leben, natürlich begegnen wir uns ständig – gesellschaftlich –, und wir versuchen, ein- oder zweimal im Monat zum Lunch zusammenzukommen – sie besucht mich in Nassau... Als Henry noch lebte und seinen Posten in Stockholm innehatte, kam sie mit Kirsten und verbrachte einen herrlichen Monat bei uns – im Juni – Kirsten war damals noch ein Baby, und Isabel war ziemlich niedergeschlagen – ich meine, nicht richtig deprimiert – aber nicht ganz sie selbst, nicht im klinischen Sinne deprimiert. Deshalb kam sie nach Stockholm, uns zu besuchen – das Haus war herrlich – Henry und ich waren selig, Isabel bei uns zu haben, sie war sofort beliebt, sie lernte etwas Schwedisch – die Gesandtschaftsleute waren alle von ihr entzückt, der mexikanische Gesandte, der französische Delegierte und seine Frau – sie hatte sogar ein paar Freunde aus Ost-Europa – ich meine, das ist so ihre Art, Owen, – sie ist überaus freundlich, überaus beliebt – ist es immer gewesen – Nick Martens ist nur einer von vielen ihrer Freunde – eigentlich war es Maurie, der... ich meine, die Freundschaft bestand im Grunde zwischen Maurie und Nick – Isabel hatte immer ihre eigenen Freunde gehabt

– ich finde, du bist sehr jung und ich finde, du bist ahnungslos und ich finde, du bist von einer albernen Ungerechtigkeit …
Sie ging nach Schweden und ließ mich zurück, sagt Owen, aber ruhig. Sie ließ auch Maurie allein, doch darum geht's nicht, das ist nicht wichtig, wir sitzen hier, um über Isabel und Nick zu sprechen.
Ich finde wirklich, du solltest jetzt gehen, Owen.
Damit Sie ans Telefon gehen und mit Isabel darüber quasseln können?
Bist du zu Hause gewesen? Hast du deine Mutter nicht gesehen?
Mit wieviel Schweden hat sie gevögelt? Oder waren ihr die Mexikaner lieber? Oder die Spanier? Zu Hause scheint sie ihnen aus dem Wege zu gehen, den südländischen Burschen, den »Schmierfinken« – sie ist mehr für den arischen Typ – das paßt besser zu ihrem Stil. Aber natürlich haben Sie beide nie gemeinsame Geheimnisse.
Ich verstehe, daß du sehr unglücklich über deines Vaters Tod bist, sagt Claudia behutsam. Ich begreife, daß es eine Zeit … daß es sehr lange dauert … bis man es bewältigt hat. Aber …
Aber Sie wollen, daß ich weggehe, damit Sie sie anrufen und warnen können, ihr Sohn sei wieder in der Stadt. Nicht etwa, daß Sie sich sehr nahe stehen oder irgendwelche Geheimnisse miteinander teilen! Stimmt's?
Bist du noch nicht zu Hause gewesen? Kommst du gerade eben vom College? Was machst du?
Ich sammle Beweismaterial, sagt Owen ruhig. Aber ich werde Sie in Ruhe lassen, wenn Sie mir ein einzigesmal die Wahrheit sagen, verstehn Sie?
Du siehst nicht gut aus, Owen, du siehst aus, als hättest du nicht geschlafen …
Lassen wir den mütterlichen Scheißkram beiseite, das können wir uns wohl schenken, finde ich: »Ißt du auch genug?« und so weiter und so weiter, das können wir überspringen und weitermachen: sagen Sie mir, ob Nick und Isabel jetzt noch ein Paar sind oder was sonst!
Was?
Und ob die Scheidung von June schon ausgesprochen ist. Sagen Sie mir nur das. Ich muß wissen, ob sie eine neue Taktik vorhaben …
Ich verstehe nicht, wovon du sprichst.

Wollen sie sich heiraten? schreit Owen plötzlich los. Er schlägt mit seiner großen Faust auf die Glasplatte des Tisches. Wollen sie sich heiraten, die beiden? fragt er etwas leiser und starrt auf den haarfeinen Riß im Glas. Kirsten und ich, wir müssen es wissen – wir wollen es wissen, ob ... ob meine Mutter sich wieder verheiratet ... und wie bald ... und ... und ...

... Owen blinzelt, und der Riß verschwindet. Er reibt mit seinen feuchten Fingern über das Glas, aber er scheint weg zu sein.

Warum fragst du nicht deine Mutter? sagt Claudia. Sie scheint sich zu fürchten, aber ihre Stimme ist leise und ruhig.

Meine Mutter kann ich nicht fragen, sagt Owen. Ich kann das Haus nicht betreten.

Aber – seit wann?

Seit – seit einiger Zeit.

Aber warum? Das verstehe ich nicht! Bei dem Begräbnis warst du so aufmerksam, und hinterher – Isabel brauchte dich so – sie war so verstört – wir versuchten alle, ihr zu helfen, aber sie verließ sich auf dich – sie hat mir erzählt, du seiest so schnell reif geworden, du seiest der Mann in der Familie, sie wisse nicht, was sie ohne dich tun solle – ich verstehe nicht, was passiert ist ...

Anhaltspunkte, sagt Owen, grinst und schnieft: der Lauf der Zeit, äußere Umstände. Damals war ich wohl ein bißchen vor den Kopf geschlagen. Mein Verstand hat nicht richtig funktioniert.

Du warst so aufmerksam zu ihr, so liebevoll ...

Lassen Sie den mütterlichen Scheißkram beiseite, das habe ich doch schon einmal gesagt, murmelt Owen. Ich will nicht unhöflich sein, aber ich habe nicht viel Zeit. Wenn Sie mir eine einzige glaubwürdige Wahrheit mitteilen können, werde ich gehen und Sie nie wieder stören, Mrs. Lleyn. Vielleicht erwächst Ihr Mitgefühl für meine Mutter aus Ihrem gemeinsamen Witwentum oder was Sie sonst gemeinsam haben, aber das zu ergründen, habe ich natürlich keine Zeit ... verstehen Sie?

Schrei mich nicht an! flüstert Claudia. Was unterstehst du dich, mich anzuschreien?

Ich habe nicht geschrien, Mrs. Lleyn, ich sprach klar und deutlich für das Protokoll, falls das hier auf Tonband aufgenommen wird – wird es übrigens auf Tonband aufgenommen? – und damit es zu keiner Unklarheit in Ihrem Denken kommt. Ich frage Sie: Treffen Nick und Isabel einander *jetzt?* Sind sie – um einen Ausdruck aus

der Klatschspalte zu benutzen – *noch ein Paar?* Nach allem, was ich höre, dem ganzen Schmutz zufolge, der Kirsten und mich erreicht, läuft Isabel jetzt mit jemand anders herum, der – Payne heißt? Ich weiß nicht, wer zum Teufel das ist, jemand hat gesagt, er sei ein Anwalt, und jemand hat gesagt, er sei bei der Regierung, und jemand hat gesagt, er sei »Philanthrop« – Menschenfreund, das ist glatt, das sind die besten –, aber ich muß wissen, ob es eine geplante Sache ist und ob sie und Nick vorhaben, nach einer Weile wieder zusammenzukommen, wenn sich die Gerüchte gelegt haben – oder was sonst los ist.
Ich denke, du mußt jetzt gehen, Owen. Ich kann mir dein Benehmen nicht länger gefallen lassen.
Hören Sie her: als er starb, sagte sie dauernd: *dein Vater* dies und *dein Vater* das, *dein Vater hat uns in Schande gebracht, dein Vater hat sich lächerlich gemacht, dein Vater war geistesgestört, dein Vater hat es absichtlich getan ...* Hat geschrien und sich herumgewälzt – in spanischer Unbeherrschtheit – oh, ganz vergrämt – in einer Woche um fünf Jahre gealtert – die Schande, die Überraschung, die Schlagzeilen in den Zeitungen – Fotografien von dem armen Maurie – Fernseh-Sendungen – Reporter, die ins Haus kamen, aber nicht, um sie wegen ihrer Wohltätigkeitsarbeiten oder ihres schönen Gesichts zu interviewen: die arme Isabel, die Washington-Lady, die Washingtoner Gastgeberin, was für ein Skandal! *Dein Vater hätte nie Geld annehmen sollen – nicht auf eine so idiotische Art,* hat sie gesagt. Ich war wie vor den Kopf geschlagen über ihre Bemerkung, Kirsten und ich waren beide wie vor den Kopf geschlagen, natürlich kennt Isabel sich aus in solchen Machenschaften, denn mein verstorbener Großvater Luis war darin ein echter Fachmann, er hätte seinem Schwiegersohn Tips geben können, wie man Bestechungsgelder annimmt und wie nicht, das leuchtet mir alles ein, es ist alles ganz logisch, bis auf das eine, weswegen Kirsten und ich uns gewundert haben: hat sie denn unsern Vater überhaupt nicht gekannt? Hat sie ihn nicht gekannt? Überhaupt nicht?
Owen, bitte! Es ist genug!
Haben sie jetzt Pläne geschmiedet, zusammenzukommen? Das ist alles, was ich wissen will, sagt Owen etwas ruhiger und fährt sich über sein feuchtes Gesicht. Wenn nämlich – weil – Ja, das ist alles, was wir wissen möchten.
Du fragst mich, ob Isabel und Nick zu heiraten beabsichtigen?

Ja, stimmt.
Das kann ich nicht wissen.
Das können Sie nicht wissen?
Stimmt, ja.
Aber Isabel sieht jetzt jemand anders?
Ich glaube, sie sieht eine Menge Leute, sagt Claudia vorsichtig, aber niemanden, der ihr wichtig ist. Sie hat angefangen, wieder auszugehen, sie hat angefangen, sich zu erholen.
Fein, sagt Owen und lacht leise, es ist wichtig, sich zu erholen, das ist die Hauptsache. Ein emsiges Sex-Leben wieder aufnehmen können. Sonst – verkümmern die körperlichen Organe – und schrumpfen ein. Die weiblichen Brüste schrumpfen ein. Stimmt's?
Claudia hat sich erhoben. Sie scheint sich zu fürchten, denkt Owen listig, aber sie läßt sich's nicht anmerken. Ein gescheites, hart gesottenes Luder. Laut sagt er: Das wird nicht auf Tonband aufgenommen, oder? Haben Sie Abhörgeräte in den Wänden?
Warum sollte ich Abhörgeräte in den Wänden haben? fragt Claudia. Sei nicht albern.
Sie würden sich nur verdächtig machen, sagt Owen. Alles, was Sie gesagt haben, und alles, was Sie zu sagen vermieden haben, wäre zu Protokoll genommen.
Ich werde Juan rufen, sagt Claudia, er kann dich dort hinfahren, wo du jetzt hingehen möchtest.
Sie weigern sich also, es mir zu sagen? fragt Owen.
Owen, ich habe es dir gesagt. Ich habe es dir gesagt. Ich kenne die Geheimnisse deiner Mutter nicht. Ich bin keine ...
Sie wissen nicht, daß meine Mutter jahrelang eine Liebschaft mit Nick Martens gehabt hat, dergleichen haben Sie nie gehört, was? ... Nie ein Wort darüber gehört? Das ist der Mist, den Sie mir verkaufen wollen, ja? Sie verschrumpelte alte Ziege, sagt Owen, steht ungeschickt auf und rafft sein Aufnahmegerät zusammen, oh, Sie dreckige, verlogene, verschrumpelte alte Ziege, sagt er, schnieft und wischt sich die Nase am Ärmel ab, ich wünschte, ich hätte Zeit für Sie, *ich wünschte, ich hätte für Sie alle genug Zeit.*

*

Bobbie Terns Büro will Owen nicht mit Bobbie Tern verbinden oder auch nur Auskunft geben – Owen hatte höflich danach gefragt – ob Bobbie momentan überhaupt in Washington sei. Bei Reid

Silber, dem nächsten auf Owens Liste, stellt es sich heraus, daß die Silbers in New York City wohnen – aber wann sind sie dort hingezogen? Owen kann sich nicht daran erinnern, und die Nummer ist nicht eingetragen, und niemand, den Owen anruft, scheint sie bei der Hand zu haben oder auch nur zu wissen, für wen Silber jetzt arbeitet. Owen kann jedoch mit Preston Kroll eine Verabredung treffen und ist so aufgeregt, daß er es für notwendig hält, das Hotel zu verlassen und sich in einer Nacht-Apotheke ein paar Schlaftabletten zu kaufen, sonst kann er sich nicht abregen, denn Dexedrin und Adrenalin pulsieren zu heftig in ihm: er steht jetzt vor dem Umzingeln des Feindes, vor dem Zusammenziehen der Schlinge: Claudia Lleyn hätte die Wahrheit beinahe herausgeplappert, und Preston Kroll wird sogar noch mehr wissen: er gehört zu den Journalisten mit der genialen Schnauze, die boshaft amüsant und mit Zynismus wie von Gelbsucht durchtränkt sind. Die Zeit, wo er Isabel Halleck in Schutz genommen hatte, ist vorbei, seit er sie (Owen scheint es zu wissen) damals in der komischen Watergate Affäre vergeblich umschwärmt hatte. Zu griesgrämig, denkt Owen vergnügt, zu häßlich – jede Frau würde Nick vorziehen!
Ohne Rezept verkäufliche Schlafmittel sind bekanntermaßen zu schwach, aber Owen hat keine Zeit, in Disco-Bars herumzusuchen, und er hat keine Lust, sich zu betrinken – von Bier bekommt er Aufstoßen, und etwas Stärkeres zu trinken, wenn man allein ist, wäre zu festlich – deshalb liegt er ziemlich lange wach und beobachtet die Neon-Reflexe an der Decke seines Hotelzimmers (sie gleichen Vogelschwingen oder galoppierenden Giraffen) und hört das Verkehrsgetöse tief unten in der Nineteenth Street, das nur wenig nachläßt, während die Stunden verstreichen. Dann sieht er eine nackte Frau in einem Kino, die begierig in eine schwarze Lackschachtel späht, aber er selbst ist auch im Kino, nimmt gierig zuviel Platz ein und versucht, ihr die Schachtel aus den Händen zu reißen. Unterbrechung durch Auto-Gehupe: auf der Straße unten ist der Verkehr in Aufruhr geraten. Owen erwacht und schauert zusammen, knipst das Licht an und schwitzt vor Verlangen, mit Kirsten zu sprechen, obwohl es kurz vor vier Uhr morgens ist und der Schaltkasten in der Eyre-Akademie für junge Mädchen bestimmt über Nacht abgestellt ist.
Ob Kirsten jetzt »Boyfriends« hat, fragt er sich. Früher ging sie von Zeit zu Zeit aus, hatte ihre erste Verabredung mit dreizehn Jahren –

oder vielleicht war sie noch jünger – und Isabel und Maurie regten sich natürlich auf, aber ... man muß alles im richtigen Zusammenhang sehen, sagte schließlich Isabel ... mit ihrer prachtvollen philosophischen Resignation. (Das ist ihr spanisches Blut, denkt Owen höhnisch. Aristokrat und Bauer verschmelzen in deren Blut; Trägheit und moralische Gleichgültigkeit unter der Maske von Wahrheit.) Aber schläft Kirsten mit ihnen, fragt sich Owen unbehaglich, hat sie jemals mit ihnen geschlafen, ist sie ... *im Bilde?* Er glaubt, daß sie es nicht ist: etwas Strenges und Sprödes haftet ihr an, eine Jungfräulichkeit des Willens. Für Owen wäre es nicht schwierig gewesen, herumzustöbern und herauszufinden, ob seine Schwester die Pille nimmt – oder wenn er Isabel gefragt hätte, würde sie es ihm bestimmt gesagt haben – aber aus irgendeinem Grund hatte er deswegen keine besondere Neugier empfunden. – Bis vor kurzem.

Wie war das mit Di Piero, hatte er sie wiederholt gefragt, und sie hatte erwidert, daß »nichts« gewesen sei, rein gar nichts sei gewesen – nur habe er es auf seine ausweichende Art fertiggebracht, Isabel und Nick in Mauries Tod hineinzuziehen, es sei möglich oder gar wahrscheinlich, daß sie ihn hätten umbringen lassen, um ihn aus dem Weg zu räumen, denk doch an all das Geld, das Isabel erben würde, Großvater Hallecks Grundbesitz ... Möglich oder wahrscheinlich? hatte Owen eifrig gefragt. Möglich, hatte Kirsten geantwortet, und ihre Stimme war während der schlechten Verbindung schwächer geworden, ach, ich weiß es nicht, vielleicht *wahrscheinlich* ... er sah schuldbewußt aus ... ich mußte ihn bitten, die Wahrheit zu sagen ... übrigens glaube ich, daß er Nick stets gehaßt hat ...

Und dann? sagt Owen.

Was denn noch? fragt Kirsten.

Mit dir und Di Piero!

Was soll denn mit mir und Di Piero sein?

Hat er – wie hat er sich verhalten? ... Wollte er mit dir irgendwohin gehen, hat er – versteh mich doch ... irgendwelche Vorschläge gemacht?

Um Himmels willen, Owen, sagt Kirsten gereizt, wir sind die ganze Zeit in dem verflixten Park herumgelaufen.

Mit ihm hat sie auch gevögelt. Mit Di Piero. Von Zeit zu Zeit. Glaubst du, er liebt sie? Was für Gerüchte gibt's darüber?

Ich weiß es nicht, ich muß aufhängen. Der Anruf wird zu teuer.
Glaubst du, daß er *sie* ebenfalls haßt? Und daß er dir deshalb die Wahrheit über sie gesagt hat?
Ich muß aufhängen, Owen, sagt Kirsten.
Aber Di Piero ...
Genug von Di Piero, sagt Kirsten. Es klickt in der Leitung, und der Summton kommt.
Owen schreckt verkrampft aus seinem leichten Schlummer auf, sieht, daß es fünf Minuten nach vier ist, weshalb brennt denn die Lampe, weshalb liegt er in seinem Unterzeug da? Das Gummiband seiner Shorts schneidet ihm ins Fleisch und ist unangenehm feucht geworden.
Wie soll ich bloß die Nacht überstehen, denkt er.
Er könnte Lynn Fischer anrufen, es ist beruhigend, mit ihr zu sprechen, doch dann fällt ihm ein, daß sie nicht mehr befreundet sind, etwas Schreckliches ist passiert, weshalb verliert er jeden? Seine Kameraden weichen ihm aus, sein Studienberater ist »enttäuscht«, der Rothaarige in seinem Geschichts-Seminar, dessen Hauptfach das Theater ist, schlägt nie mehr vor, im Anbau Kaffee mit ihm zu trinken ... Ich hatte auf dem Deegan Expressway einen Unfall mit meinem Wagen gehabt, erzählt er Lynn, weil er sich um viele Stunden verspätet hat, ich bin jetzt in dem verdammten, widerlichen Bronx, verzeih mir bitte, ich bin jetzt nicht in der richtigen Stimmung für ein Gespräch, kann ich dich morgen anrufen? Und natürlich war sie besorgt, sogar ernstlich um sein Wohlergehen besorgt ...
Aber spätere, nicht eingehaltene Verabredungen haben Zweifel an seiner Zuneigung zu ihr geweckt, sogar an seiner Aufrichtigkeit ... wenn auch nicht an seinem Talent, die Wahrheit zu bemänteln.
Ich muß gerade jetzt mehrere Probleme bewältigen, sagte er, ich kann es nicht am Telefon erklären. Ich schreibe dir, hatte er gesagt, denn plötzlich langweilte es ihn, etwas erklären zu müssen oder zu glauben, er müsse irgend jemand anderem als seiner Schwester, seinem Zwilling, die doppeldeutigen Denkprozesse seiner Psyche erklären. Aber wann werden wir uns wiedersehen, Owen, hatte Lynn ungeduldig gefragt, und er hatte gesagt, irgendwann, und sie hatte gesagt, wann ist das, irgendwann, und er mußte ein ärgerliches Gähnen unterdrücken und erschrak, weil ihm das Blut so heftig in den Penis schoß, was aber, wie er vermutete, nicht wegen

Lynn Fischer war. Sie schien seine Erregung zu spüren, denn sie rief mit einer Stimme, der die Tränen nahe waren: dann scher dich zum Teufel! Scher dich zum Teufel und belästige mich nicht nochmal wieder!
Und das tat er auch nicht, hat sie nie wieder belästigt, weder sie noch irgendein andres junges Mädchen seiner Bekanntschaft.

*

Was wohl einer der Gründe dafür ist, nimmt er an, daß seine Sex-Phantasien in letzter Zeit so heftig und so unheimlich und so tyrannisch geworden sind. Und so beschämend.

Es überrascht mich nicht, daß Preston Kroll eine Enttäuschung war, sagt Ulrich May. Wortgeschwafel ist – im Gegensatz zur Reinheit der Tat – stets enttäuschend.

Er war der einzige Mensch, der mit meinem Vater Mitgefühl zu empfinden schien. In der *New Republic* hat er im vorigen November einen langen Artikel über ihn veröffentlicht... Und sein Ruf hier...

Sein Ruf! sagt May. Du wirst noch lernen, wie wenig der Ruf zu bedeuten hat... wie wenig er *uns* bedeutet.

Niemand sonst will jetzt mit mir sprechen, sagt Owen langsam und verwundert. Das Netz muß engmaschiger sein, als ich geglaubt hatte. Es muß so sensibel und reizempfindlich wie ein Spinnennetz sein... Ich rief einen alten Freund meines Vaters an, Seawright heißt er, aber seine Sekretärin wollte mich nicht mit ihm verbinden. Ich habe ihn bei sich zu Hause angerufen, aber ein Dienstmädchen hat mir geantwortet. Dann ein Mann, ich weiß nicht, wer... Ich rief den verächtlichen kleinen Bobbie Tern an, Sie kennen ihn, den Klatschspaltenschreiber, konnte aber nicht zu ihm vordringen. Wenn ich meinen Namen nenne, wollen sie nicht mit mir sprechen, und wenn ich einen falschen Namen nenne, wollen sie auch nicht mit mir sprechen.

Einen falschen Namen? Wie lautet der?

Ach, irgendeiner. Aus der Luft gegriffen. Von einem Plakat, von einem Zeitschriftendeckel...

Es interessiert mich. Manchmal ist ein falscher Name aufschlußreich. Erinnerst du dich nicht mehr an ihn? fragte May mit einem sanft aufmunternden Lächeln.

Es wäre nicht aufschlußreich, sagt Owen unbestimmt und kratzt sich am Kinn. Es würde nur eine gewisse Armut meiner Phantasie enthüllen.

Ich kann mich nicht erinnern. Vielleicht Brown. William Brown.
Ulrich May prüft den Namen skeptisch. William Brown, sagt er, als wolle er ihn ausprobieren. – Ja, ich glaube, du hast recht, Owen: eine gewisse Armut der Phantasie. In meinem Kopf weckt er keine bedeutsamen Assoziationen.

*

Preston Kroll stocherte mit knorrigem Zeigefinger zwischen den Eiswürfeln in seinem Drink herum und sprach rasch, mit etwas nuschelnder Stimme, über Dinge, die Owen bekannt oder teilweise bekannt waren oder die er auf Grund seiner eigenen Nachforschungen vermutet hatte. Die Auskünfte waren achtlos in *That's some Chicken* gestopft worden: die wegen Verschwörung gegen die Copper Company vorzunehmende Anklage – der Skandal einer amerikanischen Beteiligung am Sturz Allendes – Nixon, Kissinger und wahrscheinlich Ermordungsbefehle – Todesfälle in neuerer Zeit: der von Allendes ehemaligem Botschafter Letelier in Washington und der eines jungen Ehepaars namens Naumann, das man in einem mexikanischen Dorf bei Mazatlán am Ozean aufgefunden hatte, zu Brei geschlagen ... Owen hörte höflich zu und versuchte, nicht nervös zu werden. Es war schwierig, Kroll zu unterbrechen oder auch nur den zornigen Schwall seiner Worte in eine andre Bahn zu lenken.
Owen fragte wegen des angeblichen Spions »Tom Gast«.
Gast, sagte Kroll verächtlich, Gast ist ein Freund von Di Piero, und beide sind verschwunden.
Di Piero ist nicht verschwunden, sagte Owen. Er wohnt in New York.
Gast ist recht nett abgefunden worden – ich meine, nicht für die eigentliche Arbeit, die er verrichtet hat, sondern für das Alibi. Er ist in Genf. Oder in Rom.
Aber wer ist Gast eigentlich? fragte Owen verwirrt. Jemand hat behauptet, es sei bloß ein Name, es habe niemanden gegeben, der ...
Gast hat in Fordham seinen Doktor der Rechte gemacht, ist in Louisiana für das F.B.I. ausgebildet worden und wurde eine Zeitlang einem Büro an der Westküste zugewiesen ... dann ist er ausgeschieden. In den sechziger Jahren habe ich mich ein paarmal mit ihm unterhalten, als ich die Artikelreihe über das F.B.I. veröffent-

lichte – Sie entsinnen sich vielleicht – in denen ich nicht nur dessen Taktik, sondern auch dessen Dummheit bloßgestellt habe ... dessen völlig unglaubliche, hirnverbrannte Dummheit. Sie entsinnen sich wohl. Es waren sechs Artikel, und sie erschienen in einer Lokalzeitung, die sich einbildete, nationalgesinnt zu sein, sagte Kroll bitter, den Namen brauche ich nicht erst zu nennen, weil wir beide ihn kennen; die Artikel erschienen und wühlten eine Menge Staub auf, und es ging ein Gerücht wegen des Pulitzer-Preises ... aber die Zeitung nahm mir den Boden unter den Füßen weg und verriet mich, mit den Einzelheiten will ich Sie nicht langweilen. Damals war ich mit Gast bekannt.

Ist dieser Gast – ein Freund meiner Mutter? fragte Owen schüchtern.

Ich war damals mit Gast bekannt, aber nicht näher; er war ein Opportunist, ein Klugscheißer: er schmückte Geschichten über das F.B.I. aus, die ich glatt geschluckt hätte, wenn ich sie nicht nachkontrolliert hätte. Aber der wesentliche Punkt ist die Dummheit und Unfähigkeit und Naivität des Büros. Banalität des Bösen – etwa in der Richtung.

Gast – ist er ein Freund ...

Vielleicht habe ich zu oft darauf hingewiesen, vielleicht war meine Stimme zu durchdringend. Von der Artikelreihe über Kambodscha haben sie das auch gesagt ... *Was* meinten Sie?

Was ich meine? Worüber?

Über meine Kambodscha-Artikel. Oder lesen Sie die *Times* nicht?

Ich – ich – damals war ich nicht sehr für Politik. Ist es ein paar Jahre her?

Gast ist gerissen, das muß man ihm lassen, sagte Kroll und winkte einen Kellner heran. Di Piero auch. Ich war eine Zeitlang mit ihm bekannt – er schnüffelte in Hongkong herum, als ich dort eingesetzt war – Drogenhandel – ein ganzes Netz – Di Piero gab sich der Selbsttäuschung hin, ein großer Journalist zu sein, und glaubte, er könne mit mir zusammenspannen.

Ein Journalist? Di Piero?

Ja, Sie haben ganz recht. Widerlich. Kein Stil.

Ich kann mir nicht vorstellen, daß Tony Di Piero jemals ein Journalist gewesen ist, sagte Owen; er ist nämlich ein alter Freund unsrer Familie, ich meine, ich kenne ihn ein wenig, ich glaube, Sie verwechseln ihn mit jemand ... Er arbeitet für eine Bank. Internationale Finanzwirtschaft. Nach dem College hat er internationale Finanzwirtschaft studiert, meine ich. Er und mein Vater kannten einander, als …

Er ist ein ganz gewöhnlicher Verbrecher, der Di Piero. Ein Schwein am Trog, wie sie alle. Was kann man von denen erwarten? – Agnew, Nixon! Hat keinen Sinn, ins Kreuzfeuer zu geraten. Ich habe ein Schweigegelübde abgelegt, es ist *meine* Art zu protestieren, die einzige. Ich weigere mich, Korruption anzuprangern, wenn sich doch niemand einen Dreck drum kümmert, ich hab's satt bis hier –, sagte er und zog seinen Finger über seinen Adamsapfel. Gehen Sie hin und sagen Sie's ihnen. Den Freunden ihrer Eltern. Nick Martens – der ist doch ein Freund, stimmt's? Gehen Sie hin und sagen Sie's ihnen: *Preston Kroll hat ein Schweigegelübde abgelegt.*

Was wissen Sie über Nick Martens? fragte Owen. Mit den Fingern zupft er an seinem Bart – dem Backenbart eines Fremden. Ich meine, war er – war er einer von …

Nick und ich haben uns dann und wann bei einem Drink getroffen – damals in den siebziger Jahren. Er bewundere meine Arbeiten, hat er gesagt, das Lebendige meiner Beschreibungen, Vietnam, Kambodscha, er sagte, er könne sich in meine Enttäuschung hineinversetzen – daß die Leser aufhörten, darauf zu reagieren –, und daß die Redakteure aufhörten, sich ernstlich zu interessieren. Derartige Kriege ziehen sich in die Länge, und der Stoff wiederholt sich. Deshalb haben sie alle den Sechs-Tage-Krieg geliebt. Mein Prosastil wurde nie langfädig, mein Blick für die genaue Einzelheit hat nie versagt, aber es war – ja, zum Teufel – es war die reinste Vorführung eines mittelalterlichen Märtyrers – an wen denke ich denn da? – an einen Heiligen, der seinen Folterknechten half, ihm die Gedärme aus dem Leib zu ziehen, einen Meter nach dem andern, mehr und mehr. Hand über Hand. Ich meine, im Grunde ist es wirklich eine routinemäßige Clownerie – es gibt bestimmt einen Sättigungsgrad – da beginnen die Leute zu gähnen. Nick war voller Anteilnahme, als ich zurückbeordert wurde, sogar, obwohl er – das wissen Sie vermutlich auch – überzeugt war, daß wir es tun mußten.

Es tun mußten …?

Vietnam. Kambodscha. Er war überzeugt. Ist überzeugt. Ist kein Hitzkopf, kein Idiot – sondern er hat einfach diesen – diesen Größenwahn im Kopf. USA *versus* die ganze Welt. Unsre Verbündeten

auch. Sie sind nicht zuverlässig. Nur die Feinde sind zuverlässig. Da kann man keine Einwände erheben, meine ich, sagte Kroll angewidert und winkte dem Kellner. He! Sie da! Sind Sie blind?
Nick ist mein Patenonkel, sagte Owen schüchtern.
Ein Mann für Gesetz und Ordnung, beste Wahl für den Untersuchungsausschuß, sagte Kroll, der Owen gar nicht gehört hatte. Kann das Bild ein bißchen aufpolieren. Nach dem – Sie entschuldigen wohl – nach dem Fiasko, das Ihr Vater zustandegebracht hat.
Mein Vater war unschuldig, sagte Owen schockiert.
Er war unschuldig, er war *dumm,* sagte Kroll. Sowas ist hierzulande unschuldig. Ich habe Maurie gekannt, gekannt und mit ihm gesprochen, hab' auch den alten Herrn gekannt, Ihren Großvater, ja? Ein faszinierender alter Knabe! Aber verschlossen! Jene Generation war verschlossen, falls sie nicht Tagebuch führten, in welchem Falle... Jesses! Phantastisch! Kann nicht dran denken, mitzuhalten.
Sie kannten meinen Vater nicht, sagte Owen. Er hat Sie nicht gekannt.
Natürlich kannten wir uns, jeder kennt jeden hier in Washington, sagte Kroll so verständnislos, als habe Owen sich vorgebeugt, um ihn zu kneifen. Wo haben Sie gesteckt, mein Junge? Im Seminar? Vogel Strauß gespielt? Ich habe Maurie gekannt, und er hat mich gekannt, und wir haben einander geschätzt – ich meine, soweit ich dem Mann seine Grenzen zugute hielt. Reizend, aber dumm. Hat sich halbtot gearbeitet – wegen Kleingeld. Hat verhandelt – wegen Kleingeld.
Wie können Sie so etwas sagen? rief Owen.
Halten Sie etwa 250000 Dollar nicht für Kleingeld? Na, das ist es. Hierzulande und heutzutage. Das hätte Ihr Vater wissen müssen. Ein reizender Mann, sehr geduldig, sehr gütig, aber er konnte nicht einsehen, daß GBT ihn einfach ausmanövrieren würde – jeden Tag passiert sowas. Das Angebot machen, und ein bißchen damit herumjonglieren, mit Zurückzieher drohen und in der Gerichtsverhandlung *nolo contendere* beantragen und inzwischen eine Masse Gesellschaften geben, Geschenke machen, PR-Mist, große, knallige Anzeigen in den Zeitschriften, öffentliche Fernseh-Interviews, Sondernummern, Wochenenden in Puerto Rico oder Haiti. Dergleichen. Da kommt man nicht mit.
Hat Nick Martens etwas zu tun mit...
Nick war ein C.I.A.-Mann, wußten Sie das nicht? – Ist's vielleicht

noch. Kein Geheimnis. Wurde mit Sonderaufträgen in den Mittleren Osten und nach Italien geschickt. Hören Sie mal – Sie sind doch einer seiner Freunde, verflixt nochmal – geben Sie ihm einen Rippenstoß, und er wird Ihnen ein paar saftige Geschichten erzählen! Ich habe sie jahrelang bekämpft, sie angeprangert, Nixon und Kissinger und die andern, lange vor Watergate, habe mich im Dschungel kaputtgemacht, wollte sagen, was ich sah, was ich wußte, wollte das lesende Publikum seine eigenen Schlüsse ziehen lassen, wollte lebendig, dramatisch schreiben, ihnen an die Nieren gehen, aber ... die Schisser haben kein Mitgefühl, sie verlieren zu schnell das Interesse. Und sobald dein Prosastil mal schlapp wird, bist du bei der Intelligenzia abgeschrieben.

Aber Nick – hat Nick ...

Wir sind mal zusammen nach Frankfurt geflogen, Anfang der sechziger Jahre, er war auf dem Weg nach Stockholm, um die dortigen antiamerikanischen Kreise kennenzulernen. Hatten ein langes Gespräch miteinander. Man muß den Mann bewundern – wegen seiner Lebensart, seiner Energie – selbst wenn seine Ideen ein Dreck sind. Das ganze Theater mit dem amerikanischen Patriotismus – Dreck.

Owen starrte blicklos vor sich hin, während ein schwarzer Kellner einen dritten Martini für Preston Kroll anbrachte. Das Blut dröhnte ihm heiß in den Ohren. Nach einer Weile sagte er: Ihr Artikel über den Vorfall war voller Mitgefühl für meinen Vater. Sie ließen durchblicken, daß gegen gewisse Personen eindeutige Anklagen erhoben werden müßten. Aber jetzt scheinen Sie zu sagen ...

Ich *war* voller Mitgefühl für Ihren Vater, ich *bin* voller Mitgefühl für ihn, sagte Kroll müde und ungeduldig. Indem man seine Sympathie für die eine Seite äußert, zeigt man indirekt, wie wenig man mit der Gegenpartei sympathisiert, verstehen Sie das? Mit dem Feind.

Mit was für einem Feind? Mit wem?

Er war ein lieber Mensch, nur zu vertrauensselig. Vielleicht ein bißchen blöde – das Lamm zwischen den Wölfen, von der Art etwa. Ich habe ihn da oben beobachtet, wie er große Sachen erledigt hat, manche der von ihm durchgeführten Strafverfahren waren elegant erledigt – obwohl da vielleicht Martens mitgewirkt hat – sie waren ein gut zusammenpassendes Team – und sehr viele von uns, von denen man annehmen konnte, daß sie wüßten, um was es

ging, waren *mächtig* überrascht. Aber ich – ich habe bei mir gedacht: der Mann hat ausgespielt. Es wird zu heiß für ihn. Er kann's nicht durchhalten.
Das verstehe ich nicht, sagte Owen.
Was ist daran zu verstehen? sagte Kroll gleichmütig und nahm einen großen Schluck von seinem Drink. Wer fragt danach?
Owen verbarg das Gesicht in den Händen. Er weinte nicht, aber seine Schultern zuckten.
Hör mal, Kid, sagte Kroll mit etwas sanfterer Stimme und klopfte Owen auf den Arm, hör mich an, Kid: du wirst drüber wegkommen. Okay? Hast du's gehört? Du wirst drüber wegkommen – wie wir andern auch.

Das Schwimmbecken

Obwohl es kein Revolver sein wird, den Owen gegen seine Mutter benutzen wird, ist es doch ein Revolver, den er in einem Traum von so ekstatischer Deutlichkeit mit beiden Händen fest umklammert, daß er selbst im Schlaf begreift, es kann nicht Wirklichkeit sein.

Sie sind im Pool, im Schwimmbecken hinter dem Haus. Er verfolgt sie. Sie versucht, sich schwimmend in Sicherheit zu bringen, und er stürzt ihr nach und verliert während einer schrecklichen Sekunde fast das Gleichgewicht. Ihr Schrei ist unhörbar, aber er weiß, daß sie schreit. Ihr Gesicht sieht er nicht, aber er weiß: es ist Isabel.

Owen Halleck, die Knie gebeugt, die Arme gerade ausgestreckt, umklammert mit beiden Händen den Revolver und hat die Schultern eingezogen, um seinen Hals zu schützen – eine klassische Haltung. Er muß diese Stellung auf unzähligen Bildern in Zeitungen gesehen haben, ohne ihre Bedeutung zu begreifen.

Er drückt ab. Ein spärliches, rasches, lustloses Gefühl schießt in sein Geschlecht. Er erwacht, ächzt laut – erwacht in einem unbekannten Zimmer – einem Zimmer, dessen Unvertrautheit im Augenblick, ehe er sich an das Hotel und an Washington erinnert, seine ganze Besorgnis in Anspruch nimmt.

Er wird sich an ein Schwimmbecken erinnern. Aber warum ein Schwimmbecken, und welches Schwimmbecken? Er geht ins Badezimmer. Im Spiegel weicht er seinen Augen aus. Warum ein Schwimmbecken? fragt er sich angewidert. Sein Denken ist so stumpf und besudelt wie das Porzellan-Becken.

Vielleicht liegt es an dem starken Drink, den Ulrich May ihm (auf seinen fast leeren Magen) eingeschenkt hat – vielleicht auch an der nervösen Hochstimmung des heutigen Tages – wozu nicht nur die Begegnung mit Preston Kroll gehört, sondern auch ein vorsätzlicher Gang am Halleckschen Haus, Röcken 18, und ein ebenso vorsätzlicher Gang an einem Brownstone-Haus in der N-Street vorbei, wo Nick jetzt wohnt, oder vielleicht ist es eine Folge der merkwürdigen Verzückung dieser Nacht, die so vielversprechend ist –, jedenfalls beginnt Owen sich sehr seltsam, wirklich sehr seltsam zu fühlen. Seine Augen können sich nicht akkomodieren, sein Magen krümmt sich. Er kann sich nicht übergeben. Er will sich nicht übergeben. Er fragt sich, ob sein Gesicht wohl so ausgeblutet aussieht, wie er sich fühlt...

Mitternacht. Oder später. Und er steht mit seinen bloßen, empfindsamen Füßen auf dem absonderlichen Teppich aus Uruguay (der nicht etwa aus synthetischen Haaren, sondern aus echtem, glänzendem schwarzem Menschenhaar angefertigt wurde... daher auch sein eigenartiger Reiz) und blickt auf die Fotografien an den grellweißen Wänden in Ulrich Mays Schlafzimmer. Er *kann* sich nicht übergeben.

Du bist sehr still, sagt May. Sicher spürst du irgendeine Reaktion...?

Ein Dutzend Fotografien, Schwarzweißbilder aus Illustrierten, in unaufdringlichen Metallrahmen. Das eine zeigt, wie es den Anschein hat, einen unordentlichen Betonfußboden mit Ölpfützen. Männer in Uniform in einzelnen Gruppen unterhalten sich, ohne die Kamera zu beachten. Eine andere Fotografie zeigt einen zertrümmerten Helikopter, Menschenleiber, eine Gestalt in einem Absprung-Anzug mit gen Himmel gereckten Armen. Noch eine andre Fotografie...

Owen blinzelt und reibt sich die Augen. Es kann nicht sein, daß er sieht, was er sieht.
Du hattest ganz recht mit dem Selbstmord als fruchtlosem Mord, sagt May. Feigem Mord. Der Bourgeois-Reflex. Wir ziehen es vor, unsre Feinde anzugreifen, statt uns innerlich mit ihnen auseinanderzusetzen.
Wir? fragt Owen matt.
Eine Redewendung, erwidert May sofort. Das *Wir* ist nicht wörtlich zu nehmen.
Owen gibt sich einen Ruck, um die Fotografien genauer zu betrachten. Er stolpert über einen kleinen Lacktisch. May stellt ihn wieder ordentlich hin, gibt Owen einen kleinen freundlichen Schubs und sagt: Diese Fotografie vom Angriff auf Lod gefällt mir wohl am allerbesten. Ich meine, schon allein der Aufbau des Ganzen, die Raum-Aufteilung, die der Fotograf rein zufällig einfing, fällt einem sofort auf. Fotografieren ist eine so erstaunliche Kunst, nicht wahr? Den richtigen Augenblick zu erwischen, den Bruchteil eines Moments, das überraschend Ephemere! Und immer scheint es so anonym zu sein – was das größte Lob ist.
Ja, sagt Owen und starrt auf eine große, sachlich schwarzweiße Fotografie über dem Bett. Verrenkte Gestalten, gespenstige Querschläge aus Licht und Schatten, die harte Struktur der Betonfläche ... Er blinzelt und sieht Leichen. Blut, Feuchtigkeit, Trümmer. Sein Magen krümmt sich.
Die Japanische Rote Armee, sagt May, *Rengo Sekigun,* drei ihrer tapfersten Männer, damals im Jahr 1972. Es war sicher ihr glänzendster Augenblick. Sie trafen einfach in Lod ein – in Lod Airport in Israel –, verlangten ihr Gepäck und begannen gelassen mit der Schießerei – automatische Sturmgewehre ohne Kolben, mit Schrapnell-Granaten. Sie übersäten die Menschenmenge – es muß ein Chaos gewesen sein – stell dir die Schreie vor, und wie die Leute sich um Deckung balgten, niemand begriff es, keiner begriff auch nur, woher der Tod kam. Es dauerte natürlich nur ein paar Minuten. Einer der Soldaten wurde vom Gewehrfeuer getötet, ein andrer durch seine eigene Handgranate, und der dritte wurde leider abgefaßt, als ihm die Munition ausging. Ich sage »leider«, denn er hätte natürlich dieses ungewöhnliche Stück Revolutionstheater nicht überleben sollen ... Erinnerst du dich an den Vorfall, Owen? Die Bourgeois-Presse hat sich mächtig darüber aufgeregt.

Ja, sagt Owen. Ich weiß nicht. Ich ...
Das Gefühl in seinem Magen wird übler, wird belastend. Unruhig wendet er sich ab. Sein wirrer Blick schweift über die hohen weißen Wände, das überdimensionierte Bett mit seiner schwarzen Seidendecke, das mächtige, die City überblickende Fenster: wie ein einziger breiter Spiegel, der sein eigenes Spiegelbild reflektieren sollte, aber unscharf zu sein scheint, überhaucht ... Er fragt sich, wo er ist. Warum er es geduldet hatte, daß dieser Mann ihn hierherbrachte. Was wird geschehen? Was ist bereits geschehen? Sollte er nicht einfach nach Hause gehen? Ein Taxi suchen und nach Hause gehen, zurück in das Bett seiner Knabenzeit? Es ist nicht zu spät. Isabel wird ihm verzeihen.
Die Revolutionäre der Roten Armee waren natürlich Verbündete der PFLP, erklärte May im Plauderton, doch die Sicherheitsleute der Israeli waren völlig überrascht. Drei junge japanische Touristen – was konnte harmloser sein? Sie hatten sich freiwillig als Soldaten für den Kampf gegen die Araber gemeldet und wußten, daß es für sie aus dem Flughafen kein Entrinnen gab – es war reiner Opferwille – ihr Mut war bemerkenswert. *Wir drei Soldaten wollen, nachdem wir gestorben sind, drei Sterne im Orion werden,* sagte der Überlebende. *Die Revolution geht weiter, und es wird noch viel mehr Sterne geben.*
Ja, sagt Owen und schluckt vorsichtig. Ulrich May scheint aus seinem liebenswürdigen Gleichmut zu erwachen und spricht jetzt mit einer fast drängenden Stimme. Owen hört ihm zu, nickt matt und spürt hinten im Mund einen trüb säuerlichen Geschmack.
May möchte Owen von seiner »Bekehrung« erzählen.
Bekehrung ist ein echtes Phänomen, es ist durchaus authentisch. Falls du irgendwelche Zweifel hast, dann deshalb, weil du es noch nie erlebt hast.
Nein, sagt Owen. Er nippt an seinem Drink, der einen starken Beigeschmack hat – wie Medizin. Ja, meine ich.
Meine Rolle im Kampf ist natürlich nur die eines Beobachters, erklärt May. Ich bekunde meine Anteilnahme, ich betrachte mich als Amateur-Theoretiker, ich bin keiner einzelnen Gruppe verpflichtet. Ich gebe weder Geld noch Material – selbst mit Pässen helfe ich nicht, obwohl ich gelegentlich Einzelpersonen ein Darlehen gegeben habe – den armen Naumanns – aber – ich gebe weder Geld noch Material, mußt du wissen.

Owen murmelt zustimmend. Verstohlen beobachtet er May, dessen helle, glatte Haut vom Lampenlicht und von der Erregung, die bei seinen Worten mitschwingt, leicht zu glühen beginnt. – Es hat im Grunde ziemlich lange gedauert, bis ich erwacht war, sagt May mit einem ungläubigen kleinen Lachen. Habe Vietnam und Kambodscha – das ganze Gemetzel – größtenteils verschlafen – war zu absorbiert von meinem eigenen kleinen Inseldasein. Ich hatte wohl schon erwähnt, daß ich Historiker aus Liebhaberei bin – habe vor allem in den Familien-Archiven gearbeitet. Meine Familie ist so wunderbar »alt« – sie trafen noch *vor* der Mayflower hier ein! – Ich habe mich jetzt von ihnen gelöst, deshalb will ich dich nicht mit einer Aufzählung ihrer öffentlichen Ämter und ihrer privaten Verbrechen langweilen – ausgenommen Samuel Sloan will ich nennen, weil er nämlich der Architekt war, der euer Haus auf dem Röcken erbaut hat – er ist einer meiner liebsten Vorfahren. Ihr wohnt doch in dem Georgianischen Sandsteinhaus auf dem Rökken, am Ende der Straße, ja? – Es ist ein Juwel – innen und außen. Ein kleines Haus, verglichen mit der Nachbarschaft – wundervoll kompakt. Ich bin seit etwa zehn Jahren nicht mehr bei deiner Mutter zu Gast gewesen – wir bewegen uns, allgemein gesprochen, in etwas verschiedenartigen Kreisen –, aber ich erinnere mich, daß mich das Innere des Hauses angenehm überrascht hat. Eine Menge Rokoko-Sachen in chinesischem Geschmack, die sehr gut zur Idee von Sloans Absichten passen, und im Speisesaal einige hervorragend gemalte Wandbilder … Und, mein Gott, das Mosaik von Klimt, eine schlafende Frau, mit langen, wirren Haaren … Kann ich dein Glas nachfüllen, Owen?
Nein, danke, murmelt Owen.
Es beunruhigt dich doch nicht, daß ich dein Elternhaus erwähne? Du scheinst ziemlich aufgeregt zu sein.
Ich – ich – ich bin nicht aufgeregt, danke, sagt Owen mit unsicherem Lächeln.
Aber du *verachtest* dein Elternhaus, nicht wahr?
Ich verachte seine Bewohner, sagt Owen und räuspert sich. Vorübergehend fühlt er sich weniger bedroht: der Druck in seinen Eingeweiden scheint sich beruhigt zu haben.
Ganz recht, sagt May und schaudert, sie ist ein durch und durch gefährliches Geschöpf. Falls May gesehen hat, wie erschrocken Owen darauf reagiert, läßt er es sich jedenfalls nicht anmerken,

sondern fährt im Plauderton fort: deine Mutter ist nicht so sehr lasterhaft und böse und selbstsüchtig, als vielmehr bodenlos nichtswürdig: Abfall und Plunder. Ich meine buchstäblich Plunder auf dem Angesicht der Erde. Sie ist die Tochter eines Faschisten-Gangsters, der bestimmt einen geziemenderen Tod verdient hat – er starb bloß an einem Schlaganfall, nicht wahr? Es gibt eben keine Gerechtigkeit!

Ja, sagt Owen, er starb vor ein paar Jahren, an einer Reihe von Schlaganfällen...

Du tust recht daran, sie alle zu verachten, deine Instinkte sind unfehlbar, sagt May und führt Owen vor eine andere Fotografie, die er betrachten soll: sie zeigt nur einen einzigen Leichnam, einen auffallend hübschen jungen Mann mit schulterlangem Haar, dunklem Schnurrbart und geöffneten Lippen. Owen blickt weg, aber May nötigt ihn, wieder hinzuschauen. Ein Held der Revolution, ein namenloser junger Baske, sagt May, ohne Urteil von einem Exekutionskommando erschossen... Er war ein Mitglied der Antifaschistischen und Patriotischen Front, und ich weiß nicht mehr über ihn als die Tatsache, daß er tapfer war: er war bereit, sich für den Kampf zu opfern, er starb ohne Selbstbemitleidung. Zu jener Zeit war Franco noch am Leben, aber auch er starb ein paar Monate später. Nach diesen Hinrichtungen, sagt May verächtlich, brach die sogenannte Freie Welt in ihr gewohntes klägliches Protestgeschrei aus – berief die Gesandten ab, hielt Reden in der UNO – tadelte Spanien öffentlich in den Zeitungen – aber der Furor legte sich bald. Er ist so wunderschön im Tod, nicht wahr? Eine Haut wie Marmor, und so seidiges schwarzes Haar...

Owen zwinkert sich die Tränen aus den Augen. Es ist lächerlich. Er benimmt sich lächerlich. Doch er empfindet es als unerträglich, daß der Leichnam auf dem Boden liegt... im Schmutz. Ein junger Mann, nicht älter als Owen, schlaff auf dem Boden hingestreckt, den Kopf auf die Seite gewandt, mit losem Haar, die Augen etwas offen, den Mund in einer Schreckensgrimasse erstarrt...

Und hier, sagt May – und sein Arm gleitet um Owens Schultern – hier ist etwas Ermutigenderes... hier siehst du... ein Bild von dem Bombenattentat in Mailand. Mehrere Gruppen erhoben Anspruch darauf, doch es ist allgemein bekannt, daß Bertoli es getan hat, Gianfranco Bertoli, eins der interessantesten Mitglieder der italienischen *résistance*... ich nenne es »résistance«, weil es in unserm

Kampf im wesentlichen darum geht ... Die Leichen sind nur die von Feinden. Es war ein richtiges Blutbad – ein gehöriger Coup. Die Leiche ohne Kopf war, wie du an der Uniform erkennen kannst, ein Polizist ... Unglücklicherweise wurde Bertoli gefangengenommen und zu lebenslänglicher Haft verurteilt – und ich habe seitdem nichts weiter über sein Schicksal gehört: in Italien ist die Situation überaus kompliziert. Die *Brigata Rossa* hat in letzter Zeit, im ganzen vergangenen Jahr, so unselige Krisen durchgemacht ... Ich weiß wirklich nicht, was daraus werden soll. Aber der revolutionäre Geist wird sich bestimmt wieder Bahn brechen. Vielleicht sogar in noch erstaunlicheren Formen. Glaubst du nicht?

Ja, sagt Owen. Er drückt sein Glas gegen die Stirn, aber das Glas ist nicht mehr sehr kühl.

Bist du *sicher*, daß ich dir nicht neu einschenken soll? – Du siehst ein wenig bleich aus.

Danke, nein, ich fühle mich wohl. Ich bin auch nicht müde. Ich – ich fühle mich wohl, sagt Owen.

Du hast eine beachtliche Erfahrung durchgemacht, sagt May ruhig, und du hast es beinah hinter dir – ich darf es behaupten, auch ich besitze gewisse untrügliche Instinkte – du bist beinah daraus hervorgekommen. Doch der Prozeß kann natürlich beschleunigt werden. Man *kann* in einer einzigen Nacht bekehrt werden.

Ja, sagt Owen. Das glaube ich. Das verstehe ich.

Zuerst geht man langsam, und dann geht man schnell. Zuerst Kinderschritte – und dann ein einziger Riesenschritt, ja? *Eine Revolution bewegt sich mit den Schritten einer Taube,* sagte der bewundernswerte Nietzsche, es entspricht völlig der Wahrheit, und auch das Gegenteil ist wahr – in einem etwas späteren Stadium. Wir gehen langsam vor, um eines Tages schnell vorzugehen.

Langsam, um schnell vorzugehen, sagt Owen. Ja. Ich verstehe.

Verstehst du es wirklich? Siehst du irgendeine Verwandtschaft mit uns? fragt May.

Owen entzieht sich dem warmen Druck von Mays Arm, obwohl er es nicht unangenehm findet – nur unheimlich. Verwandtschaft, flüstert er, blickt all die Fotografien an und fühlt sich allmählich von ihnen hypnotisiert – oder von der verstohlenen Hochstimmung der Nacht – oder einfach von Ulrich Mays väterlicher Stimme, in der sich Stolz und Demut seltsam vereinen.

Das ist Ulrike Meinhof, sagt Owen – und erschrickt, weil ihm eins dieser Gesichter bekannt ist – nicht wahr? Die deutsche Terroristin?
Revolutionärin, sagt May. Ja, es ist die Meinhof, ehe sie in den Untergrund ging – vor Jahren. Nicht *Terroristin,* sondern *Revolutionärin.* Stellst du Material für die Bourgeois-Presse zusammen?
Sie beging Selbstmord, sagt Owen und mustert das harte, hübsche, ernste Gesicht. Eine Frau in den Dreißigern, mit den Augen eines Mannes. Ihr intelligenter Blick bohrt sich in den seinen. Sie beging Selbstmord, sagt Owen beinah vorwurfsvoll, sie erhängte sich in ihrer Zelle ...
Eine notwendige Tat, sagt May respektvoll. Genau zur rechten Zeit vorgenommen. Nicht nur notwendig – unvermeidlich.
Ist der Tod also ein Triumph? fragt Owen.
Nur, wenn er unvermeidlich ist.
Sie sieht so stark aus. So selbstsicher. – Diese Augen ... Sie hatte wohl keine Schwächen, wie? fragt Owen zaudernd.
Sie heiratete, sie bekam Kinder – ja, Zwillinge. Eine Zeitlang war sie Pazifistin. Und sie mußte sich einer Gehirnoperation unterziehen, damit ein Tumor entfernt werden konnte. In ihrem Kopf war eine Metallspange implantiert, sagt May und starrt die Fotografie an, aber das kann man natürlich nicht sehen ... Selbstverständlich hatte sie ihre Schwächen, sie war ein Mensch wie du und ich.
Ich könnte mich nicht erhängen, sagt Owen.
Bestimmt könntest du es – wenn es notwendig wäre.
Ich bin ein Feigling, ich habe entsetzliche Angst vor Schmerzen, lacht Owen ... da können Sie nicht auf mich zählen ... Ihr Freund hieß Baader, nicht wahr? Ist das hier sein Bild? Was ist mit ihm geschehen? Die Baader-Meinhof-Bande – hieß sie nicht so?
Die *Rote-Armee-Fraktion,* erwidert May mit einer gewissen Schärfe in der Stimme. Baader ist nicht hier, aber das hier ist Holger Meins, er lebt noch, gegen Ende seiner Feuerprobe – seines Hungerstreiks. Ein unvergeßliches Bild, nicht wahr?
Nervös betrachtet Owen die Fotografie, die über Mays Bett hängt. Ein junger Mann Anfang Dreißig liegt, wie es seltsamerweise den Anschein hat, auf einer Bahre ... das weiche Kissen unter seinem Kopf ist mit einem zierlichen Spitzenvolant berandet, ebenso das Überschlaglaken, das bis zu seinen Schultern hinaufgezogen wurde. Seine skelettartigen Arme liegen auf der Decke, und die

Hände mit den langen Fingern sind gefaltet. Schwarzes, schlaffes Haar, ein sehr schwarzer Bart, dichte schwarze Augenbrauen. Er trägt eine ungewöhnlich kleine Stahlbrille mit kreisrunden Gläsern, und seine Augen sind geschlossen – die schwarzen Wimpern so ausdrucksvoll wie mit Tinte nachgezogene Striche.

Ist er noch nicht tot? Aber er sieht tot aus, sagt Owen ruhig. Und dann, fast vorwurfsvoll: er sieht aus wie Jesus Christus.

Diese Bemerkung wurde von mehr als einem Betrachter gemacht, sagt May.

Sind die hier alle tot? fragt Owen verächtlich und deutet auf die Fotografien. Alle? Alle samt und sonders?

Natürlich nicht, sagt May. Sei nicht lächerlich.

Owen geht im Zimmer herum, angespornt von einer seltsamen, Übelkeit erregenden Energie. Die blutigen Leichen von Schulkindern: die berühmte Fotografie von Huey Newton (Verteidigungsminister, »Black-Panther-Partei«) auf seinem königlichen Bambus-Thron, ein Gewehr in der rechten Hand und einen Speer – ist es ein Speer zum Fischfang? – in der linken; japanische College-Studenten, die einander mit Eisenstangen und Stöcken bekämpfen. Nackte Weiße, nacktere Schwarze. Manche Fotografien sind vor wirrer Bewegung schwindelerregend. Owen schöpft tief Atem, um zu sprechen, bringt aber längere Zeit kein Wort heraus.

Er deutet – fast aufs Geratewohl – auf die Fotografie mit dem zertrümmerten und brennenden Helikopter. Das da, was ist das? fragt er.

München 1972, sagt May, einer unsrer historischen Momente – bei den Olympischen Spielen, erinnerst du dich?

O ja, sagt Owen aufgeregt, ich erinnere mich gut, Kirsten und ich haben es im Fernseher beobachtet – wir waren beide allein – ich weiß nicht, wo meine Eltern waren – ja, ich erinnere mich, – o Gott, es war schrecklich – nie werde ich's vergessen – o ja – wir sahen uns die Olympischen Spiele an, und dann passierte *das hier* – ich war furchtbar erschrocken – und Kirsten auch – es ging weiter und weiter, und wir konnten es nicht abstellen – wir saßen einfach da – wir wollten nichts essen, wir wollten uns nicht vom Fernseher trennen – die Köchin bat uns, aber wir konnten nicht kommen – es war schrecklich – die Athleten aus Israel – die Geiseln – und dann, wie endete es dann? – Ich glaube, sie wurden alle getötet, Juden und Araber, alle tot.

Es war trotzdem ein großartiger Augenblick, ein echter Triumph, sagt May, eins der besten Beispiele für die Propaganda der TAT. Weil es so viele Millionen Menschen anging. Weil es so unerbittlich auf ein flammendes Ende zusteuerte.
Schwarze – Araber? Palästinenser? Wie nannten sie sich?
Der Schwarze September, sagt May. Das ist einer vom September-Kommando, der mit ausgebreiteten Armen in die Luft springt. Er hat nur ein paar Sekunden zu leben. Vielleicht ist er wirklich schon tot.
Wieviele starben in München? fragt Owen.
Nicht viele, sagt May. Darum geht es auch nicht. Es geht um die weltweite Aufmerksamkeit und den Triumph der Araber. Es war sehr richtig, daß man sie in Tripolis wie Helden bestattete. Die Schwarzer-September-Leute waren zu ihrer besten Zeit eine außergewöhnliche Gruppe – eine Art Genies – ich meine, körperliche Genies – opferbereit – furchtlos – fleischgewordener Wille. Doch seit jetzt Haddadd tot ist, scheint die Zukunft ungewiß.
Aber wieviele starben denn nun? fragt Owen. Ich erinnere mich an eine Menge, eine ganze Menge.
Nein, bloß sechzehn. Elf Juden und fünf Araber. Siebzehn, wenn du einen deutschen Polizeibeamten mitrechnest, der von einem Schuß getroffen wurde.
In der Erinnerung scheinen es mir sehr viel mehr gewesen zu sein, ich hätte dreißig oder vierzig geschätzt, sagt Owen langsam und zupft an seinem Kinnbärtchen. Die arme Kirsten war so erschrokken ... Ich habe mich beinah selber gefürchtet, zu Bett zu gehen. Von Zeit zu Zeit, und wahrscheinlich häufiger, als man es uns sagte, war nämlich meines Vaters Leben bedroht. Leibwächter wurden bestimmt, Männer vom F.B.I. vermutlich; das Münchner Massaker hat uns wirklich erschreckt, Kirsten und mich, wir glaubten, daß sie eines Nachts unser Haus bombardieren würden oder eine Bombe in Daddys Wagen pflanzen könnten ... oder wenn wir irgendwo draußen waren, auf der Straße, auf dem Weg zu einem Kino oder sonstwohin ... sonntags nahm er uns manchmal mit ins Kino ... und ein Wagen würde an uns vorbeifahren und uns mit Maschinengewehrsalven beschießen.
Owen lächelt ein wenig. Weil er für sein Leben gern weinen möchte. Schwankend steht er da, etwas von May abgewandt, und während einer langen, verlegenen Pause kann er nicht sprechen.

May berührt ihn am Arm und sagt weich: Natürlich ist dein Vater umgebracht worden, aber nicht von den Revolutionären, das mußt du bedenken. Er war einfach verloren. Er hätte nicht entrinnen können. Und hoffentlich rege ich dich nicht auf, Owen, wenn ich andeute – bestimmt nur zögernd andeute –, daß dein Vater als Beamter der US-Regierung, als Direktor des Komitees im Justizministerium – ein absurder Titel – durch die Verbindung mit seinen Mitarbeitern verseucht war – er war verloren, das heißt, moralisch und geistig verloren – obwohl ich gern glauben will, daß er der Beste von der ganzen Bande war. Er wollte wirklich gegen die Faschistenregierung in Chile auftreten, er stellte Beweismaterial zusammen, wenn es auch schwächlich war... Aber es war hoffnungslos, es war und ist zum Untergang verurteilt, innerhalb der bestehenden Gesellschaft ist Gerechtigkeit unmöglich. Der Feind ist überall, der Feind *ist* diese Nation, und vor allem diese widersinnige Stadt. Imperialisten, Kapitalisten, Rassisten – einfach zum Untergang verurteilt. – Wie fühlst du dich? Habe ich dich schrecklich aufgeregt...?
Er hat es nicht verdient zu sterben, sagt Owen und beißt sich auf die Lippe. Ich meine: er war unschuldig. Sie haben ihn umgebracht, sie haben ihn von der Straße gedrängt, *das* Schicksal hat er nicht verdient, in einem Sumpf, im Schlamm zu ertrinken... Sie haben ihn nicht gekannt, Sie haben nicht die leiseste Ahnung von ihm gehabt.
Ich begreife, daß du ihn sehr geliebt hast, sagt May gelassen, aber bedenke, er war Anwalt, Beamter am Gerichtshof, er hat beschworen, die Verfassung der USA zu verteidigen, er war ein bezahlter Angestellter einer völlig korrupten und verbrecherischen Regierung. Ich will gern glauben, daß er ein guter Mensch und ein guter Vater war, oder jedenfalls hast du diesen Eindruck von ihm erhalten, aber schließlich... ist es nicht meine Lebensaufgabe, andre Leute zu besänftigen, und bestimmt nicht einen jungen Mann von deiner Intelligenz.
Er war *unschuldig,* sagt Owen. *Er* hat diese beschissenen Bestechungsgelder nicht genommen – *er* hat die Notizen nicht geschrieben – sie wollten ihn sich vom Halse schaffen – er wurde genötigt – und dann haben sie jemanden gedungen, der ihn verfolgte und ständig belästigte und schließlich von der Landstraße herunterdrängte...

»Unschuldig« ist in deinem Falle einfach nicht anwendbar, sagt May und drückt Owens Schulter. Du bist ein sehr kopfloser junger Mann. Jeder, der für das Komitee im Justizministerium arbeitete, hätte nämlich Bestechungsgelder annehmen *sollen* – er hätte sie billigerweise verlangen sollen, in Anbetracht dessen, daß das ganze Komitee ein Witz ist – und die gegenwärtige Regierung der Vereinigten Staaten eine verbrecherische Faschisten-Regierung ist. Mitten im Kampf kann man sich den Luxus unerheblicher moralischer Unterschiede nicht leisten.

Im Kampf? fragt Owen blinzelnd. Führen wir Krieg?

Ich bin deinem Vater bei gesellschaftlichen Anlässen begegnet und mochte ihn sehr. Auf jener Ebene. Aber er gehörte zu den Feinden, und in gewissem Sinne – in einem sehr weit gefaßten Sinne (hoffentlich kränke ich dich jetzt nicht?) – hat er zu sterben verdient. Aber nur, weil er der bezahlte Angestellte einer mordlustigen Regierung war. Innerhalb dieser Regierung, in diesem Milieu völliger Fäulnis – kann es keine Unschuld geben, nur Böses. Das Böse ist das Bindeglied.

Wer führt Krieg? fragt Owen. Das verstehe ich nicht.

Maurie Halleck stand zum Beispiel einem Büro vor, das einmal einen jungen, mit mir befreundeten Anwalt daran hinderte, mit einem seiner Klienten, einem Black Panther Guerilla, zusammenzukommen, der hier auf die Gerichtsverhandlung wartete, – und mein junger Freund wurde verhaftet. In der Anklage hieß es, er habe als Kurier gedient, habe Botschaften zum Gefängnis ein- und ausbefördert –, und das Büro deines Vaters verhielt sich völlig ablehnend.

Er hat es nicht verdient zu sterben, ruft Owen.

Alle verdienen sie es zu sterben – siehst du das nicht ein? sagt May mit kehligem Lachen. Aber leider – haben wir dafür nicht genug Zeit.

*

Ulrich Mays Bekehrung hatte, wie es sich dann zeigte, im März 1973 in Khartum stattgefunden, und zwar als eine Folge des Angriffs der Schwarzen-September-Guerilla auf die saudiarabische Botschaft.

Aber da war ja auch mein Patenonkel Nick Martens dabei, sagt Owen aufgeregt. Dann sind Sie sich dort begegnet …?

Martens war mir schon lange vor Khartum bekannt, sagt May steif. Du scheinst zu vergessen, daß in Washington jeder jeden kennt. Es ist eine Variante der Hölle.
Sie waren dort in Khartum – Sie beide? und wurden gleichzeitig als Geisel festgehalten –? In der saudiarabischen Botschaft ...?
Wir wurden nicht als Geiseln festgehalten, sagt May. Die Kommandos machten sehr umsichtige Unterschiede. Sie behielten fünf oder sechs Leute – Amerikaner, Belgier und den Botschafter von Jordanien –, und uns andre ließen sie frei. Es war ein erstaunliches Erlebnis: in der einen Minute plauderten wir alle im üppigen Garten der Saudi-Botschaft, und in der nächsten Minute waren acht Guerilla-Kämpfer eingedrungen. Alles kam zum Stillstand. Einem völligen Stillstand. Die illusorische Welt unsrer Gesellschaft mußte ihrer Welt weichen – brach einfach zusammen, ergab sich. Du kannst es dir nicht vorstellen.
May verstummt. Owen möchte ihn wieder wegen Nick fragen, aber er zaudert. Was für ein außerordentliches Zusammentreffen! Es ist auch nur ein weiteres Beispiel dafür, wie alle *Dinge zusammendrängen. Zu einem Brennpunkt.*
Laut sagt er mit ruhiger Stimme: Sie müssen entsetzt gewesen sein! Sie hätten getötet werden können.
Aber mein lieber Junge, sagt May leichthin, »getötet« kann ich jederzeit werden. Auf der Straße verprügelt und zusammengeschlagen, wegen einer Laune erstochen, von einem Auto überfahren werden – das Verkehrsproblem in unsrer City wird von Tag zu Tag übler. Habe ich nicht recht? Selbst daß ich dich in meine Wohnung bringe, ist ein Risiko, nicht wahr?
Owen blickt ihn nicht an. Schuldbewußt fragt er: ein Risiko? Mich?
Natürlich. Ich habe dich im Haus der Moultons angesprochen, weil du tatsächlich – sagen wir mal: verwirrt ausgesehen hast. Und einsam. Du hast vor dich hin gesprochen und dir eins gelacht.
Owen entgegnet scharf: ich habe *nicht* vor mich hingesprochen und gelacht.
Phillip hat sich Sorgen gemacht, er und Charlotte wußten nicht, was sie tun sollten, natürlich haben sie dich gern, und natürlich sind sie voller Anteilnahme – sie fühlen sich schuldig. Und sie wollten deine Mutter nicht kränken. Deshalb, sagt May und seufzt tief, stellte ich mich zur Verfügung. Laßt mich mit dem Jungen

sprechen, laßt mich die Sache in die Hand nehmen, sagte ich zu Phillip. Laßt nicht eure Leibwächter auf ihn los!

Hätt's ihnen nicht geraten, mich anzurühren, murmelt Owen.

Ich hielt's für der Mühe wert, das Risiko auf mich zu nehmen, dich hierherzubringen und dir freundschaftlich zu helfen – denn ich sah, daß du einen Freund dringend nötig hattest, sagt May. Mein eigenes Leben – ach, persönliche Bekenntnisse hasse ich zwar, aber es ist kaum ein Geheimnis, daß mein eigenes Leben nur von geringer Wichtigkeit ist – nicht wegen meines Standes und meiner Herkunft, sondern im allgemeinen: meine physische Feigheit, meine moralische Unzulänglichkeit... Ich, Ulrich May, wäre nie der für eine Revolution erforderlichen heldenhaften Taten fähig gewesen, ich kann nur abseits stehen und gewissermaßen zuwarten, Mitgefühl bieten, manchmal etwas mehr... Und wenn es sich einerseits als gefährlich hätte erweisen können, daß ich dich mitnahm – du hättest plötzlich rasend werden können, ich kenne diese gewaltsam unterdrückte Zurückhaltung, bin selbst in Choate und Princeton gewesen –, sagte ich mir gleichzeitig, daß du schließlich der Sohn von Maurie Halleck bist und daß der Tod deines Vaters, so unehrenhaft er war, vielleicht eine heilsame Wirkung auf dich ausgeübt hätte.

Möcht's niemand geraten haben, mich anzurühren, sagt Owen zitternd. Und dann blickt er plötzlich auf: Mein Vater –? Was haben Sie da gesagt...?

Es kam mir nur in den Sinn, daß sein Tod dich für die Tatsache unsres Kampfes reifgemacht haben könne – oder mindestens zu seiner vieldeutigen Natur.

Owen kaut auf seiner Lippe und sagt: Kampf? Ach so, ja, Kampf. Doch, ich glaube...

Nicht so sehr wegen des Todes an sich, sondern wegen der Enthüllungen, die er mit sich brachte und die in der Presse mit so ungewöhnlich großem Interesse aufgenommen wurden – in der gleichen Presse, möchte ich betonen, die sich weigerte, seinerzeit die Wahrheit über Chile zu veröffentlichen, als die gleichen Dinge, die gleichen Verbrechen verübt worden waren. Doch jetzt sind diese alten »Neuigkeiten« absatzfähig. Wir haben Chile, wir haben die Dominikanische Republik, wir haben das Beispiel von Nicaragua, ja fast die ganze »freie Welt«... das angeblich unsichtbare faschistisch-imperialistische Reich. Deshalb sah ich dich an und

sah nicht den schlappen, schlaksigen, Grimassen schneidenden, halb betrunkenen Jungen, der, von hinten gesehen, bereits in mittleren Jahren hätte stehen können: Ich sah dich an und dachte: *Er ist einer von uns.*
Wirklich? entgegnet Owen heftig. *Einer von uns...?*
Ein Soldat. Ein Sabotage-Mann. Ein Guerilla. Im Embryonalzustand. Die Geburt erwartend.
Ein Guerilla –! sagt Owen und erstickt fast vor Lachen. Seine Zähne klicken gegen den Rand seines Glases. Oh, das ist phantastisch, oh, das ist – oh, Sie ahnen nicht – Jesses, ich wünschte, meine kleine Schwester wäre hier...
Was hat deine Schwester mit uns zu tun? fragt May gereizt.
Ein Sabotage-Mann, ein Guerilla, oh, das ist – phantastisch – das ist fast zu schön, sagt Owen und wischt sich übers Kinn. Kann ich sie anrufen? Wieviel Uhr ist es? Er erhebt sich von der Bettkante, auf der er sitzt, plumpst aber hilflos wieder hin. Hören Sie, es ist wirklich zuviel, ich glaube, wir sollten sie lieber anrufen...
Wie alt ist deine Schwester? fragt May.
Siebzehn.
Siebzehn ist zu jung.
Sie ist in Nick Martens vernarrt, sagt Owen lachend. Sie will ihn umbringen. Ihn ermorden.
Ein Weilchen sagt May gar nichts. Und dann erklärt er beiläufig: In den siebziger Jahren war er ein C.I.A. Agent, das wissen wir mit Bestimmtheit. Das Beweismaterial deutet darauf hin.
Er hat meinen Vater umgebracht. Er ist verantwortlich. Nick – und sie.
Wahrscheinlich war er im Mittleren Osten, um seine eigenen Leute zu bespitzeln, sagt May. Bei Beamten des Auswärtigen Amtes hatte ich den Eindruck, daß sie sich ein wenig vor ihm hüteten – obwohl ich da nicht sicher bin. *Er* hat deinen Vater umgebracht?
Es war eine Verschwörung. Mindestens zwei Personen waren daran beteiligt, sagt Owen.
Ich hätte geglaubt, daß es mehr als nur zwei gewesen waren, sagt May.
Owen lacht vergnügt und rollt sein Glas zwischen den Handflächen. O je, es ist zuviel, ich sollte sie wirklich anrufen – falls das Telefon nicht abgeschaltet ist – wieviel Uhr ist es? – nein, verflixt, es ist zu spät...

Steht ihr euch sehr nahe – du und deine Schwester?
Ja, sehr, sehr nahe, sagt Owen. Im Grunde sind wir Zwillinge, siamesische Zwillinge. Sind's immer gewesen. Aber letzthin – letzthin – ist das Band ganz fest geworden.
Sie träumt also davon, Nick Martens umzubringen? sagt May amüsiert.
Erzählen Sie mir von ihm, was wissen Sie über ihn? Sie waren doch beide zusammen in Khartum?
Ich war Tourist, zog gemächlich durch den Mittleren Osten – nicht zum erstenmal; ich bin immer sehr faul gewesen – habe zwei Wochen in Teheran zugebracht, eine Zeit in der Türkei (die übrigens ein faszinierendes Land ist), und natürlich in Israel (das ein Verbrecherstaat war, was ich damals nicht ahnte – habe die Israeli ganz gut leiden können), und natürlich in Ägypten – die Fahrt auf dem Nil, die Pyramiden und so weiter. Dann ging ich Freunde besuchen (eigentlich Bekannte, ich habe keine Freunde), in Khartum, Beamte im Auswärtigen Dienst – und Nick Martens war gleichzeitig dort – nicht ein gar so großer Zufall, wie du vielleicht denkst, Owen, denn in jenem Teil der Welt stoßen Amerikaner immer mal wieder aufeinander. Ob er ein Agent der Regierung war oder nicht weiß ich wirklich nicht, und überhaupt hatte ich damals nicht über das Thema nachgedacht: mein Leben war ein Inseldasein, und ich war ganz mit mir selbst beschäftigt, wie fast alle Leute. Während des imperialistischen Gemetzels in Vietnam und Kambodscha lebte ich wie ein Schlafwandler ... unglaublich. Zu meiner Bekehrung kam es ziemlich spät in meinem Leben, ich war fast fünfzig Jahre alt, doch wenigstens kam es überhaupt dazu ... ich kann mit offenen Augen sterben.
Wurden damals nicht auch Amerikaner getötet? Hatten Sie keine Angst? fragt Owen verblüfft. Wie viele wurden umgebracht?
Nur drei Geiseln, sagt May. Aber es war ein Triumph für den Schwarzen September.
Haben sie auch – Freunde von Ihnen getötet?
Nur einen – den Botschafter, der gerade eingetroffen war.
Aber hat es Ihnen nichts ausgemacht? Hatten Sie keine Angst? Das verstehe ich nicht, sagt Owen.
Für die Guerillas vom Schwarzen September war es eine großartige Leistung, aber sie sind schon immer eine der spektakulärsten Sabotage-Einheiten gewesen, trotz ihrer kleinen Zahl. Du weißt

vielleicht, daß sie ursprünglich eine Splittergruppe der Al Fatah waren? Und ihr besonderer Zorn und Kummer rührt von einem unsagbaren Massaker unter den Palästinensern durch jordanische Truppen im Sold der Israeli her. Es ist ein tragischer Teil der Welt, sagt May und schüttelt den Kopf. Man weiß nie.
Ich hätte geglaubt, sagt Owen langsam, daß Sie sie verabscheuten – ich meine, sie töteten doch einen Ihrer...
Meine Gefühle sind nicht so oberflächlicher Natur, erwidert May kalt. Ich sehe schon, Owen, daß du wirklich mit dem revolutionären Verhaltens-Kodex wenig vertraut bist. Vermutlich sympathisierst du mit den Geiseln im Iran – nein, mach dir nicht die Mühe, es mir zu erklären. Ich begreife: du bist jung, du bist ein Halleck, du stammst aus einer alten Familie, die ebenso verseucht ist wie meine eigene, ganz zu schweigen – und ich schweige – von dem gräßlichen spanischen Zweig, ich begreife das alles, ich muß versuchen, geduldig zu sein, ich darf mich nicht meinem Gefühl überlassen, denn schließlich hat meine eigene Bekehrung lange auf sich warten lassen. Es ist tatsächlich ein Fehler fast aller Bekehrten, daß sie sich nicht in die andern versetzen können, die noch blind sind... Verzeih, daß ich die Beherrschung verlor.
Man hat einen Ihrer Freunde getötet, und Sie waren nicht bekümmert? fragt Owen bedrückt.
Doch, ich *war* bekümmert – sei nicht töricht! Als Privatperson war ich natürlich bekümmert, wie hätte ich's *nicht* sein können?... Aber in einem größeren Zusammenhang... so bald mir erst einmal die Augen geöffnet waren... war ich natürlich nicht mehr bekümmert, sondern spendete der Durchführung meinen Beifall. Kennst du das Werk von Laurent-Tailhade? – *Was kommt es auf die Opfer an, vorausgesetzt, daß die Geste schön ist.*
Nick Martens kam nach Hause und barst vor Haß auf sie, erzählt Owen. Auf die Palästinenser, die Araber, die Terroristen...
Dein Freund ist ein Faschist, Owen, dein »Patenonkel«, wie du ihn zärtlich betitelt hast, und wenn du jemals wieder mit ihm sprichst – was ich dir nicht empfehle –, dann kannst du ihm sagen, daß alle Terror-Akte von Regierungen verübt wurden. Wellen grausigen Terrors, Leiden... unabsehbare Greueltaten... Vor nicht langer Zeit bemerkte ich einen Artikel in der Presse, worin festgestellt wurde, daß der »Terroristen-Zoll« für 1979 eine Rekordziffer sei... eine lächerlich belanglose Anzahl von Toten... etwas weniger als

sechshundert... Sechshundert! Das ist nichts, gar nichts, verglichen mit den durch die Regierungen verursachten Todesfällen oder auch nur denen, die durch Verkehrsunfälle verursacht wurden... Nein, es ist zu lächerlich, ich weigere mich, es aufregend zu finden.

Owen sagt mit leiser, verblüffter, unparteiischer Stimme: aber Sie haben sie nicht gehaßt. Sie kamen in Ihre unmittelbare Nähe... und nachher haben Sie sie nicht gehaßt.

Wie konnte ich so mutige Männer wohl »hassen«? erwidert May einfach. Die Guerillas vom Schwarzen September sind eben außergewöhnlich. Sie sind in sehr kleinen Zellen organisiert, sie sind äußerst professionell und stets im Kontakt mit andern Gruppen, und *doch*... haben sie kein Hauptquartier, soviel ich weiß... keine Ämter, keine einzwängende Ideologie... mit einem Wort: keine Seele. Natürlich sind sie wütend nationalistisch gesinnt, aber man denkt beinah eher an den Willen ihres Körpers... den physischen Organismus... als an etwas so Oberflächliches wie »Geist« oder »Seele«.

So nahe sind sie Ihnen gewesen, sagt Owen. Ohne Seelen.

Er blinzelt, er hat Mühe, seine Augen zu gewöhnen, etwas sowohl Alarmierendes wie Wundervolles widerfährt ihm, das Innehalten der Zeit, der sich hebende, schwebende Wunderteppich... der natürlich vor seinem Gesichtsfeld hin und herschwebt. Menschenhaare, köstliche Menschenhaare, kohlschwarz und glänzend, schimmernd, mit Federn durchwoben, seine Zehen zucken krampfhaft, nie im Leben hat er eine ähnliche Empfindung verspürt... Das Haar der Feinde, hatte Ulrich May ihm triumphierend erzählt. Oh, zieh deine Schuhe aus. *Zieh deine Schuhe aus!*

Aber May spricht noch immer. Die Stimme spricht weiter und weiter. Ein Schlummerlied, unendlich trostvoll. Hatte sein Vater ihm nicht immer, vor vielen Jahren an seinem Bettrand sitzend, etwas vorgelesen... auch wenn er im Bett bleiben mußte wegen einer Erkältung... oder Windpocken... oder Masern. Hör nicht auf, denkt Owen. O bitte, hör nicht auf!

Laut sagt er mit einer Stimme, die überraschend verständig ist, einer Stimme, die er bei seinen Seminararbeiten an der Universität einsetzt: Ich finde es bemerkenswert, daß Sie sich so über Ihre eigenen Gefühle erheben konnten. Über etwas so Menschliches wie Furcht und Haß... und Rachegelüste.

May umklammert mit beiden Händen, deren Finger er verschränkt hat, seine Knie und läßt den Kopf leicht hintenübersinken. Ach, nun ja, nun ja. Für mich war es eben leichter, unwillkürlich Verachtung für die Botschaftsgäste zu empfinden, die von Panik gepackt wurden, als die Guerillas mit ihren Gewehren angestürmt kamen – einige kletterten sogar über die Gartenmauer – wie komisch das war – wie aufgescheuchte Hühner! Ja, für mich war es viel leichter. Ihr Freund Martens und ich und ein paar andere – Saudis waren es – und der unselige Belgier – wir standen einfach da, von Entsetzen gelähmt. Ich kam mir wie versteinert vor. Vielleicht war unsre Panik größer als die ihre, aber sie hatte wenigstens den Anschein von Würde ...

Wie seltsam, sagt Owen träumerisch, daß er dort war. Und Sie, und daß ich jetzt hier bin. Die Schnüre ziehen sich fester zusammen.

Die Schnur *ist* fest zusammengezogen. Sehr fest. Zwischen jedem von uns.

In der Ferne ruft eine einsame Sirene – schön wie Eulenruf. Langohrige Eulen, die in den Wäldern um Bitterfeld Lake hausen. Owen, der sich langsam vornübergebeugt hat und die Arme auf die Knie stützt, schweigt einen Augenblick und lauscht ... Ich bin so unglücklich, sagt er.

Du wirst deine Gefühle überwinden, sagt May schroff, und dich darüberstellen, bis du weder glücklich noch unglücklich bist – nur erleuchtet. Doch der Weg ist schwierig. Der Weg verlangt Disziplin.

Ich habe so viele Nachforschungen angestellt, sagt Owen und lacht. Ich bin immer ein guter Student gewesen ... der Beste von den Zweitbesten. *Verdammt* noch eins!

Morgen früh kannst du mir von deiner Schwester erzählen. Du kannst sie sogar anrufen, wenn du willst.

Sie ist auch unglücklich. Es ist von ihr auf mich übergegangen – die Infektion, sagt Owen. Aber sie hat recht. Sie hat recht.

Meine Bekehrung begann im Grunde natürlich schon viele Jahre vor Khartum, sagt May sanft. Seine Stimme ist leise, gleichmäßig, tröstend, melodisch. Ein Radio, das immer weiterspielt. Denn jetzt ist die Sirene verstummt, und sonst ist nichts da, worauf Owen sich konzentrieren könnte. – Mein Vater, George M. May, war sechs Jahre lang Botschafter für Argentinien ... in den dreißiger Jahren ... vor Perón ... so lange ist das her ... und obwohl ich damals ein sehr kleiner Junge war und völlig abgeschirmt gegen die argentinische Gesellschaft lebte, wie die meisten Kinder im Auswärtigen Dienst, bemerkte ich trotzdem Vorfälle sporadischer Gewalttätigkeit – Erhebungen – »Guerilla-Kämpfe«, die natürlich Selbstmord bedeuteten, da sie so furchtbare Vergeltungsmaßnahmen zur Folge hatten. *Siempre la Violencia!* Als ich zehn Jahre alt wurde, bat mein Vater, in einen anderen Teil der Welt versetzt zu werden, einen zivilisierteren Teil der Welt –, und die Regierung schickte ihn nach Kanada, wo er vor Langeweile fast den Geist aufgab; und wir waren doch so nah der Heimat, daß meine Mutter und ich meistens in Washington waren. Meine mit dem Auswärtigen Amt verbundenen Jahre endeten unvermittelt. Aber ich glaube, daß ich mich an die argentinischen Revolutionäre erinnere, ich muß mich an ihren Mut erinnern, an ihre Kühnheit, ihre physische Kraft ... den ungeheuren Willen, der noch immer in den Montoneros lebt ... obwohl ich keinen Kontakt mit ihnen habe, nicht einmal indirekt. Meine Bekehrung war also schon vorbereitet. Sie lag schlummernd in mir. Ihr nennt uns *Terroristen,* wenn ihr im Grunde *Märtyrer* sagen solltet. Ihr beschuldigt uns und sagt, wir versuchten, einfache Antworten auf komplizierte Fragen herbeizuschaffen, dabei bieten wir weiß Gott keine einfachen Lösungen an, wir bieten überhaupt keine Lösungen an.

Überhaupt keine Lösungen ...?

Owen flüstert es heiser und tastend.

Überhaupt keine Lösungen, mein Gott, nein, *nein,* überhaupt keine Lösungen ...

Die Müdigkeit überwältigt ihn, aber es ist kein unangenehmes Gefühl. Er sieht uniformierte Soldaten auf einem großen Haufen menschlicher Knochen, er hört das leise, höhnische Gelächter einer Frau, er sieht wieder einen Jungen, der am Schlafzimmer seiner Mutter vorbeihuscht und der nicht stehenbleibt, um hineinzuschauen, und dann schleicht der Junge plötzlich im Untergeschoß des Hauses umher, er wühlt in der schmutzigen Wäsche herum, findet ein paar weiße Baumwoll-Höschen, ein seidiges, sahneweißes Nachtgewand ...

May sagt langsam: mir ist es immer peinlich *bourgeois* und schäbig vorgekommen, Lösungen zu begehren –, es gleicht ein wenig jener verächtlichen Denkungsart, die *Ursachen* fordert.

Ja, sagt Owen und lacht still in sich hinein, ja, da haben Sie recht.

Die Müdigkeit überschwemmt ihn wie eine Welle. Noch nie hat er sich so erschöpft gefühlt; und doch ist es kein unangenehmes Gefühl, denn er ist jetzt geborgen, man wird sich um ihn kümmern, man wird ihn verstehen. Ulrich May senkt seine Stimme, um noch sanfter, noch beruhigender zu sprechen: Es ist ein Schlummerlied, eine Litanei, die er darbringt. Oh, nicht aufhören, bettelt Owen, verlassen Sie mich nicht, ich bin so allein, ich fürchte mich so.

Zu seiner ungeheuren Erleichterung spürt er Mays Finger in seinem Haar, sanft und streichelnd, väterlich, zurückhaltend. O bitte, niemals aufhören!

VI

Das Spiel

Bitterfeld Lake, Juli 1967

Der rote Tennisplatz

Eines Sonntags gegen Ende des Nachmittags spielen Maurie Halleck und Nick Martens auf dem neuen roten Tennisplatz der Hallecks eine gemächliche Partie Tennis. Der Boden hat die verschossene rote Farbe von eingetrocknetem Blut, und unter den Gummisohlen der Herrenschuhe steigt der Staub in kleinen, hochgescheuchten Spritzern auf.

Das hat Klasse, das nenn' ich Stil, hat Nick wiederholt ausgerufen und damit den neuen Tennisplatz gemeint. Das ist das einzig Wahre!

Der alte Tennisplatz bestand aus Asphalt. Jahrelang hatte man ihn zerfallen lassen: Risse, Unkräuter, aufgeworfener Boden, ein vergammeltes, herunterbaumelndes Netz. In diesem Jahr beschlossen die Hallecks – also »die jungen Hallecks«, Maurie und Isabel –, alles herauszureißen und einen neuen Platz anzulegen. Der rote Lehm war Isabels Idee, obwohl sie selten Tennis spielt und es langweilig findet.

Oh, das ist wunderschön, sagt Nick, als er es zum erstenmal erblickte und lächelnd betrachtete. Er trat auf den Platz hinaus und stampfte kräftig mit dem Fuß auf. Was war vorher hier? Ein anderer Tennisplatz? – Ich entsinne mich nicht.

Ein langes, müßiges, sommerliches Wochenende. Bitterfeld hat Hausgäste, und weitere Gäste werden zum Dinner eintreffen. Isabel ist oben im Jagdhaus und erteilt der Köchin ihre Anweisungen: einer freundlichen, aber etwas schwerhörigen Frau in den Sechzigern, die anscheinend indianisches Blut hat (falls Isabel sich das nicht einbildet), und die in jedem Fall zum Camp gehört, eine langjährige Angestellte der älteren Hallecks, die in den nächsten paar Jahren noch nicht entlassen werden darf. In eine Familie wie die Hallecks einzuheiraten, erfordert sämtliche Kniffe der Diplomatie, wie Isabel ihren Freundinnen erklärt hat: man kann nie direkt sagen, welche ihrer »Gaben« unerwünscht sind. Und außerdem besteht die Gefahr, daß man sich nach einer Weile nicht mehr daran erinnert. Nick in weißen, zerknitterten Tennis-Shorts und einem T-Shirt und blauen Tennisschuhen, ohne Socken; sein Haar ist nach dem Schwimmen noch feucht und so dunkel, daß es braun wirkt. Gelassen erwidert er Mauries Aufschläge, die selbst den jüngsten Kindern als komisch und gleichzeitig hoffnungslos erscheinen. Von Zeit zu Zeit ruft Nick: Nicht übel, und Maurie zuckt die Achsel und ist froh und verlegen. Doch Nick spielt heute selber ungenau und planlos und ohne Energie. Ein paar Jahre nach dem College hat er sein Spiel noch weitergepflegt, aber allmählich hat er es vernachlässigt. Obwohl er und June sich in Boston einem Hallenklub angeschlossen hatten – und zwar einem eleganten –, war es ihm stets schwergefallen, sich die Zeit dafür zu nehmen ... In den letzten zehn Jahren hat er hart, ganz besonders hart gearbeitet.

Blöd! sagt er und schlägt einen von Mauries in die Höhe steigenden Bällen ins Netz, fängt sich aber sofort wieder und ruft fröhlich: All right! Großartig! Dein Punkt.

Wäre der Aufschlag gut gewesen? fragt Maurie zweiflerisch. Ich glaube nicht.

Auf der Linie, sagt Nick. Großartig. Machen wir weiter!

Wie habt *ihr's* denn gefunden? fragt Maurie die Kinder und hat die Stirn in Falten gelegt. Ich glaube, Nick war großzügig, er hat mich gewinnen lassen ...

Los, los! sagt Nick lachend. Seitenwechsel!

Sie wechseln also die Plätze, und der grüne Ball wird hin- und hergedroschen, manchmal mit verblüffender Präzision, manchmal nicht, und Nick macht dumme kleine Fehler – läßt den Ball nicht genug fallen, ehe er ihn abschlägt, bemüht sich nicht, in die Knie zu gehen, schätzt die Entfernung nicht richtig ein, schätzt die Kraft von Mauries Backhand nicht richtig ein – und Maurie lacht jedesmal wie ein Schuljunge vor lauter Überraschung und Freude, wenn er einen Punkt macht.

Es zeigt sich bald, daß Maurie Halleck – erfahrungsgemäß ein ausgezeichneter Verlierer – ein äußerst unhöflicher Gewinner ist: zweifellos, weil er es so gar nicht gewöhnt ist zu gewinnen.

Deshalb ermahnt ihn Nick, sich zu beruhigen, ernst zu werden und aus jedem Schlag einen Punkt zu machen – und nun experimen-

tiert er mit ein paar Tricks, die er seit fast zehn Jahren nicht mehr angewandt hat, und manchmal fliegt der Ball auf genau die richtige Stelle, und der arme Maurie Halleck kann ihn nicht zurückschlagen, auch wenn's um sein Leben ginge, und selbst wenn er seinen Schläger rechtzeitig hochreißt, hat der Ball einen so boshaften kleinen Drall, daß er bestimmt ins Aus fliegt, und manchmal klatscht der Ball mit einer so irren Wucht ins Netz, die unter den gegebenen Umständen ziemlich komisch wirkt.
Wenn Maurie einen schwierigen Schlag zurückschlägt, ist Nick unweigerlich betroffen und leicht beleidigt, als sei ein Schwindel begangen worden, ein listiger Scherz, und dann muß er sich zusammennehmen und den Ball nicht, so derb er kann, zurückschlagen, denn schließlich ist es nur ein Spiel – es ist ja nur ein Spiel – und er ist ehrlich erfreut, daß Maurie sich so gut herausmacht – er ruft: großartig! Fein! Mach so weiter – und schickt sich an, härter zu spielen. Er stellt sich vor, wie er auf dem Tennisplatz aussieht: mit seiner Gewandtheit, seinem Stil, der Mühelosigkeit im Vergleich zu Mauries Bemühungen. Doch dann geht etwas schief, ein elender, blöder Fehler – und selbst wenn er einen Punkt gewinnt, ist es ein billiger Punkt – und was mag wohl seine kleine Zuschauerschar denken, wie werden sie Nick Martens bewerten – scheren sie sich den Teufel drum, daß sein Aufschlag so bemüht ist, oder daß ihm die Sonne direkt in die Augen scheint, so daß er fast dauernd gezwungen ist, zu blinzeln? – und wo ist Isabel?
Mir reicht's, sagt Maurie lachend.
Unsinn, sagt Nick – du bist am Schlag.

*

Zwanzig Gäste zum Dinner heute abend, zweiundzwanzig, dreiundzwanzig, die Blondheims und die Averys kommen vom Saranac Lake herübergefahren, vom fünfhundert Morgen großen Camp der Blondheims, und vielleicht bringen sie noch ein paar Gäste mehr mit ... und die Martens' und die Silbers verleben hier ihr Wochenende, Isabel zählt an den Fingern ab: sechsundzwanzig, siebenundzwanzig. Ihr Haar hat sie mit einem roten Tuch zurückgebunden, so daß es nachlässig wirkt. Ihr Kleid ist ein einfacher dunkler Hänger, der auf beiden Seiten weit über die Knie hinauf Schlitze hat. Sie denkt nicht an die Tennis spielenden Herren; sie denkt im Augenblick nicht einmal an Nick.

June Martens und ihr Töchterchen Audrey und die kleine Kirsten Halleck gehen in Badeanzügen vorbei, zum Tennisplatz hinunter, und Isabel sieht sie vorbeigehen, ruft ihnen aber nicht zu. Ich glaube, sie mag mich nicht, hatte Isabel einmal zu Nick gesagt, ich glaube, sie ahnt etwas, und Nick hatte erwidert: June würde dich sowieso nie mögen, du bist nicht ihr Typ.

Ellen, die schüchterne Tochter der Familie Silbers, schiebt sich in die Küche und fragt Isabel, ob sie ihr helfen könne – vielleicht den Tisch decken, vielleicht – die Blumen anordnen –, und Isabel widersteht dem Drang, schroff *nein* zu sagen (denn *sie* ist die Gastgeberin und hat in ihrem Haus die alleinige Verantwortung, und nichts begeistert sie so, wie das Veranstalten einer Party, sogar die langweiligen Vorbereitungen – wie beglückend ist doch das Leben in solchen Momenten, und wie einfach!), und mit ihrem charmanten Lächeln sagt sie so liebenswürdig: nein, nein, danke, Ellen, daß das Mädchen vor Freude rot wird und ein paar nichtige Bemerkungen über die Berge hervorstammelt, und über den Nebel, der gestern abend alles so seltsam und unheimlich und schön gemacht habe, und daß sie gern Wasser-Ski lernen möchte wie ihr Bruder, und wie aufregend es sei, daß die Untersuchung eine derartige Wendung genommen habe – was könne Senator Ewing *jetzt* wohl sagen …

June Martens und die kleinen Mädchen haben sich zu der Gruppe am Tennisplatz gesellt und sind bald vom Spiel gefesselt, denn es läßt sich nicht leugnen, der Rhythmus der Bälle wirkt hypnotisierend, die Flugbahn, das Aufwärtsschießen, der Aufprall, und manchmal das Geprassel der Flugbälle, das ewig weitergeht, trotz Nicks wuchtiger Schüsse und Mauries ächzender Erwiderung: niemand kann abstreiten, daß Maurie, der auf dem Platz herumhumpelnde und sogar in die Luft springende, keuchende und ungeschickte Maurie, der Favorit ist.

Der arme Maurie: in seinen beutelnden Sommer-Shorts und dem gelben Hemd, mit einem Paar bernsteindunkler Plastik-Linsen über der Brille, atemlos und unberechenbar selbst beim simpelsten Spiel! Der arme, liebe, drollige Maurie! Sogar den Kindern, sogar Nicks Tochter ist es unmöglich, ihm nicht Beifall zu klatschen.

Natürlich ist das Spiel nur eine Art und Weise, sich die Zeit zu vertreiben. Es ist harmlos, es ist eine gute Übung, niemand soll es für Ernst halten. Deshalb fängt Nick zum Spaß an, sich plötzlich faul zu stellen, sogar zu schludern, denn es ist ja nur ein Spiel, und er hat wichtigere Dinge im Kopf als Spiel und Spaß... Nach der langen Feier des Vierten Juli wird der Mittwochmorgen kommen und jeder wird ans Gericht zurückkehren, das richtige Leben wird wieder aufgenommen, und Spiele müssen vergessen werden. Ich glaube, wir werden den alten Sauhund ausweiden, hat Nick zu Maurie und Reid gesagt und kaum zu lächeln gewagt – so sicher fühlt er sich, so übermütig –, ich glaube, wir werden ihm Blut und Mark aus seinen morschen alten Knochen saugen... Maurie meinte, es bringe kein Glück, derartige Dinge vorauszusagen; doch der alte Mann war wirklich zu verachten, nicht wahr? so dreist zu lügen, wo er doch unter Eid aussagte, und wo das Beweismaterial offen dalag. Man könnte sich beinah fragen, sagte Maurie, ob er es nicht wirklich vergessen hat, und ob der Druck des Verfahrens ihn so belastet hat, daß er sein Urteilsvermögen eingebüßt hat. Aber Nick sagte gereizt: Ach was, er ist bloß ein perfekter Schauspieler, wie sie alle, jammern einem den Schwindel von »Große Gesellschaft« vor, bis mich das Kotzen ankommt.

Trotzdem, sagte Maurie, ist es schwer, ihn nicht zu bedauern oder etwas für ihn zu empfinden... sein Gesicht ist so leer, seine Augen sind so glasig...

Ein perfekter Schauspieler, sagte Nick.

Jetzt steht das Spiel auf fünfzehn zu null, jetzt auf dreißig zu null. Maurie torkelt: vielleicht kann Nick diesen Satz hintereinander gewinnen und sie können aufhören: aber dann gelingt es Maurie irgendwie, einen scharfen Ball zurückzuschlagen, was Nick offenbar nicht erwartet hatte, und es folgt ein kurzer Hagel von Flugbällen, und mit rotem und verzerrtem Gesicht schlägt Nick den Ball ins Netz.

Verdammt!

Er wischt sich die Stirn und mustert verstohlen die Gestalten am Rande des Tennisplatzes, aber sie ist nicht da, sie ist nicht Augenzeugin geworden, warum zum Teufel soll er sich so gedemütigt fühlen, und immerhin ist *er* am Gewinnen, und wenn er sich nicht zurückhielte, würde er Maurie erledigen...

June winkt ungeduldig und fragt, ob es das letzte Spiel sei, schließlich ist es beinah sieben Uhr, sie werden noch duschen wollen, nicht wahr, haben sie denn noch nicht genug...

Mein Knie schmerzt elend, rechtfertigt sich Maurie und lacht, aber

Nick hat sich schon zum Aufschlag hingepflanzt, beugt sich hintenüber und haut den Schläger mit der tückischen Drehung herunter, die er sich im College mit so vieler Mühe eingeübt hatte, und der Ball fliegt mit wildem Drall über das Netz und trifft Mauries Füße, und alle Kinder kichern, und Nicks Herz schwillt fast zum Bersten, und er ruft laut: wir haben reichlich Zeit, wir kommen gerade erst in Schwung, stört uns nicht!

Da ist es wieder: das Aufzucken, der Funke, das zitternde, unglaubliche Gefühl: so tief in ihr drinnen, daß es ungewollt sein muß, fremd und unbarmherzig wie das Schlagen ihres Herzens und das nie versagende Getriebe ihrer Organe; wie sollte sie das je als ihr *eigenes* bezeichnen! Eine Heimsuchung, ein Blitzschlag, ein federleichtes Streifen. Aber so flüchtig.

Sie erringt es und verliert es. Das wütende Bedürfnis, es wieder herbeizuholen und ihm Form und Fokus zu geben: sich an ihn schmiegend, ihr Becken leidenschaftlich gegen ihn mahlend; ich liebe dich, o bitte, nicht weg, geh nicht weg …

Nicks warmes Gewicht auf ihr. Die breiten Schultern, der muskulöse, schweißglatte Rücken. Das Aufeinanderklatschen ihrer Leiber. Sein Mund, seine Zähne, seine Zunge. Wieder und wieder und immer wieder verlangt er sein Recht. Sie mahlt ihren Körper gegen den seinen, hat die Augen fest geschlossen. Das Gesicht zur Maske verzerrt. Eine wilde Wut ist in ihr: ihn so tief in sich aufzunehmen, wie sie nur kann, seine Schultern immer fester zu packen, so fest, daß sich ihre Nägel in sein Fleisch vergraben und er schmerzlich das Gesicht verzieht. O ja! So!

Ich liebe dich.

Dich und nur dich. Dich.

Geh nicht weg –!

Ihre Augen sind fest geschlossen, die Haut in den Augenwinkeln vor Anspannung, vor Angst verzerrt: Wenn er aufhören sollte! Wenn er weggehen, sie verlassen sollte! Ihre Augen sind geschlossen, und doch sieht sie die Schattenstreifen auf der Decke des Zimmers, des Schlafzimmers in der Nordwest-Ecke des Jagdhauses – oder ist es das Schlafzimmer auf Röcken 18 mit der französischen Tapete, seidiges, silbriges Grün mit lila Blüten … Plötzlich steht ihr Geliebter am andern Ende des Zimmers. Nackt. Sein Gesicht lächelt nicht, es ist gespannt und anklagend vor Liebe. Seine verkrampften Schultern, das braune Haargekräusel auf der Brust, das Schamhaar, ein Büschel, sein aufrechtstehender Penis ...

Komm her, warum wartest du, niemand wird es erfahren, flüstert Isabel, ihr Mund ist ausgetrocknet vor Angst, er könne sie zurückweisen.

Dann knetet sie sein Fleisch, als gehöre es ihr von Rechts wegen, sie packt seine Gesäßbacken ... kneift ihn ... schlägt ihn. Fleisch ist Fleisch ... ohne Geheimnis. Hat sie nicht geboren? Zweimal? Dreimal? Mach mir nichts vor, sagt sie, ich weiß, wer du bist ...

Ich will dich, ich *brauche* dich ...

Wie rasend reibt sie sich an ihm. Das Gefühl in ihren Lenden, noch eben so stark und voll, beginnt zu verebben. Sie muß es zurückholen. Ihr Mund ist ein angstvolles »O«, ein offenstehendes Fischmaul. Niemand sollte sie so sehen – kein Liebhaber – selbst ihr Ehemann nicht – das hier ist eine Beschämung, die schneidender ist als das Gebären – wo die Zeugen sich nahe herzudrängen, um zwischen ihre blutbeschmierten Beine zu starren. Doch wie soll sie es ihr eigen nennen, wie *ihr* Recht verlangen ...

Verlaß mich nicht, bettelt sie, hilf mir, schluchzt sie. Ich liebe dich.

*

Als sie vor einigen Wochen, Anfang Juni also, am Tage des lange ersehnten und schließlich enttäuschenden Empfangs im Weißen Haus – solche Menschenansammlung! So ordinäre Texaner! – im Schönheitssalon die Seiten eines veralteten Damen-Journals umblättert, stößt sie auf einen Artikel mit der Überschrift: »Sex, Tod und Liebe. Weshalb *Sie* verliebt sind.« Spritzig und blasiert und flott und mit Ironie gewürzt, aber auch amüsant. Wie es die Prosa in diesen Heften meistens ist. (Die Anzeigen dagegen und die Mode-Neuigkeiten sind durchaus ernst.)

Isabel Halleck ist zu dieser Zeit keine gewissenhafte Leserin: sie überfliegt die Gesellschaftsnachrichten und Klatschspalten in den wichtigen Zeitungen, forscht eifrig nach ihrem eigenen Namen, dann mit Besorgnis nach dem Namen ihrer Feindinnen, dann nach dem Namen ihrer Freundinnen. Sie überfliegt die wichtigen politischen Neuigkeiten und Leitartikel und die Spalten der beliebten Verfasser von Feuilletons und »Hetzartikeln« – aber ach, zu dieser Zeit gibt es so viele –! – eine Folge der Schweinerei in Vietnam, und sie macht es sich zur Regel, pflichtschuldigst die Bücher zu überfliegen, die ihr geschenkt und häufig – mit Worten der Bewunderung oder Zuneigung oder sogar Liebe – von den unzähligen Schriftstellern ihres Bekanntenkreises gewidmet wurden (vor allem von Journalisten, aber angesehenen Journalisten, deren Spezialität der Ferne Osten ist oder die Menschenrechts-Politik der Vereinten Nationen oder die Dritte Welt oder das Welternährungsproblem; auch Historiker sind dabei, die meisten an hervorragenden Universitäten; und Biographen – Biographien kann Isabel am leichtesten überfliegen: vor nicht langer Zeit genoß sie ein Buch über Eleanor Roosevelt und ein anderes über John Foster Dulles, ein Vorschlag des Book-of-the-Month-Clubs): all dieses Material wird sofort zum Gesprächsstoff bei Abendessen oder bei Empfängen; manchmal gönnt sie sich auch einen Abend, während sie ihr Bad genießt, und blättert dabei die Seiten der *Washington Book World* um, die sozusagen *jeder* liest. In seltenen, ruhigen Zeitlücken – unter der Trockenhaube zum Beispiel – liest sie vielleicht Artikel über neue Moden, Hautpflegemittel, versandbereite kosmetische Behandlungen, Ferienaufenthalte auf San Domingo, in Süd-Afrika, Rio oder Marrakesh. Und am heutigen Nachmittag liest sie »Sex, Tod und Liebe. Weshalb *Sie* verliebt sind.«

Sex ist anscheinend ein »neues« Hilfsmittel der Fortpflanzung. Wobei »neu« in Ausdrücken von Billionen Entwicklungsjahren zu verstehen ist. Amöben wachsen und vermehren sich mechanisch, automatisch, weiter und weiter setzen sie das fort und sterben nie ... anders als Organismen, die ihre Gene vermischen. Warum die Gene sich vermischen, könnte man fragen, und es ist eine gute Frage. Das Leben also, als es sich zu *entwickeln* begann, segelte auf äußerst problematische, riskante und aufgewühlte Meere hinaus: und das bedeutet: »Von einer primitiven zu einer höher organisierten Form werden.« *(The American Heritage Dictionary of the English Language.)* Und das bedeutet natürlich eine größere Vielfalt unter Individuen – und eine gewaltig verbesserte Fähigkeit, sich der Umgebung anzupassen. Und da das Klima und die geologischen Verhältnisse der Erde sich stets in einem Zustand der Veränderung befunden haben, begreift man, daß die Überlebens-Chance gewisser Gattungen dank dieser Taktik gewaltig erhöht wurde. Und daher – die Erfindung von Sex und Tod!

(Isabel liest ungeduldig und ein wenig zweiflerisch. Sex hat für

Isabel von jeher »Männer und Frauen« bedeutet – die biologische Definition interessiert sie überhaupt nicht. Als eine Angelegenheit zwischen Männern und Frauen dagegen – es muß gesagt werden – interessiert Sex sie außerordentlich. Ständig. Und – wie sie unbehaglich vermutet – nimmt diese Besessenheit wahrscheinlich noch zu.)

Die Erfindung von Sex und Tod. Sex – um die Gene zu vermischen, Tod – weil »Individuen« ein neuer Einfall des Kosmos sind, und jedenfalls müssen die alten Generationen beseitigt werden. Nur ihre Gene sind wertvoll, und nur jene Gene, die sich in Experimenten betätigten. Der Rest – ist wertlos. Weg damit! Ausgelöscht!

Jenseits der menschlichen Sphäre ist das Leben herzlos und gierig, liest Isabel. Wären wir a-sexuelle Lebewesen, dann wären wir unsterblich, doch da wir nun mal mit Sex behaftete Lebewesen sind, sind wir *sehr* sterblich.

Man könnte fragen, was die Vorteile dieses »neuen« Zustands der Dinge sind. Man stelle sich vor: Bewußtsein, Sprache, Beweglichkeit, Freiheit, Gedächtnis, ein Gefühl für Gerechtigkeit, Güte und Schönheit – und *Wahrheitsliebe.* Alle sozialen Bräuche, alle sozialen Freuden. Und Romantik! Romantik! Dem Tod verdanken wir Romantik und Freude und Verzweiflung unsres Begehrens, die Ekstase der Liebe und die Qual der Liebe, die ...

Isabel denkt beunruhigt: ich hätte ein Stein, ein Felsen sein sollen, alles, was vorher kam ... ein Mineral, ein Edelstein ...

Sie blättert um und beginnt eine Seite über Herbstmodeschöpfungen, und das Gesumme und die Wärme ihres Haartrockners schläfern sie allmählich ein: als sie erwacht, gleitet die Zeitschrift auf den Boden, und sie ist zu bequem, um sie aufzuheben, und jedenfalls ist ihr Haar mittlerweile trocken geworden.

*

Nick, sagt sie, bettelt sie, wimmert sie wie eins ihrer Kinder, komm her, komm in mich hinein, jetzt, fick mich, tu's, wende dich nicht ab!

Er wendet sich angewidert ab. Das Pulsieren in ihren Lenden läßt nach.

Nick!

Er liegt schwer auf ihr, neckt sie, lacht, kitzelt sie mit seinen Fingern und seiner Zunge. Seine Zunge – in der Höhle, der kinder-

kleinen Höhle, in die sie krochen, um vor dem Sturm Zuflucht zu suchen. In die sie vielleicht gekrochen wären. Sie lachen und knuffen einander. Gierig wie Teenager. Am Strand, im nassen Sand, schamlos. Ihr Haar ist aufgelöst, die goldene Taube ist verrutscht, und jetzt auf dem Hinterkopf, wo sie ihr wehtut, weil sie sich gegen den Felsen lehnt, deshalb reißt sie sie heraus und läßt sie fallen. Ich kenne dich nicht, ich liebe dich nicht, es ist nicht recht, es kann nicht sein, alle warten auf uns, mein Verlobter wartet auf uns, ich weiß nicht einmal deinen Namen, was natürlich gelogen ist.
Er küßt sie mitten auf den Mund und fordert mehr. Ohne zu lächeln.
Die Höhle, in die sie hätten kriechen können.
Eine verlassene Hütte am Rande der Marschwiese, in die sie hätten gehen können. Um vor dem Sturm Zuflucht zu suchen.
Hab keine Angst, bittet sie.
So sehr liebe ich dich nicht, sagt er.
Doch, du liebst mich. Du liebst mich.
Ich liebe dich ... aber nicht so sehr.
Nicht so sehr, um ihn zu verletzen, meinst du?
Wovon sonst haben wir denn gesprochen, sagt er gereizt.
Sie nimmt seine Hand, küßt sie, schmiegt sich fest an ihn. Ein Auflodern, ein Delirium. Herrliches Mädchen. Ihr Atem kommt und geht in kurzen Stößen, während das Gefühl in ihrem Leib plötzlich und unversehens wieder stärker wird. Tu mir weh, sagt sie und drückt seine Hand fest auf ihre Brust, ich weiß, daß du mir weh tun willst, schlag mich, ich weiß, was du tun möchtest, ich weiß, wem du wehtun möchtest, aber nicht *ihm* ...
Doch Nick wendet sich ab. Ihr schöner Körper, die Brüste, der Leib, die Beine. Sie weiß, daß sie schön ist. Sie studiert sich selbst, als wäre sie ein Kunstwerk, aber eins, das beides braucht: ständige Pflege und Anbetung. Sie weiß es, sie weiß es. Töricht, etwas anderes vorzutäuschen. Doch Nick wendet sich ab. Ich kann nicht. Wir können nicht, sagt er. Luis hatte einmal mit seinen nikotinfleckigen Fingern ihr Kinn gepackt und gesagt, *du wirst's wohl schaffen*, und dann – ohne Zärtlichkeit –, *besser als deine lumpige Mutter*, und starrte sie an, taxierte sie ab.
Er hatte Vormundschaft über sie, doch sah sie ihn selten. Ihre Mutter hatte die Vormundschaft über sie »aufgegeben« und war nach St. Paul zurückgekehrt, um bei ihren Verwandten zu leben.

Bei den Kuhns in St. Paul, Minneapolis? fragten die Leute, als wäre es ein bedeutsamer Name, aber Isabel hielt ihn nicht für bedeutsam, sie haßte die ganze Sippschaft.
Nur zwei Kuhns hatten ihren Weg nach Washington geschafft, tatsächlich als Kongress-Leute: der eine war Sekretär im Finanzministerium unter Chester Alan Arthur, während Arthurs letzter Amtsdauer, und der andre wurde von McKinley wenige Wochen vor McKinleys Ermordung zum stellvertretenden Staatssekretär ernannt. Jetzt waren sie Reifen-Fabrikanten, umständliche, kleinkarierte Staatsbürger, ein Kuhn hatte 1957 für den Gouverneursposten von Minnesota kandidiert und verlor aus einer Position der »strikten Anwendung der Zensur« heraus, für die die republikanische Partei in aller Eile Reklame gemacht hatte.
Du wirst's schaffen, hatte Luis widerwillig gesagt, *ich kann dir beim Investieren helfen,* aber vielleicht meinte er es im Scherz – er mit seinem aufgeschwemmten, blassen Gesicht, den dichten Augenbrauen und Bulldog-Wammen, die oft stillvergnügt bibberten. Seine Anzüge wurden von einem Londoner Herrenschneider geliefert, der seine Schneider zweimal jährlich nach New York und Washington schickte, die Schuhe wurden in Spanien von Bottiers nach Maß angefertigt, er war hübsch und abwechselnd teilnahmslos oder tobsüchtig, stets entflammt für Pläne, Projekte und Intrigen, um Geld zu leihen und zu investieren und Verluste »wettzumachen«, Manipulationen, durch die er für finanzielle oder persönliche Einbußen Vergeltung übte, aber vielleicht die Einbußen durch geschickte eigene Verrätereien vorwegnahm; und dann wieder war er so bitter enttäuscht, ernüchtert und »fertig« mit der menschlichen Rasse, daß er in lange Zeiten »tatenlosen Winterschlafs« versank – Zeiten, die Isabel als nicht durchaus klinische Depressionen diagnostizierte, die man wohl hätte behandeln können. Als Isabel ihm Maurie Halleck vorstellte, war er von galanter Gesprächigkeit und guter Laune, sagte aber hinterher, und sowie sie allein waren, mit belustigtem Hohnlächeln: *vielleicht kaperst du ihn, aber du wirst ihn nur halten können, wenn du sehr, sehr vorsichtig bist.*
Nick birgt ihr Kinn in seiner Handmuschel und mustert sie nachdenklich. Ihr schönes Gesicht, ihre unverwüstlich gute Laune, ihre berühmte Tatkraft. Flink und gescheit und oberflächlich und unwiderstehlich. Doch er beschließt, ihr zu widerstehen.

Und dann tut er es doch nicht: er folgt ihr nach Stockholm
In Stockholm, im prachtvollen Royal Hotel, wo Nick eine Suite bewohnt, werden sie ein Liebespaar.
In Bitterfeld Lake, in den Wäldern über dem Jagdhaus, sind sie ein Liebespaar.
Und plötzlich und unvorhergesehen sind sie auch in Washington ein Liebespaar – kurz nachdem Nick das Angebot vom Justizministerium angenommen hat, das Maurie ihm verschaffte: mit einem Gehalt, das Mauries eigenem Gehalt sehr nahekommt. Nick ist seit zwei Wochen in der Stadt, er wohnt im Shoreham. June und Audrey sind in Boston – es ist schwierig, June zu dem Ortswechsel zu überreden, aber Nick erklärt Isabel, er sei »zuversichtlich«, daß sie sich zu guter Letzt seiner Ansicht anschließen werde.
Jetzt können wir uns jederzeit sehen, versichern Nick und Isabel einander, so oft wir wollen.
Das Ehepaar Martens besucht die Hallecks in der Sackgasse auf dem Röcken, einem eleganten Wohnviertel; das Ehepaar Halleck besucht die Martens' – zuerst in ihrem hübschen Apartement in Park Fairfax und dann in ihrem Heim in Chevy Chase. In Gesellschaften sieht man sie häufig zusammen, obwohl die beiden Paare als solche nie richtige »Freunde« werden – was an June liegt. Niemand bemerkt, daß Isabel Halleck und Nick Martens davor zurückscheuen, sich in der Öffentlichkeit zu küssen oder auch nur mit den Lippen leicht über die Wange des andern zu streifen, es fällt auch niemandem auf, daß sie sich bei großen Gesellschaften unweigerlich in eine Zimmerecke zurückziehen – zwei auffallend schöne junge Menschen, die sich – als Paar – im Kennedy-Kreis glänzend hervorgetan hätten. Beide haben ihren Auftritt – stets eines Publikums gewiß – vielleicht sind sie gar Exhibitionisten, aber überaus anziehend, bezaubernd und unterhaltend. Isabel weiß die lustigsten Geschichten lebhaft und drollig und überzeugend zu erzählen, und Nick kann eigentlich über jedes Thema sprechen. Er weiß über das Leben »großer Männer« Bescheid – von Julius Cäsar bis zu Hadrian und Napoleon, bis zu Bismarck, Stalin, Hitler, F.D.R. und Mao, er kennt bizarre, aber offenbar wahre Anekdoten über ihr Privatleben und versteht es, über amüsante Skandalgeschichten aus dem Leben amerikanischer Präsidenten zu plaudern, die üblicherweise nicht in Geschichtsbüchern enthüllt werden. Manchmal muß Isabel seinen Arm berühren und ihn bitten aufzu-

hören, denn sie und seine andern Zuhörer schütteln sich vor krampfhaftem Gelächter.

In ihrem breitrandigen Strohhut mit dem grünen Filzband nennt Isabel der Sicherheitspolizei ihren Namen und schreitet über den Rasen; ihre behandschuhten Finger heben den langen Rock; das schwere, silberblonde, vor kurzem geschnittene Haar schwingt immer ein oder zwei Zoll über den nackten Schultern. Es ist ein üppiger Empfang für den Schah und seine Gemahlin. Begrüßungen, Umarmungen, Händereichen und Küsse. Nick beobachtet sie von weitem und wird sie am nächsten Morgen anrufen: er konnte es nicht über sich bringen, sich ihr zu nähern, es wäre aus und vorbei gewesen, sie hätten es Maurie sagen müssen, Schluß mit ihrem Theaterspiel und den Ausflüchten. Und was ist mit June? fragt Isabel fröhlich und etwas erregt, und Nick sagt: ach, June, ja, natürlich, natürlich. Und nach einer Pause fragt er: bedauerst du es, daß ich ein Feigling war? Isabel? Was denkst du?

Ich weiß es nicht, flüstert Isabel.

Doch ein Liebespaar sind sie in einer Umgebung, die nicht idyllischer sein könnte: auf Claudias Gut in Nassau, wo das Gästehaus aus weißem Stuck aufs Meer blickt; es ist Ferienzeit, überall blühen rote und weiße Poinsettien, und Nick erzählt Isabel, er sei in einer Angelegenheit für das Komitee, einer geheimen Angelegenheit, nach Südamerika geschickt worden. Sie sind ausgelassen wie junge Hunde, und atemlos und tollkühn: sie können nicht genug voneinander bekommen. Liebst du mich – mich allein! Liebst du *mich?*

Isabel ist gierig, Isabel ist unersättlich.

Isabel bricht in herzzerreißendes, heiseres Schluchzen aus.

Ein schwarzer Makramee-Schal fällt bis auf ihre Knöchel herab; Silberschmuck aus Peru tropft elegant auf ihre Schultern nieder; die Augen sind wie mit violetter Tinte umrandet. Sie haßt ihn und will nicht einmal in die Richtung blicken, wo er steht; sie bringt es nicht über sich, seine Frau zu begrüßen; sie duldet es, daß der betrunkene Morton Kempe sie an sich reißt und ihr feuchte Küsse auf die Wange drückt; sie duldet es, daß die elenden, hoffnungslosen Langweiler X und Y aus dem Pentagon sie kriecherisch umschmeicheln, sie hat ein strahlendes, betörendes, völlig natürliches Lächeln für den Vizepräsidenten, diesen flegelhaften Galgenstrick, den der Präsident, was jedermann weiß, wie – nun ja – wie Scheißdreck behandelt. Ich brauche dich, Isabel, bettelt Nick beinah schluchzend am Telefon, hör doch, Isabel, bitte, Isabel, soll ich vorbeikommen, was sollen wir tun? und ihre antwortende Stimme klingt so gleichmütig, als spüre sie keine Wut, als wäre *sein* Gespräch nicht viel mehr als jedes andre. Geh zum Teufel, sagt sie, geh zu deiner Frau, geh und fick deine Sekretärin, wie du's früher schon getan hast, geh – du kannst mich mal!

*

Doch sie sind ein Liebespaar geworden – an jenem Tag auf Mount Dunvegan Island.

Sie sind hier in Bitterfeld Lake ein Liebespaar – trotz der Anwesenheit so vieler Leute und ihrer eigenen Kinder – die lästige Audrey hängt immer an ihres Vaters Arm.

Sie lieben sich in der unbenutzten Mädchenkammer im dritten Stock des Halleckschen Hauses, während unten etwa fünfunddreißig Gäste laut lachen und plaudern und Maurie sich zu einem ernsten Gespräch mit Charles Clayton in sein Arbeitszimmer zurückzieht. (June ist zu Hause geblieben – hat ein entzündetes Ohr vorgeschützt.)

Sie lieben sich mit einer Leidenschaft, mit einer Brutalität, die sie beide erschreckt. Tu mir weh, verlangt Isabel, ich weiß, was du tun möchtest, ich weiß, was für ein Schwein du bist... In den Wald jenseits des Sees sind die beiden gefahren, auf einem der alten Holzfällerwege, um... um mehr Bier, mehr Alkohol zu beschaffen... obwohl man doch bestimmt einen der Diener hätte schikken können?... und umklammern sich, zerren sich gegenseitig die Kleider vom Leib.

Er dringt in sie ein. Sie schreit auf. So einfach ist es... geschehen.

Sie schluchzt, schlägt ihm auf den Arm – nur wenig. Er lacht erschrocken und weicht ihr aus.

Du bist verrückt, sagt er. Du meinst es nicht so. Es ist nur zum Spaß, ein Spiel!

Er überrascht sie dabei, wie sie sich vom belgischen Botschafter, einem Franzosenhasser, aber überaus charmant, in Gegenwart ihres Mannes mit irrsinniger, unverhüllter Begierde anglotzen läßt.

Was für ein Luder du bist, sagt er.

Er dringt roh in sie ein, und so herrisch wie jeder Liebhaber, der sein gutes Recht verlangt und sich nimmt, was ihm zusteht. Wenn er sie verletzt – wenn sie sich windet vor Schmerzen – dann ist auch das sein Recht und erhöht nur die Ungezähmtheit seiner Lust. Doch sie widersetzt sich natürlich nicht. Es ist nicht ihr Vorrecht, sich zu widersetzen.

Hör mal, du weißt, was ich fühle, sagt er zu ihr, kann es noch eindeutiger sein? Mach mich nicht zu einem kompletten Idioten!

Sie starrt ihn an – ihre hübschen Lippen stehen etwas offen. Sie ist schwanger – im sechsten Monat – sie erwartet Owen. Ihre Umstandskleidung ist zart, duftig, hauchdünn, mit Bändern herausgeputzt, sie trägt breitkrempige Hüte, um den Blick nach oben zu lenken. Trotz ihrer häufigen Kopfschmerzen und der Verstopfung und alpdruckartiger Angstzustände wegen der Geburt hat sie nie schöner ausgesehen, wie ihr jedermann versichert.

Plötzlich ist sie erschrocken. Es ist *kein* Spiel: nicht ihre flatternden Lider, die leise Stimme, ihre Hand, die leicht auf ihren Leib fällt, wie um ihn zu schützen. Ich ... ich weiß nicht, wovon du sprichst, sagt sie dem Freund ihres Mannes, seinem Jugendfreund, der – ach, wie oft hat sie es gehört – ihrem Mann das Leben gerettet hat. Ich versteh's nicht, sagt sie mit stockender Stimme.

Natürlich weißt du es, Isabel, sagt Nick. Natürlich wissen Sie es, Mrs. Halleck.

Sie nimmt ihn zu sich, nimmt ihn in sich auf, mit geöffneten Knien. Ein einfacher Akt – keine Verstellung ist nötig. Keine Angst, keine Tränen, weder Schuldgefühle noch groteske Selbstbezichtigungen. Wenn du mich liebst, wenn du mich begehrst – zum Teufel mit der Liebe! – komm her, steck ihn rein – mach schon los!

Noch nie hat sie einen Mann so sehr begehrt, wie sie Nick Martens begehrt. Es ist ein Fieber, ein Fluch. Eine körperliche Besessenheit, die dann und wann ins fast Philosophische hinüberspielt: kann das Fleisch wirklich verraten? Was bedeutet das Körperliche? Wen kümmert es? Würde es Maurie kümmern? Würde Maurie es wissen? Der Brautführer bei der Trauung, bedrückt, zerstreut, ziemlich melancholisch. Sie sieht ihn mit June Penrick und sagt sich leise: gebt mir Zeit, gebt mir Zeit, jungfräulich und triumphierend in ihrem Brautgewand aus weißer Atlasseide mit den schweren Halleckschen Perlen um den Hals und ins Ohr geschmiegt – versichert – sie hat nicht danach gefragt, sie hat die Tatsache »zufällig« entdeckt – mit fünfundzwanzigtausend Dollar. Gebt mir Zeit.

Jetzt vergräbt sie ihr Gesicht an seiner behaarten Brust, an seinem Bauch. Ohne Scham – vulgär. Lippen, Zunge, Zähne. Sie nimmt seinen prallen Penis in den Mund. Spürt, wie groß er ist, wie warm, wie stark. Seine Finger verkrampfen sich hilflos in ihrem Haar, und er beginnt zu wimmern, und ihr Herz ist fast am Zerspringen.
Aber das Gefühl endet unvermittelt.
Nein.
Auf *die* Art kann sie Nick Martens nicht lieben. »Blasen«, »Ablutschen« – der unsägliche Ekel von Samen in ihrem Mund ... und würde er sie hinterher küssen wollen ... Auf *die* Art kann sie keinen Mann lieben.

*

Plötzlich ist sie erschöpft. Schluchzend gibt sie es auf.
Ich kann nicht, oh, laß mich in Ruhe, mach's zu Ende und laß mich in Ruhe, ich kann nicht, ich kann nicht ...
Sie ist so erschöpft – ihr Herz ist der Anstrengung kaum gewachsen.
Laut sagt sie: tut mir leid, ich kann nicht ... ich kann nicht ...
Und nach zwei oder drei weiteren Minuten ist das schweißtreibende Erlebnis – das seit der Geburt des kleinen Mädchens vor vier Jahren weniger häufig wurde und bald noch seltener werden soll – überstanden.

*

Ich liebe dich, flüstert Maurie. Schläfrig, zufrieden; seine heftigen Atemzüge werden allmählich langsamer, seine Handmuschel ruht locker über ihrer Brust. Ihr Mann. Als wüßte er es nicht. Und vielleicht weiß er es nicht.

Der zornige Gnom

Wen habe ich eigentlich geheiratet? fragt sich Isabel.
Sie ist verhältnismäßig sicher, daß sie weiß, *warum* sie ihn geheiratet hat, aber *wen* – da ist sie nicht ganz so sicher.

*

Im dritten oder vierten Jahr ihrer Ehe, nach einer lärmenden, in die Länge gezogenen und rundum herrlichen Dinner-Party in Georgetown, zu der Maurie nicht hatte gehen wollen – sah sich Isabel, die angenommen hatte, ihren umgänglichen, fleißigen und verliebten Ehemann so gut zu kennen, wie eine Frau eben einen Mann kennen kann – zu ihrem Kummer zu der Schlußfolgerung gezwungen, sie kenne ihn fast überhaupt nicht.
Die Party bestand aus gescheiten, lebhaften, gut informierten Leuten von gewissermaßen niedrigerem Dienstrang, und in diesem Rahmen konnte Isabel – strahlend in einem weißseidenen Hosenanzug mit tiefem Ausschnitt, das Haar in einem festen, französischen Chignon – mit ihren Witzeleien und geistreichen Bemerkungen und Anekdoten es mit den amüsantesten und wagemutigsten Gästen aufnehmen. Sie erzählte eine lange, verwickelte, tragikomische Geschichte eines gewissen Staatsbeamten X. von höherem Rang, mit dem es jetzt eindeutig abwärts ging und der ein passendes Opfer für den Washingtoner Klatsch war. Es war eine Geschichte, deren Quelle die Kolumnistin Esther Jackson war, die mehrere Jahre lang eine Liebschaft mit X. gehabt hatte (ein in der Stadt kaum verhehltes Geheimnis) und die erstaunlichsten Dinge von dem armen Mann wußte.
Die Geschichte war ein großer Erfolg. Isabel hatte sich bereits in der Mittelschule die Kunst angeeignet, gleichzeitig boshaft witzig und genau unterrichtet zu sein, und seit ihrer Heirat – seit sie als beliebte Gastgeberin in Washington zu voller Anerkennung gelangt

war – hatte sie sich auch noch in einer Art drolliger »Unschuld« vervollkommnet. Mit ihrem leichten Akzent, mit ihrer Schönheit als Schutz und Schild, schien sie Dinge zu äußern, die zu bizarr waren, um völlig von ihr verstanden worden zu sein – und das war eben ein Teil ihres boshaften Charmes. Wenn die Damen sie nicht ebenso amüsant wie die Herren fanden, lachten sie trotzdem mit und erzählten in der Stadt, wie einnehmend Mrs. Halleck sei. Einzelnen Personen gegenüber konnte sie allerdings warmherzig sein, und in einer großen Gesellschaft konnte sie zurückhaltend und sogar scheu sein. Was vielleicht einen Teil ihrer Taktik ausmachte – obwohl die Damen das noch nicht begriffen.

Maurie hatte die Dinner-Party um halb zwölf verlassen wollen, was enttäuschend früh war, und ein paar Minuten überlegten die Hallecks: sollte er in einem Taxi nach Hause fahren und sollte Isabel noch eine Stunde bleiben und dann nach Hause fahren – oder sollte Maurie den Wagen und Isabel ein Taxi nehmen, oder – und das war am naheliegendsten – könne Isabel von einem der Gäste mitgenommen werden. Eine ganze Anzahl einzelner Herren – Junggesellen, geschiedene Männer und Männer, die irgendwie von ihren Frauen getrennt lebten – , hatte sich bereitwillig zur Verfügung gestellt. Doch zu guter Letzt wurde beschlossen, daß Isabel und Maurie gemeinsam aufbrechen würden.

Auf der Heimfahrt fiel es ihr auf, daß ihr Mann still und in sich gekehrt war und nicht geneigt, auf ihre Bemerkungen zu antworten. Er fuhr auch weniger systematisch als sonst. Im Profil erschien er ihr wie ein älterer Mann, ermüdet, mit sich selbst beschäftigt, sogar ein wenig nörglerisch. Er war erschöpft von seiner Arbeit im Komitee, dachte Isabel, wo man von ihm eine Tagesarbeit von zehn Stunden und mehr erwartete, denn obwohl er noch den niedrigen Dienstgrad hatte, wurde er schon mit sehr heiklen Arbeiten betraut, weil das Komitee mit einem der Vizedirektoren, Mauries Abteilungschef, ernste Probleme hatte. Und außerdem mißfiel ihm – oder jedenfalls mochte er nicht –, was er den »Gesellschaftsrummel« der Stadt nannte. Das ist unser Leben, sagte Isabel als Verteidigung, es ist das Element, in dem wir leben. Aber heute abend, räumte sie ein, sei es kein wirklich »bemerkenswerter« Abend gewesen … ein oder zwei Herren hätten zuviel getrunken, und die Damen seien noch langweiliger als sonst gewesen.

Erst als sie sich anschickten, zu Bett zu gehen, begriff Isabel, daß etwas Ernstliches nicht in Ordnung sein könne. Durch die Spiegeltür ihres Ankleidezimmers – das in einem Alkoven ihres Schlafzimmers lag – beobachtete sie ihren Mann und sah, daß er bewegungslos und halb ausgezogen auf dem Teppich stand; seine knorrigen und etwas zu kurzen Beine waren unbekleidet, und er hatte noch seine Socken, die Unterhose und das weiße Hemd an, dessen Manschettenknöpfe geöffnet waren. Er bewegte die Lippen und schüttelte kaum merklich den Kopf, als stritte er unhörbar mit jemandem.

Maurie? flüsterte Isabel. Aber er hörte nicht.

In dieser besonderen Umgebung, die mit schönen Dingen ausgestattet war – einige waren Erbstücke der Familie Halleck, andre waren impulsive Geschenke des alten Luis, und die französische Chaiselongue hatte Isabel selbst auf einer Auktion erworben –, in dieser Umgebung sah der arme Maurie Halleck wie ein Eindringling aus: wie ein Gnom mit einem knabenhaften, aber vorzeitig zerknitterten Gesicht, der aus Versehen in einen unvertrauten Bereich geraten war. Es war traurig, es war ein wenig komisch, sogar etwas beunruhigend... Isabel sah, daß seine Finger sich bewegten, bestimmt sprach er lautlos mit sich selbst. Und seit sieben Uhr hatte er nur zwei Drinks gehabt, wovon der eine ein Glas Weißwein war.

Er ist verrückt, dachte Isabel, von panischem Entsetzen ergriffen.

Und im gleichen Augenblick erinnerte sie sich an zweierlei: an eine längst vergessene Bemerkung ihrer Mutter – *dein Vater ist wahnsinnig – so etwas kann Männern passieren – es kommt und geht – du kannst nicht bei ihm wohnen – begehe nicht denselben Fehler wie ich* –, eine Bemerkung, die ihre Mutter gemacht hatte, als Isabel erst sechs oder sieben Jahre alt war; und dann eine seltsame Bemerkung, die Nick Martens gemacht hatte, als Isabel nach Owens Geburt noch im Krankenhaus lag und er nach Washington geflogen war, um den überglücklichen Eltern zu gratulieren und Patenonkel des Kleinen zu werden: wenn jemals etwas passiert, Isabel, ich meine, wenn... wenn Maurie jemals... wenn zwischen euch etwas schiefgeht... wenn er jemals... es ist schwer zu erklären, aber in Bauer und im College... konnte er manchmal recht eigenartig sein... Er ist der geborene Sonderling, er ist im Grunde ein Einzelgänger, natürlich ist es wunderbar, daß er aus seiner Verkapselung ausbrach und heiratete, und jetzt ist er sogar Vater geworden, und es hat ihn so glücklich gemacht ... hat sein Leben verändert ... aber ich bin nicht sicher, ob er sein Leben ändern *kann* ... begreifst du, was ich sage, mache ich mich überhaupt verständlich? Oder habe ich dich nur gekränkt?

Du hast mich gekränkt, hatte Isabel kalt erwidert.

Als Isabel in ihrem langen, seidenen Nachthemd zu ihrem Mann hinüberging – das offene Haar locker auf den Schultern, die Augen frei von Mascara und Lidschatten, das Gesicht ohne Schminke, nur sehr leicht ihre Nachtcreme aufgetragen –, blickte er zu ihr auf und starrte sie unbehaglich lange an. Sie war ein Phantom, *sie* war der Eindringling, es bedeutete gar nichts, daß sie eine große Schönheit war oder vorgab, eine zu sein.

Du! sagte er, heiser flüsternd.

Und dann, ehe Isabel antworten konnte, ehe Isabel den wunderlichen kleinen Mann fragen konnte, was in aller Welt er im Sinn habe, begann Maurie Halleck – es war unglaublich – zu stammeln – zu weinen – zu schimpfen – sie zu beschuldigen und Isabel so zu überraschen, daß sie stumm und starr dastand und ihn nur bestürzt anblickte. *Nie* vorher – *nie* seit ihrer Heirat – so ein Zorn – so ein giftsprühender Wutanfall!

Seine Worte hingen nicht zusammen, Isabel war zu erschrocken, um sie alle zu verstehen, der Ausbruch ging endlos weiter, seine Stimme zitterte und seine Hände flogen, sogar seine Knie zitterten, sie erinnerte sich plötzlich, daß Nick damals weitergesprochen hatte: *wenn er jemals überschnappt* ... und der Sinn seines Berichts war: *ruf mich sofort!*, und reglos stand sie da und starrte ihren Mann an, den Mann, der sie vergötterte, der vor lauter Liebe zu ihr kindisch und albern und benommen war, und jetzt flogen ihr seine Worte um den Kopf, und sie unternahm keinen Versuch, sich zu verteidigen – denn wie hätte sie es tun können? – und keinen Versuch, die Worte auch nur zu verstehen, die er hervorstieß.

Wie konntest du nur – bloß um zu unterhalten – Dummköpfe zum Lachen zu bringen – wie konntest du – fälschen – verzerren – lügen – die Unverantwortlichkeit – die Grausamkeit – Zynismus – eine Wirklichkeit erdichten, um zu belustigen – so eine Verachtung der Wahrheit – Dummköpfen als Zerstreuung servieren – wie konntest du nur – Nick ebenfalls – ich kann's nicht zulassen – will es nicht – so eine Anmaßung – Großspurigkeit – Verachtung – Böswilligkeit – Halbwahrheiten und Lügen – einen Menschen für eine Anekdote ausschlachten – für einen

Witz – die ganze verwickelte Lage, das private Erleben – die Menschlichkeit – es ist unerträglich – du und die andern – und Nick – ich habe es zu erklären versucht – habe mit dir zu sprechen versucht – mit euch beiden – die erschreckende Geringschätzung – die Verachtung – Mißachtung nicht nur deiner Opfer, sondern auch deiner Zuhörer – und die Wahrheit – was die Wahrheit ist – Gerechtigkeit – Ausgeglichenheit – Allgemeinheit – Gesetz – Wie konntest *du – du, meine Frau –!*

*

Nicht sofort, sondern erst eine Woche oder zehn Tage später rief Isabel Nick in Boston in seinem Büro an, um ihm von Mauries Zornausbruch zu berichten. Die Wut hatte sich natürlich gelegt, Maurie hatte sich entschuldigt, Isabel hatte sich in jeder Hinsicht anmerken lassen, daß es vergessen und vergeben war ... Natürlich weiß ich, daß es nicht so gemeint war, beschwichtigte sie ihren besorgten Mann. Natürlich weiß ich, daß du mich liebst.

Sie berichtete Nick von den Vorwürfen, erwähnte aber nicht, daß auch er hineingezogen worden war, nicht einmal andeutend. Sie sagte Nick, daß sie in jenem Augenblick einen andern Maurie Halleck gesehen habe, den sie überhaupt noch nicht gekannt habe – einen Anwalt, einen Gerichtsbeamten, einen Mann mit einer Anhänglichkeit an etwas, das sie nicht verstehen konnte und vielleicht auch nicht verstehen wollte: es war zu abstrakt, um sie zu interessieren. Sie erklärte Nick, sie habe sich nicht verteidigt, nicht während des Ausbruchs und auch nicht hinterher, denn sie wisse, daß es gemäß ihres Mannes Kodex »eine unhaltbare Verteidigung« gewesen wäre.

*

Und von da an sollte Isabel Halleck ihre tollsten, drolligsten, unwiderstehlich boshaften Anekdoten stets nur dann erzählen, wenn ihr Mann nicht anwesend war.

Wettstreit

Kennt ihr die griechische Sage vom »Urteil des Paris«, fragt June Martens seltsamerweise während einer Unterbrechung im Spiel. (Maurie und Nick haben eine Pause eingeschaltet, um Eistee zu trinken, den Isabel vom Haus oben heruntergebracht hatte.) Ich habe sie gerade gestern abend gelesen – in einem alten Band Bulfinch in der Bibliothek eures Hauses, Isabel.
Ah ja, sagt Isabel.
Ich habe die griechischen Sagen immer sehr geliebt, sagt Florence Silber, aber ich bringe sie dauernd durcheinander. Die Götter verwandeln sich immerzu in was andres – oder sie verwandeln die Sterblichen – und es schien mir nicht ganz fair, daß keiner was gegen sie ausrichten konnte. Wie war's denn mit dem »Urteil des Paris« – ich kann mich nicht mehr dran erinnern.
Ich habe es auch gerade erst gelesen, rein zufällig, Audrey hat so gequengelt, deshalb wollte ich sie beruhigen, sagt June mit ihrer tiefen, etwas belegten Stimme und lächelt über den roten Tennisplatz hinweg ins Leere – in den Wald. Isabel, die ihren Mann und Nick beobachtet und das Spiel der Muskeln unter Nicks feuchtem T-Shirt und das krause braune Haar auf seinen Beinen bemerkt, antwortet geistesabwesend. (Ja, sie lese Kirsten auch manchmal etwas vor, Kirsten liebt es, mit dem Daumen im Mund während einer Geschichte einzuschlafen, Owen dagegen – Owen ist natürlich jetzt zu alt: er liest selber und ist dabei ziemlich kritisch!) – Die griechischen Sagen sind sehr interessant, sagt June langsam. Als wir sie im College studierten, habe ich sie verabscheut – die alten Griechen, meine ich –, weil sie so ungeschliffen und unbarmherzig waren und weil sie uns, finde ich, unerbittliche Wahrheiten über uns selbst enthüllen. Wahrheiten, die sich im Laufe der Jahrhunderte anscheinend nicht verändert haben.
Soweit ich mich erinnere, sagt Florence, macht einen Lungenzug

und läßt sich fröhlich vom Rauch einnebeln, waren die Sagen vor allem ziemlich risqué. Benutzt man das Wort *risqué* eigentlich noch? In den fünfziger Jahren, als wir in die Schule gingen, war es statt »schlüpfrig« im Gebrauch.

June lacht über Florences Bemerkung, und Isabel stimmt ein, obwohl sie sich von den beiden Herren ablenken läßt. Es beunruhigt und ärgert sie, daß Maurie so abgekämpft aussieht und trotzdem darauf besteht, das Spiel fortzusetzen: er scheint jetzt sichtlich zu hinken. Und Nick – weshalb ist Nick so schweißtriefend überschwenglich, weshalb fliegen seine für Maurie bestimmten, dummen, scherzhaften Bemerkungen so deutlich hörbar über den Tennisplatz ... (Es ist Isabel häufig so vorgekommen, als seien ihr Mann und Nick, wenn sie beide zusammen sind, nicht gänzlich sie selber. Dann hat keiner die Würde, den Charme, die Klugheit, ja nicht einmal die einfache körperliche Anmut, die sie haben, wenn sie allein sind. Sie wüßte gern, wie sich die beiden verhalten, wenn sie zusammen im Komitee sind. Sie fragt sich, ob Maurie dann Nick so scharf beobachtet und ob Nick dann so überheblich, so selbstbewußt frech ist. Ihre Freundschaft könnte ihre Mitarbeiter sehr leicht verärgern, weil ihre Unterhaltung mit so vielen versteckten Anspielungen, so vielen unvollendeten Sätzen gespickt ist, die trotzdem ihre Absicht vermitteln ... nämlich die andern teilweise auszuschließen.)

Dieser Zeus, der sich in einen goldenen Regen verwandelt, um eine arme, dicke Jungfrau zu vergewaltigen! sagt Florence, oder in einen Ochsen – nein, war es nicht ein Bulle? Beides nicht sehr verlokkend! Aber ein goldener Regen? Da weiß man ja nicht, was einem zugestoßen ist!

Ja, lacht June, aber mit einem Kloß in der Kehle, in der griechischen Mythologie kommen sehr häufig Vergewaltigungen vor. Es schien jedermann zu interessieren.

Die Männer, sagt Florence. Habt ihr das übrigens neulich in der Zeitung gelesen – von einem Experiment eines Psychologen mit College-Studenten war es, glaube ich – natürlich wurden ihre Namen nicht genannt –, ein Porno-Film wurde ihnen gezeigt, eine Vergewaltigungs-Szene, die Frau litt dabei sehr, und der Film war sehr lebensecht, und hinterher, bei einer Umfrage, sagten die Jungen aus, wenn sie unter Garantie nicht dabei gefaßt würden, dann würden sie es »wahrscheinlich« gern ebenso machen.

Mir scheint, das kann nicht stimmen, sagt June ruhig. Wo hast du das gelesen?
In der *Times*. Neulich. Ja, ich hab's bestimmt gelesen.
Das ist doch unmöglich, sagt June und blickt blinzelnd auf, ich meine: College-Jungen! Nein! ... Wenn das Experiment in einem Gefängnis durchgeführt worden wäre, ja dann ...
Doch, doch, ich hab's gelesen, sagt Florence. Aber seht bloß, das Spiel geht wieder los! Der arme Maurie sieht so erhitzt aus ...
Ich kann mir wirklich nicht denken, daß der Bericht stimmt, sagt June, ohne auf die beiden Spieler zu blicken, obwohl Nick sich auf den Aufschlag vorbereitet und Schultern und Arme ziemlich elegant reckt. – In den Zeitungen wird manches so durcheinandergebracht. Es scheint einfach unglaubwürdig. Die Jungen regen sich jetzt so wegen des Krieges auf – Napalm – die vietnamesische Zivilbevölkerung ...
Sie regen sich wegen der Einberufung auf, glaube ich vielmehr, sagt Florence.
Aber College-Jungen – Vergewaltigung ...
Nur, wenn sie nicht erwischt werden – das ist der Haken. Aber warum bist du so erstaunt, fragt Florence amüsiert, wo du doch gerade wegen der griechischen Sagen gemeint hast, daß sich im Lauf der Jahrhunderte nichts geändert hat. Das hast du doch, oder?
Fünfzehn zu null, ruft Nick laut. Maurie hat seinen Aufschlag ins Netz geschlagen.
Aber ... sagt June.
Warum wollen wir nicht lieber das Spiel beobachten, meint Isabel lächelnd und beugt sich vor, um Junes Schulter zu berühren und sie zu beruhigen. Falls Isabel wegen der vorgerückten Stunde besorgt ist – wegen ihrer Gäste, die von Saranac kommen –, und wegen des erhitzten Gesichts ihres Mannes, wegen Nicks Aggressivität und wegen einer gewissen Rüpelhaftigkeit der Kinder –, so läßt sie sich das natürlich nicht anmerken. Das hier ist Bitterfeld Lake, und sie ist die junge Mrs. Halleck, und hier, in diesem Bereich, ist sie Alleinherrscherin. – Vielleicht beenden sie es jetzt ein bißchen schneller, – dann können wir oben im Haus die Drinks servieren und uns entspannen.
»Das Urteil des Paris« – daran erinnere ich mich nicht, sagt Florence. Hat Paris nicht jemanden umgebracht? Ein Mädchen? Und

sie in einen Baum verwandelt? Oder sie in einen Baum verwandelt, bevor er sie »umbringen« konnte...?

Nein, Paris war ein Sterblicher, sagt June langsam, du denkst an jemand anders, und er versuchte nicht, sie umzubringen – er versuchte, sie zu vergewaltigen...

Ich meinte ja vergewaltigen, sagt Florence. Was hab' ich denn gesagt? Umbringen? Natürlich meinte ich vergewaltigen. Habe ich wirklich »umbringen« gesagt?

June räuspert sich und setzt zum Sprechen an, und Isabel ärgert sich und wendet sich kaum merklich etwas ab. Lehrerin, rechthaberisch, *immer* muß sie schulmeistern, wenn sie mit andern Frauen zusammen ist... nicht vor den Herren, besonders nicht vor ihrem eigenen Mann. (Deine Frau ist auf ihre ruhige, indirekte Art so furchtbar energisch, hatte Isabel zu Nick gesagt, und Nick hatte überrascht erwidert: wirklich? Ist mir noch nicht aufgefallen.) Isabel hat versucht, freundschaftlich mit June zu verkehren, aber June hat Widerstand geleistet: ein zäher kleiner Klumpen Haß steckt in ihr, den Isabel ganz deutlich spürt, obwohl ihr eigenes Benehmen June gegenüber nicht herzlicher sein könnte. Du befürchtest also, ihn zu verlieren, mein Kind, denkt Isabel, deshalb schwebst du in Ängsten: gut, du hast's kapiert. Isabel ist – abgesehen von Nick und June – der einzige Mensch, der weiß, daß June über Nicks zwei oder drei »harmlose« Treulosigkeiten während ihrer elfjährigen Ehe Bescheid weiß... und sie kennt auch die ziemlich genauen Einzelheiten von Junes Reaktion auf Nicks Geständnisse: Hysterie, Unglauben, Zorn, Tränen, Verzweiflung, »Mitleid« (was Isabels sensiblen Ohren geheuchelt erscheint) und Verzeihung. Und Angst.

Verstohlen beobachtet sie June. Eine unschöne Frisur, die Haare infolge der Hitze schlaff und unordentlich; kein Make-up, so daß jede Pore auf ihrer Nase – bei diesem Sonnenschein – zu sehen ist; hängende Schultern; abgeschnittene Jeans und ein Sporthemd, beides wirklich zu salopp. Als wäre sie mit ihrer Familie zum Zelten in die Berge gezogen – und nicht als Gast bei den Hallecks. Als wäre sie unsichtbar, immun. June hat sich nie ganz damit abgefunden, daß sie nach Washington zogen: sie behauptet, die »City« nicht zu verstehen, die City und die Leute dort. Aber Isabel meint, June sei sich nicht klar darüber, *weshalb* sie dort nicht glücklich ist. Sie sollte doch begriffen haben, daß Nick – der gescheite, ehrgei-

zige und energische Nick – nicht noch ein weiteres Jahr in einer Firma hatte bleiben und die Kränkungen hatte ertragen können, die sie ihm zumuteten: als wüßten sie nicht, wer Nick Martens war! Eine Beförderung mit einer beleidigend kleinen Gehaltserhöhung, ein offenkundig häßliches Büro und keine einzige Sekretärin ...
Um Himmels willen, hatte Isabel gefragt, will sie denn nicht, daß *du* glücklich bist?
Ach – sie hat Angst.
Angst – wovor?
Sie hat eben Angst.
Isabel hatte den Hörer kräftig umklammert und das eine Bein in die Höhe gehoben, um ihre lackierten Fußnägel zu mustern. Sie freute sich, daß sie nach zwei Tagen noch in gutem Zustand waren. Da kann ich dir nicht beipflichten, sagte sie. June ist eine völlig charakterfeste, selbstsichere, verantwortungsbewußte junge Frau. Sie hat nachträglich – als sie schon in andern Umständen war – noch ihr Examen – für was war es? – öffentliche Fürsorge gemacht, und sie scheut sich nicht, wegen Vietnam andrer Meinung mit dir zu sein, und sie ist – sagen wir mal – wunderbar ungekünstelt: eine Frau, die sich selbst ihr Haar schneidet, auch hinten, wo sie's nicht sehen kann – und sie putzt ihre Brille, indem sie die Gläser mit der Zunge beleckt und dann an ihrer Bluse abwischt.
Nick schwieg. Er lachte nicht. Nach einer Pause sagte er ruhig: das war deiner nicht würdig, Isabel.
Wahrscheinlich nicht, lachte sie.
Und jetzt erzählt June also Isabel und Florence etwas über die griechische Göttin Eris. Eris bedeutet Wettstreit. Eines Tages warf Eris den drei Göttinnen Hera, Aphrodite und Athene einen Apfel zu, der für die »Schönste« bestimmt sei. Natürlich stritten sich die Göttinnen – jede meinte, sie sei die »Schönste« –, und Paris wurde herbeigeholt, seine Meinung zu äußern. (Paris – ein Sterblicher! Aber der schönste Mann auf Erden.)
Die Sage berichtet, wie jede der Göttinnen ihn zu bestechen versuchte und ihm ihre eigenen Gaben anbot: Athene versprach ihm Weisheit, Hera versprach ihm göttliche Machtfülle, und Aphrodite versprach ihm die Schönste aller Sterblichen zur Gemahlin – und das war Helena von Troja, sagt June. Ihre Art zu erzählen ist beredt und unterhaltsam, aber Isabel wird es unbehaglich zumute. Natürlich ist es nicht verwunderlich, daß Paris sich für Aphrodite als die

schönste Göttin – und damit für Helena entschied –, doch die mußte er erst entführen, und das war der Beginn des Krieges um Troja.

Ach ja, sagte Florence, natürlich, der Krieg um Troja! Der erste von all den langweiligen großen Kriegen.

Es geht nämlich darum, wirft June rasch ein, und das fiel mir erst gestern abend auf, als ich Audrey die Geschichte vorlas: daß nichts ausschlaggebend ist als körperliche Schönheit – nicht einmal Weisheit oder Macht... Bloß körperliche Schönheit. Helena von Troja, die Schönste der Sterblichen, und so weiter und so weiter... es ist einfach langweilig. Und Schiedsrichter ist der Mann! Paris ist der Schiedsrichter! Er ist nur ein Sterblicher, aber er hat die Macht, Göttinnen zu beurteilen, weil er ein Mann ist. Weil sie ihm die Macht verliehen haben. *Warum* sie ihm die Macht verliehen haben, das erfährt man nicht...

Ein langer Flugball-Wechsel. Nick und dann Maurie und dann Nick und dann Maurie – und wer wird's verpatzen? Die Kinder übertreiben die Spannung, Owen macht dumme Faxen, schirmt die Augen mit der Hand ab.

Ich meine nur, fängt June wieder an und blickt lächelnd und blinzelnd und unbekümmert um ihre etwas grobkörnige Haut und die feinen Krähenfüße in den Augenwinkeln zu Isabel und Florence auf, ich meine nur: *warum* einem Mann solche Macht verleihen? Das ist's, was mir gestern abend plötzlich auffiel.

Der Flugball-Wechsel bricht ab, als Nick den Ball in einem erstaunlichen Winkel knapp hinter dem Netz abschlägt, und der arme Maurie stürzt vor und verfehlt nicht nur den Ball, sondern stolpert auch noch ins Netz.

Und jetzt, ruft Isabel und klatscht in die Hände, seid ihr wohl fertig? Ihr habt beide wunderbar gespielt, aber ich finde, es wird allmählich...

Dreißig zu null, sagt Nick und stellt sich für den nächsten Aufschlag in Positur. Wir haben noch reichlich Zeit.

Gestank

Isabel de Benavente, das schönste von allen Mädchen der Examensklasse an der Hays-Schule in Georgetown. Aber Monika van Steen ist auch hübsch. Und Jeanette Bolling. Im Eiscreme-Salon Golden Goose essen sie gemeinsam Banana-Splits, kichern Arm in Arm durch die Geschäfte an der Wisconsin Avenue, schlendern sonntagnachmittags durch die National Gallery, die Phillips Gallery, das Smithsonian. Einladungen zum Geburtstags-Lunch, ins Theater, zu Schlummer-Parties und zu Tees. Das Haus der Crockers an der Thirty-third Street – »das am prunkvollsten ausgestattete Privathaus in Washington« – mit seinen wunderlichen Mansarden im dritten Stock, deren Wände ein so gespenstiges Echo zurückwerfen; das Haus der Bollings mit dem Wandgemälde von »Giovanni Battista Tiepolo« – wie er genannt wurde – im Salon; das Haus der Mays in der Nähe von Dumbarton Oaks, wo Isabel bei einer rüpelhaften Halloween-Party nach Äpfeln taucht und mit anhört, wie jemand flüstert: *mußt ihren Kopf ganz, ganz lange unter Wasser halten!* Oder wie sie eines Nachmittags, als niemand in der Nähe zu sein scheint, einfach aus Jux in den oberen Stock des Van Steenschen Hauses eindringen und Monika die Schubläden und Wandschränke ihrer Mutter plündert – auf der Suche nach »überschüssigem Kleingeld«, wie sie es nennt. Oder wie sie an einem trüben, verregneten Nachmittag ebenfalls aus Jux das Haus der Stimsons überfallen – kurz bevor Mr. Stimson wegen seiner Mitbeteiligung am Zusammenbruch des *Washington Permanent Community Trusts* öffentlich bloßgestellt wird. Von Chauffeuren gefahrene Limousinen, Tanz-Tees auf dem Dachgarten der Clareton Inn, Isabel ist eine »Kirschblüten-Prinzessin« und Monika ist nur in ihrem Gefolge und verzeiht es Isabel nie. Rasen-Hockey. Kunst-Unterricht bei »Monsieur Roland«, nur ein Jahr lang. Vorbereitungen für die Debütantinnen-Saison. Isabel mit einem Verehrer von der

Costa-Rica-Gesandtschaft, Jeanette Bolling mit einem Verehrer aus Thailand. Getuschel, perlendes Gelächter. Rachepläne gegen gewisse Lehrer werden geschmiedet. Mr. Bollings »Krankheit«, die in einem Privatsanatorium in Virginia behandelt werden muß und über die Jeanette niemals spricht und nach der sich ihre Freundinnen niemals erkundigen. Eine tränenreiche Abschieds-Party für Alice – »Allie« – Ventor, deren Vater als Gesandtschaftsdelegierter in den Irak geschickt wird. Eine gehörige Tracht Prügel mit einer richtigen Reitpeitsche auf den Hintern – nicht auf den nackten Hintern, immerhin darf die arme, heulende Isabel ihre Würde wenigstens in weißen Baumwoll-Unterhöschen wahren –, nachdem Mr. de Benavente von Mrs. Arthur erfahren hat, daß bei Deedee Mays Schlummer-Party »zumindest für einen Teil der Nacht« auch Jungen mitmachten.

Isabels Mutter ist auf Besuch zu ihren Angehörigen in St. Paul in Minnesota gefahren. Sie bleibt zwei Wochen – einen Monat – drei Monate weg. Meine Mutter vermißt die ihr vertraute Umwelt, wird Isabel jedem erklären, der danach fragt. Meine Mutter verabscheut Washington, wird Isabel erklären. Vielleicht vertraut sie es sogar ihrer besten Freundin Monika an – oder ist vielleicht Jeanette ihre beste Freundin? – daß es mit der Ehe ihrer Eltern anscheinend nicht klappt. Luis ist die ganze Zeit unterwegs, seltsame Anrufe kommen, Streit bei seiner Rückkehr, Tränen und Gebrüll, zugeknallte Türen, und Mrs. de Benavente schließt sich tagelang in ihrem Schlafzimmer ein und trinkt. Meine Mutter möchte, daß ich mitkomme, aber da oben in Minnesota ist es zu verflixt kalt, wird Isabel strahlend erklären, falls jemand danach fragt. Obwohl sich Isabel wirklich nicht vorstellen kann, weshalb sich jemand für Mrs. de Benavente, die fünfundvierzig Jahre alt ist und noch älter aussieht, interessieren sollte. Jedenfalls erkundigt sich auch niemand.

Kunst-Unterricht bei Monsieur Roland, montags und mittwochs an den Nachmittagen. Beim Zeichnen ist Isabel ungeduldig – sie arbeitet zu schnell und fahrlässig und fertigt fünf oder sechs Skizzen in der Zeit an, die ihre Kameradinnen für eine einzige verwenden. Zweck der Übungen ist es, zu zeichnen, ohne die Bleistiftspitze vom Papier zu heben und ohne aufs Papier zu blicken – doch das findet Isabel »blöd«. Der Unterricht rückt zum Aquarellieren vor. Das ist schwierig. Das ist *sehr* schwierig. Monsieur Roland ist vorsichtig mit seiner Kritik, denn die jungen Mädchen der Hays-Schule sind leicht erregbare junge Damen, und ihre Eltern zahlen ein recht hohes Schulgeld, das nur knapp für »Extras« wie Kunst-Unterricht, Tanzstunden und Theater reicht. Und nicht jede von ihnen ist begabt.

Ich möchte etwas Heiteres malen, sagt Isabel, aber ihre Aquarelle sind nicht nur verkleckst und zerlaufen – bei sämtlichen Mädchen sind sie verkleckst und zerlaufen –, sondern sie sind auch melancholisch. Mit ihren eigenen Worten »deprimierend«. Ihren Bäumen eignet die kummervolle Haltung von Leidtragenden, ihr Himmel ist hart wie Stein, die kleinen Gesichter ihrer Blumen grinsen höhnisch. Ihre beste Arbeit ist ein Stilleben – Äpfel, Birnen und Trauben –, sie schenkt es Luis de Benavente, der Isabel versichert, daß sie begabt sei, es jedoch zu Isabels heimlichem Kummer und Ärger nicht einrahmen läßt.

Und dann geht der Unterricht zur Bildhauerei über.

Als Abschluß drei Wochen Bildhauerei.

Und Isabel de Benavente entdeckt in ihren Fingerspitzen ein unheimlich erregbares Empfindungsvermögen. Sie arbeitet sogar noch schneller als sonst, ihre Fahrlässigkeit wird noch exaltierter, aber die Resultate sind nicht immer enttäuschend: sie versucht sich an Figuren, Tieren, Bäumen, menschlichen Händen und schließlich an Köpfen – und die Köpfe gelingen ihr überraschend gut.

Seht mal, was die Benavente macht, sagen ihre Freundinnen, und sogar Monsieur Roland ist beeindruckt – anscheinend ehrlich beeindruckt. Sind sie nicht komisch? Sehen sie nicht nach was aus? Köpfe von der Größe einer Männerfaust, Kinder, reife Frauen, ältliche Männer. Die Klasse schart sich um ihr Werk. Isabel errötet zwar, ist aber ungeheuer befriedigt.

Och, das ist ja bloß was, was ich probiere, sagt sie. Mir gefällt's wie er sich anfühlt, der Ton.

Sie freut sich auf den Unterricht am Montag und am Mittwoch und bleibt hinterher im Atelier, um mit einer Arbeit fortzufahren. Manchmal schaut sie auch an einem andern Wochentag herein – bloß, um ein wenig »herumzupusseln«. Monsieur Roland ermutigt sie zuerst, doch dann schlägt er vor, sie solle sich andern Motiven zuwenden. Denn schließlich – weshalb Köpfe? Und weshalb so viele?

Monsieur Roland ist ein dicklicher Mann Ende der Dreißig mit einem flotten kleinen Schnurrbart, über den die Mädchen insgeheim kichern, und er trägt eine ansprechende Art Künstlerkleidung: lose flatternde Kittel, mit Farbflecken verunzierte Drillich-Jeans und eine weinrote Baskenmütze. Obwohl sein Verhalten zwischen einer diplomatischen Freundlichkeit und steinerner Schweigsamkeit abwechselt, kann er seine Studentinnen gelegentlich ärgern oder necken oder amüsieren, indem er tollkühn auf die »Hays-Mystik« und auf die »Treibhaus-Atmosphäre« in Washington im allgemeinen anspielt. Die Benavente ist doch eigentlich gut, nicht wahr? fragen ihn Isabels Freundinnen und warten begierig auf seine Zustimmung, seine aufrichtige Zustimmung, doch er sagt nur (und wirft nervös die Hände auf): Das liebe Kind ist sicherlich unser hauseigenes Genie!

Isabel bleibt nach dem Unterricht drei Tage hintereinander im Atelier, um fieberhaft weiterzuarbeiten. Jetzt bewegen sich ihre Finger sogar noch schneller – es ist verblüffend – es ist fast beunruhigend – ihr Blick wird glasig und hat keine präzise Richtung: sie arbeitet in einer Art Trance. Ein seltsames, verständnisloses Lächeln, feuchte, juckende Haut. Ich seh' dich später, sagt sie beiläufig zu ihren Freundinnen und hört kaum, wohin sie gehen oder wann sie sie treffen soll.

Drei Tage hintereinander. Vier Tage. Fünf. Die Köpfe werden allmählich größer. Isabel, sagt Monika, das kann dir doch nicht Spaß machen, was? Jetzt kommt sie jeden Nachmittag ins Atelier, und sogar an den Samstagen, da sie Monsieur Roland den Schlüssel abgenötigt hat. Das ist doch eigentlich kein Spaß mehr, was? sagt Monika. Die ganze Zeit hier stehen, regelrecht hier *stehen?*

Die Köpfe sind verblüffend und ziemlich gelungen, doch sehr seltsam. Sehr seltsam. Und werden immer seltsamer.

Alte Männer, ältliche Frauen und kleine Kinder. Aber niemals Mädchen von Isabels Alter. Rücksichtslos zertrümmert Isabel die frühesten Versuche, die kleinen Köpfe. Du hast meinen Liebling kaputtgemacht, sagt Deedee May, du hast ihn mir schenken wollen, Isabel! Gedankenlos fragt Isabel: welchen? Ich kann mich nicht mehr erinnern.

Die Köpfe werden größer und unheimlicher. Bis Isabel Anfang Juni diese Arbeit aufgibt, haben sie Lebensgröße erreicht und sind äußerst sonderbar.

*

Wie komisch, sagen alle – vielleicht etwas verunsichert. Wie häßlich, sagen sie bereits. Isabels Englisch-Lehrerin schaut zum Atelier herein, weil die Berichte der Mädchen sie neugierig gemacht haben, und starrt auf die Reihe der Tonköpfe. Schließlich sagt sie: So also siehst du die Welt, Isabel?
Isabel wird vor Ärger rot. Ich pussele nur so herum, Miss Thayer, sagt sie. Nervös verbiegt sie ihre tonbeschmierten Finger. – Bloß, um zu sehen, was passiert. Was dabei herauskommt.
Eines Morgens, als das Atelier von einer andern Klasse benutzt wird, schaut die Direktorin herein, und einem Gerücht zufolge hat sie nichts anderes getan, als drei oder vier Minuten lang schweigend auf Isabel de Benaventes Bord mit den Köpfen geblickt; sie bemüht sich nicht einmal, mit Monsieur Roland zu sprechen, der ihr auf den Fersen gefolgt ist. Falls Mrs. Cox sich über Isabels Talent eine Meinung gebildet hat, spricht sie zu niemandem darüber, auch nicht zu Isabel.
Oh, Isabel, sagt Monika, wieso macht es dir Spaß? Diese häßlichen Dinger!
Die Gesichter blicken aufwärts, aber die Augen sind häufig halb geschlossen. Ihr Ausdruck ist meist Spott und Hohn – manchmal auch Angst. Selbst die Köpfe der Kinder scheinen von gräßlichen Gedanken heimgesucht zu sein. Die Zähne sind entblößt, die Gesichtszüge sind grausam verzerrt. Furchen und Falten sind da, dämonisches Grinsen, Grübchen wie kleine Löcher. Die Sehnen am Hals treten stark hervor, man kann die Anspannung fast fühlen. Die Augen werden kleiner, die Nasen länger und dünner. Mehrere Männerköpfe sind mit einer derartigen Exaktheit gestaltet, daß man sie fast für lebensgetreu halten könnte – bis auf den eigentümlich böswilligen Ausdruck.
»Gestank« könnte der Name für den hier sein, sagt Dottie Arthur und kichert hingerissen.
»Gestank« könnten sie allesamt heißen, sagt ein andres Mädchen.
Isabel lacht und nimmt einen Kopf auf – den eines arroganten alten Mannes mit fest zusammengepreßten und wie zum Kuß gespitzten Lippen und mit boshaften Schlitzaugen, die beinah geschlossen sind, und verkniffenen Nüstern, die komischerweise den größten, vielleicht sogar krankhaften Ekel ausdrücken – und küßt ihn auf die Lippen. Er ist mein Liebling, sagt sie, das heißt, ich

hasse ihn ganz besonders! Ist er nicht abscheulich? Ihre Augen strahlen, und ihre beschmierten Finger flattern nervös.
Die Köpfe häufen sich an, obwohl Isabel emsig bemüht ist, die älteren, die ihr nicht mehr ganz als »das Richtige« vorkommen, zu zerschmettern. Was machst du, Isabel, fragen die Mädchen verdutzt, warum zerschlägst du sie, wo du doch soviel Zeit an sie verschwendet hast? Isabel zuckt die Schultern und sagt, sie wisse es nicht, wolle bloß ein bißchen herumpusseln.

*

Aber dann, eines Montagnachmittags, wird sie von Monsieur Roland »bloßgestellt« ...
Es spielt sich folgendermaßen ab: Monsieur Roland verkündet der Klasse, daß es ihm endlich gelungen sei, die Vorlage für Isabels Arbeiten zu entdecken. Er habe sehr, sehr viel Zeit dafür benötigt: er habe Bücher über Kunstgeschichte und Enzyklopädien durchforscht ... und endlich, nach einer Sucherei von vielen Stunden, sei er auf den Künstler Messerschmidt gestoßen, Franz Xaver Messerschmidt, der von 1736 bis 1783 in München gelebt habe, ein deutscher Bildhauer, zu seiner Zeit berühmt und jetzt vergessen – oder *fast* vergessen – denn natürlich ist der schlauen, kleinen Isabel de Benavente sein Werk gut bekannt.
Und damit hebt der zornig lächelnde und errötende Monsieur Roland ein Buch in die Höhe – ein riesengroßes Buch mit Fotografien – und deutet auf die Büsten des Bildhauers, den Isabel kopiert hat.
Messerschmidt ist natürlich viel besser, der Mann war ein authentischer Künstler, ein Genie, sagt Monsieur Roland, ein *wirklicher* Künstler, aber die Annäherung können Sie deutlich genug sehen, nicht wahr? – Bitte, prüfen Sie!
Isabel starrt auf die Bilder und ist zu erstaunt, um zu protestieren.
Messerschmidt? Ein deutscher Bildhauer? Hat Köpfe wie die *ihren* gemacht?
Man weiß von ihm, daß er neunundsechzig Köpfe gemacht hat, sagt Monsieur Roland, als trage er erst kürzlich erworbene Kenntnisse vor, und zwar rasch, ehe er sie vergißt ... in Blei und in Stein ausgeführt ... einige befinden sich in Museen, in Wien, in Hamburg und ...

Die Mädchen drängen sich herzu. Ja, da sind sie – Köpfe, die schwerer und wuchtiger und häßlicher als Isabels Köpfe sind, doch trotzdem den Köpfen Isabels ziemlich ähnlich – männliche Versionen von Isabels Werk, sozusagen. Weit gekonnter als Isabels, natürlich. – Franz Xaver Messerschmidt wurde zu seiner Zeit in jenem Teil Europas als der *führende* Bildhauer angesehen, sagt Monsieur Roland ernst.

Isabel starrt darauf, ungläubig, niedergeschmettert. Gewiß ist irgendein Haken dabei – Monsieur Roland neckt sie vielleicht – er hat immer höflich mit ihr geflirtet, glaubte sie; vielleicht – vielleicht ist das hier ein gutmütiger Jux...

Messerschmidts Köpfe sind unheimlich spöttische, höhnische Gebilde, vor Ekel verzerrte Gesichter, wie Wahnsinnige Fratzen schneidend, das Kinn und die Ohren und Nasen übertrieben lang... Es sind Karikaturen von so gräßlicher Verkrampfheit, daß man es kaum ertragen kann, sie zu betrachten. Häßlich, verächtlich, hohnlachend, abweisend, voller Grauen, atmen zu müssen, als sei die ganze Luft verpestet – jeder Muskel im Gesicht ein Protest!

Ich habe sie nicht kopiert! Ich habe diese Köpfe nicht kopiert, ruft Isabel endlich. Monsieur Roland, *ich habe diese Köpfe nicht kopiert!*

Er beachtet sie nicht. Auch die andern Mädchen beachten sie nicht; kichernd blicken sie auf das Buch, geben vor, erstaunt und entrüstet – und um ihretwillen verlegen zu sein. Sie kommt näher, schlägt leidenschaftlich auf den Tisch und droht Monsieur Roland mit der Faust – sie weiß wirklich nicht mehr, was sie tut – die ganze Welt steht in Flammen – und sie stammelt: Sie widerlicher alter Lügner, Sie fetter, häßlicher alter Froschdreck, *ich habe die Köpfe nicht kopiert, das wissen Sie genau!*

Sie stürzt aus dem Atelier. Niemand folgt ihr.

*

Den Rest der Woche bleibt sie der Schule fern. Und am Samstag vormittag kommt Mr. de Benaventes Chauffeur mit einem Brief von Mr. de Benavente an Mrs. Cox in die Schule. Sie liest ihn etwas besorgt, und dann führt sie den jungen Puertoricaner offenbar sehr erleichtert ins Atelier hinauf und läßt ihn die Köpfe – über zwei Dutzend der häßlichen Gebilde – in Kartonschachteln einpacken und mitnehmen. Und Isabel verwahrt sie ein Weilchen im Kellergeschoß des Hauses. Ein paar Monate später holt sie die Köpfe wieder hervor, betrachtet sie genau und faßt einen ruhigen Entschluß: sie zerschlägt sie mit einem Hammer, einen nach dem andern, und denkt nie wieder an sie oder an Monsieur Roland oder ans Bildhauern oder an »Kunst«.

*

Mit einer einzigen Ausnahme: Maurie gegenüber spricht sie kurz von »ihrem wunderlichen Erlebnis«, ihrem »verrückten Hobby«. Da sind sie aber schon acht oder neun Jahre verheiratet – und das Verhältnis zu Nick ist in einer Art Gleichgewicht – ist weder gelassen noch verkrampft. Maurie fragt sofort, ob sie wieder Unterricht nehmen möchte. Isabel sagt, nein, natürlich nicht. Nicht nur, weil sie keine Zeit hat (in diesem Jahr wird sie Mit-Präsidentin des Wohltätigkeits-Balls der Vereinigten Gehirnschlag-Verbände sein, in diesem Jahr wird auch ihre allerliebste kleine Kirsten bei einer Hochzeit Blumen streuen – bei der zweitwichtigsten Washingtoner Hochzeit der Saison, die glanzvoll und ein bißchen vulgär im *Shrine of the Immaculate Conception* der katholischen Universität stattfinden soll), sondern sie will etwas Derartiges wie diese wunderliche Zeit in ihrem Leben nicht noch einmal durchmachen: als sie Tag für Tag so fieberhaft gearbeitet und ihre Freundinnen und alles übrige vergessen hatte – als ihre Gedanken nur um ein Thema, einzig und allein um ein Thema kreisten, unermüdlich, wie besessen. Sie hatte nicht einmal Lust gehabt, etwas zu essen, erzählt sie Maurie mit verächtlichem Lachen, und das in einem Zeitabschnitt ihres Lebens, als sie Banana-Splits und Pommes frites und heiße, von Butter triefende Maiskolben liebte, ja, sie hatte nachts nicht mehr durchschlafen können, und das zu einer Zeit in ihrem Leben, als sie so lange wie möglich im Bett herumzufaulenzen liebte. Und was, zum Teufel, hat mir das alles eingebracht? sagt sie. Ihre kecke Oberlippe weicht ein wenig von ihren starken, schönen weißen Zähnen zurück, und ihre Nüstern verengen sich vor leisem Widerwillen.

Sie erzählt Maurie nichts von der besonderen Eigenart der Tonköpfe oder auch nur, daß sie Köpfe modelliert hatte, und niemals – ausgenommen in ganz allgemeinen, unpersönlichen Wendungen – bringt sie dieses Thema oder Kunst überhaupt vor Nick Martens zur Sprache.

General Kempes Geheimnis

Zahlreich und verschiedenartig sind die Gäste, die während Isabel Hallecks vorzeitig abgebrochener, aber glänzender Karriere als Washingtoner Gastgeberin ihren Salon in dem hübschen Sandsteinhaus auf Röcken 18 passieren: Gesandtschaftsleute aus allen Teilen der Welt, Beamte aus dem Weißen Haus und ihre Damen, Leute von den United Nations, Pentagon-Beamte, Public-Relations-Leute mit den verschiedensten Titeln, Anwälte, Geschäftsleute, Lobbyisten, Kongressmitglieder, Senatoren (sogar der – einst – fabelhafte Senator Ewing, bevor der Untersuchungsausschuß des Justizministeriums die Aufmerksamkeit der äußerst gewissenhaften, jungen Ermittlungsbeamten auf die Möglichkeit eines »Interessenkonflikts« in des Senators Laufbahn als Staatsbeamter *und* Grundbesitzer von unverkennbarem Wohlstand in seinem Heimatstaat lenkte); Journalisten und Redakteure und Reporter und »Experten« und Universitätsprofessoren, berühmte Sportler, Leute vom Theater, vom Film, Ballerinas, Musiker, Fernseh-Leute. Fotografen, Bankiers, Finanzleute, auswärtige Philanthropen, durchreisende Millionäre, sowohl aktive wie ausgeschiedene Militärs, Friseure, Modezeichner, Modelle, »Sekretärinnen«, »Assistenten«, Witwen, Einfluß-Verhökerer, nicht klassifizierbare Leute, Begleitpersonal, Verbannte despotischer Regierungen, Memoirenschreiber, ehemalige Revolutionäre, ehemalige Könige, Erpresser, Ökologie-Experten, Gouverneure, Besitzer von Tabakplantagen in unbekannten Ländern (Malawi) und Stahlwerken in unwahrscheinlichen Städten (Kalkutta), Weltbank-Beamte, Rio Tinto-Leute, Kernphysiker, Architekten, Sportberichterstatter, Rocksänger, »aktive« Geistliche, Feministinnen, hochgestellte Bürokraten, ein ehemaliger Staatssekretär, Geheimdienstleute mit unterschiedlichen Titeln, Verbindungsoffiziere, Premierminister, Schahs, Minister-Präsidenten, Präsidenten, Könige und Leibwachen.

Zahlreich und verschiedenartig sind auch die politischen Meinungen, keinesfalls einfach pro- oder anti-Vietnam während der Tage jenes Krieges, keinesfalls einfach »liberal« oder »konservativ«, Anhänger des Weißen Hauses oder Verleumder des Weißen Hauses, Repräsentanten des »staatlichen Sektors« und Repräsentanten des »privaten Sektors«: zahlreich und verschiedenartig sind die ungewöhnlichen Persönlichkeiten. (Bei dir kommen immer so ungewöhnliche Persönlichkeiten zusammen, Isabel, ich bin geradezu neidisch – eine häufig von Freundinnen und Bekannten und Rivalinnen geäußerte Bemerkung.)
Von all diesen Gästen kommt keiner so häufig zu Isabel, ist keiner ihr so ergeben wie der General Morton Kempe, ehemaliger Vorsitzender des *Joint Chiefs of Staff.*
Was fangen Sie jetzt mit all Ihrer Zeit an, General Kempe, fragen die Leute, und General Kempe erwidert: was ich mein Leben lang mit meiner Zeit angefangen habe: Dummköpfe und Schurken beobachtet und auf Abstand gehalten.

*

General Kempe, ein Bekannter von Mr. Benavente und möglicherweise dann und wann einer seiner Geschäftspartner, hat Isabel von klein auf gekannt, doch in Isabels Augen hat sich der alte Mann in den drei Jahrzehnten anscheinend nicht verändert. Alles an ihm ist überlebensgroß, auffallend und verunsichernd: er mißt etwa sechs Fuß und sieben Zoll, sein Kopf ist klobig und ein Löwenhaupt, sein Gesicht ist das einer aufgedunsenen Bulldogge, seine riesigen Augen mit den Säcken darunter blicken schläfrig drein, und doch – besonders auf Frauen – mit einer durchdringenden, kalten Leidenschaft. In den letzten Jahren sind seine Kleidungsstücke aus Nachlässigkeit oder Gleichgültigkeit fadenscheinig geworden; bei einem Amtseinsetzungsball im Weißen Haus hatte man ihn einmal in einer schwarzen Smokingjacke mit seidenen Aufschlägen und einem gewöhnlichen schwarzrotkarierten Flanellhemd aus dem Warenhaus gesehen. General Kempe zieht sich so an, um uns zu beleidigen, sagen die Leute und sind verletzt, aber Isabel verteidigt ihn: keineswegs, keineswegs, der liebe alte Mann sieht sich nicht mehr – es ist ganz wörtlich zu nehmen: er blickt nie mehr in einen Spiegel. Er hat mir erzählt, daß er, als er fünfundsechzig wurde, ein für allemal aufgehört hat, in einen Spiegel zu blicken.

Wie erstaunlich! Kann das stimmen? Und wann ist er fünfundsechzig geworden?
Keine Ahnung, sagt Isabel.
Er muß jetzt in den Achtzigern sein, glauben Sie nicht? Fünfundachtzig oder achtundachtzig.
Ich habe keine Ahnung, sagt Isabel schroff, als sei die Erörterung des Lebensalters – selbst bei einem so alten Mann wie General Kempe – leicht unanständig.
Etwas hat sich an General Kempe im Laufe der Jahre bestimmt verändert, und das ist sein Atem. Seit Isabels Kindheit ist er zunehmend muffiger, kälter und stinkender geworden ... wurde so furchtbar, daß Leute, die in seiner Nähe stehen, die Tatsache zuerst gar nicht begreifen können: sie können sie nicht einordnen. Wer den General besser kennt, stellt sich in erträglicher Entfernung von ihm auf, und auch ihm ist es lieber, wenn seine Zuhörer sich fächerförmig vor ihm postieren, denn obwohl er schwerhörig ist, erweist es sich meistens nicht als nötig, daß er alles hört. Er ist einer der großen Washingtoner Erzähler.
Kriegsgeschichten also: vom zweiten Weltkrieg und insbesondere vom »Korea-Konflikt«. Schwere Fehler. Schwachsinn. Barbarei. Korruption. Statistiken. (291.557 Gefallene im Krieg, 33.629 im »Konflikt«.) Geschichten über Dwight Eisenhower, Omar Bradley, Matthew Ridgway, Douglas MacArthur. Geschichten über Truman, F.D.R., Chiang Kai-shek, Churchill, Franco und Hirohito und Mussolini und natürlich die Nazis – er hat sie alle gekannt. Er behauptet, er sei eine Zeitlang ein wichtiger Nazi-Mann gewesen, das heißt, ein Nazi-Experte. (Und was sagen Sie zum Vietnam-Krieg, General? wird er oft gefragt, aber er weigert sich unhöflich, seine Meinung abzugeben – sagt nur, daß es kein »professioneller Krieg« sei. Isabel hat ihn im Verdacht, daß er nicht viel darüber weiß.)
Manchmal jedoch, wenn General Kempe stundenlang unverdünnten Whisky getrunken hat und die Party sich auflöst, bis nur noch zwei oder drei gierige Zuhörer vor ihm stehen – zu dieser nächtlichen Stunde sind es nur noch Herren, und recht seltsame Herren, was das betrifft –, dann handeln seine Geschichten von seinen ersten Kriegserlebnissen – vor vielen Jahren. Keine farbenbunten militärischen Anführer, keine berühmten Namen, keine obszönen, tollen, unglaubwürdigen Anekdoten. Nur Vorpostengefechte, Er-

schöpfung, Regen und Schlamm, Hunger, panische Angst und Halluzinationen und Entsetzen. Und abgründiges Staunen. *Wie reagiert der Körper auf die Entdeckung, daß er sterblich ist?* fragt General Kempe grinsend. *Mit abgründigem Staunen.*

Seine Schilderungen von Explosionen, Geschoßhagel, einstürzenden Gebäuden, Todesfällen und Verwundungen in »interessanten« Abwandlungen sind so plastisch, so abscheulich, und trotzdem mit so kaltem, rednerischem Eifer vorgetragen, daß selbst männliche Zuhörer sich ekelten und abwandten.

(Im Verlauf der Jahre trinkt General Kempe immer mehr und beginnt, sich auf diese zweite Art seiner Geschichten zu beschränken, die für Isabels sensibles Ohr stets die gleiche Geschichte mit verschiedenen Schauplätzen ist, verschiedene Todesarten umfassend, stets die gleiche häßliche, unerbittliche, erbarmungslose Geschichte ... und natürlich läßt seine Beliebtheit nach. Wer will denn auch immer wieder von einer einsamen Gestalt, einem einzelnen jungen Soldaten hören, der im Morgengrauen über eine qualmende Ebene wandert, die mit Toten ohne Gesicht, seinen Kameraden, übersät ist? Ungefähr zu der Zeit, wenn Owen Halleck alt genug ist, um unauffällig bei den Gesellschaften seiner Mutter zu erscheinen, wird der alte General bereits in eine Ecke oder auf einen strategischen Platz unter einem Türbogen verbannt sein, wo er stundenlang stehen wird, gleichmäßig weitertrinkend, das graue Haar so dicht wie immer: wild und gesträubt steht es ihm wie ein profaner Heiligenschein um den Kopf, während sein kalter, schläfriger, ironischer Blick durch das Zimmer schweift. Plappernde Leute, lachende Leute, Händeschütteln und Umarmungen und Küsse ...! General Kempe beobachtet, General Kempe weiß Bescheid.)

Doch offenbar hat der alte Herr auch eine sentimentale Ader: wenn man seine Ergebenheit für Isabel bedenkt.

Seine zahlreichen Geschenke für sie und, weniger häufig, für ihren kleinen Jungen und das kleine Mädchen, die er liebt, ja, mehr als seine eigenen Enkelkinder liebt, wie er Isabel anvertraut hat. (Seine eigenen *Enkel*kinder! schnauft Nick Martens verächtlich. Er meint seine eigenen *Ur*enkel, der alte Bock!)

Im Laufe der Jahre hat General Kempe Isabel zu ihren Geburtstagen und zu Weihnachten kostbare Geschenke gebracht – eine Kette aus blaßrosa Perlen, einen japanischen, mit echtem Gold durchwirkten Umhang, eine kurze, eng anliegende Jacke aus dunkelbraunem Seehundsfell, die seiner zweiten, jetzt verstorbenen Frau gehört hatte – und Isabel hat fast alles angenommen – widerstrebend, dem Drängen des alten Mannes nachgebend, der recht tyrannisch werden kann, wenn er in Stimmung ist. Sie schwankt zwischen zwei Entscheidungen: einerseits wagt sie nicht, Morton Kempe zu beleidigen (der in Washington berüchtigt dafür ist, wie er die Beziehungen zu seiner ersten Frau »abgebrochen« hat – einer unglücklichen Washingtoner Schönheit, die er nach einem Streit gänzlich aus seinem Leben ausschloß und mit der zu sprechen er sich weigerte, obwohl sie, im Krankenhaus an Krebs sterbend, nach ihm verlangte), und andrerseits möchte sie seine Erben nicht beleidigen (Byron Kempe zum Beispiel, einen Sohn aus der dritten Ehe des Generals, der sich drüben im Außenministerium einen angesehenen Namen gemacht hat und dessen hübscher, energischer junger Frau Isabel eigentlich überall in der Stadt begegnet.)

Kurz bevor die Hallecks nach Lake Bitterfeld aufbrechen wollten, kam Morton Kempe vorbei; ironisch und wehmütig deutete er »beinah« unauffällig an, daß er für das Wochenende vom Vierten Juli frei sei. Er saß in Isabels reizendem kleinen Wohnzimmer, trank einen Whisky nach dem andern und verschlang mit einer deprimierenden, unpersönlichen Gier eine Schachtel mit Kirschpralinen. Der alte Mann tat Isabel leid. Sie wußte, daß Maurie, wenn sie darauf bestand, einwilligen würde, ihn mit der Halleckschen Familie nach Bitterfeld Lake einzuladen... Maurie gab immer nach, wenn es darum ging, »freigebig«, »mitleidig« und »freundlich zu Verfemten« zu sein... und obwohl die Kinder sich vor ihm fürchteten und vor seinen kalten Händen und dem stinkenden Atem zurückschreckten, konnten auch sie überredet werden, sich mit ihm abzufinden... und ohnehin kam es auf die Wünsche der Kinder nicht an. (Isabel ist, genau wie ihr Vater, durchaus dagegen, Kinder zu verwöhnen – das sei eine schlechte Vorbereitung aufs Leben.) Aber Nick Martens würde wütend sein.

Sie lächelte grausam, als sie sich Nicks hübsches Gesicht vorstellte, wenn er in Bitterfeld eintraf und dort den alten General Kempe vorfand...!

Deshalb entschuldigte sie sich beim General und erklärte ihm – während sie sein Glas nachfüllte –, das Wochenende in den Adirondacks sei eigentlich ein Arbeits-Ferientag für die Herren – Nick Martens und Reid Silber und Maurie. Die Verhandlungen wegen Senator Ewing, ein Berg von Überlegungen und Planen und Besprechungen, die zur Sitzung eines einzigen Tages gehörten... natürlich wollen die Herren auch aus der City fort, es ist ein elender Sommer, aber hauptsächlich wollen sie arbeiten.

General Kempe starrte sie an und sagte lange Zeit kein Wort. Seine Augen waren von einem ganz eigenartigen Schieferblau – unmenschlich und doch – erstaunlicherweise – eher schön: und ihr leidenschaftlicher Ausdruck schmeichelte Isabel.

Endlich sagte er, als stimme er ihr nur widerstrebend zu und verzeihe ihr, könne aber einen leisen Tadel nicht unterdrücken: Da es im Interesse des Staates ist, den alten Fuchs endlich zu stellen – ihn mit den Zähnen in Stücke zu zerreißen – dummes Gerede von »guter Gesellschaft«, blöd! – zu schade, daß ihr nicht auch Johnson antasten könnt – der ist ein Erz-Verbrecher, ein raffiniertes Schwein am Futtertrog –, und weil's in die Geschichtsbücher eingehen wird – mindestens als Fußnote – meinetwegen dann. Aber du wirst mir fehlen, liebes Kind. Du da oben in den Bergen mit deinen Männern.

*

Wie kannst du dich von dem alten Mörder berühren lassen, fragt Nick häufig. Wie kannst du ihn auch nur in dein Haus kommen lassen!

Er ist ein einsamer alter Mann, sagt Isabel langsam. Er hat es in sich, er ist nicht bloß ein Mörder, er hat noch ganz andre Seiten.

Ihre Schlagfertigkeit ist so schlau, sie sagt es so fröhlich und charmant, daß Nick es gar nicht gleich begriffen zu haben scheint. Dann bricht er in lautes Gelächter aus. Er drückt ihr lachend und kräftig die Hand, dann gibt er sie frei – stößt sie sogar weg, als wäre sie ein unartiges Kind. – Du gibst also zu, daß er ein Mörder ist!

Nur im Dienste seines Landes, sagt Isabel.

So?

Und des ererbten Rechts.

Und was hat er mit seinen Frauen und seinem Stiefsohn angestellt? Mit dem, der von der George Washington-Brücke gesprungen ist?

Es war nicht die George Washington-Brücke, es war eine weniger imponierende Brücke, sagt Isabel langsam und versucht nachzudenken, es ist so lange her ... von der Queensboro Brücke, glaube ich ... und der junge Mann hatte seit Jahren an geistigen Störungen gelitten, es war schwerlich Mortons Schuld. Und was die Frauen betrifft ... was kann man mit Alkoholikern anfangen? ... es ist eine Krankheit, keine selbstgewählte.

Die zweite Frau starb doch auf irgendeine geheimnisvolle Art, nicht wahr?

Sie fiel in ihrem eigenen Haus eine Wendeltreppe hinunter, sagt Isabel, aber sie war betrunken, sie hatte schon tagelang getrunken, alle Diener haben es versichert ... die Gerüchte waren nichts als üble Nachrede, der arme Morton hätte Verleumdungsklage einreichen können, wenn er geahnt hätte, wie grausam und ungerecht geredet wurde ... Du verkennst ihn, Nick, er ist wirklich ein trauriger, gebrochener, einsamer alter Mann. Er scheint mich nötig zu haben.

Ich habe dich bloß gefragt, wie du dich von ihm berühren lassen kannst ... dir ins Gesicht hauchen läßt, entgegnete Nick gereizt.

Er berührt mich nicht, sagte Isabel lächelnd, nicht sehr oft ... ungefähr ebenso oft wie du.

Nicks Haltung versteift sich; seine Reaktion ist so spontan, daß Isabel glaubt, er habe tatsächlich nicht erwartet, dergleichen von ihr zu hören ... und doch ist die Ursache ihrer vielen, persönlichen Gespräche mit deren Spielregeln auf diesen einen Vorwurf abgezielt.

Er haucht mir nicht sehr oft buchstäblich ins Gesicht, fährt Isabel fort, ich glaube, er will mich verschonen, er ist kein Dummkopf, er weiß Bescheid ... er weiß, daß er nicht mehr ganz so anziehend wie einst auf die Damen wirkt.

Er weiß gar nichts, sagt Nick und wird rot vor Ärger. Er hat überhaupt keine Selbsterkenntnis, und andre Leute sind ihm schnurzegal, dich mit einbegriffen, was er an dir vergöttert, ist bloß dein Gesicht und deine Unschuld und deine Jugend – schmeichle dir ja nicht, daß es *Liebe* ist.

Für mich ist Liebe keine Schmeichelei, sagt Isabel. Meine Kinder lieben mich – gewissermaßen. Und Maurie liebt mich. Es läuft alles ganz automatisch ab.

Nick sollte jetzt eigentlich sagen: *Hör mal, du weißt, daß ich dich liebe, also laß uns das Thema wechseln,* aber er sitzt starrköpfig und

stumm und mit rotem Gesicht da. Mehrere gespannte Sekunden verstreichen.
Isabel lockt mit stockender Stimme: meinem Mann macht es nichts aus mit dem General. Er ist nicht die Spur eifersüchtig. Er hat ebenfalls Mitleid mit ihm ... sein Herz ist freigebig genug, alle möglichen Krüppel mit einzuschließen.
Bei deinen Gesellschaften ist Maurie nicht zu Hause ... er ist praktischerweise abwesend, sagt Nick. Und dann, als merke er nicht, daß er sich widerspricht, fährt er fort: Doch, es macht ihm sehr viel aus! Gib dich nur keinen falschen Hoffnungen hin!
Hat er dir gesagt, daß es ihm was ausmacht? fragt Isabel.
Nick schweigt.
Hat er dir etwas gesagt? Sprecht ihr über mich, ihr beiden? fragt Isabel nachlässig. Ich bin bloß neugierig ... ich kann mir nicht vorstellen, daß ihr über irgend etwas anderes als über eure kostbare Arbeit sprecht.
Nick zuckt mit der Schulter und antwortet ausweichend: Wir sprechen über unzählige Dinge. Wir sind wirklich ganz menschlich.
Menschlich?
Ich meine, als Männer – als Ehemänner. Männer sind wirklich ganz menschlich.
Sprecht ihr über mich? Sprecht ihr über June? fragt Isabel.
Über June – selten.
Isabels Lächeln ist ein bißchen traurig und befriedigt. Und geschickt wechselt sie das Thema, da es eine ihrer unausgesprochenen Spielregeln ist, daß derjenige, der ein gewisses, zu bekanntes Thema über einen gewissen Punkt hinaus weiterverfolgt, taktlos ist und wegen Nichteinhaltung der Spielregeln verloren hat. Sie sagt: wenn du darauf bestehst, werde ich den alten Mann opfern. Ihn nie zu einer Party einladen, bei der du anwesend bist.
Und wie steht's mit den andern? fragt Nick.
Den andern? Habe ich noch andre Freunde, die du haßt?
Mit den andern Parties, meinte ich. Mit denen, wo ich nicht anwesend bin.
Das verlangst du auch noch? lacht Isabel verdutzt. Dann verlangst du ja alles! Du bist also doch eifersüchtig. – Aber bestehst du darauf?
Natürlich nicht, sagt Nick kalt.
Natürlich nicht, äfft sie ihn nach.

Es ist nicht mein Vorrecht, auf irgend etwas zu bestehen, soweit es dein Leben betrifft.
Es ist auch nicht nach deinem Geschmack, sagt Isabel. Und gleich darauf sagt sie mürrisch: es ist auch nicht deine Taktik.

*

An einem Neujahrsabend, kurz nachdem die Hallecks in das Haus auf Röcken 18 eingezogen sind (das Hochzeitsgeschenk Mauries und seiner Familie für die schöne junge Frau), vertraut General Kempe es ihr an: sein betrunken ihr ins Ohr getuscheltes Geheimnis.
Vielleicht war er im Begriff gewesen, sie zu küssen, ließ aber davon ab, als er ihr erschrockenes Lächeln sah, und statt dessen sagte er, daß er ihr seine große Entdeckung mitteilen wolle – seine ganz, ganz geheime Erkenntnis –, falls sie verspreche, es niemandem weiterzusagen, nicht einmal ihrem Mann oder dem Burschen Nick Martens, der hier ständig herumlungere.
Isabel nickte gehorsam und versprach es.
Das Geheimnis, das niemand kennt, sagte General Kempe kichernd, obwohl es im Grunde jedermann kennt, jedermann hier in eurem Zimmer –, ist folgendes: daß wir alle tot sind und daß nichts wichtig ist und daß es schließlich schmerzlos war und daß niemand uns etwas antun kann.
Isabels Augenlider flatterten. Sie mußte ihn falsch verstanden haben.
Ach? sagte sie leise. Wirklich ...?
Wirklich tot, flüsterte der große alte Mann und kicherte über sie hinweg, während sein Atem wie eine fast greifbare Wolke über ihrem schönen blonden Kopf hing, wir, alle miteinander – besonders die Alten –, hör sie doch, wie sie feiern – am heutigen Abend ist es auffallender als an jedem andern Abend des Jahres, aber die ganze Zeit ist es eindeutig genug – mußt nur alle in einem Zimmer versammeln – die Getränke ausschenken – jedermann weiß es.
Isabel lächelte und schluckte beklommen und starrte auf den Fußboden. Es wäre eine Verletzung der Etikette gewesen, sich vom General zurückzuziehen, ehe man von ihm verabschiedet wurde.
Mir scheint, ich verstehe es nicht, sagte sie.
Das kommt noch, das kommt noch, rief General Kempe munter und herzte sie ein wenig, bevor er weiterging – ein Gespensterhau-

fen – eine fröhliche Horde von Leichenschändern – aber einerlei – es war schmerzlos und niemand kann uns jetzt etwas antun – man weiß es in der Sekunde, nachdem die Kugel getroffen hat – niemand kann dir wieder etwas antun – es ist gar nicht mal so geheimnisvoll.

*

Und Isabel *wahrte* General Kempes Geheimnis, und wahrt es immer noch.

Das Spiel nimmt seinen Fortgang.
Noch eine Büchse apfelgrüner Tennisbälle wird geöffnet.
Zorniges Dreschen der Saiten. Dumpfes Stampfen der Gummisohlen auf dem Tennisplatz. Hörbares Keuchen. Nicks herausgebrüllte Frage und Mauries gemurmelte Antwort, und das Spiel nimmt seinen Fortgang.
Es ist beinah halb acht, und das Spiel begann um halb fünf, und es ist klar, daß Nick Maurie erst dann vom Tennisplatz freigeben wird, wenn er ein Spiel vollständig gewonnen und Maurie keinen einzigen Punkt gemacht hat. Es ist auch klar, daß Maurie zu ehrlich, zu arglos und zu trotzig verbohrt ist, um diesen einzigen Punkt zu verlieren. Daher nimmt das Spiel seinen Fortgang. Ein Spiel und dann noch eins und dann noch eins.
Beide Männer sind außer Atem und schweißnaß. Mauries Brille rutscht ihm fast ständig von der Nase, Nicks Hemd klebt in komisch nassen Falten an seinem Rücken. Ihr Spiel ist unberechenbar – manchmal tolldreist, manchmal verbissen. Anscheinend ist es so, daß Nick eine »brillante« Partie spielen will, ohne sich doch in den Augen seines Gegners und der kleinen Zuschauergruppe »ernstlich« zu bemühen. Nick hat in bezug auf die gegenwärtige, anhängige Strafverfolgung des Komitees gesagt, es käme nicht darauf an, einfach zu gewinnen, sondern auf den Stil, mit dem man vor der Öffentlichkeit gewinnt.
Männer können nicht spielen, sagt June ruhig und steht auf, um wegzugehen. Sie wissen nicht, was »Spielen« bedeutet.
Reid Silber, der sich fürs Abendessen ein am Hals offenes Seidenhemd und eine sahnefarbene Leinenhose angezogen hat, genießt seinen Drink und tröstet Isabel: so etwas passiert manchmal auf dem Tennisplatz: ein Spieler, der im allgemeinen nicht sehr gut ist, kommt in Fahrt, sein Gegner gerät ins Schwanken, und wenn er die

Beherrschung wiedergewonnen hat, will er – also Rache ist ein zu starkes Wort – will er, sagen wir mal, sich wieder geltend machen: das kannst du sicher *verstehen?*
Die Kinder haben angefangen, sich zu zanken, die gespannte Stimmung auf dem Tennisplatz hat sie angesteckt, ein Kind schubst ein andres, ein Kind kneift ein andres in den Arm, eins haut zu, Beschuldigungen und Tränen. June holt ihre weinende Tochter ab. Florence beschimpft ihren Sohn.
Isabel steht wie hypnotisiert da und beobachtet die Spieler. Ihr Ärger sitzt so tief, ist so heftig, daß er in eine Art Ruhe übergegangen ist.
Nach einer langen Pause erwidert sie auf Reids Frage: »verstehen« ist mir verhaßt.
Wie bitte? fragt Reid und legt die Hand ans Ohr.
Nicks kräftige Beine werden nie versagen. Seine weißen Shorts sind schmutzig, das T-Shirt ist naß. Heiser schreit er: fünfzehn zu null. Und dazu das nervöse Lachen, das sportsmännische Gekicher, der verstohlene Seitwärts-Blick: wer ist die Frau, die dort weggeht? Jemand, auf den es ankommt?
Maurie mit seinem wahrnehmbaren Gehumpel. Der Schmerz in seinem Knie. (Manchmal wacht er nachts vor Schmerzen auf. Und Isabel dann auch. Was ist? fragt sie, und Maurie sagt: nichts, wirklich nichts, und Isabel fragt: kannst du nicht schlafen? Worüber mußt du nachdenken? Doch ihre Stimme ist leise, leise, fast unhörbar, nicht, weil sie wieder einschläft, sondern weil sie keine Antwort auf ihre Frage hören will. Worüber mußt du nachdenken, bist du ebenso einsam wie ich, hat die »Liebe« dich verwundet, weißt du, wie wir dir zugetan sind, Nick und ich, wie wir von dir sprechen, wie wir dich betrügen ...? Weißt du etwas? Vermutest du etwas? Oder sind deine Schmerzen nur körperlich?)
Isabel und ihr Geliebter sind kein Liebespaar im wahren Sinn des Wortes. Obwohl sie zusammen geschlafen haben. Obwohl sie sich weinend in den Armen gelegen haben.
Kann ich mich immer auf dich verlassen? hat Isabel gefleht. Und Nick hat gesagt: Immer. Natürlich. Traust du mir nicht?
Traue ich dir nicht ... traue ich dir nicht ... grübelt Isabel, wenn sie allein ist und ihr Spiegelbild anstarrt. Isabel gehört zu den Frauen, denen der Spiegel ein immerwährender Trost ist.
Nicks unersättlicher Ehrgeiz, Nicks Begierde. Das rastlose Ticken

seines Gehirns (das ihn nachts wachhält, wie er Isabel erzählt. Nicht etwa, daß er unbedingt nachdenkt – obwohl er es natürlich meistens tut – in der jetzigen Phase seiner Laufbahn muß er sehr viel nachdenken –, aber das Gehirn tickt und tickt, einerlei, ob es wirklich Gedanken sind, die es so spät in der Nacht schlichten muß.). – June ist unglücklich. June macht sich Sorgen. Sie denkt, sagt Nick langsam, sie sei nicht allem gewachsen, was ich zu tun beabsichtige.

Isabel überlegt, ob sie Nick erzählen soll, daß die »Vorhersagen« über die Ehe der Martens' im allgemeinen negativ sind. (Die Menschen in ihren Kreisen sprechen sehr viel übereinander und über die Martens', das heißt, über Nick. Und wirklich, mit einer Art von gespieltem Ernst herrscht die allgemeine Überzeugung vor, daß June Martens nicht allem »gewachsen« sein wird, was ihr Mann zu tun beabsichtige.)

Wollen Sie eventuell in die Politik einsteigen, interessiert Sie dergleichen? wurde Nick vor nicht langer Zeit in Isabels Gegenwart von jemandem gefragt, und aufmerksam beobachtete sie sein Gesicht, als er antwortete – jedoch ohne Verstellung:

Das hängt davon ab, ob ich Glück habe, erwiderte Nick einfach.

Glück – oder Pech?

Nick lachte. Isabel lachte. Es war ein amüsanter Witz, aber ein recht mäßiger.

In Washington gibt's nur eine Art Glück, sagte Nick.

Isabel Halleck ist Maurie Hallecks Frau, und es wäre vielleicht in ihrer Gegenwart unvorsichtig, von Nick Martens und seinem Glück und der Möglichkeit einer politischen Zukunft für ihn zu sprechen, weil Nick ein Mitarbeiter Mauries im Untersuchungsausschuß ist und ihre Arbeit momentan, wie es die Zeitungen ausdrücken, »heikel« ist. Doch das Gespräch wird trotzdem fortgesetzt. Es ist ein sehr interessantes Gespräch.

Isabel de Benavente-Halleck steht im Ruf, bewundernswert verschwiegen zu sein.

*

Was ein Mann insgeheim ist, das wird er – in der Politik. Isabel kann sich nicht erinnern, wer es gesagt hat. Ihr Vater? – Einer seiner Freunde? General Kempe?

*

Die Tennispartie nimmt ihren Fortgang, und Maurie gewinnt einen Punkt, und Nick gewinnt einen Punkt, und dann kommt es zu einer wilden Flugball-Serie, und Maurie schreit beinah auf – vor Verzweiflung? oder Resignation? oder abgekämpftem Humor? –, und nach einer Pause wieder ein Aufschlag, ein wilder, boshaft knallender Aufschlag, und das Spiel nimmt seinen Fortgang und jetzt ist es viertel vor acht, jetzt acht Uhr, und die für das Abendessen geladenen Gäste kommen zum Jagdhaus herauf, drei Wagen, ihre Scheinwerfer brennen schon, denn in den Bergen, im Kiefernwald, bricht sogar im Hochsommer die Dämmerung früh an.
Jeder hat den roten Tennisplatz verlassen, ausgenommen die beiden Spieler.
Maurie hat die Neonlampen angeschaltet. Ja, das ist das einzig Wahre, das ist wirklich schick, sagt Nick lächelnd, versucht zu lächeln, sein Unterkiefer ist etwas verkrampft und hart – Tennisplätze mit Neon-Beleuchtung, großartig – dein Aufschlag?
Ellen Silber geht neben Isabel und den Kindern einher, die sich zanken und quengeln. Geschickt macht Isabel dem Streit ein Ende: sie schüttelt die kleine Kirsten ein wenig, gibt dem kleinen Owen einen flinken Klaps und trennt sie. Ellen fühlt sich geschmeichelt, weil sie aufgefordert wird, Kirsten bei der Hand zu nehmen.
So ein reizendes kleines Mädchen, murmelt Ellen.
Isabel ignoriert es. Sie denkt nicht an die tennisspielenden Männer – diese Dummköpfe, sondern an die Gäste, die in ihren Wagen eintreffen. Cocktails und Dinner und der berauschend fröhliche Schwung einer Party – die im Grunde nichts weiter ist, als innerhalb von vier Wänden eine zusammengedrängte Schar von Leuten – und doch – ein Wunder – Isabels Rettung.
So ein allerliebstes kleines Mädchen, murmelt Ellen.
Ellen Silber hat Isabel schon seit langem schüchtern umworben, und Isabel gewahrt mit halbem Blick, daß die junge Dame für ihre Frisur einen Chignon ausprobiert hat – eine der Frisuren, die Isabel manchmal selber trägt. Aber Ellens Chignon ist schlecht frisiert. Und nicht anziehend. Ihr Profil ist nicht anziehend.
Das wollt' ich meinen, daß sie ein hübsches kleines Mädchen ist, möchte Isabel verärgert erwidern, das will ich hoffen, daß sie allerliebst ist... Schließlich ist sie *mein* Kind...
Aber sie sagt nichts. Ihr Schweigen kann von Ellen als hochmütig oder besorgt oder nachdenklich gedeutet werden, oder als die

natürliche Schweigsamkeit einer schönen Frau, die nicht auf jedes sinnlose Kompliment zu antworten braucht, womit sie überhäuft wird.

Ich freue mich auf das Essen, sagt Ellen, es war wirklich reizend von Ihnen – von Ihnen und Mr. Halleck –, uns hierher einzuladen. Mir gefällt es so gut hier, ich könnte ewig hierbleiben...

Wirklich? sagt Isabel.

Vom roten Tennisplatz hört sie plötzlich Nicks heisere Stimme zu sich heraufdringen: *Fünfzehn zu null!*

VII

Cereus – der Nachtblüher

Washington, D.C., August 1980

Die Überraschung

Was es ist? – eine Art Kaktus im Grunde – eine amerikanische Kaktee – der Cereus blüht nur einmal im Jahr, immer um diese Zeit, im Spätsommer, und nur nachts.
Einmal im Jahr? – Meinen Sie etwa, heute nacht?
Ja, heute nacht, sagt Claudia mit einem hellen, entzückten Lachen. Aber was für eine Verschwendung – und wie herrlich!
Jemand beginnt laut zu zählen – vierzehn große Knospen sind auf der Kaktee. Mehrere haben angefangen, sich zu öffnen. Kirsten starrt sie an, ist verzaubert. Die Blütenblätter bewegen sich, tatsächlich, während sie hinschaut, bewegen sie sich ... Möchtest du eine Taschenlampe haben, Kirsten? fragt Claudia und bietet ihr eine bleistiftdünne Taschenlampe an, oder kannst du beim Mondschein genug sehen? Was für ein Glück wir haben, daß diesmal der Mond scheint – im vorigen Sommer war der Himmel bedeckt, und es begann zu regnen, und ich war totunglücklich ...
Im ersten Augenblick will Kirsten die Taschenlampe ablehnen, aber dann – in ihrer neueren Lebensphase – nimmt sie sie mit höflichem Lächeln an. Besten Dank, Mrs. Lleyn!
Besten Dank besten Dank besten Dank Ihnen allen, Ihnen Mrs. Lleyn, und allen, Sie sind so liebenswürdig!
»Verschrumpelte alte Ziege« hatte Owen die arme Frau genannt. Vielleicht erinnert sie sich daran. Kirsten und Owen wollten sich ausschütten vor Lachen, als Owen über die Ergebnisse seiner zahlreichen Nachforschungen damals im Mai berichtete. Da hatte ich noch keine Methode entwickelt, gab Owen zu. Meine Aufgabe *mußte* mißlingen. Und deine übrigens auch – wir waren Idioten.
Betrübt mußte Kirsten ihm rechtgeben.
Ach, sind sie nicht herrlich? So riesengroße Blüten!
Wo hast du eine so ungewöhnliche Pflanze aufgetrieben, Claudia?

Ist sie selten? Ist sie teuer? Ist sie heikel? Mit heiklen Pflanzen habe ich kein Glück.
Man kann buchstäblich *sehen,* wie die Blüten sich öffnen, nicht wahr? Ich hätte nicht gedacht, daß sie so groß werden, sie sind so groß wie eine Faust – aber eine Männerfaust ... Und dabei so zart ...
Sind das Dornen rings um die Blütenblätter? – Ich meine, stachlige Dornen? Wie Kakteenspieße? Sind sie scharf?
Oh, ich würde sie nicht berühren!
Ich berühre sie ja gar nicht, ich schaue sie nur an ...
Eigentlich ist sie rosa, nicht wahr? Eine *rosa* Blüte?
Rosa, das ins Weiß hinüberspielt.
Eher weiß, finde ich.
Die kleine hier oben ist ganz rosa ...
Sind sie nicht herrlich? Claudia hat so ein Glück mit Pflanzen – natürlich muß man sie auch lieben, man muß ihnen schmeicheln ... sie sehr ernst nehmen.
Glauben Sie, daß sie uns bemerkt? All die Beachtung bemerkt, die ihr heute nacht zuteil wird?
Bestimmt merkt sie, daß etwas Ungewöhnliches vorgeht ... eine Bewegung in der Luft, die Stimmen, die Schwingungen – natürlich gehöre ich nicht zu den Leuten, die glauben, daß Pflanzen wie ... wie Menschen sind ... daß sie eine Seele haben ...
Hier die Blüte hat dieselbe Farbe wie dein Kleid, Isabel, nicht wahr?
Beinah!
So eine entzückende Farbe ...
Ach, seht bloß ... noch eine Knospe öffnet sich – dort drüben.
Es ist das *erstaunlichste* Phänomen ...
Claudia hat so schöne Sachen in ihrem Heim, Sachen aus aller Welt. Was hat sie gesagt, woher die Pflanze stammt? Aus Südamerika? Und wie heißt sie eigentlich? Cereus?
Ja, *Cereus.* Sie sagt, es sei eine Kaktee.
Sie sieht nicht wie eine Kaktee aus.
Ist irgendwo eine Bar aufgestellt?
Ich glaube nicht, daß eine Bar aufgestellt ist ... Claudia fordert die Leute auf, glaube ich ... Nein, halt! Da ist ein Kellner! ... Dort drüben! ... Kannst du ihn herwinken? ... Oder vielleicht sollten wir hingehen ...
Es wird allmählich voll. Wieviel Uhr ist es?

Viertel vor neun.
Isabel, soll ich dir einen Drink holen?
Deine Tochter sieht entzückend aus, Isabel...
Wir haben einander so lange nicht gesehen. Ich glaube, es muß fast...
Es ist lange her!
Verflixt, jetzt geht er in die andre Richtung. Was möchtest du gern haben?
Kirsten, was möchtest du gern haben? Einen leichten Sommerdrink? Ein Glas Weißwein?
Nein, danke, sagt Kirsten geistesabwesend und starrt die Blüten an.
Perrier, Obstsaft...
Nein, sagt Kirsten.
Sie gehen weiter, und Kirsten ist allein übriggeblieben und beobachtet den Cereus. Sie hatte bereits früher von der nachts blühenden Pflanze gehört – ja, sie hatte auch von Mrs. Lleyns riesengroßer Pflanze gehört, aber sie hat ihres Wissens nie einen Cereus gesehen, und bestimmt hat sie nie einen blühenden gesehen.
Ich kann dich heute abend abholen, hatte Isabel am Telefon gesagt, ungefähr, wenn die Sonne untergeht. Ihre Stimme klang ganz fest, sogar entschlossen. »Heiter.« »Mütterlich.« Aber nicht »tyrannisch«. Sie klang nicht furchtsam, sie klang nicht berechnend, sie klang nicht einmal so, als wolle sie »eine Versöhnung anbahnen«. Eine kleine Überraschung, eine ungewöhnliche kleine Ausfahrt, hatte Isabel gesagt. Nur auf ein oder zwei Stunden.
Kommst du allein? hatte Kirsten gefragt.
Ich gehe nirgends allein hin, hatte Isabel geantwortet.
Du gehst nirgends allein hin? wiederholte Kirsten, weil ihr etwas Seltsames in der Stimme ihrer Mutter aufgefallen war. Aber – was meinst du? Warum hast du das gesagt?
Weil es zufällig stimmt, hatte Isabel gesagt.
Aber – ich versteh's nicht.
Du verstehst es.
Während eines langen Augenblicks umklammerte die angstschwitzende Kirsten den Hörer fester und konnte nicht sprechen. Sie weiß es, dachte Kirsten, sie weiß, was Owen und ich tun wollen. Kirsten umklammerte den Hörer, ihr Herz klopfte so rasend, daß sie fürchtete, ohnmächtig zu werden, doch dann wurde sie ruhiger

und dachte, nein, es muß ein Mißverständnis sein, sie fürchtet sich einfach, sie fürchtet sich – einfach vor allem.
Isabel setzte das Gespräch weiter fort, heiter und mütterlich und bestimmt – denn schlug sie nicht einfach eine kleine Ausfahrt vor, einen netten Abend, Mutter und Tochter, war es nicht alles ganz normal? – Kein Abscheu, keine Furcht, keine Gefahr. Ich hole dich ab, ungefähr, wenn die Sonne untergeht, wir bleiben nicht länger als ein paar Stunden, sagte sie überredend, als sei Kirsten wieder ein ganz kleines Kind, eigensinnig genug, um etwas Nettes auszuschlagen.
Eine Überraschung, sagte Isabel. Bei Sonnenuntergang.
Sonnenuntergang, sagte Kirsten und lachte nervös. Warum drückst du es so aus? Es ist eine komische Art, die Zeit abzumachen.
Weil ich mich nicht erinnere, um wieviel Uhr die Sonne untergeht, sagte Isabel, und unsre Überraschung hat etwas mit dem Sonnenuntergang zu tun. Mit der Abenddämmerung.
Was für eine Überraschung ist es? fragte Kirsten.
Wenn ich dir das sagte, wär's keine Überraschung mehr, nicht wahr? sagte Isabel. Und jetzt wurde aus ihrer »Heiterkeit« ein leises, nicht überzeugendes Lachen. Laß dich von uns abholen, Kirsten, es ist nur für ein oder zwei Stunden, gar nicht weit von hier, ich verspreche dir, mich nicht nach Owen zu erkundigen oder zu versuchen, dich wieder heimzuholen ... Ich glaube, du wirst es für eine sehr schöne Überraschung halten.
Wirklich? murmelte Kirsten.
Jetzt öffnen sich die Blüten, während Kirsten zuschaut, und sie sind bestimmt herrlich, sie haben etwas ganz Besonderes an sich, Kirsten ist wieder ein Kind, das im Botanischen Garten die Pflanzen angafft. Maurie hält ihre Hand fest, keine Isabel ist da kein Owen ist da die Luft ist warm und schwer und feucht die Gummibäume sind gewaltig Riesenfarne sind da mit wunderbar spitzigen Blättern sie hält ihr Gesicht ganz nah an ein Blatt und spürt ein leichtes Kitzeln auf ihrer Stirn ... ein *Kitzeln* das ihr durch den ganzen Körper zittert so daß sie lachen und niesen möchte.
Nun zählt sie selber die Blüten. Vierzehn. Zehn von ihnen sind offen oder beinah offen. Die Pflanze ist eine Art Kaktee, das kann man sehen, sie ragt in ihrem Tontopf (der auf den Boden gestellt wurde) etwa sieben Fuß in die Höhe. Ziemlich ungeschlacht. Eigentlich – sie tritt zurück, um es beurteilen zu können – fast

monströs. Die einzelnen Blüten sind wunderschön, aber die Pflanze als Ganzes ist ein Monstrum, ein mit Stöcken gestütztes Monstrum.
Häßliche Schönheit, flüstert Kirsten.
Sie blickt sich auf der Terrasse um, hat den Kopf leicht gesenkt, rasch umherfliegende Augen. Die große, schlanke Kirsten Halleck. Die Tochter von. Ja, schade, nicht wahr. Doch jetzt erholt. Offensichtlich. Sie trägt eine weiße Hose, die ihre kleinen, hohen Gesäßbacken fest umspannt, und eine rote Hemdbluse, eine von den duftigen Musselin-Dingern, die es in »orientalischen« Basaren im Ausverkauf gibt – und die Bluse steht offen, wie um absichtlich ihre schmale Brust und die Spitzen ihrer kleinen, blassen Brüste zu zeigen. Selbst wohlmeinende Verwandte und Freunde der Familie und andre liebenswürdige Schwindler können nicht behaupten, daß Kirsten »wieder« schön aussieht, doch ihr Gesicht weist eine gemeißelte, asketische Nacktheit auf – die harten Backenknochen, die großen, anklagenden Augen – die selbst dem oberflächlichen Beobachter auffallen muß. Sie erweckt den Eindruck, als sei sie eisern beherrscht, zurückhaltend, verzweifelt ruhig. Wenn ihr das Haar in die Augen fällt, streicht sie es mit einer Bewegung zurück, die langsam genug ist, um einstudiert zu erscheinen... Häßliche Schönheit, lächelt Kirsten.
Eine Überraschung, hatte ihre Mutter versprochen. Für dich.
Für mich, Mommy? Für mich?
Für dich.
Für *mich,* Mommy?... und für niemand sonst?
Für dich, kleiner Liebling, und für *niemand sonst.*
Und du bist nicht böse auf mich, du willst mich nicht bestrafen?
Aber Babylein, warum sollte ich dich bestrafen wollen – warum sollte irgendwer dich bestrafen wollen?
Grausame Isabel, falsche, höhnische Isabel, vielleicht war sie an jenem Nachmittag in Di Pieros Wohnung heimliche Augenzeugin gewesen, vielleicht hatte sie Kirstens erschrockenes Schluchzen gehört – oder hat Tony hinterher den ganzen Vorfall zum Vergnügen seiner Washingtoner Freunde ausführlich geschildert...? Die kleine tapfere, knochige, jungfräuliche kleine Kirsten Halleck, die sich wappnete, um nicht zurückzuzucken und nicht zu würgen und nicht in Baby-Tränen auszubrechen, wie sie es natürlich zuletzt doch tat.

Di Piero war wütend, Di Piero war eingeschnappt, sie hatte ja ihr Versprechen gebrochen, nicht zu weinen; trotz ihrer anfänglichen Keckheit war sie ja ihrer Verpflichtung nicht gerade glänzend nachgekommen. Und als sie ging, hatte sie gehässig erklärt, sie wisse jetzt, weshalb Isabel ihn als ein »schönes Ferkelchen« bezeichnet hatte – obwohl sie nicht gerade sehe, wo es schön sei.
Verwechsle dich nicht mit deiner Mutter, liebes Kind, hatte Tony nachlässig erklärt und sich nicht bemüht, sie bis zur Tür zu begleiten – du und Isabel, ihr seid nicht in derselben Liga.

*

Am späteren Nachmittag zur üblichen Zeit rief Owen an und fragte, ob es irgendwelche »Fortschritte« gegeben habe, und Kirsten mußte ihre Aufregung zügeln, denn heute hatte sie endlich etwas zu berichten. Wir gehen heute abend aus, sagte sie. Isabel und ich. Und ihr Freund.
Wohin geht ihr? fragte Owen eifrig und ein bißchen – oder bildete sie sich das ein – ein bißchen neidisch.
Eine Überraschung soll's sein, hat Mutter gesagt. Wahrscheinlich handelt sich's um eine Party irgendwo in der Nähe. Vielleicht hat sie eine meiner alten »Freundinnen« ausgegraben ... oder einen von den überraschend aus Minnesota eingetroffenen Kuhns, mit dem sie nichts anzufangen weiß ... oder vielleicht sollen wir nackend im Pool baden – wir drei. Eine Variation der Kern-Familie.
Sie schwieg. Owen sagte: du glaubst wohl nicht, daß es deshalb ist, um *ihn* zu sehen ...?
Kirsten hatte selbst an diese Möglichkeit gedacht. Eine Möglichkeit. Aber sie ließ den Gedanken fallen – er war wertlos.
Ich bezweifle es, sagte sie verärgert, denn sie und Owen hatten wer weiß wie oft über dieses Thema gesprochen. Gerade jetzt würde sich das nicht in ihre Diskretion – in ihre Taktik einfügen.
Sicher telefonieren sie miteinander, sagte Owen. Bestimmt hat sie ihm alles über mich erzählt – alles was sie weiß. Vielleicht läßt er mich sogar von jemand beschatten ... Uli meint, es könne wahrscheinlich der Fall sein.
Weiß Uli es denn nicht?
Er kann nicht *alles* wissen.
Ich hab's geglaubt, sagte Kirsten. Hab' geglaubt ...

Laß uns das Thema wechseln, sagte Owen. Wir sprachen von Isabel und Nick und ihren Telefongesprächen und der Tatsache, daß du sie abhorchen könntest, wenn du wieder in unser Haus ziehst. Dadurch könntest du alles viel einfacher machen.
Das ist Ulis Idee, sagte Kirsten, nicht wahr?
Ich möchte gerade jetzt nicht über ihn sprechen, sagte Owen.
Du würdest mich nicht wieder in das Haus ziehen lassen ... mich dort in dem ... dem Haus wohnen lassen, sagte Kirsten. Sie schwieg ein paar Sekunden, auf Owens gescheites Schweigen achtend, das sie allmählich zu respektieren begann. (Owens Freund Uli hatte sie noch nicht kennengelernt, kannte auch seinen Familiennamen nicht. Doch an seinem Vorhandensein zweifelte sie keinen Augenblick, denn er hatte eine außergewöhnliche Veränderung ihres Bruders bewirkt. Uli, Uli, was für ein Name ist das? hatte Kirsten gefragt, es klingt so ... schwedisch? Ist er ein Ausländer? ... Der bei einer der Gesandtschaften zu tun hat?) Warum ziehst *du* nicht wieder ins Haus? fragte sie hitzig.
Du weißt doch, daß ich es nicht kann, sagte Owen.
Warum nicht?
Ich *kann nicht.*
Warum nicht, zum Teufel?
Ich werde die Schwelle nur überschreiten ... um ihr meine letzte Aufwartung zu machen, sagte Owen gelassen. Das weißt du.
Kirsten wußte es natürlich. Aber sie mußte es wiederholt hören. Ja, wieder und wieder und immer wieder!
Sie fand die Besonnenheit ihres Bruders aufregend. Das geheimnisvolle Leben, das er jetzt führte. Seine Disziplin. Die Reinheit. Kirsten kannte seinen Plan, sein Gelübde, doch in kindlichem Tonfall sagte sie: Aber – ich doch auch nicht. Ich kann nicht unter demselben Dach mit ihr wohnen. Stell dir vor, daß ich mit ihr zusammen essen müßte ...! Und mit ihrem Freund oder Leibwächter oder was er sonst sein mag. Und mit General Kempe – er kommt immer noch – ein Wärter fährt ihn hin, in einem Rollstuhl ... es ist zu lächerlich. Verlange nicht von mir, was du selbst nicht tun kannst. Bloß, um sie und Nick zu belauschen ... Und sie ist sowieso zu gerissen, sie würde nie telefonieren, wenn ich in der Nähe wäre, würde nicht mit *ihm* telefonieren. Sie müssen sich irgendwo treffen. Jeder von verschiedenen Orten aus telefonieren. Sie weiß, daß wir es wissen und ... ja, sie weiß es.

Ja, sagte Owen, und seine Stimme zitterte – ob vor Freude oder vor Furcht, das kann Kirsten nicht ergründen. Ja, sie weiß Bescheid. Aber sie kann nicht in die Zukunft blicken.
Was jetzt bewiesen ist, ...
... war einst nur ersonnen!

*

Kirsten braucht ihr Interesse am Nachtblüher Cereus nicht zu heucheln: ihr Interesse ist aufrichtig. Sie beobachtet die schönen, sich langsam entfaltenden Blütenblätter – weiß, weißlich-rosa – rosa –, und hört zufällig mit an, wie ein geschwätziger Dummkopf der Witwe sein Beileid ausspricht. (Wo ist er gewesen? Ein Jahr außer Landes?) Und zum zehntausendstenmal murmelt die Witwe huldvoll ihren Dank. Voller Haltung und tapfer, mit leiser Stimme – und trotz ihres schmerzlichen Verlusts so wunderschön.
Schwarz steht dir gut, Isabel Halleck.
Schwarz, schlank machendes, sich anschmiegendes sinnliches Schwarz, schwarze Seide von St. Laurent, von Pauline Trigère, von Oscar de la Renta. Ein reizendes kleines, eng anliegendes Top mit einem Cape-Kragen, mit gedämpft marineblauen Streifen, von Adri.
Doch heute abend, für einen gemütlichen Abend bei Claudia Lleyn, und in Begleitung ihrer Tochter und ihres neuesten Verehrers, trägt die Witwe einen sahnefarbenen Hosenrock aus Leinen und einen »einfachen, dazu passenden kunstseidenen Sweater ohne Ärmel. Denn natürlich ist sie – nach vierzehn Monaten – nicht mehr »in Trauer«. Zum zehntausendstenmal murmelt sie Worte und Sätze, die ihre Tochter nicht zu belauschen braucht. Ja, unbeobachtet, tragisch, Schock, Trauma, Kinder, finanzielles Durcheinander, gesetzliche Komplikationen, Schwierigkeiten, Richtigstellung, notwendig, Verlauf der Zeit, Behandlung mit Medikamenten, Grausamkeit der Medien, Narben, Leichenschänder, Unterstützung ihrer Freunde, Anteilnahme, Großzügigkeit, Reisen ...
Es ist eine Eigentümlichkeit unsrer Gesellschaft, hat Owen zu Kirsten gesagt – und sein Sprechrhythmus wie auch seine Wortwahl sind nicht gänzlich seine eigenen, doch verführerisch, sehr, sehr verführerisch –, einer der mörderischsten Gesellschaften in der Geschichte, daß sie vom Tod voraussetzt, er sei *unbegründet*. Daß er

einfach »eintritt«. Daß niemand verantwortlich ist. Ich meine, wirklich verantwortlich. »Pech gehabt – falscher Ort zu falscher Zeit – hätte wissen sollen, was geschehen würde – er hat's herausgefordert, sie hat's herausgefordert …«, das ist so das Übliche. Nicht ein einziger von Vaters Freunden hatte zu Isabel gesagt: aber du hast ihn doch aus dem Haus gejagt, nicht wahr? Du hast soviel Geld von dem armen Kerl erpressen wollen, wie du nur bekommen konntest, du wolltest eine Scheidung, du hast zwanzig Jahre lang mit einem andern Mann eine Liebesaffäre gehabt – was soll denn all dieser *Witwen-Quatsch* bedeuten? Nicht einer von Vaters Freunden ist vor sie hingetreten und hat gesagt: wie hast du ihn also umgebracht: direkt – oder auf Umwegen?

Ihre Tochter sieht reizend aus, fährt die Stimme fort, das ist doch Ihre Tochter Christine, nicht wahr. Ach ja, Kirsten, ich meine Kirsten, natürlich. Fängt sie nächsten Monat im College an? – Nicht? – Oh, ich verstehe – ja, das ist ein sehr *guter* Gedanke – das ist ein sehr – ja, natürlich – Sprachen – weniger Druck – einfach hier in Georgetown – Spanisch ist eine schöne Sprache, ich habe sie auch im College studiert – aber jetzt würde man es mir nicht glauben – doch Spanien habe ich himmlisch gefunden, als wir dort waren, es muß jetzt achtzehn Jahre her sein – ein schönes Land – Berge, das Meer – Und wie geht es Ihrem Sohn Owen? Ich glaube, er hatte gerade sein Examen in …?

Kirsten hätte sehr gern die Antwort ihrer Mutter gehört. Doch Geplapper unterbricht alles. Mehr Gäste, mehr Umarmungen und Küsse. Und natürlich wird Isabels Stimme leiser, so bald sie dieses besondere Thema handhabt.

*

Was so verächtlich ist an dem Diebstahl, so unverzeihlich, sagte Isabel Tage später, nachdem sich die Aufregung gelegt hatte, ist die Tatsache, daß ich die Polizei nicht benachrichtigen kann und daß ich von der Versicherungsgesellschaft keine Entschädigung verlangen kann – und daß der kleine Gauner damit gerechnet hat.

Kirsten, die etwas eingeschüchtert ist und sich schuldbewußt auf die Lippe beißt – obwohl sie wahrhaftig keinerlei Grund hat, sich schuldig zu fühlen –, suchte vergeblich nach einer Erwiderung.

Ich kann die Polizei nicht benachrichtigen, und bei der Versicherungsge-

sellschaft kann ich keine Entschädigung verlangen, und der kleine Gauner hat damit gerechnet, sagt Isabel langsam.

*

Nick Martens kommt vielleicht heute abend noch vorbei, sagt Claudia leichthin.
Zu Isabel.
Zu Isabel, deren Gesicht Kirsten von diesem Blickwinkel aus nicht sehen kann. Doch der schlanke Rücken in dem sahneweißen Sweater versteift sich nicht und drückt auch sonst weder Unruhe noch Überraschung noch Interesse aus.
Es ist so lange her, ich dachte, ich könnte ihn anrufen, er ist jedoch niemals da, aber ich dachte, ich rufe ihn mal an, so *lange* her, tatsächlich, seit der Beerdigung, sein Leben ist natürlich in der heutigen Zeit sehr kompliziert, die Sache mit der Rohrleger-Union oder Gewerkschaft oder was immer, ich kenne die Einzelheiten nicht, aber ich las in der *Post* darüber, Drohungen gegen sein Leben, die arme junge Frau ... es ist nicht zu glauben, ein intelligentes junges Mädchen, das gerade die Rechtsfakultät hinter sich und eine so vielversprechende Laufbahn vor sich hat, ich tadele sie nicht, ich finde, diese Feministinnen in den Zeitungen sind absurd, sie wollen nur tyrannisieren, jede von ihnen, wäre sie an ihrer Stelle gewesen, wäre auch zurückgetreten, ich bin keine Feministin, aber ich finde, es gibt Risiken, denen wir uns nicht auszusetzen brauchen, ich meine, wir Frauen, es ist tragisch genug, daß die Männer es tun müssen, natürlich war es eine Schande, in den Zeitungen hieß es, vierhundert Mädchen hätten sich um ihren Posten im Komitee beworben ... Verstohlen beobachtet Kirsten den Rücken ihrer Mutter. Und Claudias liebenswürdiges, hübsches Gesicht. Doch eigentlich gibt es nichts zu sehen – nichts zu interpretieren.
Nick Martens. Es ist so lange her. Und June? Was ist mit June? – O ja, ich vermute, daß es längst aus war – aber keine richtige Scheidung, wie? – Oh, also doch? Und jetzt ist das arme Wesen völlig außer Sicht geraten– ja – ich vermute, sie ist wieder nach Boston gezogen oder daherum – ich habe nie gefunden, daß sie zu uns paßt – sie war zu *ernst* – ich meine, bei Dinner-Parties – es ist ermüdend – so etwas haben die Männer bereits den ganzen Tag, und am Abend – ja, richtig – da wollen sie sich entspannen und ein

bißchen das Leben genießen – und dann neben jemandem zu sitzen, der die »Rechtsfragen« diskutieren will, ohne alle Unterlagen zu kennen – die können wir natürlich nicht kennen – natürlich ist das meiste vertraulich – aber ich wußte wirklich nicht, ob tatsächlich eine Scheidung ausgesprochen wurde oder ob es bloß eine jener deprimierenden Ehen ist, die ewig und endlos weitergehen, während die zwei Partner an zwei verschiedenen Orten leben ...
Kirstens Herz klopft ruhig und gleichmäßig. Was sie voller Stolz feststellt. Und was sie bestimmt ihrem Bruder berichten wird.
Schau her: meine Hand zittert nicht, sie ist ebenso ruhig wie deine.

Das Telegramm

Am Nachmittag des vierzehnten Mai 1980 schickte Owen Halleck über das Western Union Amt an seine Schwester Kirsten in der Eyre-Akademie für Mädchen in Eyre im Staat New York ein Telegramm: LEBE SEI WIEDER SCHÖN KEIN ERBARMEN FÜR UNSRE FEINDE ALLES IST ANDERS GEWORDEN BIN AUF DEM WEG ZU DIR GRUSS OWEN.

Kirsten studierte die Nachricht sehr lange und es gelang ihr nicht, während der sechsunddreißig Stunden zwischen der Auslieferung des Telegramms und ihres Bruders Ankunft in Eyre auch nur eine Minute zu schlafen. Sehr viel Zeit verbrachte sie damit, die Mitteilung laut zu lesen und die Betonung zu erproben, die sie dem Wort LEBE geben könne. Sie brauchte nicht viel Zeit, um zu folgern, daß es ein Imperativ war, doch dieser Imperativ erregte sie so, daß sie dachte, sie liefe Gefahr, überzuschnappen. Sie dachte, sie liefe Gefahr, toll und verrückt zu werden und sich selbst zu verletzen.

Der Überfall

Seit dem Tode ihres Mannes und dem unangenehmen, damit verbundenen Aufsehen in der Öffentlichkeit unternahm Isabel Halleck ausgedehnte Reisen, entweder allein oder mit Begleitern: sie hat Nassau, Mexiko, Guatemala, Rio, Genf, Rom, Florenz, Venedig, die Costa del Sol und Gibraltar besucht ... und hat Pläne gemacht, im Oktober drei Wochen in Paris zu verbringen und dann nach Marokko zu fliegen, um bei Freunden zu wohnen.

Eine bewegliche Zielscheibe, wie es scheint.

Während der Italien-Reise im Juni wurde in das Haus Röcken 18 eingebrochen.

Owen Halleck wählte diese günstige Zeit, um allein und ohne einen Kameraden in sein ehemaliges Elternhaus zurückzukehren und sich eine Anzahl verhältnismäßig wertvoller Gegenstände anzueignen. Mit dem Schlüssel, den er bei sich hatte, betrat er das Haus durch die Eingangstür und wechselte ein paar freundliche Worte mit Mrs. Salman (die nachher Isabel berichtete, Owen habe sich so verändert, daß sie ihn kaum erkannt hätte!); er ging die Treppe hinauf in sein Zimmer, augenscheinlich, um ein paar Bücher zu holen, und innerhalb von einer Stunde hatte er das Elternschlafzimmer und die Gästezimmer von den wertvollsten kleinen Kunstgegenständen befreit, die er finden konnte. Silberne und goldene Zierstücke, eine Elfenbeinfigur und eine chinesische Vase wurden in einem hübschen, schottisch karierten Stoffkoffer, der ihm selbst gehörte, treppab und aus dem Haus getragen.

Natürlich war es ihm nicht möglich gewesen, das Safe im Elternschlafzimmer zu öffnen, daher war Isabels Schmuck noch vorhanden.

Wegen der Anwesenheit von Mrs. Salman hatte er keinen Zugang zu den Erdgeschoßzimmern gehabt, deshalb mußten das silberne Tee-Service – ein Erbstück der Familie Halleck – und die Bestecke und das Kristall an Ort und Stelle belassen werden: eine bedauerliche Einbuße.

Doch der Überfall war ein Triumph, wie Owen seiner Schwester berichtete. Und es war erst der Anfang.

Kirsten hat das Abgangs-Examen an der Eyre-Akademie für Mädchen bestanden – sie haben's nicht gewagt, mich durchfallen zu lassen, erzählt sie ihrem Bruder und lacht: sie wollten mich nicht auch noch im nächsten Semester haben! – und wohnt jetzt im Hause ihrer Tante Harriet Fletcher an der Thirty-second Street, ein Weg von zehn Minuten zum Röcken-Haus.

Eine taktisch günstige Lage, hat Owen bemerkt.

Es kam ganz zufällig zustande: Tante Harriet verlebt bei ihrem verheirateten Sohn und dessen Familie (ihr Sohn ist UNO-Beamter mit einem Dauerposten in Genf) sechs Wochen in der Schweiz, und obwohl Dienstboten vorhanden sind, das Haus einzuhüten, war es ihr dringender Wunsch, daß jemand von der Familie dann und wann nachschauen ginge. Natürlich war sie *hocherfreut,* daß ihre Nichte (eigentlich ihre Großnichte) bereit war, einzuziehen.

Findet sie es denn nicht seltsam? fragt Owen. Ich meine, daß du so gerne bereit bist? Aus deinem eigenen Zimmer auszuziehen? Und Mutter in »dieser schweren Zeit« zu verlassen?

»In dieser schweren Zeit« hat einen leicht ironischen Unterton.

Kirsten sagt: Tante Harriet kümmert sich nicht um Beweggründe, sie hat keinen argwöhnischen Charakter, du weißt doch, wie sie ist. Bloß eine nette, törichte, umständliche alte Frau, die sich um ihre Pflanzen sorgt. Sie meint, daß ihr Mädchen die Pflanzen nicht behutsam genug begießt ... und da bin ich ihr gerade recht.

Eine nette, törichte, umständliche, völlig wertlose alte Frau, sagt Owen geistesabwesend.

Kirsten blickt ihn an. Sie will sagen: Aber Tante Harriet ist doch *nett* – wir haben sie doch gern? Aber die Worte bleiben ihr im Halse stecken.

»Wertlos?« sagt sie leise und zaudernd.

Wertlos, sagt ihr Bruder. Das Wort hat eine harte, schroffe, unumstößliche Bedeutung.

*

In einem Straßen-Café nahe der Nineteenth Street, unter einem bonbongestreiften Schirm unterrichtet Owen seine Schwester in »kurz- und langfristiger Taktik«.

Deine Aufgabe besteht einfach darin, dem Haus so nahe wie möglich zu bleiben und natürlich – *falls* möglich – zu versuchen, den Kontakt mit Nick Martens wieder aufzunehmen, sagt Owen. Er spricht schnell und ruhig und verständig. Ich meine, du sollst es nicht erzwingen. Du mußt nie die Aufmerksamkeit auf das lenken, was du tust. Sei unauffällig. Sei einfach – sei – sei eben die Tochter von irgend jemand, die den Sommer über hier herumtrödelt – zum Beispiel einen Kurs in Spanisch in Georgetown nimmt.

Ich hasse Spanisch, erklärt Kirsten.

Eine Sprache kann man nicht hassen, sagt Owen, ohne ihr ins Gesicht zu blicken. Du kannst nicht eine ganze Kultur hassen, sei nicht komisch. Ich verbiete dir, in Zukunft auf diese Art zu sprechen.

Auf welche Art? fragt Kirsten.

Auf *die* Art! Wie eine hirnlose, verwöhnte amerikanische Göre.

Ich hasse Spanisch wegen Großvater Luis, und du haßt es auch. Und überhaupt habe ich schon ein Jahr Spanisch hinter mir. Ich habe ein »C« bekommen, ohne auch nur dafür zu arbeiten, weshalb kann ich nicht einen Kurs in Französisch oder Deutsch nehmen?

Spanisch, sagt Owen kurz angebunden. Und dann vielleicht, wenn alles klappt, in ein oder zwei Jahren Italienisch.

Nein, so was! ruft Kirsten und starrt ihn an.

Spanisch, ja. Und dann Italienisch. Aber nicht sofort.

Nein, so was! sagt Kirsten etwas leiser. Sie hat ihren Limonen-Saft durch einen bonbonbunt gestreiften Halm aufgesaugt, doch jetzt schiebt sie das hohe, beschlagene Glas halb unbewußt von sich weg. – Du scheinst Pläne für mich zu haben. Du scheinst über mich nachgedacht zu haben.

Ja. Uli und ich. Und die andern.

... auch mal über *mich* nachgedacht zu haben.

Ja. Sie geben mir recht, daß du von Nutzen sein kannst.

... daß ich von Nutzen sein kann. Von *Nutzen*.

Du plapperst wie ein Papagei, sagt Owen verärgert.
Und dann wird er verlegen, weil seine Schwester nur ein paar Schritte von einem bevölkerten Gehsteig entfernt in aller Öffentlichkeit zu weinen begonnen hat.

*

Lebe, hatte Owen befohlen, *sei wieder schön,* war der Auftrag, und daher ist Kirsten ins Leben zurückgekehrt: sie frühstückt und ißt Mittag- und Abendbrot, sie versucht, nachts acht Stunden zu schlafen, sie hat das Drogen-Rauchen und andern Zeitvertreib herabgesetzt, obwohl es nicht leicht war ... Ich bin so allein, sagt sie. Ich meine, wenn ich wach bin. Wenn mein Kopf völlig klar ist und die Sonne hoch am Himmel steht und weder Schatten noch Dunst noch Winkel da sind, in denen man sich verstecken kann.
Sei nicht so abgeschmackt, sagt Owen. Dein Selbstmitleid ist langweilig.
Ist das wirklich Selbstmitleid? ruft Kirsten, als höre sie eine Offenbarung. Oh, ist es das? Ist es das?
Natürlich ist es Selbstmitleid, wie willst du's denn sonst nennen, erwidert Owen scharf, all das Faseln von Gefühlen ... ich hab' mich selbst damit abgequält, ich sollte es wohl wissen.
Aber ich bin so allein, sagt Kirsten. Ich bin wirklich allein ... wirklich allein ... Darf ich das nicht empfinden? Nachdem Daddy starb ...
Fang bitte nicht wieder mit *dem* Thema an!
Aber ...
Du verhältst dich erstaunlich gut, Kirsten, du siehst so sehr viel besser aus, herrjemine, als du damals im März ausgesehen hast. Mutter hätte dich glatt in ein Sanatorium einliefern können, in so einem Zustand warst du – aber ... na, jedenfalls wollt' ich sagen, daß du dich erstaunlich gut verhältst, ja, sogar besser als ich's dir zugetraut habe – denk also an die Gegenwart, denk an die Zukunft, denk an deine Aufgabe! Und vergiß deine abgeschmackten Gefühle, die niemanden interessieren können außer dich selbst!
Aber du willst nie mehr mit mir über Daddy sprechen, sagt Kirsten.
Wie steht es mit dem Spanisch-Kurs?
Ich hab' mich eingetragen, sagt Kirsten ausweichend. Dann, nach

einer Pause: der Kurs dauert sechs Wochen. Ein Jesuit erteilt den Unterricht. Er scheint ziemlich nett zu sein. Vielleicht verlangt er ein bißchen zuviel.

Was ist mit Mutter? fragt Owen.

Ach – natürlich will sie dich sehen, sagt Kirsten. Sie schaut manchmal bei Tante Harriet herein, sie ruft an, sie ist sehr – wie heißt doch das Wort? – fürsorglich, heiter und aufgekratzt – ihr Freund wartet draußen im Wagen – sie haben einen nachtblauen Corvette, – du hast ihn wohl gesehen, nehm' ich an. Sie sagt, sie weiß, daß wir in Verbindung stehen, aber sie macht uns keinerlei Vorwürfe – sie möchte dich sehen oder wenigstens mit dir telefonieren – sie sagt, es sei ein »Mißverständnis« zwischen dir und ihr gewesen, aber sie könne es mir nicht erklären.

Ein »Mißverständnis«, sagt Owen langsam und lächelt. Aha! So, so. Wahrhaftig! Und ist sie noch ärgerlich – und fürchtet sie sich?

Mutter ist wirklich nicht so leicht zu durchschauen, sagt Kirsten.

Und der Freund – wer ist das?

Er wurde mir als Robert Soundso vorgestellt, er ist ebenso alt wie sie, vielleicht jünger, er lächelt nicht viel, mich kann er anscheinend nicht leiden, wir sind eines Abends zum Dinner ausgegangen, und ich habe Mutter gefragt, ob Tony Di Piero denn nie mehr in die Stadt käme, und das schien sie zu ärgern, offenbar ist Tony kein geeigneter Gesprächsstoff... aber ich hatte den Eindruck – was mich sehr überrascht hat –, daß Tony sie nie über meinen Besuch unterrichtet hat. Er hat ihr nichts gesagt.

Bist du sicher? Das ist wichtig!

Ich kann nicht hundertprozentig sicher sein, sagt Kirsten gereizt.

Owen macht zum erstenmal eine nervöse Bewegung: er fährt mit dem Daumennagel in die Spalte zwischen seinen Vorderzähnen, und eine ganze Weile sagt er gar nichts, sondern starrt einfach in die Luft. Schließlich sagt er: Di Piero! Ich wünschte, ich könnte dir in Bezug auf ihn trauen!

Was meinst du damit? stammelt Kirsten.

In Bezug auf das, was zwischen dir und ihm passiert ist. Damals, du weißt schon.

Ich habe dir alles erzählt, was passiert ist.

Ich weiß, was du mir erzählt hast. Aber ich bin nicht sicher, ob ich es glauben kann.

Ich habe dir *erzählt*...

Und Martens! Wie willst du es mit dem anstellen? Ich meine, wie willst du so ganz in seine Nähe kommen? Du weißt ja, was ich meine.
Ich weiß, sagt Kirsten und schluckt.
Du weißt es...?
Ja.
Wäre es... das erstemal?... mit einem Mann? Oder nicht?
Kirsten sitzt da und starrt sekundenlang auf ihre Hände. Sehr lange.
Dann war also Di Piero der Erste...? Oder nicht?
Owen fummelt an der Spalte zwischen seinen Zähnen, und dann zupft er ein paarmal rasch und verstohlen an seinem Bart. Kirsten vermeint einen leichten Schimmer von Schweiß in seinem Gesicht zu sehen – sie sieht ihn aber nicht direkt an und hört sich gleichmütig sagen: Ich bin beinah achtzehn. Ich bin die Tochter von Isabel Halleck. Wollen wir das Thema wechseln?
Owen zieht langsam und heiser den Atem ein. Als läse er ein geschriebenes Dokument, sagt er: Unsre Taten sollen der Gerechtigkeit dienen. Um das Gleichgewicht herzustellen. Den Ausgleich. Es soll kein Akt persönlicher Rache sein... darüber sind wir hinaus. Verstehst du das? Gibst du mir recht?
Ja, sagt Kirsten und schließt die Augen.
Opfer sind notwendig, sagt Owen, streicht über seinen Bart und zupft daran, als störe er ihn. Aber es werden keine »persönlichen« Opfer sein.
Ja, sagt Kirsten.
Samira... das heißt, Fusako Shigenobu... war ein Barfräulein in Tokio. Und dann haben wir ein großes Beispiel an Charlotte Corday. Und... und... noch viele andre Beispiele gibt es, sagt Owen mit leiser, verworrener Stimme, viele andre Veranschaulichungen des Prinzips.
Ja, sagt Kirsten. Ich verstehe.

*

Lebe, befiehlt Owen, *sei wieder schön,* und ungebärdig tritt er mit seiner eigenen, seltsam verwirrenden Schönheit in ihr Leben.
Wir nehmen das Leid der Richter auf uns, sagt er und flüstert. Das Leid der Henker.

Weiß Isabel etwas? Kann Isabel etwas erraten?
Unmöglich
Beim Überfall auf ihr Haus zum Beispiel war er sehr rücksichtsvoll. Er hat nicht geplündert. Er hat nichts verschandelt. Keinen Gegenstand zerstört.
Ach ja, sagt er und lacht vergnügt, überall Fingerabdrücke, sagt er und wedelt mit seinen Fingern vor Kirstens lachendem Gesicht herum: meine Visitenkarte!
Glaubst du, daß Daddy um uns weiß, fragt Kirsten schüchtern, und dann, etwas kühner, glaubst du ... ich meine ... ob er ... ob ...
Wir sind nicht abergläubisch, sagt Owen.
... ob es eine andre Welt gibt – mit Geistern – und mit Leben nach dem Tode – ich meine, das gibt's natürlich nicht, aber ob er ...
Wir verachten jeden Aberglauben, sagt Owen. Unsre Religion ist der gesunde Menschenverstand.
Gestern war ich in der Post und schaute mir die Fotos mit den gesuchten Personen an, sagt Kirsten aufgeregt, und ich – ich habe in die Augen der – du weißt schon – der Männer und Frauen gestarrt – die vom – F.B.I. gesucht werden – und ich hatte ein so seltsames Gefühl von ...
Nimmst du den Sprachkursus in Georgetown? fragt Owen.
... ihren Augen. Ihre Augen sind so schön. Weil es Gehetzte sind, diese Leute. Schwarze und Weiße und ein paar Spanier. Portoricaner. Weißt du, was ich meine?
Deine Gedanken schweifen ab, sagt Owen. Du mußt lernen, deinen Willen zu konzentrieren ... Sogar deine Haltung ... Das Rückgrat ist das Zentrum der Kraft und Gesundheit. Aber zuerst mußt du die Anweisungen befolgen. Wie steht es mit dem Spanisch-Kurs?
Es ist eine abscheuliche Sprache, sagt Kirsten. Erinnerst du dich, Owen – vor langer Zeit – oben in Bitterfeld war es ... Daddy und Nick spielten Tennis, und die Partie ging endlos weiter ... und Tony Di Piero war da ... ich kann mich nicht erinnern, ob er mit einer Dame da war oder nicht. Und die Silbers. Ja. Die Silbers. Ellen war noch nicht verheiratet, sie ging vielleicht noch ins College. Erinnerst du dich? June hat im Wagen geweint. Sie sind einen Tag früher weggefahren. Irgendwas ging schief, sie stritten sich und fuhren einen Tag früher weg, und Audrey hatte auch geweint, und ich habe sie vermißt ... Erinnerst du dich daran? Wie Daddy und Nick Tennis spielten? Und Mutter war so wütend.

Möglich, sagt Owen. Aber um was geht es eigentlich? Ich halte mich nicht mehr mit der Vergangenheit auf.
Ich bin manchmal so allein. Aber damals – wenn ich daran denke, meine ich – waren mehr Leute da, man kann sie zurückholen – man kann es versuchen – verstehst du, was ich meine? Selbst wenn sie nicht glücklich waren – selbst wenn sie sich stritten. Verstehst du, was ich meine?
Nein, sagt Owen.
Daddy und Nick hatten Tennis gespielt. Aber ich kann mich nicht erinnern, wer gesiegt hat.
Du weißt doch, wer gesiegt hat, sagt Owen und lacht verächtlich.
Wer? – Oh – *er?*
Weißt du doch.
Damals war ich vielleicht fünf oder sechs Jahre alt. Ich fing vielleicht gerade mit dem Kindergarten an.
Wenn du in Erinnerungen schwelgen willst, sagt Owen gereizt, dann mußt du wieder nach Röcken 18 ziehen. *Sie* wird dir gern den Gefallen tun und dir von ihren eigenen interessanten Erinnerungen erzählen.
Dann glaubst du also nicht, daß Daddy vielleicht um uns weiß, sagt Kirsten mit beinah lautloser Stimme.
Die Owen klugerweise nicht zu hören geruht.

*

Owen, der hübsche, ungeduldige Owen mit seinem neuen Bart: kurz und kraus und rötlichbraun.
Owen mit seinen Geheimnissen, seinem verschleierten, lächelnden Blick.
Im Mai, in Eyre, stürzte er auf sie herab, ein stürmischer, wundervoll hochgemuter Owen – ein großartiger Falke mit weit ausgebreiteten Schwingen – nach sechsunddreißig Stunden Wartezeit – während der sie – oder bildet sie sich das bloß ein? – Nicht? – Doch! – drauf und dran war überzuschnappen. Ich bin gekommen, um unser beider Leben zu ändern, sagte er. Ich meine, es zu retten.
Und seither hatte dann ein andrer Owen eingegriffen.
Ein Owen, den sie vergöttert.
Sein Bart, seine Haltung, seine neue Stimme. Seine neue Art Tat-

kraft. Er wiegt hundertfünfundachtzig Pfund; er turnt jeden Tag stundenlang. Ob er trainiert?
Kirsten fragt, aber Owen antwortet nicht immer.
Ich lebe jetzt anders als vorher, sagt er einfach.
Was meinst du damit? fragt Kirsten.
Ich meine, daß ich anders lebe, andres tue, einen andern Arbeitsplan habe; es steht mir nicht frei, darüber zu sprechen.
Aber wann wirst du's mir sagen? fragt Kirsten gekränkt.
Irgendwann.
Ich weiß nicht mal, wo du wohnst, ich habe nicht mal deine Telefonnummer...
Ich habe *deine* Nummer, ich stehe mit dir in Verbindung. Darauf allein kommt es an.
Aber du wohnst in der City, ja?
Manchmal ja, manchmal nein. Wollen wir das Thema wechseln?
Trainierst du? – Eine Art Körperschulung, meine ich.
Du siehst in letzter Zeit sehr gut aus, sagt Owen und drückt ihren Arm. Trainierst du?
Aber du willst nie mehr sprechen, sagt Kirsten. Ich meine – über... gewisse Fragen... Ich bin so allein, ich hätte beinah Lust, nach Hause zu gehen... da könnte ich mit *ihr* sprechen... Wir hassen uns, und wir würden uns zanken, und sie würde mich nach einer Woche fortjagen, aber wenigstens...
Meinst du das im Ernst? fragt Owen und drückt ihren Arm. Er ist immer noch zum Scherzen aufgelegt, aber Kirsten verzieht das Gesicht. – Das meinst du doch nicht im Ernst, Freundchen!
Ich will's hinter mich bringen, sagt Kirsten; die beiden, Nick und sie, vergiften mir das Leben... aber *ihn* sehe ich nie. Ich höre nie etwas über ihn. Wir wollten sie beide im Bett überraschen, aber – aber wenn sie heiraten...
Das war *deine* Idee, sagt Owen. Ich habe die ganze Zeit gewußt, daß es unpraktisch ist.
Aber sie könnten heiraten... in ein, zwei Jahren...
Nein. Das werden sie nicht tun, sagt Owen.
Kirstens Herz klopft schneller. Doch sie sieht Owen nicht an. Ruhig sagt sie: du hast es nie als unpraktisch bezeichnet. Du wolltest es auch, wegen der Gerechtigkeit.
Es wäre melodramatisch, sagt Owen. Ich bin Pragmatist.
Ja, jetzt – jetzt bist du ein Pragmatist.

Auf jeden Fall werden sie nicht heiraten, sie werden nicht so lange leben, sagt Owen barsch.
Wie lange ... wie lange werden sie noch leben? fragt Kirsten leise. Wieviel Zeit haben sie noch.
Das hängt offensichtlich von den Umständen ab, sagt Owen. Aber nicht mehr lange.
Aber *wir* sind's doch, nicht wahr, sagt Kirsten, ich meine, wir sind's doch, die es ... die es tun werden ... nicht wahr?
Natürlich, sagt Owen mit einem kleinen, vibrierenden Lächeln, wer sonst?

*

Mit seiner ernsten und eifrigen Stimme spricht er zu ihr über »revolutionäre Politik«.
Ja, murmelt sie und schließt die Augen.
Eine ganze Litanei von Verbrechen und Gewalttaten, – ja, natürlich, das hat sie schon immer gewußt.
Das Vietnam-Verbrechen, die Ausbeutung der Bodenschätze in aller Welt, die C.I.A.-Morde. Kambodscha und Iran und Guatemala und Chile, unaufhörlich Kriege, unaufhörlich Revolution.
Das hat sie schon immer gewußt. Sie liebt die Stimme ihres Bruders, wenn sie ruhig und kräftig und volltönend ist. Sie liebt seine Stimme, wenn sie zu beben beginnt – vor Furcht? vor Wut?
Bekomme ich einen Revolver? fragt sie.
Die Theorien von Fanon und Guevara. Die Theorien von Lenin, Bakunin, Kravchinsky, Fürst Kropotkin. »Ständige Revolte mit Dolch und Gewehr und Dynamit!« Und Robespierre. Und Arafat.
Denn Kapitalismus ist schließlich Gewaltanwendung.
Ja, murmelt Kirsten.
Tupamaros. Der Schwarze September. Der Heilige Krieg. *Brigata Rossa.* Opfer. Heldentum. »Eine Revolution rückt mit Taubenschritten vor«. Guevara. Meinhof. Kirsten hört zu. Tränen schwimmen in ihren Augen. Owen packt ihre Hand und sagt leidenschaftlich: wir sind Soldaten, ob wir wollen oder nicht, wir sind von Feinden umgeben.
Wann soll ich es tun? fragt Kirsten. Werden sie mir helfen – deine Freunde? Bekomme ich einen Revolver?
Die Vereinte Rote Armee. Die Volksfront für die Befreiung Paki-

stans. Die Freiheitspartei des türkischen Volkes. Ja, sie weiß es, sie hat es immer gewußt, sie nimmt die Hand ihres Bruders und preßt sie gegen ihr erhitztes Gesicht. Sie will ihn nicht in Verlegenheit bringen mit ihren Tränen, aber sie kann nicht anders.
Die Massaker der aufständischen Schwarzen. Amerikas Geheimdienst im Ausland, heuerbare faschistische Todes-Schwadronen, die U.S.A.-Währung. Hat sie jemals von den revolutionären »Tauben« gehört, einer amerikanischen Organisation, hauptsächlich Studenten an der Ostküste, in New York City und Boston, die »untergetaucht« sind, fünf ihrer Mitglieder in den letzten drei Jahren hingerichtet ... Nein, sagt Kirsten, doch. Ich glaube, ich habe was darüber gelesen, ich weiß nicht – sind *das* deine Freunde? ... wann kann ich sie kennenlernen?
Edith und Richard Naumann, umgebracht in Mexiko, in Mazatlán, von gedungenen Mördern der C.I.A. Revolutionäre Ende zwanzig. Sie studierten Sartre, Marcuse und Fanon. Spezialisten für Latein-Amerika: Richard Naumann hatte an der Columbia-Universität seinen Doktor der Philosophie gemacht. Edith Naumann hatte unter dem Freedom of Information-Gesetz unzählige Gesuche ans Außenministerium gerichtet, man möge ihr erlauben, gewisse Dokumente zu prüfen, die in Zusammenhang mit der Rolle des Staatssicherheitsdienstes in der chilenischen Politik zur Zeit von Allendes Sturz standen. – Die Naumanns waren Mitbegründer der »Tauben«, sagt Owen, aber ich weiß natürlich nur sehr wenig über sie.
Wann kann ich deine Freunde kennenlernen? Wann kann ich Uli kennenlernen? fragt Kirsten mit tränenüberströmten Gesicht, ich bin so allein ohne dich ... schämst du dich wegen mir?
Natürlich nicht, sagt Owen.
Ich möchte sie kennenlernen. Ich bin bereit. Ich bin schon sehr lange bereit. Du weißt es. Du weißt es.
Es ist noch nicht ganz soweit.
Ich glaube dir alles, was du sagst, ich verstehe es, ich will nicht mehr leben, wenn es nicht bald passiert, ich will Daddy nicht vergessen, sie vergiften mir mein Leben, ich will ihn nicht verlieren, sag ihnen, ich sei bereit, sag ihnen, ich will mich nützlich machen, ich weiß, daß er ein Mörder ist – Nick – ich weiß, daß er zu sterben verdient – Nick – und *sie*, wir führen Krieg – immer sind Kriege geführt worden, ich versteh's – ich bin bereit ...

Zu deinem eigenen Schutz, sagt Owen verlegen, glaubt man – sei es jetzt nicht – glaubt Uli – und ich gebe ihm recht...
Laß mich nicht so allein, Owen, bittet Kirsten, kann ich nicht bei dir wohnen, kannst du nicht in Tante Harriets Haus ziehen? – Und warum wollen sie mich nicht sehen? Trauen sie mir nicht? – Uli – was für ein Name ist das? Ist er wirklich schwedisch? – ist er – ich weiß ja nicht – spanisch? – russisch? – Will er mich nicht kennenlernen? Will er nicht wissen, wie ich aussehe? Ich kann doch nicht unsichtbar bleiben...
Uli hat dich schon gesehen, er weiß, wie du aussiehst, sagt Owen.
Er weiß es? Aber wieso? Und wann? Wann wurden wir bekanntgemacht? fragt Kirsten erstaunt.
Ihr wurdet nicht bekanntgemacht, er hat dich gesehen, er saß am Tisch neben uns – erinnerst du dich? – in dem kleinen Café – an der Nineteenth Street?
Er saß neben uns? – Er hat zugehört?
Er hat zugehört, er weiß, wie du bist, sagt Owen lächelnd und ergreift ihre Hände, er war sehr beeindruckt... Ja, er billigt dich.
Er billigt mich, sagt Kirsten benommen. Er war *dort?*
Er hat zugehört, er hat dich beobachtet, und natürlich hat er zum Teil nach dem geurteilt, was ich ihm erzählt hatte, und zum Teil nach unseren Telefongesprächen, die er mit angehört hat – natürlich ist er sehr gewissenhaft, er beachtet jede Vorsichtsmaßnahme. Es geht immerhin um Leben und Tod. Es geht um Krieg.
Er *billigt* mich? fragt Kirsten scheu.
Ja, natürlich, du bist eben meine Schwester, sagt Owen und grinst plötzlich, und jetzt zittert seine Stimme, von einem Gefühl bewegt, das Kirsten verstehen kann. Du bist eben meine Kirsten, was?

Nach dem Ausdruck in Isabels Gesicht zu schließen – ein quecksilbriges Zittern wie auf einem Wasserspiegel –, weiß Kirsten, daß der Geliebte ihrer Mutter gekommen ist.
Isabel steht reglos da, sie blickt an Kirstens Kopf vorbei. Ihre Lippen sind geöffnet, die weit auseinanderliegenden Augen sind still. Neben ihr spricht jemand mit der feurigen Überschwenglichkeit der beinah Betrunkenen, aber Isabel hat jeglichen Anschein aufgegeben, als höre sie ihm zu.
Kirsten spürt, wie ein Schwächegefühl in ihr aufsteigen will, aber sie gibt ihm nicht nach.
Es ist wichtig, gelassen zu bleiben. Ruhig zu bleiben. Sich beim Klang seiner Stimme nicht umzudrehen.
Isabel blickt ihren Geliebten an – aber ohne Liebe. Sie bemerkt nicht, daß Kirsten sie beobachtet, sie bemerkt niemanden, ausgenommen Nick. Und dann wendet sie sich schroff und unhöflich von ihrem Bekannten ab und betritt Claudias Haus. Durch die weit offenen Glastüren tritt sie ins Haus. Hinter Kirstens Rücken ertönt Nicks Stimme in übertrieben herzlicher Begrüßung.
Nick, nein so etwas!... Es ist so lange her...
Es ist wirklich lange her...
Seine Stimme. Seine Gegenwart. So unvermittelt. Kirsten beugt sich tiefer, um die Blüten des Cereus zu beobachten, ihr Atem ist gepreßt und flach. Sie fühlt sich nicht wohl. Sie hat sich nicht mehr wohlgefühlt – seit dem Ertrinken, dem Schlamm, dem schwarzen, teerartigen Schlamm und den Stechmücken und Wegschnekken... Es ist wichtig, gelassen zu bleiben. Sich nicht umzudrehen beim Klang seiner Stimme, froh und kindlich sich in seine Arme werfend.
Nick. Nick.
Isabel ist weggegangen. Isabel hat sich zurückgezogen. Zwischen

ihnen ist nichts mehr, denkt Kirsten entsetzt, aber der Gedanke verschwindet aalgeschwind, und in jedem Fall muß sie sich auf den nachtblühenden Cereus konzentrieren.
Riesengroße, sahnig-rosa Blüten, röhrenförmig langgestreckt, größer als eine Männerfaust. Seltsam dornige Spieße hüllen den Kelch ein. Ein sehr feiner Duft. Fast nicht wahrnehmbar. Und jetzt sind alle offen. Fast alle. Kirsten spürt, daß sie beobachtet wird, hält ihr Gesicht noch näher an eine Blüte und sieht, daß sie sich vielleicht noch weiter öffnen wird: da sind Nischen innerhalb von Nischen, unergründliche Tiefen, zarte Fäden der Staubgefäße und Griffel, eine Zunge mit einem blaßgelben Streifen.
Die Pflanze lebt, lebt unbewußt und erbebt.
Kirsten beugt sich näher heran: ein ruhiges, blasses Gesicht, eine Schönheit. Ein Auge blickt hier in ein Auge.
Du mußt diesen Auftritt sehr, sehr sorgfältig spielen.
Jemand zählt die Blüten auf der Pflanze – elf, zwölf, dreizehn? – stimmt das? – Nein, vierzehn – da ist noch eine – und Nick Martens ist hinter ihr, kommt näher, im Gespräch mit jemand, den Kirsten nicht kennt. Die falsche Herzlichkeit, die leicht angesäuselte Kameradschaft, das unterbrechende Gelächter, das nichts zu bedeuten hat. Lügner, denkt Kirsten, Mörder, sie verhält sich ganz still, will nicht atmen, ein Auge blickt in ein Auge.
Jeder auf der Terrasse beobachtet sie verstohlen.
Jeder sieht es: Kirsten Halleck, groß und unbändig und vollkommen ruhig, hat ihren Rücken dem Mann zugewandt, der ihren Vater vernichtet hat. Kirsten Halleck, eine junge Dame von seltsam auffallender und erregender Schönheit. Jeder hat gesehen, wie Isabel sich zurückzog – wie Isabel Halleck wegging, und bald wird getuschelt: die arme Isabel, sie sieht in letzter Zeit wirklich ein bißchen erschöpft aus, nicht wahr? Hat sie sich nach so vielen Monaten nicht erholt? Ob sie doch noch zusammenbricht?
Kirsten kann das Flüstern, das Geraune hören. Das heimliche Gelächter.
Warum hast du mir keinen Revolver gegeben, möchte sie Owen anschreien, ich hätte ihn erschießen können, sowie er auf die Terrasse trat, keiner hätte mich hindern können!
Plötzlich ist er ein paar Schritte entfernt, bemerkt sie nicht oder erkennt sie nicht. Kräftig schüttelt er jemandem die Hand. Falsche, herzliche Freude ist ein Teil seiner Maske. Nick Martens, ein Mann

im öffentlichen Leben, ein Erfolg, – Nick mit seinem gezwungenen Lächeln, seinen flinken, huschenden Blicken, um Mund und Stirn eine Anspannung, an die Kirsten sich nicht erinnert. Und sein Haar wird grau. Und unter den Augen hat er von der Erschöpfung bläulichrote Ringe.

Kirsten spürt, daß sie wie eine Schlafwandlerin auf ihn zugeht. Es ist alles sehr leicht: ihr Gesicht ist aufwärts gewandt, und ihr Blick richtet sich ruhig auf sein Gesicht. Sie denkt nicht *Lügner,* sie denkt nicht *Mörder,* sie nähert sich ihm einfach, wie eine junge Frau sich einem schönen Mann nähern mag: so kühn vor Verlangen, daß gerade diese Kühnheit in Unschuld hinüberspielt. Sie ist beeindruckt von ihm, sie ist in einer Art Trance, es ist außerordentlich leicht, warum hat sie sich jemals davor gefürchtet...? Irgendein geschwätziger Dummkopf spricht über den Cereus – was für eine Vergeudung, soviel Schönheit – er blüht nur eine Nacht im Jahr, und gegen Morgen hängen die Blüten schlaff herunter, ein erstaunlicher Anblick – häßlich – haben Sie das schon gewußt – es wird Sie amüsieren, Nick – es gibt sogar einen Nachtschmetterling, einen besonderen Nachtschmetterling, den die Natur für diese einzige Pflanze ersonnen hat – aber Kirsten hört es schon nicht mehr – und Nick, der sie erblickt hat, starrt sie jetzt an und gibt offenbar auch nicht acht.

Nick lächelt nicht mehr. Die Augen in seinem sonnengebräunten Gesicht sind seltsam hell. Kirsten streckt ihre Hand aus – es ist alles sehr leicht – ihr Gesicht strahlt vermutlich eine Art Verlangen aus – wie kann er widerstehen? Ganz natürlich ergreift er ihre Hand und umschließt sie fest mit den Fingern.

Guten Abend, sagt er, Kirsten...?

VIII

Der Händedruck

Washington, D.C., Juni 1979

Todestag

An diesem Tag, dem elften Juni 1979, kritzelt Maurie Halleck die Notizen hin, die sein »Geständnis« bilden sollen. Mit zitteriger Hand. So zitterig ist sie, daß er sie auf die Tischkante aufstützen muß.

Tatsächlich so zitterig, daß sich nach seinem Tode Zweifel – wenn auch nicht beträchtliche Zweifel – wegen der Echtheit des Geständnisses erheben.

An diesem Tag tastet sich Maurie Halleck durch eine Flut von Träumen, die ihm – aber nicht in chronologischer Reihenfolge, wie es die volkstümliche Meinung gern behauptet – ein Durcheinander von Visionen zuschleudert, die sein Leben ausmachen. Alte Erinnerungen, Stimmen, Gesprächsfetzen, Gesichter und Zimmerdecken und Korridore und das ohrenbetäubende Gebrüll des wilden Loughrea, Küsse, so fest und freudig, wie sie nur die Überzeugung der Unaufrichtigkeit eingibt; Kinderküsse, Kindertränen; letzter Händedruck eines Freundes. Ein Leben also. Sein Leben. Vollendet.

*

Geburtstage, denkt Maurie Halleck. Todestage. Warum sie nicht feiern?

Er ist allein, schenkt sich wieder einen Zollbreit Whisky in das graugeränderte Glas, das er anscheinend seit Wochen, seit Monaten benutzt. Im bequemen Unrat seiner Junggesellen-Einsamkeit. – Nur eine vorübergehende Trennung, verstehen Sie? Und gleichzeitig nehme ich Urlaub vom Untersuchungsausschuß. Eine Möglichkeit, um gefühlsmäßig ins Gleichgewicht zu kommen, eine Strategie, um »alles in Ordnung zu bringen«, die Kinder dabei berücksichtigen, meine Frau.

Viele sterben zu spät, und wenige sterben zu früh, hatte Nick einst mit einer tremolierenden Schauspielerstimme Maurie vorgelesen, die

Doktrin klingt noch immer seltsam: *Stirb zur rechten Zeit!* Nick Martens, groß und hübsch, selbstherrlich in all dem wahllosen Kräftespiel später Pubertät. Selbstherrlich in seinen Plänen, Zielen und Ambitionen. Sein unruhiger, amüsierter Blick. Seine erhitzte Haut. Waren sie damals in Harvard – oder noch in Bauer? Wahrscheinlich in Bauer – Tage ihrer wahren Vertrautheit. Seitdem allmählich die Entfremdung. Über dreißig Jahre. Siebenundzwanzig Jahre... Und war das Zitat von Nietzsche, oder war es von Camus oder Sartre oder Dostojewskij? Diesen Ikonen pubertärer Heldentaten in den fünfziger Jahren. Als wir die Mechanismen des Heranwachsens durchmachten.

Immerhin, die Doktrin ist doch sehr schön und verlangt eine Feier.

Maurie Halleck kritzelt Notizen hin, zerknüllt Papierfetzen und läßt sie auf den Fußboden fallen. Wartet auf das Läuten des Telefons, das ihn zurückruft. Maurie Halleck ist angesäuselt, unrasiert, vom Alkohol benebelt. Ein »getrennt lebender Mann«. Ein Verlorener. Vater, aber nicht Ehemann. Ein Angestellter ohne Anstellung. Mit wackliger Gesundheit. (In seiner Brust, seinem Magen und dem Leib hat er seltsame, beklemmende Krämpfe, die so etwas wie Schmerz sein könnten, wenn er Schmerz wahrnehmen könnte. Aber er hat an andre Dinge zu denken. *Meine Absicht ist es, Klarheit zu schaffen,* schreibt er und stützt dabei seine Hand auf die Tischkante, *meine Absicht ist es, den Gerüchten und Vermutungen ein Ende zu machen, und...*

Er blickt auf. Eine Stimme? Vom Flur her? Kirsten? Hat sie sich besänftigt und ist umgekehrt, ihn zu besuchen?

Er stolpert auf die Füße – doch niemand ist da. Die Tür ist verschlossen, der Sicherheitsschlüssel steckt im Schloß.

(Nimm dich in acht, hat Charles Clayton gesagt und seinen Arm gedrückt, ohne ihm voll ins Gesicht zu sehen, falls ein Parkhaus in deinem Gebäude ist, ich meine, so ein dunkler, öder Raum... Könntest du nicht auf der Straße parken – oder jedenfalls die Garage nicht spät abends benutzen, wenn kein Mensch in der Nähe ist? Und wenn es an der Wohnungstür läutet, öffne nur, wenn du genau weißt, wer da ist!)

Maurie Halleck, vom Untersuchungsausschuß beurlaubt. Seine zahllosen, verantwortungsvollen Pflichten – seine »äußerst heikle Arbeit« – wird natürlich auf seine Mitarbeiter verteilt werden.

Nur eine vorübergehende Trennung.
Maurie Halleck in seinem Anwalts-Anzug (dreiteilig, dunkelgrauer Wollgabardine, auf Isabels Drängen hin bei den Londoner Schneidern angefertigt, die fast alle von ihres Vaters »wichtigen« Anzügen gemacht hatten). Maurie Halleck in seinem alten grünkarierten Bademantel mit den ausgefransten Manschetten. (Der Bademantel war ein Geschenk seiner Kinder. Willst du nicht mein Geschenk aufmachen, Daddy, hier ist es, Daddy, hier ist es, bist du nicht *gespannt?* – Jahre her. Aber jetzt sind die Kinder erwachsen, jetzt sind die Kinder verlegen und zurückhaltend und überhaupt zu sehr beschäftigt.)
Kirstens Tennisstunden, Owens Examen.
Ein Fehler, Kinder zu haben, schreibt Maurie mit seiner langsamen, verworrenen Krakelschrift, *ein Fehler, Kinder in die Welt zu setzen, wenn man der Verantwortung nicht gewachsen ist.*
Kirstens hörbares Atemholen, ihr ungeheures Erstaunen. Warum wollen wir uns nicht beide niederknien, warum wollen wir nicht gemeinsam beten, Maurie muß betrunkener als sonst gewesen sein, oder noch verzweifelter ... nur ein paar Minuten ... gemeinsam. Hinterher dachte er mit größter Verlegenheit an den Vorfall und rief seine Tochter an, um sich zu entschuldigen, aber sie war nicht zu Hause, und auch Isabel war nicht zu Hause, um es ihr auszurichten.
Und Owen ... an Owen möchte er nicht denken.
(Owen, der damit prahlt, zum Wochenende in das Haus der reichen X.'s eingeladen zu sein. Owen, der damit prahlt, einem seiner Professoren »regelrecht imponiert zu haben«. Seine Zensuren, sein Klubhaus, seine Pläne für die Rechtsfakultät, seine Pläne für die Zukunft, als Anwalt in Washington, der jeden kennen und in allen Kreisen zu Hause sein wird ... Sogar seine Tennisschuhe hat er mit fanatischer Sorgfalt gewählt, denn sie *müssen* die richtige Marke sein.)
Der Fehler des Vaterseins im »persönlichen« Sinn, schreibt Maurie: *zu glauben, daß Liebe Gegenliebe erweckt.*
Seine Wagenschlüssel, denkt er plötzlich. Wird er fähig sein, seine Wagenschlüssel ausfindig zu machen?
Ich, Maurice Halleck, gesund an Geist und ...
Seine Wohnung ist nur eine vorübergehende Behausung, doch es war nötig, einen Jahresvertrag zu unterschreiben. Beim Unter-

schreiben spürte er, wie ihm eine lächerliche, dicke Träne über die Wange rinnt. Wie hast du dir jemals einbilden können, daß ich dich »auf *die* Art« geliebt habe, fragte Isabel gelassen. Jetzt hat er ein hübsches Einer-Apartment im fünften Stock der Potomac-Tower-Apartments, mit dem Blick nach Süden, Richtung Capitol. Etwas näher liegt die Holiday Inn, auch ein Hochhaus.
Er zaudert, bevor er den Vertrag unterschreibt. Aber er unterschreibt.

*

Das Telefon, hatte Charles gesagt.
Ja?
Mit dem Telefon in deinem Apartment – wäre ich an deiner Stelle vorsichtig.
Das verstehe ich nicht, sagte Maurie.
Charles sah ihm nicht voll ins Gesicht, aber Maurie empfand wie einen Schlag den ungeduldigen, mitleidigen Blick. Schafskopf, hatte Charles vielleicht gedacht. Aber laut hatte er gesagt: Ich glaube doch, daß du mich verstehst.

*

Aber das Telefon läutet selten. Kirsten hat drei oder viermal angerufen, doch nicht in letzter Zeit; Owen hat zuviel zu tun; Nick Martens ruft selbstverständlich nie an. Und Isabel – selbstverständlich ruft auch sie nicht an.
Das Leben ist kurz, entsinnt sich Maurie, *aber die Stunden sind lang.* Er kann sich nicht erinnern, wer das gesagt hat. Vielleicht ist es ein Sprichwort. Vielleicht ist es eine von Nicks rätselhaften Bemerkungen, die unerbittliche »Wahrheit« schwedischer Folklore. *Wer Gottes Angesicht sieht, muß sterben* – wie Nick behauptete, hatte es seine schwedische Großmutter gesagt. Maurie hatte noch mehr wissen wollen: ob es ein Teil einer Geschichte oder Sage sei; aber Nick hatte es nicht gewußt.

»Ein Tag im Sowjet-Himmel«

Im Frühling 1971, als Isabel Halleck vierunddreißig Jahre alt war, wurde sie durch eine Postkarte von Nick Martens – die er ihr aus Rußland schickte, wo er eine dreiwöchige Rundreise für die U.S.A.-Kulturabteilung machte – auf ihre (wie man es wohl bezeichnen konnte) »Karriere« einer leichten Frau gestoßen.

Die Ansichtskarte war eine Farbfotografie von einem der ovalen Mosaiken des Mayakovskaya-Bahnhofs in Moskau. Die Unterschrift lautete »Ein Tag im Sowjet-Himmel« und zeigte einen stämmigen Fallschirmspringer, der in eine türkisblaue Leere springt, während sich sein Fallschirm gerade zu öffnen beginnt. Der junge Mann sah seiner Sowjet-Pflicht mit tapferem Lächeln ins Auge, und er glich – kaum merklich – Nick Martens.

Nicks gekritzelter Gruß teilte ihr mit: *Kalt hier oben. Aber in einer Minute bin ich wieder unten. Paella –? Love. N.*

Isabel las die Karte, betrachtete die Fotografie, las die Mitteilung noch einmal – und brach in unerklärliches Schluchzen aus.

Sie weinte mehrere Stunden.

Sie weinte in ihrem Badezimmer, wo sie ihr Gesicht mit glyzerinhaltiger Kokusnußmilch-Seife wusch und wiederholt mit kaltem Wasser erfrischte. Sie weinte im Schlafzimmer. Sie setzte sich an den Eßtisch, sah sich aber – zur größten Verlegenheit der für diesen Abend eingeladenen Gäste und zur Bestürzung ihres Mannes – gezwungen, das Eßzimmer zu verlassen.

Was ist denn, Isabel, fragte er und streichelte ihre Schulter, als sie querüber auf dem Bett lag, bitte, erzähl's mir, sagte er sanft, und selbst in ihrer Aufregung konnte sie die Furcht in seiner Stimme hören. Deshalb sagte sie ihm, es müsse mit der Frühlingsluft zusammenhängen, mit der jähen Wärme, und da habe sie an ihr kleines Baby denken müssen, ein Mädchen, noch ohne Namen, das vor vielen Jahren gestorben war.

Nick sollte in einer Woche nach Washington zurückkehren, und zu der Zeit hatte Isabel bereits ein Verhältnis angesponnen, und zwar mit Tony Di Piero, den ihr Nick eines Tages beim Lunch in *La Cuisine* widerstrebend vorgestellt hatte. Tony sagte ihr, daß jedermann glaube, sie und Martens hätten ein Verhältnis miteinander – er hielt es für »drollig«, daß Isabel all die Jahre Maurie treugeblieben sei.

Drollig und ziemlich geschmacklos, sagte Tony.

Transgression

Vor vielen Jahren erörterten Maurie und Nick die mehrdeutige Taktik »guten Verhaltens«.

Sie waren Knaben damals, kaum »junge Männer«, und derartige Fragen nahmen sie sehr ernst: wie man sein eigenes Leben leben solle, wie man sich selbst verwirklichen, gut vorankommen und gleichzeitig gut *sein* solle.

Stundenlang bis in die Nacht hinein. Als wüßten sie, daß solche Wahrheit *jetzt* entdeckt werden mußte, bevor sie ins Mannesalter kamen. Und schon damals bemerkte Nick: ich pfeife aufs *Gutsein,* wenn es mich daran hindert, jemals etwas zustandezubringen, etwas Gutes inbegriffen.

Maurie bemerkte mit einem für ihn nicht charakteristischen Humor – oder war es ein frühreifer Zynismus –, daß man sich im Grunde weder gut verhalten noch gut sein könne. Er lächelte traurig; er sagte: vielleicht wäre es besser, überhaupt nichts zu tun. Einfach hierzubleiben.

In Bauer? – Danke bestens, sagte Nick.

Hier.

*

Nur zu Maurie sprach Nick über seinen Vater und über die Musik. Und über das, was er »Transgression« nannte.

Bernard Martens, jetzt Direktor der Musik-Akademie Philadelphia, war ehemals ein vielversprechender junger Pianist gewesen. Er hatte bei Schnabel studiert, er hatte sogar etwa zwanzig oder mehr »geheime« Sitzungen bei Horowitz gehabt. Schnabel hatte ihm gesagt: kein Mensch steht gern um sechs Uhr auf, um nichts zu tun, aber man kann gern um fünf Uhr morgens aufstehen, um *etwas* zu tun, das heißt, etwas Wichtiges, Erregendes. Diese Bemerkung wiederholte Bernard Martens gewohnheitsmäßig, bis sie zu einem gewissen Zeitpunkt seines Lebens nicht länger anwendbar war.

Nick sprach von seinem Vater mit leiser, rascher und manchmal kaum hörbarer Stimme und hatte dabei den Blick auf die Holzdielen des Fußbodens geheftet, während sein erhitztes Gesicht vor lauter Faxen und Zwinkern und Fratzenschneiden seltsam lebendig wurde – ein zweiter Nick Martens, den die andern Jungen nie sahen und der sie erstaunt hätte ... Vielleicht eine Scheidung, ich kann's nicht ganz mitkriegen ... sie ruft an und spricht unverständlich in den Hörer hinein ... weint ... und bittet mich, nach Hause zu kommen ... behauptet, er habe sie im Stich gelassen und wolle mit einem Mädchen zusammenleben ... einer Sängerin, Mezzosopran ... New Yorker Oper ... und dann hängen wir auf und ich stehe angewidert da ... wirklich angekotzt ... o jemine ... o Schiete ... wenn sie beide tot wären, wenn *er* tot wäre ... wenn ich niemanden hätte ... niemanden meines Namens ... wenn ich bloß, sagen wir mal, eine Person wäre ... eine Person ohne Familie, ohne Vorgeschichte ...! Und dann bimmelt das Telefon wieder, und es ist wieder Mutter, und jetzt fragt sie mich, ob er angerufen hat und ob ich wüßte, wo er ist, ob er mir was anvertraut hat, und ich sage ihr, nein, natürlich nicht, ich steh' da und bin zu Tode erschrocken, weil es so verrückt klingt, ich meine nicht, verrückt vor Wut oder auch bloß wütend oder dergleichen, sondern wegen der *Logik*, die sie plötzlich einsetzt ... daß Vater und ich uns natürlich gegen sie verschworen haben und daß ich die Sängerin wohl kennengelernt habe, natürlich seien wir alle zusammen essen gegangen, stimmt's? in New York ... und so redet sie weiter und weiter ... das war gestern früh ... ich hatte mich schon für die Geschichtsstunde verspätet, du hast an meine Tür geklopft ... ein paar Minuten später bist du nochmal gekommen, erinnerst du dich? ... ich weiß nicht, was ich zu dir gesagt habe, tut mir leid, wenn ich grob war, ich wußte zum Teufel nicht, was da passierte ... meine arme idiotische Mutter ... meine arme *langweilige* Mutter ... denn all ihre Gedanken drehen sich natürlich um *ihn:* Bernard hier und Bernard da, wie grausam er ist, was für ein Lügner er ist, ein Heuchler, ein Krimineller, ein Ehebrecher, ich hätte keine Ahnung, könnt's mir nicht vorstellen, was für ein schlechter Mensch er sei: wie er meinen ganzen Haß verdiene.

Nick schwieg. Maurie wollte die Hand ausstrecken, ihn beruhigen, ihn trösten. Aber natürlich wagte er sich nicht zu bewegen. Er wagte nicht einmal zu sprechen.

Bernard Martens begann seinem Sohn Klavierstunden zu geben und ihn »in allgemeiner musikalischer Bildung« zu unterweisen, als Nick sechs Jahre alt war. Das Kind mußte die üblichen technischen Anleitungen durcharbeiten – vieles von Czerny, den er verabscheute –, und wurde auch zum »Komponieren« ermutigt, um seine Phantasie spielen zu lassen. Nach Bernard Martens' unberechenbarem Stundenplan konnten die Lektionen zu den seltsamsten Tageszeiten stattfinden: um sieben Uhr morgens, um halb elf Uhr abends, besondere Wiedergutmachungs-Sitzungen, um für ausgefallene Lektionen zu entschädigen und die an verregneten Sonntagen bis zu drei ermüdende Stunden dauern konnten. Er war herrschsüchtig und tyrannisch und ärgerte sich leicht über Nicks Unfähigkeit – und dann wieder war er leicht – allzu leicht – von Hoffnungen auf Nick als genialen Pianisten entflammt.

Als Nick zehn Jahre alt war, veranlaßte Mr. Martens, daß Nick bei einem seiner ehemaligen Kollegen am Juilliard Klavierunterricht erhielt, was sehr viel Hin- und Herfahrten zwischen Philadelphia und New York bedeutete – Fahrten, für die Mrs. Martens verantwortlich war. Doch nach vier Monaten schien es Mr. Martens' sensiblem Ohr, als habe das Spiel seines Sohnes sich verschlechtert... deshalb brach er mit einem einzigen Anruf von etwa fünf Minuten Dauer den Unterricht ab, und Nick bekam Mr. Roussos nie wieder zu Gesicht. (Er hatte eine schüchterne Zuneigung zu Mr. Roussos gefaßt, weil er sanft und gütig und geduldig mit ihm war und einen großen Teil des Unterrichts neben ihm sitzend erteilte und dem Kind zeigte, wie man eine Passage spielen *könne,* wie man sie aber andrerseits *auch* spielen könne – die Wahl lag beim Pianisten.)

Nick kehrte also zu den stürmischen Lektionen seines Vaters zurück. Und dann passierte etwas mit der Akademie: finanzielle Probleme, Streit mit der Fakultät, die Notwendigkeit einer – wie Mr. Martens es nannte – »energischen« P.R. Kampagne –, und vielleicht spielten auch Eheprobleme mit hinein. (Der arme Nick geriet einmal in seines Vaters Büro in der Akademie, als Mr. Martens' Sekretärin nicht an ihrem Schreibtisch saß: er stieß auf eine Szene, die ihn im Augenblick nicht beeindruckte, ihn aber jahrelang verfolgen sollte: Mr. Martens saß vor seinem riesigen, überladenen Schreibtisch und lehnte sich in einem Drehstuhl zurück, hatte die Hände hinter dem Kopf verschränkt und seine stämmigen Schenkel behaglich übereinander geschlagen, und ein junges Mädchen, vielleicht neunzehn Jahre alt, saß auf der Kante des Schreibtisches, spielte mit einem Brieföffner und stieß dessen Spitze leicht in die Tischplatte. Das Mädchen hatte lange, verhedderte rote Haare und trug einen gestickten Bauernkittel, einen schwarzen, kunstseidenen Rock und durchsichtige schwarze Strümpfe, und wenn sie auch nicht hübsch war, hatte sie doch ein anmaßendes, stupsnasiges Gesicht und sehr gescheite braune Augen, die Nick erschreckten. Daß sein Vater so untätig, so entspannt und sogar belustigt schien, daß sein Vater, der zu Hause so rasch ärgerlich wurde, im Zusammensein mit diesem Mädchen so nachsichtig war und daß beide, Mr. Martens und das rothaarige Mädchen, sich in Nicks Gegenwart anblickten, als ob – ja, als was? – als ob sie in einer unergründlichen Beziehung zueinander stünden, die ihn ausschloß, und daß sie sich irgendwie über ihn, sein Erröten und seine Schüchternheit und sein Gestammel amüsierten –, all das machte im Verlauf der Zeit einen gewaltigen Eindruck auf Nick, obwohl es sich ihm im Moment nicht so deutlich einprägte. Und was sollte er von seines Vaters verstellt höflicher Geduld halten, mit der er sich anhörte, was Nick zu sagen hatte – eine Bestellung von seiner Mutter war es gewesen –, und daß er Nick dann mit einer herablassenden Geste aus dem Büro scheuchte: all right, danke, jetzt raus, zieh ab –, eine Geste, aus der kein Ärger sprach, nur eine gelangweilte Verachtung?

Nick erzählte seiner Mutter natürlich nie von dem Mädchen; ebensowenig fragte er hinterher seinen Vater, wer sie sei. Obwohl er es gern gewußt hätte: er hätte es sehr gern gewußt – nicht ihren Namen, aber welches Instrument sie spiele und ob sie Talent habe.

Es gab also unerklärliche Lücken in Mr. Martens' Interesse an seines Sohnes musikalischer Ausbildung, und dann wieder gab es Zeiten angestrengter Konzentration. Drei Stunden währende Lektionen, Strafarbeiten, um Nicks »angeborene« Liederlichkeit zu verbessern, Mozart-Passagen, die wieder und immer wieder gespielt werden mußten, bis sie gemeistert waren. Nick war elf, Nick war zwölf Jahre alt. Ständig erhielt er in einer privaten Episkopal-Schule in Chestnut Hill gute Zensuren, doch sein »Pianisten-

Genie« wurde immer mehr angezweifelt, und Mr. Martens' Stimmung wurde zunehmend schlechter. Es kam zu langen, ermüdenden Sitzungen, bei denen Vater und Sohn sich die Platten von andern Pianisten – Rubinstein, Horowitz, Kann, Laugs, de Larrocha, Demus und sogar Schnabel – anhörten, die dasselbe Stück spielten, und dann pflegte Mr. Martens sich ans Klavier zu setzen und wiederzukäuen, wie das Stück wirklich interpretiert werden solle, und dann wurde Nick aufgefordert, selbst zu spielen. Ja, pflegte Mr. Martens zu sagen, wenn sein Sohn seines Vaters Spiel imitierte, Nein, pflegte Mr. Martens gereizt zu sagen, wenn er es nicht tat. Nochmal! pflegte er zu sagen und mit seinem dicken, derben Zeigefinger auf das Notenblatt zu klopfen. *Nochmal!* Und *noch einmal.*

Die absolut perfekte Betonung, das Rubato genau *so*, den Fingersatz *so*... Die sogenannte Mondschein-Sonate in cis-moll, sehr vertraut und wirklich sehr schwierig... Nick hatte die Sonate nie von Anfang bis zu Ende gespielt, doch bestimmte, beanstandete Passagen spielte und wiederholte er immer wieder, und von ihnen wurde er erst – und auf ewig – erlöst, wenn sein Vater – meistens ganz plötzlich – sagte: Ja! Sehr gut! Fein! Halt! Jetzt hast du's erfaßt! Du wirst dich dein Leben lang daran erinnern.

Nick war dreizehn Jahre alt, als er sich beim Üben allein im Hause glaubte – bis auf seine Mutter, doch das zählte nicht –, und ein Stück nicht so spielte, wie sein Vater es ihn gelehrt hatte, sondern wie er selbst es wollte. Trotzig und auf einer Riesenwoge wütend begeisterten Schwunges stürzte er sich auf eine alte, abgegriffene Studienbearbeitung einer Bachschen Orgel-Transkription, spielte sie leidenschaftlich, aber auf seine eigene Art – und hörte Schritte – ein schnelles Stampfen auf der Treppe – Mr. Martens war also doch im Haus gewesen – und während Nick wie gelähmt am Klavier saß, eilte sein Vater – nicht ins Wohnzimmer, sondern – seltsamerweise – auf den Hinterhof, wo er etwa eine halbe Stunde blieb, auf- und abmarschierte und eine Zigarre rauchte.

Ich habe ihn belauert, erzählte Nick Maurie, hatte mich am Fenster versteckt und ihn beobachtet, und da war er und versuchte zu entscheiden, was er mit mir tun solle – ob er mich halbtot prügeln oder was er sonst mit mir anstellen könne – und ich war entsetzt, – ich konnte die Anspannung in seinen Schultern, seinen Armen, seinem Nacken erkennen – mir war speiübel zumute – meine Knie zitterten buchstäblich – es war so bedrohlich, so bedrohlich – niemand konnte ihn hindern zu tun, was er tun wollte – meine Mutter konnte ihn nicht hindern – sie hatte ihn nie hindern können – und ich stand da wie ein dummer Esel und beobachtete ihn, weil ich nicht weglaufen konnte, ich konnte mich nicht von der Stelle rühren – und endlich schritt er langsamer aus – endlich gab er nach – setzte sich auf eine Bank und rauchte seine mistige, stinkende Zigarre – und damit hatte sich's.

Ich hörte also auf, Klavierstunden zu nehmen, erzählte Nick Maurie, grinste und zerrte an einem losen Gummifetzen an seinen Turnschuhen. Das war es: er war fertig mit mir. Und ich war fertig mit ihm.

*

Als Nick – nicht damals, da war er erst dreizehn, sondern drei oder vier Jahre später – den Vorfall erzählte, konnte er dem, was sich abgespielt hatte, einen etwas esoterischen Namen geben: er nannte es »Transgression«.

(Das Wort mußte er natürlich aus einem Stoff aufgeschnappt haben, mit dem sich die Jungen in jenem Semester beschäftigten, wahrscheinlich in ihrer Religionsstunde. Es hatte tatsächlich eine wunderbar theologische Bedeutungsschwere für ihn, und einen fast musikalischen Klang.)

Was ich am Fenster dachte, war: *ich habe dich besiegt, du alter Sauhund!* Ich wollt's zu ihm hinunterbrüllen: *du alter Sauhund, du alter Furz, ich hab' dich besiegt, was?,* erzählte Nick Maurie mit begeisterter Stimme, aber später tat er mir leid, und ich fühlte mich sehr schuldbewußt, ich glaube, damals fing er an, schlimm zu werden, ich meine, richtig schlimm, er trank und blieb tagelang von zu Hause fort, das Klavier rührte er nie mehr an, und er kümmerte sich nie mehr um mich, er war's auch, der den Gedanken hatte, mich in die Bauer-Schule zu schicken, oder irgendwohin, irgendwohin in eine feine Schule, aber nicht zu nah – und ich fühlte mich schuldbewußt, weil ich ihn tatsächlich besiegt hatte – doch mußte ich auch das Klavierspiel aufgeben – und ich liebte es, Klavier zu spielen – ich liebte es sogar, Notenschrift zu schreiben – herumzupusseln, verstehst du – und nach jenem Sommer gab ich es alles auf und begann, mich für Sport zu interessieren – Gewichtestemmen, viel Schwimmen – ich war einfach ein andrer Mensch geworden, ich bin jetzt ein andrer Mensch, das hier bin eigentlich nicht *ich* …

Maurie war begeistert und betroffen und sogar ein wenig erschrokken über die Geschichte seines Freundes. Und über seine letzte Bermerkung: *Das bin nicht eigentlich ich.*

Nick fuhr langsamer fort: mir fehlte nichts, aber es war auch – verstehst du – eine Transgression. Ergibt das einen Sinn?

Maurie erwiderte, daß es einen Sinn ergäbe.

Aber war es recht von mir? fragte Nick und sah ihn an. Ich meine, war ich – war es – war es *wirklich* recht? Oder einfach eine Transgression?

Nach einer Pause sagte Maurie verwirrt zu Nick, er könne die Frage nicht beantworten, er kenne Nick nicht gut genug.

Isabel bricht nicht mehr in Nicks Gegenwart zusammen, wenn sie ihm Verdächtigungen – oder eindeutige Nachrichten – über wieder eine neue Untreue vorhält: sie hat angefangen, ihn sanft zu schelten, wie unter Freunden. Ihr wehmütiges Lächeln, ihr träger, sinnlicher, südländischer Tonfall lassen ihn wissen, daß auch sie gewisse Erlebnisse hat, gewisse Geheimnisse, über die sie nicht sprechen möchte.

Auf jeden Fall ist es für uns zu spät, sagt sie, zündet sich eine Zigarette an und läßt das silberne Etui auf den Tisch fallen.

Was meinst du damit, fragt Nick gekränkt – zu spät? – Wieso?

Wir haben alles besprochen, was wir einander sagen können, zum Beispiel: wir dürfen meinem Mann nicht wehtun, wir dürfen meinen Kindern nicht wehtun, es ist nicht der richtige Augenblick in Mauries oder deiner Laufbahn, und jedenfalls liebt er uns – jeden von uns – und mehr, als wir einander selbst lieben.

Letztere Bemerkung äußert sie mit einer Gleichgültigkeit, die Nick niederdrückend findet. Was meinst du? wiederholt er.

Das weißt du.

Meinst du, *er liebt uns mehr, als wir einander lieben?* Das ist nicht wahr! Glaubst du, das sei wahr? – Das ist der reinste Mist!

Oder aber, sagt Isabel und stößt den Rauch durch ihre geschürzten Lippen aus, du liebst ihn mehr, als du mich liebst. Du achtest ihn. Und mich achtest du nicht.

Mist, sagt Nick und wird rot.

Mist, stimmt, sagt Isabel sofort. Aber sehr wahr.

*

Nach diesem Gespräch, als Isabel nackt in Tony Di Pieros Bett liegt, noch eine Zigarette raucht und auf ihn wartet, bis er ausgezogen ist, fällt es ihr ein – der Gedanke gleitet wie ein feiner, kalter

Nagel durch ihren Sinn –, daß sie in den vergangenen achtzehn Monaten nicht nur Nick Martens, sondern auch ihrem Mann untreu gewesen ist. *Ehebruch,* denkt sie, von der Vorstellung betroffen, *Ehebruch* – eben doch. Und so einfach.

Es wurde zu einer Art Scherz zwischen Nick und Maurie, einem ungemütlichen Scherz, daß Hans Schweppenheiser wieder aufgetaucht sei. In Washington.

Ich habe ihn heute auch wieder gesehen, konnte Nick zum Beispiel Maurie erzählen, bin im Korridor vom Justizministerium an ihm vorbeigegangen. – Rate mal, wen ich heute gesehen habe! konnte Maurie Nick leise und vergnügt zuraunen, bin auf einer Party an ihm vorbeigegangen.

Schweppenheiser, natürlich älter geworden, aber nicht *bedeutend* gealtert. Vielleicht zwanzig Pfund zugenommen. Und viel besser angezogen. (Nick hat ihn in einem dunkelweinroten Mantel mit Seehundkragen gesehen, in einem Nadelstreifen-Anzug, von dem Nick behauptet, er stamme von Oleg Cassini – weil er selber so einen hat. Maurie hat ihn in einer wildledernen Sportjacke und einer flotten, karierten Hose entdeckt, als er gerade in den Eingang zum Weißen Haus einbog und mit der Wache einen kurzen Gruß wechselte.)

Es muß doch bestimmt Schweppenheiser sein, Hans Schweppenheiser? – Mit seinem beinah kahlen, kugelrunden Schädel, seinem untersetzten Körper, den kleinen, funkelnden Augen?

*

Nick begegnete ihm das erstemal an einem stürmischen Novembertag des Jahres 1968, als Nick selbst noch ein Neuling in Washington war. Schweppenheiser – oder der Mann, der ihm ähnlich sah – wuchtete sich gerade vor dem Außenministerium aus einem Taxi, als Nick sich anschickte einzusteigen, und mehrere Sekunden waren nötig, bis Nick die Situation – und wen er da eigentlich gesehen hatte, begriff! Inzwischen war Schweppenheiser schon weitergegangen. Mr. Schweppenheiser! rief Nick und kam sich ganz albern dabei vor – denn der Mann war immerhin verstorben – das *kann* er nicht sein –; Nick war etwas erleichtert, als der Mann einfach seinen Weg fortsetzte, die Vortreppe hinauf und ins Gebäude hineinging. An jenem Tag trug er einen grauen Tweedmantel, der sich über seinen breiten Hüften etwas ausbuchtete, und eine schwarze Persianermütze.

Nick rief Maurie am Nachmittag an und hörte, daß Maurie den gleichen Mann – sicher muß es doch der gleiche Mann gewesen sein? – vor einigen Monaten bei einem großen Empfang in der Gesandtschaft der Deutschen Bundesrepublik gesehen hatte. Aber Maurie hatte angenommen, daß er sich getäuscht habe. Denn immerhin...

Die Jahre verstreichen, und Maurie Halleck und Nick Martens erhaschen immer wieder – meistens aus einiger Entfernung – einen Blick auf ihren alten Geschichtslehrer. Manchmal ist er allein, manchmal in Begleitung von Beamten des Außenministeriums. Zu wiederholten Malen hat man ihn in einer von einem Chauffeur gelenkten Limousine mit den Schildern des Außenministeriums gesehen; einmal sah Maurie ihn, wie er mit einem bekannten Senator und dessen hübscher junger Assistentin über den Capitol Hill schlenderte. Beide, Maurie und Nick, sind auf Schweppenheiser zugegangen und haben ihn scheu, aber freimütig gefragt: Verzeihung, sind Sie nicht Hans Schweppenheiser? Hatten Sie nicht früher Geschichtsunterricht in...?

Schweppenheiser – oder der Mann, der ihm so unheimlich gleicht – blinzelt überrascht und in anscheinend höflicher, aber nicht spöttischer Verwirrung. Seine Stimme klingt verlegen – etwas tiefer, als sie Maurie und Nick von Bauer her in Erinnerung ist –, doch die Augen sind bestimmt die gleichen. Durchdringend und feucht und im Begriff, unter einer lustigen Grimasse zusammengezogen zu werden. Das bleiche, faltige, unbehaarte Gesicht, der glatte, kahle Schädel... Verzeihen Sie, erwidert Schweppenheiser höflich, ich heiße Fritz Messenheimer und bin leider gerade ziemlich in Eile.

Nach Nicks Ansicht, die später von Isabel bestätigt wurde, muß »Fritz Messenheimer« eine Art Berater drüben im Ministerium sein; er ist kein Regierungsbeamter, und er ist auch in keiner Besoldungsliste aufgeführt. Isabel findet die Sache lächerlich, entweder ist der Mann tot oder er ist nicht tot, kommt es überhaupt darauf an? Sie fragte einfach einen Freund in der deutschen Gesandtschaft, ob ihm der mysteriöse »Fritz Messenheimer« oder der noch mysteriösere »Hans Schweppenheiser« bekannt sei, und er erzählte ihr, nachdem er nur einen Moment gezaudert hatte, doch, er kenne Messenheimer, wenn auch nicht gut – der Mann sei in einem »heiklen« Gebiet der Außenpolitik ein sehr hoch bezahlter und für sehr wertvoll gehaltener Berater.

Glaubst du, daß er jemals sein Buch beendet hat – wie hieß es doch gleich? »Der Wahnsinn der Größe«, sagt Maurie.

Warum fragst du ihn nicht, sagt Nick. Wenn du ihm das nächstemal begegnest.

In Tony Di Pieros elegantem Schlafzimmer mit den Chromstahl-Einfassungen und den schwarz lackierten Möbeln und dem Weiß auf Weiß abgestimmten, klinischen Schick (eine ironische Atmosphäre, wie es sich herausstellt, denn Isabel wird sich von Di Piero oder über Di Piero eine lästige Geschlechtskrankheit zuziehen, deren einzige gute Seite es ist, daß man sie mittels Penizillin rasch vertreiben kann) scheint Isabels Leidenschaft für Nick überwunden zu sein, doch ist sie im Grunde nur in eine Leidenschaft für ihren neuen Liebhaber umdirigiert, und nicht so sehr für den Liebhaber, wie für seinen Körper, und nicht so sehr für seinen Körper, wie für seine sexuelle Meisterschaft, die nicht weniger beachtlich ist, als die unter den Damen kursierenden Gerüchte es angedeutet haben.

Doch da eine Liebschaft mit Tony Di Piero echte Zuneigung ausschließt, kann Isabel so offenherzig mit ihm sprechen, wie sie es nie mit einem andern Mann tun würde. Sie beklagt sich bitter über Nick Martens, der zu ehrgeizig oder nicht ehrgeizig genug sei, der sich über ihr Verhältnis mit Tony ärgert – aber nicht genügend ärgert. Er hat mich nie richtig geliebt, sagt sie, und Tony erwidert gleichmütig: doch, natürlich tat er's, natürlich tut er's immer noch, er ist einfach so wie die meisten Männer und hat Angst vor den Frauen.

Im Nachspiel der Leidenschaft, die manchmal so in ihr tobt, daß es ihren schlanken Körper mit einem »Lustgefühl« zerreißt, wie sie es seit jeher ersehnt oder jedenfalls verlangt zu haben glaubt, weint Isabel ungestüm in den tröstenden Armen ihres Liebhabers und erzählt ihm, daß Nick Martens ihr Leben und sein eigenes zerstört habe, weil er nicht den Mut hatte, sie zur rechten Zeit zu heiraten. (Zornig verzweifelt berichtet sie, daß er sie jetzt zu sehen wünscht, daß er jetzt vorgeschlagen oder gedroht habe, endlich zu Maurie

zu gehen, alles zu gestehen und Anspruch auf sie zu erheben.) Tony hört zu, ohne sie zu unterbrechen, und sagt dann höflich: ich sehe nicht recht ein, liebes Kind, wieso euer beider Leben ruiniert sein soll: ihr seid beide, sowohl du wie Nick Martens, außerordentlich erfolgreiche Persönlichkeiten.
Da eine Liebschaft mit Tony Di Piero auch Reue oder Beschämung oder eine elementare Verlegenheit ausschließt, lernt Isabel allmählich – oder schnell? –, sich den Forderungen des Augenblicks anzupassen und nicht viel darüber nachzusinnen, was ihr Geliebter von ihr »denken« mag. Er hatte ganz richtig vermutet, daß sie etwas naiv und sogar – trotz ihres sicheren Auftretens in der Gesellschaft – reizend zimperlich sei; er hatte auch ganz richtig vermutet, daß die schöne Isabel de Benavente sich *nicht wirklich* für schön hielt – sondern nur fand, diese Illusion müsse in der Vorstellung andrer Leute aufrecht erhalten werden. Aber ja, sagt Tony, ja, wiederholt er beharrlich, du bist wirklich schön – und nicht nur dein teures Gesicht.
Weiße Wände, weiße Zimmerdecke, weiße Lamellen-Stores, die grellen Chromstahl-Verzierungen, die erbarmungslose Digital-Uhr auf dem Nachttisch. An manchen Nachmittagen bricht Isabel zusammen und weint stundenlang – eine oder zwei oder drei Stunden – und an andern Nachmittagen trifft sie fröhlich betrunken bei ihm ein. Sie ist – während ein oder zwei herbstlicher Monate – in Tony verliebt. Sie weint – scheint es – seinetwegen. Und dann wieder zeigt sie so gut wie keinerlei Gefühl, wenn seine Verlobte anruft und Tony über eine halbe Stunde träge und ausdruckslos plaudert und Isabel nichts andres zu tun bleibt, als auf und ab zu gehen und zu gähnen und sich im Spiegel zu betrachten und ihr Haar zu bürsten oder in einem von Tonys Architektur-Heften oder in einer GEO-Nummer auf Tonys Nachttisch zu blättern.
Er zwingt sie, auf seinem Körper gewisse Akte zu vollziehen, die ihr immer nicht nur anstößig, sondern als ausgesprochen widerlich erschienen sind; und sie findet sie auch widerlich – die ersten paar Mal. Die Heftigkeit ihrer eigenen sexuellen Lust ist so mächtig, daß das Gefühl – blutschwer, vollmundig, schlummertrunken – noch stundenlang in ihr nachzittert, und so abgründig, daß sie es eigentlich nicht mit Tony Di Piero in Zusammenhang bringen kann: es ist roh, es ist primitiv, es ist rein körperlich und kann wenig mit Personen zu tun haben.

Mein Geheimnis ist, daß es auf mich selbst nicht ankommt, sagt Tony und lacht schwelgerisch, und es ist auch gar kein Geheimnis. Doch seine Behauptung trifft nicht gänzlich zu: es gibt Frauen, die sich in ihn verlieben, Frauen, mit denen er sich sogar verlobt hat, obwohl immer etwas dazwischenkommt, das eine Heirat verhindert.

Dein Geheimnis, sagt Isabel, und ihre Hände gleiten leicht über ihren Geliebten hin und streicheln seine Schenkel, besteht darin, daß du genau der bist, der du zu sein scheinst. Ich meine nicht: oberflächlich. Aber mit der Oberfläche hat es etwas zu tun. Denn auch Oberflächen sind geheimnisvoll, geheimnisvoll und schön – die Oberfläche des Wassers zum Beispiel, auf einem See oder einem Fluß ... Oberflächen sind genauso geheimnisvoll wie Tiefen – und weit verläßlicher.

Isabels Leidenschaft für Nick Martens, die eine Zeitlang durch ihre »Leidenschaft« für Tony Di Piero abgelenkt wurde, klingt nie deutlich ab, sondern nimmt mit dem Verstreichen der Jahre eine intellektuelle und deshalb melancholische Färbung an. Doch wenn es um Treulosigkeiten geht, ist weiterhin Nick gemeint, was Isabels Groll auf ihn noch vertieft.

*

Nachdem sich Isabel einmal gründlich bei Tony ausgeweint hatte, sagte sie zu ihm, das Gesicht einer Frau könne um zehn Jahre altern, und es bedürfe einer Woche, um es wieder herzurichten. Gibt's irgend etwas, das zu rechtfertigen?

Nichts, sagt Tony nachdenklich. Und dann fügt er hinzu: Nur das Altern.

*

Tonys Zuneigung zu Isabel entspricht sowohl in der Art wie in der Stärke Isabels Zuneigung für ihn. Sie sind wie Passagiere bei einer Ozean-Überquerung, wo jeder beflissen ist, den andern zu amüsieren, um sich selbst amüsieren zu können. Isabel ist nicht eifersüchtig auf Tonys andre Liebschaften, doch gegen Ende ihres Verhältnisses, wenn Tony manchmal sexuell ermattet ist, betrachtet sie es mit Recht als Eigentums-Verlust, als Diebstahl. Tony ist nicht auf Isabels Interesse für andre Männer eifersüchtig, doch gibt er zu, daß er auf Gäste neidisch ist, die abends auf Röcken 18 eingeladen sind, wenn er es nicht ist. (An den meisten Abenden bei einer genügend großen Gästeschar gehört Tony selbstredend dazu. Eines Abends im Februar 1978 bei einer Dinner-Party von dreißig Personen wird Nick Martens durch Tony mit Tom Gast bekanntgemacht – in Isabels Haus natürlich. Doch höchstwahrscheinlich weiß Isabel nicht *genau*, wer dieser Tom ist oder welche korporativen Interessen er zu jener Zeit in seiner Laufbahn vertritt.)

Das Verhältnis endet allmählich und schmerzlos. In gewissem Sinne endet es nie. Isabel hinterläßt Tonys Telefon-Beantworter eine Mitteilung, mit der sie eine Verabredung zum Lunch rückgängig macht; Tony vergißt, sie wieder anzurufen, und Wochen verstreichen, schließlich Monate. Als sie sich das nächstemal bei einem Brunch in Jack Fairs dreistufigem Glas- und Aluminium-Haus begegnen, ist Tony mit einer neuen Verlobten da, der Tochter eines brasilianischen Stahlfabrikanten, und Isabel mit einem neuen Liebhaber, einem eingetragenen Lobbyisten, der auch ein hervorragender Amateur-Golfspieler ist und in seiner bronzeblonden Offenheit und mit seinem energischen Händedruck niemandem so sehr wie Nick Martens ähnlich sieht. Tony tritt sofort auf Isabel zu und küßt ihr mit elegant höflicher Geste, die nicht gänzlich spöttisch gemeint ist, die Hand. Wie schön du bist, sagt er, wie reizend, dich wiederzusehen, du hast mir gefehlt – und er küßt sie auf den Mund, was er während ihrer Liebschaft nie in aller Öffentlichkeit getan hätte. Es ist ein Abschiedsgruß, eine Segnung. Sie gehört zu den Eingeweihten.

Ōm

Ein junger Mann namens James S. bestand in seiner Klasse der Rechtsfakultät von Yale ein glänzendes Abgangsexamen und kam 1972 nach Washington, um bei einem der Richter am Obersten Bundesgericht zu praktizieren, aber bald langweilte ihn die Geringfügigkeit seiner Pflichten, denn er war ein Idealist und im Herzen ein »Umstürzler«. Er verzichtete also auf seinen begehrten Sekretärsposten und wurde im Frühjahr 1974 in den Untersuchungsausschuß des Justizministeriums versetzt, wo er als Praktikant bei einem von Maurie Hallecks zahlreichen Assistenten arbeitete.

Er half bei den Ermittlungen des Untersuchungsausschusses betreffs der Veruntreuung von Bundesgeldern für ein städtisches Aufbauprojekt Ende der sechziger Jahre in Cleveland, und er half beim Prozeß des Untersuchungsausschusses gegen mehrere Rohr-Fabrikanten, die in den Jahren 1970 und 1971 ungesetzliche Abmachungen bei der Zuteilung von Lieferanten-Angeboten getroffen hatten. Er war ein unermüdlicher Arbeiter und eine Art Perfektionist. Das Licht in seiner kleinen Arbeitszelle brannte oft bis spät in die Nacht. Maurie hatte mehrere fesselnde Gespräche mit James S., den er zufällig im Café des Ministeriums traf, und lud ihn daher ein- oder zweimal zum Lunch ein; er hätte ihn auch gern zum Dinner zu sich nach Hause eingeladen, aber Isabel protestierte gegen derartige Abende: sie behauptete, daß die jüngeren Leute seines Beamtenstabes sie entsetzlich langweilten, sie seien so ernst und so jung.

Der Untersuchungsausschuß führte beide Prozesse erfolgreich durch, doch wurde natürlich sofort Berufung gegen die Verurteilung erhoben. James S. aber reichte sein Entlassungsgesuch ein. Er weigerte sich, seinen Entschluß mit Maurie oder sonst jemandem zu besprechen: er legte sein Amt nieder, räumte seine kleine Arbeitszelle auf und verschwand.

Ein andrer junger Absolvent der Rechtsfakultät, der gerade aus Harvard gekommen war, wurde sofort angestellt und nahm den Platz von James S. ein.

Ein Jahr darauf wurde Maurie bei einem großen Empfang in einem neuen Anbau der Nationalgalerie von einem Bekannten eine seltsame Geschichte erzählt. Er habe sie von einem andern Bekannten, einem Soziologen, gehört, der für das Außenministerium eine Rundreise durch Indien machte und dem von einem jungen Amerikaner berichtet wurde (einem ehemaligen Washingtoner Staatsbeamten), der in einem Ashram bei Benares ein Schüler des Sri Makyomoy geworden sei. Er habe den Ashram aufgesucht und dort James S. entdeckt, der natürlich jetzt einen andern Namen trug, aber kein Geheimnis aus seiner Vergangenheit machte. (Denn wenn er sich nicht seiner gegenwärtigen Lage schämte, weshalb sollte er sich seiner früheren Beschäftigung schämen? Alle Entwicklungsphasen sind gleichermaßen tauglich.)

Es gehörte zur Schulung des jungen Mannes, acht Stunden hintereinander zu meditieren, und zwar in einem zellenartigen Raum mit Bambuswänden und einem kleinen, nicht mit Moskito-Gitter versehenen Fenster und bei einer Hitze, die gegen Mittag bis auf vierzig Grad anstieg. Er saß in vollendeter Lotus-Haltung da und war bis auf eine marineblaue Badehose unbekleidet. Mit auf die Ohren gedrückten Fingern psalmodierte er aus vollem Halse. ŌM, fortwährend ŌM ŌM ŌM ŌM ŌM ŌM –, um sein »Denken zu reinigen«.

Der Soziologe erschrak über den körperlichen Zustand des jungen Amerikaners: seine Knochen stießen skelettartig durch die aschgraue Haut, und die Augen wirkten in dem verhutzelten Gesicht riesengroß. Offenbar befand er sich im Zustand der »Appetit-Entwöhnung« und brauchte jetzt nur noch zwei-oder dreimal die Woche zu essen. Sein ergrauendes Haar fiel ungepflegt auf seine Schultern, sein Benehmen war höflich, sein Lächeln gütig.

Im nächsten Stadium seiner Schulung müsse er, wie er dem Soziologen erklärte, von seinem Lehrer lernen, wie man die Zunge bis in den Nasenrachenraum hinaufzieht und sich meditierend in einen Trancezustand versetzt.

*

Einige Jahre später wird Maurie Halleck seinem handschriftlichen und fast zusammenhanglosen Geständnis seiner zahlreichen Verbrechen im Untersuchungsausschuß – die Annahme von Bestechungsgeldern in mehreren Teilzahlungen von einem Mittelsmann für die GBT Copper-Gesellschaft, sein vorsätzliches Verzögern einer Strafverfolgung gegen diese Gesellschaft und die Sabotage gewisser Bandaufnahmen, Briefe, Notizen und Dokumente – in abgekürzter Form einen Bericht seines »beklagenswerten Werdegangs« hinzufügen. Er wird von James S. sprechen, als sei dieser Name allgemein bekannt und habe einen unmittelbaren Bezug auf seinen eigenen Fall. Er wird von »Reinigen«, von »Appetit-Entwöhnung« und von ŌM sprechen – und alles wird die Ermittlungsbeamten der Polizei, seine ehemaligen Kollegen im Untersuchungsausschuß und seine Freunde und Bekannten in höchstem Grade verblüffen. Und als Isabel die hingekritzelten Notizen in der zitternden Hand hält, wird sie erklären, daß sie nie, weder von James S. noch von Benares oder ŌM gehört habe.
Mein Mann und ich haben lange getrennt gelebt, wird sie mit einer so tonlosen Stimme behaupten, als handle es sich um eine öffentliche Aussage.

Aber wie konntest du dir nur einbilden, daß ich dich auf *die* Art geliebt habe? fragt Isabel Maurie an einem in andrer Hinsicht ganz gewöhnlichen Wintermorgen und ist selber über ihren kaltblütigen Mut erstaunt. Wie konntest du dich so täuschen lassen, du bist doch kein Dummkopf! Du hättest wissen müssen ...

(Sie nippt an einem Glas Wein. Trockner Weißwein, Isabels bevorzugte Marke, er sieht im Glas so schön aus und hat so wenig Kalorien, man könnte stundenlang daran nippen, ohne unter sichtbaren Wirkungen zu leiden.) ... daß ich dich nicht im Bett geliebt habe, daß du in meinem wirklichen Leben, meinem physischen Leben, meinem Leben als Frau nichts bedeutet hast!

So brechen die Worte hervor. Wie einstudiert. Aber im Grunde wurden sie nicht einstudiert – nicht eigentlich.

Ich will dich nicht kränken, ich habe dich weiß Gott immer respektiert und bewundert, du bist ein wundervoller Mensch, ein wundervoller Vater gewesen, nicht wie so viele andre Männer ...

Sie redet, langsam und nicht ohne Haltung, sie nippt an ihrem Wein, sie nimmt einen ärgerlichen Kratzer an ihrem lackierten Fingernagel zur Kenntnis, und dabei hatte sie sich doch erst gestern nachmittag eine ziemlich teure Manicure machen lassen – und wann ist eigentlich ihre nächste Verabredung bei Cecil? – Ich möchte nicht, daß die Leute denken, ich trenne mich von ihm wegen all der Gerüchte, sagt Isabel zu Tony, denn im Grunde habe ich lange gewartet, wahrscheinlich habe ich zu lange gewartet, ich bin die Letzte, wenn es um eine Scheidung geht, und anscheinend die Erste, die so rasch geheiratet hat.

Sie redet, und er hört ihr schweigend zu, alle Farbe und jede Gefühlsregung ist aus seinem Gesicht gewichen. Ich glaube, damit rechnen zu können, daß er sich nicht widersetzt, sagt Isabel zu Tony, lieber Himmel, hoffentlich weint er nicht, ich liebe ihn doch, ich will ihn nicht kränken, ich weiß nicht, weshalb er mich geheiratet hat – bin ich schuld? Jetzt schwirrt Washington von Gerüchten. Das übliche mysteriöse »Leck« in der Nachrichtenübermittlung war entstanden, und grausame Randbemerkungen in den Klatschspalten und ein jähes Absinken von Einladungen zu wirklich wichtigen Gesellschaften wie von Zusagen zu Isabels eigenen Parties. Plötzlich strahlt Röcken 18 nicht mehr in so bezauberndem Glanz. Plötzlich ist jeder ausgerechnet an jenem Abend besetzt oder muß verreisen oder Isabels Anruf dringt nur bis zur Sekretärin, zum Mädchen, zum Telefon-Beantworter vor. Ein weiterer hochstehender Beamter in Schwierigkeiten. Vielleicht ist es eine rein berufliche Angelegenheit, vielleicht hat es sehr viel mit seiner Ehe oder mit seinem Familienleben zu tun, es könnte ein »idiopathischer« Zusammenbruch sein, wie er dieser Tage ziemlich häufig vorkommt, oder ein nicht diagnostiziertes körperliches Leiden oder eine jähe, lähmende Erkenntnis, daß er nicht glauben kann, was zu glauben er gezwungen ist, ausgenommen als ein hochbezahlter Beamter: all diese Möglichkeiten sind berechtigt und werden unauffällig besprochen.

Ich möchte nicht, daß die Leute glauben, ich verlasse ihn, wenn er mich braucht, sagte Isabel langsam, und während einer langen, peinlichen Pause hüllte sich Tony in Schweigen, und Isabel schnürte es die Kehle zu, sie wollte gern weinen, aber warum sollte sie sich vor Di Piero lächerlich machen und warum es riskieren, häßlich auszusehen? Sie hörte sich fortfahren: aber was hätte ich schließlich für eine bessere Gelegenheit als gerade jetzt? Es wäre überflüssig, jemanden im Stich zu lassen, wenn er einen *nicht* braucht.

Tony grinste. Tony lachte. Alle Frauen liebten ihn wegen seines warmen und verbindlichen Sinnes für Humor, der sich erst nach intimer Bekanntschaft einstellte.

Sie beobachtet ihren Mann verstohlen, während sie redet. Wie furchtbar seltsam die Situation ist, er hört zu, er starrt auf den Fußboden, er nickt sogar kaum wahrnehmbar, als habe er all das vermutet, als könne er nicht widersprechen, als stimme er mit ihr überein, der arme liebe Maurie – Maurie, den alle lieben, Isabel hört sich ihre Ehe erklären, ihre anfängliche Zuneigung zueinander, war es nicht ein Fall von gegenseitiger Selbsttäuschung, war es nicht allzu übereilt, hatte er gewußt, wie erpicht alle Mädchen darauf waren, geheiratet zu werden, in Hays und auch anderswo, sogar die gescheiten Mädchen, sogar die sportlichen, es lag etwas in der Luft, dem man nicht Widerstand leisten konnte, niemand konnte auch nur begreifen, was für eine Bösartigkeit dahintersteckte. Aber ich habe dich wirklich geliebt, sagt Isabel, so sehr, wie ich jemanden in *dem* Alter lieben konnte.

In Washington kommt es oft zur feinsten Verkettung von Umständen bei zeitlichem Zusammenstimmen, so auch bei Maurie: der berufliche Zusammenbruch, und der Zusammenbruch seiner Ehe. Und dann die am Rande mitspielenden Begleitumstände wie gesteigerte Hinwendung zum Alkohol, Niedergeschlagenheit, Reizbarkeit, überraschende Mängel in der äußeren Erscheinung: alles zusammen hat sich leider bei dem armen Maurie Halleck bemerkbar gemacht. Und dann die Stunden, in denen er völlig verstummte und in bedrückter, selbstquälerischer Insichgekehrtheit verharrte... Er hat sich verändert, und ich kann ihm nicht helfen, und ich will's auch gar nicht versuchen, sagte Isabel zu Tony. Ich glaube, es ist einfach zu spät: es ist fünfzehn Jahre lang zu spät gewesen.

Du bist eben Luis' Tochter, bemerkt Tony.

Was soll das bedeuten? Isabel ist ehrlich verdutzt.

Ich habe Liebhaber gehabt, hört sich Isabel Maurie erzählen, ich war verliebt, erzählt sie ihm, aber nicht mit tränenreicher »Beichtstimme«, für solche Sentimentalitäten ist Isabel zu kultiviert, bitte reg dich nicht auf, Maurie, aber ich war verliebt, und ich weiß, was ich als Frau leisten kann, und – verzeih – mit dir war es bloß immer Verstellung, das weißt du ja wohl.

Nein.

Doch.

Ein sich verhärtender Ausdruck, eine Andeutung von Schuldbewußtsein: Ja. Nein, doch nicht, unmöglich.

Ich wollte weiß Gott deine Frau sein, sagt Isabel und hört plötzlich halb verwirrt einen südländischen Akzent in ihrer Stimme – als könne vielleicht ein kleines äußeres Anzeichen von Gefühl weiterhelfen, ich wollte dich auf *die* Art lieben, aber es war immer eine Lüge, eine klägliche Verstellung, ich hatte Mitleid mit dir und verabscheute mich, und vielleicht hat es niemand verschuldet, die Ehe war von Anfang an ein Fehler, wenn wir von vorne anfangen müßten, würden wir nie...

Ihre Worte verlieren sich in betroffenem Schweigen. Meint sie das wirklich? Würde sie ihren Kindern das Dasein absprechen – so nebenher, so gedankenlos?
Ich glaube, es wäre am besten zu denken, daß wir beide einen Fehler gemacht haben und beide schuld sind, sagt Isabel achtsam, da es ihr nicht gelingt, Maurie noch länger anzusehen. Ich kann mein Versprechen dir gegenüber nicht mehr einhalten, und ich hätte dir all das schon vor Jahren sagen sollen ... du hast mich nie richtig gekannt, Maurie, du hast nie mein wirkliches Leben gestreift, mein innerstes Leben, mein geheimes physisches Leben – du warst nie wirklich mein Gatte.

*

Obwohl sie ihm all diese erstaunlichen »Wahrheiten« auftischt und sich zwischendurch vor ihrem eigenen Mut fürchtet, spricht sie nie zu ihm über eine kleine, enttäuschende Tatsache, von der sie vermutet, sie sei der eigentliche Kern ihres Versagens: sie konnte ihm nie den Tod ihrer zweiten Tochter verzeihen – den Verlust des namenlosen, ungetauften Babys.

Als Maurie seine einfache, schreckliche Frage an Nick richtet, dauert es vielleicht drei Sekunden, ehe Nick antwortet.

Nein, sagt Nick langsam. Meines Wissens nicht.

Deines Wissens nicht, wiederholt Maurie.

Es ist ein strahlend heller Wintertag. Die Sonne flutet so heftig durch die hohen Kristallglasscheiben in Nicks Eckzimmer-Büro herein, daß er mit einer halben Entschuldigung gezwungen ist, die Stores herunterzuziehen. Manchmal, sagt er, müsse er sogar die schweren, dunklen Übergardinen zuziehen.

Maurie Halleck sitzt in einem Ledersessel mit Messingknöpfen und blickt seinen Freund Nick an, der hinter seinem großen, mit Papieren übersäten Schreibtisch in einem ebensolchen Ledersessel, einem Drehstuhl, sitzt. Maurie hat die Frage gestellt, die er sich seit Wochen eingeübt hat, und jetzt betäubt es ihn geradezu – Nicks Lüge – und die seltsam gesprächsweise vorgebrachte Art der Lüge – und die Art, wie Nick ihn anblickt. »Meines Wissens nicht« ist eine klassische und sogar komische Erwiderung, aber Nicks Dreistigkeit ist so groß, daß er den Humor gar nicht erfaßt zu haben scheint.

Maurie hat sich sein ruhiges Gespräch, seine verschiedenen Fragen eingeübt, aber plötzlich weiß er, daß es sinnlos ist. Beweise geheimen Einverständnisses, falsch abgeheftete oder fehlende Dokumente, die Bestürzung der jungen Assistenten, Nicks Entfremdung von Maurie... Gerüchte, die bis zu ihm vorgedrungen sind... Durchgesickertes über die Taktik des Ausschusses, den Prozeß für die Anklage-Jury vorzubereiten... (Ich finde, Maurie, du solltest es wissen, sagte ihm ein Freund, daß Nick Bemerkungen über dich fallen läßt, stets mit einer gewissen Besorgtheit, er kritisiert nicht und er macht nicht seine üblichen Scherze, er gibt vor – oder ist's vielleicht wirklich – aufrichtig besorgt um dich zu sein: er behauptet, du seiest wie besessen von dem GBT-Strafverfahren, es sei fast zu deiner persönlichen Vendetta geworden, eine Monomanie, es müsse mit einem Schuldgefühl zusammenhängen, mit der Sache in deiner eigenen Familie. Tut mir leid, wenn ich dich beunruhigt habe, aber ich finde, du solltest es wissen. Und er spricht dauernd über die Art, wie du schon in der Schule von manchen Themen fasziniert gewesen seist, du hättest »einen irritierenden Pfadfinder-Ernst« bewiesen, der in Fanatismus umschlagen konnte, die andern Jungen hätten sich amüsiert über dich und wären doch auch beunruhigt gewesen, in diesem Stil weiter, es ist bis zu einem Grad immer Nicks Art gewesen, aber bisher hatte er sich noch nie gegen *dich* gekehrt...)

Nick murmelt etwas von einer Lüge. Von Lügen.

Maurie beugt sich vor.

Meine Augen, sagt Nick und reibt sie vorsichtig, sie sind so empfindlich geworden... ich bekomme oft Kopfweh...

Maurie blickt ihn an. Maurie spürt ein Schwächegefühl, er kann kaum atmen, sein Sehvermögen wird durch starkes Herzklopfen behindert. Doch nichts geschieht. Er erwidert nichts, und Nick fährt fort, langsam und müßig weiterzusprechen, als habe sich nichts zwischen ihnen ereignet, als sei ihre Freundschaft nicht zerbrochen.

... Kummer mit June schleppt sich immer weiter... und jetzt ist anscheinend auch Audrey angesteckt, sie will am Ende des Semesters Exeter verlassen und eine Schule in Boston besuchen... ich habe ihr gesagt, das wäre Selbstmord, akademischer Selbstmord... ich habe ihr gesagt, sie soll sich nicht von ihrer Mutter das Leben verpfuschen lassen... sich gegen mich vergiften lassen. Exeter – ausgerechnet Exeter will sie aufgeben...!

Maurie starrt ihn an, blinzelt, sitzt schweigend da. In seiner Brust entsteht eine langsame Verkrampfung, aber sie ist erträglich, er kann atmen.

Und nichts geschieht.

Nick fährt sich weniger vorsichtig über die Augen, jetzt eher mit einer Art Ungeduld, seufzt, murmelt etwas von Älterwerden – sind es bloß die mittleren Jahre...? braucht er eine Brille? Doch seine Sehkraft ist unvermindert, wirklich, er kann tadellos sehen, es scheint keinerlei Schwächung seiner Sehkraft zu bestehen... nur diese verwirrende Überempfindlichkeit gegen zu grelles Licht.

Immer hat man was, sagt Nick und blickt Maurie an. Immer ein Problem.

Ja, sagt Maurie matt. Aber seine tauben Lippen bewegen sich nicht.

Der endgültige Händedruck, der Händedruck, der den Schlußstrich zieht? – Dazu kommt es erst nach zehn Minuten.

*

June hat tatsächlich die Atmosphäre vergiftet. Sie will sich nicht durch den Anruf eines alten Freundes »trösten« lassen – sie spricht schnell und bitter und mit einer Stimme, die Maurie nicht erkennt – Nick hat dies getan, Nick hat das getan, und Maurie war ein Dummkopf, sich so sehr um Nick zu bemühen und ihn nach Washington zu holen, eine Stellung für ihn zu schaffen, die *gut genug* für ihn sei und ihn nicht verletzen könne, so daß bei der Anwaltsfirma, für die er gearbeitet hatte, sein Gesicht gewahrt bliebe, glaube Maurie denn, Nick sei dankbar, Nick könne zu jemandem dankbar sein, der die Macht habe, ihm einen Gefallen zu erweisen, der ihm etwas bedeute – war Maurie so dumm, war Maurie so leicht hinters Licht zu führen – und warum rief er an, hatte er nicht erst vor ein paar Monaten angerufen, was sei das für ein merkwürdiges *Interesse* an Nicks Familie, da Nick jetzt so eindeutig fortgegangen sei? Du brauchst dich wirklich nicht zu bemühen, Maurie, sagte June, jetzt weniger zornig, aber noch immer unfreundlich, ich sammle die Überreste auf, es geht mir sehr gut, ich brauche niemanden von euch, auch dich nicht, ja, ich weiß, du sorgst dich und ich weiß du bist freigebig und ich weiß du würdest sogar mit dem Flugzeug herkommen und mich besuchen, aber es ist nicht nötig, ich weiß du bist bereit »alles zu tun, um mir zu helfen« aber ich will deine Hilfe nicht, ich will dich nicht wiedersehen und nicht mit dir sprechen, damit zwingst du mich nur, an Nick zu denken, zwischen uns gab's nie ein Band außer durch Nick, bitte laß mich in Ruhe, Maurie, bitte belästige mich nicht mehr, ich brauche dein Mitgefühl nicht, ich wünsche dein Spionieren nicht, du lebst ein Leben, das ich früher zu bewundern pflegte, und ich habe versucht, auf die gleiche Art zu leben, aber es klappte nie – ich bin nicht wie ihr – keiner von euch hat mich je gekannt – Nick hat mich nie gekannt, er hat sich nicht die Spur aus mir gemacht – du weißt doch, wen er all die Jahre geliebt hat – du weißt es – ich hab's nicht fertiggebracht, so zu leben – zwölf Jahre lang habe ich's versucht – ich bin nicht wie du – ich verzeihe nicht wie du – verstehst du? Dir machen die Treulosigkeiten deiner Frau nichts aus, aber mir machen die Treulosigkeiten meines Mannes etwas aus, verstehst du, würdest du mich bitte in Ruhe lassen, würdest du mich bitte die Überreste allein aufsammeln lassen? Keiner von euch hat mich je gekannt...

*

Maurie Halleck, sinkend, ertrinkend.
Die Verkrampfung in seiner Kehle und in seiner Brust: er muß sehr stillsitzen, sehr, sehr still, und so flach wie möglich atmen, sonst erstickt er.
Das ohrenbetäubende Brausen des Flusses. Die Stromschnellen. In der Ferne. Und dann so laut, so entsetzlich laut, du kannst es eigentlich nicht hören, du bist mittendrin, wirst hindurchgeschleudert, wild und betäubt und lachend und nach Luft ringend, während der kalte Gischt dir ins Gesicht spritzt.
Er blickt auf, und sein Gesicht ist feucht. Verlegen erinnert er sich der Tränen in seinen Augen, als er den Mietvertrag unterschrieb, und auch andre Tränen hat es gegeben, andre peinliche Gespräche – am besten wär's, sie zu vergessen – denn auch Maurie Halleck will seinen Stolz wahren – was man als »Selbstachtung« bezeichnet – Maurie ist kein Heiliger, Maurie ist wirklich kein freigebiger Mensch, tatsächlich überhaupt nicht freigebig, denn wie kann er freigebig sein, wenn er nichts hat? – Vergessen ist die weiseste Taktik, und jedenfalls ist sein Gesicht feucht vom Schweiß, nicht von Tränen.

*

Willst du Isabel heiraten, fragt Maurie seinen Freund.
Es ist nicht die Frage, die zu stellen er sich vorgenommen hat.
Es ist keine Frage, passend für Nicks Büro im dritten Stock des zwanzig Jahre alten, aber noch »modernen« Gebäudes aus gegossenem Beton in kräftigen Umrissen und mit Säulen wie Strebebögen von unerfindlichem Zweck, das den Untersuchungsausschuß des Justizministeriums beherbergt – ein Gebäude, das jetzt hinsichtlich Größe und Pracht im Vergleich zum neuen J. Edgar Hoover-Gebäude nahebei etwas verkümmert wirkt.

Ich verstehe – ich glaube zu verstehen – was für Gefühle ihr zueinander hegt, sagt Maurie ruhig. Vielleicht ist es eine Folge seines Berufs, seiner amtlichen Tätigkeit: er ist in der Lage, ruhig und zusammenhängend und sogar vernünftig zu sprechen, wo doch eigentlich sein Denken erschüttert und seine Brust so merkwürdig eng geworden ist, daß er kaum atmen kann. Ich glaube es zu verstehen, sagte Maurie.
Und jetzt blickt Nick ihn voll echter Unruhe an. Voller Angst. Wo er vor einer Minute noch fähig gewesen war, wegen einer verbrecherischen Tat zu lügen – wegen *seiner* verbrecherischen Tat – und wo er mit erschreckendem Gleichmut hat lügen können, da errötet er jetzt und setzt zum Sprechen an und hält inne und beginnt wieder. Er macht eine zornige, hilflose Handbewegung.
Darüber kann ich nicht sprechen, sagt Nick.
Du liebst sie, und sie liebt dich, sagt Maurie und holt die Worte aus der Luft herunter, ohne sich seine Verzweiflung anmerken zu lassen, obwohl es nötig ist, ganz still zu sitzen und die Lehnen seines Sessels zu umklammern. Du weißt, Isabel ist nicht glücklich in unsrer Ehe, du weißt, daß sie mich um die Scheidung gebeten hat, ich – ich – bin nicht zornig – ich versuche es zu verstehen – ich muß wissen ...
Nick erhebt sich aus seinem Sessel, stellt sich ans Fenster und rasselt mit den Stores. Maurie kommt der Sweater in den Sinn, den er Nick einmal geliehen hatte: ein Ski-Sweater mit Zopfmuster: hat Nick ihn jemals zurückgegeben? Bitte lüge nicht, Nick, sagt Maurie. Seine tauben Lippen bewegen sich kaum, vielleicht hört Nick es gar nicht.
Wenn man einwilligt zu leben, hat Maurie einmal gelesen, stimmt man einem »Kontrakt der Endlichkeit« zu. Ihm gefiel der Ausdruck »Kontrakt der Endlichkeit«. Im Grunde willigt man ein, nicht unsterblich zu sein und nicht ohne Begrenzungen und infolgedessen nicht schuldig ... Maurie hatte eingewilligt, Maurie hatte den Kontrakt unterzeichnet. Aber vielleicht hatte er es nicht *ganz* geglaubt.
Isabel wollte dem Baby, das nur ein paar Tage lebte, einen Namen geben. Maurie lehnte ab. Herzklappenfehler, Mißbildung von Organen, wahrscheinlich Gehirnschaden. Ein Leben, das offensichtlich nicht bestimmt war, zu leben und benannt zu werden.
Isabel weinte, Isabel wurde hysterisch. Dann sagte sie gierig: wir

versuchen es nochmal, ja? Gut? Nicht wahr? Ja! Niemand kann mich daran hindern!
Nick spricht, aber das Getöse in Mauries Ohren ist so stark, daß er nicht hören kann. Ja. Nein. Wir konnten nicht anders. Wir hatten entsetzliche Angst, dich zu verletzen ... Nick, der so geschickt und mit soviel Eleganz lügen kann, wird jetzt vor Röte noch dunkler im Gesicht und stammelt; seine blassen Augen klammern sich an Maurie. Ich wollte nie – wir haben nie– wir waren nicht – wir sprachen von ... ja ... aber niemals – und dann auch die Kinder – und June – und ...
Du liebst sie, sagt Maurie, und die Frage wird zur Feststellung, sein Sehvermögen versagt wieder, er befürchtet, in Nicks Gegenwart ohnmächtig zu werden. Feigling, denkt er, Lügner, denkt er und meint damit sich, Maurie Halleck, weil er sich fürchtet, tief Atem zu holen.
Ich liebe sie natürlich, sagt Nick und lacht hilflos, natürlich liebe ich sie, ich war in sie verliebt, aber – aber ich habe nie – wir haben nie – verstehst du? – Sie war dir niemals untreu. Zwanzig Jahre lang nicht ...
Maurie sitzt da, ohne sich zu bewegen. Seine verschwitzten Handflächen pressen sich auf die ledernen Armlehnen des Sessels.
Niemals untreu, sagt er. Seine Lippen verzerren sich zu einem bitteren kleinen Lächeln. Er sieht Nick an, bekommt ihn aber nicht ganz ins Gesichtsfeld. Wieder das Schwächegefühl, sinkend, ertrinkend, er kann nicht Atem holen, noch eine Sekunde, und Nick wird zu ihm hinüberstürzen und ihm unter die Arme greifen und ihn aufrichten, ihn retten ... Doch er umklammert die Armlehnen des Sessels und faßt sich. Danke, sagt er leise. Danke, daß du es mir gesagt hast. Dir die Mühe gemacht hast, mich zu belügen.

*

Monate später kritzelt er sein zusammenhangloses und vielleicht unglaubwürdiges »Geständnis«.
Ich tat dies, ich tat das, ich war einverstanden, vorsätzlich und nach reiflicher Überlegung verletzte ich die Heiligkeit meines Amtes und die mir anvertrauten Pflichten, den Eid, den ich schwor, die Verfassung der Vereinigten Staaten zu verteidigen, das Vertrauen meiner Kollegen, den Glauben meiner ...
Seine Hand zittert so unsinnig, daß er sie auf die Tischkante stüt-

zen muß. Wodurch sein Vorhaben erschwert wird. Wodurch sich sein Bemühen beträchtlich in die Länge zieht.

Ein Eßzimmertisch aus imitiertem Nußbaumholz. Mit vier dazu passenden Stühlen. Hellgrüne Kissen aus imitiertem Leder. Und ein Sofa aus einem praktischen, bräunlichgrünen Stoff, der sich rauh anfühlt. (Eigentlich ein Sofabett. Falls Kirsten oder Owen mal Lust hätten, über Nacht zu bleiben.) Verwirrt steht er eines Nachmittags in einem Warenhaus an einer Seitenstraße der Wisconsin Avenue: Auflagematratze und Sprungfedermatratze und Kopfbrett, Lampen, ein Teppich, zwei Teppiche, wieviel Stühle? – Fünfzig Dollar Anzahlung, C.O.D., sehr prompte Lieferung, ein Teetisch, Seitentischchen, Nachttisch, Maurie hakt seine Liste ab, dann kann er seine Liste nicht finden, der Verkäufer ist verständnisvoll und nicht ungeduldig, Maurie möchte laut herauslachen und ihn auf die Schulter klopfen, und ihn fragen, ob »von ihrer Familie getrennt lebende Ehemänner«, die von ihrer Frau und den Anwälten ihrer Frau rechtsgültig aufgefordert wurden, aus ihrem eigenen Heim auszuziehen, häufig in die Park-Lane-Möbelhandlung kommen und so langsam und verwirrt und lächelnd sprechen...

Ich bekenne mich schuldig, schreibt er.

So einfach, so unwiderruflich. *Ich bekenne mich schuldig. Ich bekenne mich schuldig.* Schäumendes Wasser, kalter, stechender Gischt, sein Fuß drückt aufs Gaspedal, eine wachsende Gewißheit von *Déjà vu,* die Beklemmung in seiner Brust, panische Schauer in Leib und Lenden, auf beiden Seiten vorbeiflitzende Gestalten, ein ohrenbetäubendes Tosen, er muß schneller und schneller fahren, um dem erstickenden Gefühl in seiner Brust nicht zu entrinnen, sondern hineinzutauchen.

Déjà vu, hatte Nick einst gesagt, als er etwas aus einem Buch vorlas, das ist doch, wenn man glaubt, man habe etwas schon einmal erlebt, nicht? Wenn es scheint, als ob – verstehst du – als ob man schon früher einmal in einer bestimmten Gegend gewesen wäre...

Nick, der so geschickt lügt, Nick, der niemals den Namen *Gast* gehört hatte – oder ja, vielleicht doch. Nick, stotternd, schwitzend. Willst du einen Schluck mit mir trinken, Maurie, sagt er und öffnet ein Schränkchen unter einem seiner Bücherregale, wir müssen darüber sprechen, ist die Tür zugeschlossen, vielleicht sollten wir weggehen, aber zuerst einen Drink, bitte sei nicht böse, nein, geh nicht weg, fehlt dir was? – Du siehst so blaß aus...

Meine Absicht ist es, klarzustellen, schreibt Maurie und fängt wieder von vorne an. Es ist leichter, neu anzufangen, als das zu lesen, was er schon geschrieben hat. *Meine Absicht ist es, dem ein Ende zu machen ... An erster Stelle ist es der Fehler meiner Heirat, an zweiter Stelle der Fehler mit ... Die Einzelheiten verwirren, es ist keine Zeit mehr, ich bin schon über meinen Geburtstag hinaus, der am neunzehnten Mai war, und ich hatte geplant, bis dahin alles von meinem Schreibtisch abzuräumen.*

Isabel sagt offen: aber wie konntest du dir einbilden, daß ich dich auf *die* Art geliebt habe, Maurie? Jahre und Jahre ... so viele Jahre ... Ich hatte Mitleid mit dir, ich habe dich geliebt, ich liebe dich noch, es zerreißt mich fast, darüber zu sprechen, aber ich muß es aussprechen, ich bin jetzt zweiundvierzig Jahre alt, Maurie, mein halbes Leben war ich mit dir verheiratet, Maurie, verstehst du, Jahre und Jahre von ...

Der Fehler meiner Ehe mit jener Frau. Der Fehler einer Ehe mit jeder Frau.

Du bist mir nie nahegekommen, du hast mein Leben nie gestreift, sagt Isabel, und Tränen glitzern in ihren Augen, es war mein Fehler, ich meine, das Theaterspielen war mein Fehler, ich habe dich belogen, ich habe gewisse Gefühle geheuchelt, ich habe dir gewisse Reaktionen vorgemacht, vielleicht nicht anders, als es alle Frauen – manchmal – in der Ehe tun – aber – aber – haßt du mich – willst du mir verzeihen – ich liebe jemand anderen – ich hatte Liebhaber – ich war verliebt – ich habe dich respektiert und hing an dir, ich hänge noch an dir, ich liebe die Kinder, ich bedaure es nicht, Kinder zu haben, ich bin mein halbes Leben mit dir verheiratet gewesen, alles entgleitet einem – rast vorbei – verstehst du mich, Maurie? – bitte sieh mich an, Maurie – haßt du mich – verstehst du mich – aber wie konntest du mir glauben – wie konntest du – all die Jahre – wie konntest du dir nur einbilden – daß ich dich wirklich geliebt habe – auf *die* Art – dich wirklich *auf die Art* geliebt habe – wie konntest du nur mit deiner Klugheit und deiner Feinfühligkeit und deiner Einsicht *glauben* –?

Willst du mir die Hand geben? fragt Nick, und seine Stimme zittert.

Und Maurie ist dem Augenblick gewachsen. Trotz des Sinkens und Ertrinkens und des knappen Atems bringt er es fertig, sich aus dem Sessel hochzurappeln und seines Freundes dargebotene Hand zu drücken, als sei nichts geschehen, als sei nichts entschieden oder abgeschlossen oder ausgelöscht, und was so seltsam ist: der Schwindelanfall vergeht, und er kann wieder sehen: er kann gut genug sehen, um den Weg zu seinem Büro zu finden und sich in seinen Sessel fallen zu lassen und sich während ungefähr fünfundvierzig Minuten gegen den Zusammenbruch zu wehren.

Inzwischen hat Nick das Gebäude verlassen. Inzwischen hat Mauries Sekretärin, besorgt wegen seines Aussehens (aber wie mag er ihr vorgekommen sein, überlegt er, hatte er ein blutleeres Gesicht, sah er aus, als habe er einen Schlag auf den Kopf bekommen oder als presse eine Schraube seine Brust immer fester zusammen? – Sah er, um es krass auszudrücken, wie ein Ertrinkender, an einem Herzversagen sterbender Mann aus?), inzwischen hat seine Sekretärin an die Tür geklopft, geklopft und gerufen, am Türknopf herumprobiert, Mr. Halleck? – Mr. Halleck? – Fehlt Ihnen etwas? – Warum nehmen Sie Ihr Telefon nicht ab? – Warum ist Ihre Tür abgeschlossen?

»Den Appetit stillen«

Isabels Freundinnen und Bekannte in Washington leiden an Schwindelanfällen, an Migräne und Kopfschmerzen, an Blutarmut, Müdigkeit und an den »Nerven«: sie leiden an prämenstrueller Spannung, an ernsten menstruellen Krämpfen und an Störungen der Wechseljahre. Häufig wird über Schlaflosigkeit geklagt, über Angstzustände, die Beruhigungstabletten erfordern, über Depressionen, die Amphetamine erfordern. Über Übelkeit, Verstopfung und chronischen Durchfall. Über juckende Hautekzeme, die von den Dermatologen als »idiopathisch« bezeichnet werden. Über unerklärliche Schmerzen an verschiedenen Körperstellen – den Ellbogen, den Füßen. An Herzklopfen und allgemeinen Befürchtungen. In einer Saison kommt es zu einem halben Dutzend Hysterektomien, in einer andern Saison zu mehreren Brustamputationen.

Natürlich gibt es unter ihnen auch zahlreiche Alkoholikerinnen – »heimliche« und unbekümmerte. Und andre, die von Barbituraten und Diätpillen abhängig sind. Und gelegentlich einen Zusammenbruch von der Art, die man als »nervös« bezeichnet.

Doch Isabel hat sich stets einer außergewöhnlich guten Gesundheit erfreut (und wird es auch weiterhin, bis zu der Zeit, die auf ihres Mannes Selbstmord folgt, wenn sie scheinbar nicht »sie selbst« ist – als Folge sowohl des Selbstmords ihres Mannes wie auch des zunehmend absonderlichen Verhaltens ihrer Kinder). Sie schreibt ihre gute Gesundheit einer möglicherweise genetischen Veranlagung zu – oder ihrer angeboren sonnigen Natur – oder körperlicher Bewegung. Doch im Grunde ist sie für jegliche Bewegung zu faul. Sie spielt ein bißchen Golf, und im Sommer schwimmt sie vielleicht zwanzig Minuten wöchentlich. Sie läuft nie: sie ist dafür bekannt, zum Haus einer Bekannten, das nur einen halben Häuserblock entfernt ist, mit dem Auto zu fahren.

Insgeheim schreibt Isabel ihre Gesundheit und ihr gleichmäßiges Temperament der Anzahl von Gesellschaften zu, die sie gibt und an denen sie teilnimmt, sowie der Anzahl von Männern, mit denen sie verkehrt. Sie hat einen unersättlichen und offenbar unstillbaren Appetit auf beides, vor allem auf Gesellschaften.

Gesellschaften und Männer – das übrige Leben ist, wie sie erklärt hat, *Kulisse.*

Appetit ist dazu da, um befriedigt zu werden und um ständig – das heißt, eine Weile – »gestillt« zu werden. Ständige Befriedigung und ständiges Gestilltwerden erhält gesund. So folgert Isabel in Anbetracht ihres eigenen Körpers.

Es bereitet ihr ein wollüstiges Vergnügen zu baden, und sich minutenlang bewegungslos in dem duftenden Badewasser zu aalen. Es bereitet ihr Vergnügen, nährende Salben und Öle in ihre Haut einzureiben. Ein deutlich spürbares Vergnügen ist es, wenn straffende Lotionen auf ihrer Gesichtshaut eintrocknen.

Welche Seligkeit, abends ins Bett zu sinken – mit völlig leerem Kopf.

Welche Seligkeit, morgens die erste Zigarette zu rauchen! Den ersten Drink zu nehmen!

Was für ein Glücksgefühl *vor* Gesellschaften: der Moment, wenn unten die Türglocke läutet, oder der Moment, wenn sie selber eine gastfreundliche Schwelle betritt!

Was für ein Glücksgefühl (wenn auch etwas weniger verläßlich), mit jemand zu schlafen: es wird nämlich für Isabel zunehmend schwieriger, Männer für ihre Erlebnisse zu gewinnen.

*

Maurie setzt Isabel eines Abends gegen Ende ihrer Ehe in Erstaunen, als er plötzlich aus einer leichten Berauschtheit heraus sagt: ich habe das lähmende Gefühl, Isabel, daß nichts sich lohnt.

Isabel ist beleidigt, Isabel ist erschrocken. Es gelingt ihr nie, sich diesem »neuen« Maurie Halleck – dem niedergedrückten, übellaunigen, verschwiegenen Maurie – anzupassen, doch weiß sie genug, um nicht sich selbst die Schuld daran zu geben, wie es natürlich jedermann tut. (Denn es ist hauptsächlich die überraschende Veränderung in Mauries Wesen, die sie veranlaßt, ihren »Zug« zu machen – ihre »Freiheit« zu verlangen.)

Das verstehe ich nicht, sagt Isabel. Nichts lohnt sich?

Eine Überzeugung, mit der ich anscheinend infiziert wurde, sagt Maurie, ohne zu lächeln. Von dir. Und anderen.

*

Einer von Isabels Liebhabern ist ein Plastischer Chirurg, der einen grünen Triumph fährt und dessen Spezialität Verkehrsopfer sind. Sie lernt ihn kennen, als sie einen Chirurgen sucht, der die schlaffe, traurige und zunehmend verstimmende Haut unter ihren Augen verkürzen soll. Er ist der erste Arzt, den sie zu Rate zieht, und als Patientin lehnt er sie ab: Sie sind zu schön, Mrs. Halleck, nicht vor zehn Jahren möchte ich Sie anrühren – oder, sagen wir, nicht vor fünf Jahren.

Ihre Liebschaft dauert nur ein paar Monate. Er wird zu herrschsüchtig und auf altmodische Art zu eifersüchtig; doch was am unangenehmsten ist: er stellt ihr zu viele Fragen über »den großen Bekanntenkreis der Hallecks« und deren Privatleben. Er stellt Isabel Fragen nach prominenten Senatoren, Richtern und Leuten vom Außenministerium und vom Pentagon, nach Beamten im Weißen Haus und dem Präsidenten und dessen Familie, und er will Isabels Versicherung nicht glauben, daß die meisten dieser Leute ein ganz normales, sogar langweiliges häusliches Leben führen. Und obwohl er es höchst interessant findet, kann er es doch kaum glauben, daß die Washingtoner Gesellschaft in Isabels Kreisen auf den Präsidenten herabsieht. (Auf den gegenwärtigen Präsidenten ganz bestimmt, sagt Isabel. Es ist immer peinlich, mit einem Dummkopf zu verkehren, der nebenbei auch eine Niete ist.)

Ein oder zwei Jahre später begegnet Isabel diesem Chirurgen zufällig in einer Straße der City – er verläßt ein Restaurant, sie will gerade eintreten – und obwohl sie ihn sofort erkennt und grüßt, reagiert er nur höflich. Da Isabel eine riesige Sonnenbrille trägt, nimmt sie sie ab – und noch immer scheint er sie nicht recht zu erkennen. Ja, sagt er lächelnd und ist verlegen, ja, es ist reizend, Sie wiederzusehen, nur – leider – bin ich ...

Ich bin doch Isabel, sagt sie, Isabel Halleck – erinnern Sie sich nicht?

Isabel, sagt er langsam. *Isabel.*

Und dann – endlich – erkennt er sie. Und sein Lächeln ist noch verlegener.

Ich muß es erklären, sagt er, sich entschuldigend, und zieht Isabel auf die Seite, so daß ihr Begleiter es nicht hören kann: Ich sehe so viele Gesichter, und Ihr Gesicht habe ich nicht *gemacht* – es ist nicht eins von meinen.

*

Einer ihrer eher exzentrischen Liebhaber ist ein Pentagon-SAGA-Mann, das heißt, von der Behörde für Untersuchungen, Analysen und Strategieforschung. SAGA beschäftigt sich mit geheimen Kriegsspielen und steht im Ruf, »intellektuell« zu sein, doch Isabels Liebhaber Jebb bezeichnet sich als »Abtrünniger«. Er hat in Virginia einen akademischen Grad als Rechtswissenschaftler erworben, ist seit sechs Jahren geschieden und hat zwei Kinder, zwei Mädchen, zehn und dreizehn Jahre alt. Er ist ein ausgezeichneter Schütze. Manchmal nimmt er Isabel zu seinen Schießübungen mit.

Jebbs Pflichten bei der SAGA sind dunkel, wie es auch die Art seiner Pflichten war, bevor er der SAGA beitrat, doch seine Gespräche sind freigebig mit spontanen Erwähnungen wichtiger und wenig bekannter Länder im Mittleren Orient und in Afrika durchsetzt. Er ist offenbar eine Art Experte – ein verächtlicher Experte – für, wie er es nennt, »einheimische kommunistische Rowdy-Terroristen«: Weathermen, Black Panthers, Symbionese Liberation Army und »Doves«. Isabel stellt ihm ein paar Fragen über die Symbionese Liberation Army (wegen Patty Hearst), interessiert sich aber sonst nicht sehr für sein Gebiet. Daß die Weathermen jemanden in Wisconsin umgebracht haben, daß die Black Panthers Polizisten getötet haben, und daß die »Doves« (die Tauben!) für ein paar vereinzelte Sprengstoffanschläge verantwortlich sind – hier ein Polizist, dort ein Zivilist ermordet –, empfindet sie als bedauerlich und weiter nichts. Jack scheint auch erstaunlich viel über die Basken-Guerillas zu wissen und wundert sich über Isabels mangelndes Interesse an Spanien und der spanischen Politik: Spanien, dieser »dunkle« Fleck.

Ich liebe die Costa del Sol, sagt Isabel.

Ich spreche nicht von der Costa del Sol, sagt Jebb, ich meine das wahre Spanien, wo es überhaupt keine Sonne gibt.

Isabel sagt gleichgültig: ich ziehe Washington vor. Ich ziehe unsre Polizei vor.

Bei einer ihrer häufigen Fahrten nach Virginia, aufs Land hinaus,

wandern sie über ein freies Feld, und Jebb fragt Isabel, ob sie sich ein wenig im Schießen üben wolle, und Isabel – höflich begeistert – sagt ja, und bald beobachtet sie den großen, breitstirnigen Mann in einer Windjacke – einen Mann, den sie kaum kennt –, wie er mit Methode in einem Sumpf auf Drosseln schießt. Er nennt die Drosseln »Abfallvögel«.
Jebb trägt jederzeit eine Pistole in einem Schulterhalfter, sogar, wenn er und Isabel sich heimlich treffen, und vielleicht hat er noch eine zweite Waffe – vielleicht auch nicht – im Handschuhfach seines Wagens. Er hat Isabel erzählt, was für eine Pistole er bei sich trägt, aber Isabel hat es vergessen. Trotz des Lärms seiner Schüsse gähnt sie und verfällt in Tagträume. Ihr liegt nichts daran, zuzuschauen, wie die Vögel abgeknallt werden, deshalb blickt sie in den mit Quellwolken bedeckten Himmel und sieht wieder in schwachen Umrissen den Sowjet-Fallschirmjäger, der kühn aus seinem Flugzeug springt. Sie zuckt nicht schmerzlich zusammen, sie verscheucht das Bild auch nicht – es ist nicht Isabels Art, Gefühle zu unterdrücken –, und zu ihrer Genugtuung stellt sie fest, daß ihr der Fallschirmjäger jetzt sehr wenig bedeutet.
Sie ist nie Nick Martens' Geliebte gewesen – nicht im üblichen Sinne des Wortes. Sie hat den Mann nie nackt gesehen.
Sein Fleisch bleibt ihr daher unentweiht.
Es gibt eine Isabel Halleck, die stets in Liebe zu Nick Martens entbrannt ist, wie es auch eine Isabel Halleck gibt, die stets die Mutter ihrer Kinder ist. Es ist eine Tatsache, eine einfache Feststellung. In gewisser Hinsicht ist sie stets jene Isabel Halleck – sie ist sicherlich die Gefangene ihres eigenen Fleisches –, aber in andrer Hinsicht schweift sie umher, läßt sich treiben, gähnt, zerstreut sich und vergißt sehr viel.
Nick Martens mit ihren Armen umfangen zu haben – regelrecht *in* ihren Armen – und von ihm überwältigt worden zu sein – ihre Einsamkeit der seinen überantwortet zu haben – was für ein Risiko das gewesen wäre, was für eine Raubgier!
Und das kann noch geschehen, denkt sie lässig. Wenn ihr jemals auffallen sollte, daß Nick sich ernstlich mit einer andern Frau eingelassen hat.
Jebb bemerkt ihre Träumerei und schießt zum Spaß über ihren Kopf weg –in ausreichendem Abstand von zwei oder drei Metern. Isabel bringt ein Lachen zustande, – sie ist zu allen Zeiten eine sehr

ausgeglichene Frau –, aber bald danach bricht sie ihre Freundschaft mit Jebb ab, und eines Abends, als General Kempe allein und nur für ein Einschlaf-Schnäpschen herübergekommen ist, berichtet sie ihm von dem sehr eigenartigen, sehr unprofessionellen Verhalten eines Pentagon-Mannes, der mit einer ihrer Freundinnen »ausgeht«. General Kempe hört sich die Geschichte an und sagt: seinen Namen, bitte!

Maurie Halleck durchsucht seine Taschen nach dem Wagenschlüssel. Dann die Anzüge im Schlafzimmer. Und die Papiere und Münzen auf seinem Schreibtisch.
Maurie Halleck blättert besorgt in der Bibel: er hat einen eigenartigen, ungläubigen Glauben – daß eine Stimme, ein bloßes Wort zu ihm spricht. Zu spät?
Ein Zeichen. Er wartet. Eine Stimme. Er erwartet sie. Genau die Stimme, die der gottesfürchtige Father de Monnier vor vielen Jahren auf seiner Landpfarre in Quebec vernommen hat.
Doch nur Schweigen.
Jahrzehntelang.
Sie trug ein Kleid mit roten Tupfen, sie weinte in seinen Armen, war in ihrer Preisgabe so selbstsüchtig und so einnehmend wie ein kleines Kind. Es ist eine Lüge, ihre spätere Behauptung, denn sie hat ihn *doch* geliebt. In ihrer Hochzeitsnacht hatte sie sich ihr schimmerndes Haar um den Kopf gewunden und durch eine Strähne zu ihm hinübergespäht, neckend, scheu, vielleicht ein wenig furchtsam, und hatte geflüstert: ich liebe dich, ich liebe dich, ich bin nicht gut genug für dich, du hättest mich nicht heiraten sollen … Aber ich will mir Mühe geben.
Schweigen.

*

Er hat nur vier oder fünf Bücher aus dem Haus am Röcken Place mitgenommen – die Bibel, eine Anthologie mit Gedichten des zwanzigsten Jahrhunderts, eine Studie über die Beziehungen zwischen den Vereinigten Staaten und den Arabern von einem ehemaligen Mitglied der C.I.A., einem Freund Joseph Hallecks, einen Band Tragödien des Äschylus, die er nicht hat lesen können – Äschylus erfordert äußerste Konzentration und sehr viel Mut

Eine halbe Umdrehung der Sonne vor seinem Tode überlegt er, daß es jetzt zu spät für diese Bücher sei, für eine Pseudo-Weisheit. Er bemüht sich, sie ordentlich auf dem Tee-Tisch aus unechtem Nußbaumholz anzuordnen.
Auch die vielen Blätter seines Geständnisses. Denn Ordnung ist unerläßlich.

*

Eine bunte Kodacolor-Postkarte, von einem kreiselnden Kartenständer in einem Drugstore in Washington, D.C. ausgewählt – japanische Magnolien in voller Blüte. Nicks Name und Anschrift daraufgesetzt – eine kurze Mitteilung – *Dank für die siebenundzwanzig Jahre. M.*

*

(Eine Postkarte, die Nick Martens am Morgen nach Mauries Tod erhalten wird. Drei Stunden nachdem er von der Polizei benachrichtigt worden ist.)

*

Schweigen. Und dann die dreiste Stimme eines Jungen: Das Zimmer mit dem Blick auf den Hof – das hast du dir ausgesucht, weil es das beste Licht hat, nicht wahr? Es ist das größte Zimmer, nicht wahr?
Maurie duckt sich erstaunt, ist beschämt.
Nein. Ja. Wie du meinst. All right.
Aber du bist doch zuerst hier gewesen, bestätigt die Stimme. Ein leises, verschwörerisches Lächeln. Eine beinah gewährte Zuneigung. *Du* hast die erste Wahl.
Nein.
Doch. Die erste Wahl.
Nein. Bitte. Wie du willst.

*

Kenosis. Entäußerung. Christus demütigt sich, entäußert sich seiner göttlichen Gestalt, um Mensch zu werden. Denn auch das soll von dir genommen werden.
Mauries Finger umklammern die Schlüssel. Sein Herz schwillt in jäher Dankbarkeit an. Nicht Glück wird es sein, was ihm gewährt

wird, und bestimmt auch kein Zeichen – eine Geste, daß Gott ihn angenommen hat. Statt dessen eine jähe Dankbarkeit, Welle um Welle: Ruhe – Frieden – Klarheit – Gewißheit. Ich sterbe, um den Weg für *andre* freizumachen. Ich sterbe, um die Schande zu tilgen. Um sie durch Erschütterung zur Reinheit der Seele zu zwingen, die stets in ihnen schlummerte.
Das Donnern aus dem Fluß. Das Beben der Erde, der Luft. Scharfer, kalter, stechender, blendender Gischt. Doch er wird vorangetragen, selbst vom Entsetzen befreit.
Ein Felsblock – noch ein Felsblock – rechts, links – ein buckliger Baum – Wasser in seinen Augen, seinem Mund – erstickend, keuchend – beschwingt – tauchend – nichts kann uns hindern, wir werden ewig leben ...
Er hat versucht, die Notizen der Reihe nach zu ordnen. Aber seine Finger zittern so sehr. Sätze springen ihn an und schwenken ab, Worte ragen heraus, Handschrift eines Fremden ... Als mein Glauben an größere Verfahren schwand, bildete sich in mir eine fanatische Hinwendung zu geringeren Sachen, die ich (erfolgreich, glaube ich) vor meinen Kollegen verbarg. Übergroße Genauigkeit, Monomanie. Ein verzehrender Stolz. Als fürchtete ich immer mehr, von der direkt vor mir liegenden Sache *aufzublicken.* Als fürchtete ich allmählich die Idee der Gerechtigkeit selbst und den Eid, den ich geleistet hatte, die Verfassung der Vereinigten Staaten zu verteidigen. Ich-Auslöschung – die primitivste Furcht. Ich versuchte durch eifrigstes Bemühen und übertriebene Hingabe in meiner Arbeit *unterzugehen.* Der Untersuchungsausschuß des Justizministeriums (dem ich meine Manneskraft geopfert hatte) mit unzähligen Büros und Korridoren, seiner Zuständigkeit über jede Unterabteilung der einundfünfzig Staaten, seinen Labyrinthgängen von Papierkram, Ordnern, Mikrofilmen, Bandaufnahmen und Beweismaterial, das in Tresoren vermodert. Der Untersuchungsausschuß des Justizministeriums, der das Blut meines ganzen Lebens aufgebraucht hat, versagte sich mir nicht als ein würdiger Abgrund, in den man sich ewig fallen lassen kann. Ewig. Ohne je auf den Grund aufzuschlagen.
Er sucht nach einem Bleistift, er treibt noch ein Blatt Papier auf. Schreibt rasch, über den Tisch gebeugt. Muß es erklären. Muß es völlig klarmachen. Die Ironie seines Opfers, falls sie es nicht glauben ...!

Ich bin schuldig. Ich allein bin schuldig. Mit dieser Krankheit in meinem Herzen kann ich nicht weitere vierundzwanzig Stunden leben.
Noch einen Schluck? Aber die Flasche ist beinah leer. Einen Viertelzollbreit. Ein paar Tropfen. Eins, zwei, drei ...
Eine Marke für Nicks Postkarte! Aber er kann nur eine Fünfzehn-Cents-Marke finden. Und für eine Postkarte braucht man nur eine Zehn-Cents-Marke.
Er kehrt ins Schlafzimmer zurück und wühlt zwischen den heruntergeschleuderten Kleidern, den Papieren und Münzen und unbeschreiblich schmutzigen, trockenen Kleenex.
Seine Tochter wollte nicht niederknien, um mit ihm zu beten. Die hübsche Kirsten in ihrem weißen Tenniskostüm. Schlanke braune Beine, kurzgeschnittenes rotblondes Haar. Weit auseinanderliegende Augen, wie die ihrer Mutter. Sommersprossen – nur wie ein leichter Schleier. Sie will nicht neben ihm auf dem Teppich knien, sein verbrauchter, unreiner Atem stößt sie ab, seine erloschenen Augen, seine Blässe. Ein sterbender Mann. Eine Herzattacke – obwohl so geringfügig, muß es wirklich so klinisch als »Attacke« bezeichnet werden – ein Ohnmachtsanfall in seinem Büro im Untersuchungsausschuß – weiter nichts. Natürlich wurde ein Krankenwagen bestellt. Natürlich wurde er auf die Notfallstation gebracht. Was für ein Glück, daß seine Sekretärin umsichtig war, daß sie nicht haltmachte vor seiner verschlossenen Tür. Und unterdessen hatte Nick Martens natürlich das Haus verlassen. Vielleicht war er telefonieren gegangen – Alarm zu schlagen.
Kirsten weiß von dem »Mißgeschick« in seinem Büro, Ohnmachtsanfall, Ruhebedürfnis. Einschränkung von Arbeit und Alkohol. Kirsten weiß von der bevorstehenden Scheidung. Aber sie will nicht niederknien, sie ist verlegen, in zwanzig Minuten hat sie im Klub eine Tennisstunde. *Warum wollen wir nicht zusammen beten, Kirsten? Gebet ist Stillesein. Geist und Herz sind eins. Kein Sehnen. Was zu wünschen übrigbleibt, das ist Gott. Das allein ist Gott.*
Kirsten wird dunkelrot. Kirsten stammelt Entschuldigungen. Die eisblauen Augen ihrer Mutter in dem ovalen Kindergesicht. Nein, Daddy, bitte, nein, ich kann nicht, Daddy, ich habe mich schon verspätet, ich habe eine Tennisstunde, morgen ruf' ich dich an.
An Owen, warum an Owen denken? Er will nicht denken. Meinen Sohn überantworte ich Washington, denkt Maurie. Seiner »Karriere«.

Der dickbeinige, hastig sprechende, humorvolle, fröhliche, »beliebte Kamerad« Owen Jay Halleck! Eigentlich nicht einmal seiner Mutter Sohn. Eher seines Großvaters, Joseph Hallecks, Junge. Höchstwahrscheinlich auf dem Wege zum Erfolg. Ein Examen in Staatswissenschaft, ein Abschluß-Zeugnis, schlaflose Nächte, Sorge wegen der Zensuren, Zulassung zur Rechtsfakultät, du wirst das doch verstehen, Daddy, hast ja denselben Werdegang durchlaufen.

Er will nicht denken.

Er kann keine Zehn-Cents-Marke finden. Dann nicht – dann ist er gezwungen, die Fünfzehn-Cents-Marke zu benutzen.

Aber er muß doch wohl Owen die Hand geschüttelt haben. Leb wohl. Owens Wagen, vollgestopft mit Gepäck, Schachteln mit Büchern, die Anzüge auf Bügeln. Ja? Er kann sich nicht erinnern. Leb wohl.

Die kleine Kirsten leckt den Eiscreme vom silbernen Löffel mit dem langen Stiel ab. Sie gehörte – oder auch nicht – dem berüchtigten Hays-Selbstmörderklub an. (Doch derartige Klubs gibt es auch anderswo, hatte Maurie kürzlich gelesen. Junge Mädchen. Zwischen dreizehn und siebzehn. Als Gruppe eine gruselige Attraktion. Warum? Denn Selbstmord, das Beenden des eigenen Lebens, erscheint Maurie jetzt als eine heilige Handlung, die man nur allein vollzieht, in völliger Abkehr.)

Kirsten mit ihren weit auseinanderliegenden Augen, dem durchdringenden ironischen Blick ihrer Mutter, eine unfreiwillige Koketterie in all ihren Bewegungen – sogar in den ungraziösen. Sogar in den ablehnenden.

Faß mich nicht an, komm mir nicht zu nah, hauch mir nicht ins Gesicht, mach mich nicht *verlegen.*

Kein abschiednehmender Händedruck. Aber eine rasche, routinemäßige Umarmung. Die beinah eine echte Umarmung geworden wäre: er spürte, wie das Kind zitterte, fühlte das Beben der schmalen Schultern. Oh Daddy, bitte, mach's gut, Daddy, sei vorsichtig, Daddy, denk nicht an *sie* – sie ist's nicht wert, daß auch nur einer von uns an *sie* denkt.

Nicks Händedruck. Die Handfläche schweißig feucht, aber die Finger kräftig, kräftig. Beherrscht. Eine verabschiedende, endgültige, abschließende Geste. Das schwere, träge Blut, das durch Nicks Gesicht pulsiert, die blassen, achtsamen Augen. Ein Feind. Ein

Rivale. Maurie reagiert instinktiv, oder vielleicht ist es sein Körper, der so reagiert: mit einer Überschwemmung von Adrenalin, dem Gefühl, roher, körperlicher Gefahr, die sich in seinem Leib, seinen Lenden anzeigt. Der Händedruck flößt Entsetzen ein, weil er das Zerrbild eines Hand-Gebens ist.
Geh, flüstert Nick, geh und laß mich in Ruhe, geh und laß uns in Ruhe – wie konntest du dir einbilden, daß wir jemals *dich* geliebt haben!
Während seine Lippen andre Worte formen. Eine Verabredung – so versteht es Maurie trotz des zunehmenden Getöses in seinen Ohren –, sich am nächsten Morgen zu treffen, um zu sprechen. Über diese »Entwicklung«. Über die »Zukunft«. Aber natürlich nicht im Gebäude des Justizministeriums.
Doch bis dahin ist Maurie im Krankenhaus. Wo er eine Woche bleiben wird.
Leb wohl, kann er hervorstoßen. Seinen Fingern fehlt es an Kraft. Er kann es nicht mit Nicks Fingern aufnehmen.

*

Er beleckt die Marke und klebt sie auf die Postkarte. Er schaltet das Licht aus, und sofort erwachen die Fenster zum Leben: der Verkehr in der Allee, die langsam blinkenden Lichter am Himmel.
Ein Gefühl der Gewißheit. Der Klarheit. Er ist nicht betrunken. Nie ist er nüchterner und entschlossener gewesen. Und schon hat die Hochstimmung eingesetzt.
Es ist nicht wahr, daß wir allein leben und sterben. Jede Stunde meines Lebens bin ich andren verbunden. Jede Stunde meines Lebens bin ich ...

*

Er ist unterwegs nach Brean Down in Virginia. Von dem er noch nie gehört hat. Auch das Schild bemerkt er nicht: Brean Down. Eingemeindet. Einwohnerzahl 640. Seine Hochstimmung nimmt zu, er wird vorangetragen, es ist alles sehr leicht, sogar, sich mit dem Wagen durch Washingtons Abendverkehr zu bahnen, war leicht, man muß sich nur vorstellen, daß der Wagen schwimmt ... von einer schnell fließenden Strömung weitergetragen ... alles in Bewegung ... gewichtslos ... seinem Ziel zustürzend.
Scheinwerfer, Lichtsignale am Expreßweg, das peitschende rote Aufleuchten der Streifenwagen, der Sanitätswagen ... Doch alles schwerelos schwimmend. Voranstürzend.

Sich demütigen, sich leermachen – sogar vom Gutsein.
Christi höchstes Opfer: die Entäußerung des Göttlichen.
Er schert aus und läßt die Lichterflut hinter sich. Die Anziehungskraft zieht ihn westwärts, ins Dunkel hinein. Offenes Gelände, Hügel, Nebenstraßen und dann kleinere Straßen und dann sehr schmale Straßen, kaum breit genug für mehr als einen Wagen. Wie flink hier die Strömung! Maurie ringt nach Luft, nie vorher hat er das Hochgefühl der Anziehungskraft so gespürt, die unerbittliche, unbestreitbare *Tatsache!*
Sein Fuß auf dem Gaspedal. Völlige Dunkelheit hinter ihm. Die satte, kühle Dunkelheit der Felder, Hügel, Bäume. Eine gewundene Straße, überhöhte Kurven nehmend, steigend und wieder sinkend. Feuchte Nachtluft. So köstlich. Berauschend. Er wird vorangetragen – in den Donner der Stromschnellen hinein, das anschwellende, ohrenbetäubende, unglaubliche Tosen. Aber er kann nicht ertrinken, ihm kann nichts geschehen. Die Strömung trägt ihn voran. Ein riesiger Felsbuckel linkerhand, ein andrer Felsen rechts – die Scheinwerfer des Wagens beleuchten plötzlich ein Lebewesen – eine Hirschkuh – starr steht sie am Straßenrand, die Augen lodern – und dann vorbei, schneller, die Geschwindigkeit erhöhend, bei jeder Biegung nimmt sein Hochgefühl zu, seine Gewißheit: ich sterbe, um den Weg für andre freizumachen, ich sterbe, um die Schande zu tilgen, aber die schiere Wucht der Anziehungskraft, die ihn voranzieht, besiegt seine schwachen Worte, seine Gedanken: wie gut und klar und einfach ist sein Leben gewesen, trotz allem – wie schnell und furchtlos rast er seinem Schicksal zu!
Sein Leben lang hat er ein Zeichen erwartet, doch es kam kein Zeichen. Denn er hatte es sich als von außen kommend vorgestellt. Jenseits der Kraft seiner Leidenschaft und seiner Liebe.
Sein Leben lang hat er erwartet ...
Aber der Wind stürmt gegen sein Gesicht, bläst seine Worte weg, seine Stimme ist zu schwach, zu leise, er benötigt sie nicht mehr, er muß sich nur noch dem Schwung überlassen, voranstürzen, – nicht, um der zunehmenden Verkrampfung in seiner Brust zu entfliehen und dem weißen Pochen in seinen Augen, sondern um sich hineinzustürzen, hinein, hinein.

IX

Zwillinge

Washington, D.C., September 1980

8. September 1980. Kirstens erster Anruf trifft morgens zehn Minuten vor neun ein, und Owen, der seit zwei Stunden neben dem Telefon gewartet hat, reißt sofort den Hörer hoch.
Hallo, ruft Owen ungeduldig, hallo – du bist noch nicht *dort,* was?
Kirsten ist noch zu Hause, das heißt, in Mrs. Fletchers Haus an der Thirty-second Street. Doch jetzt geht sie weg. Sie ist im Begriff zu gehen. Eine kleine Änderung der Pläne hat sich ergeben: sie wird Nick nicht in seinem Stadthaus an der N. Street, sondern in einem andern Haus treffen, sie weiß nicht, wem es gehört oder wo es genau ist, draußen an der Sixteenth Street. Östlich vom Rock Creek Park.
O je, sagt Owen. Gib mir die Adresse!
Kirsten gibt ihm die Adresse.
Wann hat er die Pläne geändert? fragt Owen. Warum?
Kirsten lacht leise: er will entwischen, falls ihm jemand folgen sollte. Um mich zu schützen.
Du nimmst also ein Taxi. Du allein.
O ja, lacht Kirsten. Ich nehme ein Taxi. Ich allein.
Folgt ihm wirklich jemand? Ich vermute, daß er es wüßte. Sie haben ihm immer Begleitschutz gegeben, sobald er darum gebeten hat, nicht wahr? fragt Owen. Er sitzt in einer merkwürdigen Stellung auf einem Stuhl mit gerader Rückenlehne – neben dem einzigen Fenster des Zimmers, genau senkrecht zum Fenster, so daß er in die Bidart Street hinunterblicken kann, ohne beobachtet zu werden. Das Zimmer liegt im dritten Stock eines Holzhauses, das für 275.– $ im Monat von »Shirley Kane« gemietet wurde – einer den »Doves« zugehörigen jungen Frau, die nicht im Untergrund arbeitet, sondern als Stenotypistin in einer der Mutual of Omaha-Versicherungsagenturen. Das Haus ist zwischen zwei ähnlichen

Häusern eingeklemmt – in einer Straße, die aus einer »gemischten« Bevölkerung besteht: Schwarzen, Spaniern und ein paar Weißen. Abgesehen von den Bewohnern des Hauses Bidart Street 667 sind die Weißen in dieser Gegend nur Passanten, oder es sind ältere Leute oder Patienten, die einstweilen aus irgendeiner der Bezirks-Heilanstalten entlassen wurden. – In jedem Fall ist es besser für dich, sagt Owen. Das kann die Sache beschleunigen.

Kirsten murmelt fröhlich ihr Einverständnis.

Und jetzt muß sie aufbrechen. Das Taxi, glaubt sie, kommt schon die Straße herauf – ja, es biegt in die Zufahrt ein.

Gib mir noch einmal die Adresse an, sagt Owen. Er liest sie ihr vor und sieht erstaunt, daß er die eine Zahl verwechselt hat: er hätte seinen Freunden die falsche Adresse angegeben! Ist es ein Wohnhaus oder ein Apartmenthaus? fragt er nervös. Kirsten erwidert, sie habe es ihm schon gesagt. Ein Wohnhaus. Ein für die Nacht geliehenes Haus.

Wessen Haus? fragt Owen.

Aber Kirsten muß gehen. Sie will Owen wieder anrufen, falls sie kann, vielleicht von einer Telefonzelle oder, wenn das nicht geht, vom Haus, sobald sie eintrifft. Wie sie es geplant haben.

Wollen wir deine Instruktionen nochmal wiederholen? fragt Owen.

Ich geh' jetzt, sagt Kirsten.

Was hast du angezogen? fragt Owen.

Aber sie hat schon aufgelegt.

*

Owen beginnt, während er den zweiten Anruf seiner Schwester erwartet, mit seinen eigenen Vorbereitungen.

Dunkle Kleidung: billiges Hemd, billige Hose und eine Jacke aus Drell mit unzähligen Taschen, Beuteln, Reißverschlüssen und Druckknöpfen. In denen er seine Ausrüstung unterbringt. Eine Taschenlampe, eine Drahtschlinge, Handschuhe, ein scharf geschliffenes deutsches Taschenmesser, das Ulrich May ihm gegeben hat, ein dunkles, riesengroßes Taschentuch, das, falls nötig, als Gesichtsmaske benutzt werden kann. Eine Flasche mit Chloroform. Ein paar Wattebäusche, Marke Johnson + Johnson. Eine kleine rote Plastik-Pillendose, in der eine einzige Blausäure-Tablette rasselt – vielleicht das ungewöhnlichste seiner Besitztümer.

Eine Blausäure-Tablette? staunt Owen. Aber wie kann ich wissen, ob sie was taugt?
Warum sollten wir dir was andres geben? ist Rita Stones sachliche Antwort.

*

Owen Halleck bereitet sich in aller Ruhe auf die Ermordung einer gewissen »Isabel Halleck« vor. Und ihres Liebhabers. Falls ihr Liebhaber zufällig heute nacht auf Röcken 18 sein sollte. Owen ist sogar ermächtigt, jedermann auf Röcken 18 zu ermorden, falls es für die erfolgreiche Durchführung seines Auftrags und für seine Flucht nötig wird.
»Unschuldige Menschen«? – Aber in Kriegszeiten gibt es keine »unschuldigen Menschen«.
In der Nacht vom 8. September 1980 werden sich viele erstaunliche Ereignisse abspielen.
Buddy und Rita Stone und Adrienne und Smitty und »Shirley Kane« und gelegentlich andre »Doves« oder Mitglieder der »Doves« – junge Männer und Frauen – jüngere Männer und Frauen – mit regelrechten Posten im »normalen« Leben – wohnen gemeinsam im Haus in der Bidart Street 667. Vier Meilen vom Weißen Haus entfernt. Wo niemand – wie sie glauben, und wie es auch Ulrich May glaubt – sie auch nur der kleinsten umstürzlerischen Tätigkeit verdächtigt: niemand weiß, daß sie dort sind.
Owen, der neueste Bekehrte, der neueste »Dove«, ist natürlich neugierig betreffs der Vergangenheit seiner Kameraden, und er ist als Intellektueller fasziniert von den revolutionären Theorien (die sowohl einfach wie kompliziert, sowohl klar wie weitschweifig sind – eine tolle, Aristoteles angepaßte Logik), aber in der jetzigen Phase seiner Laufbahn interessiert er sich weit mehr für seinen Auftrag. Ja, er denkt kaum noch an anderes. Seine Besonnenheit, seine Wortkargheit, seine Bereitwilligkeit, mit der er den Vorschlägen seiner Freunde zustimmt – alles ist sehr eindrucksvoll. – Owen wird der Tapferste von uns allen sein, erklärt Adrienne. Ihre dunklen, feuchten Augen heften sich glühend auf ihn. Er erinnert mich an – – – – –.
Die andern geben ihr recht. Smitty zaudert einen Augenblick, starrt ihn an – und erklärt sich nachdrücklich einverstanden.
Den Namen hatte Owen nicht richtig verstanden. Ihm entgehen

jetzt öfters Namen, Teile von Sätzen, zusammenhängende Stücke von Debatten, die sich wie Lamettafäden glitzernd und verwirrend immer weiter und weiter durch die Nacht ziehen ... Wir befinden uns ständig im Krieg, das Land ist ständig im Krieg, obwohl wir im Herzen friedfertig sind – Gewalt widert uns an ... sogar notwendige Gewalt. Die »Doves«. Die »Silver Doves«. So nach einer sagenhaften Geheimsekte genannt – Rußland – vorrevolutionäres Rußland. Buddy und Rita Stone und Adrienne und Shirley und Smitty und Brock. Amos, der nur eine Woche bleibt. Sam, von Miami heraufkommend, der nach einer Reihe mitternächtlicher Anrufe nie in Erscheinung tritt ... Taxi-Fahrer, Parkplatzwächter, ein Halbtags-Lehrer (Englisch für Zurückgebliebene) an der American University. Verwirrt zählt Owen unter ihnen elf Männer mit höheren akademischen Graden. Aber vielleicht täuscht er sich. Ein Koch im Burger King, eine Stenographin in der Versicherungsgesellschaft Mutual of Omaha, ein andrer, der beinah den Doktor der Philosophie an der Columbia University geschafft hat, aber seit drei Jahren im Untergrund lebt, und Buddy, der sich auf Wittgenstein und Sprengstoffe spezialisiert hat. Grade als M.A., Grade als Ph.D., ein oder zwei Jahre an der Rechtsfakultät. Psychologie, Soziologie, Linguistik, englische Literatur, amerikanische Geschichte. Vor Jahren. Brock hat tatsächlich an der Universität Minnesota doziert, Shirley behauptet, ihr sei beinah eine Stelle als Dozentin an der Universität Pennsylvania angeboten worden. – Jetzt Landkarten von der Ostküste, von Atomkraftwerken, Heer- und Flotten- und Luftwaffen-Anlagen, von den größeren Flughäfen, von andern »strategischen« Punkten. Wir nennen uns »Doves« (die Tauben), weil wir im Herzen friedfertig sind, und Frieden ist die einzige Hoffnung für die Welt. Unser Wesensmerkmal ist nicht Streit, sondern Einssein, Einheit, Symbiose von allen widerstrebenden Elementen ... Pläne für eine Herbst-Offensive. Zusammenfallend mit ... Hervorhebend durch ... Dramatisierend ... Um wachzurufen. Gegenwärtige soziale Krisen beschleunigen die Entwicklung des revolutionären Bewußtseins in allen Klassenschichten ... nicht bloß unter Arbeitern und entrechteten Studenten. Skandal, Korruption, gedungene Regierungsmörder. Die Kandidatur Reagans. Zusammenschluß von faschistisch-reaktionären Kräften. Drohender Polizeistaat. Übernahme. Militärisch. Bildungsinstitute schließen. Zensuramt. Summarische

Hinrichtungen. Krieg ... Rita Stone, ehemalige psychiatrische Sozialarbeiterin in Chicago. Spricht mit Schwarzen und Spaniern in Washington. Sich ungezwungen druntermischen. Fragen stellen. Fragen beantworten. *Könnte es ebensogut alles kaputtmachen:* Amerika. Die Welt. Die City. Die Nachbarschaft. Flammen bis zum Himmel, ein Leichenfeuerwerk ... Der Irrtum liberalen Denkens. Kontraproduktiv. Verzögerung der Revolution. Wie Mutter Teresa – die hungernden Armen ernährend –, während ihre Kirche Geburtenkontrolle verbietet und die Weltreform bekämpft. Dummköpfe. Feinde. Rita Stone aus ihrem Job entlassen, weil sie die Wahrheit über das System verbreitet hat. *Könnte es ebensogut alles kaputtmachen ...* Polizei-Aufsicht auf den Straßen, Fußgänger zur Strecke bringen. Ein Kursus im Umgang mit Waffen, von Buddy erteilt. Schießübungen auf einem kommerziellen Schießstand in einer Einkaufsstraße in einer Vorstadt. Gute Schützen, auch Frauen. Owen wird besonders gelobt wegen seiner Treffsicherheit ... Auch wegen seiner Unterstützung gelobt, seiner ruhigen Kraft, der Spende von Gegenständen, die er damals im Juni aus Röcken 18 entwendet hatte, einem »Wiederverkäufer« übergeben, einem Bekannten von Buddy. Können wir nicht die Elfenbeinfigur behalten, sagt Adrienne, aber die andern werden wütend auf sie: *bloß weil sie schön ist! ...* Schönheit ist ein Luxus, den sich die Welt noch nicht leisten kann ... Schönheit, Luxus, Bourgeois-Dekadenz ... Korruption. Verwesung. Gestank. »Das perfekte Opfer«: noch nicht gewählt. Reinheit, Heiligkeit. Nicht Martens, nicht das Halleck-Weib – die sind infiziert. Und dann – Lösegeld oder nicht? Lösegeld oder nicht? Kidnapping und Lösegeld, oder Kidnapping und (eventuell) Hinrichtung? Zeitungs- und Fernseh-Berichte. Ausgewählte Interviewer. Journalisten. Prestige. Adrienne soll Bewerber *aussieben,* falls nötig. Berichterstattung im *Time Magazine,* in der *Newsweek,* Augenzeugen-Berichte in der *Washington Post.* Shirley MacGregor alias »Shirley Kane«: Die unveröffentlichte, unzensierte Geschichte meines Lebens. Höhere Schule in Utica, New York ... Vizepräsidentin des Studentenrats, Beifalls-Claque, weibliche Hauptrolle in drei Stücken, Präsidentin der Methodistischen Jugend-Organisation, Delegierte des Mädchen-Bundes der YM-YWCA, Mitglied der Honor-Society, Herausgeberin der Schulzeitung für Literatur und Sondersparten, für das Gefolge der Senior-Queen gewählt, von den Lehrern als »die geborene

Führerin« bezeichnet. Vorgeschlagen als das »am meisten an Bürgerrechten interessierte Mädchen«. Stipendium an der Cornell Universität, wo sie N. traf und unter seiner Anleitung eine leidenschaftliche Anhängerin Maos und schließlich ein Mitglied der »American Silver Doves Revolutionary Army« wurde. Die Fotografie Shirleys (in ihrem Collegeballkleid) aus dem Mittelschuljahrbuch steht für die Reproduktion in den Medien zur Verfügung... Owen löst seine Schecks ein, die Monat für Monat regelmäßig und absolut zuverlässig von Großvater Hallecks Treuhand-Büro eintreffen, händigt das Bargeld an Shirley aus, die unermüdlich und heiter und hübsch Buch führt, Rechnungen bezahlt, Einkäufe erledigt, neunundzwanzig Jahre alt... Kriege, kriegerische Zeiten, schlaflose Nächte. Spione. Manöver. Wir von der *American Silver Doves Revolutionary Army* erklären hiermit, daß wir uns NIE mit der Ermordung, Ausbeutung und Unterdrückung der Völker in aller Welt durch den amerikanisch-faschistisch-kapitalistischen Imperialismus abfinden werden. Wir von der American Silver Doves Revolutionary Army erklären hiermit, daß wir uns NIE mit den Methoden des Polizeistaates (geistiger Versklavung und Gehirnwäsche) abfinden werden. Wir erklären hiermit der faschistisch-kapitalistischen Klasse und all ihren Angestellten, Agenten, Schmeichlern und Gimpeln EWIGEN KRIEG. Wir erklären uns hiermit auf Grund der MENSCHENRECHTE als SELBSTERMÄCHTIGT. Wir verkünden hiermit auf alle Zeiten FREIHEIT und GERECHTIGKEIT für unsre Kinder und Kindeskinder... Buddy sitzt auf dem Fußboden, umklammert seine Knie und beobachtet Owen nachdenklich, während Uli May spricht. Ulis sanfte Worte. Ein samtenes Band, das sich weiter und immer weiter schlängelt. Buddy in seinen Latzoveralls und dem Arbeiterhemd und hohen Stiefeln. Owen beobachtend. »Sich einstimmend« – wie er es nennt – auf Owens Unterbewußtsein. Wittgenstein, Sprengstoffe, näselnde Unschuld aus dem Mittleren Westen. B.A. vom Kalamazoo College, M.A. von der Columbia Universität, einunddreißig Jahre alt, ein Hochschul-Knäblein, scheues Lächeln, wunderliche Schrammen und Falten in seinem Gesicht, leichte Akne-Narben, Sommersprossen, Leberflecke, kleine blasse Warzen, schiefstehende Zähne, ein stark seitwärts geneigter Schneidezahn, der (inoffizielle) Führer dieser Zelle der Doves, *The Tractatus*, Drellmütze der Bahnarbeiter, Bomben, angefüllt mit Dachnägeln und Schießpulver, geduldiges Anbohren von Schießkugeln, um sie mit Blausäure zu füllen. *Die Gegenstände selbst sind unveränderlich und festbestehend; ihre Anordnung ist's, die sich verändert und keinen festen Platz einnimmt,* zwinkert (kann es sein? zwinkert?) Owen zu, während Uli spricht, Tränengasbomben, Dynamitstangen und Alarmgeräte und Batterien und Drähte und Zündkapseln in seiner Werkstatt, die einzige Tür gewohnheitsmäßig abgesperrt, den Schlüssel dazu in *Buddys* Tasche aufbewahrt, sein amüsierter, ruhiger, glasgrüner Blick, beeindruckt von Owens »Logik« und von Owens »Konzentriertheit« und von Owens »Körperschulung« während dieser letzten sechs anstrengenden Wochen, das Abzeichen eines Sicherheitsbeamten ans Hemd gesteckt, *Zweifels-Äußerungen gehören nicht ins Sprachspiel,* die Klarheit, die von den Doves angestrebt wird, ist eine *vollständige,* und das bedeutet, daß jeder Zweifel ausgelöscht sein muß, wenn der Optimal-Zustand sich nähert, wir suchen nicht absichtlich Martyrium und Opferung, wollen aber vor historischen Notwendigkeiten nicht zurückschrecken, Rhodes-Stipendium abgelehnt, war in der Mittelschule in Marquette, Michigan, im Team der Wettläufer, *wenn wir mitten im Leben vom Tod umgeben sind, sind wir klaren Geistes von Wahnsinn umgeben,* und so sind wir von der American Silver Doves Revolutionary Army umgeben von einer bourgeois-kapitalistisch-imperialistischen Gesellschaft, Männer, Frauen und Kinder und noch ungeborene Kinder, mitternächtliche Explosion, zusammenfallend mit dem Höhepunkt, den Aufgaben Owen Hallecks und seiner Schwester Kirsten (die von mehreren Doves sorgfältig beobachtet, aber aus Sicherheitsgründen noch nicht ins Zentrum Bidart Street 667 gebracht wurde und *wegen ihrer eigenen Sicherheit* noch keine Mitglieder kennenlernen durfte), zwanglos und intuitiv gewählte Tatorte, Smitty und Rita Stone im Lieferwagen, umherkreuzend, zwei Bomben zu plazieren, Soldaten in einem unerklärten Krieg, koordinierte »Schläge«, das Erwachen des revolutionären Bewußtseins, Arbeiter, ausgestoßene Studenten, Schwarze, Puertoricaner, Kubaner, iranische Studenten unter F.B.I.-Überwachung, Bürger der Mittelklasse, ältere Leute, Jugendliche, Fürsorge-Opfer, Veteranen von Kriegen mit und ohne Kriegserklärung, Fallout-Opfer, Drogenopfer, *Was überhaupt gesagt werden kann, muß deutlich gesagt werden, und was wir nicht äußern dürfen, darüber muß Schweigen gewahrt werden ...* Der Anarchist Johannes Most, »Massen-Gemetzel auf öffentlichen Plätzen« eine fundamentale Taktik, Befreiung der Nation, Kampf des Volkes, Jean-Paul Sartre, Sartres Student Jules Régis Debray, die Sublimierung der Gewalt, die Zuträglichkeit des Sprengstoffs, die reinigende Kraft des Todes, ein totaler Klassenkampf ohne Kompromisse, ohne Verhandlungen, ohne Feilschen, ohne Gnade, der Geist der Improvisation, der Geist der Intuition, Guerilla- und Kommando-Kriegsführung, Vierundzwanzig-Stunden-Alarm, *Die Volksarmee wird der Mittelpunkt der Partei sein, nicht umgekehrt,* Debray in Bolivien vor Gericht. *Darin liegt natürlich die Tragik, daß wir nicht Objekte, Zahlen, abstrakte oder austauschbare Werkzeuge töten, sondern präzis auf beiden Seiten unersetzliche Individuen, wesentlich Unschuldige, einzig für diejenigen, die sie geliebt, erzogen und geachtet haben, das ist die Tragik der Revolutionsgeschichte, es sind nicht Individuen, die sich bekämpfen, sondern Klassen-Interessen, doch diejenigen, die fallen, diejenigen, die sterben, sind Personen – wir können diesen Widerspruch nicht vermeiden, nicht dem Schmerz entgehen*... Briefe vorbereiten für Zeitungen, Fernseh-Stationen, nationales Sendenetz. Die Herbst-Offensive. Todesurteile für die Köpfe von (ungenannten) Männern und Frauen, etwa fünfunddreißig Personen, als Feinde der Revolution gezeichnet... Smitty, Rita Stone, Brock, Shirley, Buddy, Uli, vielleicht nicht so wirklich, wie Owen sie vorzöge, doch die Gangart ist jetzt beschleunigt, der Herzschlag kann nicht verlangsamt werden, er ist versessen auf seine Aufgabe, er ist ohne Gewicht ohne Körper ohne Seele ohne Willen ohne Mitleid ohne Gefühl oder intellektuelle Schwäche, ohne »persönliche Geschichte«, ein Wurfgeschoß, eine mit Blausäure gefüllte Kugel, eine blinkende Messerklinge, sogar Kirsten wird weniger präzis: Wir kennen sie nicht, hat sie, beinah schluchzend, gesagt, bitte, Owen, hör doch, wir kennen sie nicht, nicht mal Daddy, wir kennen keinen einzigen von ihnen, einerlei, was wir ihnen antun, wir werden sie nicht getroffen haben... Aber keine Zeit, keine Ruhe, keine Einsamkeit, ein für den achten September geplanter »Schlag« und danach: »Improvisation«, bestimmt durch vorhandene Sicherungen, durch Untergrund-Taktik – bis zu dem Zeitpunkt fortgesetzt, wenn die Hallecks (Bruder und Schwester, beide) sicher wegtransportiert werden können nach Arizona, nach New Mexico, an die Grenze und zu dem geheimen Anwesen in Mexiko, wo Uli zu ihnen stoßen wird... Ergebenheit, Verrat, Treuegelöbnis, Vertrauensbruch. Für Verräter Bestrafung im Schnellverfahren. Eine Armee, eine geeinte

Bewußtseins-Ebene. Völlige Harmonie. Kameraden und Feinde, Revolutionäre und Reaktionäre, Krieg ohne Kriegserklärung – ständig. Der Anfang des Industrie-Zeitalters. Der Kristallpalast. Auf streikende Arbeiter im Schnee geschossen. Frauen, Kinder. Blut. Blut, das vergossen werden muß. Endloses Ausbluten, die Wunde der Welt. Ungestillt. Geschichte. *Das ist die Tragik der Revolution, es sind nicht Individuen, die sich bekämpfen, sondern Klassen-Interessen,* wir nehmen die Bürde der Richter und der Henker auf uns, ein einsames Wachehalten, die Vernichtung allen zukünftigen Elends, aller Ausbeutung und Ungerechtigkeit... Puertoricanische *Fuerzas Armadas de Liberación Nacional.* Propaganda durch die Tat. Wahlen in Westdeutschland, in den Vereinigten Staaten. Die reaktionärsten Kandidaten müssen siegen. Provokation spontaner Aufstände und Rebellionen. Arbeiter, Studenten, Fürsorge-Opfer. Bologna-Märtyrer: der Start der faschistischen Offensive, unterstützt von der Staatspolizei... Das Opfer muß mit großer Geduld und Umsicht gewählt werden. Oder: Rita Stones und Ulis Vorzug (Johannes Most folgend): *Massengemetzel ohne Rücksicht auf den bürgerlichen Status,* weil es die erfolgreichste historische Geste und Medienberichterstattung garantiert... Laurent-Tailhade, Trotzki, Mao, die Tupamaros. Edith Naumanns wichtige Veröffentlichungen über Mao vor dem Beginn ihres eigenen Umschwungs, die dann ihren Ehemann Richard ansteckten... Der Lieferwagen, von Smitty, Rita Stone und (möglicherweise) Buddy gefahren. Sicheres Geleit für Kirsten Halleck nach Vollendung ihrer Aufgabe... Radiostrahlen, Röntgenstrahlen, Buddys »unbewußte« Kräfte. Owen hört zu, Owen ist einverstanden, Owen ist schweigsam, ungerührt, muskulös, bärtig, mit zusammengepreßten Lippen, wie in einer Trance auf innere Überlegungen konzentriert. Er vermutet, daß er nach Erfüllung der Aufgabe (seiner und Kirstens Aufgabe) in eine neue Phase seines Lebens treten wird, »mit einer radikal veränderten Vision«, wie Uli May es nennt. Beide: er und Kirsten. In Blut getauft. »Übertritt«. Und – aber warum sollte es anders sein – einzig in die Zukunft hineinschreitend. Und dann werden also auf dem andern Ufer des ungestümen Flusses, den seine Kameraden bereits überquert haben (oder jedenfalls behaupten, ihn überquert zu haben, denn tatsächlich wird keiner der in Washington stationierten Doves wegen Mordverdacht vom F.B.I. gesucht – es ist nicht klar, ob sie überhaupt schon geradezu *gesucht* werden vom F.B.I.), Owen und Kirsten reichlich Zeit haben nachzudenken und zuzuhören und in sich aufzunehmen und zu erleben. Doch gegenwärtig hat er nicht die Geduld oder vielleicht nicht genug geistige Aufnahmefähigkeit für den Hintergrund, die Geschichte und sogar den Klatsch über ehemalige Doves und ihre Schicksale, oder für abtrünnige Doves, oder für nach Denver, Vancouver oder Mexiko geflohene Doves. Er ist kein Theoretiker, ihn beschäftigt augenblicklich nicht so sehr der Schimpf der Präsidentschaftskandidaten oder der Schimpf des bankrotten, amerikanischen faschistisch-kapitalistischen Zweiparteiensystems oder, insbesondere, der Schimpf der »Reaktionäre« im fernen Peking, die Mao entweihen, um ihre eigene politische Karriere zu fördern. Natürlich beschäftigt ihn die bevorstehende Ermordung des Nick Martens, die dem internationalen Bewußtsein die Korruption der »Gerechtigkeit« in den Vereinigten Staaten vor Augen führen wird – aber vor allem und bis zur Besessenheit beschäftigt ihn die bevorstehende Ermordung einer gewissen »Isabel Halleck«. Einer Frau, die zufällig seine Mutter ist.

*

Shirley MacGregor alias »Shirley Kane« alias »Auguste« (selbst so benamst nach einem ihrer Revolutionshelden, dem Märtyrer-Anarchisten Auguste Vaillant, der 1893 in Paris hingerichtet wurde) ist verantwortlich für die Vorbereitung der Dokumente, die zur Veröffentlichung und Verteilung bestimmt sind: *The American Silver Doves Revolutionary Army Newsletter,* zweimonatlich erscheinend, auf billigem, schlechtem Papier gedruckt und durchschnittlich meistens fünfzehn Seiten umfassend; Neudrucke von frühem Dove-Material: *A Seventeen Point Strategy for the Dissolution of the American Feudal State; »I accuse!«: Travels in Fascist America; A Call to Arms.* Sie hat auch Neudrucke von klassischen revolutionären Broschüren veranlaßt und die Druckerkosten aus ihrer eigenen Tasche bezahlt: das Werk des großen Johannes Most: *Science of Revolutionary Warfare: A Manual of Instructions in the Use and Preparations of Nitroglycerine, Dynamite, Gun-Cotton, Fulminating Mercury, Bombs, Fuses, Poisons etc.* Auszüge aus Frantz Fanons *The Wretched of the Earth;* sowie die Gedichte und Betrachtungen und Lehren Maos. Mit einer Schönschreibe-Feder hat sie auf steifem, pergamentähnlichem Papier die beiden Todesurteile vorbereitet:...

American Silver Doves
Revolutionary
Army
Eastern Seaboard Unit

*

Jedermann zur Kenntnisnahme, daß hiermit nach ordnungsgemäßem Rechtsverfahren entsprechend den natürlichen Menschenrechten das Todesurteil ohne Berufung über einen Verbrecher der Internationalen Faschistisch-Kapitalistischen Klasse verhängt wird. Rache für das Volk!

Angeklagter: ....
Urteilsverfügung: *Hinrichtung*
Urteil verfügt vom: *Volksgerichtshof*
Datum: *8. September 1980*

Die Namen müssen ordentlich mit Maschinenschrift eingefügt werden.

*

Owen haut das Messer scharf abwärts. Ohne Zaudern. Ein Hieb, und noch ein Hieb, und noch ein Hieb. Seine Kraftanstrengung zerreißt die Luft – er hört sich keuchen – sein Herz rast und will zerspringen – doch im nächsten Augenblick ist alles wieder ruhig, ist alles Routine. Der Verkehr rollt durch die Bidard Street; ein städtischer Autobus kreischt und ächzt und stößt giftige Abgase aus.

*

Owen wartet auf den zweiten Anruf seiner Schwester. Denn sie wird bestimmt anrufen – sie hat es versprochen.
Es ist neun Uhr fünf. Es ist neun Uhr zehn.
Eine Stimme – die Stimme des Rundfunk-Ansagers – dringt durch den Bretterfußboden des Hauses. Adrienne dreht wahllos am Knopf, sucht »Nachrichten«, von denen sie weiß, daß sie verzerrt, wenn nicht gänzlich falsch dargestellt sind. Jetzt hat sie die Station WKWK-FM. Jetzt hat sie die vierundzwanzigstündige Nachrich-

tenstation. Die Geiseln in Iran, der Aufstand in Polen, Gerüchte von Unzufriedenheit und Rebellion in China (auf dem Lande), die Präsidentschafts-Kampagne zu Hause, Owen versteift sich vor Verachtung und will es nicht die Treppe hinunterrufen, sie solle das verdammte Ding abstellen, sonst würde er ihr den Hals umdrehen.

Kirsten und Nick. Kirsten und Tony Di Piero.

Kommt es darauf an?

Ich bin ein Werkzeug, sagt Owen laut vor sich hin und läßt seinen Daumen über die scharf geschliffene Messerklinge gleiten. Jeder von uns ist ein Werkzeug. Aber voller Ungeduld – o Gott, voller Ungeduld!

Er wartet. Buddy ist unten in der Werkstatt, beendet seine Arbeit – er nennt es »Herumpusseln« – an der kompakten kleinen Bombe, die Owen nach Röcken 18 mitnehmen wird. Denn keiner fand, daß die »Hinrichtung« genüge – während sie es besprachen, die symbolische Tragweite besprachen, fanden alle (doch Owen war der erste, der den Gedanken aussprach), daß etwas Auffallenderes, für die Öffentlichkeit Bestimmtes notwendig sei.

Die ganze Bude zusammenhauen, sagte Owen. Und weiter sagte er nichts.

Ein unfreiwilliges und merkwürdig unschönes Ächzen entschlüpfte Uli. *Das* Haus? Eins von den Sloan-Häusern?

Einen Augenblick herrschte Stille. Die jungen Leute sahen einander an – sie hatten keine Ahnung, was Uli May *diesmal* meinte – Buddy riß die Augen auf: *Sloan? Was fürn Sloan?*, und dann gab Uli nach: Ach so, ja. Wahrscheinlich doch. Neben Dumbarton Oaks, ja.

*

Kirstens blasses, glänzendes Gesicht. Strähnen ihrer Haare klebten an der Stirn. Eine Hitzewelle in Washington. Tag für Tag – kein Windhauch. Isabel ist nicht in der Stadt – Isabel verbringt eine Woche bei Freunden auf einer Insel, die der Küste von North Carolina vorgelagert ist – Isabel wird bald wieder zurückkommen – Nick ist verreist, irgendwohin – wahrscheinlich nach Mount Dunvegan Island – doch nach dem Labor Day wird er wieder zurücksein – nach dem Labor Day ist sehr, sehr viel möglich.

Kirsten umklammert Owens Hand. Ein bittendes, sich anklammerndes, lästiges Kind.

Wir kennen sie nicht, Owen, sagt sie. Sogar Mutter nicht, sogar Daddy nicht. Wir wissen nicht, wer sie sind ... wer sie waren.
Owen fühlt sich leicht angewidert von seiner Schwester. Doch der Hauch von Verzweiflung, der von ihr ausgeht, regt ihn auf.
Er sagt in Uli Mays hochmütigem Tonfall: *Tun* ist eine Art, etwas zu *wissen.* Was immer wir mit ihnen *tun,* wird jeden Fehler unseres *Wissens* kompensieren.
Kirsten streicht sich das Haar aus den Augen, betrachtet ihn mit ihrem heißen, gläsernen Blick und denkt darüber nach. Es kommt häufig vor, daß dieses junge Ding ihn mit ihrem Scharfsinn, ihrer Unnachgiebigkeit, ja schon mit der bloßen Art ihres Zweifels in Erstaunen versetzt; und sie tut es auch jetzt, indem sie fast entschuldigend murmelt: Nein. Ich glaube, du irrst dich. *Tun* ist einzig und allein *Tun.*

*

Ulrich May wiegt das hübsche, blinkende Messer in seiner Hand, auf der offenen Handfläche, und spricht leise und überredend, als ob, was Owen Halleck nach so vielen Wochen noch braucht, Überredung wäre – und nicht Zurückhaltung. Aus kalter Neugier habe ich sie ausfindig gemacht, Owen – wie du weißt, bewege ich mich ungehemmt in jenen Kreisen –, und selbst ich mit meiner Erfahrung fühlte mich abgestoßen von ihr, von ihrem Äußeren, ihrem Verhalten, dem Kreis ihrer »Freunde«. Ihr neuer Liebhaber ist dieser Tim Fox, du hast sicher schon von dem Kerl gehört, ja? – ein sogenannter Journalist, eine große Nummer beim Fernsehen, ein selbsternannter Schnüffler im Privatleben andrer Leute – und der alte General Kempe in seinem Rollstuhl war mitten unter ihnen, eingeschrumpft und gespenstisch und stumm, doch zeitweilig brachte er ein Grinsen zustande – ein *widerlicher* Mensch. Vielleicht ist der Krebs zum Stillstand gekommen, oder er hat sich vielleicht einfach mit zuviel Morphium betäubt: ich hatte nicht den Mut, ihn zu fragen.
Wo war das? fragt Owen ruhig, und seine Augen blicken gespannt auf das Messer. Was trug sie?
Deine Mutter? – Oh, Isabel de Benavente! Ich erinnere mich nicht, was sie trug – ich erinnere mich nur, daß sie etwas Verrücktes mit ihrem Haar angestellt hatte – es sah irgendwie verbrannt und zerfranst und stachelig und verfilzt aus – eigentlich eine zu jugend-

liche Frisur für sie, aber interessant – sie hat die richtigen Gesichtszüge dafür. In letzter Zeit hat sie sich anscheinend ein unangenehm schrilles Gelächter zugelegt. Das typische Gekreische von Alkoholikerinnen. Aber in *der* Gesellschaft fällt so etwas natürlich nicht weiter auf ... Ich zog sie beiseite, als wären wir alte Bekannte, und während ein paar Sekunden waren wir es tatsächlich: sie hat ihren Lippenstift auf meine Wange geschmiert und mich umarmt, und ich richtete die üblichen, abgedroschenen Fragen an sie – das übliche Palaver –, und glitt ziemlich gemein auf ein gewisses Thema hinüber: Was machen Ihre Kinder, Isabel? Vermutlich gehen sie bald wieder ins Internat zurück? Sie werden Ihnen fehlen!
Sie setzte zum Sprechen an –, wollte es wahrscheinlich mit Dreistigkeit durchfechten – dann erstarrte sie einfach – trat zurück – blickte weg – sagte kein Wort.
Ihre beiden so hübschen Kinder? sagte ich schmeichelnd.
Aber nein, kein Wort.
Owen hat genau zugehört – mit auf die Seite gelegtem Kopf. Jetzt prustet er laut heraus.
Uli fährt mitteilsam fort: Dieser Tim Fox – was für ein Kerl! Einer der bösartigsten Parasiten unserer Zeit – geißelt andrer Leute »Narrheiten«, wie er es nennt – in seinen tückischen Artikeln, seinen tückischen Fernseh-Sendungen – er muß wirklich für unsre nächste Hinrichtung vorgemerkt werden, finde ich – ich werde darauf bestehen, wenn – wenn sich alles ausgewirkt hat – doch jetzt nichts mehr davon. Weißt du, daß Fox sich vor ein paar Jahren für einen Dichter, einen Sowjet-Dissidenten eingesetzt hat, hab' den Namen des Armen vergessen – Grigory Soundso – Fox hat viel Wesens um ihn gemacht, um ihn in die Staaten zu holen, er war, glaube ich, in Paris abgesprungen – und war ganz mittellos – konnte nicht viel Englisch – war gesundheitlich sehr übel dran – Fox hat also Unterstützung und Spenden für ihn zusammengetrommelt, und Grigory kam in die Staaten, und es gab ein Trara mit Parties und Interviews, und ein paar New Yorker Verleger machten überall veröffentlichte Angebote auf sein Werk – die bekannte Methode –, und dann organisierte Fox hier in Washington eine Lesung für ihn, im Kennedy Center, und der Ertrag sollte für Grigory sein – oder jedenfalls das meiste – und tatsächlich erschienen eine Menge Leute – er war *das* Ereignis der Woche. Ich

muß zugeben, daß ich selbst auch hinging – »Dissidenten« interessieren mich immer – und Dichter auch –, und der Abend war ein Reinfall. Grigory stand vorne auf der Bühne und deklamierte seine Gedichte auf Russisch, eine völlig unverständliche Flut von Kauderwelsch, mit geschlossenen Augen schwankte er hin und her, wurde leidenschaftlich, schwitzte, es war alles sehr echt und natürlich – ein Weilchen – sehr rührend. Natürlich waren Dolmetscher auf der Bühne, sie sollten ins Englische übersetzen, aber Grigory geriet in eine Art Trance – oder tat wenigstens so – und verbot ihnen, etwas vorzulesen, und allmählich verkrümelten sich die Zuhörer – in kleinen, schuldbewußten Gruppen – bis nur noch ein paar von uns übrigblieben. Doch hinterher sagten alle – und so wurde es auch in den Zeitungen berichtet –, der Mann sei »mutig« und »ein wunderbarer Dichter«.
Owen stimmt in Ulis Gelächter ein. Owens breite Schultern zittern. Er sagt: *Ihre beiden so hübschen Kinder,* hast du sie gefragt? – Ich wünschte, ich hätte das Gesicht des Luders sehen können!

*

Früher, in der guten alten Zeit, als die Kinder sich noch auf die Sommer-Camps freuten, wurde Owen mehrere Jahre nach New Hampshire geschickt, und dann einmal in ein »feines« Camp in den Catskills, und jedesmal, schon zwei Wochen vorher, pflegte er seinen großen Koffer, den er mitnehmen sollte, auf den Fußboden seines Zimmers zu stellen. Die Vorfreude auf ein Camp regte ihn immer gewaltig auf – als Kind hatte er die Gabe, spätere Enttäuschungen stets rasch zu vergessen. Der Koffer wurde also aus dem Wandschrank geholt, dem Kind wurde sein Willen gelassen, Mrs. Salman half ihm, seine Wäsche, die Socken, Handtücher und Waschzeug so ordentlich einzupacken, als müsse er am gleichen Tag abreisen, und dann verbrachte er einen großen Teil seiner Zeit damit zu, einfach auf den offenen Koffer zu starren oder in den knallbunten Broschüren über das Camp herumzublättern und immer wieder die Anweisungen zu lesen, die zu seinem Polaroid-Apparat gehörten. Bis der Morgen des Reisetags gekommen war, fieberte er förmlich vor lauter Vorfreude.
Und ebenso ordentlich legt Owen Halleck jetzt in dem winzigen Kabuff, das ihm in der Bidard Street 667 zugewiesen wurde, seine Mörder-Ausrüstung auf das Feldbett: das deutsche Messer, die

Rolle feinen, starken, mitleidslosen Drahts, die dunklen Wildlederhandschuhe, die abgeschirmte Taschenlampe, die Chloroform-Ampulle und die kleine rote Pillendose. Er wandert nicht in der Kammer umher: er steht reglos still, starrt vor sich hin, sinnt nach. Die andern Doves unterbrechen ihn nicht, auch nicht, um ihn zu den Mahlzeiten zu rufen. Er verspürt eine äußerste Spannung, ja eine Art Weihe, und vielleicht folgern sie auch – denn es sind ziemlich gescheite junge Männer und Frauen unter ihnen –, daß er sich zurückhält, wie sich ein Apportierhund zurückhalten mag, und daß er vielleicht – *vielleicht* – denn andere Doves und Doves-Anhänger haben sich im Laufe der Jahre manchmal überraschend benommen, wenn die Zeit für einen »Schlag« näherrückte – als gefährlich angesehen werden könne.
Auf jeden Fall ist er ein Bekehrter von seltener Begeisterung und Hingabe. Möglicherweise ein Dove von zukünftigen heroischen Ausmaßen.
Er breitet die kostbaren Sachen Stück für Stück liebevoll aus. Auf seinem ordentlichen schmalen Bett. Mit verschränkten Armen betrachtet er sie. Eins und noch eins und dann noch eins... Die Pillendose fasziniert ihn – obwohl es nie nötig werden wird, daß er sie öffnet: nie wird er sich die Tabletten weit hinten in den Mund stoßen und kräftig schlucken, ganz fest schlucken. (Wie er sich das vorgestellt hat. Wie er sich das eingeprägt hat.)
Wenn der Tag dem Ende zugeht, nimmt er die Sachen vom Feldbett und legt sie ehrerbietig beiseite. Tag für Tag, wochenlang, sind es Monate oder gar Jahre, daß er wartet, es herbeigesehnt hat: in einem Zustand weihevoller Spannung.

*

Isabels durchdringender Schrei schreckt ihn aus dem Schlaf. Ihre Finger verkrallen sich in ihn, während sie hinfällt. Er könnte sich vorstellen, wie ihre hübschen Fingernägel brechen, er könnte sich vorstellen, wie Blut aus ihrem Mund blubbert.
Mit dem Messer in der Hand richtet er sich über ihr auf. Vielleicht sind sie im großen Schlafzimmer oder im anstoßenden Badezimmer, dem »neuen« – mit dem Anreiz der glatten, sauberen, antiseptischen Keramikfliesen. Owen schreitet vorsichtig über die Leiche. Natürlich wird Blut dasein. Er nimmt sich vor, beim Anblick des Bluts nicht zu erschrecken oder auch nur besonders überrascht zu

sein. Er wird auch nicht den Fehler begehen, seine Schuhe zu besudeln.
In sein kleines Notizbuch mit dem Spiraldraht kritzelt er, was er »Fluchtplan« nennt: *Tritt nicht ins Blut!* – und bringt dahinter eine Reihe von Kreuzchen an.

*

Buddy wendet den Blick kaum zu Owen hinüber, während er weiterspricht. Seine Finger bewegen sich andauernd mit dem Geschick des Sachverständigen. – Ich hatte nicht mal kapiert, daß ich auf sie eingestellt war, erzählt er Owen. Ich meine, schließlich hatten wir ihr *vertraut,* sie wußte *alles* über uns, ebenso ihr Mann, sie haben sich bloß ein paar Monate nach mir angeschlossen... doch dann kam die Sache mit dem gemeinsamen Ausgehen, gemeinsamem Spazierengehen, bei zugesperrter Tür in ihrem Zimmer sitzen, und dann wollten sie ausziehen und das Anwesen verlassen, und Richard versuchte, eine bestimmte Schreibmaschine mitzunehmen – er behauptete, es wäre *seine,* aber sie war gemeinschaftlicher Besitz. Jedenfalls, sagt Buddy, und seine Stimme klingt einen Augenblick etwas schärfer, müssen wir das Prinzip der Einigkeit wahren. Und um der Einigkeit willen müssen wir Disziplin halten.
Ja, murmelt Owen. Was ihn fasziniert, sind Buddys Finger.
Eine Armee ohne Disziplin ist keine Armee, sagt Buddy.
Man kann nicht dulden, daß die Leute sich in alle Himmelsrichtungen zerstreuen und jeden Gedanken denken, der ihnen gerade durch den Kopf fliegt... Verstehst du das Prinzip der Funk-Wellen? Ich glaube, so ähnlich muß es sein. Auf einer bestimmten Frequenzhöhe. Ich kann Gedanken auffangen, wenn nicht zuviel Störungen da sind und wenn ich mir nicht *vornehme,* es zu wollen. Die Störung kommt – sagen wir mal – vom Kleinhirn, dem jüngeren Gehirn – und so lange die wahren Gedanken auf einer niedrigeren Frequenz-Höhe liegen, macht es mir keine Mühe, sie aufzufangen. So erging es mir mit Edith. Dummerweise – für sie! Das verräterische Luder!
Ja, sagt Owen und beobachtet die Finger seines Freundes.
Buddy arbeitet liebevoll, während er sich über den Tisch mit seinen Wunderwerken beugt. Dynamitstangen; Schießpulver in kleinen, aber ziemlich starken Behältern. Weckeruhren in verschie-

denen interessanten Stadien der Demontierung. Alles ist so präzis, alles ist so prachtvoll *wirklich: die Gegenstände selbst sind unveränderlich und fortbestehend; ihre Anordnung ist es, die sich verändert und keinen festen Platz einnimmt,* Owen gerät einfach durch das Zuschauen in eine Glückseligkeit, die an Stärke Buddys Gefühl nahekommt: daß er hierher, zu diesem Haus gefunden hat, zu diesem geheimnisvollen Raum mit seinen schwarzen Schatten und den klinisch grellen 150 Watt-Birnen! Daß er ohne irgendein Aushecken, ohne irgendein jungenhaftes Kalkulieren einen so außergewöhnlichen Freund entdeckt hat! Wie er ohne Zögern zugreift und wie unwiderlegbar der Tatbestand ist: Dynamit und die einfache Tatsache einer Uhr, deren kleiner Zeiger weiter und weiter vorrückt – das wohltuende Ticken einer Maschine ...

Owen, der jetzt selten an seine Vergangenheit denkt und nie an seine »private« Vergangenheit, erinnert sich plötzlich an eine Anekdote, die der Professor für Staatswissenschaft seiner Klasse erzählt hatte. Der Schauplatz war Athen, der Professor war als Gast bei einem Bankett zu Ehren des Prinzen von Saudi-Arabien, und wie es sich herausstellte, hatte der Prinz seinen B.A. von der University of California in Santa Barbara und seinen M.A. von Harvard, wo er unter Henry Kissinger studiert hatte –, diesem »ganz reizenden«, »gescheiten« und »einsichtigen« Mann. Einige Jahre später ging Kissinger als Staatssekretär nach Saudi-Arabien, sah den Prinzen im Empfangskomitee, erkannte ihn sofort und sagte: Glauben Sie ja nicht, was ich Ihnen damals bei den Harvard-Lesungen vorerzählt habe! *Das hier ist das einzig Wahre!*

Ebenso, sinniert Owen, während er Buddys Finger beobachtet, ist das hier das einzig Wahre, die unwiderlegliche Logik des ...

Ich glaube an Maschinen, sagt Buddy sanft. An Maschinen, die gemäß einem Zeit-Kontinuum ablaufen. In dem Falle sind nämlich sowohl die *Maschine* wie auch die *Zeit* Erweiterungen unsres Gehirns. Bei den zukünftigen Weltrevolutionen wird diese Tatsache von unermeßlicher Wichtigkeit sein.

(Es ist Owen erzählt worden – zwar nicht von Buddy selber, denn der ist bescheiden –, daß er im Laufe der Jahre unzählige »Schläge« gemeistert habe: er sei in der Bewegung das bombenbastelnde Genie, einer von zweien oder dreien. Als er in New York lebte, half er der Puertoricano-Gruppe *Furia* bei ihren Brandstiftungs- und Bombenanschlägen im Rockefeller Center, in der Park Avenue und der Wall Street: der berühmteste Anschlag des Jahrhunderts, die FALN-Bombardierung eines Restaurants in der Wall Street, wobei drei Menschen ums Leben kamen und Dutzende verletzt wurden, war ein Teil von Buddys allgemein geplanter Taktik gewesen – obwohl ihm ein Bürohaus oder – besser noch – das *World Trade Center* lieber gewesen wären als ein Restaurant. Derartige Anschläge schüren nur wieder alte, abgestandene, verwirrende Argumente bezüglich »unschuldiger Opfer«.

Ja, murmelt Owen. Die *Maschine* – und *Zeit*. Ja, das leuchtet mir ein.

Das da – die Bombe, die jetzt zusammengesetzt wird – ist *seine* Bombe. Dynamit, Batterien, Drähte, ein Alarmgerät. Letzteres eine billige Weckeruhr, in einem Drugstore weiter oben am Ende der Straße gekauft.

Owen, der ständig den Kopf so voll hat, ist nie auf den Gedanken gekommen, mit Buddy oder einem andern seiner neuen Freunde über seinen Vater oder über seines Vaters Tod zu sprechen. Er hatte nie Zeit gefunden, das Thema zur Sprache zu bringen. Auch nicht die Sache mit dem Sumpf und die unsagbare Beleidigung im Büro des Leichenbeschauers von Brean Down. Und ein so abstrakter und sentimentaler Begriff wie »Verrat« – was hat der mit den Doves – und was hat er mit ihm zu tun?

*

Buddy blickt sich zu Owen um und lächelt ein leicht erschrockenes Lächeln, als habe er Owens Anwesenheit vergessen. Er hat sich seit mehreren Tagen nicht rasiert, aber er sieht jungenhaft und naiv und beinah lieb aus. Ich werde sie auf Mitternacht stellen, sagt er, wie's geplant war – ist es dir recht? Obwohl du natürlich die Explosion hinauszögern kannst, indem du einfach den Zeiger für den Alarm weiter vorschiebst. Wieviel Uhr ist es jetzt? Wann gehst du weg?

Im andern Zimmer hat gerade das Telefon zu läuten begonnen. Es ist neun Uhr fünfunddreißig. Sicher ist es Kirsten. Owen reißt sich wie aus einem tiefen Schlaf hoch und antwortet, seine trocknen Lippen befeuchtend, Ja, Mitternacht! Danke!

Das erstemal vor fast zwanzig Jahren, nach dem Tode von Isabels zweitem Baby. Einem Mädchen – ohne Namen. Um elf Wochen zu früh geboren. Schwaches Herz, schwache Lunge, schlecht funktionierende Leber. Nick fliegt allein von Boston nach Washington, um Isabel im Mount St. Mary's Krankenhaus zu besuchen, wo sie, geschwächt vom Schock und vom Blutverlust, blaß und »wie ein Engel« daliegt (wie es eine der Nonnen vielleicht nicht ganz passend ausdrückt).

Nick, der Ehemann einer andern Frau, krank vor Kummer um Isabel. Vor Kummer liebeskrank.

Er bringt ihr Blumen – Margeriten und weiße Rosen – und wagt es, ihre Hand zu halten, während Maurie die andre Hand umklammert.

Schließlich kommt ein telefonischer Anruf, Maurie muß sich entschuldigen, und die beiden Liebenden sind allein. Bis auf die Tatsache natürlich, daß sie kein Liebespaar sind: das tote Kind ist nicht von Nick.

Isabel zieht ihre Hand widerwillig aus der seinen. Auf ihrer Stirn sind haarfeine blaue Adern, auf ihren Lippen sind feine weiße Risse. Sie blickt Nick haßerfüllt an: ich wußte, daß das Baby sterben würde – ich wußte es – bedaure mich nicht – du und *sie* – ihr braucht mich nicht zu bemitleiden – wir versuchen es noch einmal, Maurie und ich – mach dir keine Sorgen um uns – mach dir keine Gedanken – es war nicht deine Schuld, nicht wahr? – es war nicht *dein* Baby, – das denkst du nämlich jetzt – ich weiß es ...

Nick versucht sie zu trösten. Er versucht sie zu beruhigen. (Ihre Stimme ist allmählich immer lauter geworden, ein hysterischer Anfall droht, er kann sie nicht gewaltsam zum Schweigen bringen, und er kann nicht aus dem Zimmer laufen.)

Er umklammert ihre Hand ganz fest. Und endlich hört sie auf, mitten in einer Beschuldigung. Sie verabscheut ihn, sie kann es nicht aushalten, ihn anzublicken, sie fängt an zu weinen – welche Erleichterung! – und sagt nur noch: jedenfalls war es unsre Strafe. *Meine* war es.

*

Und dann – auf Grund einer Anwandlung – einer verzweifelten Anwandlung – fliegt Nick im Frühling 1965 auf ein Wochenende nach Stockholm, einfach, um Isabel Halleck zu sehen – Isabel, die »unglücklich« ist und sich »für eine kurze Probezeit« von ihrem Mann, ihrem Sohn und dem Leben in Washington getrennt und nur ihr kleines Mädchen Kirsten mitgebracht hat.

Strahlendes, windiges, schwedisches Juniwetter. Die Leute von der amerikanischen Botschaft gratulieren ihnen: sie haben Glück, endlich ist das Wetter umgeschlagen!

Auf die Beliebtheit der Frau seines Freundes in Stockholm ist Nick eifersüchtig. Sie ist beliebt bei den Leuten von der Botschaft. Beliebt auch bei den Schweden. Sie kommt ihm gar nicht so »unglücklich« vor. Sie kommt ihm, genau genommen, dort gar nicht als Frau seines Freundes vor. Es gibt Empfänge und Cocktail-Parties, es gibt Lunch-Einladungen, und es gibt sogar ein endlos langes, elegantes Abendessen in der Residenz des Botschafters. Nick ist selten mit Isabel allein – und wenn, dann will sie unbedingt ihr Töchterchen mitbringen.

Nur eins möchte ich wissen, sagt Nick ruhig. Wollen Maurie und du sich wirklich trennen?

Warum mußt du das wissen? fragt Isabel.

Ich bin die ganze weite Strecke hergereist, um dich zu sehen und das herauszubekommen, sagt Nick. Und jetzt behandelst du mich wie Dreck.

Isabel wendet ihm ihr schönes Gesicht zu. Sie ist offensichtlich erstaunt, sie ist arglistig entzückt, sie sagt lächelnd: habe ich dich wirklich *so* behandelt?

Es könnte für sie eine Zeit jäher Leidenschaft sein, eine Zeit berauschend romantischer Liebe, Stockholmer Flitterwochen, die durch die kühle Sonne der Ostsee angeregt werden – aber etwas stimmt nicht.

Ohne Maurie in der Nähe? Ohne Maurie, sie zu zügeln?

Isabel weigert sich, Nicks Klagen über seine Ehe anzuhören, Isabel erzählt, daß sie vor ein paar Abenden in Begleitung eines schwedischen Kultur-Attachés zum Ballett einer Pariser Truppe gegangen ist. Sie wandern durch den Djurgorden, ohne ihn zu sehen, sie besuchen Kirsten zuliebe den offenen Zoo in Skansen. (Und das kleine Mädchen ist zuerst glücklich. Doch dann wird sie müde und beginnt zu quengeln, und ihr kleines Gesicht glüht vor Zorn.) In einem Restaurant am Kanal betrinken sie sich und werden beinah lustig. In der Thielska Galerie werden sie wieder nüchtern und abgekühlt vor Munchs Gemälden mit den hohen, schönen, leichenähnlichen Frauen, die Isabel aber beneidet.

Nick trinkt aus ungewöhnlich hohen Gläsern sehr viel schwedisches Bier. Er hört sich voller Angst sagen: du kannst ihn nicht verlassen! Du würdest ihn zugrunde richten.

Isabel besucht Nick im Grand Hotel – einmal – und bringt die jammernde Kirsten mit.

Ihr letzter gemeinsamer Abend wird ihnen durch eine Gruppe von Demonstranten verdorben: sie protestieren gegen den Vietnam-Krieg, sie protestieren gegen Amerika im allgemeinen –, und zwar vor der Botschaft der Vereinigten Staaten. Nichts passiert, niemand wird verletzt, aber Nick wird vor Wut beinah körperlich krank, ebenso mehrere andre, zur Botschaft gehörende Amerikaner.

Die Sauhunde, murrt er, die Mistkerle, was fällt ihnen ein – *uns* zu kritisieren!

*

Und dann wiederum, sechs Jahre später, nachdem sich vieles zwischen ihnen ereignet hat – und auch nicht ereignet hat –, fährt Isabel mit hoher Geschwindigkeit einen Expreß-Weg entlang, und Nick beschimpft sie wegen ihrer Leichtfertigkeit und wegen ihrer Freundschaft mit Di Piero. Kümmert sie sich nicht darum, wie sehr sie andre Menschen verletzt? Kümmert sie sich nicht um die Gefahr für ihre Ehe und für ihre Kinder?

Isabel sagt nichts.

Und wofür das alles? sagt Nick verächtlich. Du kannst doch unmöglich glauben, daß Di Piero zu dir hält …

Isabel unterbricht ihn: »Zu mir hält?« – Komisch, so etwas zu sagen!

Du weißt, was ich meine, sagt Nick.

Würdest *du* zu mir halten, lacht Isabel.

Sie haben sich zum erstenmal seit vielen Wochen zum Lunch getroffen, sie haben ein reichliches Quantum Alkohol genossen, es kam zu den üblichen ungewollten – vielleicht zwangsläufigen? – Augenblicken voller Verzweiflung und Zärtlichkeit und Überschwang. Doch jetzt ist das Wetter umgeschlagen, es ist ein wirklich bösartiger, düsterer Nachmittagshimmel gegen Ende des Winters. Isabel tritt auf das Gaspedal, und Nick sagt ihr, sie solle aufhören, sich wie eine Verrückte zu benehmen, und Isabel schreit ihn an, er solle sie in Ruhe lassen, bitte, gefälligst in Ruhe lassen, wie kann er sich unterstehen, sie wegen ihres Lebens – und *ihrer* Ehe abzukanzeln.

Er versucht sie zu beruhigen, legt ihr den Arm um die Schultern, sie schlägt ihn weg und ist wütend und schluchzt wie ein junges Ding. Es ist einer ihrer manischen Zustände, er ist nicht gerade ungewöhnlich, aber plötzlich schlittert der Wagen, gerät außer Kontrolle und streift die Zementplanke, und Isabel schreit auf, und Nick wird vorwärtsgeschleudert und schlägt mit der Stirn gegen die Windschutzscheibe – glücklicherweise nicht stark, das Glas ist nicht zerbrochen, sein Schädel ist heil geblieben.

Der Wagen ist zum Stillstand gekommen. Isabel schluchzt noch immer. Nick schweigt und ist blaß, reibt sich die Stirn und ist verwirrt.

Der Wagen steht, aber der Verkehr auf dem Expreßweg läuft weiter. Mein Gott, flüstert Isabel.

Zehn Sekunden, zwanzig, dreißig ...

Isabel blickt Nick nicht an, und nach einer Weile nimmt Nick ihre Hand und drückt ihre kalten, schlaffen Finger.

Mein Gott, sagt Isabel, ich hätte dich fast umgebracht.

Sie sehen einander scheu an. Nicks Stirn blutet.

Nach einer weiteren Pause sagt Nick: ich muß weg! Man darf mich hier nicht mit dir erwischen.

Ja, sagt Isabel leise.

Der Verkehr strömt weiter: riesige, ratternde Lastwagen mit Anhänger, städtische Autobusse und Privatwagen. Isabels Blick fällt auf den Rückspiegel: schon ein Streifenwagen? So schnell!

Ich muß weg, sagt Nick. Fehlt dir nichts?

Nein, sagt Isabel.

Doch er geht noch nicht. Sie sitzen eng beieinander, betäubt, starren auf die Leitplanke und den Verkehr, völlig benommen, ein Black-out. Wieder glaubt Isabel einen Streifenwagen zu sehen, wieder hat sie sich geirrt.

Wenn es in die Zeitungen kommt – wenn Maurie ...
Ja ...
Ich muß weg ...
Ja – du mußt dich beeilen ...
Nick umarmt Isabel und reißt sie plötzlich an sich, küßt verzweifelt ihre Kehle und ihren Mund, drückt sein heißes, feuchtes Gesicht gegen ihre Brüste, und dann stößt er sie weg, er öffnet die Tür, er sagt: ich muß weglaufen. Kannst du alleinbleiben? Die Polizei wird jede Minute eintreffen.
Ja, sagt Isabel. Sei vorsichtig!
Fehlt dir wirklich nichts?
Natürlich nicht, lauf, beeile dich ...
Er klettert aus dem Wagen und rennt zurück, die Leitplanke entlang, und sie beobachtet ihn eine Weile im Rückspiegel, dann bemerkt sie das Blut in ihrem Gesicht und wischt es mit einem feuchten Kleenex ab, ist völlig in ihr Bemühen versunken, als die Polizei eintrifft.

*

Und dann wieder – ein letztesmal – zwölf Tage nach Mauries Begräbnis.
Als Nicks unbeholfene Berührung über ihre Gesichtshaut scheuert und Isabels Haar seine Wange sengt.
Verwirrt weichen sie voreinander zurück. Doch Nicks Finger schmerzen, sie hinterlassen trüb-rote Stellen auf Isabels Unterarm, und seine Haut ist dort, wo ihr Haar ihn streifte, leicht gereizt.
Wir haben es getan, flüstert Isabel, wir haben ihn umgebracht, wir werden bestraft werden, aber Nick versucht noch einmal, sie zu umfangen, als habe er nichts gehört. Er sagt sich, sie müsse in seinen Armen weinen, es ist lebenswichtig, daß sie in seinen Armen weint, gemeinsam müssen sie weinen.
Doch Isabel steht steif und unnachgiebig da. Nur mit Mühe gelingt es Nick, sie zu umarmen – und noch immer leistet sie Widerstand, schiebt ihn weg. Ihr Haar riecht säuerlich, wie frisch gebleicht, der Geruch ihrer Haut ist etwas abstoßend, die winzigen, den Mund umklammernden Linien werden sich mit zunehmendem Alter grausam eingraben. Wir haben ihn umgebracht, sagt Isabel tonlos, ich hasse uns beide, und ich hasse ihn ... Es ist alles aus.
Nichts ist aus, sagt Nick erschrocken. Niemand weiß etwas.

Und dann, als wäre es möglich, die Behauptung abzustreiten, fährt er fort: Maurie hat uns *nicht* gehaßt.
Isabel sagt zornig: du hast ihn an dem Tag umgebracht, als du ihn belogen hattest – das ist ganz klar. Davon hat er sich nie erholt. Er hat es nicht einmal versucht. Wenn du ihm nur etwas hättest erklären können – irgendwas – du hättest ihm sagen können, du stecktest in Schulden oder daß deine Familie bedroht würde – oder du hättest zusammenbrechen können, und er hätte es dir verziehen – er hätte dir einfach *alles* verziehen ...
Ich wollte seine Verzeihung nicht, sagt Nick.
Zum Teufel mit Tony, sagt Isabel, und mit dem unmanierlichen Schweinehund Tom Gast – hoffentlich ist *der* tot – hast du noch etwas über ihn gehört? – ihr alle seid in *meinem* Haus zusammengekommen – im Haus des armen Maurie – ich weiß nicht, was sich abspielte – ich wußte es wahrhaftig nicht – sogar mir hast du was vorgelogen – du hast mir nie erklärt ...
Es gab nichts zu erklären, du hattest es genau verstanden, sagt Nick gereizt, mach mir nichts vor, du warst von Anfang an dabei.
Nein. Das stimmt nicht.
Du und Di Piero.
Nein.
Doch, bestimmt – du und Di Piero – streng dich nicht an, mich zu belügen.
Er ist jedenfalls tot, sagt Isabel, und warum? – Alles ist aus. Wir werden bestraft werden.
Niemand weiß es, sagt Nick zornig, wir *können* nicht bestraft werden.
Er hätte dich ins Gefängnis schicken sollen, sagt Isabel. Er hätte den Prozeß selber leiten sollen. – Nein, es ist alles aus. Ich hasse uns. Wir werden bestraft werden.
Verächtlich, kaum wahrnehmbar, verzieht sich Nicks Oberlippe. Er merkt plötzlich, daß er noch nie einen Menschen so verabscheut hat, wie er jetzt Isabel Halleck verabscheut.
Er hatte ihr Mauries Postkarte zeigen wollen – Washington zur Blütezeit – *Danke für die siebenundzwanzig Jahre* – die er natürlich vorsichtigerweise keinem Menschen gezeigt hat: doch jetzt empfindet er es als dringende Notwendigkeit, als eine fast körperliche Gier, sich so weit wie möglich von dieser Frau zu entfernen. Während er aus der Tür geht, sagt er: Wir *können* nicht bestraft werden.

Ein Fehler?
Ein gefährlicher Fehler?
Aber auf jeden Fall ein interessanter Fehler, denkt Nick Martens. Eine gründliche Ablenkung.
Daher erwartet er Kirsten mit zunehmender Erregung. Mit einem Drink in der Hand sieht er sich im Haus herumstreifen. Neun Uhr. Neun Uhr fünf. Die Tochter seines Freundes. Die Tochter seiner Mätresse. Seine äußersten Fingerspitzen hat sie gedrückt, ihr blasses, hartes Gesicht zu ihm aufgehoben – ohne zu lächeln. Du willst mir einfach keine Chance geben, sagt sie heiser. Und als er vorgibt, sie nicht zu verstehen, sagt sie: du weißt, was ich meine.
Das hohe, schmale Stadthaus aus neuem Backstein, für eine Nacht geliehen. Ein elegantes, aber karg möbliertes *pied-à-terre*, einem Bekannten gehörend, der (ebenso wie Nick) geschieden ist und (ebenso wie Nick) momentan ziemlich haltlos ist. Oben zwei kleine Schlafzimmer, ein kleines Badezimmer, eine beängstigend steile Treppe, unten ein Wohnzimmer, eine Küche, die kaum mehr als eine Speisekammer ist, eine sehr kleine Vorhalle, Gitterwerk im New Orleans-Geschmack vor den Erdgeschoß-Fenstern. Das Haus riecht neu – nach neuem Parkett und Bohnerwachs. Sehr wenig Teppiche. Die Neonlicht-Röhre im Badezimmer summt mit erstaunlicher Lautstärke.
Nick ist nervös, beunruhigt. Dankbar für das angelaufene Glas in seiner Hand. Dankbar für die Anonymität des Hauses. (Er hatte es sich schon früher ein paarmal für eine Nacht geliehen – es war stets eine befriedigende Lösung gewesen.) Zu viele Leute kennen ihn jetzt – oder jedenfalls erkennen sie ihn. In Restaurants. Beim Überqueren belebter Straßen. Er ist nervös und beunruhigt und fühlt sich doch ganz zu Hause: der Geruch des Parketts, der Geruch des Desinfektionsmittels in der Toilette, der Whisky-Geruch. Er

wird Kirsten einen Drink mixen, wenn sie kommt. Ob sie einen haben will? Er wird ihr einen anbieten.
Sie hatte mit erschreckender Dreistigkeit zu ihm aufgeblickt. Darauf war er nicht gefaßt. Ihr kalter, voller Mund hatte sich auf den seinen gepreßt. Regelrecht gepreßt. Hungrig. Beunruhigend.
Im Säulen-Vorbau des Fletcher-Hauses an der Thirty-second Street, wo Kirsten offenbar bei ihrer Tante wohnte, hatte eine Lampe gebrannt. Aber Kirsten hatte ihn am Handgelenk über einen fliesenbelegten Pfad an mächtigen, dicken Rhododendronbüschen vorbei zu einer Seitenpforte geführt. Schatten, warmes Sommer-Dunkel, eines jungen Mädchens Kühnheit. Er widerstand ihr nicht. Er lächelte. Er ging auf ihren lustigen Einfall ein, auf ihr leise klimperndes Gelächter. Schließlich war es ein Abenteuer, dazu gedrängt zu werden, daß er Isabels Tochter von einer Party nach Hause geleitete – Verschwörer war – doch war es ihm nicht klargewesen, ob Isabel und ihr Begleiter die Party schon verlassen oder ob Kirsten und Isabel sich einfach gestritten hatten. Isabel hatte er jedenfalls unter den Versammelten nicht gesehen. Das war ihm erspart geblieben.
Sie drängte sich an ihn, lehnte sich an ihn, machte einen Jux daraus, dann – ohne zu lächeln – nörgelnd und fordernd wie seine eigene Tochter – dieser schnelle Stimmungsumschlag, der ihn noch mehr erregte. Du willst mir keine Chance geben, beschuldigte sie ihn, und gab ihm einen kleinen Rippenstoß – du willst nicht mal wissen, wer ich *bin* – die linkisch verführerische Dreistigkeit der Jugend – eine glatte Überraschung. Immerhin die Tochter seines Freundes. Die Tochter seiner Mätresse. Die er nicht immer – nicht *immer* – unwiderstehlich reizvoll gefunden hatte. (Im allgemeinen war ihm Owen lieber gewesen. Ein zuverlässiger, aufrichtiger, kluger, fleißiger Junge. Nicks einziger Patensohn. Dessen Bewunderung für ihn – und die Bewunderung war manchmal peinlich auffallend – sich nicht bis zu lästigen Beanspruchungen von Nicks Zeit verstieg.)
Du weißt überhaupt rein gar nichts mehr von mir, sagte sie lachend, und schlang ihm die Arme fester um den Hals, du hast nicht die geringste *Ahnung* von mir, Nick, und er packte ihre Schultern, um sie sanft wegzuschieben, schob sie aber nicht weg, und lange, sehr lange, in endlos langen, trunkenen Minuten küßte Nick Martens Kirsten Halleck, während er mit ihr in einem schattigen Gang

stand – fluchtbereit, keuchend und schwach vor Begierde wie jeder Schuljunge.
Fürchtest du dich vor mir? flüsterte das Mädchen.

*

Im Wagen draußen auf der Straße wartete Nicks Begleiter – der junge F.B.I.-Mann, der ihm für mehrere Wochen zugewiesen war –, stellte das Radio an, rauchte ein wenig und warf die Zigaretten weg. Nick fürchtete nicht so sehr die Mißbilligung des jungen Mannes als vielmehr seine berufliche Schweigepflicht – sein gesellschaftliches – das heißt, Washingtons Taktgefühl.
Hatte er die Tatsache in sich aufgenommen, wie jung das Mädchen eigentlich war – und die seltsam strahlende, umwerfende Sorglosigkeit, die durch Alkohol oder Drogen oder Übermüdung verursacht wird – die ganze Art, wie sie schwatzte, lachte, plötzlich verstummte oder Nick mit einer anspielungsreichen und äußerst aufreizenden Geschichte hochbrachte, einer Geschichte von ihrem jüngsten Zusammentreffen mit einem Mann in New York, einem Freund von Nick (das wäre natürlich Di Piero)? War ihm die Identität des jungen Mädchens klargeworden?
Ja, natürlich, dachte Nick. Der junge Mann wußte alles, was über einen Abend zu wissen von ihm verlangt wurde.
Warum kommst du nicht ins Haus, niemand erfährt es, flüsterte Kirsten, aber Nick löste sich von ihr, brachte Entschuldigungen vor, Ausreden, Versprechungen – die er zu der Zeit gar nicht so gemeint hatte –, denn warum um Himmelswillen sollte er sich dazu entschließen, sich mit *der hier* einzulassen? – und eilte wieder auf die Straße, zu seinem Wagen.
Wo ihn Schweigen, berufliche Interesselosigkeit und frostiger Takt erwarteten.
Tochter eines Freundes, murmelte Nick, nicht sehr glücklich dieser Tage . . ., »die eine Phase durchmachte«, wie er beinah gesagt hätte, denn das war eine von Mauries philosophischen Beurteilungen seiner Kinder –, doch statt dessen versickerten seine Worte.
Wohin jetzt, Mr. Martens? fragte der junge Mann und drückte seine Zigarette aus.

*

Er steht am schmalen Fenster des vorderen Schlafzimmers, des Zimmers, das sie benutzen werden, und beobachtet die Straße. Ein Fehler, ein Irrtum, wieder eins seiner halb vorsätzlichen Fehlurteile? Er ist zu aufgeregt, um sich viel Gedanken darüber zu machen.

Kennst du *mich*, Kirsten, denkt er und nimmt einen Schluck von seinem Drink, bildest du dir ein, *mich* zu kennen, kleines Mädchen? – und er lächelt, um die Tatsache, die ziemlich wunderbare und schaurige, unerbittlich wie ein kieselsteinharter Klumpen in seinem Fleisch steckende Tatsache zu überdenken, daß er den Ausdruck »kleines Mädchen« gebraucht hat – daß er ein Mann geworden ist – oder zu werden scheint –, der sich ein *Pied-à-terre* für eine nächtliche Verabredung mit einem Teenager geliehen hat – mit einem Mädchen, auf das er sich hämisch freut und das er als »kleines Mädchen« anredet, als bilde er sich ein, das könne sie entwaffnen.

Sie ist noch völlig da – wie eine Schlange zusammengerollt und schlummernd – gespannt und böswillig vor lauter Energie, vor Hunger – sie ist noch völlig da, Nicks Veranlagung. Sie ist also doch nicht mit Maurie ertrunken.

Sein Ehrgeiz, seine alte Begierde. Sein unermüdliches Ränkeschmieden.

Nick Martens, wie er sich selber kennt und einschätzt. Nick Martens, wie ihn die Welt, ehrfürchtig vor Neid, beobachtet. – Vor allem laßt mich doch existieren, hat Nick oft sagen, oft hinausschreien wollen, um sich zornig zu rechtfertigen. Laßt mich um Himmelswillen *existieren*, und die übrige Welt soll sich mir anpassen.

Fünf Minuten nach neun. Zehn Minuten. Sie ist unterwegs – ebenso eifrig und begierig wie er: atemlos am Telefon, nicht zu unterbrechen. Sogar wenn Isabel es wüßte. Sogar Maurie. – Nicht in meinem Haus, die Umgebung ist zu riskant, ich schwör's dir, ein wilder Reporter oder sonst ein Idiot beobachtet mich mit einem Fernglas von seinem Dachgarten zu meinem Dachgarten hinüber, er wurde überprüft und soll harmlos sein, ein CPA, wie es heißt, aber das will ich dir nicht zumuten, und Hotels kommen nicht in Frage, und das Haus deiner Tante, so groß es ist, kommt auch nicht in Frage –, und ich kann mich nicht länger als ein paar Stunden freimachen, ich muß morgen früh um halb neun im Büro sein, komm also um die

angegebene Zeit zu der angegebenen Adresse. Und er informiert sie, als diktiere er seiner Sekretärin etwas Belangloses.
Wenn sie denkt, er sei schroff und gebieterisch – wenn sie denkt, er sei unhöflich, weil er sich nicht erbietet, sie abzuholen, sondern sie anweist, ein Taxi zu nehmen – so läßt sie sich das natürlich nicht anmerken. Aber bestimmt denkt sie nichts dergleichen. Sie ist zu jung. Sie ist zu unerfahren.
Am Morgen wird sie dann auch ein Taxi nehmen, das sie aus der Rock Creek Lane herausbringt. Früh am Morgen. Nicht später als sieben. Er wird das Taxi bestellen – er wird selber die Anordnungen treffen – beizeiten, im voraus. Im jetzigen Abschnitt seines Lebens hat er gelernt, erbarmungslos tüchtig zu sein.
Niemand steht um sechs Uhr morgens auf, um nichts zu tun, aber man steht vielleicht gerne um...
Soll ich die Adresse wiederholen, Liebes? fragt Nick. Hast du sie dir gemerkt? Und die Telefonnummer, falls etwas dazwischenkommt.
Ja, sagt Kirsten. Ihre Stimme klingt rauh und fröhlich, ja, danke, Nick! Aber es wird nichts dazwischenkommen.

*

Aber endlich zu wissen, was man ist, sagt Nick gedämpft zu Maurie, während seine Augenwinkel zu Fältchen zerknittern –, den äußersten, erhabensten Umkreis seiner Seele zu kennen: nicht bloß den Marktwert, sondern den geheimen Wert! – und muß lächeln über das jäh auftauchende Bild einer riesigen Schmeißfliege, die schwebend... sich niedersenkend... mit ihren vielen gespreizten Beinen hinhockt... gierig zitternd... auf einem großen, gräßlichen Haufen Scheiße hockt.

*

Interviews, Artikel, tiefschürfende Lebensbilder. Nick Martens als Direktor des Untersuchungsausschusses im Justizministerium. Den verstorbenen, entehrten Maurie Halleck ersetzend... Er beobachtet sich in einem auf Band aufgenommenen Fernseh-Interview, das in New York gemacht wurde, und ist kühl beeindruckt von seiner Begabung als Sprecher – und wie er spontan treffende Zitate anbringen kann – bezugnehmend auf Aristoteles' *Politik* (»Es ist klar, daß der Staat eine Schöpfung der Natur ist und daß der

Mensch von Natur aus ein *Zoon politikon* ist. Und derjenige, der von Natur und nicht aus reinem Zufall ohne Staat ist, steht entweder über oder unter der Menschheit ...«), oder auf Oswald Spengler (»Es ist das Kennzeichen faustischer Männer, daß sie sich der Richtung ihrer Geschichte bewußt sind«), oder auf Franz Kafka, den zu lesen er sich seit zwanzig Jahren nicht mehr bemüht hat (»Ich bin ein Anwalt, daher kann ich mich nie dem Bösen entziehen«); und er ist kühl beeindruckt von der Leutseligkeit, der eleganten Logik seiner Lügen.

Ein längeres und fast ausschließlich günstiges Interview in der *Washington Post* mit einer ehrgeizigen jungen Journalistin, die dafür bekannt ist, daß sie mit den Männern an der Macht nicht barmherzig umspringt. Ein sogar noch schmeichelhafteres – wenn auch in den Tatsachen weniger präzises – Lebensbild im *Time Magazine:* ein Leitartikel über mehrere Männer einschließlich Nicks, ein angeblich neuer, dynamischer, beruflich rigoroser Typ von Regierungsbeamten, die idealistisch und unpolitisch voller Verachtung für die alte Parteipolitik sind ... Nick überfliegt den kühn »Das Neue Washington« betitelten Artikel, um zu sehen, ob er bloßgestellt oder gar verdächtigt wird, aber es ist ein äußerst befriedigender Bericht, eine Bestätigung, wie weise seine Ernennung zum Rang des Direktors ist. Seine Freunde und Bekannten und Mitarbeiter und Assistenten beglückwünschen ihn. Er erhält sogar Telegramme. Wer sind diese Leute? Er liest den Bericht mit wachsendem Erstaunen darüber, daß der Journalist ihn so gut verstanden haben sollte ... und dann begreift er, daß es nicht Nick Martens ist, über den der Journalist geschrieben hat, sondern Maurie Halleck. Idealistisch, unpolitisch, Parteipolitik verachtend. Hingegeben an seine Arbeit. Seinen Beruf. Unbestechlich. Und gefürchtet – gerade als Folge seiner Unbestechlichkeit.

Maurie Halleck – ja. Aber der Name in der Spalte lautet *Nick Martens.*

(Aber aus der Untersuchung des Ethik-Komitees des Repräsentantenhauses ging er ganz prächtig hervor. Wirklich ganz prächtig. Erschüttert vom Tod seines besten Freundes, aber nicht infiziert. Zutiefst bedrückt. Voller Kummer. Aber nicht im geringsten geschwächt. *Nick Martens.*)

*

Er versucht es Maurie zu erklären und unaufhörlich seine Sache zu verteidigen: ich gab nach, weil ich fand, daß wir wirklich nicht genug Beweismaterial haben – es waren alles nur Indizienbeweise – die Zeugen waren so unzuverlässig – und das Regime ist schon so lange beseitigt, so sehr lange – alle sind tot – Allende vergessen – und jetzt Guatemala – und morgen werden wir einen neuen Skandal haben: *United Fruit, Gulf* und *Western, Lockheed, GBT Copper:* was ist was, und warum, und wann, und wie kann es schlechterdings noch drauf ankommen? Sogenannte Beträge in Empfang zu nehmen, um eine Untersuchung hinauszuzögern, die ohnehin zu nichts führen würde, ein Verfahren zu sabotieren, das keine Sabotage erforderte, um vor einem scharfsichtigen Richter als belanglos zu erscheinen – das behagte meinem Sinn für Humor.
Maurie erwidert nichts darauf, Maurie zeigt keinerlei Reaktion.
Sie haben alle gelogen, fährt Nick beharrlich fort, unsre Zeugen ebenso wie deren Zeugen. Wer hat wen umgebracht – wer hat tatsächlich abgedrückt – wer hat wem den Schädel eingerammt – welche Regierungsabteilung hat die Streiks finanziert – die Demonstrationen der Lastwagenfahrer – wer hat die Zeitungen bombardiert – wer hat Santiago mit Flugblättern überschwemmt – wer hat Schneider erschossen und wer hat Valenzuela geschmiert und was genau hat Kissinger der C.I.A. befohlen, was sie tun sollten, und welche Dokumente fehlen und der ganze übrige Kram: der große, stinkende Haufen Scheiße: was hat es denn da noch zu bedeuten, wenn ein halbes Dutzend amerikanischer Geschäftsleute sich ebenfalls die Hände beschmutzten? *Was hat es denn da noch zu bedeuten – so viele Jahre hinterher?*
Es behagte meinem Sinn für Humor, sagt Nick ärgerlich. Meinem Sinn für Stil. *Du* würdest das nicht verstehen.

*

Ein Wagen, ein gelbes Taxi, fährt langsam die Rock Creek Lane herauf.
Nick trinkt hastig sein Glas leer. Ja, denkt er. Kirsten. Endlich. Es wird Zeit.
Er drückt das Gesicht gegen die Scheibe, späht auf die Straße hinaus, sein Herz klopft närrischerweise immer schneller. Kleines Mädchen, denkt er, späht hinaus, schluckt, du bist also tatsächlich gekommen.

Wie erstaunlich – wie – unwahrscheinlich. Denn ihre Mutter hätte natürlich nie den Schritt getan. Nicht so. Mit einer solchen Leichtfertigkeit, einer solchen Beharrlichkeit. Einer derartig starken, seltsamen, erschreckenden Begierde.
Nick beobachtet, wie das Taxi an der Bordschwelle auf der andern Straßenseite hält. (Er hat Kirsten angewiesen, dem Fahrer jene Adresse anzugeben – die Adresse eines hohen Apartmenthauses.) Jetzt fliegt die rückwärtige Tür auf, und Kirsten klettert heraus, langbeinig, eifrig, energisch. Sie steht im Lichtkreis einer sehr hellen Straßenlampe, bezahlt den Taxifahrer, spricht mit ihm. Natürlich hat sie – wie wundervoll – keine Ahnung von Nick – hat keine Ahnung, daß sie beobachtet wird: in einem knöchellangen lila Rock, einem bestickten, safrangelben Kittel mit langen Ärmeln, den üblichen offenen Sandalen. Armbänder, Ketten. Ihre Generation. Ihre Jugend. Vom Wind verwehtes rotblondes Haar, am Hinterkopf leicht strähnig. Sehr schmale Taille. Die Hüften auch. Die Schultern wahrscheinlich breiter als die Hüften. Nick starrt hinaus, rührt sich nicht. Wie kann das passieren, wie kann dergleichen passieren, die ganze Angelegenheit ist widersinnig, ein schlechter Witz, er wird sie sofort wieder wegschicken, er will nicht mal die Tür öffnen, lächerlich, grotesk, unglaubwürdig …
Sie lehnt sich etwas auf die Seite, ihr unmäßig großer Beutel baumelt ihr schwer von der Schulter. Er ist leuchtend violett, wahrscheinlich Makramee – Audrey hat etwas Ähnliches, in einer kleineren Ausgabe. Audrey, die ihn jetzt verabscheut.
Amerikanische Kinder des wohlhabenden Mittelstands, denkt Nick, während er Kirsten beobachtet – Kinder mit ihren Volkskunst-Erzeugnissen, ihrem nichtigen, von Sklaven gefertigten Tand. Tragen Kleider in Papagei-Farben, aus grober Spitze gemacht; sie lieben das »Primitive«, aber sie sind natürlich bezaubernd … Und die hier ist nicht meine Tochter.
Das alles behagt meinem Sinn für Humor, wird Nick dem nächsten Interviewer sagen. Meinem zunehmenden Sinn für das Komische.

*

Seit Mauries Tod ist sehr wenig von Belang. Denn das Universum hat sich verschoben – kaum merklich, aber nicht wieder einzurenken.
Sehr wenig ist von Belang: was Nick tut, was ihm angetan wird.

Eine »geordnete« Demonstration fand letzten Montagmorgen statt, fand, von Fernsehkameras beäugt, auf dem Bürgersteig vor dem Justizministerium statt. Natürlich wußte Nick schon vorher davon. Nick weiß alles schon vorher.
Dem Führer der »Amerikaner für Frieden und Gerechtigkeit« wurde ein Interview von zehn Minuten mit Nick gewährt, er durfte das Interview sogar auf Band aufnehmen. Wie es sich herausstellte, war er derjenige, der am meisten sprach, obwohl Nick dann und wann ermutigende Laute von sich gab und von Zeit zu Zeit mit der Miene leicht zerstreuter Anteilnahme nickte. Unsre Organisation betont eine friedliche und legale Strategie, erklärte der junge Mann, aber nicht auf Kosten einer Ablehnung, sich unsern Fall anzuhören.
Ja, sagte Nick.
Der »Fall« erwies sich als ein Vietnam-Veteran, ein Schwarzer, wegen vorsätzlichen Mordes in Fresno in Kalifornien zum Tode verurteilt. Einer von Nicks zahlreichen jungen Assistenten hatte ihn mit einer Mappe voll Unterlagen für den Fall versehen: er hatte Zeit gefunden, ein paar von ihnen zu lesen – und zwar mit dem verwirrenden Gefühl eines *Déjà-vue*. Der jetzt zweiunddreißigjährige Veteran hatte, wie man es ausdrücken konnte, nur kläglich verstanden, sich seit seiner Entlassung aus dem Heer dem bürgerlichen Leben anzupassen. Mehrere Verhaftungen wegen Trunkenheit und liederlichen Benehmens, eine Verhaftung wegen Einbruchs, eine andre wegen bewaffneten Raubüberfalls … schließlich die »nicht provozierte« Ermordung eines Fresno-Polizisten, auch eines Schwarzen. Zeitungsartikel hatten sich auf die von Zeugen beschworene Tatsache konzentriert, daß der Veteran in einer überfüllten Straße in Fresno rasend geworden sei, in die Luft geschossen und »Vietnam! Vietnam!« gebrüllt habe … Seine Anwälte hatten sehr viel Zeit darauf verwendet, Bekannte des Angeklagten und Psychologen und Ärzte zu befragen, um die Tatsache herauszustreichen, daß der Mann nicht nur von seinen Kriegserlebnissen besessen war, sondern auch körperlich Schaden genommen hatte: es lag ein ärztlicher Befund vor, daß er durch Entlaubungsmittel vergiftet worden sei und infolgedessen zu einem unberechenbaren Verhalten neige. Ja, sagte die Staatsanwaltschaft, aber konnte er Recht von Unrecht unterscheiden? Und zur Genugtuung der Geschworenen wurde daran festgehalten, daß er Recht

von Unrecht unterscheiden könne, denn er hatte tatsächlich beabsichtigt, Unrecht zu tun, indem er einen andern Menschen vorsätzlich ins Gesicht geschossen hatte.
Der kalifornische Oberste Gerichtshof hatte die Berufung verworfen und das Urteil gebilligt. Der Oberste Gerichtshof der Vereinigten Staaten hatte es abgelehnt, den Prozeß nochmals zu überprüfen.
Nick hörte sich das leidenschaftliche, und überraschend gut formulierte Gesuch des Führers der »Amerikaner für Frieden und Gerechtigkeit« an und vermittelte durchaus den Eindruck, ernstlich interessiert zu sein. Obwohl ihm die abgestandene Luft des *Déjà-vue* Mühe machte, Atem zu schöpfen.
Und obwohl er eine witzige Bemerkung unterdrücken mußte: Haben wir deshalb, weil wir alle vergiftet worden sind, einfach unbeschränkte Vollmacht, andere zu töten?
Seit Mauries Tod ist sehr wenig von Belang. Selbst Mauries Büro. Selbst Mauries Drehsessel. – Ich möchte Ihnen für die Zeit danken, Mr. Martens, die Sie mir gewährt haben, sagt der junge Mann mit bebender Stimme. Ich begreife, daß Sie sehr beschäftigt sind, und – ich – ich danke Ihnen daher für Ihre Zeit. Ich hoffe, daß ich von Ihnen hören werde ...
Ja, sagt Nick. Durchaus nicht. Ich meine – es war gern geschehen.

*

Sie läutet an der Haustür, und er öffnet die Tür, und sie tritt ein, keck, lachend, wirft sich ihm in die Arme. Beide sind sehr erhitzt. – Ich hatte schon Angst, ich hätte die falsche Adresse, sagt Kirsten und küßt ihn, und Nick sagt: Red keinen Unsinn, wie konntest du wohl die falsche Adresse haben. Wir hatten es genau abgemacht.
Sie tritt einen Schritt von ihm zurück und schaut sich um. Sie streicht sich das Haar aus dem Gesicht. Außer Atem, als habe sie rennen müssen. Als habe sie sich den Weg zu ihm erkämpfen müssen.
Nick fragt, ob sie einen Drink haben möchte. Sie murmelt eine Antwort, es klingt wie: gern, ja, wenn du auch einen nimmst. Sie schaut sich um, ihre Augen fliegen rasch, aber ausdruckslos von einer Stelle zur andern. Er befürchtet, sie könne fragen: Wessen Haus ist das? Warum sind wir hier? Was für Ereignisse spielen sich hier ab? Aber sie sagt nichts. Sie ist wirklich außer Atem. Ihre

kleine Brust hebt und senkt sich, steckt lose im weiten Bauernkittel. Ein seltsam breites, strahlendes Lächeln, feuchte Zähne, blitzende Augen. Und sie weint nicht. Hoffentlich weint sie nicht.
Ja, sagt Kirsten, ein Drink wäre das Richtige. Mit Eiswürfeln. Mir ist so heiß.
Und dann, einen Augenblick drauf, mit halb verlegenem Lachen: mir ist so schwach.
Er fragt sie, weshalb ihr schwach sei, weshalb sollte sie Angst haben, und sie sagt: ohne jeden Grund, ohne jeden Grund, streicht sich wieder das Haar aus den Augen, sieht ihn an, lächelt, so daß ihr blasses Zahnfleisch und ihre festen, feuchten weißen Zähne zu sehen sind. Nick spürt eine sonderbare Schwäche in den Kniekehlen, den Lenden, dem Eingeweide. Kirsten Halleck kommt ihm nicht ganz wirklich vor, und doch: hier steht sie, und was soll er mit ihr tun – ihr antun? Der süße kleine Racker, der als Sechsjähriger in Isabels Salon gestürzt kam, den Mund mit feuerrotem Lippenstift verschmiert, das niedliche weiße Nachthemdchen halb von der Schulter gerutscht, – und das atemlose Mädchen, das sich eines Abends vor ein paar Wochen mit ihrem harten Brustkasten an ihn preßte, ihn zwang, sie zu küssen, an seinen Lippen, seiner Zunge saugend.
Plötzlich lacht sie über etwas, ihr Lachen ist überraschend rauh, das Lachen der meisten Teenager-Mädchen – sie hält ihm eine Broschüre hin, ein Flugblatt, und fragt, ob es ihm gehöre, sie habe es auf dem Bürgersteig gefunden. Nick nimmt es ihr ab, wirft einen Blick darauf – ein religiöses oder politisches Traktat *The American Silver Doves Revolutionary Army Newsletter,* grobes und billiges Papier, schwarze und rote Überschriften, HAITIANER LÄNGS DER OSTKÜSTE AUSGEBEUTET. UNTERSTÜTZUNG FÜR UNSRE KAMERADEN IN IRAN, FÜR UNSRE BRÜDER UND SCHWESTERN IN LIBYEN. Er wirft es weg, natürlich gehört es ihm nicht, nur ein Flugblatt, Mülleimer-Post. Und jetzt – soll er ihnen jetzt den Drink machen?
Irgendwas, sagt Kirsten. Mit Eis. Vielleicht mit Limonen?
Limonen habe ich nicht hier, sagt Nick und amüsiert sich.
Oder Zitronen? Ein paar Tropfen Zitronensaft?
Ich muß im Eisschrank nachsehen, sagt er.
Er küßt sie, und die Schwäche in seinen Kniekehlen, in seinem Eingeweide nimmt zu. Sein Mund ist ausgedörrt. Blut strömt in

seinen Penis – sein Penis wird eine Keule – eine kleine, heiße, pochende Keule – widersinnig – grotesk – einfach begeisternd.
Bist du allein hier? fragt Kirsten mit schwachem Lächeln.
Nick lacht. Ich bin immer allein, sagt er.
Sie müsse telefonieren, sagt sie, ihre Tante Harriet Fletcher ist so besorgt um sie – das richtige süße, liebevolle alte Puttchen, das einen zum Lügen zwingt – macht es ihm etwas aus? – Ist ein Telefon da? – und Nick sagt, natürlich mache es ihm nichts aus, telefoniere ruhig, der Apparat steht in der Halle.
Er läßt die Küchentür offenstehen. Hört, wie sie die Nummern einstellt, wie sie spricht: Hallo, Tante Harriet? Ja, sicher. Ja, es geht mir gut. Ja, es ist eine Haus-Party – ja, die angegebene Adresse – Sissy Lathrope – ja, nein: das war in Miss Picketts Schule – sie war nicht direkt meine Zimmerkameradin – natürlich machen wir es so – natürlich erwarten sie mich – alles ist in bester Ordnung – ja, ich habe mein Nachtzeug bei mir – ich seh' dich dann irgendwann morgen – vielleicht am Nachmittag? – Das weiß ich nicht. – Gute Nacht! und *bitte,* sorg dich nicht!...
Er taucht aus der Küche auf, hat Drinks in beiden Händen. Seine Aufregung ist köstlich: seine Zähne schlagen leicht, sehr leicht aufeinander: aber das kann die Kleine natürlich nicht sehen. Sie zittert selbst ziemlich stark und fixiert ihn und lächelt ihr sonderbar breites, erschrockenes Lächeln.
Sie blicken einander an. Sie entdecken, daß sie alle beide lachen – es ist alles so eigentümlich, so wunderbar.
Wollen wir nach oben gehen? fragt Nick. Hier ist dein Drink.
O Gott, danke, sagt sie, nimmt ihm das Glas ab, trinkt mit geschlossenen Augen. Eine blaßblaue Ader flattert auf ihrer Schläfe. Ein entzückendes Mädchen. Sie riecht kaum bemerkbar nach Schweiß. Vielleicht rasiert sie ihre Beine nicht, vielleicht rasiert sie sich nicht unter den Armen, er kann sich das feuchte, krause, verfilzte Haar vorstellen, rotblond, verschwiegen, unendlich reizvoll. – Sollen wir jetzt nach oben gehen, Kirsten? fragt er gelassen.
Ja, sagt sie, und lehnt sich an ihn; er legt ihr den Arm um die Schultern, er küßt ihren Mund, ihre Kehle, ihr Ohr, sie zittert und kichert und zuckt zusammen – schiebt ihn weg – anscheinend unwillkürlich, und dann bleibt sie stehen, dreht sich um und sagt: Die hier werde ich mal lieber mitnehmen – und bückt sich und hebt ihre Makramee-Schultertasche vom Fußboden auf.

Das in den Boden versenkte Badebecken

Eine Party. Auf Röcken 18 ist immer eine Party im Gange.
Owen Halleck in seiner Drelljacke und der dunklen Hose tritt durch die Haustür ein – die nicht abgesperrt ist – und stelzt kühn ins Wohnzimmer, wo nur eine einzige Lampe brennt. Alle sind draußen auf der Terrasse. Es ist ein warmer Septemberabend, der Pool ist angestrahlt und in den Bäumen zirpen Zikaden.
Niemand begrüßt ihn. Niemand hat es bemerkt: Owen, der Sohn Mauries, ist heimgekehrt, und niemand hat es bemerkt. Durch die hohen Glastüren beobachtet er seine Mutter und ihre Gäste. Stimmen, Gelächter, bunte Schatten. Immer eine Party. Weißwein und Wodka und roter Kaviar und Pâté mit Kognak und grünen Pfefferkörnern. Die Party ist Isabels Leben, und wenn sie ein Ende findet, muß auch ihr Leben ein Ende finden.
Er steht sehr still und beobachtet. Er ist unsichtbar – in seiner dunklen Jacke, mit seinem kurzgeschnittenen Bart. Die Zikaden in den Bäumen plärren, ein Laut wie von einer kreischenden Säge, der ihm unter gewöhnlichen Umständen auf die Nerven gehen würde.
Jemand spricht ganz in der Nähe, vielleicht im Eßzimmer. In der Küche. Owen erschrickt nicht. Die Sprengladung, die er bei sich trägt, ist auf Mitternacht eingestellt, und das ist eine Tatsache, die ihm Vertrauen einflößt. Denn jetzt ist es halb zehn, und die Party muß bald enden. Wann sind die Gäste eingetroffen? Um halb sechs? Um sechs? Sie müssen bald aufbrechen – falls es nicht eine besondere Art Party ist –, und in dem Falle müssen alle sterben, und niemand ist daran schuld.
Buddy hat sich über Owens »völlig normalen« Verstand geäußert. Und den spürt er jetzt – bis in die äußersten Fingerspitzen hinein. Bis in die Zehenspitzen hinein.
Er hat eine Zeitlang nicht geschlafen, daher ist der scharfe Blick

seiner brennenden, schlaflosen Augen ohne Mitleid. Er mustert die Länge des Wohnzimmers und gibt sein Urteil ab: schön, aber wertlos.

Die Bogenfenster, die Brokatvorhänge, der blonde Travertiner Kamin aus Florenz, das acht Fuß hohe chinesische Rollbild mit seinen Spatzen und Bäumen und der traumverhangenen Landschaft, das weiße Geländer der Treppe... Ein Juwel von einem Haus, ein Glanzstück Washingtons, Isabel Hallecks Triumph: *laß alles zusammenkrachen.*

Er hat das Todesurteil, er hat die ruhig tickende Sprengladung. Die Zukunft, in die er hineingetragen wird. Die Zukunft, in die *sie* hineingetragen wird: auch wenn sie momentan mit ihren Gästen auf der Terrasse lacht, ihnen zum Abschied die Hand drückt, betrunkene, lärmende Küsse hinnimmt.

Er ist nicht Owen Halleck. Er ist ein Soldat, ein Guerilla. Er will die Treppe hinaufgehen und sie im Schlafzimmer erwarten: daß alles zusammenkracht.

Rasch – mit einer hohen Pyramide von Eiern in den Armen – bevor er sie fallen läßt und sie zerplatzen.

*

Doch die Stimmen im andern Zimmer ziehen sich zurück, jemand geht durch eine Seitentür hinaus, und Owen schnüffelt noch unten herum, auf leisen Sohlen, unsichtbar in seinen dunklen Sachen, ernst, neugierig, hungrig.

Er hat seit über zwölf Stunden nichts mehr gegessen. Es hat nichts zu bedeuten: in dieser Phase seines Lebens benötigt er weniger Essen, wie er auch weniger Schlaf benötigt. Doch der Geruch von etwas Verlockendem zieht ihn an, bis er sich im verdunkelten Eßzimmer und dann in der Tür vor der kleinen Anrichte befindet, und dann hat er seinen Kopf in die hell beleuchtete Küche gesteckt, wo Mrs. Salman Gläser ausspült und sie in die Spülmaschine stellt.

Zuerst bemerkt sie ihn nicht. Eine stattliche Frau Ende der Fünfziger, schütteres, ergrauendes Haar, in feste Wellen gebrannt, eine blaue Plastikbrille. Sie hat für Isabel seit Ende der sechziger Jahre gearbeitet, und obwohl Owen sie sehr gut kennt, hat er sie noch nie betrachtet. Ein Opfer, denkt er schließlich. Aber nicht unschuldig.

Denn niemand ist »unschuldig«.

Auf der Theke steht ein riesengroßes, lustig orange-rotes Plastiktablett für Hors d'œuvres, und auf dem Tablett liegen Überreste, die Owens Interesse erregen: mit Käse oder Schinken gefülltes Blätterteig-Gebäck, gefüllte Pilze, eine einzige, auf einen grünen Zahnstocher aufgespießte Krabbe. Wer in mein Gesicht blickt, muß sterben, denkt Owen, aber im gleichen Augenblick lehnt er sich gegen die Schwingtür und steckt seinen Kopf noch weiter in die Küche hinein, ein Teenager-Bursche, für diesen Abend nach Hause gekommen, heh, hallo, was gibt's zu essen, wo sind sie alle...?

Mrs. Salman blickt sich zu ihm um. Ein erschrockenes Mondgesicht, Furchen um den Mund, die – anfänglich – in ein erkennendes, zärtliches Lächeln übergehen. Doch dann sieht sie, daß es nicht Owen, der Teenager-Bursche ist, sondern der Owen, der seiner Mutter soviel Kummer gemacht hat, und ihr Lächeln wird starr.

Heh, murmelt Owen, hallo, Mrs. Salman, geht die Geschichte hier allmählich zu Ende, wo ist Mutter, macht's Ihnen was aus, wenn ich... Er grapscht sich zwei Blätterteigstückchen und stopft sie sich in den Mund. Kaut. Lächelt.

Mrs. Salman starrt ihn an. Sie wischt sich die Hände mit einer Bewegung an ihrer Schürze ab, die Owen für klassisch hält.

Sind Sie auf dem Heimweg, fragt Owen im Plauderton, kaut, tritt ohne Hast einen Schritt vor, sein sperriger Ranzen baumelt ihm an der Seite, ist die Party fast zu Ende?... Schöner warmer Abend heute, was. Ein bißchen feucht. Wurde geschwommen? Wo ist Mutter? Macht's Ihnen was aus, wenn ich... Die sind gut...

Mrs. Salman beginnt zu sprechen, aber Owen hebt die Hand und hindert sie am Weiterreden. Sie können jetzt nach Hause gehen, wenn Sie mögen, sagt er, Sie sollten nicht so spät noch arbeiten, hol's der Teufel, was? Bloß dieses eine Mal – ich werd's Mutter erklären.

Er grapscht sich die Krabbe und kaut darauf herum, ein abgestandener, gummiartiger Geschmack, überhaupt kein Geschmack, und wieder setzt Mrs. Salman zum Sprechen an, will protestieren, die Frau hat tatsächlich Angst vor ihm, und wieder bringt er sie zum Schweigen, indem er ihren Arm packt, ihren Oberarm, dessen mollige Kraftlosigkeit ihn überrascht und betrübt, Mrs. Salman ist eine alte Frau geworden, ohne daß er es bemerkt hat.

Hier hinein, sagt er ruhig und schiebt die erstaunte Frau in ein an die Küche anstoßendes Zimmer – ein Dienstbotenzimmer, das Mrs. Salman immer als Tagesaufenthalt gedient hat, und auch dann, wenn sie über Nacht im Haus bleibt. Hier hinein, wollen die Tür schließen, nicht nötig zu reden, murmelt Owen und zwingt die Frau aufs Bett, Sie können mir ohnehin nicht helfen – Sie sind auf *ihrer* Seite. Natürlich hat sie zu schreien begonnen, aber er hört es kaum, er ist ruhig und rücksichtslos und sehr beherrscht: die kleine Flasche mit Chloroform, der saubere Wattebausch, dann packt er mit kräftigem Ringergriff ihren Kopf und ihre Schultern, man wartet einfach, hält den Atem an und wartet, jeder Widerstand hört mit der Zeit und dank der richtig angewandten Methode auf.
Wie lange? Zwei oder drei Minuten? Oder weniger? Unmöglich, es auszurechnen. Er tut einfach, was er tun muß. »Owen Halleck« ist nicht beteiligt: ein geschickter Mechanismus ist beteiligt: man hält einfach den Atem an und wartet, und die Gefahr geht vorbei.
Eine bewußtlose Frau, schwer gebaut, mit bleichen, blau verfleckten Knien und Schenkeln, offenem Mund, das Gebiß beleidigend hell und naß ... Sie atmet keuchend. Ringt nach Luft. Das Chloroform stinkt. Owen würgt, wendet sich ab. Vielleicht ist das ein Fehler: der Chloroform-Gestank? Er gehört nicht zu Röcken 18.
Aber was geschehen ist, ist geschehen. Ist Geschichte, denkt Owen und zerrt an ihr, versucht, die Frau auf dem Bett zurechtzulegen, ihre Leibesfülle, ihr Fett, ihr beleidigend schweres Gewicht, Geschichte und Notwendigkeit, eine Zukunft, die zurückrast, um uns zu begegnen ...
Keuchend richtet er sich über ihr auf. Ein Schweißtropfen rinnt ihm über die Stirn.
Ist das ein Teil des Projekts? Eine giemende Frau, die auf einer roten Chenille-Bettdecke liegt, das eine Auge halb geöffnet? Aber einerlei, Owen hat weder die Zeit noch die Machtbefugnis, eine Tat ungeschehen zu machen, er muß fortfahren zu handeln, als wäre dies nur der erste Schritt in einer Reihe von Schritten (ihre genaue Zahl ist unbekannt), die zu der erfolgreichen Vollendung seiner Aufgabe gehört. Und zu seinem »Übertritt«.

*

Und deshalb schüttet er noch mehr Chloroform auf einen neuen Wattebausch und hält ihn Mrs. Salman an Mund und Nase. Das

Giemen wird lauter, ihr Kopf ruckt auf die eine Seite, sonst aber kämpft sie nicht – ihr dicker, weicher Körper ist in der Mitte der Matratze in seine natürliche Lage gesunken.
Er bewegt sich rasch im Zimmer umher und handelt nach Gutdünken. Er braucht eigentlich nicht mehr zu überlegen. Er stellt die kleine Klimaanlage an, er öffnet eine Schranktür und findet eine leichte Wolldecke, schüttelt sie auseinander und breitet sie über Mrs. Salman, nimmt ihr die Brille ab und schaltet das Licht aus. Dann hält er inne und denkt nach. Ist das ein Teil des Projekts? Das? – und das hier? – und das? Wenn die Doves sein nächtliches Tun überprüfen, wie werden sie diese Phase bewerten?
Eine hohe, wacklige Pyramide aus Eiern. Auf seinen Armen getragen. Owen kann sie fast sehen: leuchtende Lackfarben, vielleicht Keramik-Eier, schön, doch zerbrechlich – in seine Obhut gegeben. Er muß sich schnell mit ihnen davonmachen – oder sonst...
Er schaltet das Licht wieder an und schüttet abermals Chloroform auf den Wattebausch. Drückt ihn auf Mrs. Salmans Gesicht. Wie lange, wie lange ist es ratsam, sie hatten ihm gesagt, er solle zählen – bis zwanzig? – oder bis hundert? – er kann sich nicht erinnern – auf jeden Fall ist er nicht in panischer Angst oder auch nur sehr beunruhigt oder aufgeregt oder verärgert – vielleicht sollte er bis fünfhundert zählen, oder vielleicht sollte er sich überhaupt nicht zu zählen bemühen – Improvisation ist die Poesie der Revolution, hat ihm jemand gesagt, die völlig unvorhergesehene, aber notwendige Tat – eine Tat, die den Gang der Geschichte verändert, man muß nur zur rechten Zeit am rechten Ort sein, Kühnheit ist alles.
Als es Zeit wird, aufzuhören, hört er auf, und wieder schaltet er das Licht aus und verläßt das Zimmer: die erste Phase seiner Aufgabe ist erfüllt.

*

Schwerelos, beinah körperlos steigt er die Hintertreppe hinauf, kaut sein mit Leberpaste bestrichenes, norwegisches Knäckebrot – es hatte in der Küche neben einer ausgedrückten Zigarette auf einem Papierteller gelegen.
Wenn er dem Hauptquartier Bericht erstattet, wird er ihnen von den *mechanischen* und *reaktionären* Rückwirkungen auf seinen Körper erzählen: obwohl er nicht hungrig ist, läuft ihm der Speichel im Munde zusammen.

Der Tapferste von uns allen, murmelt eine der jungen Frauen. Owen hat ihren Namen vergessen. Heiße, dunkle, trunkene Augen, ein nervöser, unschöner Mund. Vielleicht wurde von ihm erwartet, im Dunkeln in ihr Bett zu stolpern – aber allmählich verachtet er körperliche Reaktionen mehr und mehr.

In Isabels Schlafzimmer brennt eine einzige Lampe: eine kleine, schlanke, aus Glasstückchen mosaikartig zusammengesetzt, zuoberst auf einem Spiegelschränkchen stehend. Owen tritt schweigend ins Zimmer – der hellrosa Teppich breitet sich federnd unter seinen Füßen aus – und sofort verspürt er eine überwältigende Erleichterung: er ist hier, das hier ist der Quell, der Kokon, die Larven-Hülle, die Stelle seiner Empfängnis.

Jemand hier? fragt er kühn. Hat sich jemand versteckt?

In seinen Beinen, in seinen kräftigen, muskulösen Waden ist ein Schwung, der seiner eigenen Sicherheit entspringt. Hier, in diesem Zimmer, zwischen dem Haufen duftender Kleider, dem Durcheinander von Schuhen in einem offenen Wandschrank, zwischen Kaffeetassen und Gläsern und zerknüllten Leinenservietten auf dem Nachttisch. Hier, in Isabels Schlafzimmer, das noch immer als Elternschlafzimmer gilt.

Sicherheit, Erleichterung, eine Aufgabe, die auf ihre Vollendung zutreibt. Denn was kann ihn jetzt noch aufhalten? Wer kann ihn aufhalten?

Er packt seinen Ranzen aus, holt liebevoll die Zeitbombe hervor, sieht, daß es noch sehr früh ist, wirklich sehr früh. Noch nicht zehn Uhr. Und noch so viel Zeit vor sich.

So etwa, sagt Buddy und kichert über Owens Zaghaftigkeit, das Ding geht ja nicht gleich los, herrjeh – es ist eine *Uhr!* Es ist ein *Mechanismus,* und ich bin ein *Meister*-Mechaniker.

Aha, sagt Owen, ich verstehe. Ich hab' keine Angst davor, sagt er und wird rot, doch seine Hände zittern ein wenig. Und dann wieder, bei einer andern Gelegenheit, als Owen versuchsweise oder vielleicht spielerisch einen Draht aufhebt, ist es Buddy, der sein Handgelenk festhält. – Sei vorsichtig, warnt Buddy.

Die Bombe ist ein Uhrwerk, das Uhrwerk ist ein Mechanismus. Du bist in den Händen eines Meisters, verspricht ihm Uli.

»Du weißt, was ich will«, drängt eine Stimme, quälend, »du weißt, was wir tun werden«, und Owen hockt sich hin, schiebt den Mechanismus unter das Bett und murmelt sein Einverständnis.

Natürlich. Ja. Keine Wahl.
»Du weißt«, quält die Stimme, »doch, du weißt es, du dicker Bengel, du großer verlogener Dreckskerl, du *weißt* es, mach mir nichts vor.«
Er zieht das Todesurteil aus dem Ranzen und mustert es, ohne es zu lesen. (Er hat es schon gelesen. Und sich bemüht, nicht wegen der Sprache zusammenzuzucken. *Rache für das Volk!* – warum sollte er, Owen Halleck, sich auch nur einen Deut um das »Volk« scheren!)
Er liest es nicht, er mustert es mit halb zugekniffenen Augen, es ist recht zweckdienlich für die gegebenen Umstände, es ist perfekt.
Er legt das Dokument aufs Bett, auf die seidene Decke, und versteckt es ein wenig unter einem Kleidungsstück Isabels, einem Nachthemd oder Negligé.
So. Fein. Gut. Und jetzt?
Er steht da und betrachtet minutenlang das Bett. Von einem unerklärlichen Gefühl brennen ihm die Augen. Hier, in diesem Bett, mit seinem geschnitzten Mahagoni-Kopfteil und seinen wunderlichen, altmodischen Bettpfosten, hier, an dieser verschwiegenen Stelle, hatte sich etwas Außergewöhnliches ereignet.
Owen, der Sohn Mauries. Owen, der Sohn eines toten Vaters.
Oder ist es vielleicht doch etwas ganz Gewöhnliches? Ein Ehebett wie jedes andre, ein notwendiges Möbel?
Ich bin ein notwendiges Werkzeug, sagt Owen.
Langsam, feierlich holt er das Messer aus seiner Tasche. Es ist eine sehr hübsche Waffe, ein Kunstwerk, wie Uli behauptet, und beruhigend schwer. Die schimmernde Stahlklinge ist mit magischen Buchstaben versehen: EL. HERDER KG SOLINGEN GERMANY MOLYBDENUM-VANADIUM STAINLESS INOX.
Ja, sagt Owen formell und streng, ich will es korrekt tun, mit Stil.

*

Doch es ist das Bad, das luxuriös in den Boden versenkte Badebecken, das sein Interesse wirklich fesselt.
Sowie er das Badezimmer betritt – das Licht einschaltet – die spiegelglatte Schönheit der Fliesen – der blauweißen, spanischen Fliesen auf dem Fußboden und an den Wänden und das tiefe, muschelförmige Becken auf sich einwirken läßt, – sieht er sofort, daß dies der Ort, offensichtlich *der* Ort ist, den die Zeremonie verlangt, und Stil und Organisation und gute Manieren ebenfalls. Das wunder-

schöne, in den Boden eingelassene Becken hatte Isabel verlangt, als das alte Badezimmer mit seinen altmodischen Armaturen umgebaut wurde.
Ja, denkt er und nickt. Gut. Hier.
Er hockt sich auf den Rand des Beckens, mustert es. Völlig sauber. – Allerdings – wenn man näher hinblickt – sind vielleicht Flecke da, Fehler. Die Messinghähne sind um den Fuß herum leicht angelaufen. Im Ablauf hat sich ein blondes Haar verfangen.
Sein Herz klopft ruhig, er beherrscht die Lage vollkommen, er muß nur warten. Und die Zeit? – Seine Uhr gibt fünfzig Minuten nach neun an, aber vielleicht geht sie nach.
Stimmen im Erdgeschoß, Stimmen auf der Terrasse. Abschied. Er prüft die Schneide des Messers mit dem Daumen und dringt in die Haut ein – nicht zum erstenmal –, so daß eine haarfeine, blutende Linie erscheint.
Er dreht den Heißwasserhahn auf, beobachtet, wie das Wasser tröpfelt und dann hervorbraust. Abfließt. Jähe Lust, das Becken vollaufen zu lassen – mit warmem, schäumendem Wasser –, und selbst ein Bad zu nehmen –, denn er ist wahrhaftig verschwitzt und schmutzig – und wann hat er das letztemal gebadet? Oder geduscht? Furcht vor dem von Kakerlaken bewohnten Duschraum in der Bidart Street 667 – auch Furcht vor dem Lärm des Wassers, das alle andern Geräusche übertönt – aber natürlich hat er jetzt keine Zeit, Isabel wird jeden Augenblick die Treppe heraufkommen, er kann sich kaum die Kleider vom Leibe ziehen und nackt ins Becken kauern, und schon wird sie die Tür aufreißen.
Der Augenblick vergeht. Minuten vergehen. Ganze Händevoll gähnt er. Stimmen auf der Straße, Wagentüren werden zugeschlagen, ein Motor springt an, doch seine Uhr zeigt noch immer zehn vor zehn, auch wenn er sein Handgelenk ungeduldig schüttelt.
Mutter, murmelt er, lächelt verkniffen, ich muß dich haben! Beeil dich!
Aber sie beeilt sich nicht. Er senkt den Toilettendeckel und setzt sich und läßt seinen Blick ungestört über die harte, blinkende Fläche gleiten, sein Gehirn eine Leere, ein angenehmer Nullpunkt, glatt wie Fliesen. In einem Raum wie diesem hier – einem wirklich großen, wie die meisten Badezimmer im Haus – ist der Geist, der sich im Draußen schattenartig zerstreut, sicher aufgehoben, in Gewahrsam. Die Situation ist unter Kontrolle. Geräumig, mit hoher

Decke, und doch intim... Eine jähe, fast unwiderstehliche Lust überfällt ihn, seine Kleider auszuziehen und sich in das Becken hinabzulassen und im heißen, schäumenden Wasser zu baden. Vor langer Zeit hatten sie hier gespielt und geplanscht.
Das versenkte Badebecken ist tief und wie eine Muschel kanneliert. Am blauen Waschtisch sind Zwillingsbecken, tief, rund und auch gekehlt: eins für die Mutter, eins für den Vater. Messingarmaturen, ein Seifenbehälter aus Messing, ein großer Spiegel, in welchem ein bärtiger junger Mann mit hängenden Augensäcken unter traurigen, böswilligen Augen beharrlich Owens Blick zu meiden sucht.
Ihr Liebhaber wird als erster ins Zimmer treten, denkt Owen. Wird es vielleicht ein Mann sein, den Owen kennt? Vielleicht auch nicht. Aber einerlei: Owen wird gehörig auf ihn vorbereitet sein: er wird hinter der Tür stehen, wenn sie aufgeht, er wird den Eindringling beim Kinn packen und seinen Kopf scharf hintenüberbiegen, und mit einem schnellen, kräftigen, fleißig geübten Sägehieb seines Messers wird er ihm die Kehle durchschneiden, wie einem Schwein die Kehle durchgeschnitten wird. So leicht wird die Tat vollbracht sein, so lebendig ist das Verspritzen und Versprühen des Blutes, daß Owen erschrocken blinzelt, als er sieht, daß die Fliesen ja noch vollkommen sauber sind, daß kein Leichnam sie besudelt hat.
Oder soll er den Liebhaber seiner Mutter eintreten lassen? Sich über das Waschbecken neigen und Wasser laufen lassen, sein Gesicht waschen, sich kräftig die Augen reiben und den Kopf heben lassen – bis er plötzlich im Spiegel – Owen sieht, der mit dem Messer vorstürzt? Der Schauer eines solchen Augenblicks, die im Spiegel getauschten Blicke wären ganz phantastisch.
Keine Zeit für einen Ringkampf. Keine Zeit für Schreie und Kreischen. Nimm das und das und das und das, knurrt Owen, und noch *das*... und nach ein paar Sekunden ist alles vorbei.
Kräftig wie ein Ochse, der Owen Halleck. Muskeln, die auf Handeln gedrillt sind.
Er wird den Leichnam zu Boden fallen lassen, er wird sich in eine Ecke zurückziehen und beobachten. Die Identität des Mannes ist von keinerlei Bedeutung – der oder jener oder sonstwer – was kommt's darauf an? – Denn natürlich wird der Mann nicht Nick Martens sein, und auf einen anderen Mann kommt es *nicht* an.
Er wird sich in eine Ecke zurückziehen. Beobachten, wie das Blut sich ausbreitet. Tintig, eine dunkle Blüte. Ohne Gewissensbisse.

Der gesunde Menschenverstand gebietet Vorsicht: seine Füße dürfen nicht naß werden. Er wird sich auf den Toilettensitz kauern, falls es nötig ist, und wird eine lange, geduldige Warterei auf Isabel über sich ergehen lassen, falls es nötig ist.
Mutter, murmelt er, ich muß dich haben! Wo bist du ... Beeile dich!
Er hat einen umgebracht, er hat zwei umgebracht. Unten. Er ist mit Erfolg übergetreten, und er ist mit Blut getauft, obwohl seine Finger nicht besudelt und sogar die Badezimmerfliesen sauber sind.
Mutter! wimmert er zornig.
Sie hat ihn verlassen, um mit andern Männern zu schlafen. Es ist nicht seine Schuld.
»Ehebrecherin« – das Wort ist biblisch und eigenartig und köstlich für seinen Gaumen. Er sagt es noch einmal, verwundert: »Ehebrecherin«. Ein *erheiterndes* Wort.

*

Ein Abend, der im Sommer begann und jetzt in den Herbst hinüberschattet. So langsam. Ein feiner Belag aus klebrigem Schweiß bedeckt seinen Körper, er sollte sich wirklich ausziehen und baden, ehe sie nach oben kommt, er sollte sich mit etwas mehr Zeremonie, mit mehr Würde darauf vorbereiten, wie ein Krieger, doch die feuchte Luft wird allmählich kühl, er beginnt gleichzeitig zu schwitzen und zusammenzuschauern, er grollt ihr wegen der langen, langweiligen Warterei – die charakteristisch ist für seiner Mutter Gedankenlosigkeit – o Jesses, *wie* charakteristisch, das weiß nur Owen – doch gleichzeitig schweift und flitzt sein Blick unbehindert über die Fliesen und in die Ecken des Badezimmers, wird langsamer, wird schneller, ist verwirrt vom versenkten Badebecken und den Messing-Armaturen und Isabels zahlreichen Flaschen und Dosen und Gläschen und Seifen ... Das Mattglasfenster, die Neonlichtröhre, die warm über der ganzen Breite des Spiegels summt, das Doppelwaschbecken, eins für Mutter und eins für Vater: er ist nicht ungeduldig, er *wartet* überhaupt nicht: er ist nur an Ort und Stelle: ein Werkzeug, ein Mechanismus, vorzüglich hergerichtet.

Der Tod der Isabel de Benavente Halleck

Sie wird einen langen fuchsienroten Abendrock mit einer austernfarbenen Schärpe und einem dazu passenden Oberteil aus lauter schmalen Falten und Biesen von Pauline Trigère tragen.
Sie wird ihre hochhackigen, lackierten Strohsandalen weggeschleudert und irgendwo draußen gelassen haben.
Ihre Perlohrringe, die ganz kleinen, werden noch in den durchbohrten Ohrläppchen sitzen, aber ihre Perlenkette, die blaßrosa Kette, ein Geschenk General Kempes, wird zerrissen sein, und die schönen Perlen werden über den ganzen, klebrigen Fußboden des Badezimmers zerstreut sein.
Sie wird dreiundvierzig Jahre und fünf Monate alt sein.
Sie wird ihren Mann um fünfzehn Monate überlebt haben.
Ihren Besitz – den »Besitz«, den sie von ihrem verstorbenen Mann, ihrem verstorbenen Vater und ihrem verstorbenen Schwiegervater geerbt hat, wird sie in einem beträchtlich verworrenen Zustand zurücklassen.
Sie wird natürlich von panischer Angst gepackt werden, wenn ihr Gegner sich erhebt, um sich an sie heranzupirschen – sie wird entsetzt sein – gelähmt – unfähig, um Hilfe zu schreien, bis das Gemetzel, die Qual, tatsächlich beginnt – und doch wird es ihrem Angreifer auffallen, daß sie eigentlich nicht *überrascht* ist: ihr gerötetes Gesicht wird, wenn sie die Tür öffnet, in merkwürdig herber Genugtuung aufleuchten. – Owen. Ja. *Du.*
Siebenunddreißig Stichwunden, die meisten oberflächlich; mehrere sehr tiefe durchbohren die Kehle, die Lunge, den Magen. Das Gesicht wird unberührt bleiben, ausgenommen eines – vielleicht fahrlässigen – Schlags gegen die rechte Wange mit dem schweren Griff seines Messers.
Sie wird ihr Haar nach der neuesten Herbstmode frisiert haben – dicht und in Wellen ums Gesicht, schwungvoll, ziemlich »roman-

tisch« – von rührend nostalgischer Wirkung. Und nicht ganz so schreiend platinhell, sondern – für die honiggoldenen Herbstmonate – von honiggoldener Farbe.
Es ist wirklich wahr: überrascht wird sie nicht sein, nur entsetzt. Owen! Was machst du hier? Was willst du?
Sie wird nicht müde und in verdrießlicher Stimmung in ihr Schlafzimmer und ihr Badezimmer und in ihr Schicksal schreiten, obwohl sie reichlich provoziert wurde: beim Lunch ein Streit mit ihrem Liebhaber; dann der allgemeine Streit am Pool wegen der Präsidentschaftskampagne, der ernster ausfiel, als es die Gastgeberin gewünscht hätte – und schließlich das merkwürdige Benehmen von Mrs. Salman, die sich so ins Bett geworfen und den Küchentisch in Unordnung hinterlassen hat – sowie obendrein noch zwei oder drei andre Aufregungen. Nein, Isabel Halleck wird erstaunlicherweise ganz im Gegenteil ihren Gästen Lebewohl sagen und das Haus zuschließen und die Lampen ausschalten und in benebelter, gehobener Stimmung die Treppe hinauf und in ihren Tod gehen – und sich im Grunde ziemlich wohlfühlen.
Betrunken wird sie nicht sein, nur reizend beschwipst.
Sie wird sich – nach dem anfänglichen Schreck – mächtig zur Wehr setzen.
Sie wird schreien, sie wird kreischen, sie wird beschuldigen: sie wird ihrem Sohn sogar mit ihrem Fluch drohen.
Sie wird hundertelf Pfund wiegen.
Natürlich wird sie den Angreifer sofort erkennen, obwohl er so stark abgenommen hat, und trotz seines Bartes und seiner irren Augen und seiner lächerlichen Kleidung, einer marineblauen Jacke aus grobem Kunststoff, und überall Reißverschlüsse und Taschen und Schnallen und kleine Gürtelschlaufen. – Owen. Ja. Du. Was machst du hier. Was willst du. *Was willst du.*
Sie wird versuchen, das Messer abzufangen – die zustoßende Klinge zu packen – mit ihren Händen.
Sie wird ihres Gegners Haar und Gesicht und Kleidung zerfetzen, so daß ihre scharfen Fingernägel – blaßrosa lackiert, um zu General Kempes Perlen zu passen – brechen.
Sie wird – gerade an jenem Vormittag – die Vorbereitungen für eine ausgedehnte Rundreise im Oktober vorbereitet haben – in Marokko beginnend, nach Ägypten, für die Kreuzfahrt auf dem Nil.

In der Nacht vom achten September wird die Hauptstadt innerhalb eines Zeitraums von fünf Stunden in ihren »Grundfesten« – das Wort wird wiederholt von den Medien benutzt, in den Schlagzeilen der Presse wie auch im Fernsehen – von mehreren vorsätzlichen und in Zusammenhang stehenden Gewaltakten erschüttert, und als »Acts of Revolutionary Justice« einer Untergrund-Organisation erklärt, die sich »American Silver Doves Revolutionary Army« nennt. Drei Todesfälle, ein tückischer und beinah tödlicher Überfall, vier Sprengstoffanschläge, Schäden, die sich auf mehr als zweiundeinhalb Millionen Dollars belaufen ... Fotokopierte, an die *Washington Post,* den *Washington Star,* die *New York Times* und mehrere Fernseh-Stationen in Washington gesandte Briefe künden eine Herbst-Offensive an, die von Hunderttausenden »revolutionärer Amerikaner« in Gang gesetzt werden soll, um gegen eine »korrupte und verseuchte Regierung« zu protestieren: diese Briefe sind vom »Volksgerichtshof« in Umlauf gebracht worden, und die »American Silver Doves Revolutionary Army« ist der offizielle Urheber.

Die verschiedenen Gewaltakte sind:

Die Explosion in Maurice J. Hallecks Wohnhaus auf Röcken 18 um zwölf Uhr Mitternacht: im Schutt wurden drei Leichen gefunden.

Drei weniger gefährliche Explosionen im Hauptquartier des Untersuchungsausschusses des Justizministeriums an der Constitution Avenue – im Hauptquartier des Selective Service Systems an der F Street, N.W. – und in der Export-Import Bank of Washington an der Vermont Avenue, N.W.

Die versuchte Ermordung des Direktors des Untersuchungsausschusses im Justizministerium, Nicholas Martens, in einem Wohnhaus im Rock Creek Park Distrikt.

(Die im eingestürzten Haus Röcken 18 aufgefundenen Leichen

sind zu verstümmelt, um eine sofortige Identifizierung zu ermöglichen, obwohl eine nicht offizielle Meldung besagt, eine der Leichen sei bestimmt Mrs. Maurice J. Halleck, Witwe des verstorbenen Direktors des Untersuchungsausschusses des Justizministeriums. Von einer andern Leiche fehlt ein Teil des Kopfes, der Mrs. Harold Salman gehört haben dürfte, einer Angestellten im Wohnhaus der Hallecks. – Nicholas Martens befindet sich in kritischem Zustand im Mount St. Mary's Hospital, da er an mehreren Stichwunden leidet, die ihm ein unbekannter Täter oder eine Täterin zugefügt hat. – *Rache für das Volk!*)

Du weißt, was ich will, Mutter.
Owen spricht nicht. Er braucht nicht zu sprechen. Aber seine Worte zerbersten in der weißen, gleißenden Luft. Seine Worte fliegen gegen die Fliesen, den bespritzten Spiegel, das Porzellan, das Messing.
Komm! Hier herein! Hier! beeil dich!
Sie ist nicht überrascht, ihn zu sehen, obwohl sie natürlich entsetzt ist. Obwohl sie natürlich weiß, warum er hier ist, warum die riesige Klinge hochfliegt und sich versenkt, hebt und so blitzschnell umherschießt, daß kein Auge ihr folgen kann, nur das Fleisch kann es ermessen, getroffen, schaudernd, sich krümmend in unglaublicher Qual.
Hier herein. Wo es sauber ist. Wo alles weggeschwemmt wird. Hier.
Sie stößt ihn von sich. Sie schreit jetzt. Kreischt. Bittet. Nein nein nein nein. Das kann es doch nicht geben. Solche Dinge gibt es nicht. Der Stahl – widergespiegelt in den weißen Fliesen, im großen, leeren, mitleidlosen Spiegel, an der Decke, auf dem Fußboden. Zwei kämpfende Leiber. Zwei verzerrte Gesichter.
Du weißt, was ich will, flüstert Owen. Luder. Weibsbild. Mörderin. *Mutter.*
Sie will ihm das Gesicht zerkratzen, aber ihre rosa Fingernägel brechen und reißen ein. Sie schreit, aber ihre Stimme kann nicht aus den fliesenbelegten Wänden hinausdringen. Am Rande des wunderschönen, versenkten Badebeckens kämpft sie um so krampfhafter, aber natürlich kommt sie nicht gegen ihn auf: ihre entsetzte Wut kommt nicht auf gegen die seine: der Kampf ist in einer Zeitspanne von – vielleicht – drei sehr langen, sehr in die Länge gezogenen, sehr traumartigen Minuten vorbei.

*

Ein Meister-Mechaniker, denkt Owen und wäscht das hübsche Messer – sowohl die Klinge wie den Griff – in einem der Keramik-Waschbecken ab. Ein Meister-Mechanismus.

Er hatte es vermeiden wollen, daß er von Blut bespritzt wurde, und er hatte es bestimmt vermeiden wollen, in Blutlachen zu treten. Doch anscheinend ist im Badezimmer überall Blut. Eine Strähne Blut ist sogar – aber wie? – gegen das Mattglasfenster geflogen.

Wenn Zeit wäre, würde er sich ausziehen und baden, um sich von jedem verschmierten Blutfleck, von jedem eintrocknenden, glitzernden Blutfaden zu befreien, und er würde auch seine Haare einseifen und seine Kopfhaut waschen; er würde seinen Bart waschen, seine Brust und seine Schamhaare; seine Füße. Zwischen den Zehen. Eine Zehe nach der andern, zwischen den Zehen, im Badebecken, in dem sie als Kinder gespielt und geplanscht hatten. Zehen und Finger und Ellbogen, unvermutete Winkel, in denen sich Schmutz festsetzt.

Aber in dem Badebecken kann er nicht baden. Er kann nicht einmal hineinschauen.

Der bespritzte Spiegel ist glücklicherweise an einer Stelle trübe – nämlich an der Stelle, wo er unabsichtlich das Badebecken sehen könnte – und was darin ist. Er wäscht das Messer liebevoll, wäscht seine Hände, seine Handgelenke, seine Arme bis zu den Ellbogen, und das blaßrote Wasser quirlt und eilt und fließt aus dem hübschen, muschelförmigen Waschbecken ab. Unterarme, Handgelenke, Hände, zwischen den Fingern – aber er hat keine Zeit für die Fingernägel, die blutig-dunkle Ränder haben, es scheint schwarzes Blut zu sein, im Moment hat er keine Zeit, er will sich's merken, morgen früh die Fingernägel tüchtig zu reinigen.

Ob sie ihn mit dem Flugzeug fortschaffen werden, fragt er sich müßig, gedankenlos, während er seine Hände an einem dicken, pulverblauen Handtuch mit dem Monogramm »H« abtrocknet, es war die Rede von einem Anwesen in ... Das Handtuch hängt schief, er unterbricht sich, um es gerade zu ziehen, jetzt ist die eine Seite länger als die andre, und Isabel wäre gekränkt, und auch Owens Auge ist gekränkt – Kleinigkeiten natürlich, aber wichtig – so wie bei den Jungen in der Schule, die unbekümmert Papiertaschentücher benutzten. Wie einer seiner Stubenkameraden im ersten Semester, der zu allen Zeiten weiße Baumwollsocken trug.

Das Hauptquartier in Colorado, nördlich von Denver – oder außerhalb von Tucson – oder irgendwo in Mexiko. Auf dem Gut von Ulrich Mays ältlichem Vater. Du mußt untertauchen, sagt Uli, streichelt ihm leicht über Schulter und Nacken, wir erwarten große Dinge von dir, die Propaganda der Tat, die schöne, unwiderrufliche Geste, den Übertritt, mit Blut getauft zu deinem tiefsten, wahrsten Selbst... Du wirst untertauchen, ziehst dich zurück in die Freistatt, du wirst erlöst, wie ich dich beneide, dich und deine mutige Schwester!

Wenn noch Zeit wäre, würde er sich nackt ausziehen und baden, aber er fürchtet, daß keine Zeit mehr ist. (Aber seine Uhr ist stehengeblieben. Das Glas ist zerbrochen, der Minutenzeiger ist verbogen.) Blut in klebrigen Locken in seinem Haar, Blutklumpen in seinem Bart, überall auf der Drelljacke, große, dunkle, feuchte, häßliche Flecke auf seiner Hose, als hätte er sich nicht beherrscht und sich wie ein Baby naßgemacht. Ferkel, denkt er zimperlich, dreckiges Ferkel, murmelt er laut, wischt sich grob unter der Nase entlang und späht im Spiegel in seine blutunterlaufenen Augen, doch dann, plötzlich, verzeiht er sich: es ist keine Zeit mehr.

*

Seine Hand ist so feucht und klebrig, der Türknopf will sich nicht umdrehen lassen.

Er probiert es mit der andern Hand – die Finger rutschen ab.

Er wartet, atmet ruhig. Der komplizierte Mechanismus, der sein Herz ist, fährt mit meisterlicher Machtvollkommenheit in seiner Arbeit fort. Owen ist nicht gefährdet, niemand kann ihn hindern; dafür ist es zu spät – er hat seine Aufgabe vollendet, sie liegt hinter ihm – in der versenkten Badewanne – liegt still, ganz still.

Er probiert den Türknopf wieder, und wieder rutscht er daran ab, aber nur, weil seine Finger glitschig sind, er wischt sie auf den Oberschenkeln ab, biegt sie, probiert es noch einmal... Eine Armee ohne Disziplin ist keine Armee, hat Buddy zu ihm gesagt und ernst die Brauen zusammengezogen. Gläsern grüne Augen. Leicht pockennarbige Haut. Nicht gerade ein Junge von der Art, die Owen gern als Stubenkamerad hätte, und schwerlich ein Junge von der Art, neben dem sich Owen Halleck gern in seinem Speiseklub plaziert sähe, doch Buddy ist der geborene Führer, Buddy kann nicht bestrickt oder hintergangen werden, Buddy prahlt nicht mit seiner Gabe, Zeitbomben zusammenzusetzen und Gedanken auf »unterbewußter« Ebene zu lesen, wenn daher Owen Halleck im Badezimmer von Röcken 18 in der Falle säße, würde Buddy seine heikle Lage ahnen und ihm zu Hilfe kommen.

Und was Kirsten betrifft: der geschlossene Lieferwagen, der übertünchte Wagen einer Reinigungsfirma, wurde unauffällig von neun Uhr dreißig an weiter unten auf der Straße parkiert, planmäßig von neun Uhr dreißig bis (im äußersten Falle) elf Uhr dreißig, mehr Zeit war unter den gegebenen Umständen nicht für nötig oder ratsam erachtet worden. (Die gegebenen Umstände sind eben die Herbst-Offensive und die Notwendigkeit, die Ereignisse zeitlich haargenau aufeinander abzustimmen. Deshalb folgert Owen, daß der Lieferwagen Kirsten abgeholt hat; daß Smitty und Adrienne sie hinaufgehoben und sie mit warmem Händedruck und Umarmungen begrüßt und es ihr bequem gemacht haben, die Tür hinter ihr zugleiten ließen und sie nach der Bidart Street 667 zurückgefahren und in Sicherheit gebracht haben...

Natürlich ist der schäbige, olivgrüne Lieferwagen für Owen etwas unwirklich, obwohl er auf dem Vordersitz auf den zerrissenen Lederkissen gefahren ist und sogar im rückwärtigen Teil auf dem Metallboden gesessen und bei »Erkundungsfahrten« durch Washington gefahren wurde, die ihm im Grunde ebenfalls etwas unwirklich vorkamen, Smitty und Adrienne und Rita Stone und Shirley und sogar Buddy und sogar Uli: alle kamen sie Owen etwas unwirklich vor, obwohl Owen versucht hat, sie wirklich werden zu lassen: und jetzt wird es immer später.

Blutgeruch ist ein *warmer* Geruch, denkt Owen plötzlich. Weil Blut *warm* ist und *erwärmt*, während es durch den Körper zirkuliert.

Der Türknopf läßt sich leicht drehen, die Tür geht leicht auf, Owen ist im Schlafzimmer, in weit frischerer Luft. Er schöpft tief Atem, in großen, gierigen Schlucken, und ist ungeheuer erleichtert.

So leicht. So leicht getan. Warum hatte er nur je nach bloßen *Lösungen* fürs Leben gesucht...?

Er wird das Schlafzimmer verlassen und das schöne deutsche Messer mitnehmen. Doch das Todesurteil und ein oder zwei der gedruckten Flugblätter wird er dortlassen – Material, das ihm seine neuen Freunde aufgenötigt haben. (Blödes Zeug, denkt er, Kindergarten-Quatsch, und außerdem geschmacklos – aber das ist ein Gedanke, den er um seiner Sicherheit willen mit Störgeräuschen verscheuchen kann, bevor es Buddy gelingt, ihn zu »lesen«.) Er wird aus dem Schlafzimmer gehen ... wird die Treppe hinuntergehen ... geht die Treppe hinunter ... fast unhörbar, fast gewichtlos ... bringt seine Flucht unbemerkt hinter sich ... hat keine Schwierigkeiten mit der Haustür ... öffnet sie, tritt ins Freie, schließt sie sorgfältig hinter sich.

Und so in die Sicherheit. Sein eigener Wagen ist einen halben Häuserblock straßab parkiert.

Und auch keine Mühe, ihn zu starten.

Und keinen Ärger mit dem Verkehr oder mit neugierigen Polizisten oder mit nervösem Fahren.

Er verläßt das Elternschlafzimmer für immer. Er geht die Treppe hinunter, seine Finger streifen leicht übers Geländer. (Fingerabdrücke? Ja, natürlich. Die Identität des Guerilla-Soldaten darf nie angezweifelt werden. Das gehört zur Schönheit der Taktik, wie Uli sagen würde.) Er tastet sich durch den verdunkelten Flur zur Haustür. Er tritt in die reine Nachtluft hinaus, die von Grillen und Zikaden und Junikäfern schwirrt, ein dichtes, nervenzerreißendes Netz von Geräuschen, ein Kreuzfeuer von Geräuschen, heiserer und vielleicht unheimlicher als Vogelschreie, doch er schreitet furchtlos hinein und den Gehsteig entlang und biegt links ab, ohne zu zaudern links ab, und geht zu seinem Wagen, den er unauffällig geparkt hat ...

Müdigkeit überfällt ihn wie ein schwerer, schwarzgefiederter Vogel, nach Staub und trocknem Blut und Erbrochenem riechend, er muß sich ausruhen, ehe er seinen Fluchtweg antritt. Er will nur ein paar Minuten warten. Das Haus ist völlig still; er ist nicht in Gefahr; vielleicht überwacht Buddy seine Gedanken, oder Maurie – von der andern Seite her – Maurie selbst, natürlich mit Mißfallen zuschauend, aber zu guter Letzt mit Liebe. Gerechtigkeit, Vater, und nicht Rache, erinnert ihn Owen, sinkt mit seinem ganzen Gewicht auf die Bettkante und seufzt wohlig. Er blickt auf seine Uhr: noch nicht ganz zehn.

Das Bett ist keine Wiege, es ist viel zu groß, aber in diesem Zimmer, neben diesem Bett stand wirklich einst eine Wiege, dessen ist er ganz sicher. Isabel würde es wissen; Isabel hat ihn darin geschaukelt. Owen erinnert sich plötzlich daran, seine Augen füllen sich mit Tränen. Ja. Eine Wiege. Nicht sehr groß. Aus Korbgeflecht, weiß lackiert. Mit grünen Samtbändern. Ja? Und ausgestopften Tieren. Eine flaumige grüne Wolldecke.

Die Wiege steht neben dem Bett, in fast völliger Dunkelheit. Er steht auf Zehenspitzen, um hineinzuschauen, und sieht sich selbst – ein Baby – ein kleines, rotgesichtiges, großäugiges, sabberndes Baby!

Doch es ist nicht Owen, es ist seine neue Schwester. Sieh mal her, sieh mal, sind ihre Zehen nicht reizend, sagt Mutter und drückt ihn an sich, das Zittern in ihrem Körper überträgt sich auf ihn, so daß er schreien und lachen und kreischen und stoßen möchte, ja, sie ist schön, ja, sie wird hier bei uns bleiben, sie heißt Kirsten, sie ist deine Schwester, ihr werdet euch liebhaben, – oh, sind ihre Zehen nicht wirklich reizend – ihre hübschen kleinen Augen, ihre Wimpern...

Er möchte auf die Seitenwand der Wiege hauen, er möchte daran hochklettern und dem rotgesichtigen Geschöpf in die Augen spukken, aber nein, er liebt sie doch, sicher ist sie schon so groß wie ein junges Hündchen, gerade die richtige Größe, sie an sich zu drükken. Mutter zieht ihn auf ihren Schoß, neben das neue Baby. Beide sitzen sie auf ihrem Schoß. Jetzt schau her, schau her, backe, backe Kuchen, so wird's gemacht, sagt sie und lacht, und ihr offenes langes Haar fällt vornüber, Owen schmiegt sich an sie und berührt die Wange des neuen Babys mit der Zunge, weil er weiß, daß sich Mutter darüber freuen wird, und Mutter freut sich und quietscht vor Begeisterung.

Meine Baby-Schätzchen, nennt sie sie, meine beiden Baby-Schätzchen, nur wir Drei!

Owen sitzt auf der Bettkante, seine Schultern hängen vornüber. Es ist noch nicht lange her, daß er die Treppe mit wundervoller Kraft hinaufstieg, mit köstlichem Schwung, der sich in seinen Beinen und Schenkeln ausdrückte; jetzt fühlt er sich – offengestanden – erschöpft.

Müdigkeit in den Schultern, den Füßen und Knöcheln. In seinem Magen ein dumpfer Beigeschmack, wie Brechreiz. Er erinnert sich an die liederlich auf das Knäckebrot geschmierte Leberpaste, an die nach Talg schmeckenden, kalten Blätterteigpastetchen – während eines grauenhaften Augenblicks nimmt die Übelkeit noch zu.

So müde, denkt er.

Plötzlich werden ihm die Lider schwer, das Ding auf seinen Schultern schaukelt hin und her, vielleicht ein kurzer Nicker? – ein

Fünf-Minuten-Nicker? – und dann wird er sich auf den Weg begeben – dann wird er genug Kraft haben, um weiterzumachen. Die Fahrt zurück durch Washington zur Freistatt an der … er hat die genaue Adresse vergessen, aber natürlich weiß er die Richtung – und dann, wie waren dann die Pläne? – von Staat zu Staat geschmuggelt, von Gemeinde zu Gemeinde, »ein tadellos organisiertes« Untergrund-Netz, versichern ihm seine neuen Freunde, unzählige Doves und Doves-Anhänger und Kameraden in Bruder-Organisationen, Gefolgstreue, Glauben, restloses Gebundensein, Großzügigkeit, Selbstlosigkeit. Soldaten, Guerillas, nicht erklärter Krieg, Owen ein Held, Owen der Tapferste von allen, der die faschistisch-kapitalistischen Mörder *an der Wurzel* getroffen hat: er wiegt sich sachte von einer Seite auf die andre, klopft mit dem Daumen gegen die Zähne, mit dem Nagel fest gegen die Zähne, wenn er nur nicht so erschöpft wäre, die Lider nicht so schwer, er gähnt, und seine Augen füllen sich mit Wasser, verstohlen sinkt er aufs Bett, in das Kissen geschmiegt, den Daumen im Mund, die Augen fallen ihm zu, nur ein oder zwei Minuten schlafen, er ist so furchtbar erschöpft, er hat so sehr viel geschafft an einem einzigen Abend, ist übergetreten, getauft, er tastet nach einer Wolldecke oder etwas anderem, um sich zu bedecken, zieht an dem Bettüberwurf, zieht ihn sich über die Schultern, das Zimmer wird rasch dunkel, jemand schirmt mit der Handmuschel das Licht ab, Owen? – schläfst du? –, bückt sich, um ihn auf seine erhitzte Stirn zu küssen – streicht eine feuchte Haarsträhne aus seinen Augen – aber er ist mutwillig und verrät nicht, daß er wach ist – er tut so, als schliefe er – bloß ein oder zwei Minuten – er ist sehr ruhig, will nicht kichern, will sich nicht verraten – denn *sie* bückt sich über ihn, beobachtet ihn – lächelt auf ihn nieder – Owen? – schläfst du? – und er behält die Augen geschlossen, weil er wirklich sehr, sehr schläfrig ist – noch nie im Leben hat er sich so schläfrig gefühlt – das Gefühl überflutet ihn – das Gefühl ist so dunkel und so köstlich – er schlägt die Augen nicht auf – er kann die Augen nicht aufschlagen – seine Mutter ist ein dunkel gefiederter Vogel – ein schön gefiederter Vogel – beugt sich über ihn – die seidenen Federn streifen über seine Wangen – er ist so sehr müde – das Licht läßt nach, das Zimmer weicht zurück und wird dunkler, er kann seine Augen nicht öffnen und gibt vor, eingeschlafen zu sein, und er *ist* eingeschlafen, und nichts, nichts, nichts ist köstlicher.

Vier Uhr morgens

Hier ist ein Verwundeter, ein Mann, der vielleicht verblutet, sagt Kirsten und hat den Mund dicht an der Sprechmuschel, ihr Atem ist feucht wie bei einem Baby, Sie sollten lieber eine Ambulanz bestellen und ihn abholen, sagt sie, kichert, schnieft, es ist einer von *euch*...

Sie lehnt sich gegen die Wand der Telefonzelle und versucht, nicht tief zu atmen – das Innere der Bude stinkt nach Urin.

Der Verkehr läßt die breite Straße erzittern. Letzte Nacht-Autobusse hieven sich vom Randstein weg. Neon-Lichter, Scheinwerfer, ein durchlöcherter Himmel, der sich orangefarben aufzuhellen beginnt. Ihre Oberschenkel schmerzen, weil sie rittlings auf ihm kauerte. Die Haut ist rauh, sandig aufgeschürft. Da hast du's, da und da, schreit sie, und *da*..., und läßt schließlich das Messer fallen, als ihre Finger alles Gefühl verloren haben.

Jemand stellt ihr eine Frage. Wiederholt eine Frage.

Er blutet, weil er verletzt worden ist, ich glaube, er wird verbluten, sagt sie jetzt langsamer und hält die eine, krallenartig steife Hand wie eine Muschel um den Mund. Es ist furchtbar viel Blut da. Von der Matratze aufgesogen, und auf dem Fußboden. Vom Teppich auf dem Fußboden. Es ist ein Weilchen her, drei oder vier Stunden. Ich kann mich nicht erinnern. Er kann sich nicht selber helfen, er hat das Bewußtsein verloren, ich glaube, er hat auch innere Blutungen... Ich hab den Job nicht ganz fertiggemacht.

Jemand fragt, wo sie ist, von wo sie anruft. Wo der Verletzte sei. Jemand sagt mit gleichmäßig ruhiger Stimme: *Hängen Sie nicht auf.*

Kirsten wischt sich die Augen aus. Sie versucht, den Blick auf den Verkehr zu konzentrieren, auf all die vorbeiflitzenden Wagen, ein gelbes Taxi – vielleicht kann sie ein Taxi herbeiwinken und sich wegbringen lassen, in Sicherheit, zurück zu Tante Harriets Haus...

denn der Lieferwagen, den Owen ihr versprochen hatte, ist natürlich nirgends auszumachen. Sie hatte ihn tatsächlich ganz vergessen, bis sie aus dem Haus ging und sich, benommen und blinzelnd und die steifen Finger krümmend, in einer unbekannten Straße sah.

Du wirst von Freunden abgeholt, von unsern Freunden, hatte Owen ihr gesagt, und in ein Versteck gebracht, in unser geheimes Hauptquartier in einem Teil der Stadt, den du noch nie gesehen hast, und danach – danach – hatte er ernst gesagt, und seine Stimme war hastiger geworden, danach werden wir beide wie Fürsten behandelt und beschützt und in den Westen geschmuggelt, bis zu dem Zeitpunkt . . .

Kirsten hatte zu kichern begonnen und sich die Hand über den Mund gelegt.

Owen runzelte die Stirn und fuhr fort: bis zu dem Zeitpunkt, wenn es für sicher erachtet wird, uns über die Grenze zu schaffen. Und aus den Vereinigten Staaten raus. Für immer.

»Wie Fürsten«? – Wirklich? hatte sie gesagt und nun ganz offen gegrinst.

Owen zog die Brauen zusammen, zupfte an seinem Bart und fing schließlich auch an zu grinsen, und endlich brach er in ein helles, nervöses, begeistertes Gelächter aus.

»Für immer aus den Vereinigten Staaten«? krähte Kirsten, warf die Arme weit auseinander und den Kopf hintenüber. *»Für immer aus den Vereinigten Staaten!«*

*

Von wo rufen Sie an? forscht die geduldige Stimme, wo ist der Verletzte, bitte, hängen Sie nicht auf, Kirsten weiß genau, daß sie dem Anruf nachspüren wollen, ein so plumper Trick füllt sie mit Verachtung. Sie sagt: Rock Creek Park. Wissen Sie, wo das ist? Eine Seitenstraße von der Sixteenth Street. Ein Privathaus.

Sie lehnt sich gegen die Wand der Telefonzelle und beobachtet den Verkehr. Auf der andern Straßenseite ist ein Speiselokal, das die ganze Nacht offen hat. Eine Sunoco-Tankstelle, dunkel. Stirb, warum *stirbst* du nicht, weinte sie wütend und stieß das Messer, so fest sie konnte, nach unten, packte es mit beiden Händen, und doch ohne Kraft, schwach wie ein Kind. Kauerte rittlings auf ihm, auf seinen nackten Schenkeln, seinem bleichen, schlaffen Bauch, Blut

blubbert aus seinem Mund, der nach Alkohol stinkt. Ein betrunkener alter Mann. Ein betrunkener alter Mann, dessen Haar ergraut, und der bald eine Glatze hat. Schlaffe Hautfalten in der Taille, schlappe Schenkel, das Gesäß bläulichweiß, eine komisch leichenblasse, speckige Farbe, dünne, geborstene Adern, sie wollte ihn verhöhnen und ihn wild auslachen, in sein aschfahles Gesicht hinein: *wie* konnte er es wagen, Nick Martens zu verkörpern! – Wie konnte *er es wagen, sich nackend vor Frauen zu zeigen!*
Sie war nicht auf so schwere Arbeit gefaßt gewesen. Sie war nicht auf den bloßen Widerstand des Fleisches gefaßt. Und der Knochen, wenn sie getroffen wurden. Knochen! Und das Messer flog ihr aus den feuchten Fingern und knallte auf den Fußboden.
Er war zu betrunken, zu ermattet, um sich aufzuraffen. Seine Arme droschen umher. Sie war lange, sehr lange – zehn Minutenfünfzehn Minuten – eine Stunde? – um den röchelnden Mann im Bett herumgegangen, hinter ihr nur das Licht der brennenden Badezimmerlampe – und das schwache Licht der nicht verhangenen Fenster. Keuchend, nach Schweiß stinkend (ihrem eigenen und seinem Schweiß) und nach seinem Samen, dem Samen, der an ihrem Bein herunterlief. Da hast du's – da – und *da,* flüsterte sie wie im Gebet und stach ungestüm mit dem Messer zu, umklammerte es mit beiden Händen, zielte nach seiner Kehle.
Doch auch die Kehle war undurchdringlich vor lauter Knochen und Sehnen und Muskeln und Bändern – leistete Widerstand.
Er schrie auf – sterbend. In einer Minute würde es vorbei sein. Sie kauerte in einer Ecke des Schlafzimmers und zitterte krampfhaft; ihr wurde schwarz vor den Augen, alle Kraft verließ sie. Sie mußte weitermachen mit ihrer Arbeit, sie durfte sich nicht vor ihm fürchten, nicht vor dem Blut, dem Hin- und Herwälzen, seinem verzweifelten Ringen – jetzt krachte der Körper auf den Fußboden, trat um sich, die Arme droschen umher, in den Krallen des Todes …
Sie konnte sich nicht bewegen. Und dann zwang sie sich wieder hin.
Und dann – und dann …
Sie stößt zu und schreit, und er ist wie ein gequältes Tier, verzweifelt in seiner Qual, gefährlich, Widerstand leistend – nicht ihr, auch nicht dem Messer, das seine blinden Finger nicht ertasten können – sondern Widerstand leistend gegen die Qual, die ihn wie schreckliche, zuckende Blitze umflammt.

Ich kann es nicht tun, flüstert sie.
Ich konnte es nicht tun, flüstert sie ins Telefon.
Er lag im Sterben, bestimmt. Aber dann – starb er doch nicht. Minutenlang, stundenlang das erstaunte Ächzen, das sickernde Blut, eines Mannes nackter Körper auf dem Fußboden – sich windend und krümmend und erschauernd …
Wie lange mag es dauern, bis sie sterben, fragte sich Kirsten.
Sie zieht sich zurück. Geduckt. Ihre Zähne schlagen aufeinander. Kein andrer Laut als das gräßliche Giemen seines Atems, das Stöhnen, leiser und leiser, denn natürlich liegt er im Sterben – sie hat ihm ein dutzendmal in den Hals und die Schultern und die Brust gestochen. Der Teppich ist dunkel von all dem Blut, der elegante, gebohnerte Parkettboden gleißt von Blut.
Unmöglich, denkt Kirsten und schüttelt den Kopf, um klar zu denken. Das kann nicht *mir* zugestoßen sein.
Sie weicht zurück und geht die Treppe hinunter. Unangenehm steile Treppen, und glatt. Sie will Hannah anrufen. Wieviel Uhr ist es? – welcher Tag in der Woche? Der Gedanke an Hannah erfüllt sie mit einem erwachenden Sehnen, einem fast körperlichen Kummer: ihre beste Freundin, ihre einzige Freundin – wendet sich, Tränen in den Augen, von Kirsten ab. Wie schnell es geschehen kann: Kirsten hört nie auf, sich darüber zu verwundern, obwohl sie ihr ganzes Leben ein kleines Mädchen gewesen ist, ein bloßes Kind, leicht verletzt und leicht andere verletzend, Schmerz verursachend, Tränen, das mürrisch aufwallende Schmollen Hannahs … Wie schnell es geschehen kann, die beste Freundin wendet sich zornig von dir ab, in den Augen brennen Tränen, ich hasse dich, ich kann dich nicht mehr leiden, scher dich zum Teufel, bitte – und laß mich in Ruhe.
Morgen früh wird sie Hannah anrufen.
Sie geht die Treppe hinunter und tastet im Dunkeln umher, ohne zu wissen, was sie tut. Oben liegt er im Sterben, da ist sie ganz sicher. Eine Frage der Zeit. Das Blut sickert in die Matratze, in den Teppich, übers Parkett … Der Verstand sagt ihr, daß es nur eine Frage der Zeit ist. Und ruhig zu warten. Vorsichtig. Nicht in Panik geraten. Nicht hysterisch werden.
Sie schaltet das Licht an. Die Schatten sind warm und feucht und tröstend. Wo hat er ihn hingeworfen – den Newsletter – das Flugblatt, Owen gab es ihr – und sie hat auch das Todesurteil – ein Blatt

steifes Papier – verschnörkelte schwarze Schrift – ziemlich übertrieben, albern – obwohl sie es natürlich in einem andern Licht sehen sollte – ernst und grimmig und notwendig – eine Folge des Klassenkampfes, des nicht erklärten Krieges – *das Todesurteil ohne Berufung wurde über ein Subjekt der internationalen, faschistisch-kapitalistischen Klasse verhängt . . .*

Morgen die Zeitungen, denkt sie plötzlich voll aufgeregter Genugtuung. Die Nachricht mußte schließlich von *irgendwoher* kommen – und jetzt sind sie und ihr Bruder an der Reihe.

*

Während sie darauf wartet, daß er stirbt, bemüht sie sich, das »Beweismaterial« zu beseitigen. Im Spülbecken in der Küche wäscht sie ihre beiden Gläser aus, wischt, in ein Kleenex spuckend, über jede glatte Oberfläche, summt sich etwas, blickt aufmerksam auf die glatte weiße Kühlschranktür, die sauber zu sein scheint, aber vielleicht hatte sie vorher darüber gestreift . . . Sie benutzt das Kleenex, bis es ihr zwischen den Fingern zerfasert. Dann benutzt sie ein feuchtes Geschirrtuch. Summt vor sich hin, beißt sich auf die Lippe, ganz in Anspruch genommen. Ob irgendwo ein Staubsauger herumsteht . . .

Zehn oder fünfzehn Minuten hintereinander ist sie ruhig, dann wird sie wieder von einer neuen Welle panischer Angst gepackt, und sie beginnt krampfhaft zu zittern. Ihr Darm will nachgeben. Nein, denkt sie mit geschlossenen Augen und hält sich am Küchentisch fest, nein. Und sie steht stockstill da, bis der Anfall vergeht.

Sein feuchtes, unregelmäßiges Gegurgel – vorhin! Wie sie das verabscheut hatte!

Nick Martens: ein kriechender, sich einwühlender, triefäugiger alter Trunkenbold. Ein Schwein. Keuchend. Schwitzend. Das dicke Fleisch auf seinem Rücken – schlaff gewordene Muskeln – das überraschend wabbelige Fleisch über dem Magen – graues Haar auf der Brust – der häßlich zitternde Penis, über den er sich anscheinend noch in seiner grunzenden Verzweiflung schämte. Kirsten, murmelte er, oh Kirsten, bitte, bettelte er, halb schluchzend, ein mitleiderregender alter Mann: *war das Nick Martens!*

Eine alte Anekdote, eine Art lustiger Neckerei, berichtet von Kirstens Windeln, die einst auf Nicks Schoß oder Arm eine Überschwemmung anrichteten. Wo das passierte, oder wann, weiß Kir-

sten nicht, aber die Anspielung daran hat sie jedesmal mit einer leidenschaftlichen, hitzigen, stummen Wut erfüllt.
Sie haßt die Zwei, ihre Geheimnisse, ihr Lachen – manchmal ist es laut und wiehernd und schamlos. Selbst wenn Maurie in der Nähe ist.
Während sie darauf wartet, daß er stirbt, summt sie leise vor sich hin und wischt all ihre Fingerabdrücke ab. Die Türknöpfe, die Oberfläche des Teetischs, den Türrahmen, das nach oben führende Geländer ... Eine Frage der Zeit, eine Frage der Gewissenhaftigkeit – sie ist nicht ungeduldig, sie wird keinen ihrer plumpen, albernen Fehler machen. Nicht erklärter Krieg. Revolutionäre Kämpfe. Unsichtbar. Es ist wahr, ihre Feinde *sind* Verbrecher, sie verdienen es bestimmt, zu sterben, es ist nicht eine Frage der Rache, sondern schlichter Gerechtigkeit. Wie ihr Ur-ur-ur-urgroßvater gesagt hat ...
Während sie darauf wartet, daß er stirbt, läßt sie in der Küche Wasser in das Spülbecken laufen und wäscht sich selbst mit einem Riegel Seife, den jemand in einer blauen Plastik-»Muschel« auf dem Küchentisch liegen gelassen hat. Es ist wichtig, sehr sauber zu werden, seinen Gestank von ihrem Körper zu entfernen, seinen Schweiß, seinen Samen, sein Blut. Der ungeheure Penis, der nach ihr zielte. Unmöglich. Unglaublich. Er begann zu schluchzen, er begann zu lallen, Kirsten verzeih mir Kirsten o je o mein Gott halt das habe ich nicht gemeint das habe ich nicht gewollt – ein keuchender schwitzender Mann in ihren dünnen Armen. Unmöglich, denkt sie, verdreht aus Verlegenheit die Augen, sie möchte am liebsten in ein krampfhaftes Gelächter ausbrechen, wenn er nicht so eine Last wäre, und das ist eine einigermaßen ernste Angelegenheit. (Ich kann keine Luft bekommen, wimmert sie erschrocken. Warte, warte – ich kann nicht atmen – ich ersticke.) Das hat auch Maurie gewollt, daß sie neben ihm kniete. Laß uns ein paar Minuten beten. Laß unser Herz im Gebet stille werden. Gebet ist Stille, Geist und Herz sind eins ... kommen zur Ruhe. Kirsten? Bitte? Willst du? *Dir ist gesagt worden, Mensch, was gut ist, und der Herr, dein Gott, verlangt nur von dir, Gerechtigkeit zu üben und Liebe und Güte, und demütig mit deinem Gott einherzuwandeln ...*
Das Wasser plätschert warm und angenehm aus dem Hahn. Sie seift sich verschwenderisch ein. Ihre Hände ... ihre Arme ... ihre Schultern ... ihre Brüste ... ihren Bauch ... zwischen ihren Beinen das klebrige Schamhaar ... ihre Hüften ... ihre Beine. Das warme

Seifenwasser rieselt an ihren Beinen hinunter. Jetzt kann ich nicht wieder zu ihm, denkt sie plötzlich. Ich kann mich doch nicht wieder schmutzig machen.
Unterdessen ist er gestorben. Das Giemen hat aufgehört.
Kam da ein Rasseln aus seiner Kehle? – doch unten, wo das Wasser fließt und sie emsig vor sich hin summt, hat sie nichts gehört.
Sie blickt auf die kleine Uhr im Kochherd und versucht, die Zeit abzulesen. Aber sie kann nichts erkennen. Ihr Kopf dröhnt vor Müdigkeit. Oben liegt Nick – tot – das bedeutet, daß sie frei ist und das bedeutet, daß sie nie wieder an ihn zu denken braucht. Auch nicht an Isabel. (Aber kann Isabel tot sein? Der Gedanke kommt Kirsten plötzlich ganz unwahrscheinlich vor.)
Sie zieht sich die Bluse über den Kopf, schüttelt die Ärmel hinunter, mustert die Manschetten, ob sie beschmutzt sind – sie sind es nicht. Und der Rock ist unberührt. Nur ein wenig zerknittert. Und ihre Ketten, ihre Armbänder? – Sie sucht sie alle zusammen, eins nach dem andern.
Keine Spur von ihr wird übrigbleiben. Kein Beweismaterial.
Sie wandert im Haus herum, meidet das Zimmer, in dem er in einer Blutpfütze auf dem Boden liegt. Obwohl sie seinen Atem hört, sagt sie sich, daß sie nie wirklich wissen kann, ob er noch lebt – ausgenommen, sie fühlt seinen Puls – ausgenommen, sie legt ihr Ohr auf seine Brust.
Warum brauchen sie so lange, um zu sterben, wundert sie sich und beißt auf ihren Fingernagel. Wie wär's, wenn ich Owen anriefe …
Sie findet die Bernsteinkette, die feine goldene Kette, die Korallen-Armbänder. Tritt in ihre Sandalen. Frisch und sauber, sogar unter den Armen, sogar zwischen den Beinen, nach Ivory-Seife duftend.
Warum stirbst du nicht, sagt sie leise, du Sauhund, du Lügner, du lächerlicher, behaarter, betrunkener alter Mann, so mit deinem Ding nach mir zu stechen … Sie hält den Atem an und lauscht: aber er ist da, noch immer ist er *da*.
Sie entdeckt das Messer, wo sie es fallen ließ. Und rafft sich zusammen, um es nochmal zu versuchen – mit einem letzten, verzweifelten Zustechen – aber ihre Eingeweide rumoren, und die schreckliche Gefahr droht, die Beherrschung zu verlieren, äußerster körperlicher Hilflosigkeit zu unterliegen. Und sie hat sich gerade erst gewaschen.

*

Sie sollten ihn lieber holen kommen, Sie sollten lieber sofort eine Ambulanz schicken, sagt sie dem Polizisten am andern Ende des Drahts und räuspert sich; sie muß ihre Stimme gegen zwei heulende Autos durchsetzen, die auf der Sixteenth Street südwärts lärmen. – Er verblutet. Es muß auch innerlich sein. Eine schwere Blutung. Rock Creek Lane. Stimmt. Das zweite Haus vom Ende der Straße.
Und sie legt den Hörer auf die Gabel und geht schnell weg.

*

Wohin, Miss? fragt der Taxifahrer und mustert sie neugierig durch den Rückspiegel. Er hat eine dunkle, spanische Hautfarbe, einen dicken Schnurrbart, eine Brille mit runden, ungefaßten Gläsern, was ihm ein flottes, schulmeisterhaftes Aussehen verleiht. Ausgerissen? Ihrem Boyfriend ausgerissen?
Kirsten läßt sich nicht von ihm einschüchtern. Mit einer langsamen, nachdenklichen Handbewegung streicht sie sich das Haar aus den Augen; sie lehnt sich zurück, auf dem Schoß ihren Makramee-Beutel. Mit einer Stimme, die ebenso ausgeglichen wie die ihrer Mutter ist, sagt sie: Von hier weg. Nach Norden. Fahren Sie nur zu!

Epilog

Verbannte

Nachdem ich gestorben war, schreibt Nick Martens an Kirsten Halleck, *hörte ich auf, mich zu fürchten. Doch jetzt ist dort eine Leere, wo sonst Furcht gewesen wäre. Wo Furcht zu sein pflegte.*

Er ist ein Kenner von Schnepfenvögeln und Möwen, von sandigen Landzungen und Dünen geworden. Von den Launen des Ozeans. Vom Himmel, vom Nebel, vom Regen, der in Wasserwänden niederfällt oder so fein, daß er überhaupt nicht zu fallen, sondern überall in der Schwebe zu sein scheint, wundervoll still hängt.

Verstehst du es? fragt er Kirsten, die nicht antwortet. *Spürst du die gleiche Leere?*

Er geht bei fast jedem Wetter am Saum des Ozeans entlang, jedoch mühsam, oft mit einem Stock, aber immerhin, er *geht,* eine Meile oder mehr in der Morgendämmerung, der alten Leuchtturmruine zu, und noch einmal bei Sonnenuntergang. Bärtig und grau und »unauffällig« gekleidet, wie ihn ein Journalist beschrieb. Seine Haut ist rötlich, bräunlich und ledern geworden; manchmal scheinen fast unsichtbare Teilchen Sand oder Glimmer darauf zu glitzern. Der Bart, grauer als sein Haar, ist kein elegant geschnittener oder auch nur hübscher Bart – er verleiht ihm ein grämliches und doch leicht amüsiertes Großvater-Aussehen. Und er trägt alte Kleider: einen formlosen Khaki-Regenhut, der einst seinem Vater gehörte und den er in einem Wandschrank des Sommerhauses gefunden hat; eine mit Schaffell gefütterte Windjacke für kaltes Wetter – und für wärmeres Wetter eine braune Strickjacke, die offensichtlich einem stärkeren Mann gehört hat.

Also verkleidet? – nicht eigentlich. Denn »Verkleidung« ist jetzt sinnlos. Obwohl natürlich ein oder zwei unfreundliche Nachbarn, die das ganze Jahr hindurch auf der kleinen Insel wohnen, so denken mögen. Und unfreundliche Journalisten während ihres ersten neugierigen Ansturms im voraufgegangenen Winter.

Nicholas Martens, fünfzig Jahre alt, ehemaliger Vorsitzender des Untersuchungsausschusses im Justizministerium, im »Ruhestand« auf einer obskuren kleinen Insel vor der Küste von Maine, nach einem Attentat auf sein Leben durch eine radikale linksgerichtete Organisation, und anschließend seinem überraschenden Geständnis von mehreren Rechtsverletzungen ... Weigert sich, den Reportern seine Handlungsweise zu erklären ... Lebt allein in einem Sommerhaus am Meer, verkleidet wie ein ...

Die Auslegungen sind verschieden. Er ist ein reuiger Sünder; er ist ein Heuchler; er ist ein entehrter und gebrochener Mann; er ist sehr krank, er ist auf dem Wege der Genesung, er ist verbittert oder, im Gegenteil, sehr erleichtert, das Leben in der Öffentlichkeit aufgegeben zu haben. Bestimmt plant er, irgendwann zurückzukehren? Sich vielleicht mit Politik zu befassen? Oder sind die Aussagen seiner Anwälte richtig: daß er nach ein paar Jahren als Rechtsberater wieder eine Privatpraxis ausüben könne, andrerseits vielleicht auch nicht, aber auf jeden Fall wird er niemals nach Washington zurückkehren. Die Zeiten sind vorbei.

Er ist ernstlich krank, heißt es. Körperlich wird er sich niemals von dem Überfall auf sein Leben erholen.

Natürlich ist er seelisch unausgeglichen – psychisch wird er sich niemals von dem Überfall auf sein Leben erholen.

Wird er Selbstmord begehen? Übt der Ozean eine Anziehungskraft auf ihn aus? Der Dunst, die Nebelhörner, die riesigen Felsblöcke, die hohen Klippen auf der Nordseite der Mount Dunvegan Insel? ...

Nick Martens, ehemaliger Direktor des Untersuchungsausschusses im Justizministerium, lebt in selbstgewählter Verbannung ... ein Napoleon in freiwilliger Zurückgezogenheit auf seinem eigenen St. Helena. Seltene Fahrten zu einem Städtchen in der Nähe, um Lebensmittel und Vorräte einzukaufen ... inkognito ... angetan wie einer der Sonderlinge auf den Maine-Inseln ... ein Einsiedler mit einem buschigen Bart. Krücken. Ein Stock. Zeitweilig krank. Die Prognose, sich von einem heftigen Trauma zu erholen, sei gering, erklärt Dr. Felix Staub von der Medizinischen Fakultät Georgetown. Wenn die Mount Dunvegan Insulaner nach der örtlichen Einstellung gegenüber dieser romantischen und umstrittenen Persönlichkeit befragt werden, sind sie erstaunlich zurückhaltend. Er kümmert sich um seine Angelegenheiten, und wir kümmern uns um unsre, sagt der Besitzer des Kaufhauses MacLeod. Ein andrer Mann, der darum bat, ungenannt zu bleiben, erklärte: solange er keine Gangster oder F.B.I.-Leute herbringt, kann er bleiben, solange er will. Es ist ein freies Land.

Er stellt die Auslegungen und die Beschuldigungen nicht in Frage. Er hat aufgehört, den größten Teil des Materials zu lesen, das ihm seine Anwälte schicken und das inzwischen ohnehin zusammengeschmolzen ist, denn in Washington gibt es in dieser Saison neue Skandal-Affären, neue Tragödien und Zerstreuungen. Er zwingt sich, Mitteilungen über »Nicholas Martens« zu lesen, die ihm ehemalige Bekannte und Kollegen und Angehörige seiner eigenen Familie zuschicken, womit sie seinen Ärger zu erregen oder ihn vielleicht einfach nur zu verletzen hoffen: er überfliegt die Artikel, beachtet die unterstrichenen Stellen, bemerkt allmählich, daß seine »Nachsicht« mit seinen Angreifern den größten beruflichen und öffentlichen Widerwillen erregt hat, und nicht etwa sein Geständnis, in seinem hohen Amt Bestechungsgelder angenommen zu haben. (Doch sein Geständnis an sich ist verdächtig. Es wurde auf seinem Krankenhauslager in so verzweifelter und dramatischer Stimmung vorgebracht – war es nicht einfach eine Wiederholung von Maurice Hallecks zusammenhanglosem Geständnis der gleichen Verbrechen? Der Versuch eines schwer verbitterten Mannes, einen alten Freund von Missetaten zu entlasten?)

Doch am allerseltsamsten ist – und diese Geschichte vermag beinah Nicks Zorn zu erregen – ein in der *National Review* veröffentlichtes Interview mit General Morton Kempe. Der Artikel begann mit einer überschwenglichen Lobeshymne auf die Laufbahn des Generals während des Krieges, erwähnte sodann die unleugbar interessante Tatsache, daß Kempe bei der besonderen Form seines Krebses nur eine Überlebens-Chance von zehn Prozent gegeben wurde, daß er trotzdem mehrere Operationen überstanden und gegenwärtig eine einwandfreie Gesundheit attestiert bekommen habe, und ließ zu guter letzt Kempe mit seinen eigenen pathetischen Worten seine Meinung über Nicholas Martens' Unglück abgeben: der Mann hat unter dem Deckmantel des patriotischen Amerikaners eine lange Karriere als »Mitläufer« hinter sich ... war während der ganzen sechziger und siebziger Jahre mit geheimen, linksgerichteten Gruppen verbunden ... mit amerikanischen Überläufern in Schweden und Dänemark; mit palästinensischen Gangstern; mit kommunistischen Organisationen hier in den Staaten.

Ein einfallsreicher Doppelagent. Doch das Protokoll spricht für sich. Das Protokoll: LEST ZWISCHEN DEN ZEILEN, FALLS IHR NICHT BLIND SEID. Die versuchte Ermordung war nichts weiter als ein persönlicher kommunistischer Streitfall, eine Vernichtungsmaßnahme, und wenn das F.B.I. noch irgendwelche Macht besäße, würde es den logischen Zusammenhang zwischen Martens' Untergrund-Operationen und den tragischen Todesfällen von Isabel und Maurie Halleck und ihrem Sohn Owen sehen und *Martens sofort verhaften und ihn sowohl des Mordes wie auch des Landesverrats beschuldigen.*

*

Nachdem ich gestorben war, schreibt Nick an Kirsten, die, soviel er weiß, noch bei den Kuhns in Minneapolis lebt, *wurde ich plötzlich freigebig – doch ich habe sehr wenig zu verschenken. Und niemanden, der es haben will.*

*

Möwen mit schwarzen Schwingen, häßliche Geschöpfe mit tiefen, unheimlichen, hungrigen Rufen. Quallen, die auf dem Sand, in der Sonne vertrocknen und vor seinen Augen zu ein paar erschreckenden Fasern verdunsten. Regen. Sehr viel Regen. Durch den er sich manchmal zu wandern zwingt – mit Gummisohlen-Stiefeln und seines Vaters Hut. Anfang April kommen Tage, wenn der Himmel die Farbe von schmutzigem Zement hat und sich nicht vor der Abenddämmerung aufklärt: dann enthüllt er einen Mond, der fast zu blendend weiß und zu nah ist. An andern Tagen starrt die Sonne so zornig durch die trockne weiße Luft, daß selbst eine dunkle Sonnenbrille nichts nützt. Seine empfindlichen Augen zwinkern, sein Kopf schmerzt. Er weiß, daß er ein Invalide ist.

*

Das Hochgefühl der Einsamkeit. Die Verzweiflung der Einsamkeit. Tage und Nächte und Tage, angefüllt mit einem Schweigen, das er nicht mit seiner alten, hämmernden Stimme übertönen darf. *Ich habe dies getan und ich möchte das tun und ich bin verantwortlich dafür, und ich bin der Mann, der …*

Die Tür vom Medizinschränkchen läßt er offen, gegen die Wand hin, damit er nicht, wenn er das Badezimmer betritt, vor seinem eigenen Spiegelbild zu erschrecken braucht – nicht an seine eigene »Persönlichkeit« erinnert zu werden braucht. Den andern Spiegel im Sommerhaus, im ehemaligen Schlafzimmer seiner Eltern, stellt er hinten in den Wandschrank.

(Wer war es, fragt er sich plötzlich – ein Freund Isabels? – ja, bestimmt war es ein Freund Isabels, der eines Tages aufhörte, sich im Spiegel zu betrachten? Nick stellt sich die Frage, bevor er Zeit zum Überlegen hat, Zeit, seine Gedanken zu zügeln. Denn er denkt jetzt nicht mehr an Isabel Halleck, ausgenommen zu bestimmten vorgeschriebenen und absichtlich festgelegten Stunden. Es gibt keine »Isabel«, an die er denken könnte, ohne auch an »Nick Martens« zu denken – ein Thema, das nicht so sehr verboten als einfach widerwärtig ist. Eine Entweihung der Freistatt auf der Mount Dunvegan Insel.)

*

Es wäre ein Irrtum zu glauben, daß er ein Einsiedler, ein Sonderling, ein echtes Insel-Original sei und nie aufs Festland zurückkehre: im Gegenteil, er fährt alle ein oder zwei Wochen nach Augusta oder Portland, um seine Tochter Audrey zu besuchen (sie hat nie den Wunsch geäußert, ihren Vater auf seiner Insel zu besuchen, und er ist dankbar für ihr Taktgefühl), und um Bücher und Platten und andre Dinge zu kaufen, die auf der Insel nicht zu haben sind. Aber im allgemeinen bleibt er dort – an Ort und Stelle. Einem festen Punkt. Nicht ausgesprochen »zu Hause« – in seinen Gedanken nennt er es nicht »Zuhause« –, sondern sieht es als neutralen Aufenthalt.

Er liest über die Küste von Maine, ihre geologische Geschichte; über die Wanderzüge der Seevögel; über den weiten Ozean mit seinen unabsehbaren Lebensformen, seinen Ungetümen und Wundertieren. (Auch einen Vorrat andrer Bücher hat er sich angelegt. Bücher, die er seit Harvard nicht mehr gelesen hat, Bücher, die er sein Leben lang hat lesen wollen. Jetzt ist sehr viel Zeit vorhanden. Ein paradiesischer Abgrund an Zeit.)

Er sitzt im Dunkeln und lauscht den Platten mit Klaviermusik von Mozart, Beethoven und Chopin. Mehrere Platten des gleichen Stücks, aber von verschiedenen Pianisten gespielt. Manchmal erregt ihn die Musik so sehr, daß er sie abstellen muß.

*

Das Hochgefühl der Einsamkeit. Die Verzweiflung der Einsamkeit.

Manchmal erwacht er morgens und fühlt, daß er beinah wieder »er selber« ist – körperlich, heißt das; und manchmal erwacht er mit einem unsäglichen, bis auf die Knochen schmerzenden Kummer: wenn er begreift, daß er *gestorben ist* ... daß aber sein Körper weiterlebt.

Der Tod überrascht ihn mit seinen Gelüsten, so selten sie sind, erzählt er Kirsten. *Aber vielleicht sind die »Gelüste« nur Erinnerung – Gewebserinnerung, tief in den Muskeln und Nerven.*

Er schreibt an eines andern Mannes Tochter, die tausend Meilen weit weg wohnt und die ihm nicht antwortet. Seine Briefe werden von den Leuten, die sie letzthin zu ihrem eigenen Besten aufgenommen haben, zensuriert – oder sie reißt sie in Fetzen, ohne sie gelesen zu haben – oder sie liest sie schweigend und legt sie beiseite. *Du hast mir mein Leben wiedergegeben. Aber was soll ich damit anfangen?* Klebt den Umschlag zu und eine Marke darauf und bringt den Brief nie auf die Post.

*

Auf dem Weg der Genesung. Am Saum des Ozeans. Die Flut hat alles weggeschwemmt, hat aber aus einem Grund, den er nicht verstehen kann, unterlassen, ihn mit hinauszutragen.

Im Binnenland würde er wie – wie jedermann – seine Toten betrauern. Aber am Saum des Ozeans sind die »Toten« sowohl gegenwärtig wie ausgelöscht – in dem Sinne ausgelöscht, als hätten sie nie gelebt. Er denkt an Isabel; er denkt an Owen; und an Maurie. Sie sind gegenwärtig, wenn auch ohne Körper – gleich draußen vor der Tür, schlendern den Strand entlang, sitzen mit ihm am Eßtisch. Gleichzeitig ist es berechtigt zu glauben, daß sie nie existiert haben, oder daß ihre Existenzen wie die Qualle, die gleichzeitig Tier und Blüte und doch im Grunde bloß Wasser ist, zu vergänglich waren – zu ungewiß, um ausgemessen zu werden. Mount Dunvegan Island ist nach der Eiszeit entstanden, aber selbst diese postglaziale Küste ist sehr alt. Wirklich uralt.

Die Raubvögel erregen seine Aufmerksamkeit, er spürt ein gewisses Verwandtschaftsverhältnis zu ihnen, einen trüben Trost, der etwas mit ihren heiseren Rufen und ihren krummen Schnäbeln und ihrem offensichtlich unstillbaren Appetit zu tun hat. Und die Dünen, die erstaunlichen Dünen auf Mount Dunvegan! Manche sind bis achtzig Fuß hoch: eine Wildnis, in der er stundenlang, tagelang umherwandern könnte, wie verhext durch verzerrte Entfernungen und Maßstäbe und durch ein schwindelerregendes Gefühl ständiger Bewegung. (Er kehrt wieder und immer wieder zum Nordostzipfel der Insel zurück: Wälle und Täler und glatte, trockene Flächen und glitzernde, geriffelte Flächen – bei der Berührung sengend heiß oder unbegreiflich kalt. Hügel und Kuppen, Abhänge, Landzungen. Sandteilchen, durch granathaltige und schwarze Mineralien zu unheimlichen Mustern umgewandelt, zu Blumen, Bäumen, menschlichen Figuren. Der Wind ist gefräßig, der Wind ist ein ständiges, ermüdendes Jammern, zart wie der feinste Kamelhaarpinsel oder ungeschlacht und heftig, eine jähe Schubserei. Die Dünen werden natürlich vom Wind gestaltet und wieder neugestaltet. Aber dieser gefräßige Appetit! Zu kleinen Bergen aufgetürmt, und dann wieder abgetragen zu gerippten Halbinseln, in ständiger Bewegung, in einer Art unaufhörlicher Wanderschaft – seltsam, von Westen nach Osten. Weil er sehr viel Zeit hat, beobachtet er, wie sie sich verlagern und ihre Gestalt wechseln. Langsam. Sehr langsam. Wie Wellen, wie die Kuppen und Brandungsgürtel und die weißbemützten Hügel des Atlantik. Die ganze Szenerie ist im Fluß. Doch alles ist übertrieben: die Schatten, die Fußspuren, sogar Blattabdrücke: blendend helle Sonne, das eisig durch Mark und Bein gehende Dunkel. Nick nimmt alles zur Kenntnis: den niedrigen, kargen Pflanzenwuchs, die Strandheide, das Strandgras, die verkümmerten Kiefern; und auch die graubraunen Heupferdchen und Spinnen und die winzigen Fliegen und Larven-Kokons nimmt er zur Kenntnis, die sich in toten Stämmen längst versunkener Wälder eingesponnen haben. Es ist alles ein Rätsel, er ist überzeugt, daß alles sehr bedeutungsvoll ist, für ihn aber nur die eine Wahrheit ist: Leere und Schönheit einer Welt, die von menschlichem Wollen nicht befleckt und nicht gelenkt worden ist.

*

Er wäre fast gestorben, fast verblutet. Und die andern starben – Isabel und Owen. Und die unselige Mrs. Salman. Er lag noch im Mount St. Mary's Hospital, jedoch nicht mehr in der Intensiv-Abteilung, als einer Gruppe von Pathologen schließlich eine positive Identifizierung gelang: eine Identifizierung der Leichen, die im Falle Isabels und ihres Sohnes nicht nur Bruchstücke des Kiefers, sondern auch der Zähne betraf. Die Front des Hauses war beinah vollständig zertrümmert, die Rückseite war eingestürzt. Der Druck der Explosion hatte sich viele Häuserblocks weit nach allen Seiten ausgewirkt. *Todesurteil ohne Berufung! Rache für das Volk!* Jedermann fand natürlich, daß der Bombenangriff und das Attentat auf Nick Martens' Leben »sinnlos« gewesen seien. Ausgenommen vielleicht Nick.

Und Kirsten, die für ihn unerreichbar bleiben sollte.

(Nach dem Unglück auf Röcken 18 mit seinen erschütternden Verwicklungen und Verwirrungen und Rätseln und unbegreiflichen Widersprüchen war Kirsten – die »Tochter«, das »Kind«, das »überlebende Mitglied der Familie Maurice Halleck« – in eine Privatklinik in Bethesda eingeliefert und dann, einige Monate später, von ihren Verwandten, den Kuhns im fernen Minneapolis aufgenommen worden, die offensichtlich wegen Kirstens üblem Mißgeschick sehr gerührt und darauf bedacht waren, sie vor der Halleckschen Ansteckungsgefahr, das heißt, vor Washington und der Ostküste, zu bewahren. Und die Hallecks traten Kirsten ab, weil sie eingesehen oder jedenfalls überlegt haben mochten, daß *Washington* und *Tragödie* und *Halleck* die Genesungszeit des verwirrten jungen Mädchens zu sehr in die Länge ziehen würden.)

Nick sprach von seinen Angreifern in der Mehrzahl, konnte sie jedoch nicht beschreiben, ausgenommen auf ganz allgemeine, verworrene Art: mehrere junge Männer, drei oder vielleicht sogar vier, erzwangen sich den Zugang ins Haus, überfielen ihn, überraschten ihn vollständig und benutzten sofort ihre Messer. An der Haustür war geläutet worden, und ein bärtiger junger Mann in den Zwanzigern hatte gefragt, ob er das Telefon benutzen dürfe, weil er eine Panne mit seinem Wagen habe, und als Nick zaudernd nachgeben wollte, schob ihn der junge Mann weg, und die andern drangen ein, und – und fielen plötzlich über Nick her – und irgendwann wurde er halb bewußtlos die Treppe hinaufgeschleppt – er könne sich nicht vorstellen, weshalb – außer, daß sie ihn vielleicht als Geisel behalten oder entführen wollten oder...

Es sei eben alles zu rasch geschehen, es sei ein Alptraum, ein Ausbruch blinden Entsetzens gewesen, er könne sich einfach nicht genau erinnern. Weshalb unten, im Vorflur, kein Blut gewesen sei, wisse er nicht. Er könne sich nicht an die Folge der Ereignisse erinnern, aber er sei ganz sicher – aus irgendeinem Grunde beharrte

er auf dieser Tatsache –, daß sie sofort auf ihn eingestochen hätten. Unten.
Und ihn dann hinaufgeschleppt? Ins Schlafzimmer?
Offenbar.
Würde er einige von ihnen wiedererkennen? – Natürlich nicht. – Hätten sie sich als »Revolutionäre« bezeichnet? – Daran könne er sich nicht erinnern, er glaube aber nicht. – Hätten sie ihm gesagt, er sei ein »faschistisch-kapitalistischer Verbrecher«? Und zum Tode verurteilt? – Nein, dafür habe die Zeit nicht gereicht.
Im Krankenhaus, als er sich hinreichend erholt hatte, wurde er ausführlich von den Beamten des F.B.I. befragt: sie zeigten ihm Fotos von verschiedenen Männern, von Radikalen und anderen. Er glaubte sie identifizieren zu können, und dann nahm er es wieder zurück. Er stammelte, er stockte und verlor den Faden, wenn er etwas sagen wollte: es war klar, daß es ihm nicht gut ging. Es hätte den ihn Befragenden nicht in den Sinn kommen können, daß er sie belog.
Warum war er in dem Haus in der Rock Creek Lane gewesen, fragten sie, obwohl sie sicherlich bereits den Mann gefragt hatten, dem das Haus gehörte, und Nick hatte mit unbestimmter, tonloser und sachlicher Stimme erklärt, er habe jemanden erwartet – eine Dame –, aber sie habe angerufen und ihm gesagt, sie könne es nicht einrichten, und er habe beschlossen, die Nacht über dort zu bleiben, allein: ja, er hatte sich betrinken wollen. Wer war die Frau, fragten sie. Das kann ich Ihnen nicht sagen, antwortete Nick. Eine verheiratete Frau? fragten sie. Nick zuckte mit der Schulter und blickte weg. Mürrisch sagte er: Natürlich. Eine verheiratete Frau. Eine Dame von gutem Ruf, die ihr eigenes Leben führt.
Es blieb ein Rätsel – sollte immer ein Rätsel bleiben – wieso Nicks Angreifer wußten, wo er sich in genau jener Nacht aufhielt.
Und weshalb die Polizei schließlich – einige Stunden später – herbeigerufen wurde.
Offensichtlich hatten sie sich anders besonnen, sagte Nick. Oder wenigstens einer von ihnen.
Eine Frau habe angerufen – ob er das gewußt habe?
Eine Frau? Nein, das habe ich nicht gewußt, sagte Nick gelassen und ruhig. Ich stand nicht unter dem Eindruck, daß auch Frauen dabei waren. Nur Männer waren da. Ich habe nur Männer gesehen.

Dann hatten sie sich anders besonnen. Oder einer von ihnen. Aber warum sollten sie sich unter diesen Umständen anders besonnen haben?
Das weiß ich nicht, sagte Nick matt. Ich kann's mir nicht erklären. Immerhin müssen es Anfänger gewesen sein. Finde ich jedenfalls. So auf mich einzuhacken! Ohne ihre Aufgabe zu beenden!
Die Bomben waren kein Werk von Anfängern, wurde ihm erzählt.
Aber ich kann sie nicht verabscheuen, sagte Nick langsam. Ich habe nichts gegen sie.
Was soll das bedeuten? fragten seine Interviewer mit mitleidiger Verachtung.
Daß ich sie nicht verabscheuen kann, sagte er. Ganz einfach, ganz unwiderlegbar. – Er war so betäubt und infolgedessen so seiner Schmerzen enthoben, daß er auf sich selbst in seinem Krankenbett wie aus einer Entfernung zu blicken schien – ohne körperliche Existenz, ohne die Last körperlicher Gefühle. – Ich kann überhaupt nichts fühlen, sagte er.

*

Er machte also sein Geständnis. Zuerst ruhig, und dann mit wachsender Erregung.
Er habe Geld in Teilzahlungen empfangen. *Er* habe Geld empfangen, und nicht Maurie Halleck. Es sei ihm von einem Agenten der Gesellschaft ausgezahlt worden – von einem Mann, dessen Name ihm nie mitgeteilt wurde – nein, es sei niemand, den er, Nick, gekannt habe – ja, in Washington fremd – GBT habe nie direkt damit zu tun gehabt, – GBT sei natürlich verschwiegen – ihre Methoden seien hochentwickelt und so gut wie betriebssicher – sie hätten diese Art von Verfahren schon vorher angewandt, zweifellos sehr oft. Doch er sei es gewesen, und nicht Maurie Halleck, der mit ihnen verhandelt habe.
Das Geld. Das Geld. 250000 Dollars. Und weitere 150000 Dollars versprochen. Ja, er könne es beweisen, daß er es ungesetzlich erworben habe – sein Gehalt im Untersuchungsausschuß betrage schließlich nur 75000 Dollars im Jahr –, und er habe keine andere wesentliche Einnahmequelle, nur ein paar Aktien und Investment-Zertifikate und ein paar Mietshäuser in Philadelphia, die er von seinem Vater geerbt habe. Das Geld sei auf drei Sparkonten verteilt worden – in Washington, Chevy Chase und Bethesda.

Er begann sein Geständnis bei völliger Klarheit. Obwohl seine Stimme seltsam hohl klang und seine Augen glasig aussahen, wie wenn er nicht in seinem Körper sei – nicht völlig. Doch bald überschlugen sich seine Worte, und er stammelte und schwieg und begann ungeduldig und aufsässig wieder von vorn. Wie konnten sie es wagen, seine Aussage zu bezweifeln! – Wo er doch endlich die Wahrheit sagte!
Ein sehr verwirrter Mann. Ein sehr verängstigter Mann.
Aber schließlich wäre er fast gestorben ...
Und warum so aufsässig, wenn er doch die Wahrheit sagte? Denn er weigerte sich, Namen zu nennen – er wollte nicht einmal Tom Gast gekannt haben – den beinah legendären Tom Gast, der aus den Staaten verschwunden war und den man in den letzten achtzehn Monaten nirgends gesehen hatte. Nick weigerte sich, diesen »Gast« mit hineinzuziehen, obwohl die Rolle des Mannes als Spion schon vor Maurie Hallecks Tod nichtamtlich bekannt gewesen war.
Ich kenne den Namen nicht, sagte Nick störrisch. Namen waren nicht wichtig. Nur Geld.

*

Er wiederholte also sein Geständnis. Er beharrte auf seiner Schuld. Seinen Gesprächspartnern gegenüber war er streitsüchtig; zu seinen Anwälten war er hochmütig. Eindeutig ein gänzlich verstörter Mann – vielleicht bedurfte er einer psychiatrischen Behandlung.
Warum tust du das? fragte June kühl erstaunt. Ich meine, warum bist du plötzlich so besorgt um Mauries Ruf? Schließlich ist er seit über einem Jahr tot.
Nick gab keine Antwort. In seinem Krankenhausbett lag er wie in einem Kokon seltsam aufgehobener, abwesender Schmerzen – *er* fühlte nichts und vermerkte nichts, doch er begriff, daß sein Körper sich immer noch krümmte und wehrte, um einer so großen, aus so vielen Richtungen auf ihn niederflammenden Qual zu entrinnen, und daß er sie nie überwinden würde. – Sie steht dir gar nicht, die Rolle des Bußfertigen, sagte June. Es ist wirklich nicht dein Stil, du machst dich bloß lächerlich. Und du verlierst all deine Freunde.
Ich habe keine Freunde, sagte Nick. Sie sind tot.
(Als man ihn im Oktober aus dem Krankenhaus entließ, wurden Anklagen gegen ihn erhoben, zu denen er auf Anraten seines Ver-

teidigers keine Stellung nahm, statt sich *schuldig* zu bekennen, wie er es gewollt hatte. Doch das Gerichtsverfahren hatte ihn nur theoretisch interessiert, und obwohl er den Sitzungen im Gerichtssaal sehr erregt und besorgt entgegengesehen hatte, langweilte er sich schon am ersten Tag und trommelte ungeduldig mit den Fingern auf den vor ihm stehenden Tisch – denn natürlich würde er nicht hinreichend bestraft werden – dieser Gerichtshof war nicht ermächtigt. Und als er sich einige Wochen später erhob, um vom Richter die Höhe der Summe zu hören, zu der er verurteilt worden war, und als ihm die Anzahl Monate der Unterbrechung des Strafvollzugs verkündet wurde, fiel es ihm schwer, ein auch nur einigermaßen taktvolles Interesse zu wahren.

*

June scheute keine Mühe, ihm, ehe sie Washington verließ, um nach Boston zurückzukehren (wo ein Mann sei, den sie »wahrscheinlich« heiraten würde, wie sie mit einer rührenden Mischung aus Hochmut und Scheu andeutete), die Ironie der Situation klarzumachen. Es verhielt sich einfach so: Nicks »Geschichte«, die Geschichte seiner eigenen Schuld, wurde mehr oder weniger von der ganzen Stadt geglaubt, aber mit Mauries »Unschuld« sehe es ganz anders aus. Die einzigen Menschen, die fest überzeugt waren, daß er nichts mit dem GBT-Geld zu tun gehabt hatte, seien Leute, die ihn sehr gut gekannt hatten – doch die hätten natürlich ohnehin nie geglaubt, er sei schuldig. (Ich wußte genau, daß Maurie nie so etwas tun würde, rief June hitzig, er hätte es nicht einmal *erwägen* können – er war so vernarrt in seine eigene Reinheit.) – Was die andern betraf – Tausende von »Andern« – die nahmen einfach an, daß beide Männer in die Sache verwickelt gewesen sein müßten – in eine außergewöhnlich schmutzige und plumpe Situation –, und daß der eine in seiner Bedrängnis eher zusammengeklappt sei als der andre.
Dergleichen, sagte June, ist in Washington nicht gerade selten.

*

Und einige Monate später schickt ihm June – die liebe June, die rücksichtsvolle June – einen Zeitungsausschnitt aus der *New York Times,* mit rotem Kugelschreiber oben drüber gekritzelt: Ich dachte, es müsse dich amüsieren – und Nick weiß, noch ehe er den kurzen

Artikel überfliegt, daß es ihn keineswegs amüsieren wird. Anthony Di Piero ist anscheinend zum »Speziellen Finanzberater eines ständigen Unterausschusses der Weltgesundheitsorganisation« ernannt worden und wird in der Schweiz, in Genf, Wohnsitz nehmen.

Nick liest den Artikel zweimal, verzieht das Gesicht, murrt, zerknüllt den Fetzen Papier und wirft ihn auf den Fußboden.

Und was ist mit Gast, mit »Tom Gast?«

Ist er außer Landes geflohen, lebt er unter einem anonymen Namen und mit gefälschtem Paß in Europa? Lebt er behaglich mitten in den Vereinigten Staaten? War er vielleicht überhaupt nicht »Tom Gast«, sondern eine fiktive Erfindung, ein ebenso imaginärer Kunstgriff wie der Joker in einem Spiel Karten, und ebenso unberechenbar wirkungsvoll?

Ich muß Isabel anrufen, denkt Nick.

*

In der Nacht besucht ihn Kirsten: ein rasender Racheengel, der mit jenem unglaubwürdigen Messer auf ihn eindrischt und zustößt.

Am Tage sieht er sie – versehentlich und stets irrtümlich – als eine große junge Frau, die am Ufer entlanggeht, manchmal allein, häufiger mit Freunden: und er bleibt wie angewurzelt stehen, stützt sich zitternd auf seinen Stock und starrt – und starrt.

*

Nachdem ich gestorben war, schreibt Nick, *fielen mir eigentümliche Dinge ein – aus der Vergangenheit hervorgeholte Erinnerungen tauchten auf – lebhaft und beängstigend »wirklich« – zum Beispiel dein Vater und ich als Schuljungen in Bauer – einfach plaudernd – in einem unsrer Zimmer sitzend und plaudernd – wir hatten beide Latein gelernt und über gewisse brutale, religiöse Bräuche gelesen – geheime Riten, die wir heutzutage Einweihungsriten nennen würden – bei denen junge Männer terrorisiert und fast bis zum Wahnsinn zermürbt werden, damit sie das Gefühl der Begrenzung ihres Selbst verloren und sich mit dem Opfer der Opferung identifizierten – manchmal war es ein Tier, manchmal ein Mensch – und manchmal zerfleischten sie sich offenbar selbst mit eigener Hand und soffen das Blut wie Hyänen – gingen über in das, was sie töteten – sie waren die Opfer – es war ein Einswerden, das wir nicht verstehen konnten – selbst ihre Zeitgenossen konnten es nicht verstehen – die Sekten waren verboten. Dein Vater und ich sprachen darüber, und ich erinnere mich an das meiste, was wir sagten, nicht mehr, doch ich weiß noch, daß einer von uns etwas sagte, das mir all die Jahre geblieben ist: es könnte sein, daß aller persönliche Kampf, alles persönliche Leiden eine Illusion ist – eine Täuschung …*

Er klebt den Umschlag zu, versieht ihn mit einer Marke und legt den Brief aufs Fensterbrett in der Küche. Überdenkt ihn tagelang. Schließlich bringt er ihn auf die Post – seine Mundwinkel senken sich in amüsierter Selbstverachtung – und obwohl er sich auszumalen versucht, wie Kirsten Halleck ihn öffnet und liest – kann er weder sie noch ihre Bewegungen »sehen«. Wie es scheint, kann sie nur unerwartet auf ihn zukommen – versehentlich.

*

In den Dünen und längs der windgepeitschten Bucht erlebt er ungeahnte Verzerrungen von Gegenständen – sowohl ihre Entfernung wie ihre Größe betreffend. Es muß eine Folge des nackten weißen Lichts sein, oder eine feindselige Durchdringung von trocknen und feuchten Luftströmungen, doch jedenfalls kann Nick es nicht seiner jetzigen Betrachtungsweise zuschreiben, denn er erinnert sich von der Vergangenheit her an dasselbe Phänomen – selbst von seiner Kindheit her erinnert er sich daran.

Ein in den Dünen herumstrolchender Hund kann in einem flüchtigen Augenblick die Größe eines Hirschs annehmen, oder eine über seinem Kopf »dippende« Seeschwalbe die Ausmaße eines Falken. Algen in einer Pfütze, die an einer Felskante hängengeblieben sind, können dunkelrot wie Blut sein, und dann, wenn das Licht wechselt und die Wolken vorüberziehen, nehmen sie wieder die Farbe von Seetang an – und plötzlich ist nichts mehr zu sehen.

Durch solche Veränderungen kann Nick nicht mehr überrascht werden. In der einen Minute macht ihn die ungeheure Weite des Sandstrands zu einem Zwerg, und in der nächsten ist ihm, als rage er wie ein Turm zehn Fuß hoch auf, und sein Schatten hüpft wie ein Clown.

Er kann nicht mehr überrascht werden, sagt er sich. Aber meistens täuscht er sich.

Eines Morgens zum Beispiel, nach einem Sturm, der zehn Stunden angehalten hat, nähert er sich langsam einem Geschöpf, das den Strand hinaufgeschleudert wurde – vielleicht ein Walfisch-Junges, oder ein menschlicher Körper, grotesk verfärbt; aber nein, es ist ein

Hafen-Delphin mit einem Stubskopf, schwarzem Rücken, Gewicht vielleicht fünfundsiebzig oder achtzig Pfund, vor Leben zitternd – aber als er näherkommt, sieht er, daß das arme Ding tot ist und nicht die Spur zittert.
An einem andern Morgen stellt er seine Kraft auf die Probe und erklimmt den alten Tower Rock, Freund seiner Jugend, schwitzt reichlich und keucht. Atemholend dreht er sich um und erblickt ein paar hundert Meter entfernt auf dem Strand unten zwei Menschen, die Hand in Hand einherschlendern – ein Mann und eine Frau – ein Liebespaar –, und im nächsten Augenblick lösen sie sich in nichts auf – Schatten, vom windumspielten Gras verursacht.

*

An einem Juni-Nachmittag – es geht auf die Dämmerung zu – schreibt er auf einer Klippe, die auf ein narbiges, von eiszeitlichen Löchern ausgehöhltes Felsenriff blickt, seinen letzten Brief an Kirsten Halleck, nachdem er über zehn Minuten damit zugebracht hatte, wie ein Dummkopf auf einen Schwimmer zu starren, der sich in dem milchig quirlenden Wasser dicht vor dem Riff verfangen hat: ein Mädchen oder eine junge Frau anscheinend, die verzweifelt schwimmt, mit herumdreschenden Armen und geducktem Kopf – eine Erscheinung, die verschwindet, als er sich ihr nähert und ihr zuruft.
Kein Schwimmer, kein Mädchen: nichts als Seegras und schaumig quirlendes Wasser und ein Spiel des Lichts.
Er sitzt also auf dem Klippenrand und schreibt Kirsten seinen letzten Brief. *Ich werde niemals versuchen, dich aufzufinden,* schreibt er ihr, *ich sehe ein, daß sich unser beider Verbanntsein niemals berühren kann, ich kann dich mir jetzt nicht einmal mehr vorstellen,* und auch diesen letzten Brief, vom salzigen Gischt übel verfleckt, klebt er zu, versieht ihn mit einer Marke und legt ihn aufs Fensterbrett, um ihn zu überdenken.